Joanot Martorell

Tirant lo Blanc

Tomo II

Barcelona **2024**
Linkgua-ediciones.com

Créditos

Título original: Tirant lo Blanc.

e-mail: info@Linkgua-ediciones.com

Diseño de cubierta: Mario Eskenazi

ISBN tapa dura: 978-84-1126-544-7.
ISBN rústica: 978-84-9953-464-0.
ISBN ebook: 978-84-9953-433-6.

Sumario

Brevísima presentación

La vida

Joanot Martorell (Gandía, 1411?-1468). España.

Se cree que Joanot Martorell pudo nacer en Valencia o Gandía, y más probablemente en esta última ciudad. Respecto a la fecha de nacimiento se barajan las que median entre 1405 y 1413. Pocos detalles se conocen de su biografía. Su padre, el noble Francesc Martorell, ejerció algunos cargos jurisdiccionales reales y se estableció en Gandía. Su madre, Damiata de Monpalau, tuvo de este matrimonio cuatro hijos (Galcerán, Joanot, Jofre y Jaume) y tres hijas (Isabel, Aldonça y Damiata), siendo Joanot el cuarto. El poeta Ausiàs March y Joanot Martorell llegaron a ser cuñados, tras la boda del primero con Isabel Martorell. Asimismo, Joanot mantuvo con ciertos nobles de la época varios litigios «de honor», algunos de los cuales se refirieron, probablemente, a cuestiones económicas y de propiedades. Tanto este último aspecto como sus viajes a Inglaterra, Portugal y Nápoles están de alguna manera reflejados en las aventuras de su Tirant lo Blanc.

El propio Joanot Martorell fue uno de los últimos profesionales de la caballería andante, como el personaje de su Tirant lo Blanc. Miembro de la clase media noble valenciana (coetáneo y paisano de varios escritores nobles de la época), Martorell era, como se dijo, dado a entablar duelos y lances caballerescos por motivos «de honor», uno de los cuales le condujo, al parecer en busca de mediación, a la Corte de Enrique VI de Inglaterra, donde fue admirado como experto en las armas y en las letras.

Se cree que los últimos años de su vida fueron convulsos y complicados, ya que se vio obligado a enrolarse en trabajos mercenarios, tuvo problemas económicos y con la justicia y pasó alguna temporada encarcelado. Sin haberse casado nunca y sin tener descendencia conocida, Joanot murió en 1468, en Gandía; pocos años antes había tenido que vender incluso su Manuscrito del Tirant lo Blanc a un paisano que le ayudaba económicamente, Martí Joan de Galba, quien lo editó por primera vez en 1490, en la ciudad de Valencia.

Además del Tirant lo Blanc, Joanot Martorell adaptó al catalán (o valenciano), en prosa y desde el francés, la novela de caballerías en verso Guy de Warwich, en la que incluyó resonancias del Libre de l'ordre de cavalleria, de Ramon Llull, con el título de Guillem de Vàroic.

La obra

Tirant lo Blanc es una novela caballeresca del valenciano Joanot Martorell, publicada efn Valencia en 1490. Se supone, sin total certeza, que fue concluida por Martí Joan de Galba. Es la obra cumbre de la literatura en catalán, y la primera novela caballeresca impresa en España.

El título se traduce al castellano como Tirante el Blanco. La obra comienza con la narración de las aventuras de Guillem de Vàroic, quien introduce a Tirant en las normas de la caballería. Incluye rasgos biográficos del autor y combina un realismo directo y crudo con los ideales caballerescos de la época.

Tirant es armado caballero tras varios combates contra reyes, duques y gigantes. Parte de Inglaterra a Francia, Sicilia y Rodas —asediada por los genoveses y el sultán del Cairo—; después continúa su periplo por Jerusalén, Alejandría, Trípoli y Túnez. Tirant se dirige después a Bizancio —sitiada por el sultán—, y en Constantinopla se enamora de Carmesina, hija del emperador. La historia de estos amores, con la intervención de la viuda Reposada y de la doncella Placerdemivida, ocupan gran parte de la trama. Tras haber luchado en Berbería, Tirant se casa con Carmesina y es nombrado césar del Imperio Bizantino; reconquista tierras a los turcos y muere enfermo. Al saberlo, muere también Carmesina. La novela acaba con episodios de algunos personajes secundarios que completan la trama.

En contraste con los libros de caballerías, aquí el amor es sensual y no platónico: las escenas eróticas tienen enorme expresividad. Y el autor se recrea, con sarcasmo, en los detalles cotidianos.

Algunos pasajes del Tirant tienen cierta relación con la vida del almirante Roger de Flor, el líder de los almogávares ejecutado por los bizantinos. La salvación de Constantinopla en este libro es un final alternativo a lo que sucedió realmente con la capital bizantina, tomada en 1453 por el ejército del Sultán otomano Mehmet II «El Conquistador».

Cervantes debió de conocer la obra a través de una traducción castellana anónima (Valladolid, 1511). El libro debía de ser por entonces muy raro, y de autor desconocido, por lo que tal vez Cervantes ignorase que fue escrito en valenciano. Es bastante extendida la opinión de que el estilo salpicado de notas humorísticas y socarronas de Tirant lo Blanc influyó en Cervantes, y es visible en la célebre escena de la biblioteca de Don Quijote:

> —¡Válame Dios! —dijo el cura, dando una gran voz—. ¡Que aquí esté Tirante el Blanco! Dádmele acá, compadre; que hago cuenta que he hallado en él un tesoro de contento y una mina de pasatiempos. Aquí está don Quirieleisón de Montalbán, valeroso caballero, y su hermano Tomás de Montalbán, y el caballero Fonseca, con la batalla que el valiente de Tirante hizo con el alano, y las agudezas de la doncella Placerdemivida, con los amores y embustes de la viuda Reposada, y la señora Emperatriz, enamorada de Hipólito, su escudero. Dígoos verdad, señor compadre, que, por su estilo, es éste el mejor libro del mundo: aquí comen los caballeros, y duermen, y mueren en sus camas, y hacen testamento antes de su muerte, con estas cosas de que todos los demás libros de este género carecen. Con todo eso, os digo que merecía el que le compuso, pues no hizo tantas necedades de industria, que le echaran a galeras por todos los días de su vida. Llevadle a casa y leedle, y veréis que es verdad cuanto dél os he dicho.

Capítol CLXXI. La resposta que Tirant fa a la princessa

—La enujosa fortuna ha ordenat donar sforç als turchs per apartar a mi del major bé que de present puch posseyr, ço és, la vostra vista, la qual és causa de aleujar part de ma atribulada pena —dix Tirant—. E lo profit d'altri serà gran dan per a mi, trobant-me sol en la mia tribulació, car gran confort és a les persones atribulades com tenen companyia en lur dolor. E si lo que menys se deu fer se fa, bé·s deu fer lo que més fer-se deu; e ja no sé com puga apendre de soferir tristament lo dan de amor qui aparellat m'està. Qual cosa pot ésser més contrària a ma salut que veure'm absent de vostra altesa? E tostemps he hoït dir que batalles nohen e cantar e sonar plaen. E per ço, compensació deu ésser admesa: que vós, senyora, deveu cerquar ab los enemichs matèria de mort e no ab aquell qui us desija servir. Yo só catiu e sotsmès, però catiu no·s deu clamar de sa senyora, no per los cavallers antichs de molta stima ni per los presents, però, perduts tots aquests, farem compensació de hu sol a tots ells. Qui serà aquell digne de tant de bé? Yo só aquell, Tirant, merexedor de tocar e posseir aquelles virtuts de aquella sereníssima Carmesina. E si·m demanau açò com ho sé: per ço com ho volria. Però si la magestat vostra stà congoxada per enuig, aquell qui forçau viure sens vós, forçau-lo que muyra per vós. E par-me que dels meus ossos me fuig la virtut, emperò la sperança del meu cor sosté a mi, de la qual sperança, si yo só desemparat, no puch recórrer a les mies germanes. Açò que dich no·m ve sinó de amor, car no he vixcut ne vixch sinó en pena. E per ço dich que més stime e·m plau l'aturar que no l'anar, per veure tots dies la celsitut vostra. De l'aturar seré loat, e de l'anar seré blasmat.

No tardà la princessa en replicar paraules de semblant stil.

Capítol CLXXII. Rèplica que fa la princessa a Tirant

—Yo bé crech vós no volríeu que·s mostrassen dos contraris en presència dels barons e nobles cavallers, los qui de honor senten, com són paraules de amor e de dolor, per ço que no stan bé en boca de cavaller. E teniu vós esment, tant com la vida vos acompanye, car les paraules dissimulades sens obra difamen l'ome; e yo bé sé que a vós no poran metre mostalla per jolivert. Perquè voleu tant ocupar lo vostre enteniment envers mi? Car tostemps he hoït dir que en una capça no y pot cabre honor e delit. Que hajau a dexar la glòria e fama de la honor vostra! Feu vós axí com féu aquell famós Alexandre. Com ell hagué vençuda la batalla, e mort Dari, pres la ciutat hon era la muller e tres filles, les quals en tot l'univers món no·s trobaren tres donzelles de més bellea, seny e avisat entendre, com Déu les ne hagués dotades més que a totes les altres. E mort Dari, sabuda la nova per la muller e filles, lo primer capità qui entrà agenollaren-se als seus peus e suplicaren-lo que no les volguessen matar fins a tant lo cors de Dari hagués rebuda sepultura. E aquell les posà en gran sperança, per ço com les véu en strem belles. E tots los qui de amor sentien, de bon grat s'i aturaren per contemplar-les. Aprés que elles foren tornades dins los seus palaus, lo capità ab molts altres cavallers ho digueren a Alexandre, recitant-li la gran bellea de la mare e de les filles, suplicant-lo hi volgués anar per veure-les. E Alexandre, mogut de amor natural, respòs que era molt content. E com fon fora de la posada, essent en vista dels palaus de les donzelles, tornà-se'n. Los cavallers li demanaren per què se'n tornava. Alexandre respòs: «Dubte tinch gran, no m'abellís la vista de alguna de aquestes donzelles e que tan plasent me fos, segons la mia edat, e·m contentàs los cinch senys corporals, per què yo hagués a dexar lo noble exercici de les armes ab la honor ensemps. E no volria la mia libertat encativar en poder de una donzella stranya.» E tal cavaller com aquest portava devisa de virtut en sa companyia. Axí volria yo que vós fésseu.

«E serà forçat la vostra persona sostinga dans e congoxes, ab tanta pèrdua de vostra honor si us aconortau de aquella, mas justa escusa no teniu per al que m'haveu ofesa. Perquè los hòmens envejosos de nostra pròspera fortuna, de lur poder perdessen la conexença, però la gran stima nostra, egualment perdent fa adversa nostra fortuna. E açò no u dich a fi per dir paraules qui us enugen, sinó per la erra dels vostres mals, en los quals perseverar voleu. E venint al que vull dir, e gràcia de vós obtenir poré que no vullau perdre la honor e fama per causa mia, car los bons cavallers vos incriminarien de desleal e afeminat, e a mi de engan, car dirien yo ésser stat enganadora de les vostres forces e virtuts.

«Per què us plàcia voler mirar los nobles fets dels cavallers antichs com lur principi fon bo e la fi fon mala. Mirau los fets de Salamó, com fon cap de la saviesa del món e per dona fon idòlatre. Mirau Samsó, qui de fortalea avançà tots los del món, e tenint la virtut sua en los cabells, e per dona fon enganat, que·l ginyà li digués en què stava la sua gran virtut e dix-lo-y e, tan prest com li hagué tallats los cabells, lo posà en mans de sos enemichs, puix hagué perduda sa força. Mirau al rei David, com li'n pres. E a nostre pare Adam, qui volgué passar lo manament de Déu per menjar del vedat fruyt. Mirau Virgili, qui fon tan gran poeta, com fon decebut per una donzella que·l féu star penjat dins un cove una nit e hun dia a vista de tot lo món, per bé que la vènia que·n féu fon molt gran, però ell restà ab sa vergonya. Mirau Aristòtil e Ypocràs, grans philòsofs. Tots foren decebuts per dones, e molts altres de qui recitar no cur per no tenir prolixitat. ¿Què sabeu vós yo si só fornida de tanta astúcia com aquelles e que us mostràs molta amor e voluntat ficta, fent-vos variar lo vostre bon enginy e sentiment o que·n fes demostració per ço que vós, vencedor de batalles, tornàsseu tot lo nostre imperi en libertat e en nostre domini?

«Mirau, Tirant, senyor, què fareu. E no vullau amar tant a altri que encativeu la vostra honor e fama e vullau perdre la glòria de tantes victòries que haveu obteses e podeu obtenir. Per què no és bona cosa que per una donzella vullau perdre tant de bé. E sé-us ben dir que no és més secreta cosa en lo món com és lo cor de la donzella, per ço com la lengua rahona lo contrari del que té en lo cor. E si vós sabíeu la vil pràtica de nosaltres, no és home en lo món qui·ns degués res stimar, sinó per la gran magnificència de vosaltres, per ço com és natural cosa los hòmens amar a les dones. Emperò, si vosaltres sabíeu los nostres defalts, no·ns deuríeu jamés voler bé, sinó que lo apetit natural, qui us força, que no guardau dret ni envés. Per què us prech, per lo molt bé que us vull, que no sia dona ni donzella que us puga fer errar. E no sabeu vós què dix aquell savi Salamó?: «III coses són a mi difícils de conéxer e la quarta no puch saber: la via de la nau en la mar, la via de l'ocell en l'ayre, la via de la serp en la roca, e la via del jove en la sua joventut quina serà.» E són los versos aquests:

Quant en la roca veuràs
lo pas de la serpent,
de la dona sabràs
tot son enteniment.
Hom no sap l'aucell
volant hon se posarà,
ni el fat del jove
si bo o mal serà.

Per ço dich a vós, Tirant, que dexeu amor e conquistau honor. No u dich perquè la lexeu del tot, car en temps de pau hi pren hom gran alegria e, en temps de guerra és forçat que hom ha de soferir treballs e congoixes. E mirau los romans, qui del món hagueren monarchia, car dreta virtut de cor proceheix de saviesa. E tot lo que he dit dels actes gloriosos que han fets, encara la tinta no és exuta. Però ab tot, no contrastant que yo diga que aneu, no resta la mia ànima no·n passe grandíssima dolor per los perills grans que·n les armes se costumen seguir. Per què suplich a la immensa bondat de Jesucrist que us done honorosa vida e paraís aprés de la mort, per ço com lo altisme Déu e senyor ha manat e vol que totes les coses del món sien subjectes a l'hom, com a majors e millors en dignitat e excel·lència, car yo veig la vostra pròspera persona en durment y en vetlant de totes coses ésser vencedora. E par-me a tot mon seny que yo y era com Déu vos féu, e yo deya-li: «Senyor, fes l'om tal, que tal lo vull.»

Acabant la princessa, no tardà Tirant fer principi a hun tal parlar.

Capítol CLXXIII. Resposta que fa Tirant a la rèplica de la princessa

—Senyora immortal, lo savi enemich tostemps studia e pensa com porà enganar son enemich, e del foll amich li fa contrari, menyspreant les nobles virtuts e les miserables forces del cors qui donen sperança de infinida dolor. Ultra lo general desig que yo tinch en la magestat vostra veure e servir, aquella me fa ésser més que home e quasi Déu, pujant-me en tan alt grau que a la noble vista de l'enteniment li aparen tan poques les coses de la terra, sens vostra celsitud, que ab fastijós menyspreu les mira. Dexaré lo treball de recitar los actes e la virtut que la altesa vostra posseheix, però no vull celar lo ver de ma demanda, ço és, los amorosos besars: si aquells jo cascun dia podia haver, poria ésser dit més que gloriós e posat en la més alta gerarchia. E per ço no·m poria star de satisfer al que la celsitud vostra ha dit que nosaltres som de més dignitat e excel·lència.

«Dich, ab vénia e perdó tostemps parlant, que no us atorgaria tal conclusió, com per tots los doctors, axí antichs com moderns, és determenat tot lo contrari, donant major excel·lència a les dones que no als hòmens. E açò ab tota veritat ho provaré ab dits de la Santa Scriptura, e noresmenys ab los IIII evangelistes —qui mentir no podien, que eren il·luminats per l'Esperit Sant— recitant en lurs evangelis que Jesucrist, com resuscità, primer aparegué a dona que no a home. Per què, rahonablement seria la dona de major excel·lència, conexent la divina bondat que per la molta virtut de vosaltres éreu merexedores de tanta honor. Car primer aparegué a la sacratíssima Mare sua e a la Magdalena que no als apòstols, per ço com conexia que no eren merexedors de precehir a les dones, e per causa de açò, tostemps seríeu jutjades per millors e de major dignitat. E per millor fortificar lo que dit he en aument de la dignitat que a vosaltres s'esguarda, com nostre senyor Déu creà l'ome, lo formà del lim de la terra, e la dona formà de la costella de l'home, qui és pus pura matèria; per ço se mostra com és creada de més noble cosa que no l'ome.

«E ultra les auctoritats de la Santa Scriptura, se mostra per speriència manifesta que si una dona se lavarà les mans e aprés les se torne a lavar no donant spay sinó que sien exutes, l'aygua que n'eixirà serà molt clara e neta. Feu lavar les mans a hun home e torne-les-se a lavar, sens que no toque res, e veureu l'aygua que n'ix ésser tèrbola e sútzia per moltes vegades que les se lave. E ací se mostra l'ome que tira a son semblant, del que és format, e no pot jamés donar sinó del que té. Per què és bastantment provat la dona ésser de major dignitat e excel·lència que l'home. E moltes altres justes al·legacions s'i porien fer, les quals lexe per altre dia.

En açò vengueren los metges, e la emperadriu hagué acabades ses ores, e acostà's a Tirant e demanà als metges quant darien licència al capità pogués anar fins al palau.

—Senyora —respongueren los metges—, dins III o IIII dies porà anar.

La emperadriu se n'anà ab totes les dames e Tirant restà ab los metges. E sab Déu, com la princessa se'n fos anada, l'ànima de Tirant quanta dolor sentia.

Com la princessa fon dins en la sua cambra, pensant en les rahons que Tirant li havia dit, vengué-li un endolciment al cor de sobres de amor que li portava. Vench en tal punt que fon fora de tot recort e caygué esmortida en terra. Com les donzelles la veren en tal so star, totes cridaren a grans crits, fins a tant que vingué a notícia de l'emperador, lo qual ab cuytats passos anà, pensant que tot lo món fallit li fos.

Com ell véu en terra sa filla, com a morta, lançà's damunt ella fent lo major dol del món. E la mare havia posat lo cap de sa filla sobre la sua falda e tan adolorits crits e plors dava que per tot lo palau eren sentits; e tota la cara e les robes eren banyades de les sues làgremes. Anaren-ho a dir prestament als metges, qui eren en la posada de Tirant. Vengué-y hun cavaller qui secretament los dix:

—Cuytau, senyors, que la senyora princessa stà en tal punt que haureu prou a fer que siau a temps de trobar-la viva!

Los metges desempararen lo sopar de Tirant e ab cuytats passos anaren a la cambra de la princessa. Lo cor sentit de Tirant prestament presumí que algun cars havia seguit a la princessa, segons los grans crits que ell sentia donar a hòmens e a dones, e cregué fermament que axí devia ésser.

Cuytadament se levà, axí mal com stava, e anà-se'n a la cambra de la princessa. E trobà-la ja retornada, e stava gitada en lo lit. E sabé com los metges havien posada tota lur diligència en dar-li salut. Com l'emperador véu ja star a sa filla en tot son recort, anà-se'n al seu apartament ab l'emperadriu, e los metges lo acompanyaren per ço com lo veyen molt fatigat per lo cars de sa filla. E Tirant, entrant per la cambra, quasi com a home desesperat, e véu la princessa star gitada en lo lit, acostà's a ella ab la cara molt alterada e, ab veu piadosa, féu principi a hun tal parlar.

Capítol CLXXIIII. Com Tirant demanà a la princessa quina era stada la causa de son mal

—Major dolor jamés sentí de la que ha sentida e sent la mia desaventurada persona, pensant hagués perdut lo major bé que en aquest món tinch ferma sperança de posseir. E molt me tarda de saber lo mal ingrat qui us ha dada tanta passió a la vostra excelsa persona. E si lo mal pogués armes pendre, yo us jur per lo baptisme que he rebut, yo·m combatria ab ell e li daria tal punició que jamés hauria atreviment de dar passió a la magestat vostra. La inmensa Bondat divina ha haguda mercé e pietat de mi, e ha per acceptes les mies justes pregàries encara que yo sia gran pecador, per ço que vós siau lo premi de la mia victòria, considerant la mia atribulada vida, car pijor m'és la vida que la mort vehent la celsitut vostra en tal punt ésser venguda. E yo sentia crits e no sabia què·m feya dolre la mia trista persona, e tan prest pensí en la magestat vostra, però deya en mi mateix: «Si algun mal té, ella m'o trametrà a dir.» Bé és stat mester que yo haja hagut sentiment del mal que la celsitud vostra passava. E yo bé conech que só desemparat de la altesa vostra. E si tal cars havia d'ésser, yo suplich a la immensa bondat de Jesucrist que yo no u veja, ans yo muyra primer, perquè no hagués a fer de la mia persona tan leig cars que n'hagués de perdre lo cors e l'ànima. E la causa que la vostra excelsa persona és posada en tanta congoxa, ha ofesos los meus ulls la glòria de yo veure aquella. E tal dret a mi s'esguarda, e jamés seré alegre fins sia segur del dubte.

No tarda la princessa fer principi a paraules de semblant stil.

Capítol CLXXV. Resposta feta per la princessa a Tirant

—Prech-te, Tirant e senyor de mi, consentir no vulles que la mia sperança sia feta vana, car de tot lo meu mal tu sol est stada causa; e com lo mal me asaltà, fon per pensament de la tua amor. E ja amor obra més en mi que no volria. E cert és més stimaria que la amor stigués secreta fins tingam temps de alegria, en la qual no y haja temors mesclades. Mas per speriència he mostrat que molt mal la tinch secreta, car, ¿qui és que puga amagar lo foch que per la sua gran flama fum no n'ixca? Paraules te dich missatgeres de l'ànima e del cor. Per què·t suplich vulles anar a veure a l'emperador, e no sàpia que a mi sies vengut primer que a ell.

E posà lo cap davall la roba e dix a Tirant hi posàs lo seu. E dix-li:

—Besa'm en los pits per consolació mia e repòs teu.

E aquell ho féu de molt bon grat. Aprés que li hagué besats los pits, li besà los ulls e la cara, y ella dix:

—Senyor, de major premi és lo loguer que no és son ofici, e de aquestes coses més sol ésser la temor que·l perill, e lo qui vol haver temor ha vergonya quant se penit.

Tirant no pogué satisfer a les paraules de la princessa, mas partí's d'ella molt content. Com fon a la cambra de l'emperador e los metges lo veren, reprengueren-lo molt per ço com se era levat del lit sens consentiment d'ells. Tirant respòs:

—Si sabés la vida degués perdre, per totes les coses del món no dexara per res de venir a veure la magestat del senyor emperador. Com yo us viu partir de mi tan fatigats e ab tanta cuyta, no podia altra cosa presumir sinó la sua gran necessitat.

Respòs l'emperador en la següent forma.

Capítol CLXXVI. La resposta que l'emperador fa a Tirant

—Recobrada la sanitat ma filla Carmesina, la dolor strema que en aquell cars yo sentí fon quasi inestimable, axí com aquell qui no té sinó hun ull e mig e pert lo hu. Pensau quina consolació en aquell cars la mia ànima podia haver! No tenia sinó dues filles: la una tinch mig perduda, que no la puch veure ni hoir, ço és, la muller del rey de Ongria; e tinch ací tot lo meu bé. E com la viu quasi morta, d'estrema dolor pensí morir. Però laors e gràcies fas à l'omnipotent Déu qui de mort, a ella e a mi, nos ha volguts liberar. E de tot perill és quítia, e yo que·m sent molt bé, per què us prech que l'aneu a veure, car de la vostra vista molt se n'alegrarà.

E aquí parlaren de moltes coses, però los metges congoxaven al capità se n'anàs a la sua posada.

—Aquest és mon delit —dix Tirant—: en la necessitat yo puga star prop de la magestat del senyor emperador.

E l'emperador li regracià molt la sua bona voluntat e tornà-li a dir que fes lo que·ls metges li consellaven, però que primer hagués una vista de sa filla Carmesina. E Tirant, molt content de les afables paraules que l'emperador li deya desijava més star prop de la princessa que allí hon stava.

Com Tirant fon dins la cambra de la princessa, trobà allí a la emperadriu, qui pres gran plaer en la venguda sua. Passaren moltes rahons de la sua malaltia e, vehent Tirant que no tenia loch de poder parlar ab la princessa, fon-li forçat de partir-se de allí, per ço que, si los metges venguessen, no u reportassen a l'emperador com s'estava ab la princessa. Pres son comiat ab prou sospirs que y lexà, e la galant Stephania —qui l'acompanyà fins al cap de la scala e a la partida— li dix:

—Senyor Tirant, dau-me remey o dau-me la mort e soterrau los meus membres banyats ab les làgrimes mies enmig del camí per hon passarà aquell benaventurat gran conestable. E porà dir: «Ací jau aquella qui amar en strem me solia.» E la pietat mia, merexedora és de aquest premi, car axí tremole com les arestes primes del blat qui són mogudes per lo lebeig suau. La sanch fug de mi e la natural calor desempara lo meu cor e lo cors, e del que dech ésser loada só culpant. De res no·m penit, encara que los cruels fats me perseguixen. Què he fet yo? Per quin peccat dech ésser absenta de aquell qui tants mals me fa passar? E altre bé en mi no resta sinó que ame los somnis e les ymaginacions que de nit me aparexen. Digau, capità senyor, ¿e yo, trista seré delliurada de aquesta dolr qui tant me turmenta?

Respòs Tirant ab paraules de semblant stil.

Capítol CLXXVII. Lo conort que Tirant fa a la duquesa de Macedònia

—La lengua és senyal de ço que lo cor desija e lo cavaller ha mester haja bon sentit natural, car l'ús de les armes, si·l perdia —ço que és la sua heretat—, seria menyspreat per los bons cavallers de honor. E si los vostres ulls haguessen vist la gran discreció que lo conestable té en les batalles e com s'hi regeix, per lo càrrech gran que té, deuríeu sostenir gloriosa paciència en vós matexa, considerant la honor que d'ell se pot atènyer. És lo callar més propi que lo respondre. Però, senyora, yo us diré com serà: ja haveu vist com la senyora princessa me ha manat que yo vaja per exercir lo meu ofici, per la gran sperança que en mi tenen, per què m'és forçat de anar. E com sia allà, si ell stava dins hun ventre de peix, yo·l ne trauré e trametré'l-vos.

De aquestes paraules restà molt contenta la duquessa.

E Tirant se n'anà a sa posada, hon trobà los metges qui l'estaven sperant. Feren-lo tornar en lo lit, e miraren-li les nafres e trobaren-les molt alterades, per ço com stant ab la princessa se era molt inflamat per la molta amor que li portava. E la curació de les nafres fon pus greu que les nafres, com los del camp de Tirant staven desesperats de la sua malaltia e no tenien nenguna sperança de victòria sens la virtut de la sua noble persona. E la amor que la gent d'armes li portava era cosa de gran admiració.

Lo soldà tramés sos embaxadors al camp per contractar ab Tirant e, com hi foren, no y trobaren lo capità. Dolgué'ls molt e per correu ne avisaren a l'emperador, lo qual prestament los tramès a dir que vinguessen a ell, que segurament podien anar e venir, car negun príncep no deu denegar la vista de neguns embaxadors.

Com los embaxadors aplegaren a la ciutat de Contestinoble, ja Tirant stava en bona disposició de les sues nafres, e anava al palau e cascun dia comunicava ab l'emperador de la sua partida.

Com l'emperador sabé que los embaxadors venien, no volgué que Tirant partís. E lo dia que los embaxadors entraren, l'emperador hi féu exir a rebre'ls tots los majors de la ciutat e de la sua cort bé una legua luny de la ciutat. E lo capità anà fins al portal de la ciutat. Abdal·là Salamó, com véu a Tirant, no contrastant que per lo gran soldà fos tramès, descavalcà prestament e donà del genoll en terra: féu-li molta honor e tornant-li a fer infinides gràcies com lo havia liberat com fon pres prop lo riu de Transimeno. Lo capità lo féu tornar a cavall, e partiren de allí e anaren davant l'emperador, lo qual los rebé molt bé, ab cara afable, fent-los molta honor, per ço com allí venia per embaxador lo rey de Armínia, qui era germà del Gran Caramany. Feren parlar Abdal·là Salamó, per ço com era molt pus entés que tot los altres, e féu principi a tal parlar.

Capítol CLXXVIII. Com l'embaxador del soldà splicà la sua embaxada

—A la tua alta magestat senyor som tramesos per aquell temerós, excel·lent e lo major del món, senyor dels senyors de la secta mafomètica, ço és, lo gran soldà de Babilònia, hoc encara per lo Gran Turch e senyor de les Índies, e per los altres reys qui·s troben en lo seu camp. Venim a la tua prefata magestat per tres coses —sens la primera: los quals tenen gran desig de saber la tua sanitat, vida, honor y stat. E venint a la primera: treves de tres mesos per mar e per terra a tu sien dades si admetre-les volràs. La segona: sabent com aquest virtuós capità dels crestians ab la sua fort spasa ha subjugat aquell poderós senyor, lo Gran Caramany, e lo rey de la subirana Índia, qui venia en sa companya, e si per preu de rescat volràs dar lo Gran Caramany, que sia pesat tres voltes e, tant com serà son pes, d'or te serà donat; e com la balança serà al fi, ab pedres precioses serà mès en la balança de ta part, tantes fins que a l'altra faça desdir. E darem per lo rey de la subirana Índia hun pes e mig. Venint al tercer cap: si la tua excel·lència volrà concòrdia e pactar-se, tota iniquitat e malvolença apart posada, mas ab pau, amor e bona confederació, e tu com a pare per ell seràs tengut e tu a ell poràs haver com a fill. E si per premi de tal concòrdia li volràs dar a ta filla Carmesina per muller, sots aquest pacte e condició que si fill ix, haja a pendre la nostra secta de nostre sant profeta Mafomet, e si ix filla, sia representada a la mare e vixqua en ley crestiana. E aquell viurà en sa ley e la princessa en la sua. E axí poríem dar fi a tots los mals. E lo dit soldà, en premi del dit matrimoni te restituhirà totes les ciutats, viles, castells que dins lo teu imperi ha presos, e més, te darà dos comptes de dobles e farà pau final ab tu e ab los teus; e fer t'à valença contra tots aquells qui noure't volran.

E donà fi en son parlar. Lo emperador hagué bé comprés tot lo que l'embaxador havia preposat. Levà's de allí hon seya e entrà-se'n en una altra sala ab lo capità e ab tots los seus de son consell. Concordaren allí, per sguart de la malaltia del capità, fossen donades e atorgades les treves. L'emperador féu entrar allí los embaxadors e dix-los que per amor e contemplació del gran soldà e, per semblant, del Gran Turch, ell era content de fermar en les dites treves e pau de tres meses, e de les altres coses se aturava son acort.

Fermades les treves, ab imperial crida foren publicades, e semblantment ho feren los turchs. L'emperador solicitava molt sovint los consells. E molts per atényer pau, loaven molt lo matrimoni de la princessa en tant que l'ànima de Tirant no era segura. E hun dia Tirant, essent dins la cambra de la princessa, present moltes donzelles que hi havia, dix:

—O com me tinch per malaventurat per ésser vengut ací, per ço com veig dos contraris star ensemps en una voluntat, qui deneguen lo dret a de qui és! O cruel Tirant! ¿Per què dubtes morir, que veus lo pare unit ab son consell contra la excelsa persona de sa filla? Que sia sotsmesa a hun moro enemich de Déu e de la nostra ley! Tanta bellea, virtut e gràcia, ab tanta magnitut de linatge, ésser aterrada e posada en tan gran decaÿment! E si a mi era lícit de yo recitar les perfeccions e grans singularitats que la senyora princessa poseheix, la qual yo ame e desige servir, a una deessa la poria acomparar. Ay, que yo veig ab la pensa allà hon ab lo cors no puch anar! O, missatger més cruel que los altres! Yo·t tenguí pres e, si tant hagués sabut que m'havies tant enujar, no t'haguera perdonada la vida ni posat en libertat. E donant-te de grat lo que tant desijaves, ¿per què fas tan cruels batalles contra mi ab pensa deliberada? O missatger, qui Abdal·là Salamó nomenar-te fas! Si est en recort com me diguist que havies amat e, si no u sabs, vull que u sàpies: que, encara que tu no cometes crueldat contra la senyora princessa, comets-la contra mi, qui tant de bé t'he fet. Què faries tu si no sabesses què és amor? Benaventurada cosa és la mort, qui dóna remey a tots los mals! Yo, donzelles, no sé qual és major dolor. Consellau-me vosaltres, d'ésser luny o prop del que més ame. La sperança de la senyora princessa, ara que la tinch prop, m'escalfa per la flama qui·m crema, mas aquest foch mou a mi sovint a làgremes de pena. E lo qui stà luny, encara que tinga molta sperança, no l'escalfa tant la sperança com la flama, e per conseqüent, la pena és més simpla e més larga, e lo qui és més prop crema més fort. E si la altesa vostra se'n va, la pena del desig que yo sentiré com no us poré veure, serà tal com lo de Tàntalus, qui vol pendre les pomes qui li fugen e seguir ab la boca l'aygua que li fuig. ¿E què resta, donchs, a mi que puga fer, si la magestat vostra se'n va? Que·m done yo mateix la mort. E serà senyal per lo qual yo seré cregut que sens ficció amava la celsitut vostra més que a mi mateix.

No tardà la princessa fer principi a paraules de semblant stil.

Capítol CLXXVIIII. Conort que la princessa fa a Tirant

—Si la fortuna ha comanat a tu ésser jutge de la mia salut, la vida e la mort mia en la tua mà stà. E lo poder que tens de destruir a mi, deu ésser a tu glòria, si tal poder te plau. Major virtut serà si yo só restaurada per a tu en premi de tos treballs. ¿E com pots tu pensar que la mia real persona se pogués sotsmetre a hun moro, ni lo meu cor, tan alt e generós, se inclinàs a ésser amiga de hun perro de moro, qui tenen tantes dones com volen e neguna no és muller, car poden-les lexar tota hora que·s volen? Com? De tants magnànims reys com ha en lo món, qui·m desigen haver per muller, e yo tostemps ho he denegat! Per què, ara és demesiada cosa pensar en tal cars, car mostraria que só tornada folla o he perdut de tot lo sentiment, si res de açò per l'enteniment me passava. E si has dubte que mon pare no·s concorde ab los del consell, no tingues tal temor, car tota la fermetat de l'emperador stà en la mia lengua, en yo dir sí o no. Mas la tua amor e sperança és laugera e de poca constància, car la adversa fortuna tostemps dóna aflicció als miserables qui tenen poca fe i sperança en les enamorades qui són de preu e de valor. E yo no·t conech més benigne en lo principi que en la fi. Remou, donchs, de tu, cavaller virtuós, tota natura de pensaments e fia de la tua Carmesina, car aquella serà a tu segura defensa de tots tos drets axí com tu defenses e has defesos los seus. E pots manar, per manera de senyor de mi, totes aquelles coses que a tu en grat seran.

Estant en aquestes rahons, vench la emperadriu e torbà'ls, que no pogueren més parlar, e demanà'ls de què parlaven. Respòs Tirant:

—Puix a la magestat vostra li plau saber de què parlam, nosaltres parlàvem de aquests embaxadors com han tenguda tan folla presumpció en demanar que la senyora princessa sia muller de un perro fill de ca. Qui ha renegat son Déu e senyor, ¿no renegarà a sa muller si la té? Cert, senyora, sí farà. E com la tingués en la sua terra e li donàs mala vida, ¿qui seria aquell qui la defenés ni li pogués ajudar? A qui recorreria ni demanaria socors? A son pare no u porà fer, que la sua edat no lo y consent. Si la demana a sa mare, ja molt menys, que temor tendrà de passar la mar tremolosa, ab tanta dolor com les dones la gosen passar. D'altra part, ¿qui porà vedar que algun turch, per força, no faça a sa voluntat de la excel·lència vostra? E per una senyora ne perdríem dues. Com pens en aquestes coses, la mia ànima plora gotes de sanch, e freda suor gela tot lo meu cors. E sols lo hoir ofén tant les mies orelles que desige ans morir que veure hun cars tan nefandíssim, de amar més hun moro renegat que hun cavaller de la sua terra. Cosa vergonyosa és d'ací avant parlar-ne més, sinó que desige que la mia ànima fos en lo repòs celestial e lo cors fos en la fossa.

No tardà la emperadriu, ab ànimo sforçat, fer principi a hun tal parlar per dar conort a Tirant.

Capítol CLXXX. Lo conort que la emperadriu fa a Tirant

—Una causa qui·s mena injusta e s'i dóna sentència falsa, prest és revocada. Aquests embaxadors vénen ab la malesa al davant e volrien fer son joch taula. Dexau fer e tenir a l'emperador sos consells, car yo e ma filla ho tenim de fer e, qui compta sens l'oste, dues voltes té a comptar. E per ço, capità virtuós, puix yo veig vós conexeu la rahó e lo que no·s deu fer, siau vós de part nostra e noga qui puga, per bé que no y sia molt necessari. Però si·m fan despullar la gonella de paciència, yo us assegur, als qui mal hauran consellat, ells ne portaran penitència tal que serà càstich a ells e exemple als altr[e]s. E si tal cosa se feya, vendrien a la mia memòria mil maneres de morir, e la mort seria a mi menor triga que la pena de la mort. Car yo, ofesa, he aprés tembre los hòmens stranys per ço com tinch l'altra filla en stranya terra. E deguda cosa és a mi plorar, puix altre remey no tinch, e plorant desmenueix e aleuja la ira, e de nit los meus ulls destil·len doloroses làgremes en loch de dormir. Dexem aquestes rahons, car no poria parlar sinó de dolor, tan embolicada m'i veig. E per ço, capità virtuós, la tua cavalleria és digna de altes laors. E yo ans daria a ma filla marit que fos conegut e animós, per pobre cavaller que fos, que dar-la al major senyor del món qui fos covart e mesquí. No pense negú que en ma vida yo la dexàs partir de mi. Cavaller vull que sia valentíssim e sàpia guanyar e adquerir honor per a si e per als seus, e de aquell reste memòria en lo món, cascú fent-ne testimoni. E per mi jamés serà rebut, ne menys per ma filla, si perfet efecte no porta e sia fet net de totes les passades culpes.

—Senyora —dix la princessa—, ¿què val al cavaller ardiment, que savi no sia? És veritat que porten ab si gran noblea, ardiment e saviesa, però a tots los grans senyors és més útil saviesa que ardiment, car més en lo món són stimats.

En aquestes rahons entrà lo emperador e volgué saber de què parlaven. Dix lo capità:

—Senyor, ací tenim una qüestió, la més graciosa que dies ha yo haja hoït, i és aquesta. La senyora emperadriu posa semblant demanda, e diu axí: que si ella tenia hun fill, ella stimaria més que fos senyorejat de aquell virtuós senyor qui en lo món se fa nomenar ardiment que de negun altre, com sia lo major do e de major excel·lència que natura puga donar. Diu la senyora princessa que ardiment és gran senyor, e en lo món deu ésser molt reverit, però que ella té per molt major e de més alt grau e dignitat saviesa que ardiment, e que negú no pot negun bon fet fer si savi no és. Aquesta és la qüestió de aquestes dos senyores. Plàcia a la magestat vostra declarar quala manté millor dret.

Respòs l'emperador:

—Yo no y poria fer bon juhí si primer no hoïa les parts, per què us prech, ma filla, que prestament sàpia vostra intenció.

—A mi, senyor, no és donat de parlar de semblants fets davant la magestat vostra, ni primer que la senyora emperadriu, mare e senyora tan amada per mi.

—Digues —dix l'amperadriu—, puix ton pare t'o mana. Mostra ací tot lo teu saber, car per açò no menyscabarà amor en mi.

La princessa se detingué molt en cortesies ab la mare, que no volia dir primer. Mas, per obeir al manament del pare e de la mare no tardà en fer principi a paraules de semblant stil.

Capítol CLXXXI. Com la princessa favoreix saviesa

—Diverses sentències foren dels antichs philòsofs qual era lo major bé de aquest món. E foren moguts per ço com veyen que riqueses eren molt stimades e los richs hòmens eren per aquelles molt prosperats e reverits. E de aquests fon Virgili, qui féu libres com se porien riqueses adquerir, e Cèsar, que posà tota la sua felicitat en les riqueses de aquest món. Altres digueren que cavalleria, car per aquella los cavallers animosos adquerien honor e fama en lo món, e aconseguien victòria de lurs enemichs e feyen molt nobles conquestes de molts regnes e terres, e de aquests fon Lucà, que féu libres de cavalleria e conquistà la major part del món. Hagué-n'i d'altres qui digueren que salut, qui era conservació de vida, dels quals fon Galién, qui féu libres com hom pogués haver salut, e l'emperador Costantí, predecessor vostre, qui per salut volgué donar lo romà imperi. Hagué-n'i d'altres qui digueren que lo major bé de aquest món era amor, qui feya viure la persona alegra e graciosa e li feya exercitar actes virtuosos, dels quals fon Ovidi, qui féu libres de amor, e Paris, qui per Elena féu molt honorosos fets. Altres digueren que bones costumes, car per bones costumes l'ome de baxa condició era exalçat, dels quals fon Cató, qui féu libres de bones costumes. Altres digueren que saviesa, car per saviesa conexia hom a Déu e a si mateix, e de aquests fon Aristòtil qui féu libres de saviesa, e lo rey Salamó, a qui, entre los altres, nostre Senyor féu senyalada gràcia, que li tramès l'àngel dient-li com nostre Senyor li atorgava que de tres gràcies, que triàs la que més amàs, ço és, saviesa sobre tots los hòmens del món, riquesa e victòria de tots sos enemichs, y ell elegí saviesa. E l'àngel li dix que havia elegit lo millor. E ab aquesta gràcia aconseguí les altres, que fon lo més savi e lo més rich home que sia stat en lo món, de or e de argent, per ço com sabé fer la pedra dels philòsofs e, ab lo gran tresor que tenia aconseguí victòria de tots sos enemichs. E tot açò obtingué per la saviesa.

«Aprés, pot veure la magestat vostra dels romans, qui del món hagueren monarchia, tot per saviesa, que altrament no y foren stats bastants. E entre ells servaren tal costum: que negú no podia ésser cònsol ni senador si savi no era, encara que fos lo millor cavaller del món. E tant com ells servaren aquesta pràtica durà la lur senyoria, car, tan prest com dexaren saviesa e y posaren de totes gents, foren prestament perduts. Car saviesa venç les batalles e lo amorós fa star liberal e conexent, e pot ajustar or e argent, e guarda's de fer tota malvestat. E com l'ome és savi, tots lo desigen per regidor, duch, rey e senyor, ço que no fan per gran ardiment que tinga, car l'ome qui té ardiment sens saviesa, és tengut per foll. E a mi par que tot home deu tenir temor de la mort, per ço com és *ultimum terribilium* passar de aquesta vida en l'altra e, com l'ànima és del cors exida, lo cors resta en gran menyscapte. Per què, fas conclusió que saviesa vol tant dir com de totes coses senyor.

Acabant la princessa de magnificar saviesa, no tardà la emperadriu fer principi a tal parlar.

Capítol CLXXXII. Com la emperadriu satisfà al que ha dit la princessa

—Moltes voltes s'esdevé que algunes justes causes se perden per culpa de ésser mal rahonades. E per yo no haver studiat les liberals arts com ma filla, no puch tan pròpiament fundar la mia intenció ab dits de philòsofs ni de hòmens de sciència com ella ha fet, sinó que ab natural rahó la mia intenció fundaré, en forma tal que la magestat del senyor emperador e tots los hoïdors seran conexedors de la mia clara justícia. E dich, primerament, que saviesa no deu ésser dada als cavallers, car negun cavaller qui savi sia no pot fer negun bon fet honorós, car pensa en lo gran perill qui és en les armes e contempla tots los inconvenients que seguir-se'n poden: pert lo ànimo de empendre res que de honor sia, qui ab perill se haja atényer, ans és hun gran covart. Per què dich que saviesa no deu ésser acomparada ab ardiment. No sabeu per a qui fa la saviesa? Per a ciutadans e juristes, qui han a regir les comunitats e administrar la justícia. Aquests tals ab la saviesa treballen contínuament en fer viure a si mateix e a la popular gent en repòs, squivant tant com poden tota manera de guerra.

«E de ardiment se veu cascun dia que de poch home fa gran senyor, segons se lig de Alexandre, qui era poch home e per ardiment lo món tot senyorejà. E Juli Cèsar, qui per ardiment fon monarca del món. ¿E no sabs tu, ma filla, com per l'ardiment de Èctor e de Tròyol detingueren deu anys los grechs, que no pogueren pendre Troya? ¿Què us diré del bon rey Artús, de Lançolot, de Tristany e, sobre tots, de aquell strenu cavaller Galeàs, qui, en companyia de Borç e Perseval, la conquesta del sant Greal compliren per lur gran ardiment? E de tots aquests en lo món no·n fóra feta menció alguna per savis que fossen stats, sinó per lo gran ardiment que tenien. E al cavaller que no té ardiment, més li valria la mort que la vida. Per què·s mostra que més val ardiment que saviesa, e ab ell no·s deu acomparar, car lo savi tostemps fuig de allà hon ha perill de mort, e de poca cosa se té per content, puix ho puga sens negun empediment posseir, e no cura de la mundana glòria per lo perill que se'n pot seguir. E lo animós cavaller va per lo món conquistant e comporta fam, set, fret e calor, e troba's en combats de ciutats, viles e castells, qui és cosa molt perillosa. Lo savi no fa res de tot açò, ans se guarda del sol en l'estiu e de suar, y en l'ivern de la serena, e tota la sua vida porta molt arreglada. E si ell veu foch encès en vila o ciutat, plany molt per los béns, que no·s guasten. De guerra no se n'alta gens, del temps pren lo millor que pot: elegeix ans lo bé que lo mal. E lo cavaller animós fa tot lo contrari, que tostemps treballa en destruir sos enemichs e, com més mal los pot fer, ne resta més content.

«E per mostrar millor speriència, mira lo valerós Tirant com ho ha fet de les grans batalles que ha hagudes, com ab ànimo sforçat los ha posats tots per terra e·ns fa viure en nostra libertat, e a la magestat del senyor emperador fa·seure ab triümpho en la sua imperial cadira. E de tot açò és causa lo seu gran ardiment. Donchs, clarament se mostra que ardiment és lo senyor e saviesa és lo seu conseller. Encara te diré més: per lo gran ardiment que tingué, Jhesucrist no dubtà pendre mort e passió en la creu per rembre natura humana, obmetent-se la saviesa, per ço com ab aquella se podia molt bé scusar de la mort, que poguera reparar lo peccat de Adam en moltes altres maneres que la sua inmensa saviesa haguera trobades. Mas per lo gran ardiment que tenia, no dubtà de batallar ab la mort, perquè sabia que, morint, ell la mataria.

«E lo qui vol aconseguir la glòria de paradís li és bé mester que tinga cor e ardiment en batallar contra lo món e la carn, e contra los sperits malignes qui contínuament li donen guerra. E si no té ardiment de tots a combatre, son fet no és res. Mira los màrtirs sants ab quant ànimo prengueren corona de martiri e per ço aconseguiren la eterna glòria. Los sants confessors foren los savis qui per alta contemplació obtingueren la glòria de paradís. Per què clarament pots veure que prou rahons t'e fetes fundant largament ma intenció, si entendre-ho volràs. E done't licència que digues tot lo que pugues ni vulles dir en defensió de ton dret, e mostra tot ton saber, com ardiment sia fortalea del sperit, lo qual lo nostre redemptor Déu Jhesús volgué donar als seus sants apòstols perquè ab sforçat ànimo anassen a preïcar la santa catòlica fe, axí com se lig en los *Actes dels apòstols*. Per què, suplich a la magestat de mon senyor l'emperador, com veja la mia justícia molt clara, hi vulla donar presta declaració.

No tardà la princessa fer principi a tal resposta.

Capítol CLXXXIII. Rèplica que fa la princessa a la emperadriu, sa mare

—Puix per dret natural la rahó·m força obeir los manaments de la excel·lència vostra, diré mon parer de mon poch avisat stil protestant, com a mare e senyora a qui ame sobre totes les coses del món demanant vènia e perdó si ab mes paraules diré alguna cosa que sia contra lo gentil stil de la altesa vostra. E per no fatigar les orelles dels hoÿdors de les infructuoses paraules que han oïdes, abreviaré lo efecte del que vull dir perquè clarament sia vist qui haurà millor sabuda fundar la sua intenció. E diré primer de Alexandre, que la excel·lència vostra al·legat ha dient que poch era, mas que per ardiment lo món conquistà. Parlant ab la deguda reverència, no fon axí, ans li féu senyorejar lo món Aristòtil ab saviesa, perquè li consellà que fes cremar tot lo que los seus havien guanyat perquè tinguessen voluntat de més guanyar-ne e no stiguessen ociosos e que les armes haguessen a seguir. De Cèsar vos diré qui gran senyor fon en lo món e tot ho aconseguí ab saviesa. E com se véu molt poderós e sublimat en gran honor e riquesa, desconegué's, regint ab crueldat strema e los seus lo feren matar. Dels altres no us ne vull dir més.

«E per ço com la magestat vostra ha dit que lo savi de poch se té per content, per ço la divina bondat de Nostre Senyor li ha dat natural sentiment en conéxer mal y bé, qui expressament nos mana que no vullam res guanyar injustament. E lo qui savi és, molt bé se'n guarda. Emperò la saviesa té dos senys: la hu és temporal, l'altre speritual. Lo seny speritual solament nos devisa que·ns guardem de peccar e que servem los manaments de Déu, e que cregam en los XII articles de la santa fe catòlica e que façam smena de nostres peccats en aquest món durant la nostra vida, ab confessió, contricció e satisfacció, e fent penitència de aquells. E tot açò fa lo qui és savi. Lo seny temporal és que hom conega a si mateix e saber lo que hom és tengut de fer, e legir libres de aquells qui més sàviament e virtuosa han vixcut en lo món perquè·ls pugam imitar. Car de l'home savi se pot bé dir que és per a regir tot lo món e l'ome animós no sab altra cosa fer sinó morir com a desesperat.

«Mas, vejam com nostre Senyor vingué en lo món, si lo y féu venir ardiment. Bé seria foll qui tal cosa creya, car per tots los theòlechs és determenat que la sua inmensa saviesa lo y féu venir, conexent que, puix natura humana era perduda per lo peccat de nostre pare Adam, e que no·s podia reparar si ell no y venia, fent unió de la divinitat ab la humanitat. E per ço com dona era stada causa de la perdició de natura humana, la immensa saviesa de nostre senyor Déu dispensà que la reparació fos feta per dona per ell preeleta, tal que fos sens màcula de algun peccat actual, mortal, venial ni original, e en lo verge ventre de aquella volgué pendre humana carn, e prengué mort e passió en l'arbre de la vera Creu per donar a nosaltres la eterna vida. Per què, clarament se mostra que ardiment no haguera bastat en fer hun tan gran fet, car sabut és que saviesa és do de natura e stà en lo enteniment, qui és lo major senyor de tots e més noble. E ardiment stà dins lo cor e, si gens lo tocau, prestament se mor e lo cors és perdut. Per què li deuen dar per curador a saviesa, que·l guarde de tot mal. E qui sovint usa de ardiment, poca és la sua vida e tostemps serà subjugat a les misèries e penes de aquest món, car de mal principi bona fi no s'espera. E la excel·lència vostra sia en recort d'ací avant que negú no pot atényer la glòria de paradís sinó per saviesa. Per què, suplich a la magestat de aquell magnànim pare e senyor meu que no vulla haver sguart al meu poch avisat enteniment en no haver bé sabuda rahonar la mia justícia, com de si matexa és ja rahonada per ésser tan clara.

Plagueren al vell emperador les avisades paraules de sa filla que havia rahonat e fon manifest quant lo gentil stil fa la justícia més clara.

No tardà le emperadriu en fer principi a hun tal parlar.

Capítol CLXXXIIII. Replica la emperadriu, responent a sa filla

—Si de l'univers la consideració mires, veuràs com sol ardiment és aquell qui·l conserva, lo qual, si·s perdia, en poch temps lo món tot se perdria caminant en total destrucció. Com sia cert que ardiment sia de major excel·lència que saviesa, te vols sforçar de sostenir causa ja perduda. E per ço com est de poca edat e lo saber no t'acompanya en tal meneg, dar-t'o he a sentir pus clarament, com saviesa en la testa stà e ardiment en lo cor. E per ço dien los naturals philòsofs que lo cor és lo més noble membre del cors, e tots los altres membres són a ell subjectes e li són obedients a tot lo que lo cor los mana, e negun altre membre no pot res fer per si, sinó tant com lo cor vol, e totes les virtuts que lo cors posseyr pot, han de haver principi del cor, d'on se mostra clarament que ell és lo senyor. E si la persona té gens de enuig, prestament se coneix en la vista, segons lo cor stà. E si lo cor dorm, los altres membres no·s mouen ni tenen gens de sentiment. Per què, bé par clarament que lo corés senyor de tots los altres membres.

«Ara pots veure com he bé provat, ab natural rahó, que lo cor és del cors senyor, axí com és ardiment de saviesa. E com la divina Providència creà l'ome, lo cor li posà enmig del cos perquè fos millor guardat, axí com un rey és posat enmig dels seus com volen donar batalla, per ço que los enemichs no li puguen dan fer, per ço lo guarden ab gran sforç e diligència, car lo seu dan de tots seria. E per ço diu lo vulgar que ardiment és cap e principi de totes virtuts, car altrament l'ome no seria res stimat. Per què·m par que haja prou dit e copiosament provat tot lo que dir s'i poria, e sens ardiment no·s pot atényer la glòria de paradís ne conquistar lo món. E fas fi suplicant a la magestat del senyor emperador que y vulla donar la sua difinitiva sentència.

No tardà lo magnànim emperador en fer semblant resposta.

Capítol CLXXXV. La resposta que l'emperador féu a la emperadriu e a la princessa

—Si ab les nostres entenebrades penses e ab lo enfuscat entendre fals stimam tant com nostra voluntat empeny, prejudicant l'altitut de nostra condició humana, dexant la infinida fi del sobiran. Bé, elegint en les creatures humanes egualment de nostres misèries la última benaventurança, fent contra la regla de natural rahó qui·ns mostra la fi de les coses rahonables e qui són de més vàlua que les coses que a elles s'esguarden, e perquè la veritat millor se mire, ab bon consell la qüestió vostra serà justament determenada, per bé que, al parer meu, neguna de vosaltres no fretura de advocat ni de procurador en defendre la vostra causa, com aquella sia stada molt ben rahonada, no oblidant-vos-hi res per a dir. E perquè cascuna de vosaltres desija obtenir la sua intenció, demà siau ací per hoir la sentència. E yo hauré agut consell de cavallers e de doctors e, sens fer favor a neguna de les parts, justament s'i declararà.

L'emperador ixqué de aquella cambra e entrà-se'n en una altra, e aplegà consell de cavallers e de juristes, e hagué en lo consell de grans altercacions, que molts tenien la part de ardiment, los altres de saviesa, e aquí disputaren molt e no·s podien concordar. A la fi, l'emperador se n'anà ab les més veus e féu ordenar la sentència.

E l'endemà, a la hora assignada, l'emperador fon en la gran sala ab totes les dames, e asseyt en la imperial cadira. La emperadriu se assigué al seu costat e la princessa davant ells, e tots los barons, nobles e cavallers se assigueren perquè hoÿssen millor la sentència que·s tenia de publicar. Com tots foren asseyts, e posat scilenci, l'emperador manà al seu canceller major que publicàs la sentència. Lo canceller se levà e donà del genoll en terra, e començà a publicar la sentència, qui era del tenor següent.

Capítol CLXXXVI. La sentència que l'emperador manà publicar

En nom de aquell qui és infinit, Pare, Fill e Sant Sperit, verdader Déu en trinitat perfeta, nós, Enrich, per la divina gràcia emperador de Contestinoble e de tot l'Imperi Grec, vista una qüestió qui·s menà entre la excel·lent e molt cara muller nostra, la emperadriu, de una part, e la excelssa molt amada filla nostra, la princessa, vistes les al·legacions per cascuna de les parts fetes e molt bé rahonades e defeses, havent Déu davant los nostres ulls e la pensa elevada en fer dret juhí, ab concòrdia de la major part del nostre sacre consell, no havent sguart a la molta amor que a cascuna de les parts portam, sinó sol a la recta justícia e donar lo dret a qui·s pertany: e attenent e considerant que saviesa és lo més alt do que Déu e natura poden donar a la creatura humana, e de major perfecció e noblea, e de aquella totes les virtuts que lo cors pot possehir prenen principi e fonament, e sens aquella no són res —axí com lo sol de qui prenen lum tots los planets e les steles e il·lumina tot lo món, axí és saviesa que senyoreja totes les virtuts e resplandeix per tot lo món, per què és dit gran senyor—, emperò, necessitat és gran a l'home que tinga ardiment, e si no·n té, no deu ésser res stimat, e per ço ardiment deu ésser agraduat aprés de saviesa. E per semblant dien que·l savi no deu ésser res stimat si ardiment no té, car deuen ésser com a germans. E per ço lo cavaller qui és savi e animós és complit de la gràcia de cavalleria, e li deu éser feta grandíssima honor e deu ésser posat en real cadira si virtuosament viu. E liberal és lo cavaller qui ardiment ama, e per ço fon Pompeu de batalles vencedor. Però com los dos són complidament en hun cavaller, qualsevol que sia, en aquest pertany de haver senyoria o dignitat la major del món. E per ço declaram e sentenciam que la emperadriu, qui manté ardiment, sia tenguda d'ací avant de dir gran bé de saviesa. Encara, li manam que en qualsevulla loch que sia bon se parle de saviesa e de ardiment, done la honor primer a saviesa, puix la té, e que u diga de bon cor, sens passió ne mala voluntat, e que entre mare e filla no y reste iniquitat alguna, sinó axí com de mare a filla fer-se deu.

Publicada que fon la sentència, loaren-la les parts, e tots los que la hoÿren donaren grans laors a l'emperador com havia tan rectament judicat, e digueren aquell exemple vulgar qui diu que de bon fruyt ix bon fruyter e, de virtuós cavaller juhí verdader.

En la publicació de aquesta sentència se trobaren los embaxadors del soldà, e lo Gran Caramany, e lo rey de la sobirana Índia. E l'emperador tingué consell ab lo seu capità e ab altres cavallers, e fon delliberat que fos feta una gran festa e aprés que tornassen la resposta als embaxadors perquè se'n poguessen tornar. E l'emperador ne donà càrrech a Tirant que ell ho ordenàs tot, axí d'armes com de dances e altres coses. E Tirant ho acceptà perquè no podia lo contrari fer, sinó lo que d'ell se pertanyia. Fon feta crida per al quinzén dia.

Com Stephania véu que tots los grans senyors eren venguts per sguart de les treves e lo gran conestable no venia, scriví-li una letra qui en efecte contenia semblants paraules.

Capítol CLXXXVII. Letra tramesa per Stephania al gran conestable

Haver trencada la fe no profita als cavallers, car aquell loch demana les penes de deslealtat, majorment com algú ofén amor, e tu has ofesa a mi, per ço com me prometist que molt prestament series a mi tornat. E al desleal e trencador de fe hun defalt li basta e, qui lo y perdona, aparelle's de perdonar-li'n molts. E sé't ben dir: menor pes ha en tu que en la subiranesa de la aresta. E tems tu que yo no sia de tanta vàlua que no pertanga a tu e que yo no sia digna del matrimoni teu? No sé per quina rahó stàs de no venir a mi. E si per ventura nova amor abraça lo teu coll e braços, sia yo fi de la nostra amor. O Déu! ¡Muyra yo ans que sia ofesa per tan criminós adulteri, e la mia mort sia primera que tal culpa sia tua! E no dich yo les coses desús dites perquè hages dat a mi senyal d'esdevenidora dolor, ni que yo sia coneguda per novella fama, mas tem totes aquestes coses. Car, qui és aquell qui ha amat segurament?

E cascuna error comou egualment ànsies. E tu fes per manera que destruexques a tos enemichs, mas no a ta sposada, car mon delit en bé o en mal s'és convertit, e la tua persona sostendrà tants dans ab tanta pèrdua de ta honor. Mas d'altra més justa scusa per al que m'has ofesa: los fats envejosos de la mia pròspera fortuna. E la sperança de bé e temor de mal me fa creure adés una cosa, adés altra, e la mia mà, feta flaca per scriure, jau en la mia falda.

Capítol CLXXXVIII. Resposta feta per lo conestable a la letra d'Estephania

Sí fos mort, vixquera ab ínclita fama, quiti de criminosa infàmia, la qual, més maliciosa que vera, li has posat nom, e tant demanes guardó de la strema dolor que tos mals t'espera, lo qual no basta lo preu de la mia trista persona. Car la tua bellea te fa meréxer, encara desamant, no tan solament és rahó sies amada, mas com a sancta de oració merex la tua persona ésser adorada: sols aquest pensament me forçara respondre a ta lletra. Si creus les mies mans stiguen segures en l'exercici de les armes, lo terme de mon scrit creya que, de la glòria que de ma letra atenyeries, te faria descobrir lo que per amor és rahó tingués celat. E sens dubte aconseguiria terme ma atribulada vida, si amor advocant la part mia no·m fes clarament veure la tuà letra ésser merexedora de resposta presta, sols per restaurar ta vida e fugir lo nom [d'omeçida]. Vols que·t diga? La mia pensa stà ferma en la sua devoció. E no hages altre pensament de mi yo pogués amar altra sinó a tu. Recorda'm aquella derrera nit que tu e yo érem en lo lit. Entraven los raigs de la luna e, tu pensant fos lo dia, deyes en manera de querella: «E moguen-te a pietat los grans jamechs e dolorosos sospirs de la mesquina d'Estefania e no vulles mostrar tan aïna la força del teu gran poder! Dóna loch a Stefania que repose hun poch ab Diafebus!» E més deyes: «¡O, quant me tendria jo per benaventurada si yo sabés l'art màgica que és l'alta sciència dels màgichs, en la qual han poder de fer tornar del dia nit!» Mas yo só content del delitós premi que virtut ab si porta e de ço que la tua letra demana. Faç fi tement la tarda de mon scriure no metés en perill ta persona.

Capítol CLXXXVIIII. Les grans festes que l'emperador féu fer per amor dels embaxadors del soldà

Feta la letra, la donà al scuder que la y havia portada, dient-li:

—Amich, digues a ta senyora: per lo càrrech gran que de aquests afers tinch, no és en libertat mia poder-los lexar sens manament de superior. Però passada la festa que·l senyor emperador fa, yo faré mon poder de ésser-hi. E per mi besar-li has les mans a la qui és en virtuts complida, e aprés a la senyora de qui só.

Aquell pres son comiat e tench son dret camí envers la ciutat de Contestinoble. Com aquell fon aplegat dins lo palau, trobà en la cambra a Stefania ab la princessa a grans rahons e, com per elles fon vist, aquella a qui tocava lo premi de tal mester levà's prestament e ab cara molt alegra li dix:

—Què és de aquell qui té la mia pensa subjugada a tota sa voluntat?

E aquell, sens respondre res, anà allà hon era la princessa e besà-li la mà. Aprés girà's envers Stefania e féu lo semblant, e donà-li la letra que portava. E com aquella la tench en ses mans, alçà-la envers lo cel en senyal de oferta.

Aprés, legida la letra, elles abduys hagueren moltes rahons, aquella dolent-se com lo conestable no seria allí en aquelles festes, per ço com l'escuder [no] descobrí la veritat de la sua ficta e temerosa venguda.

Vengut lo dia de la festa, lo conestable vench a una legua de la ciutat molt secret, e allí se aturà fins a l'endemà. Stefania en degun cas no volia anar a la festa, puix no y era lo que ella amava. E la princessa la'n pregà molt, dient que, si ella no y anava, tanpoch s'i iria e totes les festes se destorbarien, en tant que a Stefania li fon forçat de anar.

Aprés les misses dites, ab molt gran sirimònia anaren al mercat, lo qual trobaren tot cubert, alt e baix, de draps de lana blanchs e verts e morats, e per les parets draps de raç ab les figures totes franceses. E tot a l'entorn del dit mercat havia taules meses. E lo tàlem de l'emperador era molt rich e molt poxant, tot a l'entorn de draps de brocat. E l'emperador se sigué enmig e los embaxadors prop d'ell. Alt, al cap de la taula, seya la emperadriu ab sa filla. E lo Gran Caramany e lo rey de la subirana Índia menjaven baix en terra per ço com eren presoners. Les donzelles e totes les dones de honor seyen a la part dreta. E totes quantes dones de la ciutat volien menjar, ho podien bé fer. Stefania seya a cap de taula, e les altres aprés d'ella. Tots los duchs e grans senyors seyen a la part sinesttra. Havien parat XXIIII tinells tots plens d'or e d'argent. En lo primer tinell foren meses totes les relíquies de la ciutat. En lo segon, tot l'or de les sglésies. Aprés venien X tinells tots plens de cabaços e paners grans de tot lo tresor de l'emperador, tots de moneda d'or. E aprés venien les copes d'or; venien aprés tots los plats e salers; aprés les sues joyes; aprés d'açò l'argent, que era de pichers e salers daurats. Lo que era blanch, tot anava per les taules. E de tot açò foren plens los XXIIII tinells. La moneda blanca tota stava en conques davall los tinells. En cascun tinell guardaven III cavallers ab robes de brocat rocegant per terra, e cascú de aquests ab una verga d'argent en la mà. Gran fon la riquea que aquell jorn lo emperador mostrà.

Enmig de les taules hon menjaven, havia rench de júnyer. Aquell dia eren taulegers lo capità e lo duch de Pera e lo duch de Sinòpoli. Mentres que l'emperador se dinava, aquells junyien. Primerament ixqué lo duch de Pera. Portava paraments de brocat d'or, tots blaus. Lo duch de Sinòpoli portava los paraments de brocat vert i burell, mitadats. Tirant aportava huns paraments de vellut vert, tots cuberts de ducats que penjaven, tan grans que cascun ducat de aquells valia XXX ducats dels altres, los quals paraments eren de gran stima.

Tirant, hun dia, venint a la porta de la cambra de la princessa, trobà a Plaerdemavida e demanà-li què feia la senyora princessa. E ella, responent dix:

—Ay, en beneit! Per què u voleu vós saber, què fa ma senyora? Si fósseu vengut més prest, en lo lit la haguéreu trobada. E si vós la haguésseu vista axí com yo, la vostra ànima stiguera en glòria perdurable. E aquella cosa que és amada, quant més se veu més se delita. E per ço yo crech que molt major delit porta lo mirar que no fa lo pensar. Entrau, si voleu, car ja la trobareu vestida ab son brial. Grata's lo cap e pruen-li los talons, puix lo temps se alegra e dels nostres desigs alegre judici se demostra. Per semblant nos alegram totes. E per ço us vull rahonar del meu sdevenidor desig. Per què no ve ab vós lo meu Ypólit? Car ab ulls de dolorosa pensa sovint lo veig. Cosa és molt dura de pensar e dolch-me dins mi matexa per ço que negun bé present se deu per sdevenidor lexar, ne tampoch pendre mal per sdevenidor bé.

—Donzella —dix Tirant—, yo us prech per gentilea me vullau dir ab tota veritat si la senyora emperadriu mala sort la hauria dins portada, o altra persona de qui yo m'aja a recelar. E per ço vos deman consell e ajuda, e no és neguna denegar-lo·m dega.

—Yo a la senyoria vostra —dix Plaerdemavida— no diria una cosa per altra, car egual seria en los dos lo càrrech: vostra marcè per venir e yo per dexar-vos entrar. E yo bé sé que la princessa no vol que l'amor que vós li portau sia sens algun mèrit. E per ço com vos conech apetit gran de la cosa desijada, volria-us-hi poder ajudar, car qui desija e no pot lo seu desig complir, està en pena. E neguna cosa no és més laugera de perdre que aquella la qual sperança més avant no permet tornar.

Lavors Tirant entrà dins la cambra e trobà la princessa que tenia los seus daurats cabells enbolicats en la mà. Com ella lo véu, li dix:

—Qui dret vos ha donat que entreu ací? E aquest càrrech no és covinent ni és donat a tu de entrar en la mia cambra sens licència mia, car si l'emperador ho sap, de deslealtat te poran incriminar. Prech-te que te'n vages, car contínuament tremolen los meus pits de recel temerós.

E Tirant no curà de les paraules de la princessa, sinó que s'acostà envers ella e pres-la en los braços e besà-la moltes vegades los pits, los ulls e la boca.

E les donzelles, com veyen que Tirant axí jugava ab la senyora, totes staven a la cominal. Però com ell li posava la mà dejús la falda, totes eren en sa ajuda. E stant en aquests jochs e burles, sentiren que la emperadriu venia a la cambra de sa filla per veure què feya. E ab los jochs no la sentiren fins que fon a la porta de la cambra.

Prestament Tirant se lançà stés per terra e lançaren-li roba dessús e la princessa segué's damunt ell. Stava's pentinant. E la emperadriu segué's al seu costat. No fallí molt no·s segué's sobre lo cap de Tirant. Sap Déu ab quina temor de vergonya en aquell cars Tirant stava! Ab tal congoxa stigué per bon spay, que parlaren de les festes que·s devien fer fins que vench una donzella ab les ores. Lavors la emperadriu se levà e apartà's al cap de la cambra e pres-se a dir ses hores. La princessa no·s mogué gens de allí per dubte que la emperadriu no·l ves. Com la princessa se fon pentinada, posà la mà davall la roba e pentinava a Tirant, e ell adés adés li besava la mà e li prenia la pinta. E stant en tal congoxa, totes les donzelles se posaren davant la emperadriu, e lavors, sens fer molta remor, Tirant se levà e anà-se'n ab la pinta que la princessa li donà.

Com fon fora de la cambra, pensant que ja fos en loch segur que per negú no seria vist, véu venir a l'emperador ab hun cambrer, que venien dretament a la cambra de la princessa. Com Tirant los véu venir, no les tingué totes. Vehent-los venir per una gran sala, Tirant, no havent altre remey, tornà-se'n cuytat a la cambra de la princessa, e dix-li:

—Senyora, quin remey dareu en ma persona, que l'emperador ve?

—Ay trista! —dix la princessa—. Exim de hun mal e donam en altre pijor. Yo bé us ho deya, car vós veniu tostemps a hores indispostes.

Prestament féu posar a les donzelles davant la emperadriu y ell, ab suaus passos, lo posaren dins una altra cambra. E posaren-li molts matalafs dessús, per ço que si l'emperador hi entràs, axí com feya moltes voltes, que no·l ves.

Com l'emperador fon en la cambra, trobà a sa filla que·s volia ligar. Stigué allí fins que fon ligada e la emperadriu hagué dites ses ores e les donzelles se foren totes abillades. La emperadriu se posà primera e totes les altres la seguiren. Com foren a la porta de la cambra, la princessa demanà los seus guants, e dix:

—Yo·ls he stojats en loch que neguna de vosaltres no u sab.

Ella tornà entrar dins la cambra hon Tirant era e féu-li levar la roba que damunt tenia. E ell donà hun gran salt e pres la princessa en los braços, e portava-la ballant per la cambra e besant-la moltes vegades. E dix-li:

—O quanta bellea! Ab tanta perfecció jamés viu en donzella del món. La magestat vostra passa totes quantes són de saber e gran discreció, car, certament, ara no tinch admiració si lo moro soldà vos desija tenir en sos braços.

—A tu engana lo parer —dix la princessa—, car yo no só tan alta en perfecció com tu dius, sinó que bona voluntat t'o fa dir, car la cosa, quant més se ama, més se desija amar. Per bé que sia vestida d'un negre vestiment, sots honest vel só ligada, e aquella flama que als teus ulls de mi resplandeix és amor, car per la vista lo virtuós se contenta. E per ço yo·t faré dar glòria, honor e fama. E si açò no·t basta e no·n seràs content, tu seràs fet home sens recort e més cruel que l'emperador Neró. Besa'm e leixa'm anar, car l'emperador m'està sperant.

Tirant no y pogué satisfer, sinó que les donzelles li tenien les mans per les burles e jochs que li feya, perquè no la desligàs. E com véu que se n'anava e ab les mans no la podia tocar, alargà la cama e posà-la-y davall les faldes, e ab la çabata toquà-li en lo loch vedat e la sua cama posà dins les sues cuxes. Lavors la princessa, corrent ixqué de la cambra e anà hon era l'emperador. E la Viuda Reposada tragué a Tirant per la porta de l'ort.

Com Tirant fon en sa posada, descalsà's les calses e çabates. E aquella calsa e çabata ab què havia tocat a la princessa davall les faldes, féu-la molt ricament brodar. E fon stimat lo que y posà, ço és, perles, robins e diamants, passats XXV mília ducats.

E lo dia del rench se calsà la calsa e la çabata. E tots quants hi havia que veyen semblant cosa, staven admirats de la gran singularitat de les pedres fines que y havia, ne tan rica çabata de cuyro no era stada vista. E en aquella cama no portava arnés negú, sinó en la sinestra; e paria star molt bé. Per cimera portava, damunt lo elmet, quatre pilars d'or, lo sanct Greal fet a manera d'aquell que Galeàs, lo bon cavaller, conquistà. Sobre lo sant Greal stava la pinta que la princessa li havia dada, ab hun mot que y havia e, qui legir-ho sabia, deya: *No ha virtut que en ella no sia*. E axí ixqué aquell dia.

Enmig del rench havia hun gran cadafal tot cubert de draps de brocat. E enmig stava una gran cadira molt riquament guarnida e per mig tenia un pern, que la cadira se podia voltar en torn. E alt seya la sàvia Sibil·la, molt riquament abillada, que mostrava en si gran magnificència. E contínuament a totes parts se vogia. E baix, al peu de la cadira, seyen totes les deesses ab les cares cubertes, per ço que en lo passat temps deyen los gentils que eren cossos celestials. Entorn de les deesses seyen totes les dones qui bé havien amat, axí com fon la reyna Ginebra, qui a Lançalot amà; la reyna Isolda a Tristany; e la reyna Penèlope, qui a Ulixes amà; e Elena a Paris; Briseyda a Achil·les; Medea a Jason; la reyna Dido a Eneas; Deiamira a Èrcules; Adriana a Teseu; e la reyna Phedra [qui] requerí a Ypòlit, son fillastre. E moltes altres n'i havia —que seria fatiga de nomenar-les—, que a la fi de lurs amors foren decebudes per los enamorats, axí com féu Jason, qui decebé y destrohí la gentil persona de Medea, e axí com féu Teseu [a] Adriana: tragué-la de la casa del rey son pare e, portant-la per la mar, dexà-la en una illa deserta e allí finà sa dolorosa vida. E de tals com aquestes que dit vos he, n'i havia moltes. E cascuna tenia huns açots en la mà. E lo cavaller qui fos derrocat de dret encontre e mès per terra, portaven-lo al cadafal e la sàvia Sibil·la donava-li sentència de mort, dient puix havia defraudat amor e tot son poder. Les altres dones e deesses agenollaven-se davant la Sibil·la e recaptaven-li gràcia que no morís, mas que la sentència fos mudada en açots, ella atorgant als prechs de tantes senyores. Desarmaven lo cavaller davant tothom e aprés daven-li de grans açots. E axí·l feyen devallar del cadafal en terra, en tal manera. Cascú qui per terra era mès, havia semblant guardó.

Los taulegers ixqueren al rench ans del dia e no dexaven júnyer a negú qui no portàs paraments de seda o de brocat o de chaperia.

Com l'emperador manà fer aquestes festes e lo conestable ho sabé, posà's molt singularment en orde. E estant l'emperador en lo millor de son menjar, entrà per la plaça lo gran conestable en la forma que diré. Ell portava los paraments de dos colors: la una part era de brocat sobre brocat carmesí, l'altra mitat era de domàs morat. E lo domàs era brodat de garbes de dacça, e totes les spigues eren de grosses perles brodades e les canyes eren totes d'or. Aquests paraments eren molt vistosos e molt richs. Lo elm portava cubert de aquell drap mateix e, sobre l'elm, portava hun capell de feltre tot brodat de moltes perles e d'or fi que y havia. Ab spasa senyida, bé mostrava venir de camí. Portava XXX gentilshòmens en sa companyia, tots ab mantos de carmesí. Los uns eren de marts gebelins forrats e los altres de erminis. E deu cavallers que ab ell venien, tots ab robes de brocat. E tots anaven ab les cares cubertes ab capirons de cavalcar. E per aquest orde mateix anaven VI trompetes que portava. E davant lo conestable anava una donzella riquament abillada ab una cadena d'argent, que la hun cap portava en la mà e l'altre stava ligat al coll del gran conestable. E més, portava XII adzembles totes ab les albardes cubertes de carmesí e les singles totes de parches de seda. La una adzembla portava lo seu lit, l'altra portava una lança grossa de brocat cuberta –e de aquestes lances ne portava sis, e cascuna lança anava en sa adzembla. En tal forma entrà, ab totes les XII adzembles, que cascuna portava de la sua roba, e féu la volta per lo rench. Com fon davant l'emperador, féu-li molt gran reverència. E passà per tots los stats e cascun stat ell saludà. Com l'emperador véu que tots venien ab les cares cubertes, tramès a demanar qui era lo cavaller qui tan pompós venia. E als qui fon demanat, respòs axí com los era stat manat:

–Aquest és hun cavaller de ventura.

E no en pogueren més saber.

Dix l'emperador:

–Puix no·s vol nomenar, ell mostra ésser bé presoner com ab cadena lo porta donzella. Ell certament deu ésser presoner de amor. Vés e torna-y e demana a la donzella quina amor lo ha axí apresonat. E si no·t vol dir son nom, ell porta hun scrit en l'escut: veges si és allí son nom.

Lo cambrer de l'emperador anà cuytat e féu son manament. La donzella li respòs:

–Lo dan e la presó de aquest cavaller ha fet donzella verge. E consentint a la voluntat sua, lo ha subjugat en la forma que veheu.

E més no li dix. E aquell tornà la resposta e l'emperador dix:

–Obra és de cavallers que moltes voltes amen e no són amats. E cascú és desijós d'ésser en la primera edat, per bé que de mi tot repòs s'és apartat e quasi no me'n recort sinó de la temerosa vida. Digues, ¿has lest en aquell scut qui no és romput ni menys temut?

–Senyor –respòs lo cambrer–, yo l'é ben lest una e moltes voltes hi és scrit en lengua spanyola o en francès, e diu:

Malaja amor qui la'm féu abellir,
si no li fas de mes dolors sentir.

En açò lo conestable era ja al cap del rench ab la lança en la cuxa, e demanà ab qui junyia. Fon-li dit que ab lo duch de Sinòpoli.

La hu anà devers l'altre e feren de bells encontres. La cinquena carrera lo gran conestable l'encontrà tan bravament que de la sella lo féu sortir. E de allí lo portaren al cadafal de la sàvia Sibil·la. E prestament fon desarmat e molt bé açotat per les dones qui eren stades desconegudes de amor per los falsos enamorats.

Com tota la sirimònia fon feta, tornà a júnyer ab lo duch de Pera. E com foren a la deena carrera, lo conestable lo encontrà enmig de la visera y tragué'l de seny, e a ell e al cavall mès per terra.

—Quin home és aquest —dix Tirant— de mala ventura que axí ha derrocats mos singulars amichs?

Féu-se posar prestament l'elm al cap e pujà a cavall e posà's al cap del rench ab una grossa lança que demanà. E en aquell spay que ell se posà a punt, portaren lo duch, com fon tornat en son recort, al cadafal de la sàvia Sibil·la e feren d'ell com havien fet de l'altre. Lo conestable dix que no volia més júnyer, per ço com sabé que Tirant era al cap del rench. E los jutges digueren que forçadament tenia de complir les XII carreres axí com era stat ordenat. Les dames e tots los del mercat reyen molt com aquell cavaller no conegut axí havia derrocats los dos duchs.

Dix l'emperador:

—Sperau hun poch, que poca maravella serà si no derroca lo capità nostre.

—No farà —dix la princessa—, que la Trinitat sancta lo guardarà de tal inconvenient. E si d'ell trau lo cabal, bé li poran dir cavaller de bona ventura.

Respòs lo emperador:

—Per mon Déu, yo no u he vist, en mon temps, en deu carreres derrocar dos duchs, ni venir axí bé en orde com aquest cavaller ha fet. E a més stime les adzembles, com les albardes són dins e defora cubertes de seda, e les cobreadzembles de brocat. Açò no pertany a cavaller qui del meu imperi sia, sinó a rey o fill de aquell. E per ço desig saber d'on és, car dubte·m fa que no se'n vaja per no córrer malvolença ab aquells qui ha mesos per terra.

E manà a dos donzelles de inestimable bellea e molt ben abillades, que de part de la princessa, anassen al cavaller e que·l pregassen de part sua que lo seu nom volgués dir, perquè era molt desijat.

Respòs lo conestable:

—Si algun càrrech ne reporte, pense la magestat sua que les coses de gran stima no ab poch càrrech se lexen atényer. Mas, perquè no pareguen vanes les mies paraules, yo só de l'últim ponent, podeu dir a la senyora princessa.

Ab aquesta resposta les donzelles se'n tornaren e feren lur relació. Al conestable fon forçat de júnyer ab Tirant. La hu anà devers l'altre, e lo conestable posà's la lança en lo rest e portà-la tostemps alta. Com Tirant lo véu axí venir, alçà la sua lança e no·l volgué encontrar. E Tirant ab molta malenconia dix per què l'altre li guardava cortesia, si u feya per què era capità, que no u fes gens per tal rahó, sinó que junyís e fes tot lo que pogués fer, que gens per cortesia no se'n stigués.

E lo haraut qui semblants paraules li reportà, les dix ab gran ultratge. Lo conestable, responent, dix:

—Digau a aquell qui us tramet a mi lo que yo he fet és per cortesia, mas que tinga bé sment a si mateix, car axí com he fet dels altres, altre tal faré d'ell.

E demanà la més grossa lança que tenia. Com fon prop de l'encontre, alçà tanbé la lança. E Tirant ab molta desesperació lançà la sua lança en terra per ço com no s'era pogut venjar de la injúria dels duchs. Prestament prengueren de les regnes del cavall del conestable los que l'emperador ho havia manat perquè no se n'anàs. E allí vengueren los jutges e ab molta de honor lo portaren al cadafal de la Sibil·la e aquí li levaren l'elm del cap. Totes aquelles deesses lo reberen ab alegria inestimable, fent-li la més honor que·ls era posible.

Com saberen que aquell era lo gran conestable, asigueren-lo en la cadira hon seya la sàvia Sibil·la. Y ella ab totes les altres lo serviren de col·lació e de viandes e de totes les coses necessàries. La una lo pentinava, l'altra li torcava la suor de la cara, cascuna de aquestes lo servia en lo que podia.

E axí com feren de aquest, feren de tots los altres qui a cavaller derrocava. E havia d'estar en la dita cadira fins a tant que venia altre cavaller qui millor ho fes que aquell qui en la cadira seya.

Com l'emperador sabé que aquell era lo conestable, pres molta consolació en si, e la emperadriu e totes les dames que allí eren. Com Stephania véu la murmuració de la gent e tingué natural notícia que aquell era lo conestable, tan gran fon lo delit de amor que pres en la sua vista que lo cor li defallí e perdé tot lo recort. Los metges que allí prop de l'emperador staven, donaren prestament remey a son mal. E per ço dix bé Aristòtil que axí ve gran dan a les donzelles per molta amor com per molta dolor.

Aprés demanà lo emperador a Stephania de què li era vengut aquell mal e, responent, dix:

—Per ço com portava la gonella massa streta.

Lo conestable stigué tot aquell dia aseyt en la cadira, que no s'i trobà negú qui lançar-lo'n pogués. Com la nit fon venguda, junyien ab moltes antorches. Aprés dues hores de la nit —e tots havien sopat— vengueren les dances e momos e diverses maneres de entramesos, que molt ennoblien la festa. Açò durà tres hores. Passada mija nit, lo emperador e tota la gent se n'anava a dormir. Lo emperador, perquè no agués a tornar al palau, havia feta en lo mercat aparellar una bella posada hon se mès ab totes les sues dames, que poguessen bé festejar de dia e de nit.

E duraren aquestes festes VIII dies. L'endemà molts cavallers treballaren per lançar de la cadira al gran conestable. Vengué al rench hun cavaller, parent de l'emperador, qui·s nomenava lo Gran Noble, lo qual venia molt bé en orde e portava en les anques del cavall una donzella de peus, e tenia-li los braços damunt los muscles e lo cap seu pujava tot sobre l'elm, que tota la cara mostrava. E portava hun scrit en l'escut ab letres d'or qui deyen:

Enamorats, mirau-la bé,
que en lo restant millor no y sé.

Era vengut hun altre cavaller, primer d'aquest, qui portava altra donzella axí com sent Cristòfol portà en lo muscle a Jhesucrist; axí portava la donzella aquell cavaller. E portava en los paraments e en lo cap del cavall hun scrit qui deya, per ço com sa enamorada havia nom Leonor:

Enamorats, feu-li honor,
puix de totes és la millor.

Tirant junyí ab lo Gran Noble e donaren-se molts encontres. E a la fi fon quasi mortal l'encontre, que Tirant l'encontrà en lo revol del scut e rompé lo maniple e rebaté en l'elm, e féu-lo caure per les anques del cavall. E axí, com era gran e pesat, al caure que féu donà tan gran colp de costat que dues costelles se trencà dins lo cors. E ell encontrà a Tirant hun poch desús les cordes del scut, e la lança que portava era tan grosa que no·s pogué rompre. E tan gran fon l'encontre que los dos se donaren que lo cavall de Tirant anà atràs tres passos e donà dels genolls en terra. Com Tirant lo sentí caure, tragué los peus dels streps e fon-li forçat de posar la mà dreta en terra. Ajudaren-li, sens que no caygué lo cors tot en terra, e lo cavall de continent sclatà allí. Al Gran Noble fon forçat, ab tot son mal, fos portat al cadafal de la sàvia Sibil·la e allí fon batut, no tant com hagueren fet, per sguart de les costelles rompudes. E a Tirant, per tant com era caygut ab lo cavall –e li era mort– e havia tocat ab la mà en terra, los jutges jutjaren, per no ésser caygut tot lo cors en terra, sinó la mà, que junyís d'aquí avant sens paraments e no portàs en les juntes speró dret ni en la mà manyopa.

Havent vist Tirant que per falta del seu cavall era stat envergonyit, féu vot en tota sa vida no junyir pus, si ja no y junyia rey o fill de rey.

Aprés, lo conestable avallà de la cadira hon stava, e posaren-n'i hun altre en loch seu. E lo conestable fon tauleger en loch de Tirant. E en tots los VIII dies que duraren les festes, tan nobles foren lo darrer dia com lo primer, e ab tan gran abundància de totes coses, axí de aventurers com de entramesos e singulars viandes, com de totes altres coses.

L'endemà que Tirant se fon lexat de junyir, ixqué vestit de hun manto de orfebreria brodat sobre vellut negre, de hun arbre qui·s nomena seques amors, qui fa hun petit fruyt blanch que se'n fan paternostres, ab aquelles calses que havia junt, la una brodada e l'altra no, e per lo semblant la çabata qui havia tocat la cosa que ell més desijava. E ans que ixqués de la sua posada féu enparamentar lo millor cavall que ell tenia e, ab aquells paraments que ell havia junt, lo arnès, la simera, e tot quant en les juntes ell portava, ho tramès tot al Gran Noble. E aquell li'n féu gràcies infinides. Fon stimat que valia passats XL mília ducats.

Tirant cascun dia era en la cort parlant e çolaçant ab tots e ab lo emperador, e molt més ab les dames. E cascun dia se mudava de robes, mas no les calses. Hun dia la princesa li dix:

—Digau, Tirant, sí Déu vos done honor –en manera de burla–. Aquesta gala que vós usau de portar la una calça brodada e l'altra no, ¿usa's en França o en quina part?

Y era lo dia que eren complides les festes. E lo novén dia, que anaven a la ciutat de Pera, en lo camí la princessa lo y dix, present Stephania e la Viuda Reposada. Respòs Tirant:

—E com, senyora! No sab la majestat vostra aquesta gala quina és? ¿La celsitut vostra no és en recort de aquell dia que vengué la emperadriu e yo stava amagat e cubert ab la roba de les vostres donzelles, y la emperadriu fallí poch que no s'asigués sobre lo meu cap? Aprés vingué vostre pare y en lo petit retret amagàs-me entre los matalafs. E aprés que se'n foren anats, jugant ab vostra altesa, puix les mies mans bastar no y pogueren, la cama ab lo peu hi hagueren a suplir, e la mia cama entrà entre les vostres cuxes e lo meu peu tocà hun poch més avant, lla hon la mia amor desija atényer felicitat complida, si en aquest món atényer se pot. Mas yo crech que los peccats meus no·m consentiran que yo puga tanta glòria atényer.

—Ay, Tirant! —dix la princessa—. Bé só en recort de tot lo que m'has dit, que senyal ne tinch en la persona mia de aquexa jornada! Però temps vendrà, que, axí com ara te has brodada la una cama, que les dues te poràs brodar. E les poràs posar a ta libertat lla hon desiges.

Com Tirant li hoý dir semblants paraules de tanta amor acompanyades, prestament fon descavalcat en scusa que los guants li eren cayguts, e besà-li la cama sobre la gonella. E dix:

—Lla hon és atorgada la gràcia deu ésser besada e acceptada.

Aplegats que foren dins la ciutat de Pera, axí com se volien armar, veren venir nou galeres que eren ja molt prop. Lo emperador manà que no fessen lo torneig fins haguessen sabut quines galeres eren les que venien. No passà quasi una hora que elles aplegaren ab molta alegria. Lo emperador pres molt gran plaer com sabé que eren de francesos. Lo capità d'ells era cosín germà de Tirant e era stat patge del rey de França, e havia'l fet vezcomte de Branches. Ell, vehent que son oncle, lo pare de Tirant, era desijós de veure son fill per lo gran temps era passat que no l'havia vits, sabent com Tirant tenia feta molt gran empresa de guerra molt justa contra infels e havia vençudes moltes batalles e continuava la guerra, lo vezcomte, per les grans pregàries de la mare de Tirant e per voler exercir lo gentil stil de les armes, enprengué, ab altres cavallers e gentilshòmens, de venir en ajuda de son cosín germà ab V mília franchs archers, los quals li donà lo rey de França, sabent les grandíssimes cavalleries que havia fetes Tirant en defensió de l'emperador de Contestinoble. E cascun franch archer de aquests portava scuder e patge. Lavors lo féu lo rey de França vezcomte de Branches per aquella empresa, e li donà moltes terres e li pagà lo sou per VI mesos. E li donà totes les galeres armades e avituallades de tot lo que mester hagué. E passà per Sicília e, conegut per lo rey, féu-li molta honor e li donà molts cavalls.

Com Tirant fon certificat aquest ésser mossén de Amer, cosín germà seu, prestament se posà en una fusta. E ell e lo conestable, ab molts altres cavallers, entraren dins les galeres. Grandíssima fon la festa que ells se feren. Aprés, tots ensemps ixqueren en terra e anaren a fer reverència a l'emperador, qui pres molt gran consolació en la sua venguda. E pres molt més plaer l'emperador com los embaxadors no eren partits. Aprés anaren a fer reverència a les dames, e totes s'esforçaren de fer-los molta honor per contemplació de Tirant. Lo emperador porrogà lo torneg per a l'endemà.

Vengut lo dia següent per lo matí, tots se armaren. E l'emperador pregà molt a Tirant volgués entrar en lo torneg ab los altres, per ço com sens venir contra sa promesa ho podia bé fer. E Tirant fon content de obehir lo manament de l'emperador, per ço com no eren juntes. E ixqué aquell dia molt pompós.

Lo vezcomte de Branches pregà a Tirant que li volgués prestar hun cavall, que tanbé volia entrar en lo torneg. Lo emperador e totes les dames li digueren que no u fes, per ço com venia fatigat de la mar. E ell, ab belles paraules se defés que no staria per cosa en lo món de entrar-hi, per quant los treballs de la mar li eren a ell delit e no fatiga. Tirant, qui véu la sua voluntat, tramés-li X cavalls, los millors que ell tenia; lo emperador li'n tramés XV molts bells; la emperadriu, altres XV; la princessa li'n donà X, açò per manament de son pare; lo conestable li'n donà VII molt bells. Los duchs e los comtes li'n trameteren molts, que en aquell dia ell tengué en la sua posada huytanta-tres cavalls dels bons de tota la ciutat.

Ixqué ab huns paraments que lo rey de França li havia dats, tots brodats de leons ab grossos sancerros d'or que al coll portaven; e les leones staven gitades e los poquets fills portaven campanetes de argent. E com lo cavall se movia, era hun plaent so de hoyr que los sancerros feyen.

Ixqueren en lo camp huyt-cents cavallers d'esperons daurats e no consentiren negú hi entràs si no havia rebut la honor de cav[a]lleria e no portàs paraments de seda o de brocat o chaperia. E molts se feren cavallers aquell dia per ésser en aquelles armes.

E lo vescomte, que no era cavaller, sabent tal ordinació, per no venir en contra lo que era ordenat per l'emperador, com tots foren dins hun gran camp, descavalcà e pujà alt al cadafal de la enperadriu e suplicà-la fos de sa mercè li volgués donar la honor de cavalleria.

Respòs la princessa:

—E com? No seria més justa cosa que·l senyor emperador vos fes cavaller de la sua pròpia mà?

—Senyora —dix lo vescomte—, yo tinch en vot de no rebre honor de cavalleria de mà de home negú, per ço com yo só fill de dona e ame dona, e per amor de dona só vengut ací y en dona he trobada molta honor. Rahó és, donchs, que dona me faça cavaller.

La emperadriu ho tramés a dir a l'emperador e ell vingué allí ab los embaxadors, e dix a la emperadriu que li donàs l'orde de cavalleria, e axí fon fet. La princessa féu portar una spasa molt bella e senyí-la-y, que l'emperador son pare tenia, ab lo pom e tota la guarnició d'or. E l'emperador féu portar huns sperons tots d'or e, en cascuna roda d'esperó, havia engastat hun diamà o robí, balaix o safir. E donà'ls a les filles dels duchs que·ls hi calsassen, però l'emperador no consentí que li'n calsassen sinó lo hu, car lo qui vol que sia fet cavaller de mà de dona no pot portar sinó mig or e mig argent, hun speró daurat e altre blanch. E axí u feren de aquest. La spasa pot portar tota daurada, mas roba brodada ni calses ni paraments no u pot ni deu portar sinó la mitat blanch e l'altra d'or. Lo costum és, com aquella senyora lo ha fet cavaller, lo besa, e axí u féu la emperadriu.

Lo vescomte se partí del cadafal e entrà dins lo camp. Lo duch de Pera era capità de la mitat de la gent e Tirant de l'altra mitat. E per ço que fossen coneguts portaven al cap banderetes: los huns les portaven verdes, los altres blanques. Tirant féu entrar dins lo camp hon se havien a combatre, deu cavallers, e lo duch altres deu. E començaren-se a combatre molt bé. Aprés n'i entraren XX, aprés XXX; de poch en poch se començaren a mesclar. E cascú feya son poder de menar les mans lo millor que podia. E Tirant mirava la sua gent. Com véu que la sua gent anava a mal, ell ferí ab la lança en la pressa de la gent e encontrà hun cavaller tan bravament que li passà la lança de l'altra part. Aprés tirà la spasa e donà de grans colps a totes parts, en forma tal que paria que fos hun leó famejant, que tots los miradors admirats staven de la sua desmesurada força e gran ànimo que en aquell cas Tirant mostrava.

L'emperador mostrava tenir gran contentació de veure hun tan singular fet de armes com aquell era. Com hagué prop de tres hores durat, lo emperador, del cadafal davallat, pujà a cavall e posà's en la pressa de la gent per departir-los, per ço com havia vist que s'i mesclava fellonia. E n'i hagué molts de nafrats.

Aprés que tots los cavallers desarmats foren, anaren al palau e allí parlaven de semblant fet d'armes axí singular, que deyen los strangers jamés haver vista tan bella gent, axí ben abillats de cavalls emparamentats ni d'armes. E fon tenguda per festa de gran singularitat. Lo emperador se asigué a taula e féu que tots los cavallers qui armes havien fetes se aturassen allí a menjar.

Com foren a la fi del dinar, digueren a l'emperador com una nau era arribada al port sens arbre ne vela, tota coberta de negre. E tal nova recitant, per la gran sala entraren quatre donzelles de inestimable bellea, encara que de dol anassen vestides. Los lurs noms eren admirables: la una lo seu nom era Honor, e lo seu gest ho devisava; la segona, Castedat se nomenava per los cavallers e dames qui de amar sabien; la tercera, per ço com en flum Jordà era stada batejada, era nomenada Sperança; la quarta, per heretatge li venia de ésser nomenada Bellea. E plegades davant l'emperador li feren molt gran reverència. E perquè Sperança era lo cap d'elles, féu principi a paraules de semblant stil.

Capítol CLXXXX. Parla Sperança

—[L]a trascendent celsitud de la magestat vostra, senyor emperador, venim a suplicar. Com fortuna, enemiga de tota alegria e repòs, se haja ocupades les virtuts de solícitament amar, tolent-nos lo poder de nostres desigs complir, nos ha condemnades en eternal exili e ha trobades leys cruels, enemigues de enamorada pietat, les quals ab grans penes defenen lo que natura liberalment nos atorga, car les coses que en strem són males, en algun temps o jamés no poden ésser bones, com les leys de fortuna no poden ésser fetes en perjuhí del gran poder de ma senyora. E dexant los ports de nostre reposat viure, stenguem les càndides veles navegant per la tempestuosa mar de adversitats, de hon se poden recitar los naufrags de aquells qui, en ella follament navegants, a dolorosa e miserable fi pervenen. E arribades en lo port del teu gran triümpho ab desig de trobar aquell famós rey qui per lo món se fa nomenar lo gran Artús, rey de la anglesa illa, si la excel·lència tua sabria o hauria hoÿt dir en quin loch trobar-se pogués, com haja quatre anys passats que anam per la mar tenebrosa ab sa carnal germana qui per son dret nom nomenar-se fa Morgana. Ab la nostra nau plena de dolor som arribades en lo teu delitós port e aquí stan les devotes dones e donzelles del gran Artús, contínuament plorant, lurs dolors e penes reconten.

No sperà lo emperador que més parlàs la agraciada donzella, car haguda plena notícia de la venguda de Morgana, la sàvia germana del bon rey Artús, levà's prestament de taula e, ab tots los cavallers quï dins la cort sua se trobaren, feren la via del port hon la nau era. E entrats dins, veren la senyora sobre hun lit gitada, tota vestida de negre vellut. E tota la nau cuberta era de aquell mateix drap. E staven en companyia de la adolorida senyora cent trenta donzelles de inestimable bellea, totes de edat de XVI en XVIII anys. E ab afable acolliment fon rebut lo magnànim emperador e tots los seus. E asegut lo emperador prop d'ella en una real cadira, féu principi a tal parlar.

Capítol CXCI. Parla lo emperador

—Dexa les làgremes tristes, generosa reyna, que molt poch aprofiten per obtenir lo que vas cercant. E molt me alegre de la tua venguda perquè·t puga fer la honor que eres merexedora. Quatre donzelles de part tua me són vengudes, requerint-me los donàs doctrina de aquell famós rey dels anglesos, si sabia ni havia hoÿt dir res d'ell. E antiga auctoritat me fa fer testimoni del que y sé. En poder meu és hun cavaller de molt gran auctoritat, no conegut —lo nom seu no he pogut saber— ab una molt singular spasa que té, la qual ha nom Scalibor, e segons lo parer meu deu ésser de gran virtut. E té en companyia sua hun cavaller ansià qui·s fa nomenar Fe-sens-pietat.

Com la reyna Morgana hohí dir tals par[a]ules [a] lo emperador, levà's prestament del lit e donà dels genolls en la dura terra e suplicà'l li'n fes gràcia de dexar-lo-y veure. E lo emperador dix que era content. Alçà-la de terra, pres-la per la mà e, tots ensemps, anaren a l'imperial palau.

Lo emperador la posà dins una cambra hon ell stava, dins una molt bella gàbia ab les rexes totes d'argent. E en aquell cas lo rey Artús tenia la spasa recolzada sobre los genolls e stava molt mirant en ella, ab lo cap molt baix. E tots miraven a ell y ell no mirava a negú. Però la reyna Morgana prestament lo conegué e posà'l en noves. E jamés volgué respondre. Mas Fe-sens-pietat conegué molt bé a sa senyora e, ab cuytats passos, se acostà a les rexes, féu-li gran reverència e besà-li la mà. E stant axí, lo rey Artús comencà a fer principi a semblants paraules.

Capítol CLXXXXII. Parla lo rey Artús

—[L]o stament real requir que indueixca los altres a virtut, per ço com no és poch difícil que la voluntat en lo regne de nostra ànima, senyora del ver juhí, a l'enteniment no faça los seus passos torçre, car la virtut és sperança de tot bé e del vici no se'n spera sinó mal e temor de confusió. E negú no deu posar la sua sperança sinó en sdevenidor bé: noblea, riquea e potència deuen ésser comptades en los béns de virtut, usant bé de aquelles. Emperò no diem que sien hun mateix bé, car segueix-se que alguns són nobles perquè devallen de noble linatge, emperò no són richs. Per açò la inòpia no basta a contrastar que lo qui és noble de cor no puga usar de la virtut de noblea: fent lo contrari no són dits nobles. Altres n'i ha qui són richs e exits de poch linatge, qui són tan virtuosos que amen les virtuts de noblea e usen de aquelles, e deuen ésser molt stimats perquè fan més que lur natura no·ls atorga. E de açò, axí los doctors sancts com los philòsofs, en esta sentència són concordes, perquè cové que les virtuts sien ligad[e]s, car ells digueren que qui posseheix una virtut, totes les té, e aquell qui fretura de una, de totes fretura. Donchs, lla hon és trobada rahó e bondat, que deu ésser més principal, e majorment haver amor als béns divinals. Per què dich yo aquestes coses? Per ço com veg anar aquest miserable de món rodant de mal en pijor, car veg que los mals hòmens qui amen ab decepció e frau, són prosperats, e veg abaxar virtut e lealtat, e veg dones e donzelles qui en lo passat temps e en lo present solien bé amar, ara per or e per argent són difraudades.

—No és negú qui virtuosament ame —dix lo cavaller Fe-sens-pietat, allí en presència de tots—. Digau, senyor, la senyoria vostra, qui semblants coses en exa spasa de virtuts troba, ¿quines són les passions que donz[e]lla té?

E açò li dix perquè la princessa lo n'havia pregat que lo y demanàs. E lo rey, responent, dix:

—Dexa-m'o veure, que yo t'o diré.

Com ho hagué vist, dix:

—Amor, oy, desig, abominació, sperança, desesperació, temor, vergonya que negú no u sàpia, audàcia, ira, delectació, tristícia. Lo major do que la noble en virtuts deu haver sí és vida casta.

—Sia de vostra mercé —dix Fe-sens-pietat— me digau les abominacions de l'hom.

Com hagués mirat en la spasa, dix:

—Savi sens bones obres, vell sens honestat, jove sens obediència, rich sens almoyna, bisbe negligent, rey inich, pobre ergullós, senyor sens veritat, catiu sens temor, poble sens disciplina, regne sens ley.

Dix l'emperador:

—Demanau-li quins són los béns de natura.

Respòs lo rey que eren huyt, los qui·s seguexen.

Capítol CXCIII. Los béns de natura

—Lo primer és gran linatge, lo segon és granea e bellea de cors, lo tercer és gran força, lo quart és gran laugeria, lo cinqué és clara e bona vista, lo seté és clara e bona veu, lo huyté és jovent e alegria.

Dix lo emperador:

—Demanau-li, com hun rey se corona, quines coses jura de servar.

Lo rey, responent, dix.

Capítol CXCIIII. Lo que jura lo rey com se corona

—Primerament, que servarà amor e pau en son regne; la segona, que squivarà totes malvestats; la tercera, que en tots sos fets servarà egualtat e justícia; la quarta, que en totes coses mesclarà misericòrdia; la cinquena, que gitarà de si tota tirania; la sisena, que ço que farà, que u farà per sola amor de Déu; la setena, que mostrarà en ses obres que és ver crestià; la huytena, que serà defenedor del poble e aquell amarà com a son fill propi; la novena, que, ço que farà, [que u farà] ab gran consell e bo, en útil e profit de la cosa pública; la dehena, que confessarà ésser fill de la sancta mare Sglésia, la qual de tot son poder la defendrà e no adquirirà per a si subsidis ni demandes, ni·ls farà vexacions nengunes; la onsena, de ésser bo e feel e verdader a sos súbdits; la dotzena, que aterrarà e castigarà los mals hòmens; la tretzena, que als mesquins pobres serà pare e protector; la darrera de totes, tots aquells qui l'informaran en honrar e tembre e amar Déu.

Moltes altres coses li demanaren e a totes donà naturals rahons. Lavors foren ubertes les portes de captivitat e tots los qui volgueren entrar, ho pogueren bé fer. E com tots foren dins, levaren-li la spasa e no era en negun record. Lo emperador la y féu tornar e féu-li demanar quina cosa és honor, com ell la ignoràs e jamés havia trobat home de sciència ni cavaller que lo y hagués sabut dir. Com lo y agueren demanat, lo rey mirà en la spasa e de semblant stil dix afables paraules.

Capítol CLXXXXV. De hon proceheix honor

—Cosa és molt condecent e necessària als hòmens generosos e de linatge, si volen ésser tenguts en stima, que sàpien quina cosa és honor, com naturalment la major part dels hòmens de bon sentiment los plau y la cerquen. E si no la conexen ni saben de què va vestida, jamés la porien aconseguir. E per ço dich, ajudant a mi lo sobiran Altisme, que honor és do de reverència en testimoni de virtut. E glòria e fama han diferència e són departides de honor e de lahor per tal com honor e lahor són rahó de fama e de glòria, car per ço és algú en fama e en glòria, car és lohat e honrat. Mas encara honor ha diferència e departiment de lahor, a qui pertany reverència, glòria e fama, e han acostumat de ésser preses per una matexa cosa. Glòria és una claredat e tal mateix és fama. Aquest és l'orde, que glòria naix de honor. Pertany-se, donchs, de honor e del fort tembre les coses temeroses, e gosar empendre les coses perilloses per tal que no sia desestimada la magestat real. Ans açò força per rahó de bé e per bona fi, car açò és comú a tota virtut fer e obrar, no per favor de glòria dels hòmens, mas per rahó de bé. Donchs, la rahó perquè los hòmens majorment volen ésser honrats és per tal que apareguen savis e virtuosos, als quals és majorment deguda honor. Lo senyal e testimoni simplement vol manifestar la cosa senyalada. Cové que sia alguna cosa coneguda e manifesta, car les coses que són dins, són a nós ocultes, e no les foranes, car negú no pot saber lo pensament de la persona, mas coneix-lo per los senyals que defora se manifesten. La reverència, donchs, qui és honor, se deu manifestar per la virtut de aquell de qui és donada. No basta que sia pensada dins lo cor, ans requir que ella sia defora donada. Donchs, honor és rahó de bé forà, com reverència és donada per alguns forans senyals. Encara més és manifest, per tal com honor és més en aquell qui honra que no en lo qui és honrat. E per ço honor és dita reverència donada en senyal de virtut.

L'emperador tornà a pregar a Fe-sens-pietat que li demanàs quines coses lo home d'armes ha mester. E Fe-sens-pietat lo y demanà, e lo rey, responent, dix.

Capítol CXCVI. Lo que lo home d'armes ha mester

–[L]a primera e principal cosa que lo cavaller ha mester, si vol ésser home d'armes, que puga comportar lo pes de l'arnès. La segona és que faça gran treball ab les mans exercint les armes. La tercera és que sàpien sostenir fretura de viandes. La quarta és mal jaure e mal star. La V és que per justícia e per lo bé comú no dubte la mort, car axí bé salvarà la sua ànima com si tota sa vida fos stat verge y en religió. La sisena, no tema scampament de sanch. La VII és que hagen abtea de defendre si mateix e de offendre sos enemichs. La VIII és que hagen v[e]rgonya de fugir vilment.

E més, li demanà com se podia aconseguir saviesa. Respòs lo rey.

Capítol CXCVII. Com se aconsegueix saviesa

–Saviesa se pot aconseguir per cinch coses. La primera, per special oració; la segona, per propi studi; la terça, per magistral informació; la quarta, per literal declaració; la cinquena, per contínua negociació.

Demanà més l'emperador quals eren los béns de fortuna. Respòs lo rey.

Capítol CXCVIII. Los béns de fortuna

–[L]os béns de fortuna són cinch. Lo primer és grans riquees; lo segon, grans honors; lo terç, bella muller; lo quart, molts infants; lo cinqué, gràcia de gents.

Demanà més l'emperador, què és lo que·s pertany a noblea. Respòs lo rey.

Capítol CXCIX. Les virtuts de noblea

–En noblea són quatre coses especials e singulars. Primerament, que lo cavaller sia clar ens sos fets; la segona, que sia verdader; la tercera, que sia fort de cor; la quarta, que haja conexença, car fort és odiosa desconexença a Déu. Per noble és tengut aquell qui ha conexença a sos vassalls e servidors. Donchs, no siau desconexent a Déu del bé que us dóna.

Tornà a demanar l'emperador quin deu ésser lo pensament del cavaller qui en batalla és vençut. Respon lo rey.

Capítol CC. Quin deu ésser lo pensament del cavaller qui és vençut en batalla

—[L]o cavaller qui en batalla és vençut deu pensar sis coses. La primera és que la victòria devalla de Déu; la segona és que Déu, qui l'à donada a l'altre, la pot donar a ell; la terça és perquè se humilie a Déu e a gents; la quarta és que dels majors prínceps del món són stats vençuts; la cinquena és que per sos peccats mereix axò e més avant; la sisena és que la fortuna, vogint la sua roda, li plau axí.

Més, li fon demanat de quines coses lo príncep és tengut a sos vassalls. Respòs lo rey.

Capítol CCI. Lo príncep, de quines coses és tengut a sos vassalls

—Lo virtuós príncep de V coses és tengut a sos vassalls. La primera és en servar-los lurs leys e furs; la segona és en atényer-los ço que·ls promet; la tercera és en amar e honrar-los segons son stament; la quarta és en defendre'ls poderosament; la cinquena és guardar-los lurs béns e no levar-los res del lur ab tirania.

Moltes altres coses li demanaren. Lavors l'emperador, per no fatigar-lo més, li féu levar la spasa. E lo rey Artús no veya ni conexia a negú. Lavors la reyna Morgana, la qual era sa pròpia germana, levà's del dit hun petit robí que ella portava e passà-lo-y per los ulls. E prestament lo rey hagué cobrada la natural conexença. Levà's de allí hon seya e abracà e besà ab gran amor a sa germana. E ella li dix:

—Germà, feu honor e gràcies a la magestat del senyor emperador qui ací present és, a la senyora emperadriu e a sa filla.

E ell ho féu. E aprés, tots los cavallers que allí eren besaren la mà al valerós rey Artús, com ne fos molt merexedor. Ixqueren en la gran sala e allí feren moltes dances e festes de singular alegria. L'emperador pregà a la reyna Morgana que dançàs, puix havia trobada la cosa que més desijava trobar en aquest món. E ella, per obeyr als prechs de l'emperador, féu-se portar de la nau altres robes qui no fossen de dol com les que portava. E·n una cambra se n'entrà ab totes les sues donzelles. Com foren totes molt ben abillades, les donzelles ixqueren totes vestides de domàs blanch, forrades d'erminis, e les gonelles de aquell matex drap. La reyna, lur senyora, ixqué ab gonella de cetí burell, tota trepada e molt ben brodada de molt belles e grosses perles. La roba que·s vestí era de domàs vert, tota brodada de orfebreria. E portava per divisa rodes de cènia ab los cadufs tots d'or e foradats al sol, les cordes eren de fil d'or tirat, smaltades, ab hun mot de grosses perles qui deya: *Treball perdut per no conèxer la falta.*

En tal forma devisada, la reyna Morgana vingué davant l'emperador ab lo rey Artús, son germà, e dix allí, en presència de tots:

—Gran cosa és a una longa set sostenguda venir a la font e no beure per dexar beure altri. E per ço és molt liberal cavaller qui la sua honor dóna.

E de continent se pres a dançar e no volgué més dir. Pres per la mà a Tirant, perquè li paregué de major auctoritat, en presència de tots, e dançaren per bon spay. Aprés se levà lo rey Artús e dançà ab la princessa. E donada fi a les dances, la reyna Morgana suplicà a l'emperador li fes tanta de honor de acompanyar al rey Artús fins a la sua nau e allí li daria hun petit sopar, car bé sabia la magestat sua com tota virtut, de noblea devia ésser acompanyada e de bones costumes, com sia sabut per tots com la sua alta magestat excel·lia de virtuts a tots los prínceps del món —donant a cascú premi de virtut segons és merexedor—, com fos manifest ell ésser principi e font de tot bé e de tota virtut.

No comportà l'emperador que la reyna Morgana més lo loàs, sinó que ab paraula e gest afable li féu principi a paraules de semblant stil.

Capítol CCII. La resposta que fa l'emperador a la reyna Morgana

—La tua real elegant senyoria, afabilíssima reyna, me fa creure que est dotada de totes les virtuts que a humana creatura comunicar-se poden, car de tu se pot dir que est cap e principi de tot bé. E per la tua molta virtut has pssejada la salada mar ab gran solicitud per lonch temps per trobar lo teu perdut germà, mostrant en los teus singulars actes la granea de la tua alta dignitat real. E perquè lo teu molt meréxer me obliga de fer-te plaers e honors, com la tua noblea me haja request de anar a la tua nau, só molt content de honrar e exalçar la tua honor e fama.

E levaren-se tots e feren la via de la nau. L'emperador pres de bras a la reyna Morgana e lo rey Artús a la emperadriu, e Fe-sens-pietat a la princessa. E axí entraren dins la nau, la qual trobaren ja descuberta dels draps negres e molt ben emparamentada tota de drap de brocat. E no y podien sentir la mala pudor de la sentina, mas gran fragància de totes les delitoses odors que puguen nomenades ésser. E lo sopar aparellat e les taules parades, menjaren-hi tots los bons cavallers qui ab l'emperador eren venguts, e totes les donzelles. E foren tots molt ben servits ab gran abundància de totes coses.

Aprés lo sopar, l'emperador pres comiat. Ab totes les dames e ab l'altra gent, ixqueren de la nau. E staven admirats del que havien vist, que paria que tot fos fet per encantament.

Com l'emperador fon en terra, asigué's vora la mar en una molt riqua cadira e totes les dames entorn d'ell. Tirant era restat dins la nau ab tots los de sa parentela. Com volgueren dar vela, Tirant se posà en una barca per exir en terra. La emperadriu, qui·l véu venir, dix a sa filla Carmesina e a les altres donzelles:

—Voleu que façam joch a Tirant? Farem entrar hun sclau de aquests moros que ací són, que·l traga de la barca al coll. E com sia en l'aygua, que faça lo moro demostració de caure en l'aygua e que li banye lo peu que porta de la çabata brodada, car totes aquestes festes no ha portat, per molt que·s sia abillat, sinó aquelles calses. No sé quin és lo seu significat. Molt me plauria saber-ho. E si lo moro li banya solament lo peu e porta la calsa ab la çabata brodada, no serà menys de la sua boca no surta alguna paraula per on porem conéxer si u fa per amor o si u fa per desesperació.

Totes foren consentes en la burla de Tirant. Lo moro fon content obeyr lo manament de la emperadriu. Entrà dins l'aygua hon era la barca e pres Tirant al coll. Com fon prop de terra, féu demostració de caure, mostrant passar gran treball del pes que portava. Volgué-li banyar lo peu e banyà-li tot lo cors.

Axí banyat com stava, ixqué lo virtuós Tirant davant totes les dames e véu que la emperadriu e la princessa, ab totes les altres, tenien molt grans rialles. Conegué que era burla que li havien ginyada. Pres al moro per los cabells e benignament lo pregà que·s gitàs en terra. E aquell, com a forçat, ho hagué a fer. Posà-li Tirant lo peu de la çabata brodada sobre lo cap, e féu solemne vot en stil de semblants paraules.

Capítol CCIII. Lo vot que Tirant féu

—Jo fas vot, a Déu e a la donzella de qui só, de no dormir en lit ni vestir camisa fins a tant yo haja mort o apresonat rey o fill de rey.

Mudà-li lo peu sobre la mà dreta, e dix:

—Tu que est moro me has envergonyit, mas no só ofés. Davant la magestat de la senyora emperadriu has comés cas civil, mas yo faré que serà criminal, encara que de la fortuna sia ofés.

Vench lo vezcomte de Branches e posà lo peu sobre lo cors del moro, e féu principi a hun tal parlar.

Capítol CCIIII. Lo vot del vezcomte

—Puix tu has abandonada la virtut de gentilea, e com a catiu lo crim que has comès és civil, no merexes punició, puix complit has lo que t'avien manat. Per què yo fas mon vot solemne, a Déu e a tots los sancts, de no tornar jamés en la mia pròpia terra fins sia stat en batalla campal hon hi haja de XL mília moros ensús e que sia vencedor capitanejant yo los crestians, o trobar-me sots la bandera de Tirant.

Acostà's lo conestable e posà-li lo peu sobre lo cap, e féu son vot ab paraules de semblant stil.

Capítol CCV. Lo vot que fa lo conestable

—Ab paraules suaus asajaré si de tan deslimitat desig me pogués retraure. Però puix veig ja lo foch ensès de mon leal voler, lo qual porte a Tirant, resestint, més aumenta, puix ab novella sperança [de] restaurar ma vida e, per satisfer al gran voler que tinch en les armes, fas vot, a Déu e a aquella gentil dama de qui só catiu, de portar senyal en la barba, ni menjar carn, ni [estar] asegut, fins a tant la bandera del gran soldà dins batalla campal haja presa, ço és, la bandera vermella hon és pintada la òstia e lo càlzer, e ab açò sia mon vot deliure.

Féu-se avant Ypòlit e posà lo peu sobre lo coll del moro, e en stil de semblanys paraules féu lo següent vot.

Capítol CCVI. Lo vot que fa Ypòlit

—No dubte de soferir lo mal perillós per tan sdevenidor delit, lo qual, no vençut ne jamés sobrat, moltes voltes he sofertes les grans forces dels turchs per aument de ma honor, per lo gran desig que tinch de servir a mon senyor Tirant, del qual só criat, e per exercitar la mia persona e per mills obtenir la gràcia de la mia bella dama qui tant val, sens mijà de la qual a mi seria molt difícil pogués desijar major bé que la sua amor, per què he proposat de fer tal vot com hoyreu:

de no menjar pa ni sal —e lo que menjaré serà tostemps agenollat—, e de no dormir en lit fins a tant que yo haja mort ab les mies pròpies mans trenta moros sens ajuda de negú. E en tal cars, mon vot sia complit.

E pres al moro per los cabells, e pujà-li sobre la squena e dix: —Yo tinch sperança de longa vida e que prestament ab aquesta spasa compliré lo meu desig.

Capítol CCVII. Lo donatiu que Tirant féu al moro

Com Tirant véu que los seus parents havien votat per amor d'ell, ab les mans se levà tots los diamants e robins e perles que en la calsa e çabata portava e donà-u tot al catiu moro, e hun rich manto que portava. Anà's a despullar e tramès-li tota la altra roba que portava, fins a la camisa, mas la calsa ni la çabata jamés la y volgué dar. Lo catiu moro ho tingué a molta bona ventura, que de catiu que era fon posat en libertat e en riquesa e fon fora de la captivitat e humana misèria, car la pobretat li ocupava la vida. Per ço se diu que la pobrea és una de les forts passions del món a sostenir. Per causa d'açò, dix l'emperador que tal cavaller com aquest era dit liberal, que dava sens pensar de hon més ne pogués haver.

Com los embaxadors del soldà veren fer festes de tanta magnificència, foren molt admirats e foren fora de tota sperança de pau com hoÿren los vots que Tirant ab los de la sua parentela, havien fet. E Abdal·là Salamó dix al rey que venia en sa companyia per embaxador, que, si lo camí los fos segur, que sens resposta se'n deurien partir.

Lo emperador aquella nit se'n tornà ab totes les dames e la sua gent dins la insigne ciutat de Contestinoble. E l'endemà, hoÿdes misses, tots tornaren al mercat, lo qual stava axí bé emparamentat e parat com lo primer dia.

E venguts los embaxadors del soldà, en presència de tot lo poble, lo emperador los féu semblant resposta.

Capítol CCVIII. La resposta que lo emperador féu als embaxadors

—No és cosa en lo món de major congoxa ne dolor que veure la sua magestat offesa en hoyr paraules tan nefandíssimes, que ofenen a Déu e al món. E moltes coses me vull deixar de dir per honestat de la mia lengua, perquè·m plau no haver-les fetes e tinch vergonya de recitar-les. Per què·m par que sia justa cosa que yo, qui done les leys e fas servar aquelles als altres, que per mi deuen ésser mils servades, les quals rahó e justícia naturalment veden. Car encara que les passions enclinen les gents en alguna cosa que de rahó no és acompanyada, yo he mester tenir virtut de paciència en haver-les hoÿdes, perquè a mi no plaen, car no són plasents a Déu. E suplich la sua immensa bondat que no·m dexe fer coses qui sien contra la sua santa fe catòlica, que yo donàs per muller ma filla a home fora de la nostra ley. E venint a l'altre cap del que vull dir: per tot lo tresor que pagar porien lo Gran Caramany ni lo rey de la sobirana Índia, libertat aconseguir no poden, sinó ab pau de fe verdadera restituint-me tot lo meu imperi.

Hoÿdes tals paraules, los embaxadors se levaren e, presa licència, feren lur camí devers aquella part hon lo soldà era.

Complides les festes, e los embaxadors partits, lo emperador solicitava sos consells sovint sobre la guerra. E Tirant solicitava ses amors e ab molta gran instància tenia a prop la princessa, per ço com veya lo temps de les treves ésser molt prop. E lo emperador, qui mostrava tenir gran desig que lo seu capità fos en lo camp per corregir tota sa gent, e lo capità feya demostració que cascun dia solicitava la gent que se'n tenia de portar, que·s posasen en orde de les coses necessàries, com desijava molt veure's ab los turchs.

Tirant suplicà molt a la princessa que li fes gràcia li donàs compliment del que tant desijava, en senyal del darrer mèrit e de complida alegria, car tota la sua benaventurança stava en poder atényer la fi que per amor se pot aconseguir, com sia senyal de perfecció de bé.

—Car quant de major pobresa l'om és exit y entra en rica vida, tant aquella li és més graciosa. Segueix-se, donchs, la una per dolor, l'altra per amor, planyen-se e fan ab mi companyia, puix la sperança de mon propi delit se té per perduda, conexent la granea de vostra culpa. Per ço, vull recitar los meus ja passats mals, mas no los qui són per venir, car la terra, la mar e les arenes e tota natura de gents se enugen de sostenir e comportar lo meu aflegit cors. Mas, la certa sperança que del sdevenidor delit tenia, me feya oblidar la granea que amor en si porta. E per ço, qualsevulla pena que la magestat vostra a mi darà de fer-me tant sperar, me par poch en compensació de tanta glòria com yo speraba atényer. E si la celsitud vostra volia admetre la mia demanda e no permetésseu que fos feta vana, coneixeria vostra altesa quanta és la fermetat mia, car una matexa serà la fi de la mia vida e de la mia mort. E per ço no staré de dir davant Stefania lo efecte de la mia demanda e, encara, en presència de aquestes gentils dames, en stima de germanes mies, com amor me força les diga. E si de vós no us pren pietat, com vos dolreu de mi? E si a la vostra bellea no perdonau, qui trobarà en vós misericòrdia? De dos mals, lo menor és de elegir: ¿qual elegesch? serà l'altre, puix la mort per menor elegesch. E no dubteu en res de dir-me lo que la celsitud vostra eligirà.

La princessa conegué la molta passió que Tirant ab si portava e, ab gest afable, féu principi a hun tal parlar.

Capítol CCIX. Resposta feta per la princessa a Tirant

—Tirant, les tues paraules merexedores són de resposta, car bé sé lo que desiges. Però la mia fàmia clara és, car fins ara sens crim he vixcut. Digues, quina rahó a tu ha dada sperança del meu lit? Lo creure sol ésser gran infàmia a les donzelles, e les nostres paraules són cregudes freturar de fe. Jatsia que altres donzelles pequen, e moltes que n'i ha que no amen castedat, qui·m veda a mi que lo meu nom sia entre les poques? Si yo consent a tu, no puch dir que açò no·s sàpia, e no és cosa neguna que lo meu defalt puga cobrir. E ab quin fet scusaré yo ma culpa? Donchs, prech-te, Tirant e senyor de mi, a tu plàcia voler-me dexar defendre la bellea que fortuna m'à acomanada, e no vulles laugerament robar-me la mia tendra virginitat, car aquella donzella pot ésser dita casta qui dubta mala fama. E creu a mi lo que·t diré, que no·m desplau que tu ames la mia persona, mas tinch dubte de amar aquell qui·m pens que ab gran fatiga pot ésser meu, car no és trobada fermetat en la amor dels strangers, qui prestament ve e molt pus prestament se'n va. Mira què féu aquell ficte Jason —e molts altres que nomenar-te'n poria— e quanta fon la pena que la trista de Medea passà, que, matant a sos fills e aprés a si mateixa, sos mals hagueren fi, hoc encara la cosa desijada, mas no en la sperança que havia de la cosa.

«D'ací avant no vull pensar en les coses de present, sinó en les passades d'aquells que hom se pot servir, car és natural condició, a la qual fugir és impossible, que nostre voler, si no en sobirà bé, terme no pot atényer. Si alguna cosa la donzella desija, encara que en strem sia mala, ab vel o ombra de bé lo tal nostre voler demana. Menyspreant matrimonis de grans reys, ne elegí jamés partir-me de l'emperador mon pare, car pensava la sua vellea ésser digna de ma servitud, ab tot que ell sovint me diu: «Carmesina, fes per manera, ans que yo partesca de aquesta present vida, ab molta alegria yo·t veja col·locada entre braços de cavaller que sia gloriós, car lo meu voler ab lo teu se concordarà, posat cars que sia strany o de la terra natural.» E moltes vegades me prench a plorar de les benignes paraules que tostemps me diu y ell pensa que yo plore per temor de entrar en la més plasent que perillosa batalla, la qual sovint les honestes donzelles mostren tembre. Ell loa la mia casta vergonya, confia de la mia vida e la mia castedat fa a ell star segur, la bellea li fa temor. E moltes vegades, com yo só loada de bellea davant ell per los hulls de vosaltres, me enuge molt de hoyr-ho en sa presència, però no vull negar no·m fos plasent ésser tal com me jutjau. Ay, Tirant! Gran libertat és donada a mi, car no he sabuda l'art de amar, e lo principi és a mi difícil e dubtós. E si yo no amava a tu, seria dita benaventurada, perquè seria fora de tota passió. Car só en recort de aquella trista nit del castell de Malvehí, diré axí com dolor vol que diga: «Qui mercé no ha, mercè no deu trobar.»

E no volgué més dir. Tirant stigué hun poch alienat pensant en lo parlar que fet havia la princessa, mostrant-li la poca amor que li portava, com se tingués per benaventurat pensant ésser molt avant de ses amors e trobà tot lo contrari. Constret per molta dolor, ab sforçat ànimo féu principi a paraules de semblant stil.

Capítol CCX. Rèplica que fa Tirant a la princessa

—Moltes coses jahen en cubert per mijà de negligents descobridors, car en lo principi yo no sabí descobrir la poca amor que en la excelència vostra tinch coneguda. Fins ací he treballat en conservació de la mia vida perquè en augment de la honor e prosperitat de la magestat vostra yo pogués treballar en servir aquella. Ara, puix veig del tot la mia sperança perduda, me vull deixar de viure perquè ab la molta amor que·m té catiu no sia forçat servir a persona ingrata. O cruels fats! ¿Per què·m liberàs de les mans de aquell virtuós e famós cavaller, lo senyor de les Viles-Ermes, puix sabíeu que la mort ab tan gran pena me era vehïna? Car veig que ab multitud de paraules de molta dolor acompanyades no puch pervertir a pietat lo ànimo de la altesa vostra de atényer-me lo que per rahó e ab molta gentilea vós éreu obligada sots promesa fe, ço és, que daríeu remey a la mia atribulada vida. No vull més de ací avant fiar en paraules. Puix donzella de tanta dignitat, e sobre totes les del món virtuosa, me haja rompuda la fe, ¿qui porà fiar de totes les altres?

—Quina cosa és fe? —dix la princessa—. Com molt me plauria saber-ho, perquè en son cas e loch servir-me'n pogués.

—Molt me plau, senyora —dix Tirant—, que fengiu ignorància per cobrir lo vostre defalt, car tal ignorància en vós no té posada. Emperò de mon poch saber e mal avisat entendre só content dir lo que y sé, demanant tostemps perdó si dich res que sia en ofensa de vostra celsitud. Per ço com a mi par haver lest que fe e veritat stan ligades, car fe és creure lo que hom no veu ab los ulls corporals. E açò és tant com toca a les coses de Déu, que simplament se deuen creure segons la santa mare Sglésia creu, car rahó natural no basta en provar los secrets divinals qui són en la santa ley crestiana, sinó per testimoni de la Santa Scriptura, e ab aquesta fe nos havem a salvar. E Déu és veritat que mentir no pot, e tot lo que ell ha dit de la sua sancta boca és veritat e axí ho devem creure fermament sens dubitació alguna. E per tal forma, stan fe e veritat ensemps ligades. E la magestat vostra fa lo contrari, que trenca la promesa fe denegant veritat, que és Déu. Donchs, venint contra Déu és renegar-lo, car tots los que rompen la fe trenquen sagrament e són fets enemichs de Déu. E vol-se scusar la excel·lència vostra remetent-me a una mia gran enemiga qui nomenar-se fa Sperança, qui fa per son ofici desesperar moltes gents, car aquesta no fon trobada sinó per una causa, ço és, que les persones tinguen sperança de longa vida e, que per les bones obres que faran, ab los mèrits de la passió sacratíssima de Jesucrist obtinguen la glòria de paradís.

«E stich admirat de la magestat vostra, qui té tanta magnanimitat, que us he hoÿt dir que jamés haveu feta promesa ni gràcia alguna a negú que molt copiosament no lo y complísseu, e de açò me donàs per testimoni totes les dames de la cort vostra. Donchs, ¿serà tanta la mia desaventura que yo, qui us desige més servir e obeyr que tots los hòmes del món, la vostra grandíssima liberalitat en mi manque? Encara no u puch creure que donzella de tanta dignitat vulla ésser perjura, car, com la persona és de major stima, tant fa més ofensa a Déu e no seria negú qui de vostra altesa donàs fe. La stima de major dolor de la que tinch, no puch atényer. Assajar vull la fortuna, la qual sovint als qui la sperimenten prospera. Entre mos mals, lo que més me atribula, [és] perquè no tinch poder de complidament mostrar a la celsitud vostra la infinida amor a la qual justament lo meréixer vostre me obliga. E per ço speraré temps en lo qual, sens temor, yo puga mostrar a l'altesa vostra com tinch en poch ma vida. E vull lamentar-me sovint, ab moltes làgremes, la mia gran desaventura. Mas, la strema amor que dins mi reposa me fa dubtar los sdevenidors perills, e los pochs inconvenients me paren grans si en dan de la vostra excel·lent persona sguarden. Ja tem los mals que a vós porien seguir, noble donzella, perquè só cert la mort sens dubte ab mi molt prest vol fer companyia, procurant a vós molta dolor, la qual serà a mi molt enujosa sol per ésser lunyat de la vostra resplandent vista, poch recordant-vos la ofensa que lo tal consentir vos porta segons vostres paraules, fengint aquelles ésser honoroses. Si axí fos, per los passats no foren meses en oblit e, content del que ja vist ne haveu, en molta honor mia e gran vergonya de la celsitud vostra, parlant tostemps ab vènia e perdó, seria just, si a la magestat vostra era plasent, concordàsseu ab la última rahó per no mostrar voler fer del negre groch. Ja dolent-me de la altesa vostra, diguí a la Viuda Reposada e a Stefa[nia] lo desgrat que mostràveu haver de mi. E si yo, per ésser stranger, alguna obra o centilla passava per lo vostre enteniment de alguna error que en mi fos causada, prenga la magestat vostra aquella seguretat, segons de cavaller se pertany. Com ixquí de la casa mia, acompanyant-me ànimo de infinida amor, si en lo camí alguna passió sentia, reclamava a la senyora princessa, car de altre déu socors no sperava. E ab sperança tal entrí en aquesta cambra pensant trobar a ma dolor remey.

No pogué haver prou paciència en més hoyr a Tirant la princessa, sinó que, ab sforçat ànimo, féu principi a hun tal parlar.

Capítol CCXI. Rèplica que fa la princessa a Tirant

—O, fallit de enteniment! ¿Ab los béns de natura, los quals sens libertat posseheys, vols atényer nom de virtuós, que no s'ateny sinó ab multitud de treballosos actes? ¿Fies en la tua mà e corporal força, que tens atreviment de demanar dins la mia cambra, en presència de tantes dones e doncelles, lo premi que tu creus meréixer? Sàpies que, axí com tu est poderós en parlar ab la tua mala lengua, axí só yo poderosa en hoir ab les mies orelles pacientment lo que dius, dient que yo t'e promesa la fe, volent-ho convertir a exemple de bé.

Estant en aquestes rahons, entrà lo emperador per la cambra e véu-los que staven en un rotle fet. Demanà'ls de què parlaven e la princessa, responent, dix:

—Senyor, nosaltres demanàvem al capità, per ço com ell sap molt bé sermonar, quina cosa és fe. E ha'ns-ho ací declarat.

E lo capità, ans que lo emperador parlàs, se pres a dir:

—Senyor, lo nostre mestre e senyor Déu Jhesús, manà en los seus sagrats Evangelis que nosaltres cregam bé e fermament tot ço e quant és contengut en aquells ab verdadera e pura fe, sens dubitació alguna. E que en aquesta sancta fe e ley crestiana vullam viure e morir. E tots los qui lo contrari faran, sien tenguts per heretges e foragitats dels béns que·s fan en la sancta mare Sglésia. Per què·s deuen guardar les dones e donzelles, qui la fe prometen, que no la rompen, car si u fan són scomunicades e axí, morint, no poden ésser admeses en ecclesiàstica sepultura ni en loch sagrat soterrades.

Respòs lo emperador, ab zel de bé, ajudant al seu capità, que deya gran veritat, que fort cosa és rompre la fe, axí als hòmens com a les dones. Emperò, si ell sabés la causa de la qüestió de Tirant e de sa filla, ell no haguera loada tal rahó.

E lo emperador pres per la mà sa filla Carmesina e pujaren-se'n los dos, sens que no volgueren altra companyia, a la torre del tresor per traure moneda per donar a Tirant que anàs al camp.

Com foren pujats, Tirant restà ab les donzelles e, posat en gran pensament del que la princessa li havia dit, hagué plena notícia en aquell cas que la Viuda Reposada li havia descubert son secret e tot lo que ell li havia rahonat. E volgué Tirant sperimentar si ab prometences poria son fet revenir e, ab paraules afables e de molta amor, de les següents paraules féu principi.

Capítol CCXII. Lo rahonament que fa Tirant a la Viuda Reposada e a les altres donzelles

—Molt és dura cosa pensar en los perills sdevenidors. E si aquell qui té potència de levar la conexença als conexents, levàs al savi lo seny, alguna cosa no li restaria. La major dolor que als mesquins atribula és que en algun temps sien stats benaventurats. E per ço la mia pensa sens comparació està ofesa per ma senyora. Si yo he bé enteses les sues querelles, manifesta que la sua amor no ha tengut poder vers mi ab pròspera fortuna, e per ço los meus mals no tenen rahó de ésser creguts sinó per testimoni de mes paraules. E per ço desija la mia ànima ésser aconsolada, perquè yo pogués fer tals e tan assenyalats serveys a la senyora princessa que la magestat sua conegués yo ésser digne de la sua amor aconseguir e, a vosaltres totes en general e a cascuna per si, en honest matrimoni col·locar-vos pogués. A la mia singular parenta e·n voluntat germana,

Stefania, qui present és, per bé que ella tinga molts béns e molta riquea, però, yo li'n volria molt més donar, tants e més que no·n té. A la senyora Viuda Reposada, qui fos secretària major de tot mon pensament e li donàs marit que fos duch, comte o marqués, ab tants de béns que ella ne reste contenta e faça richs a tots los seus. E per semblant volria fer a Plaerdemavida e a tots los altres.

Stefania féu infinides gràcies, per ella e per totes les altres, al virtuós Tirant de la molta voluntat que·ls mostrava. Dix la Viuda Reposada a Stefania:

—Fes-li tu gràcies per ta part, que yo les hi sabré fer per la mia.

E girà's devers Tirant ab cara e gest afable, fent-li present de semblants paraules.

Capítol CCXIII. Les gràcies que fa la Viuda Reposada a Tirant

—No és senyal del darrer mèrit lo donar axí com la senyoria vostra fa, mas és principi d'amistat e de gran amor, e fa lo do plasent e graciós lo que prestament lo dóna. E qui dóna lo que no pot negar, fa molt bé, emperò encara que se'n faça liberal, poch dóna. Yo fas infinides gràcies a la senyoria vostra del bon recort. E yo no vull marit, per gran senyor que sia, sinó hu, lo qual, com a Déu, adore nit e dia e·l tinch contínuament present encara que sia absent. Aquell que ame no m'ha morta, mas dóna'm causa de mort e per ço vull primer oferir als dans la mia persona que manifestar ma voluntat per los perills que seguir-me'n porien, qui serien causa de inpediment a la fi de mon propòsit, los quals dexaré de recitar perquè no és temps ni loch.

Acabant la Viuda Reposada, Plaerdemavida féu principi a hun tal parlar.

Capítol CC[X]IIII. Parla Plaerdemavida

—Capità senyor, ¡com sou nafrat de la virtut de paciència! E no sab la senyoria vostra que aprés de peccar se segueix penedir? Vós sou vengut en les cambres de ma senyora, qui són sepultura per a vós, puix no trobau misericòrdia. Yo us suplich, per mercè: no sia de perdre la sperança, car Roma no·s pogué fer en hun dia. E per hun no res que ma senyora vos ha dit, stau ja smayat? En les forts batalles sou vós hun animós leó e tostemps sou vencedor, ¿e temeu una senyora sola que, ab sforc e ajuda nostra, vos darem d'ella vencedor? A la gent d'armes dau gran sforç e a nosaltres toleu lo poder? Mas yo veig temor e pietat contrasten als cruels ardiments: par-me que Déu vos paga segons vostres mèrits.

¿Sou en recort de aquella plasent nit del castell de Malvehí, que yo somiava, e lo que vós dieu ab quanta misericòrdia en aquell cars obrà's? E per ço se diu en la nostra terra un exemple vullgar: «qui és piadós e puix se penit, no deu ésser piadós dit.» Ja no vull més dir de aquesta rahó sinó que totes vos ajudarem perquè la senyoria vostra sia contenta. E lo darrer remey yo lo y sé quin és, que s'i té a mesclar una poca de força, car la temor, qui ve de poch saber, fos apar[ta]da de si. Car cosa és leja a les donzelles, com són requestes de amor, no hagen a dir aquell spantable mot: «bé em plau». O, com me par mal mot per a donzella! E per ço yo us promet, a fe de gentil dona e per la cosa que més ame en aquest món, encara que yo·n sàpia la creu al coll portar, en dar-hi tota aquella endreça que yo poré. En aquell cars yo seré dita justa remuneració menor que·l treball, per què senyor, faça la mercé vostra que yo sia conservada en la amor del meu Ypòlit. Mas gran dubte·m fa que, com yo comence a veure los seus rebordonits passos hon volrien anar, no·m contenta molt son fet. E per ço me tem yo del sdevenidor perill, car conech que ell serà bon sgrimidor, que no cura de tirar a les cames, mas tira al cap. Més sab que yo no li he mostrat.

Tirant se alegrà hun poch ab les burles de Plaerdemavida, e levà's en peus e dix-li:

—Donzella, segons me par, vós no amau en cubert a Ypòlit, ans voleu que tots ho sapien qui saber-ho volran.

—Què·m fa a mi —dix Plaerdemavida— que tot lo món ho sàpia, puix Déu me ha dat lo bon grat ab la sperança ensemps? E per ço vosaltres, hòmens, moltes voltes sou desconexents, que volríeu cobrir la culpa vostra ab dissimulació de honest parlar, pensant que som donzelles e no tendrem atreviment de dir-ho. E teniu de propietat que en lo principi sou bons e en la fi sou mals, axí com és la mar qui, entrant, hi troba hom l'aygua suau, aprés, com sou molt dins, és fortunal. Axí és en lo principi d'amor que sou blans, aprés, aspres e terribles.

Estant en aquestes rahons, vengué lo emperador e pres per la mà al capità e tragué'l de la cambra, e parlaren molt sobre la guerra.

Com fon hora de sopar, Tirant ab los seus anà a la sua posada. E venint la nit, que la princessa se volia en lo lit posar, la Reposada Viuda li féu principi de semblants paraules:

—Senyora, si la magestat vostra sabia la strema passió que Tirant passa per causa de vostra altesa e les coses que·ns ha dites a totes ensemps, n'estaríeu admirada. Aprés, a mi, apartant-me a una part, les coses que me ha dites de la excelència vostra, que tinch fàstig de recitar-les-vos, mostrant en l[e]s sues vils paraules lo poch bé que us vol. E la sua ficció a manifestar-se tenia, que la divina Providència no permet que les coses mal fet[e]s ni mal pensades sien de longa duració.

La princessa se alterà molt del parlar de la Viuda Reposada. Desijosa de saber-ho, tornà's a vestir la gonella e posaren-se dins un petit retret perquè de negú no fossen hoÿdes. E primerament li recità tot lo que Tirant havia dit a totes e com les volia totes col·locar de matrimonis honorosos, ab les promeses precioses que los donadors acostumen de fer. Aprés, ab gran maldat e decepció, féu principi a sa malícia la mala Viuda.

Capítol CCXV. Lo mal consell e reprovat que la Viuda Reposada donà a la princessa contra Tirant

—Esperiència manifesta mostra a les persones qui tenen bona discreció que deuen usar més del seny que de la voluntat. E com les persones són de major altesa e dignitat, tant deuen ésser més virtuoses e de més perfecció. Emperò, encara que hun home sia de més alt enginy e més pràtich que altre, axí com és Tirant en les armes, no resta que tots los hòmens naturalment no tinguen enclinació en malparlar de les dones e pijor obrar. E havent nosaltres tal conexença, devem usar de nostres remeys e no voler seguir es coses voluntàries, car negú no pot ésser senyor ni conservar-se en la posehïda senyoria si no té saviesa, car fent lo contrari és dit foll. Quants cavallers sab bé vostra altesa que desigen e han desitjat lo que Tirant volria, qui són savis e ab molta discreció, e aquest Tirant és home cruel e gran homeyer! Qui tot sol té ulls, bé sé que no veu més que los altres, mas en follia té major atreviment. Ni té més saviesa que los altres, mas té menys vergonya e més atreviment. E si vostra altesa sabia lo que diu de vós, jamés li deuríeu voler bé.

—Digau-m'o prest —dix la princessa— e no·m façau tant penar.

—Ell me ha dit en gran secret —dix la Viuda Reposada— e m'a fet posar les mans sobre los Evangelis de açò yo no diria res a negú. E per quant sou ma senyora natural, qui seria venir contra la fidelitat, quinsevulla sagrament que yo haja fet no val res, per ço com és contra caritat. Primerament me ha dit com Stefania e Plaerdemavida són ab ell de acort com per força o per grat ell passarà a vostra magestat. E si fer no u volreu per grat e a tot son voler, que us passarà la spasa per lo coll donant-vos cruel mort. E aprés farà per semblant a vostre pare e, robant tot lo tresor, se posarà en les galeres sues e iran-se'n en la lur terra. E ab lo tresor que se'n portaran, robes e joyes, trobaran allà de més belles donzelles que vostra altesa no és, car diu que vós no semblau sinó moça d'ostal, que sou donzella ab molt poca vergonya e que en la mà lo portau dient qui·l vol. Mirau, senyora, per vostra virtut, lo traÿdor celerat quines coses pensa de vostra altesa!

«E diu encara més, lo reprovat ab poca fe, que no era vengut ell en aquesta terra per fer armes, e que tantes vegades és stat nafrat e que per mala sort ha conegut a vós e a vostre pare. Què us par, senyora, de tal parlar de cavaller, com pensa ell en la honor de la excelència vostra ni de l'emperador, qui tants de béns e tantes de honors li haveu fetes? Allà foch qui·l crem, qui semblants coses diu! Sabeu encara què diu més? Que no ama ni vol bé a dona del món sinó per sos béns, més que per la sua persona. De aquestes coses diu moltes, e de altres moltes maldats. E só en recort que·m dix que si jamés altra nit s'i veu tal com aquella de Malvehí, posat cars ell vos fes mil sagraments, no tendrà negú: per força o per grat ell passarà a vós. Aprés vos farà tres figues e les vos posarà en la barba. Aprés vos dirà: «Na mala dona, ni grat ni gràcies ara que n'he hagut lo que desijava.» Ay, senyora! La mia ànima plora gotes de sanch com hi pens en tantes maldats com ha dit de vostra altesa. E per ço, senyora, vos vull dar hun consell, si bé no·l me demanau. Aprés de la honor de vostre pare e mare, no és negú qui tant se dega dolre de vós com fas yo. Per ço com tant de temps vos he tengut en los meus braços e mamat haveu de la mia let, tinch desig de sercar-vos honors e delits, e vostra altesa s'és de mi amagada per fer festa en aquest reprovat de Tirant, donant més fe en Stefania e Plaerdamavida que no a mi, y elles porten-vos traÿda e venuda. Ay, trista de vós! Y com vos ha difamada e farà més d'ací avant! Stefania bé fa: volria trobar companyia en sa gran culpa. Deixau-vos de semblants amistats, puix sou informada de la veritat, car yo no us diria sinó tant com és l'Avangeli.

«Aquestes coses que a la mag[e]stat vostra he dites, és necessari vós me jureu de jamés dir-ne res a persona del món, car he dubte que, si lo traÿdor de Tirant ho sabia, no·m fes matar e aprés iria-se'n. Vós, senyora, disimulau la cosa e, a poch a poch, apartau-lo de vostra amistat, per ço que faça la guerra per vostre pare. Car si promptament vostra altesa lo lança de si, pensarà que yo u he dit. E aquestes altres són dignes de disciplina, però no tot en hun dia. E guart-se la excel·lència vostra de fiar d'elles: aqueixes vos traÿran. No veu vós Stefania com té lo ventre gros? E yo stich admir[a]da lo emperador com no lo y conex. E tal mateix se farà Plaerdemavida.

La princessa stava molt adolorida, car nova dolor li tenia ocupat lo sentiment. E decorrent dels seus hulls vives làgrimes acompanyades de molta ira, féu principi a semblant lamentació.

Capítol CCXVI. Lamentació que féu la princessa

—Com pense que tinch reprensió de pare, la mia ànima del cors partir-se vol, per ço com volria lo discurs que tinch de la mia dolorosa vida pogués ab amargues làgrimes plànyer e lamentar la mia gran desaventura. E perquè m'és forçat donar rahó de ma penosa vida, ab les mies mans fredes exugaré la mia cara humida de moltes làgrimes. E si·m demanes de qui tinch querella, sol de les leys humanes, les quals, ab gran enveja, en aquest cars me lunyen de aquell que justament me pensava que devia amar. E yo l'amava en strem grau per los grans beneficis qui d'ell sperava rebre la corona de l'Inperi Grec. O, Déu just! Hon és la tua promta justícia? ¿Com no devalla prestament foch del cel que en cendra faça tornar aquell cru[e]l e ingrat Tirant, qui yo pensava que seria meu, e lo primer cavaller qui yo dins ma pensa tenia per senyor, pensant que fóra fi de mos mals? E veig tot lo contrari. Aquest havia a senyorejar la mia persona e tot l'imperi, aquest pensava yo tenir per pare e per germà, per marit e senyor, e que yo fos serventa sua. Mas, ¿per què·m dolch ni dich aquestes coses en absència sua, que de mos ad[o]lorits clams no té ell gens de sentiment, car molt millor fóra hi fos ell present? ¡Ay, trista, que lo meu cor stà adolorit e la amor mia és mesclada ab cruel ira! E totes les quatre passions combaten la mia atribulada pensa, ço és, goig, dolor, sperança e temor, car negú en aquesta present vida no pot viure sens aquestes, per gran senyor que sia. E la virtut és que no deu hom amar sinó hun sol Déu. ¡O, qui pensara jamés que de la boca de tan virtuós cavaller poguessen exir semblants paraules! E quin dan li he fet yo, per ell voler la mort de mon pare e de la mia mare, e de una miserable filla que tenen? Ara, voleu que us diga, na Viuda? Tan prest poria Tirant fer tornar lo sol atràs com poria fer que yo fes cosa que fos deshonesta. O, Tirant! E hon és la amor que solia ésser entre tu e mi? E per quina culpa só stada yo merexedora de axí ésser feta vil e abominable a tu? Lo teu amor lauger e de fermetat poca, per hon és fugit de mi axí prest? Yo, mísera Carmesina, qui solia ésser serventa tua, te prech que·m dones la vida que donist al mestre de Rodes e a tota la sua religió. E porà ésser que tu sies més cruel a nosaltres que tots aquells? ¿E per yo fer festa a ta virtut, conexent lo teu molt meréxer, diguist paraules que no staven bé en boca de cavaller, que no ames dona ni donzella sinó per los béns e que forcívolment vols pendre la despulla de la mia virginitat? O quant scampament de sanch tals paraules porten! Peró yo stime més que les gents diguen que só stada benigna e piadosa als stranys que si deyen lo contrari, que só stada cruel e mala als virtuosos de honor dignes, car si lo meu sperit volgués usar de crueldat, no seria lo sol exit que la tua cambra faria plena de sanch de tu e de tots los teus.

E no dix més, sinó que hohí tocar a matines e dix:

—Viuda, anem al lit, per bé que lo meu dormir serà molt poch aquesta nit, ab la gran ira que tinch de Tirant, aquell que yo tant solia amar.

Respòs la Viuda:

—Suplich-vos, senyora, per mercé, que, de tot lo que us he dit, que la magestat vostra no u diga a negú per lo gran perill que seguir-me'n poria. E d'altra part, no volria que·m tinguessen en stima de reportadora de noves.

—No tingau temor —dix la princessa—, car yo guardaré de dan a vós e a mi de càrrech.

Com foren dins la cambra, Stefania, que les véu venir, dix:

—Bé·m par, senyora, que gran plaer haveu pres en les rahons de la Viuda com tant hi haveu stat. Bé volria saber en què stà tot lo vostre pensament.

E la princessa se mès en lo lit sens fer-li resposta, e posà lo cap davall la roba e pres-se agrament a plorar. Com la Viuda se'n fon anada, Stefania li demanà de què plorava ni quina congoxa tan gran era la sua. La princessa li dix:

—Stefania, dexa'm star, si vols, e guarda tot aquest mal no torne sobre tu, que més aparellat t'està que no·t penses.

E Stefania stigué molt admirada què podia ésser açò e no li tornà més a replicar. E gità's prop d'ella axí com acostumava de fer. En tota aquella nit la princessa jamés pogué dormir, sinó plorar e lamentar-se. Per lo matí ella se levà tota malalta del vetlar que havia fet. Ab tot açò, el[l]a s'esfórçà de anar a missa.

Com Tirant sabé lo seu mal e fon informat per Stephania lo plorar e la congoxa que en la nit tenguda havia, stigué molt admirat quina podia ésser la causa que tant la hagués agreujada. E acostant-se a la princessa, ab humil gest e ab veu piadosa, féu principi a paraules de semblant stil.

Capítol CCXVII. Demanda de conort que fa Tirant a la princessa

–Lo piadós parlar porta ab si tristor als hoÿdors, en special en aquells que ab molta amor amen. E par-me a tot mon seny que lo vostre mal tinch yo sobre los meus ulls. E si tanta mercé me volia fer la celsitud vostra en fer-me part del mal qui us atribula o, almenys, dir-me la causa qui us fa plànyer, la mia ànima en aquest món sentiria glòria. E lo que dich a la magestat vostra és perquè u conech en la alteració de la vostra cara, que só cert que és quítia de tota culpa. Necessària cosa és, si voleu que vixqua, que mudeu la vostra cara e que no siau desconexent vers mi. Per què us suplich, encara que de mi acabat remey no spereu atényer, almenys no porà ésser que algun útil no·n vinga a la vostra excel·lent persona. E dexant la major part de mes paraules, perquè veig no tendria temps de poder-les recitar, solament diré la strema pena que lo meu cor en si porta, com no puch tot lo temps de ma penosa vida poder contemplar la vostra sobresingular bellea. Ara no só poch content en haver porrogat lo manament que per la magestat del senyor emperador me era stat fet que anàs al camp.

No pogué més retenir Tirant que dels seus ulls no destil·lasen vives làgrimes. E conegué que la princessa mostrava enujar-se'n, e dix:

–Senyora, ab sobres gran treball, per no fatigar la altesa vostra, detindré dins mi la strema passió que la mia atribulada ànima sent, que del carçre del tan atribulat cors se vol partir si ab pena tal té de viure. E si la magestat vostra se enuja de les mies atribulades paraules, asajaré ab enamorats serveys mudar la malvolença que en strem mostrau contra mi, mostrant alegrar-vos de la pena que·m veu passar e, noresmenys, no voler consentir que sol les mies mans toquen les vostres vestidures. Aquest és lo premi que yo spere de ma benvolença? Puix axí és, en defensa de virtut me dexaré de viure, ab tot que us veya possehïdora de excel·lent corona de l'Imperi Grec per mos malpremiats treballs qui aprés ma fi restaran per immortal recordació de gents.

No pogué més parlar Tirant per la molta passió que sentia. E la princessa, ab veu baxa, féu principi a tal parlar.

Capítol CCXVIII. La resposta que féu la princessa a Tirant

—Ab lo menys càrrech que poré, vull satisfer a ta demanda, per ço com és cosa que vergonya ab si porta, car la mia lengua ab gran treball pot formar tals paraules, ne la mia cara no gens bella, qui és temerosa e molt vergonyosa, te darà causa de negar que hun tan leig e gran defalt de mi s'aparte. No vull més ab tu contendre de paraules, perquè conegues quanta és la mia paciència e humilitat, car los solícits treballs e malaltia que la misèria humana ab si porta, fa dolre la mia atribulada pensa. E axí passaré lo temps de ma penada vida celant la granea de la mia strema pena. E no penses sia tan poch lo treball que comporte en detenir tan gran dolor cuberta, car los plors e sospirs qui als atribulats turmenten, és gran descans poder-los manifestar a persona fel. E per ço yo ame de present lo que tu, per ventura, ames en sdevenidor.

E no li pogué més dir per ço com los metges vingueren acompanyats de la emperadriu. Tirant pres licència e anà-se'n a sa posada pensant tostemps en lo que la princessa dit li havia. E fon posat en gran pensament e axí stigué, sens menjar, que no volgué exir de una cambra fins que lo conestable anà al palau e parlà molt ab Stephania e ab Plaerdemavida e·ls dix lo fort pensament que Tirant tenia del que la princessa dit li havia.

—Quin remey porem dar —dix Stefania— a la sua gran dolor, car tant com yo adobe de dia ho desbarata la Viuda de nit? E com yo li parle de res de Tirant, lo que de primer no feya, ans volia nit e dia no parlasen d'alre e de ses amors com se regiria, ara se és sots mantell d'onestat coberta. E aquesta, que té lo cor temerós e l'enteniment grosser en amar, hi entra molt mal e ab gran dificultat en amor. E la Viuda, qui sap aquest càrrech de amor per ella conegut, li muda tot lo joch com a maestra en l'art. E tots los qui amen són cechs e no·s temen ni miren en tals afers. Car si la Viuda no fos, no una vegada, mas cent, yo l'haguera fet entrar dins la sua cambra, volgués o no, axí com fiu aquella nit al castell de Malveí. Però, puix a mi no és tolta libertat, ab baxa veu yo li parlaré de Tirant ab ombra de piadosa amistat.

E finit lur parlament se n'entraren en la cambra hon era la princessa ab grans rahons ab la Viuda Reposada, e no li pogué parlar. E conegué Stef[an]ia no era ora disposta per parlar ab ella. Lo emperador, que sabé que lo conestable era allí, pensà Tirant hi devia ésser tanbé. Féu-los cridar e, com devien tenir lo consell, dix l'emperador:

—Anem a la cambra de Carmesina e allí veurem com stà, car huy tot lo dia no·s sent bé.

Lo conestable se mès primer. Aprés venia l'emperador e Tirant. Aprés tots los del consell, los qui anar-hi volgueren. E trobaren que la princessa stava jugant ab la Viuda a naÿps, apartades en hun cantó de la cambra. E aquí se asigué l'emperador, prop d'ella, demanant-li de son mal. E ella prestament li respòs:

—Senyor, com yo veig la magestat vostra, soptosament se parteix lo mal de mi. —Girant los ulls devers Tirant e prenent-se a sonriure.

E l'emperador pres gran plaer en les rahons de Carmesina e molt major com la véu en tan bona disposició. E aquí parlaren de moltes coses, e la princessa de bon grat responia en tot lo que Tirant li deya, car la Viuda Reposada li consellà fes festa a Tirant, no tant com solia de primer, mas domèsticament, axí com als altres.

E la Viuda volgué que Tirant no se'n tornàs en sa terra, mas que perdés la sperança de la princessa de no amar-la e que amàs a ella. E per ço deya ab tota maldat lo que dit havia a la princessa. Per ço fon ella causa de tanta dolor. Com fon quasi nit, lo emperador ab tots los hòmens se n'anaren cascú en sa posada. E l'emperador l'endemà congoxava tota la gent se degués partir per anar al camp. E Tirant e tots los altres desempachaven lo més que podien. E Stephania, parlant aquella nit ab la princessa, mès-la en noves de Tirant, e la princessa, prestament, li dix:

—Calla, Stefania, e no em vulles més enujar, car los sancts de paradís, qui són cascuns en gran auctoritat posats, són poch ansiosos del que tu dius ni de nostres misèries, car ab altres coses de virtuoses obres nosaltres havem a guanyar premi qui no s'ateny sinó ab mèrit de pròpia virtut. Car tots aquells qui fan semblant d'amor no són de natura d'or, qui a tot lo món plau, axí als grans com als pochs, als richs com als pobres, ni poden ésser tots d'una voluntat, car huns són amichs de paraules e servexen de vent e, de açò aytal, fan semblant fins a la boca. Car si yo·t recitava tots los seus singulars actes, ell és cavaller no conegut sinó en temps de treves, però yo callaré fins a tant que la fortuna adversa done licència a mi de parlar. Segueix-se de tu, que ab pintades paraules vols posar ma vida en perill. E val més que anem a dormir ans que la mia atribulada persona passe més dolor.

Stefania volgué parlar y ella no u consentí. La princessa se'n partí e Stefania restà ab pensament de dona mortal.

E axí passaren dos o III dies. E la princessa mostrava la cara afable a tots, e per lo semblant a Tirant, per ço com sabia que prestament se'n tenien de partir. E davant l'emperador li dix:

—Senyor, veus ací Tirant, lo vostre virtuós capità, lo qual pens que dins breu temps farà del soldà lo que ha fet del Gran Caramany e del rey de la sobirana Índia o axí com féu del rey de Egipte. Car certament, si tot lo món havia batalla, aquest sol seria per guanyar honor y fama perdurable entre aquells qui vendran aprés d'ell, lo qual de singular premi és merexedor, lo gran bataller, car ab verdader cor e sens frau negú tostemps les batalles ha fetes e ab gran humilitat les ha ofertes a la magestat vostra.

Parlà lo emperador e dix:

—Capità virtuós, yo us regracie molt les moltes honors que m'haveu fetes, e prech-vos que, axí com fins ací haveu ben obrat mostrant la molta virtut vostra, que u façau axí de ací avant, o millor, que tal sperança tinch de vós. E nostre Senyor me faça gràcia que us puga premiar segons lo vostre molt merèxer.

Com Tirant véu tantes de rahons supèrflues e que la princessa ho havia principiat, quasi a manera de mig scarn no li pogué dir altra paraula sinó:

—Serà.

Tirant, per voler anar a sa posada, devallà per una scala e fon en una cambra hon trobà lo gran conestable e Stephania e Plaerdemavida a grans rahons. E Tirant s'i acostà e dix-los: —Vosaltres, germanes mies, de què parlau?

—Senyor —respòs Stephania—, de la poca amor que la princessa en aquest cas de vostra partida mostra a vostra senyoria, axí com ella se deuria sforçar, ara més que jamés, en fer-vos festa ab amor, encara que ella y posàs hun troç de sa honor. Aprés, senyor, parlàvem què serà de mi si vosaltres partiu, car la emperadriu me dix anit: «Stephania, tu ames.» Yo torní roja e vergonyosa e abaxí los meus ulls en la mia falda. Aquests senyals de amor de mi, qui atorgava, eren prou en mi, qui callava, car de primer no sabia quina cosa és amar, sinó de aquella nit del castell de Malvehí. E si vosaltres vos partiu, poca benaventurança y miserable penyora de amor restarà en mi, sinó molta dolor qui·m farà companyia. Ay, tr[i] sta desaventurada! Axí serà, que yo seré punida per lo peccat de vosaltres.

—Senyora —dix Tirant—, ¿e no us he yo ja dit que lo dia de nostra partida yo suplicaré al senyor emperador, present la senyora emperadriu y la princessa, e totes seran avisades que sien bones en fer aquest matrimoni? E restarà ací lo conestable e lo seu ofici acomanarem al vezcomte, e fareu lavors vostres bodes.

—¿Y com ho faré yo —dix Stephania—, que vós no y siau e no s'i faran festes ni danses ni alegria nenguna sens que vostra senyoria no y sia? —¿E què y fretura festes a les bodes, puix a les sposalles no n›i hagué? —dix Tirant—. La festa e la alegria deixau-la per al lit, on no y haja temors mesclades de recel.

Estant en aquestes paraules, devallà l'emperador ab Carmesina per la mà, e pensà Tirant que en aquella hora tenien disposició de dir-ho a l'emperador. E acostà's lo virtuós Tirant a l'emperador e, present la princessa, donà del genoll en terra e ab veu humil e de molta gràcia acompanyada, féu principi a la següent suplicació.

Capítol CCXIX. Suplicació que fa Tirant a l'emperador

—La glòria que de la mag[e]stat vostra, senyor, se contempla, és per veure-us cobdiciós de obtenir aquella eterna glòria e fruÿció celestial de paradís de la qual sou merexedor poseyr per moltes virtuoses costumes, en les quals benaventuradament vos sou envellit, usant de obres de clemència. E havent vixcut per molts anys en la temporal glòria ab gran triümpho, donant lum en lo món de crestianíssim senyor ab les vostres operacions fundades en fe, sperança e caritat, per què podeu ésser cert de la sdevenidora glòria. E per ço, com la magestat vostra sab que tota gran senyoria és vida breu e no resta en aquest món sino lo bé que hom fa, ab molta submissió vull suplicar a la magestat vostra e de la senyora emperadriu e de la senyora princessa, qui ací present és, si tal suplicació en semblant cars pot ésser admesa, que fos fet matrimoni de la donzella Stephania de Macedònia ab lo meu singular germà comte de Sent Àngel e conestable major de vostra altesa —per vostra benignitat a ell dat, axí l'ofici com lo comdat—, com semblants matrimonis sien ligams de grandíssima amor, majorment com ne procehexen fills qui per a tostemps resten vassalls e servidors de la imperial corona, e tots los parents e amichs per amor d'ells. E per ço com la humana vida de aquest món és molt breu, és gran consolació als hòmens e natural cosa dexar fills qui puguen poseyr lurs béns, com los perills que los hòmens passen en aquest món sien molts, e majorment los qui usen la guerra. Car com los resten fills, se'n van aconsolats, e los parents e amichs se aconsolen ab los fills. E per ço no pot ésser atesa felicitat en alguna cosa que no sia perdurable, ni felicitat no pot ésser trobada sinó per bonea de vida.

E callà, que no dix més. No tardà l'emperador en stil de semblants paraules fer resposta.

Capítol CCXX. Resposta feta per l'emperador a Tirant

—Lig-se en un tractat que Sèneca fa, dient que neguna cosa no és més carament comprada com és aquella qui ab pregàries e suplicacions se demana. E per ço, capità, a mi no és plasent que vós me façau moltes pregàries del que nosaltres devem ésser pregots. E tot mon loch e poder yo done a ma filla, que ací present és, que u faça ab consentiment de sa mare.

E partí's d'[e]lls sens dir-los més e lexà'ls la princessa ab ells. Com Stefania véu que l'emperador se era partit d'ells axí stroncadament, presomí que a l'emperador no plahïa que·s fes lo matrimoni e, sens més pensar, hi lexà la companyia de la princessa e de Tirant, del conestable e de Plaerdemavida, e, sola, se n'entrà en una cambra e aquí començà de plorar e fer gran dol.

Tirant pres del bras a la princessa, e acompanyats del conestable e de Plaerdemavida, anaren a la cambra de la emperadriu, e Tirant e la princessa suplicaren a la emperadriu que volgués consentir en aquest matrimoni, puix l'emperador ne era content, la qual, responent, dix que ella era molt contenta. E prestament feren ajustar tota la cort perquè fossen a les sposalles d'Estefania. E tots staven ajustats en la gran sala e hun cardenal que y havien fet venir per sposar-los. E trameteren per la sposada, que vingués, e trobaren-la que encara stava plorant, que no·n sabé res fins que la vingueren a cridar que l'emperador e tots la speraven. E totes les altres donzelles pensaven que stava en la sua cambra per abillar-se, e ella se fartava de plorar.

Fetes que foren les sposalles ab gran triümfo, ab danses e singular col·lació, volgué l'emperador que en l'endemà se fessen les bodes per ço que no detinguessen la partida de Tirant. E axí fon fet. E foren-hi fetes molt grans festes de juntes e dances, e momos e molts altres entramesos qui ennobliren la festa. E tothom stava content, sinó lo miserable de Tirant.

La primera nit que donaren la nóvia al conestable, Plaerdemavida pres cinc gats petits e posà'ls en la finestra hon dormia la nóvia. E tota la nit jamés feren sinó miular. E Plaerdemavida, aprés que hagué posats los gats, anà-sse'n a la cambra de l'emperador e dix-li:

—Senyor, anau cuytat a la cambra de la nóvia, que lo conestable haurà fet més mal que no·s pensava, que grans crits hi he sentits. Gran dupte·m fa que no haja morta a vostra cara neboda o, almenys, malnafrada. E vostra magestat, qui li és tan afix parent, vaja-li ajudar.

Tant foren plasents a l'emperador les rahons que li dix Plaerdemavida que·s tornà a vestir. E los dos anaren a la porta de la cambra de la nóvia e scoltaren hun poch. Com véu Plaerdemavida que no deya res, pres-se a dir:

—Na nóvia, ¿com stau vós ara que no cridau ni dieu res? Par-me que ja us és passada la dolor y la major pressa de la batalla. Dolor que·t vinga als talons! No pots cridar hun poch aquell saborós ay? Gran delit és com se hou dir a les donzelles. Senyal és, com tu calles, que ja t'as enviat lo pinyol. Mal profit te faça, si no t'i tornes! Vet ací l'emperador que t'està scoltant si cridaràs, car té dubte que no·t facen mal.

E l'emperador li dix que callàs e que no digués que ell fos allí.

—A bona fe, no faré! —dix Plaerdemavida—. Ans vull que sàpien que vós sou ací.

Lavors la nóvia se pres a cridar, dient que li feya mal e que stigués segur. Dix Plaerdemavida:

—Senyor, tot lo que diu la nóvia és manlevat, car les paraules que diu no hixen de l'ànima, ans me par que sien fictes e per ço a mi no·m plaen.

Lo emperador no·s podia detenir de riure de les rahons saboroses que hohïa dir a Plaerdemavida. Dix lavors la nóvia, com los sentia axí riure:

—Qui ha posats allí aquells malls de gats? Yo·t prech que·ls vulles posar en altre loch, que no·m lexen dormir.

Respòs Plaerdemavida e dix:

—Per ma fe, no faré, sí Déu m'ajut! E no saps tu bé que yo sé traure de gata morta gatons vius?

—¡O, de aquesta massa sentida —dix l'emperador— e com cau en grat al meu sperit les coses que·m dius! Yo·t jur per lo subiran Altisme que si yo no tingués muller, no·n pendria altra sinó a tu.

La emperadriu anà a la cambra de l'emperador e trobà la porta tancada, que no y havia negú sinó hun patge que li dix com l'emperador era a la porta de la cambra de la nóvia. E anà devers aquella part e trobà'l ab IIII donzelles que staven ab ell. Com Plaerdemavida véu la emperadriu venir, ans que negú parlàs, dix:

—Moriu-vos prest, senyora! Vejau què m'ha dit lo senyor emperador: que si no tingués muller, que no·n pendria altra sinó a mi. E per la offença que vós me féu, moriu-vos prest y molt prest.

—Ay, filla de mal pare! —dix la emperadriu—. E tals paraules me dius? —E fon-se girada devers l'emperador—. Y vós, en beneyt, per a què voleu altra muller? Per dar-li splaniçades e no stocades? Guardau que jamés morí dona ni donzella de joch d'esplaniçades.

E axí burlant ab molta alegria se'n tornaren a la sua cambra. E la emperadriu ab les donzelles se n'anaren en ses cambres. L'endemà per lo matí tothom se alegrà e feren molta de honor al conestable e a la novençana. Portaren-los en la major sglésia, on hoÿren la missa ab molt gran honor. Com hagueren dit lo Evangeli, lo sermonador pujà en la trona e féu hun solemne sermó, preÿcant de vicis e de virtuts. E aprés, en la fi del sermó, per manament de l'emperador, féu la següent oració per posar en sperança a tots los qui de bon cor lo servien.

Capítol CCXXI. La oració que féu lo frare aprés del sermó

—La mia lengua indocta no seria suficient en recitar los actes virtuosos e de memòria singular que aquest sereníssim, pròsper e poderós senyor, lo senyor emperador, ha fets en favorir, heretar e sublimar en grans dignitats a sos criats, servidors e vassalls, e farà molt més, tant com la vida lo volrà acompanyar. E dexant-me recitar les sues grandíssimes perfeccions, les quals aumenten la virtut de la sua gran altesa, car delit és de recitar la granea de l'alt coratge dels generosos prínceps com aumenten la glòria e estat de sos vassalls, criats e servidors —axí com ha fet de aquest famós e virtuós cavaller stranger, natural del realme de França, havent bé servit la pàtria grega—, lo alt emperador, ab la sua plasent mà plena de misericòrdia e liberalitat, ha donat al valerós Diaphebus, comte de Sent Àngel e conestable major de l'Imperi Grec, una parenta sua molt acostada, nomenada Stefania, filla de aquell il·lustre, legítim e natural [germà] de aquell temerós senyor senyorejant la corona del grech imperi, la qual per tot lo món és temuda, lo qual germà seu fon intitulat duch de Macedònia. E aquest ducat, ab sa filla Stefania, neboda sua, dóna al dit conestable ja desús nomenat, ab tots los béns, joyes, robes que·l dit duch dexat li havia. E lo sereníssim emperador, de sos béns propis graciosament dóna a la dita Stefania cent mília ducats, que·n puga testar e fer a totes ses pròpies voluntats.

«Tal senyor com aquest fa bon servir, qui sab gualardonar, amar e honrar a tots sos servidors. Aquest senyor té honor abraçada e no la deixa partir de si, com honor procehesca de gran magnificència de ànimo y és ornada de totes virtuts. Car de magnificència ix liberalitat, que excel·lex totes les altres obres virtuoses qui són dignes de honor. E per ço diu Sèneca que aquell qui és de gran ànimo, totes les sues obres són de virtut. E los prínceps qui són magnànims e liberals, e pertany que sien savis e animosos e amadors de honor. Tres coses són que per lur excel·lència excel·lexen totes les altres en aquesta vida. La primera és menyspreu de la honor terrenal o temporal o de fortuna. La segona és desig de la benaventurança eternal. La terça és il·luminació de l'enteniment e de la voluntat.

«E vull-vos dir, vosaltres cavallers, per què sou infortunats en armes, e açò per cinch peccats. Lo principal de tots, si batalla o guerra ab falsa causa o sens justícia serà feta. Lo segon, si en pròpia fe à mort altri o decebut en cosa criminal. Lo terç és si carnalment ha coneguda monja o dona dada al servey de Déu. Lo quart és si maliciosament persegueix los ecclesiàstichs o·ls pren lurs béns. Lo quint és si comet notable irreverència en Déu y en los seus sancts.

«E vull-vos avisar quines són les bones costumes que deuen aver los fills dels cavallers. La primera és hoyr missa tots dies e dir alguna breu oració. La segona és saber bé legir e escriure e, encara, saber gramàtica e altra ciència perquè·n sien mes savis. La tercera és que no sien juradors. La quarta, que no tinguen supèrbia, ans sien molt humils e afables a les gents. La cinquena, que tinguen vergonya de fer rohïndats. La sisena, haver temor de Déu e ésser obedients a sancta mare Sglésia. La setena és en fer reverència e saludar volenters. La huytena és star entre cavallers e bona gent. La novena és que no sien massa parlers ni atrevits en malparlar. La dehena és que no sien jutjadors ni scarnidors. La onzena és que no sien mentidors ni maldients. La dotzena és que sàpien ben servir e ben cavalcar e ben acullents. La tretzena és que sien ben nodrits de menjar e de beure. La quatorzena és que sien leals y honests. La quinzena és que no sien jugadors. La XVI és que sien nets. La XVII és que sien cassadors e munteros. La XVIII és que sàpien jugar d'esgrima, de lança, de acha, e exercitar lo cors en armes.

«Ara vull dir un poch de les donzelles, perquè no sien agreujades. E darem fi al sermó, perquè sien informades de les propietats e nodriments que deuen haver. Lo primer és que sàpien legir. La segona, que sien devotes e que diguen oració. La tercera, que dejunen los dejunis manats. La quarta és que tinguen gran honestat e vergonya. La V és que parlen molt poch e ab gran asosech. La VI, que tot lo seu comport sia fundat en honestat. VII, que sien molt humils. La VIII, honestes en menjar y en beure. La novena, que tinguen gran temor y obediència. La X és que no stiguen ocioses. La honzena és que no sien scarnidores. La dotzena és que sien simples e humils. La tretzena, que sien abtes en bones costumes femenils e no stiguen ocioses. E açò és tot lo que elles deurien tenir e és tot lo contrari.

«E diré la molta virtut d'elles: la primera, que són molt voluntàries. La segona, que són molt parleres e andaregues. La tercera, que no són fermes en amor ni en seny. Diu Ovidi que lo major bé de aquest món és amor. E la Sacra Scriptura ho conferma, car per amor Jhesucrist pres mort e passió, e volgué perdonar al ladre en la creu com li demanà amor e perdó, car lo fruyt de amor és amar Déu e lo proïsme, e de ací se aconsegueix vida perdurable. E lo fruyt d'amor de béns temporals són plaers. E lo fruyt d'amor de marit e muller són fills e filles. Aquestes són les virtuts que procehexen d'amor: franquea, que tot cavaller deu haver, ardiment, cortesia, humilitat, gentil eloqüència, alegria, reteniment, modèstia, proesa, paciència, conexença, discreció e bon saber, e bon coratge animós.

«Les següents coses deu jurar lo cavaller. La primera, que ell virilment farà lo que son senyor li manarà. La segona, que jamés desempararà cavalleria. La tercera, que no haurà temor de la mort per defendre dones e donzelles, la república e la sancta mare Sglésia. E la virtut que·l cavaller deu haver sí és: la primera, que sia verdader. La segona, que sia leal. La terça, que sia sforçat. La quarta, que sia liberal. La cinquena, que ame justícia. Car diu sent Johan que l'ome just justifica lo malvat, car aquell qui lo just condemna, a Déu és abominable, deçà per gràcia e dellà per glòria.

Capítol CCXXII. Com lo emperador donà lo títol de duch de Macedónia al conestable

Complit lo sermó e la missa, lo emperador féu portar los cent mília ducats e totes ses robes e joyes, e tot quant son pare li havia dexat. Aprés de açò, feren vestir al conestable la sobrevesta de les sues armes. Dexaren-lo axí hun poch. Aprés despullaren-li aquella e vestiren-li la del ducat de Macedònia, e desplegaren les banderes del dit ducat, e al cap, li posaren una corona tota d'argent molt rica, per ço com en aquell temps acostumaven de coronar a tots aquells qui tenien títol. Als comtes coronaven ab corona de cuyro; als marquesos, de açer; als duchs, de argent; als reys, d'or; als emperadors, corona ab set corones d'or. E per ço aquest Diafebus, conestable, aquell dia se coronà ab corona de argent —e feyen-la tan rica com fer-la volien de moltes pedres precioses. E per semblant coronaren a Stephania.

E fetes totes les coses desús dites, ixqueren de la sglésia e cavalcaren ab les banderes steses per tota la ciutat. Lo emperador ab totes les dames e ab tots los grans senyors, duchs, comtes e marquesos, ab tota l'altra cavalleria e infinida altra gent de cavall, voltejaren tota la ciutat. Aprés ixqueren fora la ciutat en una bella praderia hon havia una molt lúcida font que era nomenada la Fontsanta. E tots aquells qui prenien títol e·s coronaven venien en aquella font a benehir les banderes, e allí donaven-li títol de duch, o de comte, o de marquès o de rey, o de emperador.

Beneÿdes les banderes, batejaren lo duch e la duquessa del realme de Macedònia ab aygua almescada sobre lo cap. E si aquell dia lo duch vol fer a crear haraut o rey d'armes, ho pot ben fer ab l'aygua que resta, e per força li té a posar lo nom del ducat e dóna-li de grans strenes. E no pot ésser fet haraut o rey d'armes que no sia fill de gentilhom, per ço com més fe los és donada que a tots los altres hòmens, car tots han star al que ells diran.

Aprés que hagueren fet hun rey d'armes, tornà lo duch a la Fontsanta e lo emperador pres de aquella aygua de la font e tornà'l a batejar altra vegada, donant-li lo títol de duch de Macedònia. Aprés, a colp, totes les trompetes sonaren, cridant los harauts e reys d'armes:

—Aquest és lo il·lustre príncep duch de Macedònia, del gran linatge de Roca Salada.

En açò vingueren CCC cavallers d'esperons daurats, tots armats en blanch, e tots feren gran reverència a l'emperador e molta honor al duch de Macedònia. E de aquí avant no fon nomenat conestable, ans donaren l'ofici de conestable a hun cavaller valentíssim qui era nomenat micer Adedoro. Aquests CCC cavalers se feren dos parts, e cascú pres la pus bella donzella, o que era mils a son grat, prenint-les de les regnes de la aquanea en què cavalcava. E tots per orde, los majors en stat y en linatge prenien primers. Aprés los que pendre volien. Hagué-n'i molts que volgueren pendre. E posaren-se per les arboredes, cascú ab sa dama, e com s'encontraven, la hu deya a l'altre que dexàs la dama que portava o havia de rompre II lançes ab ell. E aquell qui pus prest les havia rompudes, prenia la dama de l'altre.

Estant los cavallers en [a]questes festes, lo emperador hi anà ab la emperadriu, mas la princessa no y anà, ni la duquessa de Macedònia ne lo duch. E Tirant no y pogué anar per la promesa que feta havia de no júnyer si rey o fill d'aquell no y era. Mas lo vezcomte fon dels primers.

E axí anà lo emperador a la ciutat de Pera, hon era la festa aparellada. Era ja passat migjorn, que encara los cavallers no eren tots tornats, e lo emperador se fon posat alt en una torre per mirar. E com los cavallers venien, rompien les lances davant sa magestat. E lo emperador féu sonar hun gran corn que a més de una legua podia ésser hoÿt e tots los cavallers, hoÿt lo corn, tiraren la via de Pera. E foren exits altres CCC cavallers, tots de una color vestits, e prengueren lo pas, no dexant-los passar, e aquí fon fet hun fet d'armes molt singular, en lo qual lo emperador y pres molt gran plaer. E totes les dones e donzelles qui preses eren, se'n fugiren dins la ciutat e lexaren sos cavallers enmig del camp.

Lo combat dels cavallers durà ben dos hores, que lo emperador no volgué que·ls departissen. E com hagueren rompudes totes les lances, aprés combateren ab les spases. Lo emperador manà sonar les trompetes e tots se departiren, los huns a una part, los altres a l'altra. Com foren departits los cavallers, cascú cercava sa dama, e no les trobaren. E anaven dient que los altres cavallers les havien preses e cascú feya sa lamentació davant la emperadriu e la princessa per les dames que havien perdudes. Elles respongueren, no sabent-hi res, que creyen que los altres cavallers les tenien amagades. Aquells, ab gran fúria, ab les spases altes, anaren devers los altres cavallers e tornaren-se altra volta a combatre.

Com hagué durat per bon spay, veren les dames en los murs del palau. Sonà una trompeta e tots se auniren e donaren de peu en terra e, ab gran sforç, combateren lo palau, y elles defensant-lo. Mas los de fora y entraren per força d'armes. Com foren dins lo gran pati, se feren II parts, e prengueren hun rey d'armes e trameteren-lo als cavallers qui derrerament eren exits los plagués de anar-se'n, que ells eren allí per cobrar cascú sa dama e les que guanyades havien. Ells los feren resposta que per cosa en lo món ells no se n'irien, com ells volien part —la que·ls pertanyia— puix havien posades les lurs persones en tan gran perill de mort. Sobre açò, els feren armes a peu dins lo palau. E fon una molt delitosa cosa de veure, car los huns cahïen deçà, los altres dellà. Los altres ab aches se donaven de maravellosos colps e, aquell que perdia l'acha, no podia més tornar a combatre, ni aquell qui en terra tocava de cors o de mà. Per tal forma se combateren que vingué lo combat a X per X, e lavors ho feya molt bell veure. A la fi lo emperador féu-los departir. E aprés que tots foren desarmats, foren en la gran sala e aquí dinaren-se. Aprés lo dinar, dançaren.

Com fon mitja hora ans del sol post, prengueren-se a ballar e feren una bella dança larga. E prengueren la princessa e totes les dames e, axí ballant, anaren fins a la ciutat de Contestinoble.

Aprés lo sopar, Tirant pres a tots los de sa parentela, los quals eren XXXV cavallers e gentilshòmens qui eren venguts ab Tirant e ab lo vezcomte de Branches. E per ço se nomenaven ells de Roca Salada, per ço com, en aquell temps que conquistaren la petita Bretània, eren dos germans, e lo hu era capità e parent del rey de Engleterra, lo qual era nomenat Uterpandragó, qui fon pare del rey Artús. E aquest capità, ab lo germà seu ensemps, prengueren hun fort castell, lo qual stava sobre una gran roqua qui era tota de bona sal e lo castell fon edificat sobre aquesta roqua. E per ço com fon lo primer castell que ells per força d'armes prengueren ab gran treball e perdiment de molta sanch, deixaren lo nom propi d'ells e prengueren lo nom de la conquesta. E lo germà major fon intitulat duch de Bretanya. Lo rey de França tramès-li a dir per sos embaxadors que li daria una filla sua per muller, e ab voluntat del dit Uterpandragó, tramés son germà en França perquè la sposàs. E com ell la véu de tan admirable bellea, dix al rey que ell no tenia procura de son germà per sposar-la, per quant lo duch no la tendria per muller sua que altri la hagués sposada. E féu letres fictes de crehença que donà al rey de França. E ell y donà fe e liurà-la-y ab los CC mília scuts, ab condició que dins tres anys se hagués intitular rey de Bretanya. E lo germà tot ho atorgà, lo que lo rey volia. E portà-la-se'n molt ben acompanyada, segons a filla de tal rey se pertanyia, e portà-la dretament al castell de Roca Salada. Dexà tota la gent en la vila, e pres la donzella e posà-la dins lo castell, e prestament la sposà e la pres per muller.

Com lo duch de Bretanya, germà seu, sabé tal nova, pres-ho a molta paciència, per lo gran bé que li volia. Los cavallers qui ab la donzella eren venguts tornaren-se'n en França e digueren-ho al rey, lo qual ho pres en gran greuge. E prestament ajustà totes ses osts e, ab gran multitud de gent d'armes, anà per posar siti sobre lo castell de Roca Salada. Lo duch de Bretanya, qui sabé que lo rey de França venia per destrohir a son germà, tramés-lo a suplicar que no u fes. E d'altra part, lo duch tramés a son germà molta gent e moltes vitualles, e·l forní de totes les coses necessàries en defensió de hun castell. E lo rey tingué siti al castell hun any e dos mesos e, per molts combats que y donassen, jamés lo pogueren pendre ni negun dan fer. E lo duch era ab lo rey e tostemps lo suplicava que volgués perdonar a son germà. Com lo rey véu que no·l podia haver, tractaren matrimoni de altra filla ab lo duch e, perquè son germà no hagués mal, consentí lo duch en fer tal matrimoni com féu, que pres filla bastarda e sens dot negú. E tots los qui eren allí ab Tirant eren de aquella pròpia línea, qui eren de linatge molt antich, e y havia haguts tostemps de molt virtuosos cavallers e singulars dones de gran honestat.

Tirant en aquell cas, ab tots los del linatge de Roca Salada, anaren a besar lo peu e la mà a l'emperador, fent-li infinides gràcies de la molta mercé que·ls havia feta en donar sa bella neboda per muller a Diafebus. E aprés que tots li hagueren fetes les gràcies, lo emperador, ab cara molt afable, féu principi a hun tal parlar.

Capítol CCXXIII. Resposta que féu lo emperador a Tirant en presència de sos parents.

—La glòria d'aquest món no està en parenceries, sinó en ben obrar. E per la molta virtut que en vós, Tirant, tinch coneguda, vos ame de infinida amor, essent-me odiós lo nom d'altri qui parenta mia haja d'aver sinó del linatge de Roca Salada, e açò per lo premi vostre. Car la granea del delit que prench com me recort dels vostres singulars actes me fa oblidar tot altre linatge, e per ço vos havia yo pregat que fósseu més afix a la corona de l'Imperi Grech, que volguésseu pendre Stefania, neboda mia, per muller, ab lo ducat de Macedònia e ab moltes altres coses que yo us haguera dades. Mas diu lo vulgar parlar que no deu hom tant amar a altri que faça hom mal a si. E com, no havia prou Diafebus? Es devia tenir bé per content de ésser comte de Sent Àngel e conestable major. Ni vós no volgués en aquell cars que yo·l vos dava, lo dit comdat, ans lo donàs a vostre parent. E ara vos donava lo ducat e tanpoch lo haveu volgut, ab parenta mia bona e molt honesta. No sé què us sperau! Si desijau que us done lo meu imperi, no·n façau comte, que yo·l m'é mester. E certament yo crech que vós me faríeu pobre ans que yo vos pogués fer rich, tant vos veig lo cor magnànim. E per ço, qualsevulla cavaller que és en terres stranyes, ab abtesa deu heretar a si mateix. Aprés, treballe en heretar los altres, car diferència deu ésser feta entre vicis e virtuts, posant les virtuts davant, car los vicis moltes vegades són dissimulats, qui aparexen virtuts, car no ha al món tan forts spies com aquelles qui se amaguen sots semblança de lealtat.

No tardà Tirant en replicar al parlar de l'emperador en stil de semblants paraules.

Capítol CCXXIIII. Rèplica que fa Tirant a l'emperador

—No pot negú en lo món major riquea posseyr que ésser content. E com lo voler meu no sia en desijar béns de fortuna ni grans terres senyorejar, sinó sol que pogués servir la excelència de la magestat vostra, en tal forma que per mijà de mos treballs yo pogués reparar e aumentar la corona de l'Imperi Grec e restituhir-la en la sua primera senyoria. Car, encara que lo meu ànimo sia magnànim en donar, no és cobejós en ajustar tresor ni gran senyoria, car sol de la honor me contente e·n reste premiat, e altra cosa no vull. E la major glòria que yo puch atényer és en poder heretar a mos parents e amichs, car per heretat mia no vull pus sinó lo cavall e les armes, per què la altesa vostra no tinga tant treball en fer-me rich. Ni vull res de la altesa vostra qui a vós puga servir, car, puix a Déu servesch en augment de la santa fe cathòlica, ell me darà la sua acostumada gràcia, que fins ací jamés me ha fallit. E yo, senyor, a la altíssima magestat vostra bese les mans e fas infinides gràcies del benefici que la altea vostra ha fet a Diafebus, retribuynt-ho a mi haver-ho rebut en aquell grau mateix com si pròpiament la excelència vostra me hagués fet senyor de la pagania. Car yo stime més, a Diafebus e a tots los altres parents, sien heretats de béns e de honor, que no yo.

Plagueren a l'antich emperador les virtuoses paraules de Tirant e stimà molt la sua gran noblea. E girà's lo emperador devers sa filla, e dix-li:

—Yo no he jamés conegut cavaller tan de preclara virtut com la persona de Tirant e tinch molt gran admiració de la molta bondat que poseheix. Mas si Déu me dóna vida, yo·l pujaré a rey coronat.

Passades que foren les festes e Diafebus, duch de Macedònia, posava dins lo palau de l'emperador, e l'endemà convidà a tots los de sa parentela, ço és, als de Roca Salada. E dinant-se los convidats —lo emperador se fon primer dinat—, dix a sa filla que anàs a la cambra de la duquessa per fer-li honor, puix eren allí tots los strangers del parentat de Brètania:

—Car lo duch s'esforça en fer-los grans festes hi honors e semblants festes no valen res si donzelles no y ha.

La princessa, responent, dix:

—Senyor, yo só presta de obeyr lo manament de la magestat vostra.

E acompanyada de moltes dones e donzelles féu la via de la cambra de la duquessa. La Viuda Reposada, ab gran malícia, se acostà a ella e dix-li les següents paraules:

—O, senyora! Per què vol vostra altesa anar lla hon són aquests strangers? Voleu-los torbar de lur menjar e solaç en què stan? E com veuran la excelència vostra, no serà negú davant vostra presència gose menjar. E vós e vostre pare pensau fer-los plaer e honor e fareu-los gran dan, car tots ells stimarien més una vista de una ala de perdiu que quantes donzelles són en lo món. E vostra altesa no·s deu axí abandonar de anar en tot loch. Com siau filla de emperador, teniu-vos en gran stima si voleu que per les gents siau stimada. E gran admiració tinch del mal senyal que veig en vostra excel·lència, que volríeu star contínuament star prop de aquell celerat de Tirant. E bé podeu sperar altra hora. E si no, fiàs en los mèrits de molta amor, los quals yo més que altra persona vos ame. Mas lo poch cautelós de vostre pare, fallit de discreció, no spera hora disposta en dir-vos que aneu en la cambra hon los hòmens són.

—No obeyré lo manament del senyor emperador, mon pare? —dix la princessa—. Car yo pens que de negú yo no dech ésser represa en complir lo manament de mon pare. Yo veig ara que l'adversa fortuna m'és contrària, qui vol que los meus trists pensaments porte en aument de pena de mos cruels desigs, los quals ab aspres paraules treballau que no y vaja. E puix tinch companyona, tinch senyora, encara que no u vulla.

E tornà-sse'n a la sua cambra, que no anà a la cambra de la duquessa. Com tots foren dinats, Plaerdemavida volgué veure què feya Tirant, e per parlar ab la duquessa. E véu a Tirant asseyt en una finestra, que stava en gran pensament. Acostà's a ell per aconsolar-lo e dix-li les següents paraules:

—Capità senyor, la mia ànima passa gran passió com vos veig star trist y en fort penssament. Veja la mercé vostra yo en què us poré ajudar, car, sí Déu me done paraýs, yo no us falliré, posat cars que la mort ne sabés pendre.

E Tirant lo y regracià molt. La duquessa se acostà a ells e demanà a Plaerdemavida la princessa per què no era venguda. E Plaerdemavida respòs que la Viuda ne era stada causa, que la havia molt represa. E no volgué dir lo que la Viuda havia dit de Tirant per què no s'inflamàs en ira. No tardà la duquessa en fer principi a tal parlar.

Capítol CCXXV. Lo consell que la duquessa de Macedònia e Plaerdemavida donen a Tirant

—Puix he atesa libertat que puch fer de mi lo que vull, com aquella tingués en subjugació d'altri, és stada causa de tant tardar en veure la fi de les paraules de la princessa, e la última voluntat sua. Però ara us promet, per nostra Dona, que de ací a demà en aquesta hora yo us ne sabré dir tota la veritat.

—O, desaventurada de mi! E com me dau penes de dolor! —dix Plaerdemavida—. Puix vós sou farta, poch curau dels dejuns, que voleu tant sperar! Car yo sé bé que no farà res per vós, que com vós li parlareu ella mostrarà tenir les orelles plenes de cotó, tant com la Viuda serà prop d'ella; car no gos dir lo mal que de vós, senyora, diu.

—O, com me tendria per benaventurat —dix Tirant—, si home fos! Car tot lo mal que diu, sé yo bé que tornaria sobre ell.

—Voleu fer bé? —dix Plaermadevida—. Dexem lo mal a hun depart e façam los fets, que los remeys aprés ells se vénen. Yo bé sé que no farem res si una poca de força no s'i mescla, e diré lo que a mi par. La senyora m'à dit que li faça adobar lo bany per a demà passat e, com totom soparà, yo us poré posar dins en lo retret, lla hon ella farà lo bany, que per negú no sereu vist. E com ella exirà del bany e serà adormida en lo seu lit, vos poreu posar al seu costat. Cars novell e venturós poria ésser dit aquest e, axí com sou valentíssim cavaller e virtuós en lo camp, és mester que u siau en lo lit. E aquest camí és lo més prest per atényer la cosa desijada. E si vosaltres n'i sabeu negun altre millor, digau-ho, ixqua avant e no reste com a cosa morta.

Dix la duquessa:

—Dexau-me primer parlar ab ella e, segons ella cantarà, axí li respondré, car lo que tu dius ha ésser lo darrer remey en dar compliment a la nostra empresa.

Parlà Tirant e dix:

—Jamés cosa que adquerir se hagués per mijà de fortuna no·m plagué, car no volria fer cosa que fos en desgrat de ma senyora. ¿Què·m val a mi complir mon desig en sa altesa que sia contra sa voluntat? Ans delliberaria a cruel mort morir que yo pensàs en neguna cosa enujar a sa magestat ni contra son voler se fes.

—Per la fe que deig a Déu, no·m pren bon senyal de vós! —dix Plaerdemavida—. Car si en vos és lo desig que mostrau de bé amar, no fugiríeu al pas stret que per mi vos és ofert. E bé·s mostra clarament la speriència de mon treball, la qual, [és] desijosa de servir-vos e procurar tot lo bé que a mi és possible, y encara més del possible, e veig que us enramau e voleu passar per carrer que no ha cap. Cercau d'ací avant qui us done remey a vostra ficció, que no me'n vull més curar.

—Donzella —dix Tirant—, yo us clam mer[c]é que no us vullau enfellonir, e penssem-hi entre tots e faça's lo millor. Car si vós en aquest cars me falliu, no·m cal sinó que·m vaja a desesperar com a home foll e fora de si, car la senyora duquessa no porà ésser tan sovint ab ella com yo volria.

—Natura àngelica no us podia dar millor consell —dix Plaerdemavida— que yo us dava, car som ara en ley de gràcia e no de justícia. E pus propi, e sens comparació, dir que lo vostre ànimo no ha pogut veure lo plasent delit axí com yo·l vos tenia aparellat, amant ma honor e perseguint com a cavalleressa lo que havia principiat, que per una via o per altra haguéseu a sentir la sua dolçor. Car manifesta cosa és que si les dolces coses jamés se gustaven, no vendria hom a sentir la lur dolçor.

Aquí delliberaren que la duquessa anàs a la cambra de la princessa per veure si poria haver loch que pogués parlar ab ella. E com hi foren, trobaren-la que stava en lo retret, que·s ligava. E la duquessa pensà en una novella femenil malícia. Posà's en una cambra per hon la princessa exint del retret tenia de passar e posà's als peus del lit, recolzada ab lo cap ben baix. Com la princessa ho sabé que allí era, tramés-li a dir que entràs en lo retret, e la duquessa, de nóvia, no y volgué anar. E Plaerdemavida, qui tot ho havia ginyat que axí es fes, dix-li:

—Deixau-la estar, que no poria venir, que molt stà dolenta. Mas no·m sé què s'à, que molt stà trista.

Com la princessa se fon ligada, ixqué en la cambra e véu la duquessa en tan trist gest star. Acostà's a ella e féu principi a tal parlar.

Capítol CCXXVI. Com la princessa demanà a la duquessa de son mal

—O la mia cara germana! Què és lo que·t fa dolre? Yo·t clam mercé que m'o digues prestament, car gran dolor ne tinch del teu mal. E si en res t'i poré ajudar, ho faré de molta bona voluntat.

Respòs la duquessa:

—La mia senyora, la mia pensa stà alterada en strem com tinch perduda la gran sperança que·n vós tenia per la molta amor que havia més en la altesa vostra. Enujada ja de tant parlar, desig ésser sola en una montanya o spessa silva, puix ab tants pensaments, desig ésser sens companyia. E axí he presa posada en aquest lit, trista e adolorida. E diré a la celsitut vostra lo que a mi fa dolre, que per aquest cars pens perdré la vida, puix no tinch poder de tornar atràs de tal promesa com yo, per manament de vostra altesa, fiu a Tirant en lo castell de Malvehí. E aprés que ací fom tornades, me fes dir e prometre lo que ara seria ben scusat si fos per dir, per què de dol la virtut me defall, com no puch mantenir ma lealtat. Perquè, senyora, suplich a la excelència vostra que yo no reste perjura ni siau causa de mon dan, que hauré de ésser mal ab lo duch e ab Tirant, car del meu mal no y guanyareu res, puix yo us confés mon peccat.

E açò deia la duquessa —los seus hulls destilant vives làgrimes— mostrant molta passió e dolor. Mogueren a pietat a la princesa les doloroses làgrimes de la duquessa, oblidant-li gran part de la ira que tenia contra Tirant e, ab humil veu e ab cara afable, li presentà semblants paraules:

—Duquessa, tu deus pensar que yo no stich menys penada del que tu mostres. Però, cosina germana e senyora mia, no vulles pus donar passió a la tua persona, car tu sabs bé que yo t'e amada e te ame sobre totes les persones del món, e faré d'ací avant, si a Déu plasent serà. E lo que tu vols que faça, de parlar ab Tirant, yo u faré per amor tua, si bé yo tinch molt poca rahó de fer res per ell, car si tu sabies com só tractada d'ell, que ha dit de mi tot lo que li ha plagut, tu n'estaries admirada. Però, temps hi à de comportar, y altre temps de riure e de plorar. Yo comportaré per la gran necessitat, que tots lo havem mester. Sinó, altrament yo·t jur per aquest dia beneÿt que és huy, que, si açò no fos, jamés lo volria veure davant mi. ¡Qui poguera pensar que tanta desconexença pogués habitar en lo cors de hun cavaller tan virtuós! E per la molta amor que en ell havia mesa, me fóra plasent que yo sola fos stada remuneració de tants serveys e tan asenyalats com ell nos ha fets, jatsia la nostra querella sia tan justa que no consent sinó tapar-se los hulls per ço que hom no·s veja.

Respòs la duquessa, proferint les següents paraules:

—La mia senyora, molt stich admirada que la celsitut vostra haja de creure que hun tan limitat cavaller e de tanta virtut com és Tirant hagués a dir cosa neguna qui agreujàs la magestat vostra. Car si les orelles sues hoÿen dir res qui fos en ofensa vostra, se mataria ab tot lo món. Car no pense la altesa vostra que Tirant sia tal com lo us han pintat, que alguna desaventurada persona vos haurà fet creure alguna faula oripellada, volent dar càrrech al millor cavaller qui huy en lo món se trobe.

Plaerdemavida pres les noves e dix:

—Senyora, passe de la pensa vostra tal vici de portar mala voluntat a Tirant, car si per virtut a negú algun mundanal mèrit és merexedor, a Tirant deu ésser atribuït. ¿Quala és la celerada persona qui ab natural rahó faça creure a la magestat vostra que lo darrer cavaller qui de honor sent, e que ab major glória d'onestat e de virtut, a ell se dega acomparar? No és negú, si mentir no vol, puga dir sinó ab gran maldat que Tirant digués sinó virtuts de vostra excel·lència. Deixau lo dir de males gents e amau a qui deveu amar, car molta glòria serà per a vós posseyr hun cavaller axí domèstich e virtuós. Les cambres vostres e lo lit puga ell senyorejar, e la altesa vostra la sua persona, la qual per or ni per argent no poria ésser comprada. Amau, senyora, al qui us ama e dexau lo maldir de la Viuda endiablada, que ella és la qui fa tot aquest mal. E yo confie en Déu que tornarà tot sobre ella. No tinch altre desig en [a]quest món sinó que la ves açotar per vila tota nua, ab leus de vaqua, que li donassen per los costats, per los ulls e per la cara.

—Calla! —dix la princessa—. Tu penses que la Viuda Reposada me diga res de totes aquestes coses e no u fa, sinó yo, qui veig tot lo dan qui seguir-se'n pot. Ab tot açò, yo só contenta de fer tot lo que vosaltres me consellareu.

—Si a mon consell vos teniu —dix Plaerdemavida—, no us consellaré cosa que no sia profit e honor vostra.

E axí es partiren.

La duquessa se'n tornà a la sua cambra e trobà allí Tirant, e recità-li tot lo que fet havia. E Tirant, molt content e alegre, ixqué en la gran sala hon era l'emperador e la princessa e la emperadriu, ab totes les dames, e allí dançaren fins per bon spay. E la princessa no·s dexava de fer gran festa a Tirant.

Finides que foren les dances, e la princessa qui·s fon retreta per anar a sopar, la Viuda Reposada se acostà a ella e, sens que per negú no podia ésser hoÿda, li pr[e]sentà semblants paraules.

Capítol CCXXVII. Reprensió que fa la Reposada Viuda a la princessa.

—Lo parlar que la excel·lència vostra fa, aumenta ma dolor, com yo sia, sobre tota altra dona dolorosa, cremada de amor de honestat. Sens ella só restada vehent vostra altesa: ab los ulls uberts voleu entrar dins lo pou de perpètua infàmia. E per causa de tal inconvenient vixch desesperada e dolch-me de aquella cosa que amor consent, malaynt lo egipcíach dia del vostre trist naximent, car moltes gents, occupats de girar los ulls envers vostra magestat, aprés tornant-los envers mi, ab fort resistència, dient tres vegades: «O, Viuda! O Viuda Reposada! Com pots consentir que home stranger se'n porte la despulla de la virginitat de Carmesina?» Pensau, qui hou dir semblants paraules, si tinch occasió de dolre'm e de abandonar la vida, car sé que neguna de nosaltres no farà ofensa a la magestat vostra. E morint yo, seria millor per a mi, e seria liberada de aquesta pena, per reviure en reposada mort, per ço que les mies orelles no hagen de hoir que yo y sia stada consenta. E per ço los meus ulls, de vives làgrimes destil·len. E com, senyora, no deveu vós pensar que la cosa no·s deu fer que bisbes e arquebisbes no u hajen de saber? E per dit de vostra magestat, en presència de moltes gents, haveu dit, e no us ne sou sabuda celar en dir, que no volíeu pendre marit stranger, ço és, rey o fill de aquell, per no saber les lurs costumes, si seria ardit o covart, e que vós no havíeu mester béns de fortuna, car nostre Senyor e vostre pare vos ne havien prou donats, e no volíeu ésser subjecta a negun altre, rey o emperador, del món. E que si marit havíeu de pendre, no seria sinó sol Tirant: aquell volíeu e altre no.

«Tot ço que dich, senyora, no és sinó per reduir-vos a memòria, com ja us haja dit altra vegada. E si solament per la fantasia us passa de voler-lo per marit, si la altesa vostra fa res qui desonest sia ab ell, com sereu sa muller, no dubtarà de dir-vos com serà felló: «Anau per a mala dona, que lo que fés ab mi tanbé ho aguéreu fet ab altre.» Qui serà aquell qui lo seu cor puga asegurar que tostemps no sia recelós? E sab Déu si ne haurà gran rahó de no fiar jamés de vós, mas de tenir-vos tots los dies de vostra vida tancada sens deixar-vos parlar ab negú. Açò mereixerà la vostra persona, la qual, usant de virtut, sereu dita noble e virtuosa. Fent lo contrari, sereu tenguda per vil e per desonesta. Ans sia la mia mort que tals coses vegen los meus ulls, ni les mies orelles tals noves hogen.

E no volgué més dir, sperant hoyr què respondria la princessa. No fon poca la passió que en aquell cars l'ànima de la princessa sentí, com no tenia temps per satisfer a les verinoses paraules de la maliciosa Viuda, per tant com l'emperador stava ja en taula, que stava sperant a la princessa e dues voltes la havia tramesa a cridar.

Dix la princessa:

—Na Viuda, aquest fóra lo meu sopar delitós si yo pogués ara satisfer a tot lo que me haveu dit.

Ixqué del retret, e la duquessa, que era allí per saber la nova si Tirant iria aquella nit. E com la véu tan alterada, tota roja de malenconia que tenia, no tingué atreviment de dir-li res. Però com Plaerdemavida la véu de tal so star, e la Viuda que li venia detràs, dix-li:

—O, senyora! Tostemps he vist que, com lo cel stà roig, senyal és de tempesta.

—Calla, folla! —dix la princessa—. Tostemps dius follies.

Pensau ella quina venia, que l'emperador ho conegué e demanà-li com venia axí, si negú la havia en res enujada. La princessa respòs:

—No senyor, mas, des que·m partí de la magestat vostra, só stada gitada en lo lit per dolor que m'havia venguda al cor, però, per gràcia de nostre Senyor, he trobat gran remey en la dolor.

Manà l'emperador als metges entenguessen en lo seu menjar. E ells ordenaren que lo sopar seu fos de hun faysà, per ço com és carn cordial per al cor. La duquessa segué's al seu costat, no per voler menjar, mas per poder parlar ab ella, que Tirant la sperava a la sua cambra quan tornaria ab la bona nova. E com foren a la fi del sopar, la duquessa se acostà a la orella e, ab veu baixa, li féu principi a paraules de semblant estil.

Capítol CCXXVIII. Raonament que féu la duquessa de Macedonia a la princessa

—Si la noblea de linatge e nom de generosa mouen a vostra altesa, la fe per vós a mi promesa ixqua avant e vinga en efecte, car cosa manifesta porta testimoni de veritat, e cosa amagada, axí com la Viuda fa, mostra malvestat e fellonia. E son vassall no pot tolre ni difraudar res a son senyor, e per ço u dich com la Viuda és ma vassalla e deuria's guardar d'enujar-me, car yo desige la sua mort per ço com los seus actes, dignes de gran punició, són-ne merexedors.

—Duquessa mia —dix la princessa—, yo us ame en strem grau e faré per vós tant com rahonablement per una germana se pot ne deu fer, y encara molt més avant. E deixau star la Viuda que, encara que sia vassalla vostra, no y té culpa en res; e us demane en gràcia que no cureu d'ella, car yo no poria tant fer per vós com meritau. E altra cosa no·m posa en mal pensament sinó lo meu cor, qui té molts dubtes, per ço com és cors mortal, perquè tinch dubte que la mia desaventura no·m done passions de donzella mortal. Per què us prech que no·m vullau tolre lo que dar no·m poríeu, car vós li podeu dar robes, joyes, per vostra gentilea, e diners per a despesa. E per ço, germana mia, vós, qui sou tota plena de paciència, no cureu de mon parlar e deixau star aquexes cortesies per al Dijous de la Cena.

Dix la duquessa:

—Senyora, responeu-me en lo fet de Tirant que us he dit. Voleu que vinga aquesta nit y serà aquella que ell spera ab tan gran desig? No·m diguésseu de no, y per tan cara com teniu la vida!

—Yo seré ben contenta —dix la princessa— que vinga en la nit, car ací·l speraré e dançarem. E si res me volrà dir, yo·l scoltaré de bona voluntat.

—Ay, na beneyta —dix la duquessa—, y com sou tota plena de lealtea! En hun cors humà no és posat tan gran saber com és lo de vostra altesa. Ara·m voleu mudar lo joch? Guardau, senyora, qui moltes ne erra y n'esdevé una, no pot dir totes sien errades. Yo no us dich sinó si voleu que us vinga a veure aquell virtuós de Tirant, lo qual, sens ell, bé ni honor no us pot venir, axí com féu aquella plasent nit del castell de Malvehí. Vejam ara si m'entendreu!

—Tot lo meu pensament fon, com me parlàs de Tirant —dix la princessa—, no fos altra cosa sinó voler-me dir tot son mal, lo qual yo tinch tots dies davant los meus ulls adormits de dolor e de pensament. Bé és trista aquella donzella qui ab plors en va fatiga la sua persona. E podeu bé dir a Tirant que yo·l suplich, com a cavaller digne de fe e de virtut, se vulla deixar de temptar la mia ànima, la qual de huns dies ençà plora gotes de sanch. Mas que, aprés de la sua venguda, yo seré aquella que consentiré a major part que ell no pensa.

—O Senyor! —dix la duquessa—. Negú no deu plorar sinó sos peccats, e deu perdre treballs e oblidar aquells. E si ell fos mort en vista de vostres ulls, pus prest ho haguéreu oblidat. E si la celsitut vostra ab Tirant vol contendre, tornau davall los seus braços ab aquella mateixa temor que stàveu aquella nit de Malvehí, ab les prometenses e jures que la magestat vostra li féu, e de allí poreu dir e rahonar tots los vostres singulars actes que fets haveu. A l'home que és mort, no li cal fer longa sperança —dix la duquessa—, e de tota virtut e de gran gentilea, semblant donzella com vós, hornada de corona imperial, no és en tota la crestiandat ni menys en la pagania. E puix no fall bellea, no us deu fallir virtut de promesa fe.

—Voleu que us diga, germana e senyora mia? —dix la princessa—. La fama e la honor vull guardar tant com la vida me acompanyarà. E tostemps en aquest prepòsit me trobareu, car la donzella honesta deu amar sobre totes coses, e axí u faré yo si serà plasent a Déu.

La duquessa se'n partí ab molt gran enug e, com véu Tirant, recità-li tot lo mal prepòsit de la senyora. Tirant multiplicà en sa dolor en major grau que no solia.

E com l'emperador hagué sopat, sabent que Tirant era en la cambra del duch, tramès per ell. E dix a la princessa:

—Trameteu per los ministrés, per ço que los cavallers se alegren, puix la partida és tan presta.

—No —dix la princessa—, senyor: més tinch gana de jaure que de dançar.

E prestament pres comiat de son pare e retragué's dins la sua cambra per ço que no hagués a parlar ab Tirant. La Viuda Reposada, qui semblants paraules li hoí dir, fon molt contenta del que fet havia. Plaerdemavida anà a la cambra de la duquessa e dix a Tirant:

—Capità senyor, en aquesta senyora no tingau sperança neguna tant com la Viuda li stiga de prop. Ja·s són ara retretes dins la sua cambra a soles parlant de vostres afers, e jamés haureu res en ella si no feu lo que yo us dich: demà fa lo bany, e yo us y daré tal endreça que al vespre vos posaré en lo seu lit e trobareu-la tota nua, majorment ara que yo dorm ab ella en lo seu lit. Feu lo que yo us dich, que yo sé que jamés dirà res, car en aquell loch que dormia la duquessa, en absència sua, yo succehesch. E en aquell cars, dexau fer a mi.

—Donzella —dix Tirant—, infinides gràcies sens les primeres fas a la vostra molta gentilea del que·m dieu, e vull que sapiau tant de mi que per cosa en lo món yo no posaria força en dona ni donzella si sabia que degués ésser en ira e avorrició de totes, encara que·n sabés perdre la corona de l'Imperi Grec ni romà, ni la mundana monarchia. Qui pot pensar yo fes tal força contra voluntat de tal donzella, la qual ame més que a la mia pròpia ànima? E com yo la ves plorar ni congoxar en semblant cas, voldria dar l'ànima a l'enemich ans que li fes una centilla de enug ni dan. Com só en les forts batalles e tinch algun mortal enemich en terra per tolre-li la vida, e·m demana mercé, li perdone. E açò faç per sola pietat que·me'n ve, e sé que és enemich infel que no té poder de perdonar a mi, e deixar l'he. Quant més a ma senyora faré yo l'últim dan qui a elles més plau guardar? Dich-vos que per res no u faria, de enujar sa magestat. E posat cars ho volgués fer, l'ànimo no m'o consentiria. Més stime star e passar tota ma vida dolorejant ab la noble sperança que tinch en fer-li honors e servirs, armat o desarmat, a peu e a cavall, de nit e de dia, stant en contínues suplicacions, agenollat davant l'altesa sua, que vulla haver mercé de mi. Car no vull que per vanaglòria e per mon delit yo sia cridat traÿdor, car natura y honor me fan haver pietat. E com stà poch en segur qui altri deshereta a tort! E tota hora que los servidors cometen algun leig cars contra lurs senyors, caen en gran infàmia intol·lerable e són dignes de gran punició, e per ço yo vull passar aquesta pena e treball en suplicar-la, com yo crega certament que ella és stada creada en paradís, segons mostra que la sua agraciada persona par més angèlica que humana.

E féu fi en son parlar. Plaerdemavida, mostrant ésser malcontenta de Tirant, féu principi a hun tal parlar.

Capítol CCXXIX. Com Plaerdemavida donà sforç a l'ànimo de Tirant

—Tirant, Tirant, jamés en batalla sereu ardit ni temut si en amar dona o donzella una poqueta de força no y mesclau, majorment com no u volen fer. Puix teniu sperança bona e gentil e amau donzella valent, anau a la sua cambra e gitau-vos en lo lit, com ella hi sia nua o en camisa, e feriu valentment, que entre amichs no y cal tovalla. E si axí no u féu, no vull ésser de vostra batlia, car yo sé que molts cavallers, per tenir les mans prestes e valents, han hagut de ses enamorades honor, glòria e fama. O, Déu, quina cosa és tenir la donzella tendra en sos brasos, tota nua, de edat de XIIII anys! O, Déu, quina glòria és star en lo seu lit e besar-la sovint! O, Déu, quina cosa és com és de sanch real! O, Déu, quina cosa és tenir pare emperador! O, Déu, quina cosa és tenir la enamorada rica e liberal, quítia de tota infàmia! E lo que yo més desige és que fésseu lo que yo vull.

E per ço com era passada gran part de la nit e volien tancar lo palau, a Tirant li fon forçat de partir-se'n. E com hagué pres comiat de la duquessa, que ja se n'anava, Plaerdemavida li dix:

—Capità senyor, no trobaria yo qui tant fes per mi: anau a dormir e no us gireu de l'altre costat.

Tirant se pres a riure e dix-li:

—Vos sou la natura angèlica, que tostemps donau bons consells.

—Qui dóna consell —dix Plaerdemavida—, forçat és que y pose del seu.

—Digau, donzella —dix Tirant—, ¿e no sabeu vós que moltes voltes s'esdevé que qui mal consell creu no pot ésser que alguna volta no li'n vinga dan e desonor?

E axí·s partiren.

En la nit Tirant pensà en tot lo que la donzella li havia dit. L'endemà per lo matí lo emperador tramés per lo capità, e ell anà-y de continent. E trobà'l que·s vestia. E la princessa era venguda per servir-lo y stava en gonella de brocat e no portava drap en los pits, e los cabells un poc desligats, qui plegaven quasi prop de terra.

Com Tirant fon prop de l'emperador, fon admirat de veure tanta singularitat en hun cos humà, com en aquell cars en ella se mostrava. L'emperador li dix:

—Nostre capità, per Déu vos prech façau en totes maneres que sia presta la vostra partida ab tota la gent.

Tirant stava alienat, que no pogué parlar per la vista de tan singular dama, e, havent stat per bon spay recordà's e dix:

—Pensant en los turchs com he vista vostra magestat, no he comprés lo que dit me haveu, perquè suplique a la altesa vostra voler-me dir què vol que faça.

L'emperador, admirat de la sua vista com la y véu axí alterada e lo poch entendre qui havia fet, cregué que fos axí, car per spay de mijaora stigué sens record. E tornà-li dir l'emperador la primera rahó. Respòs Tirant:

—Senyor, la magestat vostra deu saber com la crida va per la ciutat notificant a tots la partida certa per a dilluns, e huy és divendres. Axí, senyor, la partida nostra és molt presta e quasi tothom és ja en punt.

Tirant se posà detràs l'emperador per ço que no·l ves e les mans davant la cara en vista de la princessa. Ella, ab les altres donzelles, alçaren molts grans rialles. E Plaerdemavida, davant l'emperador, dix semblants paraules, com encara tenia les mans davant la cara:

—Qui vol haver senyoria complida és de necessitat haja poder de pendre e de dexar ço que ama o son vassall, car, sens poder, senyoria poch val.

E pres per lo braç a l'emperador e féu-lo girar envers ella, e dix-li:

—Si tu res has fet digne de premi, a Tirant s'esguarda, que desconfí e vencé al Gran Soldà en bella batalla campal e li féu perdre la sua ficta e temerosa follia que tenien de senyorejar tot l'Imperi Grec, encara que ab belles paraules ell pensà vençre l'antich emperador, que ací tenim present e, desemparant los reys turchs e lo soldà, recorregueren a son segur, ço és, a la gran fortalea de la ciutat de Bellpug, no ab suaus passos, car la temor en lurs peus portava. Aquest ha guanyat premi ab mèrit de pròpia virtut. E si yo tingués ceptre real o de l'Imperi Grec yo fos senyora e de les mies entràmenes Carmesina fos eixida, bé sé yo a qui la donara per muller. Mas la follia de totes nosaltres, donzelles: no desijam altra cosa sinó honor, stat e dignitat, e per causa de açò ne van tantes per mal cap. Què·m valria a mi que fos ajustada al linatge de David e per falta de bon cavaller perdre lo que tinch? E tu, senyor, hages desig de armar l'ànima, puix tens stalvi lo cors de les passades batalles, e no tingues sperança de dar a ta filla altre marit. Dir-ho he? No faré. Forçat és que u diga: al virtuós de Tirant. Hages aquesta consolació en ta vida e no speres que aprés los teus benaventurats dies se haja de fer, car les coses que natura consent e per Déu són ordenades, sies consent en aquelles e hauràs glòria en aquest món e paraýs en l'altre. E yo no vull més recitar de mos actes, perquè no pertany a donzella dir lo que ella desija ésser, mas naturalment als hòmens ho atorga. No vull desmenuir lo premi de mos treballs. Mira, poderós senyor e dels reys lo més crestianíssim, no vulles tu fer axí com féu aquell rey de Proença, que tenia una molt bellíssima filla qui fon demanada per muller per lo gran rey d'Espanya e, tant mostrà lo dit rey amar-la, que no la volgué jamés casar en sa vida. Seguí's que per discurs de temps ella s'envellí en casa del rey son pare. E com fon vella, morí lo rey. E no trobà qui la volgués per muller. Levaren-li la terra y a ella feren morir fora del regne, e morí en l'espital d'Avinyó. E la ignocent donzella consentí a la pietat del pare.

Girà's lavors devers la princessa e dix-li:

—Tu, qui est de alta sanch exida, pren marit tost e ben tost. E si ton pare no te'n dóna, si no, yo te'n daré. E no·t daré sinó a Tirant, car gran cosa és, marit e cavaller, qui·l pot haver en sa vida. Aquest de proesa passa a tots los altres, car moltes voltes s'és seguit que per hun sol cavaller són stats fets molts actes singulars e portades a fi moltes conquestes qui de principi anaven a total destrucció. Si no, veja la magestat vostra lo desorde del vostre imperi ni lo punt en què stava ans que Tirant vingués en aquesta terra.

—Callau, donzella, per mercé —dix Tirant—, e no vullau dir tantes demesiades paraules de mi.

—Anau a les batalles —dix Plaerdemavida— e deixau-me a mi star en les cambres de salut.

Respòs l'emperador:

—Per los ossos de mon pare emperador Albert, tu seràs la més singular donzella del món. E com més va, més de bé·t vull. E ara de present te fas donació de cinquanta mília ducats d'estrenes damunt lo meu tresor.

Ella donà dels genolls en terra e besà-li la mà. La princessa stava molt torbada del que havia dit e Tirant stava mig enpeguit. L'emperador, quant se fon acabat de vestir, se n'anà a missa. Aprés, Tirant tornà acompanyar a la emperadriu e a sa filla. Exint de missa, Tirant hagué avinentea de parlar ab la princessa e dix-li paraules de semblant stil.

Capítol CCXXX. Les raons que passaren entre Tirant e la princessa e Plaerdemavida

—Qui promet, en deute·s met.

—La promesa —dix la princessa— no·s féu ab acte de notari.

E Plaerdemavida, qui prop d'ella era e hoý la resposta de la princessa, prestament li dix:

—No senyor, que promesa de compliment de amor ni en exercir aquell no y cal testimonis ni menys acte de notari. Ay, tristes de nosaltres, si cascuna vegada se havia de fer ab scriptura! No y bastaria tot lo paper del món. Sabeu com se fa? A les scures, que testimonis no y haja, car jamés se pot errar la posada. —O, d'esta folla! —dix la princessa—. E tostemps me parlaràs a la mà?

¿Tant Tirant no li dix, tant no la suplicà? Jamés volgué fer res per ell.

Com foren dins la cambra, l'emperador cridà a Carmesina e dix-li:

—Digau, ma filla, les paraules que Plaerdemavida ha dites, de qui les ha?

—Segurament, senyor, yo no u sé —dix la princessa—. Ni jamés de tal cosa li parlí, mas és folla e atrevida en parlar e diu tot lo que li ve a la boca.

—No és folla —dix l'emperador—, ans és la més sentida donzella que en la mia cort sia, y és donzella de molt de bé e dóna tostemps de bons consells. E no veus tu, com véns al consell, com yo la fas parlar, com parla ab gran discreció? Tu volries al nostre capità per marit?

E la princessa tornà roja e vergonyosa e no pogué res dir, e aprés hun poch spay, recobrat ànimo, dix:

—Senyor, aprés que·l vostre capità haurà complida la conquesta dels moros, en aquell cars yo faré tot lo que la magestat vostra me manarà.

Tirant se'n passà a la cambra de la duquessa e tramès per Plaerdemavida e, com li fon present, dix-li:

—O, gentil dama! Yo no sé quin remey pendre puga en mos fets, car la mia ànima se rahona ab lo cors e, axí, bé desige la mort com la vida, si vós remey no donau a ma dolor.

—Yo·l vos daré en aquesta nit —dix Plaerdemavida—, si vós me voleu creure.

—Digau, donzella —dix Tirant—, sí Déu vos aumente la honor. Les paraules que digués en presència de l'emperador, de la senyora princessa e de mi, qui us pregà que les diguésseu? En gran pensament posat me haveu, que u desige molt saber.

—Aqueix propi pensament que vós teniu —dix Plaerdemavida—, té ma senyora, hoc encara l'emperador, com ell m'o ha demanat. E yo li he fetes altres pus forts rahons com vós sou digne de haver la princessa per muller. E a qui la poden dar millor que a vós? E si en les coses del món no y ha principi, tanpoch no y pot haver fi. E res que yo diga, tot m'o pren en bé. Lo que és causa de açò yo us ho diré en secret: ell se fa enamorat de mi e volria'm alçar la camisa si yo lo y consentia. E ha'm jurat sobre los sancts Evangelis que si la emperadriu se moria, de continent me pendria per muller. E ha'm dit: «Per senyal de fe, besem-nos. E aquell besar seria poca cosa, maș serà més que no res.» E yo li responguí: «Ara que sou vell, sou luxuriós e, com éreu jove, éreu virtuós?» E no ha moltes hores passades que m'ha dat aquest rastre de grosses perles. E ara stà ab sa filla, demanant-li si us desija per marit. E sabeu per què lo y diguí? Per ço que si vós entràveu de nit en la sua cambra e fos mala sort s'erràs e·m volguessen dar càrrech negú, que tinga pavès ab què cobrir-me puga, dient: «Senyor, ja u havia dit a vostra magestat. La princessa me manà que yo·l fes entrar.» E per aquesta forma tothom haurà de callar.

Dix Tirant:

—Sàpia yo la forma com se ha de fer, que molt ho desige saber.

No tardà Plaerdemavida a fer principi a tal parlar.

Capítol CCXXXI. Com Plaerdemavida posà a Tirant en lo lit de la princessa

—La sperança que tinch del vostre propi delit me obliga en servir-vos, encara que conega que passe los límits la granea de ma culpa. Emperò augmenta en mi lo hús de rahó, coneixent sou mereixedor de tal premi. E perquè conegau ma benvolença, quant és lo desig que tinch de servir e honrar la senyoria vostra, en la hora que lo emperador volrà sopar, vostra mercé trobar-se deixe, leixant a part los forts pensaments, car yo us promet de posar-vos en lo retret de ma senyora. Hi en la reposada nit pervenen los solaços a les persones enamorades, ab doble poder combatent a la solicitud tenebrosa, hon augmentarà vostre delit.

Estant en aquestes rahons, lo emperador, qui sabé que Tirant era a la cambra de la duquessa, tramés per ell e torbaren-lo de ses rahons.

Com Tirant fon ab lo emperador en lo consell, parlaren molt de la guerra e de les coses necessàries en aquella. E ja en aquella hora tots anaven vestits del que·s pertanyia ha guerra.

Com fon nit scura, Tirant vingué a la cambra de la duquessa e, com lo emperador sopava ab les dames, Plaerdemavida entrà per la cambra molt alegre e pres a Tirant per la mà e portà'l-se'n, lo qual anava vestit ab gipó de cetí carmesí, ab manto abrigat e ab una spasa en la mà. E Plaerdemavida lo posà dins lo retret. E havia-y una gran caixa ab un forat que y havien fet perquè pogués alendar. Lo bany que allí tenien aparellat stava davant la caixa.

Aprés que agueren sopat, les dames dançaren ab los galants cavallers. E com veren que Tirant no y era, leixaren-se de dançar, e lo emperador se retragué en la sua cambra e les donzelles se n'anaren e deixaren a la princessa dins en lo seu retret —en aquell hon Tirant stava—, sola ab aquelles qui la tenien de servir. Plaerdemavida, en scusa de traure un drap de li prim per al bany, obrí la caixa e deixà-la un poch uberta e posà roba desús, perquè neguna de les altres no u vessen. La princessa se començà a despullar e Plaerdemavida li parà lo siti, que venia endret, que Tirant la podia molt ben veure. E com ella fon tota nua, Plaerdemavida pres una candela encesa. Per fer plaer a Tirant, mirava-li tota la sua persona e tot quant havia filat, e dehia-li:

—A la fe, senyora, si Tirant fos ací, si us tocava ab les sues mans axí com yo faç, yo pens que ell ho estimaria més que si·l fahïen senyor del realme de França.

—No cregues tu axò —dix la princessa—, que més stimaria ell ésser rey que no tocar-me axí com tu faç.

—O, Tirant, senyor! E hon sou vós ara? Com no sou ací prop perquè poguésseu veure e tocar la cosa que més amau en aquest món ni en l'altre? Mira, senyor Tirant, vet ací los cabells de la senyora princessa: yo·ls bese en nom de tu, qui est dels cavallers del món lo millor. Vet ací los hulls, e la boca yo la bese per tu. Vet ací les sues cristal·lines mamelles, que tinch cascuna en sa mà: bese-les per tu. Mira com són poquetes, dures, blanques e lises. Mira, Tirant: vet ací lo seu ventre, les cuxes e lo secret. O, trista de mi, que si home fos, ací volria finir los meus darrers dies! O, Tirant! Hon est tu ara? Per què no véns a mi, puix tan piadosament te cride? Les mans de Tirant són dignes de tocar ací hon yo toque e altri no, car aquest és bocí que no és negú que no se'n volgués ofegar.

Tirant tot açò mirava e prenia-y lo major delit del món per la bona gràcia ab què Plaerdemavida ho rahonava, e venien-li de grans temptacions de voler exir de la caixa.

Com agueren stat axí un poch burlant, la princessa entrà en lo bany e dix a Plaerdemavida que·s despullàs e que entràs dins lo bany ab ella.

—No u faré, sinó ab una condició.

—Quina serà? —dix la princessa.

Respòs Plaerdemavida:

—Que comporteu que Tirant stiga una hora en lo vostre lit e que vós hi siau.

—Calla! Què est folla? —dix la princessa.

—Senyora, féu-me tanta la mercé que·m digau, si Tirant una nit venia ací, que neguna de nosaltres no u sabés, e·l trobàsseu al vostre costat, què diríau?

—Què li tenia de dir? —dix la princessa—. Pregar-lo hia que se n'anàs e, si anar no se'n volia, ans deliberaria de callar que ésser difamada.

—A la mia fe, senyora —dix Plaerdemavida—, axí u faria yo.

Estant en aquestes rahons entrà la Viuda Reposada e la princessa la pregà que·s banyàs ab ella. La Viuda se despullà tota nua e restà ab calces vermelles e al cap un capell de lli. E encara que ella tenia molt bella persona e ben disposta, emperò les calces vermelles e lo capell al cap la desfavoria tant que paria que fos un diable. E certament, qualsevulla dona o donzella qui en tal so la mireu, vos parrà molt leja per gentil que sia.

Lo bany acabat, portaren a la princessa la col·lació, que fon un parell de perdius ab malvezia de Candia e aprés una dotzena de hous ab sucre e ab canyella. Aprés se posà en lo lit per dormir.

La Viuda anà-sse'n en la sua cambra ab les altres donzelles, sinó dues que dormien d[in]s lo retret. Com totes foren adormides, Plaerdemavida levà's del lit hi en camisa tragué a Tirant de la caixa. E secretament lo féu despullar, que neguna no u sentís. E a Tirant tot lo cor, les mans e los peus li tremolaven.

—Quina cosa és aquesta? —dix Plaerdemavida—. No és home en lo món que sia animós en armes que no sia temerós entre dones. ¿En les batailles no teniu temor de tots los hòmens del món e ací tremolau per la vista de una sola donzella? No temau cosa neguna, que yo seré tostemps ab vós e no me'n partiré.

—Per la fe que dech a nostre senyor Déu, yo seria més prest content de entrar en liça en camp clos, a tota ultrança ab X cavallers, que no cometre semblant acte.

E tostemps ella posant-li esforç e animant-lo, ell sforçà sa calitat. La donzella lo pres per la mà hi ell, tot tremolant, la seguí e dix:

—Donzella, la mia temor és de vergonya per lo strem bé que vull a ma senyora. Més stimaria tornar-me'n que anar més avant, com pens que la magestat sua no té sentiment negú de açò. E no és menys, com veurà axí gran novitat, tota no s'altere en si. E yo desige ans la mort que la vida que fer offensa a sa magestat. Adquerir-la volria ab amor, més que no ab dolor. E com veig que ab tan gran desorde que la granea de ma benvolença, que ab il·lícites pràtiques la haja de conquistar, lo meu voler ab lo vostre no és conforme. Per Déu e per merçé vos prech, virtuosa donzella, a vós plàcia que·ns ne tornem, car yo dellibere ans de perdre la cosa que he més amada e lo que tant he desijat, que si fahïa cosa que en res la agreujàs. Encara, me par molt gran càrrech, que ans de haver errat sia ací vengut, que per tal defalt deuria yo ésser fet homeyer de la mia persona. E no penseu, donzella, que yo per sola temor ho deixe, mas per la strema amor que a sa alteza porte. E com ella serà serta que yo tan prop li sia stat e que per amor só stat de no enujar-la, en major compte m'o pendrà de infinida amor.

Plaerdemavida pres molta ira en les paraules de Tirant e, essent molt malcontenta d'ell, féu principi a paraules de semblant stil.

Capítol CCXXXII. Reprensió que fa Plaerdemavida a Tirant

—Vós sou major en cap dels vicis e primer en orde de les culpes mortals. E som ara en temps de dir moltes rahons? E si vós açò no féu, sereu occasió de fer-me viure en dolorosa vida e abreujar-me los dies. E per testimoni de vostres fictes e dissimulades paraules, yo parlaré clarament e seran manifests los vostres mals, qui demanen piadós enginy, per ço que, los qui m'hoyran ni u sabran, sien moguts a misericòrdia envers mi, avisant-vos que essent fallida en mi la sperança que ab rahons forts, si us recorda, me pregàs al que fugiu ara, tals paraules sembràs, present la duquessa, que, de donzella que és, la faríeu tornar dona. E sabeu bé que yo no y doní tarda, mas fuy presta, segons speriència mostra, que us he portat en aquesta delitosa cambra, més plasent que perillosa. E veig ara que·l vostre rebuat cor, que per les mies mans vos tinch, que haveu de passar, per aver atès ço que de un cavaller vençut se ateny. E sobre aquest cars veure vull la fi, e ja farta de esperar vostra demanda, e par-me que més vos han altat paraules que fets, e més cercar que trobar.

«E per ço com a mi és deguda cosa de fer, vos faç cert que per lo tant sperar ab la offerta desús dita, puix vos contenten vanes paraules e dubtau la fi, a grans crits cridaré, mostrant a l'emperador hi als altres com per força sou ací entrat. O, cavaller de poch ànimo! Temença de donzella vos spanta de acostar-vos a ella? O, malaventurat capità! Ab tan poch sforç stau que·m goseu dir semblants paraules? Feu lo esforç! Com lo emperador vendrà, quina rahó enpaliada li direu? E yo us faré conéixer, e Déu e lo món coneixera que haveu parlat mal, hi en vós se ajustarà en aquest cars amor e temor. E recort-vos que en aquest cars perdeu vostra honor e fama. Feu lo que us dich e yo dar-vos he vida segura, e us faré portar la corona de l'Imperi Grec, car ja és venguda la hora que no us puch altra cosa dir sinó que aneu prestament a fer aquells honorosos passos d'estar prop de la princessa, que us serà en altre compte pres, e feu de ací avant vostre camí.

Tirant, vehent lo parlar ubert de Plaerdemavida, ab veu baixa féu principi a un tal parlar.

Capítol CCXXXIII. Rèplica que fa Tirant a Plaerdemavida

—Temor de restar ab tal vergonya me tol de guanyar parahís en aquest món e repós en l'altre. Emperò diré lo que·m par, que en temps de adversitat los parents e amichs tornen enemichs. E lo meu ignocent desig no és pus sinó ab amor fer serveys en aquella de qui só e seré tant com la vida me acompanyarà, e ab aquest article de fe vull viure e morir. E si la tua voluntat ab lo meu desig eren concordes, molt ne seria la mia ànima aconsolada. Totes les coses qui·s representen a la mia vista, no és pus sinó temor de vergonya. E és nit scura, car no puch veure lo que desige. Per fe hauré a creure que sa majestat sia. En aquest cars yo·m despulle la temor e vergonya e abrigue'm de amor e pietat, per què us prech que anem sens pus tardar e veja yo aquest cors glorificat. Puix lum no y ha, ab los hulls de la pensa lo veuré.

—Puix ab tants ginys vos he portat —dix Plaerdemavida—, en defensa de ma honor e delit e profit vostre, restau per aquell qui sou.

E soltà'l de la mà. Com Tirant se véu que Plaerdemavida lo havia deixat e no sabia hon era, perquè lum en tota la cambra no havia, e axí lo féu estar per spay de mija hora, en camisa e descalç, e tan baix com podia la cridava. E ella lo sentia molt bé e respondre no li volia. Com Plaerdemavida véu que prou lo havia fet refredar, pres-li'n gran pietat, acostà's a ell e dix-li:

—Axí castiga hom los qui són poc enamorats! ¿Com podeu vós pensar que dona ni donzella li pugua desplaure, vulla's sia de gran o de poca condició, que no sia tostemps desijosa que sia amada? E aquell qui més vies honestes, ço és, secretes, de nit o de dia, per finestra, porta o terrat, hi porà entrar, aquell, elles lo tenen per millor. Força que·m desplauria a mi que Ypòlit fes semblant!

Que, de una amor que ara li porte, lavors li'n portaria quaranta. E si star no volia segura, no·m desplauria que·m prengués per los cabells e, per força o per grat, rocegant-me per la cambra, me fes callar e fer tot lo que ell volgués. E molt lo'n stimaria més, que yo conegués que és home, e que no fes axí com vós dieu que no la volríeu per res descomplaure. E en altres coses la deveu vós honrar, amar e servir, mas, que siau ab ella en una cambra a soles, no li guardeu cortesia en semblant acte. No sabeu vós com diu lo psalmista *manus autem*? És la glosa: si adquerir voleu dona o donzella, no vullau vergonya ni temor haver e, si u feu, no us tendran per millor.

—Per la mia fe! —dix Tirant—. Donzella, vós me haveu dada més notícia de mos defalts que no ha fet jamés negun confessor, per gran mestre en theologia que fos. Prech-vos que·m porteu prestament al lit de ma senyora.

Plaerdemavida lo y portà e féu-lo gitar al costat de la princessa. E les po[s]ts del lit no aplegaven a la paret, envers lo cap del lit. Com Tirant se fon gitat, dix la donzella que stigués segur e no·s mogués fins a tant que ella lo y digués. E ella se posà al cap del lit, estant de peus, e lo seu cap posà entre Tirant e la princessa, e ella tenia la cara devers la princessa. E per ço que les mànegues de la camisa le enpedien, despullà-la's. E pres la mà de Tirant e posà-la sobre los pits de la princessa, e aquell tocà-li les mamelles, lo ventre e de allí avall. La princessa despertà's e dix:

—Val-me Déu, hi com est fexuga! Mirau si·m pot deixar dormir. Dix Plaerdemavida, tenint lo cap sobre lo coxí:

—O, com sou donzella de mal comport! Exiu ara del bany e teniu les carns lises e gentils. Prench gran delit en tocar-les.

—Toca hon te vulles —dix la princessa— e no poses la mà tan avall com faç.

—Dormiu e fareu bé. E deixau-me tocar aquest cors que meu és —dix Plaerdemavida—, que yo so ací en loch de Tirant. O, traÿdor de Tirant! E hon est tu? Que, si tenies la mà lla hon yo la tinch, e com series content!

E Tirant tenia la mà sobre lo ventre de la princessa. E Plaerdemavida tenia la sua mà sobre lo cap de Tirant e, com ella conexia que la princessa se adormia, fluixava la mà e lavors Tirant tocava a son plaer; e com ella despertar-se volia, strenyia lo cap a Tirant hi ell stava segur. En aquest deport stigueren per més spay de una hora, hi ell tostemps tocant-la.

Com Plaerdemavida conegué que ella molt bé dormia, afluixà del tot la mà a Tirant hi ell volgué temptar de paciència de voler dar fi a son desig, e la princessa se començà a despertar e, mig adormida, dix:

—Què, mala ventura, fas? No·m pots leixar dormir? Est tornada folla, que vols temptar lo que és contra ta natura?

E no agué molt stat que ella conegué que era més que dona, e no u volgué consentir e començà a donar grans crits. E Plaerdemavida tancava-li la boca e dix-li a la orella, perquè neguna de les altres donzelles no u hoïssen:

—Callau, senyora, e no vullau difamar la vostra persona. He gran dupte que no u senta la senyora emperadriu. Callau-i, que aquest és lo vostre cavaller, qui per vós se deixarà morir.

—O, maleïta sies tu! —dix la princessa—. E no has aguda temor de mi ni vergonya del món? Sens yo saber res m'as posada en tan gran trebaill e difamació!

—Ya, senyora, lo mal fet és —dix Plaerdemavida—. Dau remey a vos e a mi. E par-me que lo caillar és lo més segur e lo que més pot valer en aquests afers.

E Tirant, ab baixa veu, la supplicava tant com millor podia. Ella, vehent-se en tant stret pas, de la una part la vencia amor e, de l'altra, tenia temor, mas la temor excel·lia la amor e deliberà de caillar e no dir res.

Com la princessa cridà lo primer crit, ho sentí la Viuda Reposada e agué plena notícia que la causa del cridar havia fet Plaerdemavida, e que Tirant devia ésser ab ella. Pensà que si Tirant passava a la princessa, que ella no poria complir son desig ab ell. E ja tothom caillava, e la princessa no deia res, sinó que·s defenia ab paraules gracioses que la plasent batailla no vingués a fi. La Viuda se asigué al lit e donà un gran crit e dix:

—Y què és lo que teniu, filla?

Despertà totes les donzelles ab grans crits e remor e vench a notícia de la emperadriu. Totes se levaren cuytadament, qui totes nues, qui en camisa, e ab cuytats passos anaren a la porta de la cambra, la qual trobaren molt bé tancada. A grans crits demanaren lum e, en aquest instant que tocaven a la porta e cercaven lum, Plaerdemavida pres a Tirant per los cabells e apartà'l de lla hon volguera finar sa vida, e posà'l en lo retret e féu-lo saltar en un tarrat que y havia, e donà-li una corda de cànem perquè s'acalàs dins l'ort. E de allí podia obrir la porta, car ell[a] hi havia ben provehït perquè, quant vingués, ans del d[i]a se'n fos pogut anar, exint per una altra porta. Mas tan gran fon l'avalot e los grans crits que daven les donzelles e la Viuda que no·l pogué traure per lo loch hon ella havia pensat, e fon forçat que·l tragués per lo terrat. E donà-li la corda larga y ella prestament se'n tornà, e tanchà la finestra del retret e anà hon era sa senyora.

E Tirant donà volta e ligà fort la corda e, ab la pressa que tenia per no ésser vist ni conegut, no pensà la corda si bastava en terra. Deixà's anar per la corda avall e fallia-se'n més de XII alnes, que no plegava en terra. Fon-li forçat de leixar-se caure, perquè los braços no li podien sostenir lo cors, e donà tan gran colp en terra que·s rompé la cama.

Deixem a Tirant, que stà de largh gitat en terra, que no·s pot moure.

Com Plaerdemavida se'n fon tornada, portaren la lum. E totes entraren ab la emperadriu y ella prestament li demanà quin avalot era stat aquell, per quina causa havia cridat.

—Senyora —dix la princessa—, una gran rata saltà sobre lo meu lit e pujà'm sobre la cara, e spantam tan fort que aguí de cridar tan grans crits, que fora stava de tot record. E ab la ungla à'm arapada la cara, que si m'agués encertat en l'ull, quant mal me aguera fet!

E aquell arap li havia fet Plaerdemavida com li tancava la boca perquè no cridàs.

L'emperador se fon levat e, ab la spasa en la mà, entrà per la cambra de la princessa. E, sabuda la veritat de la rata, cercà totes les cambres. Emperò la donzella fon discreta: aprés que la emperadriu fon entrada e parlava ab sa filla, ella saltà en lo terrat e prestament levà la corda e sentí plànyer a Tirant. Prestament presumí que era caygut e no dix res. E tornà-sse'n dins la cambra. E havia tan gran remor per tot lo palau, de aquells de la guàrdia e dels officials de la casa, que açò era cosa de gran spant de veure ni de sentir, que, si los turchs fossen entrats dins la ciutat, no s'i fera major fet. L'emperador, qui era home molt sabut, pensà que açò no fos més que rata: fins dins los còfrens cerquà e totes les finestres féu obrir. E si la donzella un poch se fos tardada en levar la corda, l'emperador l'aguera trobada.

Lo duch e la duquessa, qui sabien en aquest fet, com sentiren la remor tan gran, pensaren que Tirant era stat sentit. Pensau lo cor del duch quin devia star, que ves a Tirant en tan gran congoxa ésser posat, car pensava que l'aguessen mort o apresonat. Armà's prestament, que allí tenia les sues armes, per ajudar a Tirant, e dient entre si:

—Huy perdré tota ma senyoria, puix Tirant és en tal punt.

—Què faré yo? —dix la duquessa—. Que les mies mans no tenen força per vestir-me la camisa.

Com lo duch fon armat, ixqué de la sua cambra per veure açò què era e per saber hon era Tirant. E anant, trobà l'emperador, que se'n tornava a la sua cambra, e lo duch li demanà: —Què és açò, senyor? Quina novitat tan gran és stada aquesta?

Respòs l'emperador:

—Les folles de donzelles, qui de no res temoregen. Una rata, segons m'an recitat, és passada sobre la cara de ma filla e, segons ella diu, à-li fet senyal en la galta. Tornau-vos-ne a dormir, que no us hi qual anar.

Lo duch tornà-sse'n a la sua cambra e recità-u a la duquessa. E prengueren los dos gran consolació com res de Tirant no era stat. Dix lavors lo duch:

—Per nostra Dona, yo anava ab tal delliber, que si l'emperador agués pres a Tirant, que ab aquesta atxa yo aguera mort a l'emperador e a tots los qui fossen de sa voluntat. E aprés, Tirant o yo fóra stat emperador.

—Però, més val que axí sia stat —dix la duquessa.

Levà's corrent e anà a la cambra de la princessa. Com Plaerdemavida la véu, dix-li:

—Senyora, yo us clam mercé que stigau ací e no consintau que negú digua mal de Tirant, e yo hiré a veure què fa.

Com fon sobre lo terrat, no gosava parlar, per ço que no fos hoÿda de negú. E sentí que ell se planyia fort e deya en forma de semblant[s] paraules.

Capítol CCXXXIIII. Lementació que fa Tirant

—Ab desig de trobar en ma dolor semblant companyia e desemparat ja de aquest món, devallant en los trists e tenebrosos palaus, però, puix ab multitud de sospirs ja no puch restaurar la mia miserable vida, plau-me lo morir, e lo viure sens tu, senyora princessa, en strem m'és odiosa. Mas perquè la causa de la mia mort per a sempre sia palesa, a Déu supplich, puix en ma vida mon delit à atés terme, covè que l'ànima abandone lo cors. O, senyor Déu eternal! Tu qui est ple de tota misericòrdia, fes-me gràcia que yo muyra en los braços de aquella virtuosíssima princessa, per ço que la mia ànima en l'altre món haja millor repòs.

En açò Ypòlit, no sabent res en los fets de Tirant, mas sentint la gran remor que dins lo palau era e lo gran avalot que per tota la ciutat anava –e veya que son mestre Tirant era dins lo palau, mostrant a tots los seus que a la cambra del duch aquella nit dormia–, lo vezcomte e Ypòlit, sabent les amors d'ell e de la princessa, feren armar tota la gent. Dix lo senyor d'Agramunt:

–Yo no puch pensar que altra cosa sia sinó que Tirant haurà fet alguna travesura en la cambra de la princessa e serà vengut a notícia de l'emperador. Y ell e tots nosaltres haurem part de la boda, per què és de necessitat que prestament tots siam en punt e armats, per ço que·l pugam socórrer si mester ho haurà, car totes les nits que ell ha dormit ací no s'i à seguit novitat neguna e, tan prest com ell és stat defora, podeu veure quina novitat tan gran és per tot lo palau.

Dix Ypòlit:

–En aquest spay que vosaltres vos armareu, yo iré prestament a la porta del palau per sentir açò què és.

–Anau prestament –digueren los altres.

Com foren fora de la posada, lo vezcomte seguí Ypòlit.

–Senyor –dix Ypòlit–, vaja vostra senyoria a la porta major e yo iré a la de l'ort. E qui més prest porà saber nova certa quina remor és aquesta, vinga-u a dir a l'altre.

Lo vezcomte dix que era content. Com Ypòlit fon a la porta de l'ort, pensant-la trobar tancada, stigué scoltant e sentí plànyer ab veu molt adolorida. Donà-li de parer que fos veu de dona e dix, en si:

O, com volria molt més sentir la veu de Tirant que no de aquesta donzella, quisvulla que ella sia!

Stigué mirant si poria pujar per la paret. Com veu que loch no y havia, tornà a la porta ab lo cor reposat, pensant que tot alló fos causa de alguna donzella.

–Plore quisvulla –dix Ypòlit–, o dona o donzella, e faça son dol, puix no és mon senyor Tirant.

Partí's de allí e anà a la plaça, hon trobà lo vezcomte e altres qui volgueren saber què era stada la causa de la remor. Però ja passaven un poch los crits e la remor era remeyada. Lavors Ypòlit recità al vezcomte com a la porta de l'ort era stat e no era pogut entrar, e que havia sentit plànyer una veu que paria de dona e no [s]abia qui era. E pensava que per aquella dona devia ésser stada aquella remor que fehien.

—Per mercé, anem allà —dix lo vezcomte— e, si és dona o donzella qui haja mester ajuda, donem-la-y, si fer-se porà, car per art de cavalleria hi som obligats.

Ells foren a la porta de l'ort e sentiren lo plànyer gran que dins l'ort feyen, però no podien compendre lo que deya ni podien conéixer la veu, car ab la gran dolor que ell passava tota la veu li era cambiada.

Dix lo vezcomte:

—Metam-ne les portes, car és de nit e negú no sabrà que nosaltres ho hajam fet.

E la porta stava uberta, car en la nit Plaerdemavida l'avia deixada uberta, per ço com Tirant se'n volgués anar ho pogués ben fer, no pensant que a tant de mal se seguís.

E los dos ensemps donaren dels muscles en la porta tan fort com pogueren e prestament la porta s'obrí. Lo vezcomte entrà primer e féu aquella via hon sentia la veu que paria molt stranya.

Dix lo vezcomte:

—Quisvulla que tu sies, yo·t deman de part de Déu que·m digues si est ànima qui vas en pena o si es[t] cors mortal que hajes mester ajuda.

E Tirant se pensà que aquells fossen de l'emperador e, per no ésser conegut e que se n'anassen, desfreçà la veu, per bé que la tingués, ab lo mal que passava, prou desfreçada. Dix:

—Yo fuy en mon temps crestià batejat e per mos peccats vaig en molt gran pena. Yo só sperit invisible, mas, encara que vosaltres me vejau, n'és causa que pren forma. E los mals sperits qui ací són, me trocegen los ossos e la carn e, de troç en troç, la lançen per l'ayre. O, quina pena és tan cruel, la que yo passe! E si vosaltres ací stau, sereu participants en la mia dolor.

Ells agueren molt gran temor del que havien hoÿt dir. E senyaren-se e digueren l'Avangeli de sent Joan. Dix lo vezcomte, alt, que u hoý Tirant:

—Ypòlit, ¿vols que anem a la posada e prengam tota aquella gent d'armes, ab aygua beneÿta e ab un crucifix, e que tornem a veure açò què és? Car no pot ésser que açò no sia qualque gran fet, com ací en aquest ort som venguts.

—No —dix Ypòlit—, no fretura tornar a la posada per neguna cosa. Vós e yo portam spases en què és lo senyal de la creu. Deixau-me a mi acostar.

E Tirant sentí anomenar vezcomte a Ypòlit, e dix:

—Si tu est Ypòlit, de França natural, acosta't a mi e no hajes temor.

Lavors Ypòlit tirà la spasa e posà's la cruera davant, senyà's e dix:

—Yo, com a verdader crestià, crech bé e verdaderament en los articles de la sancta fe cathòlica e tot lo que creu la sancta romana Sglésia. E·n aquesta sancta fe vull viure e morir.

Acostà-s'i ab gran temor que tenia, mas certament, molt més ne tenia lo vezcomte, que no s'i gosava acostar. E ab baixa veu Tirant lo cridà e dix-li:

—Acosta't a mi, que yo só Tirant.

E aquell, en aquell cars, agué major temor, que stava en punt de tornar-se'n. Tirant agué notícia de açò, alsà la veu, e dix-li:

—O, com est covard cavaller! Encara que fos cosa morta, per què duptes venir a mi?

Ypòlit, coneixent-lo en la paraula, corrent acostà's a ell e dix-li:

—O, senyor meu! Y vós sou? Qual desaventura vos a portat ací? En tal so vos veig star que deveu ésser nafrat o no teniu poder de levar-vos.

—No cures ni digues res —dix Tirant—. Mas, qui és aquell qui ab tu ve? Si és del linatge de Bretanya, fes-lo venir.

—Si, senyor —dix Ypòlit—, que lo vezcomte és.

Ell lo cridà. E com lo véu, fon molt admirat de semblant ventura e de tot lo que dit los havia sens que conegut no l'avien.

—No stigam en noves —dix Tirant—. Traeu-me prestament d'ací.

Los dos lo prengueren en braços e tragueren-lo de l'ort e tancaren la porta. E portaren-lo prop de la sua posada: posaren-lo dejús un porxe que y havia.

—Yo sent dolor que jamés sentí —dix Tirant—, que de tantes vegades que só stat nafrat en punt de morir, jamés lo meu cors agués sentiment de tan mortal dolor. Metges hauria mester que no u sentís l'emperador.

—Senyor —dix Ypòlit—, voleu que us done un bon consell? La malaltia vostra no és tal que celar-se puga, majorment per la murmuració que en lo palau és. Cavalcau, senyor, si fer-ho podeu, e aneu als palaus de Belstar, hon teniu los vostres cavalls, e posarem fama com lo cavall vos és caygut e à-us rompuda la cama.

Respòs lo vezcomte:

—Certament, cosín germà, senyor, Ypòlit diu molt bé. E per ço yo loaria que axí·s degués fer, altrament, tostemps vendria en notícia de l'emperador. Car forçat és que de amor no spera hom de sa senyoria altre bé sinó trebaills, congoxes e dolors; e a un plaer, cent dolors ne aconsegueix hom. Per què yo loaria que, aprés que siau guarit e aguéssem complits nostres vots que fets avem, tornàssem en nostra terra. E açò us hauria yo en molta gràcia.

—Senyor vezcomte —dix Tirant—, deixem star axò. Car, ¿qui és aquell que tan altament haja encativat son cor que·l puga desligar de la presó en què stà? No és cars, a present, de parlar de tals afers, mas tu, Ypòlit, secretament fes portar les bèstiesací, e l'aquanea, que vaja més pla.

Tornem a la princessa. Plaerdemavida stigué tant en lo terrat fins que véu que se'n portaven a Tirant. Entrà-sse'n dins la cambra hon era la princessa ab la duquessa e totes les donzelles. La emperadriu stava admirada per una rata haver tanta de remor com en aquell palau havia, e asigué's en lo lit e dix:

—Voleu fer bé, donzelles? Puix lo palau és asosegat, tornem a dormir.

La princessa cridà a Plaerdemavida e dix-li a la orella Tirant hon era.

—Ja, senyora, ha fet son camí —dix Plaerdemavida—, ab molta dolor que se'n va.

Mas no li gosà dir com tenia la cama rompuda ni del que dit havia. Fon molt contenta com no l'havien vist ni trobat. La emperadriu se fon levada, e totes staven en camisa per anar a son apartament. Dix la Viuda Reposada a la emperadriu:

—Bo seria, senyora, que fésseu anar a vostra filla a dormir ab vostra altesa, per ço que, si la rata tornava, que no·l spantàs més fort que no ha.

Respòs la emperadriu:

—Bé diu la Viuda. Vine, ma filla, que millor dormiràs prop de mi que a soles.

—No, senyora, vaja-se'n la excel·lència vostra, que la duquessa e yo dormirem, e no vullau aver mala nit per mi.

Parlà la Viuda e dix:

—Sens enpediment negú, trobant-me yo en avançada edat, caminant per lo miserable pla, tinch lo foch encés de la romana sanch. Yo, primera de totes, ab mon enginy pensí en la mia fantasia apartar tal occasió, crexent lo meu desig en poder haver aquella rata, e ella fugí ab peu torbat de les maleÿtes cambres mies.

Dix la emperadriu:

—Anem, que yo·m refrede ací.

—Senyora, puix tant me forçau —dix la princessa—, anau, que prestament yo y seré.

La emperadriu se n'anà, manant-li que prestament hi anàs. La princessa se girà a la Viuda e, ab irada veu, li féu principi ab paraules de semblant stil.

Capítol CCXXXV. Reprensió que fa la princessa a la Viuda Reposada

—Ara conech la granea de vostra culpa. Rompré la mia camisa ab dolorida veu per ço com me parau tants laços, los uns ab supèrbia, los altres ab vanaglòria, e ab falsa parleria usau ve[r]s mi. Qui dret vos ha donat diguésseu a la senyora ma mare que anàs a dormir ab ella? Levar-me mon delit per dar-me dolor e mala nit! Vós, segons veig, no féu fonament de virtut, sinó de enveja e de malícia. E per ço és scrit que neguna dona no pot ésser dita sàvia qui no tingua honesta la lengua, e més avant, en les obres que fa, se pot veure si són conformes ab les paraules. E la fama és senyal de la bondat de la persona. E lo vostre poder no és tal que vullau senyorejar als qui són liberts, car tal senyoria n[o] us seria jamés atorgada com de açò tinguam manifesta experiència. Segons reciten les històries antigues dels romans, com un fill de un senador de Roma, qui era molt desijós de senyorejar en casa de un príncep, posà si mateix a perills de batailles tan sovint que fon destroÿt, perquè volia parlar e senyorejar. E per ço lo dit príncep, per ço que los altres prenguessen exemple de açò, que no tinguessen tal atreviment en casa d'altri, féu-lo matar axí presumtuós.

No tardà la Viuda Reposada en fer principi a tal resposta.

Capítol CCXXXVI. Resposta que fa la Viuda Reposada a la princessa, de la reprenció que feta li havia, recitant-li lo de[s.]astre que era contengut a Tirant

—Si·m dolch de aquella cosa que ma dolor augmenta és perqué yo de totes parts me veig constreta e forçada de sostenir molt afany, dolor e pensament, per amor de la altesa vostra. E les mies obres stan en fet e no en paraules, que per manifesta experiència se poden mostrar, no en tacanyeries ni en desonestat, ni menys en alcavoteries, axí com moltes altres fan. La mia fama molt clara és. Mas, voleu saber les mies obres quines són ni de què tracten? Elles són totes fundades en fe, sperança e caritat, en humilitat e paciència, en honestat e bona doctrina, en almoynes, en contrictió e penitència. Foragite de mi supèrbia, vanaglòria, enveja, ira, hoy e mala voluntat, luxúria e tots vicis e peccats, e per ço tal fruyt com aquest és a mi més dolç que sucre. E per ço, excel·lentíssima senyora, no deveu pendre enuig de mi si tinch un poch los hulls uberts e si tinch sentiment del que dech ni toca a la honor vostra, qui m'és pus cara que la mia ànima, car sé que·m daríeu culpa, de grat, si dar-la'm podíeu. E lo defalt que yo us he fet, yo·l vos diré, perqué us he amada e honrada més que vós no volíeu, e açò és causa del defalt. E per aquesta rahó viuré dolorosa tota ma vida, no gustant què són bons dies ni menys bones festes, per ço com tots los dies me seran de Passió. E no vullau que pensen aquestes donzelles, ni menys la altesa vostra, que yo sia cresol de carnicer, que faça lum a altri e que creme a mi mateixa. ¿E pensau vós, senyora, que yo no haja pietat de Tirant e no l'haja vist acalar-se ab la corda, la qual s'és rompuda, e ha donat tan gran colp que pens que les cames e les costelles en lo cors rompudes deuen ésser?

E pres-se molt ferament a plorar e lançà's per terra, tirant-se los cabells del cap, dient:

—Mort és lo millor dels cavallers!

La princessa, hoint dir semblants paraules, dix tres vegades:

—Jhesús, Jhesús!

E caygué de la altra part, smortida. E tan alt dix lo nom de Jhesús que la emperadriu, que stava en la sua cambra e gitada en lo lit que dormia, ho sentí. Levà's cuytadament e, ab cuytats passos, anà a la cambra de sa filla e trobà-la smortida, que a mal ni a bé no la podien retornar. Lo emperador s'i agué a levar, e tots los metges venir, hi encara la princessa no era tornada en son recort, que tres hores stigué sens recordar-se. E lo emperador demanà per quina causa sa filla era venguda en aquell punt. Digueren-li:

—Senyor, ha tornada a veure una altra rata molt petita, e axí com tenia la fantasia en la rata que·n lo lit havia sentida, e ara ha vista aquesta e ha presa gran alteració.

—O, vell emperador, trist e amarch! Hi en los meus darrers dies tanta dolor tenia de sentir? O, mort cruel! Hi què speres e com no véns prest a mi, qui·t desige?

E dient açò, ell perdé lo sentiment e caygué smortit en lo punt de sa filla. Lo dol e lo crit fon tan gran per tot lo palau que era cosa de gran admiració de veure e de hoir lo plant que les gents fehien, e fon molt major que lo primer.

Tirant, qui stava davall lo porche sperant les bèsties quant les hi portarien, sentí tan grans crits, que paria que lo cel ne degués venir, desempachà de cavalcar ab molta dolor e passió que passava, e la pena li augmentà dubtant-se que no fos en dan de la princessa. Ypòlit pres una forradura de marts gebelins e enbolicà-la-y entorn de la cama perquè fredor no y entràs. E axí, en la millor manera que pogueren, anaren fins al portal de la ciutat. E les guardes conegueren a Tirant e demanaren-li a tal hora hon anava. E ell respòs que anava a Bellstar, als seus cavalls, per veure com staven per ço com la sua partida devia ésser molt presta per anar al camp. Les portes li foren prestament ubertes e Tirant féu son camí. Com agueren cavalcada mija legua dix Tirant:

—Gran dubte tinch que a la senyora princessa no haja seguit algun dan que lo emperador li haja fet per causa mia. Vull-hi tornar per ajudar-li, si necessari ho haurà.

Diu lo vezcomte:

—Per ma fe, vós stau en gentil punt —dix— per ajudar-li!

—Senyor vezcomte —dix Tirant—, si ja no·m sent mal negú! Car vós sabeu que lo major mal fa cessar lo menor. E per ço yo us clam merçé que tornem a la ciutat si en res li porem valer.

—Vós haveu perdut lo seny o sou del tot tornat foll —dix lo vezcomte—. Ell no·s pot tenir e vol tornar a la ciutat, per ço que lo emperador e tots los altres hajen a conéixer e a sentir lo vostre defalt. Haurem prou a fer en dissimular-ho a la gent, per ço que culpa ni càrrech no hajau. E siau cert que, si de ací vos ne tornau, de mort o alesiat no podeu ésser delliure.

—Posat cars que tot axò sia, que vós dieu, ¿no es rahó —dix Tirant— que yo, qui he fet lo mal, que·n porte la pena? E la mia mort hauré per bé spletada, puix per tan virtuosa senyora yo muyra.

—No m'ajut Déu —dix lo vezcomte— si vós hi tornau, encara que yo y sabés posar força! E com! No y és lo duch, si res sent que sia en dan ho en desonor de la princessa, que ell no li ajude? Ara podeu veure a què vénen les tristes amors! Anem, si voleu, e no stigam pus ací, car tant com més stam i detenim temps, és més dan per a vós.

—Ara féu-me una gràcia —dix Tirant—: puix no·m voleu deixar tornar, que vós que y aneu. E si és negú qui dan li vulla fer o hagués temptat de fer-li'n, que muyren tots e no sia pres negú a mercé.

Tant lo preguà Tirant al vezcomte [que] fon forçat de tornar a la ciutat e, al girar, dix baix, que Tirant no u hohí, mas Ypòlit ho entès:

—Per mon Déu! No serà veritat que yo haja cura de dona ni de donzella que·n lo món sia, sinó solament en fer venir los metges.

Tirant se n'anà ab Ypòlit.

Com lo vezcomte fon al portal de la ciutat, les guardes no·l volien deixar entrar fins a tant que dix com lo capità era caygut ab lo cavall e venia cuitadament per los metges. E per causa d'açò lo deixaren entrar. E no·ls pogué haver tan prest com volguera, per ço com tots eren ab lo emperador e ab sa filla. Com ells agueren dat recapte a l'emperador, portaren-se'n totes les coses necessàries per al cars de Tirant. E no u gosaren dir a l'emperador, que lo seu capità stava mal. Però lo vezcomte féu tot son poder de veure a la princessa per ço que pogués recitar a Tirant la sua disposició.

Com ella fou tornada en son recort, a l'obrir dels hulls que féu, sí dix:

—És mort aquell qui té la mia ànima cativa? Digau-m›o prest, yo us clam mercé, car si mort és, ab ell vull morir.

La emperadriu, qui stava torbada de la gran congoixa que tenia de sa filla —e los seus hulls qui contínuament destil·laven vives làgrimes—, no pogué compendre lo que havia dit sa filla e demanà què havia dit. La duquessa, que la tenia en les sues faldes e abraçada, respòs a la emperadriu:

—Senyora, la princessa diu que si an morta la rata.

Tornà a dir la princessa, ab los hulls tancats:

—No dich yo axò, mas si és mort aquell en qui yo tinch tota la mia sperança.

Respòs la duquesa ab alta veu:

—No és morta, que jamés l'an poguda haver.

E girà's envers la emperadriu e dix:

—Ella vaneja. Aquesta malaltia és de tal natura que los pus savis fa tornar folls, que no saben que·s dien.

Ella retornà en sa primera sanitat e dos metges anaren ab lo vezcomte e ab lo duch. Com la princessa ho sabé, fon posada en gran agonia e, lamentant-se, dix:

—O, mon senyor Tirant, pare de cavalleria! Ara és caygut lo linatge de Roca Salada e la casa de Bretanya ha molt perdut! Mort sou vós, mort! Car qui cau de tan gran altura com vós sou caygut, no se pot sperar longua vida posseir. Per què lo mal e lo dan no venia sobre mi, qui·n só stada causa, e vós fósseu delliure de aquests perills?

La duquessa stava molt atribulada, axí del mal de la pr[i]ncessa com del dan de Tirant. No volgué més dir per dupte de les donzelles, qui staven prop. Los metges partiren prestament sens dar-ne sentiment algú a l'emperador, perquè no prengués alguna alteració, car la sua complexió era de home molt delicat.

Com los metges foren aplegats ab Tirant, trobaren-lo en un lit, ab gran dolor que sostenia. Miraren-li la cama e trobaren-la tota rompuda, e los ossos qui exien alt sobre lo cuyro. E al menejar que·l fahïen, Tirant se esmortí tres voltes, e cascuna vegada ab ayguaròs lo havien de tornar. Los metges feren la primera guarda lo mils que pogueren e digueren-li que per cosa en lo món no·s mogués del lit, per tan cara com tenia la vida. E ells se'n tornaren. Lo emperador los demanà d'on venien ni hon eren anats que al seu dinar no·ls havia vists.

Respòs lo hu e dix:

—Senyor, nosaltres som anats a Bellstar per dar remey al vostre capità del mal que té.

Dix lo emperador:

—E quin és lo seu mal?

—Senyor —dix lo metge—, segons ell diu, gran matí s'era partit de esta ciutat per anar hon té los seus cavalls perquè los servidors seus prestament fossen en punt al dia asignat, ço és, lo dilluns, de matí tothom fos prest per partir. Cavalcava un cavall cicilià e, ab lo delit que tenia, anant saltant per lo camí, és caygut en una gran céquia e ha's fet en la cama un poch de mal.

—Ha sancta Maria val! —dix lo emperador—. E no li fallen mals ni treballs a Tirant! E de continent yo y vull anar a veure, fent-li conéixer que lo viure virtuosament és vida e lo viciós viure és mort, e la glòria de tal honor ab tal vida, qui la té a si unida, no la deu deixar sinó per augment de major virtut.

Los metges, vehent la voluntat de l'emperador, que y volia anar, detingueren-lo que no y anàs fins a l'endemà, que seria bé reforçat. Lo emperador, puix véu que los metges no lo y consellaven, delliberà de restar e passà a la cambra de la princessa, e demanà-li de son mal e recità-li lo de Tirant. Quanta dolor tenia la princessa dins lo seu cor! Sinó que no la gosava manifestar per temor de son pare. E lo seu li paria que no fos res com pensava en la trista e desastrada fortuna que en la persona de Tirant s'era seguida.

Lo emperador stigué ab sa filla fins que fon hora de sopar. E lo endemà, sabent que los metges anaven a Tirant —e véu-los de una finestra passar—, tramés-los a dir que s'esperassen un poch. Ell cavalcà e an[à] ab ells, e véu la segona cura. E segons la disposició que véu, prestament presumí com de gran temps Tirant no seria dispost per anar al camp. Com lo hagueren acabat de curar, lo emperador féu principi ab un tal parlar.

Capítol CCXXXVII. Conort que fa lo emperador a T[i]rant

—No és negú qui en aquesta prescrit vida se'n dega agreujar de les co[s]es que per la divina saviesa són ordenades ni permeses, majorment com fortuna los administra, car humana discreció no basta resestir als cassos imprevists, e pertany-se dels hòmens virtuosos haver paciència en llurs adversitats, que allí són coneguts. Però yo bé conech que açò són peccats meus que ha administrats la fortuna, car la causa del vostre mal dóna augment e glória als turchs per dar compliment a la mia destructió. Mas la sperança que yo tenia de veure-us partit per al camp, per los molts turchs qui ara de nou són entrats en lo meu imperi, me requir he·m dóna novella força, que axí vel e despoderat com só de entrar en bataillа, tant, que só vengut en poch spay a la fi de mos trists pensaments. Demesiada cosa seria recitar tota la mia dolor ab los duptosos pensaments, car en aquella hora que·m fon manifest lo vostre mal, fuy cert de la mia gran desaventura, com tota la sperança mia stava en la gran cavalleria vostra, mirant ab los hulls de la pensa que ab la virtut e força del vostre valerós braç, ab ànimo viril, a taill d'espasa fóra scampada la sanch de aquells cruels enemichs meus e de la sancta fe cathòlica. E ara, com veuran la absència vostra, no havent temor de negú, se occuparan tot lo meu imperi e incriminaran largament la mia honor e fama, e les mans seran semblants a la lengua. E lo major desig que tinch en aquest món és la vostra salut car, sens aquella, en lo meu imperi libertat no pot ésser atesa. Per què us prech, capità virtuós, que si amau la vostra vida ni la mia, que us vullau confortar e, ab lo ànimo sforçat que teniu de virtuós cavaller, vullau pendre ab paciència lo mal, car yo confie de la divina misericòrdia que haurà pietat de vós e del seu poble crestià, qui stà molt affligit per los infels, lo qual és impossible que puga ésser tret de captivitat sinó per mijà de la virtut vostra. E no us vullau més plànyer sobre cars irreparable.

Tirant, per la grandíssima dolor que sentia, ab fatiga gran podia parlar e, esforçant natura tant com li fon possible, ab baixa e rogallosa veu féu principi a semblant resposta.

Capítol CCXXXVIII. Resposta que fa Tirant a l'emperador

—[O] més que altre atribulat! Veig-me enbolicat en molta dolor e só atés al terme de la mia desaventurada fi. E lo qui més me fa dolre és com veig la trista de vostra majestat, en molta dolor posada, per lo novell cars que seguit m'és. E fallint-me la sperança, só desijós de presta mort.

Acompanyat de molts sospirs, lançà's prop la sua boca, no podent-li dir la strema pena que fins en aquella hora soffert havia. E dix:

—Mon senyor, la mia spasa e capitania no fretura molt. Encara que yo present no y sia, cavallers virtuosos, ab ànimo sforçat, teniu en lo vostre imperi qui basten al present dar rahó als enemichs. Emperò a mi par que és justa cosa que de tan sforçada demanda que la altesa vostra me fa, que yo dech anar al camp. Senyor, lo dia assignat yo seré prest per partir.

Com lo emperador lo véu axí parlar, restà molt content. Partí's d'ell e tornà-sse'n a la ciutat. Com la emperadriu lo véu, dix-li:

—Senyor, sí Déu vos deixe viure longuament en aquest món he us done parahís en l'altre com de aquesta vida passareu, digau-nos la veritat del nostre capità com stà, si tem mort o la sua vida en què stà.

Lo emperador, en presència de la princessa e de les donzelles, dix a l'emperadriu:

—Senyora, yo pens que ell no tem perill de mort, mas sens dupte ell stà malament adobat, car los ossos de la cama e los molls que dins té, tots li parien damunt lo cuyro, que gran compassió era de veure-u. Però ell diu que dilluns ell serà prest per partir.

—Sancta Maria val! —dix la princessa—. E què és lo que la majestat vostra vol fer? Lo home qui stà ab tant de mal, posat en l'article de la mort, ¿voleu que vaja al camp e com serà en lo camí feneixca los seus darrers dies? Quina ajuda tal hom com aquest porà fer a la gent d'armes? Voleu posar en perill la sua persona e tot lo vostre stat? No, senyor, que tals batailles no·s fan axí. Car millor és d'ell la vida que la mort, car essent viu tots los enemichs lo temorejaran e, essent mort, no tindran temor de res. E si és guast de sa persona, no li qual sinó que·s pose en religió. E yo crech, si lo preu li és honor hi ell ho porà fer, vostra majestat serà ben satisfet e no y planyerà treball ni duptarà perill de sa persona, car si la altesa vostra fa lo contrari, mostrareu ésser mal príncep, cruel e sens neguna pietat.

L'emperador passà a la cambra del consell, que l'esperaven per veure què farien, e foren tots de acort, segons lo que ell havia vist de Tirant, que no·l moguessen de allí hon stava.

Com lo emperador fon partit de Bellstar, hon Tirant era, de continent manà Tirant que li fessen una caixa molt segura hon ell pogués anar. Venint lo diumenge en la nit, no sabent-ho negú sinó Ypòlit, qui de tot tenia lo càrrech, com lo duch e tots los altres se'n foren tornats a la ciutat, Tirant tramès lo vezcomte e lo senyor de Agramunt perquè no l'empedissen en res e que·s posassen en orde per partir. E ells no pensaren gens que Tirant fes tan gran follia de partir-se de allí. E Tirant donà molts diners a l'un metge perquè se n'anàs ab ell, e l'altre metge no y volgué consentir que·s mogués ni li volgué prometre de anar-se'n ab ell. E venguda la hora de mijanit, Tirant se féu posar en la caixa e, en unes andes a coll de hòmens, ell partí e féu la via del camp devers la ciutat de Sant Jordi. E al partir manà que emparamentassen les sales de draps de raç e que diguessen, als qui vendrien de la ciutat, com en la nit no havia dormit e que en aquella hora reposava. Los uns se'n tornaren, los altres staven sperant que·s despertàs. Com fon hora de migdia, lo duch de Macedònia, qui era tan acostat parent seu, ab lo vezcomte en aquell grau mateix, volgueren entrar, car deyen que home nafrat no podia tant dormir. E mesclant-hi força, entraren dins e saberen com era partit. Cavalcaren cuytadament e seguiren-lo, e trameteren a dir a l'emperador com lo seu capità havia fet son manament, maleynt a l'emperador e a tota sa natura. Com lo emperador ho sabé, dix:

—Per mon Déu verdader, ell ateny bé lo que promet!

Com lo duch e lo vezcomte l'agueren atés e saberen que s'era smortit V vegades en lo camí, repregueren molt al metge e a Ypòlit, dient que no l'amaven gens.

—¡E tu, Ypòlit, qui est del nostre linatge de la casa de Roca Salada e del parentat de Bretanya, dexar partir lo nostre mestre e senyor! E lo dia que ell finirà sos dies tots serem perduts e de nosaltres no serà feta menció neguna, per què tu est digne de gran reprenció. E si no fos per temor de Déu e vergonya del món, ab aquesta spasa yo faria pijor de tu que no féu Cahïm de Abel. O, desaventurat de cavaller, sens pietat e misericòrdia! Fuig davant mi, sinó, per zel de ma honor prestament ne portaries pena!

E fon-se girat aprés devers lo metge e, ab irada veu, féu principi a una tal reprenció e càstich.

Capítol CCXXXIX. Com lo duch matà lo metge e Plaerdemavida se n'anà de la cort

—La virtut de paciència és falida en mi, com pens en lo gran atrev[i]ment que ha tengut aquest indiscret metge, qui ha volgut posar en perill de apaguar la llum del linatge de Rocha Salada. E per causa de açò s'és encesa en mi ira, supèrbia, tristícia, fúria e dolor, qui serà causa de castigar un cars tan inreparable, digne per a sempre de recordació per als altres e càstich per aquest.

E ab furor strema anà lo duch ab l'espasa alta devers lo metge, lo qual, per restaurar la miserable vida, volgué fogir e valgué-li poch, car, aconseguint-lo ab l'espasa, li donà tan fer colp per mig del cap que lo y partí en dues parts fins als muscles e sortí-li lo cervell.

Com l'emperador sabé tal nova de la mort de tan singular metge, cavalcà prestament e anà hon era Tirant. E trobà'l dins una ermita, que lo duch l'avia fet posar, que·s nomenava la Ermita relig[i]osa, e alí fon molt ben servit de tot lo que mester havia. Com lo emperador véu a Tirant en tal punt estar, pres-li'n molt gran compassió e féu venir allí tots los seus metges, e volgué veure la cama en quina disposició stava. Los metges la trobaren molt agreujada e feren-li relació, segons lo que vist havien, que si una legua més avant fos anat, que s'i fóra posat foch e, de mort o la cama levada, no·s podia scusar.

Tots los majors barons de l'imperi foren venguts per veure a Tirant. Lo emperador tingué alí son consell e deliberaren, puix Tirant no podia anar, que tots aquells qui sou havien pres que l'endemà deguessen partir. Dix Tirant:

—Senyor, a mi dóna de parer que la magestat vostra donàs sou de dos mesos a tota la gent, per bé que no sia conplit car tenen de servir un mes e mig, e tota la gent se alegrarà e farà de millor cor sa guerra.

L'emperador respòs que u faria fer de continent, e dix:

—En aquesta nit he rebudes letres del nostre camp, del marquès de Senct Jordi, avisant-me com és venguda infinida morisma, que la terra no·ls pot comportar, que forçadament són aguts de anar en lo regne de Líbia per a conquistar-lo, qui afronta ab lo meu imperi, per sperar que les treves passades sien. E açò han fet per causa com tenim en nostra presó lo Gran Caramany e lo rey de la sobirana Índia. Ací·s diu que és vengut lo rey de Gerusalem, qui és cosín germà del Gran Caramany, e porta ab si la muller e los fills, e ben LX M combatents, los quals són de la terra de Enedast, qui és una província que és molt fèrtil e abundosa. De continent que naix algun infant mascle, lo manifesten a la senyoria, e aquel fan criar ab gran diligència. Com és de edat de X anys, li mostren de cavalcar e de jugar d'esgrima. Com sab bé de açò, posen-lo ab hun ferrer perquè los braços li tornen asits e forts e sàpien colpejar en les armes com mester ho han. Aprés los fan amostrar de luytar e de tirar lança e tota cosa que bona sia per a les armes. E lo darrer ofici que·ls mostren és carnicers, perquè s'avehen a esquarterar la carn e no hajen temor de menejar la sanch. E ab tal ofici tornen cruels e, com són en les armes e poden pendre los crestians, que·ls squarteren e no·ls tinguen neguna pietat de la carn ni de la sanch. E fan-los-ne beure dos vegades l'any de sanch de bou o de moltó. Aquests tals són los més singulars e pus valentíssims hòmens que en tota la pagania sien, que més valen deu de aquests que XL d'altres. Ací és vengut lo rey de la menor Índia, e diu-se que és germà de aquest pres de la sobirana Índia, és home molt rich e porta ab si XLV mília combatents. És-hi vengut hun altre rey que·s fa nomenar Menador, ab XXXVII mília combatents. E lo rey de Domàs hi és vengut ab LV mília, hi lo rey Verumtamen hi és vengut ab XXXXII mília. E molts altres en companyia de aquest y són venguts.

Respòs Tirant:

—Lexau-los senyor, venir, que yo tinch tal sperança en la divina clemència de nostre Senyor y en la sua sacratíssima Mare, senyora nostra, que ab l'ajuda de tants singulars cavallers com la magestat vostra té, que si ells eren deu vegades més que no són, que d'ells serem vencedors.

Complit lo parlament, l'emperador comanà a Déu a Tirant. Manà als metges no·s partissen d'ell ni·l dexassen partir de allí.

La princessa estava molt enujada del mal de Tirant. Venint lo dilluns, tota la gent d'armes fon presta per partir. Lo emperador e totes les dames staven mirant los duchs e senyors qui partien. Lo duch de Pera e lo duch de Macedònia tenien càrrech de tota la gent de capitanejar aquella.

Com foren aplegats al camp per jornades, lo marquès de Sanct Jordi e tots los altres foren molt aconsolats de la lur venguda. E del dia que ells aplegaren fins al dia que les treves finaven, havia de passar prop de hun mes.

Tirant stigué en la hermita fins a tant que los metges li donaren licència que entràs dins la ciutat, e fon-li plasent a Tirant, com era restat allí, puix no era pogut anar ab los altres. E no restà ab ell sinó lo senyor d'Agramunt, qui jamés lo volgué deixar, car deya que ell no era partit de sa terra per altra cosa sinó per amor d'ell e que en la sua malaltia no·l deixaria. Ypòlit restà en sa companyia, e Ypòlit anava cascun dia a la ciutat per les coses necessàries e, molt més, per portar noves a Tirant de la princessa, en la qual ell tenia molt gran sperança. E com lo volien fer menjar o altres coses que los metges volien que fes, puix lo y diguessen de part de la princessa, ell ho feya de continent.

Com aquest cars de Tirant se fon seguit, la princessa molt sovint reprenia a Plaerdemavida del que fet havia, volent-la posar dins una cambra molt scura per dar-li allí penitència, sinó que ella defenie's ab moltes paraules bones e, altres voltes, ab burles e ab jochs axí la passava, dient:

—Si vostre pare ho sap, què dirà? E sabeu yo què li diré? Que vós m'o consellàs e que Tirant se n'ha portat la despulla de la vostra verginitat. Vostre pare vol que yo sia vostra madrastra y, com ho seré, yo us asegur que us castigaré, que altra vegada, com aquell valerós de Tirant y vendrà, vós no cridareu axí com fés, ans stareu segura y no us moureu.

La princessa s'enfelloní e dix-li que callàs, en tota mala ventura.

—Puix, senyora, en tan mal so m'o dieu, yo·m vull partir de vostra altesa e no vull més servir-vos, ans me'n tornaré casa del comte, mon pare.

Isqué's prestament de la cambra e pres totes les sues robes e joyes, e comanà-u a la viuda de Montsant, qui en la cort era. Cavalcà en una aquanea, en companyia de V scuders, partí del palau sens dir res a negú. Cavalcà devers aquella part hon Tirant era.

Com la princessa sabé que Plaerdemavida se n'era anada, fon posada en mortal congoxa per fer-la tornar, e tramés molta gent per moltes parts, perquè la tornassen per força o per grat. E ella, per camins apartats, cavalcà fins que fon en la hermita hon Tirant stava. E com ell la véu, no sentí de la terça part del mal que tenia. Com Plaerdemavida li fon prop, que·l véu ab la color tan alterada, los seus ulls no·s pogueren tenir que no destilasen vives làgrimes e, ab dèbil veu e gest piadós, féu tal principi.

Capítol CCXL. Com Plaerdemavida demanà perdó a Tirant

—O, més que altra atribulada! Contínua tristícia combat lo meu cor com pens en lo dan de la vostra virtuosa persona. E ab strema vergonya só venguda davant la senyoria vostra per yo ésser stada ocasió de tant de mal que·s sia seguit en lo millor cavaller qui en lo món tot trobar-se poria. Mas per la molta amor que no ignorau que us porte, desijosa de servir-vos, m'à donat atreviment de venir-vos davant, com pens que sou lo més benaventurat cavaller que jamés nasqués, trobant-se en la senyoria vostra tostemps misericòrdia, axí als amichs com als enemichs, car per totes les corts dels grans senyors és feta memòria de la vostra grandíssima virtut. E yo, més trista que altra, ab lo meu sperit nafrat per la strema pena que us veya passar, prench a vós sol per testimoni quant he pogut fer per ésser sana de tal mal. Temptava resestir a les paraules de la Viuda Reposada, e aureu a impossible que una donzella ho pogués haver sofert. Però al fi, vençuda, m'és forçat ab temerosa veu demanar-vos mercé, car vós teniu poder de dar-me mort o de conservar-me la vida, com yo sia stada causadora del vostre mal, axí com ho ha permès la despiadada fortuna. Per què, demane de molta gràcia a la senyoria vostra que·m vulla perdonar.

E hun sospir que dels retrets del cor de Tirant spirant partia, fon principi a semblants paraules:

—Donzella virtuosa, no teniu causa neguna de demanar-me perdó, car culpa en res no teniu. E possat cars vós [en] tinguésseu, no una, mas mil voltes vos perdonaria, atenent la molta volentat que tostemps vos he coneguda. E pregau a Déu que yo·m leve del lit, car més part teniu en mos béns y en la mia persona que totes les dones e donzelles del món. E de açò no us ne diré més, per lo gran desig que tinch de saber de aquella sereníssima princessa què ha fet en ma absència. Bé pens que amor haurà desmenuït en sa altesa e no volrà mes veure'm ni permetrà que jamés li vinga davant. Aquesta és la major dolor que en aquest món puch sentir. E pensau que aquest mal que tinch no és res per a mi, car moltes altres voltes só stat nafrat e en punt de retre l'espirit, emperò aquest és lo que de tots punts me leva lo saber e la causa de ma strema dolor és la descontentació que de mi té ma senyora. E açò es lo que a mi fa dolre. Per què us prech, donzella, si mon bé desijau, vos plàcia voler-me dir tot lo que és de bé o de mal, e no·m façau més star en pena.

Plaerdemavida, ab gest e cara afable li dix que era molt contenta de fer-li aquell servir e, ab baixa veu, féu principi a hun tal parlar.

Capítol CCXLI. Com Plaerdemavida recità a Tirant tot lo que s'era seguit aprés de la sua cayguda

—Enujada l'adversa e iníqua fortuna del vostre bé e delit, aprés la vostra partida, ab multiplicades veus, foren los crits e tumult en lo palau, que fon forçat al vell emperador levar-se del lit e, ab furor inestimable, ab l'espasa en la mà, volgué cercar totes les cambres e deixant-se dir que, ara fos rata o home, de matar-ho sens mercé neguna. E ja la emperadriu, enujada de tant vetlar, tornà-se'n en la sua cambra per dormir. Com tota la gent d'armes de la guarda fos ja asosegada, vengué la enamorada Viuda davant la princessa, ab la pròpia passió e maldat que portava, la qual és parenta de la vella bruxa que no fa mal sinó a qui li fa bé —e, atenent a les coses que la mercé vostra li à fetes y donades, altrament se deguera éser regida que no ha fet—, e ab cara de fengida pietat li dix: «Senyora, yo he vist devallar a Tirant per una corda e al mig loch se rompé, e és caygut de tan alt que tot lo cors s'à romput.» E pres-se a cridar grans crits. Com la princessa hoý tal novitat, no pogué altra cosa dir sinó: «¡Jhesús, Jhesús!» tres voltes. E prestament li fallí l'esperit, que no sé hon se anà ni per quins afers, que passades tres hores stigué sens recort. E tots los metges foren venguts, que no la podien retornar. E en aquell cars pensà perdre tots los béns que natura atorgats li havia e, encara, los de fortuna. E fon major lo tumult e los crits en lo palau de la segona congoxa que de la primera.

Aprés li recità totes les rahons que entre ella e la princessa eren passades.

—E lo gran desig que tenia, senyor, de veure-us, no us poria recitar, mas perquè a ma honor no perjudique e tem vergonya. Altrament, ella fóra ací venguda. E tot son mal fitament stà compost de materials de sola sperança e no sap compendre en si ne determenar, en la primera vista que de vós haurà, de mostrar-se dolre's, o no, del vostre mal. E aquests dos contrasts li combaten la sua pensa, car diu que si us mostra la cara afable tots dies vos hi volreu tornar e, si fa lo contrari, que restareu malcontent de sa altesa.

No tardà Tirant en fer semblant resposta.

Capítol CCXLII. Resposta feta per Tirant a Plaerdemavida

—A l'home mortal, vida segura li és si és defesa per la persona a què vol bé. E si ma senyora se leva lo poder de dar-me vida despullant-se la pietat, mostrarà que vol fer sacrifici de mi. Pensau que temor de mort ni reverència de fama no arranquen los tèrmens de mon desig. Atorgue sforç que acabe de dir ma desaventura, pux yo la he causada. E si voluntat té de dar-me vida, no pot ésser lonch temps cruel contra mi. Quin crim diu que yo he comés, sinó que he amat a sa altesa? Per què la suplich que per lo mèrit no·m sia dada pena. E grandíssima seria la gràcia que la magestat sua me poria fer si sol d'ella podia haver una vista, car me dóna de parer que en tal cars li passaria gran part de la fellonia que contra mi té injustament.

Respòs Plaerdemavida:

—Senyor, féu-me una gràcia: scriviu-li una letra e yo faré tant ab ella que us faça resposta, e poreu sentir per mijà de aquella la última voluntat sua.

E stant en aquest parlament entraren per la cambra los hòmens que la princessa havia tramesos per cercar a Plaerdemavida e, com la veren, digueren-li tot lo que la princessa los havia manat.

Respòs Plaerdemavida:

—Digau a ma senyora que ella no·m pot forçar que yo la servescha per força, car a casa de mon pare me'n vull anar.

—Si yo us hagués trobada en altre loch —dix lo cavaller—, yo y mesclara força en fer-vos-hi tomar. Però yo pens bé que la senyoria del capità no serà content que la magestat de la senyora princessa sia deservida, mas, axí com és virtuós, husarà dels remeys que s'i pertanyen.

—No dupteu en res —dix Tirant—, que ma senyora serà en tot servida. E yo pregaré tant aquesta donzella que ella se n'yrà molt prest ab vosaltres.

Tirant se féu dar tinta e paper e, ab la dolor gran que en la cama sentia, no podia tan bé com volguera scriure. Però, ab tot lo mal, en lo blanch paper pintà les següents enamorades paraules.

Capítol CCXLIII. Letra tramesa per Tirant a la princessa

Si per temensa de ofendre la magestat vostra la mia mà fos stada impedida que tocat no agués en la perfecció de la vostra real persona, lo meu infinit desig en vós no·s reposara. Mas la mia mal avisada pensa no basta a conéxer que lo premi de perdó dega obtenir sinó per mijà del vostre valerós acost, e deu ésser atribuït a molta culpa mia. Però, ¿qui és aquell qui conegués les tantes singulars perfeccions que en vós tinch conegudes, que jamés en altra no coneguí, de aquexa tanta glòria que·l[s] benaventurats més poseyr no poden? E per temor que de vostra excel·lència no sia desamat, me porta doble pena, car altri no u pot sentir sinó yo. Car, perdent a la magestat vostra, pert la suma de tot mon bé, no tenint sperança de jamés cobrar. Aureu a pensar sou coneguda per persona que lo compliment se troba. E lo grat demanar poria en aquella hora que, per lo mal meu, digués: «Jhesús, Jhesús»!, lo qual a mi tant ha plagut. Lo treball de açò és penssar quant vós valeu, car lo jorn que amor meu féu vostre totes les mies forçes han seguit la voluntat vostra. La mia mà no·s canssaria per escriure a la real selcitut vostra, car par-me ab vós rahonar, puix acte de difamació a mi no representa, car fent lo contrari no poria ésser loat, pux tal execució la virtut ab si porta, mas paraules de mal stil haureu sguart. Lo plaer meu és no remetre res a la fortuna, enemigua de mon delit, tota volta crehent lo que per la altesa vostra manat me serà és lo millor. Negú no és stat creat que no haja errat.

Capítol CCXLIIII. Com Plaerdemavida fon tornada a la princessa

Com Plaerdemavida se fon partida de Tirant e la princessa sabé que ella venia, isqué-li corrent al cap de l'escala e dix-li:

—O, la mia cara germana! Y qui us ha feta fellona que axí us aguésseu a partir de mi?

—Com, senyora! —dix Plaerdemavida—. La excelència vostra que m'avia oblidada, que no volíeu que us vingués davant.

E la princessa la pres per la mà e posà-la dins una cambra, e girà's devers aquells qui l'avien portada e regracià'ls lo molt treball que y havien mès. Com elles foren dins la cambra, la princessa de tals paraules féu principi:

—¿No saps tu, Plaerdemavida, qu·entre pare e fills ha moltes voltes divís, que corren algunes puntes de fellonia, y entre germans per semblant? E posat cars que entre tu e mi aguessen pasades algunes paraules, ja per axò no·t deus tu enfellonir contra mi, que tu saps bé yo t·ame sobre totes les donzelles del món e tots los meus secrets te són manifests com a la mia ànima.

—La magestat vostra bé u sap dir de bocha —dix Plaerdemavida—, mas les obres són males. Voleu creure a la Viuda Reposada les sues maldats, les quals per speriència avant se mostraran, e desfavoriu a mi y a totes les altres, y ella és stada causa de tot aquest mal. E yo he gran dupte que vostra altesa no perda molt més que no ha perdut e que no nogua a vós axí com ha nogut a mi. E recorda'm de aquella amarga nit que mon senyor Tirant se rompé la cama e vostra altesa havia perduda tota la natural conexença: totes les coses eren de plor mesclades de temerosa ànsia, mas la Viuda era sola qui s'alegrava. La selcitud vostra no fretura de virtuts, mas freturejau de paciència. Mala cosa és la noble e generosa cridar e, volentàriament, voler-se abrigar lo mantell de difamació.

—Ara —dix la princessa— dexem aquestes rahons e parlem de Tirant com stà e quan lo poré veure, car la contentació gran que tinch d'ell me fa pensar més que no volria. E certament ell me dóna pena més cruel que mort per causa de son mal, car los perills que amor en si porta són tan strems que, ab tota veritat, mon sentiment no basta a saber-los comprendre, però yo sent en mi tal amor que jamés sentí. E puch ben dir que he aconseguit aquell dia que fon publicada aquella gentil ley que los pasats hordenaren, la qual era de més valer e fóra stada vera si lo cars tan desaventurat no·s fos seguit en la persona de Tirant... Per què·t prech, la mia germana, tu·m vulles dir tot son ésser ni si tem perill de mort, car si ell moria yo seria aquella que faria tan gran senyal en la mia persona, tant com en lo món duràs, que fos en recort de gents, que yo fóra al·legada per exemple de fel enamorada. E açò no seria fet en amagat, mas en públich, a notícia de totes gents, perquè fos feta memòria de mi. E la major gràcia que la immensa bondat de nostre Senyor me poria fer seria que yo·l ves entrar per aquesta cambra ab tota sanitat de la sua virtuosa persona. No tardà Plaerdemavida fer resposta en stil de semblants paraules.

Capítol CCXLV. Rèplica que fa Plaerdemavida a la princessa

Aquell Senyor qui té poder y és donador [de] totes les gràcies li done salut e guarició presta perquè la presència de la magestat vostra puga aconseguir e estar prop de vós, e de açò se tendria per lo més benaventurat cavaller que·n lo món se trobe. E si açò li és denegat, més li valria que conexença de la selcitud vostra aguda no agués. E absent de vós, tot recort que de vostres tants béns, que de la vostra gran singularitat, venir-li porien, lo fa plànyer e sospirar. E sou ben certa que negun altre no és merexedor posehyr tal premi com és lo de la vostra singularíssima persona. Vostres paraules en ell no obren, ans lo revés li'n seguex. No vull dir injúria a la magestat vostra, sinó que ab veritat puch dir que en amor no sou eguals. E no causa inpropietat, com amor no guarda béns ni linatge, ni va ab limitat orde, ans ab diversos sguarts se fa més en uns que en altres e més poderós s'esguarda, però, senyora, en vostra altesa és una acostumada virtut. Tramet-vos aquesta letra lo virtuós Tirant.

La princessa la pres ab mol[t] singular plaer e, com l'agué lesta, dix que resposta s'i merexia.

Capítol CCXLVI. Resposta feta per la princessa a la letra de Tirant

Encara la mia mà dubtava pendre lo paper, lo qual creya no ab maestria, la ploma scrivint ab paraules de amistat ni menysplaent[s], ma letra mostrar malvolença a tes obres me obligue. Si de fe mon dir no fretura, hauràs a creure passions de noves maneres causades per tanta dolor, les quals tu m'as dades a sentir. E aquelles comportaré ab paciència tant com la vida m'acompanyara, car tanta crueltat ensems ab tan strema amor yo pens jamés fos vista. Sol aquest pensament me força respondre a ta letra: si creus les tues mans lo darrer terme d'elles han usat de novell offici e, puix han agut delit e glòria, no deuen ésser dignes de perdó per ço com s'eren despullades de tota pietat. E diverses vegades asagí, ab paraules de benignitat, pregar-te no volguesses robar lo premi de ma honestat. E si les mies paraules no·t movien a pietat, te devien induyr a merçé les mies làgrimes e la tristor de la mia cara. Mas tu, més cruel que leó famejant, no guardant dret ni envers, has donada tanta dolor a la tua princessa. O casta de ma ignocència! Tan honest morir no·m consentiren, ans portaren lo murmur de mes darreres paraules a les orelles de la Viuda Reposada e vench la emperadriu. Parlant m'o consentí vergonya, la qual sovint d'estrema amor és enemiga, però ab dolorosos suspirs manifestava lo cubert seny de mes paraules. E·n lo gran desorde de ma benvolença diguí, no sé com, «Jhesús, Jhesús!», lansant-me sobre les faldes de la duquessa, la causa per a hon tenia ma vida avorrida. El qui erra pena mereix. E serà tal: que no ages cura de mi, que no la vull aver de tu.

E feta la resposta, donà-la a Ypòlit ab infinides recomandacions ensemps.

Com Ypòlit fon tornat a Tirant, donà-li la letra. E ell la rebé ab molt gran plaer e fon content de la letra, mas no del que lo peu de aquella contenia. E féu-se dar tinta e paper e, ab tot son mal, screví la letra del stil següent.

Capítol CCXLVII. Rèplica que Tirant fa a la princessa

Atesa l'ora que totes les coses prenen repòs sinó yo sol, que fas la vetla pensant en aquella manera de vostra altesa, he oÿt aquell trist mot: «no hajes cura de mi, car no la vull haver de tu». E sobrat per les contínues passions que amor a mi dóna, la ploma he presa per squivar aquells dans que lo vostre ignorar ab si porten, crehent de tal manera usar vers mi que en oblit [meten] los molts anys que·n vós he despesos. Mas, per la clara conexença que del valer de vostra altesa tinch, no ab menys voluntat que l'atényer de vostra vista, a Déu regraciaria, jatsia infinidament li reste obligat, per haver-me atorgat conéxer donzella que tant en lo món de perfecions se mostra complida, a fi que los pochs afeats qui lo meu voler no basten a compendre què té poder de tanta singularitat com vós, car bé v[e]ig que la bellea de la vostra majestat no mereix sinó per mi ésser posseÿda. Si lo vostre entendre conexerà yo sia digne de resposta, sia tal. E que vischa o que fenescha prest ma vida, car no·m trobe dispost sinó en seguir tot ço que per vostra selcitud manat me serà.

Capítol CCXLVIII. Lo principi dels amors de Ypòlit e de la emperadriu

[A]cabada d'escriure la letra, Tirant la donà a Ypòlit e pregà'l la donàs a la princessa, present Plaerdemavida, e cobràs resposta, si fer podia. Ypòlit donà la letra axí com li era stat manat e la princessa la pres ab gran plaer. E per ço com en aquell cars la emperadriu venia per veure a sa filla, e ella no la pogué tan prest legir, però, com ella conegué que la emperadriu stava a rahons ab Ypòlit demanant-li del mal de Tirant e ell responent-li, la princessa se levà de lla hon seya y entrà-se'n en la cambra ab Plaerdemavida per legir la letra.

La emperadriu dix a Ypòlit, aprés moltes rahons que de la malaltia de Tirant tengudes havien:

—La tua cara, Ypòlit, veig tota alterada, flaca e descolorida. E no sens causa, car la malaltia de un tan valentíssim cavaller com és Tirant, tota la sua parentela ne deuen star ab molta dolor; car sí·m fas yo, que molta dolor n'e passada e passe, car en la nit me desperte ab aquella pròpia passió com si·m fos marit, fill o germà o algun acostat parent. Aprés que·m só recordada y he pensat en son mal, torne'm de bon grat a dormir.

Prestament Ypòlit li respòs:

—Si yo stigués prop de alguna senyora, que·m trobàs en lo seu lit, per gran dormidora que fos, no la leixaria tant reposar com vostra magestat fa. Però de vostra altesa no·n tinch admiració, perquè dormiu sola e negú no us diu res, ni voltejant no us fa cercar lo lit. E açò és lo qui causa, senyora, la flaquea e alteració de la mia cara, e no gens la malaltia de mon senyor Tirant. E cascun dia, de bon cor, suplich a nostre Senyor que·m vulla levar aquests penssaments tan adolorits que la mia persona sosté. No té negun sentiment quina cosa és mal sinó sol aquells qui senten quina cossa és amor.

La emperadriu tingué presumpció que Ypòlit devia amar e, tota la tristor que la sua cara manifestava, no devia altra cosa ésser sinó passió d'amor. E més, penssà que Plaerdemavida, que en presència de moltes ho deya, que amava a Ypòlit, que no fos aquell lo seu mal. E no·s tardà la emperadriu, ab stil de semblants paraules, interrogar a Ypòlit qui era la dama qui tal pena li feya passar sens haver-li merçé.

Capítol CCXLVIIII. Com la emperadriu demanà a Ypòlit qui li feya aquell mal

—Sí Déu te dexe complir ton desig en aquest món y en l'altre paraÿs haver, digues-me, ¿qui·t fa tants mals passar?

—La mia trista sort —dix Ypòlit—, qui·m fa desconéxer a Déu y a tots los sancts. E ací hon stich, no pensa la magestat vostra sia ma vida menys perillosa que la de Tirant.

—Si vols bé fer —dix la emperadriu—, no deus aver vergonya de dir la glòria de tos actes. Posat cars ho manifestes a mi, lo premi d'onor me farà tostemps callar.

—Qui és qui gose manifestar la sua dolor —dix Ypòlit— a una senyora de tan gran excel·lència? ¿Què fall a vostra magestat sinó que portàs diadema de sancta e per vós se cantàs *Te De[u]m laudamus*, e totes les sglésies fessen festa de XII liçons per ço com deveu ésser nomenada per lo món deessa de la terra?

—No és cors humà —dix la emperadriu— no degua scoltar, vulles sia de bé o de mal, lo que cascú vol dir, car franca libertat ha donada lo Donador de totes coses. E quant és major en dignitat, tant deu scoltar ab més humilitat.

—Senyora —dix Ypòlit—, yo bé atorch lo que la altesa vostra diu si lo meu rahonar fos compost de batafalua daurada, ço és, en leys de justícia. Mas yo no tinch vassalls, béns ni heretatge que davant la magestat vostra hagués a venir. E puix tant saber-ho voleu, amor és, amor, lo que tinch, e no és roba que·m puga despullar.

—A mi no·m fall conexença —dix la emperadriu— del que dius, però cové que la paraula e la mesura de aquella sia segons que la cosa requir. Tu dius que ames, e yo deman-te, a qui?

—Los V senys corporals me fallen —dix Ypòlit— per dir-ho.

—O fallit de enteniment! —dix la emperadriu— Per què no manifestes lo que a tu fa dolre?

—Quatre coses són —dix Ypòlit— que per lur excel·lència exceleixen totes les altres, e la cinquena és notícia de veritat. E com la magestat vostra sia aquella per aquella qui en lo cel és pronosticat yo us dega amar e servir tots los dies de la mia vida...

E dit açò, no gosà tenir més cara. Anà-se'n, que més no dix. L'emperadriu lo cridà com se n'anava, e de vergonya no gosa tornar. E pensà en si, Ypòlit, que si li demanava per què no era tornat, que diria no haver-la hoÿda. Anà-se'n envers la sua posada, fent stima que havia mal parlat e pijor obrat, e penedí's molt del que dit havia.

La emperadriu restà ab molt gran pensament de açò que Ypòlit li havia dit, e jamés li isqué del cor tant com en lo món visqué.

Com Ypòlit sabé que la emperadriu se n'era tornada en la sua cambra, havent vergonya e temor del gran atreviment que agut havia, penedí's en si, e desijava ésser partit per no venir davant la emperadriu. E fon-li forçat de tornar al palau per cobrar resposta de la princessa. Entrà dins la cambra e trobà-la que stava gitada en les faldes de Plaerdemavida, ab altres donzelles que y havia, les quals eren afectades a Tirant. Ypòlit la suplicà li donàs resposta de la letra que portada li havia. No tardà la princessa en fer a Ypòlit, de paraula, la següent resposta.

Capítol CCL. Resposta de paraula que féu la princessa a Ypòlit

—Só alegra en despendre largament lo temps de ma enamorada vida ab tan enamorades paraules com la letra de Tirant rahonen. Yo li faré resposta e no gens duptosa, car la sua mà mostra no enujar-se d'escriure, e, encara que los corsos nostres sien separats, les ànimes són juntes en voluntat. E si lo saber me acompanyàs, que yo li pogués fer resposta, ho faria de molt bona voluntat. E perquè lo misatger és tan fidelíssim e totes coses li poden ésser comunicades, te prech me vulles de tant treball scusar. Li diràs com yo faré ab lo senyor emperador que l'yrem a veure hun dia de aquesta setmana. E si plaurà a la virtut divina, ell serà guarit prestament e serem scusades de aquest treball. E prech-te que te'n vages ab lo que t'é dit, car en aquest cars ma dolor tant aumenta que quasi fora de seny entrí en aquesta cambra per legir la letra, e desig més star sola que acompanyada, car tota companyia en aquest cars m'és odiosa.

Respòs Ypòlit:

—Senyora, lo vostre cor mostra ésser sens pietat. E la selcitut vostra vulla haver mercé de Tirant, e perdonen-li los vostres ulls, perquè, entre tants mals que fets li haveu, li puxa sols recitar aquest poch de bé que ell de vós spera. E si la causa de la sua dolor fos a la magestat vostra palesa e per vós fos coneguda l'esperança de son desig ab la granea de sa benvolença, vos faria ésser vera mostrant la magrea de sa cara, si us recorda en algun temps passat la hajau vista. Vostra altesa té poder de perdre o de restaurar sa vida. Deixau lo que més vos plàcia, mas pensau lo que us desija. No us és enemich, ans encara que us sia servidor, aumenta la sua glòria, ab deute més acostat, ligar-se ab la magestat vostra. E sperança és ja fallida en mi, e desijós de resposta, o mort acompanyat de làgrimes seguint la desaventura de aquell o ab letra sagellada de infinida amor, yo recite lo voler de Tirant, lo qual sé bé acceptarà lo blanch paper ab studi de enamorades paraules, car sé que no ignora lo vostre clar entendre, demanant-vos de molta mercé mes rahons no sien acullides sinó en comte de persona que infinidament vos desija complaure.

No tardà la princessa fer-li rèplica ab paraules de semblant stil.

Capítol CCLI. Rèplica que fa la princessa a Ypòlit

—Perquè no vull que la ignorància del meu poch saber te sia manifest, callaré, car lo teu tan allenegat parlar merexedor era de resposta. E no vull que los qui les tues fictes paraules han hoÿdes, ab la mia resposta hajen de creure que tu, ab lo consell que ton mestre t'à donat, véns a fer adlegacions no dignes de fe, car antiga actoritat fa testimoni de tes culpes, qui famoses envers Tirant són stades. E tu, Plaerdemavida, arranca'm tres cabells del cap e dóna'ls a Ypòlit, que·ls done a son mestre Tirant, e diràs-li, puix no li pug scriure, que prenga los cabells per resposta.

—No·m valla Déu —dix Ypòlit—, si yo·ls prench, si ja no·m dieu la significança perquè són stats més tres que quatre, que deu o XX. E com, senyora! Pensa vostra altesa que siam en lo temps antich, que usaven les gents de ley de gràcia? Car la donzella, com tenia algun enamorat e lo amava en strem grau, dava-li un ramellet de flors ben perfumat, o un cabell o dos del seu cap, e aquell se tenia per molt benaventurat. No, senyora, no, que aquex temps ja és passat. Lo que mon senyor Tirant desija bé u sé yo: que us pogués tenir en hun lit nua o en camissa; posat cars que lo lit no fos perfumat, no s'i daria res. Mas si la magestat vostra me dóna tres cabells en present a Tirant, no acostume yo tal cosa portar: trameteu-los-i per altri o digue'm vostra excelència sots quina sperança són exits del vostre cap.

—Yo seré contenta —dix la princessa— de dir-te la veritat. La hun cabell significa la strema amor que yo tostemps li é portat sobre totes les persones del món, e açò en tanta cantitat que desconexia a pare e a mare e, si dir me fa, quasi a Déu, e tenia deliberat que aquest fos e altri no, e volia-li oferir la mia persona ensemps ab tot quant he, e l'ànima fóra stada de Déu com de aquesta vida passàs e, si l'agués volguda també la y aguera dada, ab tots los béns que tinch ne spere posseyr. De tot li aguera feta larga e bastant donació.

«Aquest altre significa la dolor strema que ell me fa passar, e causava entre los grans senyors peccat d'enveja, per ço com en tant alt grau amava la sua afable condició e gentil pràtica, e ara ab manifesta speriència e ocular demostració lo tinch conegut. No·m comporta la mia lengua, ni menys ma honor, en recitar quant m'à ofesa.

«Lo terç significa com tinch conegut en ell lo poch amor que·m té. ¡O quant és cosa piadosa, qui contemplar-ho volrà, que aquella de mi cansada persona tan greus mals haja passats! Hi ell, qui de haver mercé era acostumat, com a cruel envers mi m'à tardada la salut mia. E si no que tem agreujar la mia honor, ab altes veus cridaria quant ma vida perilla. Mas yo vaig sobre la terra, perquè les gents no hagen rahó de conéxer quant stà nafrada la honor mia, qui m'és pus cara que la vida. Ara tens notícia manifesta què significaven los cabells e per la tua malícia no·ls te n'aportaràs.

E levà'ls-i de les mans y, ab strema ira, los rompé e lançà'ls per terra, destillant los seus ulls vives làgrimes, qui tots los seus pits li banyaren. Com Ypòlit véu que per tan poca ocasió la princessa s'era enujada de les sues paraules, ab veu piadosa e ab gest humil li féu principi a hun tal parlar.

Capítol CCLII. Rèplica que fa Ypòlit a la princessa

—Jatsesia que la magestat vostra diga que violència vos és stada feta, e sots nom de força vullau cobrir la culpa vostra e dar a Tirant pena qui és pijor que mort, és ver que sou stada retreta en la cambra de vostra mare, mas no sou stada violada. Digau, senyora, ¿quina culpa pot ésser dada a mon senyor Tirant si ell ha tentat de fer hun tan singular fet com fer volia? Qui·l deu condemnar a pena neguna? Foragitau de la selcitut vostra bellea, gràcia, seny e gentil saber, dignitat ab perfecció de tota virtut, e no siau tan dura en amar aquell qui us desija tostemps servir e us ama en strem. Car bé deuria ésser en record la magestat vostra quant vos obliga lo seu molt amar e la glòria que·n posehïu. E voleu-li levar l'esperança, la qual departir no·s pot? Stich admirat del que les orelles mies han hoÿt, la deliberació de tan penada vida com l'altesa vostra vol fer passar a mon senyor Tirant. Car deuríeu dexar tots los duptes que en ofensa sua fossen ni causar se porien, com lo pensar que ell fa en absència de vostra magestat no li és permès la gravitat del dan que li aporta, si ja la vostra grandíssima discreció no contempla los infinits mals e desolacions que a càrrech de vostra selcitut se seguiran, qui ara a vós paren molt pochs, car sereu causa de fer perdre lo millor dels millors. E passar n'eu en aquest món y en l'altre condigna pena. Car les sues nafres, com sent alegries de vostra altesa, aumenten en tot bé e, si sent lo contrari, sereu causa de molta dolor axí per a vós com per a tots los del linatge de la casa de Bretanya. E perdent a ell se perdran passats X mília combatents, qui faran gran fretura per dar compliment a la conquesta. Mirau lo rey de Sicília quanta gent té en servey de vostra altesa e lo gran mestre de Rodes, lo vezcomte de Branches, la gent que ha portada. Car, si Tirant no fos, negú de tots aquests no y aturaria. Veureu lavors la Viuda Reposada si farà les batalles per vostre pare ni per vós. La magestat vostra és metge sens medecina, e aquell és bon metge qui dóna sanitat al cors y a l'ànima. Però veig que aquell desventurat no pot aver sanitat ni goig de lla hon hi à tan gran malvolença.

Plaerdemavida, per voler ajudar a Ypòlit en favor de Tirant, féu principi a paraules de semblant stil.

Capítol CCLIII. Rahons que fa Plaerdemavida a la princessa

—A mi fóra stat de molta glòria jamés del vostre valer agués atesa conexença perquè no fos stada forçada en tant alt grau servir, puix tan tarda pietat vos veig moure a dolre-us de aquell que en les armes se troba lo més ben afortunat y en amors lo més malfadat, dolent-me de mi, qui la major part de la vida que per causa vostra de mi tinch ja absenta. E vostra altesa serà causa de fer-me viure dolorosa, car com veig que sou donzella per Déu ab tantes virtuts creada, tinch per impossible fallir-vos lo major do de gràcia que natura pot donar, ço és, amor qui us fall, que no amau axí com deuríeu a qui n'és merexedor, qui ha tan lealment servida la magestat vostra. Ab quin bon cor vos puix yo tan ben servir que us veja posseyr tanta ingratitut? Si aquesta pena creya fos semblant a moltes altres que ja sentides he e que la selcitut vostra pogués sentir aquella glòria que altres donzelles han sentit, si Déu per sola mercé me atorgà's vos fes conéxer e veure aquella glòria dels enamorats en aquesta [vida] e lo delit que ab si porta. E de ací tinch cosa per a mi certa, conexent vostra altesa lo que yo dich, sereu digna d'estar entre les benaventurades qui bé han amat de eterna lahor en vida. Però a vostra selcitut ne pren axí com en aquell qui sentia odor de la vianda e no·n gusta. Si la altesa vostra gustàs la sua dolçor e lo que en si porta, e morint, en aquell cas reviuríeu en gloriosa fama. Però, senyora, puix veig a mon senyor Tirant no amau, no és rahó ameu a negú dels seus. Encara vendrà temps que vós lo plorareu, a ell e als seus, e us arrapareu los ulls e la cara, e malayreu lo dia e la nit e, encara, la vostra vida. Car yo sé que Tirant, lo jorn que porà cavalcar, vehent la gran descontentació de vostra altesa, se n'irà en la sua terra, e tots los altres per amor d'ell, e vós restareu axí com sou merexedora, e tot l'imperi se perdrà. E com sereu morta e vendreu davant lo juhí de nostre Senyor, demanar-vos à comte de la vida vostra en stil de semblants paraules.

Capítol CCLIIII. Reprenció ficta que fa Plaerdemavida a la princessa

—Per mi fon manat fos fet home a ymatge e semblança mia e de la costella de l'home fos feta companyia a l'home. E més, diguí: crexeu e multiplicau lo món e hompliu la terra. Digues tu, Carmesina, yo qui t'avia levat lo teu germà perquè foses senyora de l'imperi, posant-te en aquella singular dignitat mundanal, ¿quin comte me dones del que t'e acomanat? Has pres marit? Has dexat fills perquè puguen defendre la fe cathòlica e augmentar la crestiandat?

«Què respondreu vós? –dix Plaerdemavida–. Ay senyora! Y com vos veig enfrescada, que resposta bona no y poreu dar! Però la vostra resposta serà tal com vos diré: «O Senyor, ple de misericòrdia e de pietat! Perdonau-me, Senyor, per la clemència vostra!» E l'àngel custodi vos farà dir aquestes paraules: «Veritat és, Senyor, que yo amava un cavaller qui en armes era molt virtuós, lo qual la vostra sacratíssima magestat nos havia tramés per liberar de les mans dels infels lo vostre poble crestià. Yo amava aquest e li tenia gran devoció, e desijava'l per marit e, com enamorat, complahïa'l tot lo que·ll volia ab tota honestat. E tenia una donzella en servir meu, qui·s nomenava Plaerdemavida, e donava'm tostemps bons consells. E yo no·l[s] volia pendre. E posà'l-me una nit en lo lit; yo, com a inocenta, cridí e, com me fuy reconeguda, callí e stiguí segura. E una viuda, qui·m sentí cridar, donà de grans crits, qui tot lo palau féu avolotar, de què se seguí cars de molta dolor e congoxa per a molts per la mia temor. Aprés me pregaven que yo consentís a l'apetit del cavaller, e jamés ho consentí». En senblant cars, respondrà senct Pere, per ço com té les claus de paradís: «Senyor, aquesta no és digna d'estar en la nostra beneyta glòria per ço com no ha volguts servar los vostres sancts manaments». Lançar-vos an dins en l'infern e, en companyia vostra, la Viuda Reposada. E com yo passaré de aquesta present vida, en paradís serà feta gran festa de mi. E dar m'an cadira en la eterna glòria en la més alta jerarchia e, com a filla obedient, seré coronada entre los altres sancts.

Lo emperador entrà per la cambra, que per nengun no fon vist, e stigué un poch ab sa filla. E pres a Ypòlit per la mà e parlaren dels fets de la guerra e de la malaltia del capità. Axí parlant, entraren per una cambra hon era la emperadriu e, sens dupte, en aquell cars Ypòlit volguera ésser luny d'ella una jornada. Com ella [el] véu, mostrà-li la cara afable e mirà'l ab bona voluntat. Levà's de allí hon seya e acostà's a l'emperador, e los tres perlaren alí de moltes coses. Special, vengueren a parlar de la cruel fortuna qui en tan gran jovent havia fet lexar a son fill la misèria de aquest món, e la emperadriu se pres a plorar.

Entraren per la cambra molts cavallers ansians qui eren del consel e aconortaren molt a la emperadriu. E aquells recitaren a Ypòlit la grandíssima virtut que l'emperador mostrà com li portaren la nova com son fill era mort. Lo benigne senyor, hoynt la mort de son fill, respòs al cardenal e altres qui lo y denunciaren:

—Siau certs que no·m dieu cossa novella, car ja sabia yo que l'havia engendrat per morir. Ley de natura és rebre la vida e retre-la com és demanada, e axí com és que no és negú qui puga viure que no haja de morir.

Hoynt la mort del seu fill, qui en batalla e contra infels havia separada l'ànima del cors —aquel die era lo primer de l'any e lo emperador acostumava en semblant die com aquell, cascun any, fer molt gran festa e portar corona—, e no féu altre mudament sinó que·s levà la c[o]rona del cap e tornà a demanar com era mort son fill. E com hoýs que en la batalla, combatent ab gran ànimo com a virtuós cavaller, tornà's prestament la corona al cap e jurà que molt major fon la delectació que rebé com hohí los actes de la cavalleria gloriossos de son fill que no fon la tristor e amargor que sentí de la sua mort. E de aquestes coses parlaren moltes.

Lo emperador se apartà a una part de la cambra [a] perlar ab alguns de son consell e Ypòlit restà ab la emperadriu. E com ella véu que ell res no ly deya, penssà que de molta vergonya li partia. Féu-li principi a una tal requesta.

Capítol CCLV. Requesta de amors que fa la emperadriu a Ypòlit

—Encara que, per mon poch saber, ab avisat stil no·t digua la mia intenció e volentat segons dir-te volria, la tua molta discreció ho conpendrà molt millor que la mia lengua te poria manifestar. E si, per molta volentat o per poch entendre, passe més avant del que a les gents és manifest, que en mi les erres, jatsia grans, atenent en la edat en què só posada, me fa duptar lo significat de tes paraules. Per què, duptosa de tal meneg, te prech me vulles dir qui és aquel qui t'à fet tant allenegar de dir-me lo que m'as dit: si és exit de ton mestre Tirant —perquè, si yo delliberàs de amar-te, ell pugués mils usar de la senyoria que desija— o si has parlat ab spirit de profecia. Molt me tarda de saber-ho.

No tardà Ypòlit, ab baxa veu, fer-li semblant resposta.

—Qui és aquell, per gran audàcia e atreviment que tingua, davant la excelència vostra gose perlar? ¿Qui seria aquell, per presumptuós que fos, que l'ànima e lo cors no li tremolàs XX voltes lo dia sol que la magestat vostra li fes mala cara? E sol per un desdeny que l'altesa vostra me fes, X astes dejús terra desijaria star. Ab tota veritat vos parlaré que, anant ab lo emperador, entrant per aquesta cambra, com viu la magestat vostra, de les dos genolls doní en la dura terra. E duptí lo emperador no u agués conegut, per ço com en aquell cas temor e vergonya se'n conbatien dins mi. Aprés doní un suspir e coneguí que vostra altesa ab cara afable vos rieu del meu suspir. E per ço, senyora, vos suplich e us demane de molta gràcia e mercé que yo no haja més a dir, sinó que·m maneu, com a ma senyora, qual[s]sevulla coses perilloses de ma perssona e conexerà la magestat vostra quanta és la fermetat de Ypòlit. Què teniu, senyora, sobre mi? Qui, ronpent-me los cabells e la mia cara sia feta aspra per les vostres ungles, totes coses conportaré ab paciència e, encara, hauré temor la vostra mà no sia nafrada en lo meu cors. En lo que la magestat vostra diu de Tirant, ab juraments dignes de fe vos faré segura que Tirant ni mon confessor, qui és pus fort, tal cosa jamés saberen de mi. Digau-me, senyora, ¿qui sospitarà lo qui tan tard s'esdevé? E ja lo meu sperit no té poder de més dir a la magestat vostra, com amor lo tingua cativat.

Capítol CCLVI. Rèplica més avant la emperadriu a Ypòlit

—»Io o volguera, Ypòlit, tu m'aguesses feta certa del que yo·t demane. E no deus per res star de dir-me clarament ta intenció, car amor no accepta noblesa, ni linatge ni egualtat, car no fa diferència si és de alt loch o de baix. E qui [no] és abte e [no] sap portar armes de amor secretes o ocultes sens dar-ho a sentir voluntàriament a persones indignes e malparleres, aquest tal, és digne de tal punició. E, per lo contrari, deu ésser exalçat en molta glòria e honor lo qui lealment ama, car amor és cosa que segueix natura e los hòmens, com amen, deuen ésser secrets e plens de amor.

«Digues, Ypòlit, ¿creus tu que és bona sort a un cavaller com és amat de alguna gran senyora e fa més menció de aquell sol que de tots los altres? Mira quanta fermetat deu ésser en lo home. Com la dona ama, desconeix a pare, marit e a fills, e tota la sua honor met en poder del qui ama e la sua persona posa a juhí de aquell: si serà leja o bella e si tendrà algun defecte en si, és forçat que tal enamorat ho haja de veure. E no penses tu que lo que he dit ho diga per mal dret que senta en la mia persona ne y haja màcula neguna, mas solament ho vull dir de quant deu ésser tengut l'ome a la dona qui en son poder se posa. E per ço te vull tornar a dir que molt me aguera contentat lo teu parlar que, axí com ab atreviment tinguist ànimo de dir-m'o, que y aguesses perseverat, que totes les tues paraules me foren stades acceptes. E sies cert que, per criminals que fossen, que no les diria a l'emperador ne altra persona qui per la terra vaja. E si per vergonya te'n stàs, no·m desplau tal amor, car, ab lengua torbada e ab molta vergonya, semblants requestes són bones e axí·s deuen fer, car amor que prest és venguda molt prest és perduda.

Tantes coses li dix la emperadriu que Ypòlit cobrà sforç e, ab veu rogallosa e baixa, ab gran treball, féu principi a semblant requesta.

Capítol CCLVII. Requesta de amors que fa Ypòlit a la emperadriu

—[L]o bon grat que de vós, senyora, tinch, no poques voltes m'à convidat per tal mijà manifestar a la magestat vostra la molta amor que us porte, mas temor de errar ha tardat fins en aquesta hora lo dir qual só, per vós ésser la més excelent en lo major grau de excelència que trobar-se pogués. Emperò, aquell delit que la bellea vostra representa a mi entre·ls altres, me fa gloriós viure. E si tanta glòria Déu per sola mercé me atorga, ¿qual cavaller ab mi egual pot ésser? E yo, per ésser jove de edat, ma lengua embaraçada no basta a recitar ço que lo meu ànimo volria: la excelència vostra y deu suplir com a ignorant de tal mester. E mirant lo vostre afecctat parlar, me dóna novella alegria com pens que sens la altesa vostra yo no seria res, emperò lo vostre hacost haja tant guanyat que tot altre smerç me fóra molt perdre. E vull que sapiau l'esperança que yo tinch en la magestat vostra me té a vida en aquest món e, si n'era desemparat, forçadament me covendria pendre la mort. E per ço tinch conegut que, amant l'altesa vostra, qui tant valeu, res no m'és fort, puix teniu de discreció la vestidura. E totes coses qui per la magestat vostra me seran manades me són fàcils, puix saber e gentilesa en vós mancament no tenen.

«E plàcia a l'altesa vostra mirar quant a ma vista us sou mostrada plena de tantes virtuts. Tinch crehença que, si en lo temps de Paris atès aguésseu, altra que vostra altesa d'aquell pom no fóra stada digna. E per la clara conexença que del vostre molt valer tinch, vull posar tota ma sperança en vós, qui sereu principi de tot mon bé e de tots mos mals. Emperò si amor me força alguna cosa no discretament perlar, la vostra gran benignitat ho vulla pacientment sostenir e ab paraules de amor voler-me castigar. Solament vos suplich, agenollat als vostres peus, me façau cert per la honor vostra com regir-me dech. E açò serà a mi de infinida stima, tant que lo parlar delitós me fa vinir los hulls en aygua per infinida amor que us tinch.

No tardà la emperadriu en fer-li resposta ab paraules de semblant sti[l].

Capítol CCLVIII. Resposta que fa la emperadriu a Ypòlit

—Les tues afables paraules meriten resposta e no tal com tu volries, per ço com has posat lo meu cor en gran treball e pensament. Car pense qual és stada la causa que t'à dat sperança de mi, com la mia edat sia tan desconvenient ab la tua que, si tal cosa era sabuda, ¿què dirien de mi? Que de mon nét me só enamorada! De altra part, veig que amor no és certa, ni ab fermetat, en los strangers. E són benaventurades aquell[e]s que no tenen marit per poder-se mils dispondre en ben amar. E yo, qui no só acostumada de tal meneig, pens que a mi seria molt difícil poder contentar lo teu apetit perquè la tua sperança tarda e vana és, per ço com altri poseheix lo que tu desiges, per bé que, si yo volia oblidar los térmens de la mia castedat, o poria ben fer, encara que fos gran la mia culpa. Yo bé conech que la tua joventut e bella disposició, per bé que ages tengut gran atreviment, digna és de perdó. E qualsevulla donzella li seria molta glòria que de tu fos amada, emperò yo stime més que altra sia benaventurada per lo teu amor, sens crim o infàmia, que si yo peria per amor de home strany.

La emperadriu no pogué més parlar per ço com lo emperador se fon levat de lla hon seya. Acostà's a la emperadriu e pres-la per la mà, e anaren a sopar.

Aquella nit Ypòlit no pogué parlar ab la princessa, mas parlà ab Plaerdemavida, e ella li dix:

—Què és açò que vós, ab tan disimulades paraules, parlau tant ab la emperadriu? Grans negocis deuen ésser aquests com tan sovint vós ab ella praticau.

—No és altra cosa —dix Ypòlit— sinó que·m demana del nostre capità com stà e quan porà anar sobre la terra. Pens yo que lo seu desig és que·ll fos lla hon los altres són, per ço com cascun dia han letres del camp e, per propi interés, tenen desig de aquell desig que tenien los jueus del verdader Messies.

L'endemà de bon matí, Ypòlit se n'anà sens resposta neguna. Com Tirant lo véu, li dix:

—V dies són passats que no us he pogut veure.

—Senyor —dix Ypòlit—, lo emperador m'à fet aturar e la princessa, perquè la acompanyàs. E per lo camí vingue-sse'n parlant de vostra mercé, car tots ensemps vos volen venir a veure. E per causa de açò la princessa no us ha volgut fer resposta, puix tan prest deu ésser la vista.

Dix Tirant:

—De açò stich yo molt aconsolat.

Féu-se venir de continent los metges e pregà'ls que·l fessen portar a la ciutat perquè·s sentia molt bé.

—E dich-vos certament que yo milloraré més en un dia en la ciutat que no faria açí en X. E sabeu què u causa? Yo só nat e criat en loch prop de mar e l'ayre de la mar és a mi molt natural, car diverses vegades só stat nafrat e maltractat per altres cavallers e, de continent que eren passades les V cures, yo·m feya portar en loch vora mar e prestament era guarit.

E açò loaren tots los metges e foren contents que axí·s fes. Los II ho anaren a dir a l'emperador. E lo emperador cavalcà ab molta gent e anà hon lo capità era e, ab unes andes en coll d'òmens, fon portat a la ciutat en IIII dies.

Com l'agueren mès dins la sua posada, la emperadriu, ab totes les dames, lo anaren a veure. La alegria fon molt gran com lo veren star en tan bona disposició. E molt sovint totes les dames, axí del palau com de la ciutat, lo venien a veure. Emperó la emperadriu, perquè tenia algun sentiment, per una donzella sua de qui ella fiava molt més que de les altres, poques vegades se partia de sa filla com era en la cambra de Tirant. E gens per açò no restava que no praticassen de lurs amors, anant e venint Plaerdemavida cascun dia ab gran solicitud, desijant concordar la bataïlla que vengués a fi.

Deixem de recitar de Tirant e tornem al camp. Com les treves foren pasades, la guerra començà cruel e brava, sabent los turchs la malaltia de Tirant. E ab la molta gent que·ls era venguda, cascun dia venien prop la ciutat de Sanct Jordi, hon era lo camp, e cascun dia s'i feyen de molts bells fets d'armes, e morien-hi molta gent de una part y d'altra. En tant que un dia los turchs vengueren ab tot lur poder per rompre l'aygua per ço que no·ls fos tant de dan com feya, e no la pogueren rompre. Los crestians soltaren totes les aygües perquè los turchs no se'n poguessen tornar, e ompliren-se tots los camps d'aygua, en tal forma que mataren de los turchs passats III mília. Aquell dia los turchs tenien gran desig de venir a bataïlla ab los crestians. E per quant la morisma era tanta, los crestians deliberaren de no sperar la bataïlla, e en aquell cars tots desijaven la salut de Tirant axí com la lur pròpia, e tots stimaven que si Tirant hi fos, que no agueren desdita la parada.

E cascun dia lo emperador los scrivia del stament en què Tirant era posat, per animar-los. E dient com ja·s levava del lit, perquè era de gran necesitat que la cama se enfortís e tornàs en son degut stament. E tots n'estaven molt aconsolats e en special lo duch de Macedònia, qui l'amava en strem.

Tirant anava cascun dia millorant, que ab una croça podia per la cambra anar. E les dames, quasi los de més dies lo venien a veure e li tenien de bon grat companya. E la princessa, tant per l'interés quant per l'amor que li portava, li fehia molta festa e honor. E no us penseu que Tirant desijàs molt prestament guarir, puix era cert que no tenia perill de restar afollat, e açò causava la bella vista que tots dies havia de la princessa, e no desijava ni pensava molt en anar a la guerra, mas son desig era pogués haver plaer complit de sa senyora, e la guerra, quisvulla la fes. E per semblant causa los virtuosos cavallers són decebuts per strema e desaforada amor, la qual acostuma moltes voltes tolre lo seny als hòmens savis.

E stant lo emperador e la emperadriu en la cambra de Tirant, li dava impediment, que no podia par[l]ar ab la princessa que no fos per la emperadriu hoÿt, cridà a Ypòlit e, ab baixa veu, li dix:

—Ves defora e torna prest. E posant-te al costat de la emperadriu, posa-la en noves del que conexeràs que en grat li vingua e yo sperimentaré si la mia passió poré a la princessa referir.

E tornat Ypòlit del que era stat conçertat, posà's al costat de la emperadriu e, ab sforçat ànimo e la veu baixa, li presentà forma de semblants paraules.

Capítol CCLIX. Com Ypòlit obtés de la emperadriu lo do que li demanava

—Lo vostre gran saber [és] de noblesa tanta acompanyat, que sens conparació major pena me fa sentir, per ésser tanta la stima de la magestat vostra, car la strema amor que us porte me força, que no puch star sinó prop de la excel·lència vostra, e no sens gran rahó, car fallint-me tal acostament stich en hun nou purgatori. E açò·m ve per yo infinidament amar la vostra virtuosa persona, suplicant aquella en qui tota ma sperança reposa me sia atorgat hun do qui serà aument de ma honor e fama. E per lo vostre molt meréxer, qui tant val, sol per ésser en recort que dels damnats se diu ésser-los gran aleujament de pena lo recordar-se que són alguna cosa. E axí me'n pren a mi, ab tot que passe mala vida, per no ésser cert de vostra altesa ésser amat. Mas, sol recordant-me de la gran dignitat que en la magestat vostra tinch coneguda, me dóna gran aleujament a mon canssat viure. E tant com més virtut la persona poseheix, tant és per los altres més amada. Per què, senyora, puix la fortuna mia tan poch me ha acompanyat, senta yo aquesta glòria de aquest graciós do, si de la altesa vostra seré amat. E que·m façau cert en què stà ma vida, e si la sort me seria tan parcial e favorable que dormint e vetlant yo us pogués amar e servir, car negú més benaventurat de mi trobar no·s poria.

E donà fi en son parlar.

No tardà hun poch spay que la emperadriu, ab gest e cara afable, a una tal resposta féu principi.

Capítol CCLX. Resposta feta per la emperadriu a Ipòlit

—La tua molta virtut e condició afable me força passar los límits de castedat, per veure't digne d'ésser amat. E si ab juraments dignes de fe me faràs segura que no u sabrà lo emperador ni altri per report de la tua lengua, elegeix tot lo que plasent te sia. E si vols acabat delit atényer, no penses los perills sdevenidors, car seria cruel seguretat, si lo contrari·s seguia, en veurem en perill, dolor e carregosa difamació, e la vida mia, que no seria prou segura. Emperò yo confie de la tua molta virtut que tot serà's fet al plaer meu. E faràs axí que en la callada nit, qui dóna aleujament als treballs e repòs a totes les creatures, sies cert d'esperar-me en aquell terrat prop la mia cambra. E si y véns, no tingues sperança dubtosa, car yo, qui en strem te ame, no faré tarda la mia venguda, si ja la mort no m'o tolia.

E Ypòlit volgué demanar hun dubte que li ocorria, e la emperadriu li dix que de gran flaquea d'ànimo venia pensar tots los perills, si tanta de amor tenia com les sues paraules feyen demostració.

—Fes lo que yo·t dich e no cures a present de altra cosa.

Ypòlit respòs:

—Senyora, yo só content de fer tot lo que la magestat vostra me mana.

E posà-la en segur de tot lo que ella dubtava.

Complit lo rahonament, la emperadriu se partí de la posada de Tirant ab totes les altres dames. Com foren dins lo palau, dix la emperadriu:

—Anem a vesitar lo emperador.

Com foren ab ell, stigueren hun poch solaçant. Aprés la emperadriu se levà ab la congoxa de la nova amor qui la portava, e dix a Carmesina:

—Resta tu ací ab aquestes donzelles e faràs companyia a ton pare.

Y ella fon contenta.

La emperadriu se n'anà a la sua cambra e dix a les sues donzelles que li fessen venir los cambrers per ço com volia mudar les cortines de raç e posar-n'i unes altres de seda totes brodades, dient:

—Lo emperador me ha dit que vol aquesta nit venir ací, e desige-li fer una poca de festa per ço com ha gran temps que no y és vengut.

Féu prestament desfer tota la cambra e féu-la emparamentar tota de draps de brocat e de seda. Aprés féu molt bé perfumar la cambra e lo lit.

Com hagueren sopat, la emperadriu se retragué dient que lo cap li dolia, e dix-li una donzella, qui·s nomenava Elizeu, en presència de totes les altres:

—Senyora, ¿vol vostra altesa que faça venir los metges perquè us donen remey?

—Fes lo que·t vulles —dix la emperadriu—, mas dóna orde que lo emperador no senta res perquè no·s scusàs de venir ací sta nit.

Prestament vengueren los metges e tocaren-li lo polç e trobaren-lo-y molt mogut per lo moviment que tenia, que s'esperava entrar en liça de camp clos ab cavaller jove e dubtava la perillosa batalla. Digueren los metges:

—Bo serà, senyora, que la magestat vostra prenga huns pochs de canyamons confits ab hun got de malvesia, e aleujar-vos han lo cap e faran-vos dormir.

Respòs la emperadriu:

—Yo pens bé que serà molt poch lo meu dormir, per lo gran mal que sent, e molt menys lo reposar, car, segons la disposició que·m sent, yo crech cercaré tots los recons del lit.

—Senyora —digueren los metges—, si tal cars era com la magestat vostra ha rahonat, trameteu prestament per nosaltres. O si preneu plaer que façam la vetla a la porta de la vostra cambra, o ací dins, perquè de hora en hora vos pugam mirar en la cara, e axí passarem tota la nit.

—Tal servey —dix la emperadriu— no accepte a present, tal proferta, car tot lo lit vull tenir per meu, e no vull que negú de vosaltres me miràs en la cara si en negun delit stava, car tal mal com yo tinch no comporta vista de negú. E ab aquesta vos ne podeu anar, car yo·m vull posar en lo lit.

Los metges se partiren. Com foren a la porta li digueren que no s'oblidàs los confits e aquells remullàs bé ab la malvesia, que gran bé li farien en lo ventrell. E la emperadriu fon obedient, que una gran capça se'n menjà; aprés los remullà molt bé. E manà que perfumasen molt bé lo lit, y en los lençols y en los coxins féu posar algàlia. Com açò fon fet, ella ben perfumada, manà a les sues donzelles que se n'anassen a dormir e que tancasen la porta de la cambra sua.

E en la cambra de la emperadriu havia hun retret hon ella se acostumava de ligar, e en lo retret havia una porta que exia en un terrat hon Ypòlit stava. E al levar que ella·s féu, Eliseu ho sentí e levà's prestament, pensant que tingués algun mal. E trobant-se en la cambra, dix-li:

—Què té la altesa vostra que axí us sou levada? Sentiu-vos més mal que no féyeu?

—No —respòs la emperadriu—, ans me sent molt bé, mas era'm oblidat de dir aquella devota oració que yo acostume cascuna nit de dir.

Dix Eliseu:

—Senyora, féu-me tanta de mercé que vostra altesa la'm vulla dir.

—Só contenta —dix la emperadriu—. E és aquesta, que en la nit, la primera stela que veuràs, agenolla't en terra, e diràs tres paternostres e tres avemaries en reverència dels tres reys d'Orient, que·ls plàcia voler-te recaptar gràcia ab lo gloriós Déu Jesús e ab la sua sacratíssima Mare, qua axí com ells foren guiats e guardats, anant vetlant, dormint e estant, de les mans del rey Herodes, que·ls plàcia voler-te recaptar gràcia que sies liberada de vergonya e infàmia, e que totes les tues coses sien prosperades e augmentades en tot bé. E sies certa que obtendràs tot lo que vulles. E no·m torbes de ma devoció.

La donzella se'n tornà al lit e la emperadriu entrà en lo retret. E com conegué que la donzella era en lo lit e sentí tocar la hora de la asignació, vestí's sobre la camisa una roba de vellut vert forrada de marts gebelins. E uberta la porta del terrat, véu star a Ypòlit stès per lo terrat, perquè no pogués ésser vist per neguna part. Tingué-u a molta glòria, pensant que aquell guardaria molt la sua honor. Com Ypòlit la véu, si bé·s feya la nit molt scura, levà's prestament e anà devers ella, e donant dels genolls en la dura terra, besà-li les mans, e volia-li besar los peus, mas la valerosa senyora no u comportà. Mas besà'l moltes voltes en la boca, pres-lo per la mà, mostrant-li infinida amor, e dix-li que anassen a la cambra. E dix Ypòlit:

—Senyora, la magestat vostra me haurà de perdonar, que jamés entraré en la cambra fins a tant que lo meu desig senta part de la glòria sdevenidora.

E pres-la en los braços e posà-la en terra, e aquí sentiren la última fi de amor.

Aprés, ab grandíssima letícia se n'entraren en lo retret. Ypòlit, mostrant molta gran contentació, donant-li pau verdadera, ab alegre ànimo e gest amorós li féu principi a hun tal parlar.

Capítol CCLXI. Com Ypòlit mostra de paraula la contentació que té de sa senyora

—Si gosàs dir la glòria que mos sentiments en aquesta hora senten en haver atés la gran perfecció que en la magestat vostra tinch coneguda, no crech jamés la mia lengua fos suficient en poder referir tanta gentilesa com en la excel·lentíssima persona vostra se troba. No sé ab quin mijà ni art de paraules vos puga manifestar quanta és la amor que us porte, e quant de hora en hora aumenta en mi, car certament no és en ma potència la menor part de aquella recitar-vos pogués, ni menys volria que per boca d'altri hagués a sentir vostra altesa en quina possesió·m té, car pensant-me dar spay de tan penada vida, mos mals doble dolor pendrien.

No tardà la emperadriu, ab cara e gest afable, en fer-li semblant resposta.

Capítol CCLXII. Rèplica que fa la emperadriu a Ypòlit

—Encara que la mia pensa sia stada turmentada, no resta que no·m trobe en lo més alt grau de conexença de tu, la qual cosa, per no ofendre tanta singularitat que·n tu yo trobe, no·m clamaré de tu, ni menys de Déu ni de mi matexa, puix ab tan gran partit meu t'é sabut guanyar.

—Senyora —dix Ypòlit—, no és ara temps de fer moltes rahons, sinó que us deman de molta gràcia e mercé que anem al lit, e allí parlarem de altres negocis que aumentaran lo vostre delit e serà molta consolació mia.

E dit açò, Ypòlit prestament fon despullat, anà a la gentil vella e despullà-li la roba que vestia e restà en camisa. E tenia la sua noble persona de tanta gentilea e disposició que coneguera, qui en tal so la ves, com era donzella, que possehïa tanta bellea com en lo món trobar-se pogués. E sa filla Carmesina, en moltes coses li era semblant, mas no generalment en totes, car aquesta en son temps la excel·lia. Lo galant la pres al braç e pujà-la en lo lit. E aquí stigueren parlant e burlant axí com de persones enamorades se acostuma. Com fon passada mijanit, la senyora lançà hun gran sospir.

—Per què sospira vostra magestat? —dix Ypòlit—. Digau-m'o, yo us clam mercé, si Déu vos dexe tot vostre desig complir. Seria stat per poca contentació que tingau de mi?

—Tot lo contrari és del que dius —dix la emperadriu—, cars ans me és aumentada la voluntat, per ço com en lo principi te tenia en figura de bo, ara de molt millor e més valent. Mas la causa del meu sospir no és stat per pus sinó que·m dolch de tu, que·t tendran per heretge.

—Com, senyora! —dix Ypòlit—. Quines coses he fetes yo que per heretge me hagen a tenir?

—Certament —dix la emperadriu—, sí poden fer, per ço com te est enamorat de ta mare e has mostrada la tua valentia.

—Senyora —dix Ypòlit—, negú no té notícia del vostre molt valer sinó yo, qui mire la vostra galant persona qui té compliment de tota perfecció e no veig res qui desmesiat sia.

De aquestes coses e moltes altres passaren los dos enamorats ab tots aquells delits e lepolies qui solen passar per los qui bé·s volen. E no dormiren de tota la nit, que quasi lo dia volia venir. E bé dix veritat la emperadriu als metges que poch seria aquella nit lo seu dormir. E ja cansats de vetlar, adormiren-se, que ja era de dia.

Com fon ja gran dia, la donzella Eliseu, que ja s'era acabada de vestir, entrà en la cambra de la emperadriu per demanar-li com stava ni si volia res manar-li. Com se fon acostada al lit, véu hun home al costat de la emperadriu, qui tenia lo braç stès, e lo cap del galant sobre lo braç e la boca en la mamella.

—Ay, sancta Maria val! —dix Eliseu.— Qui és aquest traÿdor renegat qui ha decebuda ma senyora?

Fon en temptació de cridar grans crits, volent dir:

—Muyra lo traÿdor que ab cautela e ab decepció és entrat en aquesta cambra per possehir lo goig de aquest benaventurat lit!

Aprés pensà que negú no tinguera tan gran atreviment de entrar allí sens voluntat sua, e lo enparamentar de la cambra no era stat fet sens gran misteri. E feya son poder de conéxer-lo e no podia, per ço com tenia lo cap baix e no·l podia bé devisar. Tenia dubte que les altres donzelles no entrassen en la cambra per servir a la emperadriu, axí com havien acostumat. Eliseu entrà hon dormien e dix-los:

—La senyora vos mana que no ixcau de la cambra perquè no façau remor, perquè no ha prou contentes los seus ulls del seu delitós dormir en què stà.

Aprés mija hora passada, los metges vengueren per saber la emperadriu com stava. La donzella anà a la porta e dix com la senyora reposava, per ço com en la nit havia hun poch congoxat.

—Nosaltres starem ací —digueren los metges— fins a tant que sa magestat sia desperta, car axí nos ho ha manat lo senyor emperador.

La donzella, no sabent pendre remey en si —ni sabia si la despertàs o no—, stava en aquell pensament, e durà-li tant fins que l'emperador tocà a la porta de la cambra. La donzella, enujada e no ab prou paciència ni ab molta discreció, anà cuytadament al lit e cridà ab veu baixa:

—Levau, senyora, levau, que la mort vos és veÿna! Lo trist de vostre marit toca a la porta e sab que ab deslealtat, en perjuhí de la sua pròspera persona, lo haveu indignament ofés, sens causa ne rahó alguna. Qui és aquest cruel qui tanta dolor ab si porta que prop de vós stiga? És rey no conegut? Prech al subiran Déu que corona de foch al cap li veja yo posar. Si és duch, en carçre perpètua lo veja yo finar. Si és marquès, de ràbia les mans e los peus li veja yo menjar. Si és comte, de males armes dega morir. Si és vezcomte, ab spasa de turch lo cap fins al melich lo veja yo en hun colp partir. E si és cavaller, en fortuna vàlida, en la mar, tota pietat a part posada, en lo més fondo fins sos dies. E si en mi habitàs tanta virtut com possehïa la reyna Pantasilea, yo·l ne fera penedir, mas lo trist costum és dolre e plorar.

Com la emperadriu se véu despertar en tal mal so, pijor que de trompeta, l'ànimo no donà sforç a la lengua que pogués parlar, ans restà inmoble, que no pogué parlar. Ypòlit no entengué les paraules de la donzella sinó la veu. E per no ésser conegut, posà lo cap davall la roba. E véu la gran congoxa que la senyora tenia, posà-li lo braç damunt lo coll e féu-la abaxar davall la roba e demanà-li què era la causa de la gran passió que tenia.

—Ay lo meu fill! —dix la emperadriu— En aquest món no·s pot atényer hun goig complit. Leva't! Vet l'emperador a la porta! La tua vida e la mia, en aquesta hora, en les mans de Déu stà. E si yo no·t puch parlar, o tu a mi, perdona'm de bon cor, car sí·m faré yo a tu, que ara veig que aquest dia serà stat lo principi e fi de tota la tua felicitat e delit, e darrer terme de la tua vida e de la mia. Molt serà cosa enujosa a mi que aprés la tua mort yo no puga banyar lo teu sepulcre ab les mies adolorides làgrimes e portar los meus cabells arrufats. No·m poré lansar sobre lo teu cors mort dins la sglésia e pendre de aquell frets besars, trists e amarchs.

Com Ypòlit hoý dir semblants paraules a la emperadriu, pres-li gran pietat de si mateix, axí com aquell qui en semblants negocis jamés se era vist. E ab poca edat que tenia, féu companyia a la emperadriu, servint-la de làgrimes més que de consell ni remey. Emperò pregà a la donzella que li fes gràcia que li portàs la spasa qui en lo retret stava, e dix:

—Cobrant ànimo, ací vull pendre martiri davant la magestat vostra e retre l'esperit, e tendré la mia mort per ben spletada.

En aquell cars la emperadriu no sentí remor neguna. Dix a Ypòlit:

—Vés, fill meu, salvat en aquell retret! E si és cosa de gran importància, yo·ls tendré a noves e tu poràs dar passament a la tua vida, la qual desige ab honor e stat visques en aquest món.

—Qui·m dava tot l'Imperi Grec e quatre voltes més que no és, yo no desempararia la magestat vostra. La vida e tot quant he vull abandonar ans que partir-me de vostra altesa, e suplich-vos que·m beseu en senyal de fermetat —dix Ypòlit.

Hoynt dir la emperadriu les paraules desús dites, li aumentà la dolor e, axí com aumentà en molta dolor, necessitat la requerí que aumentàs en molta amor. E no sentí remor neguna. Anà a la porta de la cambra per scoltar si sentiria gent d'armes o altre indici de mal, e véu, per una poqueta fenella que·n la porta era, a l'emperador e als metges qui del seu mal disputaven. E axí hagué plena notícia que lo fet no era res. E tornà corrent devers Ypòlit e pres-lo per les orelles e besà'l stretament, e dix-li:

—Lo meu fill, per la molta amor que·t porte, te prech que vages en aquell retret fins a tant que l'emperador ab los metges yo·ls puga donar alguna justa causa d'escusació.

—Senyora —dix Ypòlit—, en totes les coses del món seré pus obedient a la magestat vostra que si m'haguésseu comprat per catiu. Però no·m maneu partir-me de ací, perquè yo ignore si vénen per algun mal a fer en la vostra persona.

—No dubtes en res —dix la emperadriu—, car gran tumult fóra per tot lo palau, e yo conech bé que no és res del que Eliseu m'à dit.

Ypòlit prestament se n'entrà en lo retret e la emperadriu se tornà al lit e féu obrir les portes de la cambra.

L'emperador e los metges vengueren al lit e parlaren ab ella, demanant-li del seu mal ni com se era trobada aquella nit. La emperadriu respòs que la dolor del cap ab la passió del ventrell no la havien deixada en tota la nit dormir ni reposar fins que les steles del cel se foren amagadaes.

—E en aquell cars, los meus ulls no podent comportar la vetla, me adormí. E sent-me ara molt pus alegra e contenta que no en lo principi. E fon-me semblant que, si més hagués durat aquell plasent dormir, lo qual me paria que la mia ànima en una nit tanta consolació sentís. Però en aquest món la persona no pot atényer sol hun dia o una nit goig complit, car, en lo dolorós despertar que aquesta donzella me ha fet, me só tant alterada que lo meu sperit és restat ab la major passió que dir no·s poria. E si yo podia tornar en aquell cars mateix, me seria molt gran consolació, podent tocar e tenir en los meus braços les coses que ame hi he amades en aquest món. E crech que, podent yo attényer açò, me seria paradís en aquest món e compliment de glòria. E podeu creure, senyors, que si yo podia tornar en aquell gloriós repòs, la mia ànima seria tan contenta que yo seria prestament guarida.

Dix l'emperador:

—Digau, senyora, què era lo que en los vostres braços teníeu?

Respòs la emperadriu:

—Senyor, lo major bé que en lo món yo he tengut, e encara lo ame sobre totes les persones del món. E puch dir ab veritat que, yo stant en la piadosa vetla, me adormí e prestament me donà de parer que stava en camisa, ab una roba curta forrada de marts gebelins, de color de vellut vert, e que era en hun terrat per dir la oració que acostume dir als tres reys de Orient. E complida que haguí la beneyta oració, hohí una veu qui·m dix: «No te'n vages, que en aquest loch hauràs la gràcia que demanes.» E no tarda que viu venir lo meu tan amat fill, acompanyat de molts cavallers tots vestits de blanch, e portava a Ypòlit per la mà, e acostant-se a mi, me prengueren les mans los dos e besaven-les-me, e volien-me besar los peus, e yo consentir no u volia. E aseguts en lo paÿment del terrat, passam moltes rahons de consolació en les quals yo prenguí molt gran delit, e foren tals e tan delitoses que jamés del cor me exiran.

«Aprés nos ne entram en la cambra, tenint-lo per la mà, e mon fill e yo posam-nos en lo lit, e yo posí-li lo meu braç dret dejús les sues spatles, e la sua boca besava les mies mamelles. Jamés tan plasent dormir no sentí, e deya'm lo meu fill: «Senyora, puix a mi no podeu haver en aquest miserable de món, teniu per fill a mon germà Ypòlit, car yo l'ame tant com fas a Carmesina.» E com deya aquestes paraules stava gitat prop de mi. E Ypòlit, per obediència, stava agenollat enmig de la cambra. E yo li demaní hon era la sua habitació e dix-me que en paradís era col·locat entre los màrtirs cavallers per ço com era mort en batalla contra infels. E no li poguí més demanar per ço com Eliseu me despertà ab més adolorit so que de trompeta.

—No us ho dich yo —dix l'emperador— que tot son parlar no era sinó de son fill?

—Ay senyor —dix la emperadriu—, que a negú no costà tant com a mi! E·n aquest braç lo tenia yo, la sua plasent boca tocava los meus pits. E los somnis que en la matinada se fan, molts ne ixen verdaders. E yo pens que encara no se'n deu ésser anat. Volria sperimentar, dormint, si·m tornaria a parlar, e que tornàs en lo delit que stava.

—Yo us prech —dix l'emperador— que no us poseu aqueixes follies en lo cap, e levau-vos del lit si bé stau, car tals coses com vós rahonau, qui més hi met més hi pert.

—Yo us suplich, senyor —dix la emperadriu—, que per la salut mia e per lo delit que yo espere aconseguir, vos plàcia lexar-me hun poch reposar, car tots los ulls tinch entelats de poch dormir.

—Senyor —digueren los metges—, bé se'n porà anar la magestat vostra e dexem-la dormir, que si aquest delit li levam seria poca admiració no aumentàs la sua malaltia en major grau que no és.

L'emperador se partí e feren exir totes les donzelles de la cambra sinó Eliseu, que y restà. Com les portes foren tancades, la emperadriu féu tornar a Ypòlit en son loch e dix a la donzella:

—Puix la sort ha permés tu has hagut a sentir en aquests afers, dóna orde que de tot ton poder vulles servir a Ypòlit més que a la mia persona. E posa't en aquell retret fins tant hajam hun poch dormit, e tu seràs en ma openió e més favorida de totes les altres, e yo·t casaré mes altament de totes. Aprés, Ypòlit te darà tant de sos béns que tu·n seràs ben contenta.

—Ja no m'ajut Déu —dix Eliseu—, si yo tinch voluntat neguna a Ypòlit, de servir-lo ne menys en amar ne honrar-lo, mas per suplir al que·m mana la magestat vostra ho faré. Altrament no·m volria ésser abaxada en terra per pendre una agulla per ell, ans vos dich jamés portí més mala voluntat a home del món com fas a ell des que l'é vist en tal so star prop de vostra altesa. Leó famejant volria que li menjàs los ulls e la cara e encara tota la presona!

Respòs Ypòlit:

—Donzella, jamés pensí en fer-vos enuig que ab delliberada pensa ho fes. E yo us vull amar e fer per vós sobre totes les donzelles del món.

—Féu per les altres —dix Eliseu—, que de mi no hajau cura, car no·m plau acceptar res que de vós sia.

E prestament se n'entrà en lo retret e allí se pres fortment a plorar.

E los dos amants restaren en lo lit, tant que era quasi hora de vespres com ells se levaren. E trobaren la donzella que encara stava plorant. Com los véu entrar per lo retret cessà son plor e donà remey a la sua dolor la emperadriu, aconsolant-la. E preguà-la no·s donàs res en lo fet de Ypòlit. E açò fehia havent dupte que no descubrís lur fet.

—Senyora —dix la donzella—, no dupte la majestat vostra de mi, que yo pendria pacientment la mort ans que yo parlàs res sens manament vostre a persona del món, car yo veig la pèrdua de vostra altesa seria tanta que tot martiri ne passaria, e més cruel que no donaren a nengú dels apòstols. Lo segon dupte no temau: en presència o en absència yo faré tots los serveis que poré a Ypòlit per contemplació de la magestat vostra.

La emperadriu restà contenta, lexà Ypòlit en lo retret e tornà's al lit, fent obrir les portes de la cambra. E prestament fon aquí sa fília e totes les dones e donzelles e lo emperador e los metges. E tornà'ls a recitar lo plasent somni que fet havia.

Lo dinar fon prest e la emperadriu menjà axí com a persona cansada de molt caminar, e la donzella posà sa diligència en molt ben servir a Ypòlit, e donà-li a menjar un parell de faysans e tot lo que li fon mester per a la humanal vida, e tenint-lo a prop de colacions singulars perquè no s'enujàs. E com no volia menjar, preguava'l-ne de part de sa senyora. Ypòlit la posava en noves ab moltes burles y ella jamés li responia sinó en lo que tocava a son servir.

Axí stigué la emperadriu, que no·s levà del lit fins a l'endemà, que lo emperador ja s'era dinat. E com se fon ligada, entrà en la capella per hoyr missa e fon gran contradició entre los capellans si a tal hora devien consagrar, com lo migjorn fos passat.

En semblant ventura e delit stigué Ypòlit dins lo retret per una setmana. Com la senyora conegué que prou l'avia spletat, donà-li comiat dient-li que altre dia, com se seria descansat, poria tornar dins en la cambra e poria pendre d'ella tot lo que plasent li fos. E la emperadriu tragué de una caixa hon tenia les sues joyes un collar d'or fet a forma de miges lunes, e en les puntes de cascuna luna havia dues grosses perles, una en cascun cap, e alt, enmig de la luna un gros diamant, e davant venia una cadeneta d'acer ab una pinya d'or tota smaltada, e la meytat era uberta e l'altra closa, e los pinyons qui dins eren, grossos robís. No crech tan saborosos pinyons jamés foren vists. Aquesta sabor sabia Ypòlit, qui gustada l'avia. E en la part de la pinya que stava closa, en cascuna clofolla havia un diamà o un robí, o maracde, o safir, e no penseu que fos de tan pocha stima que no valgués pasats cent mília ducats. E la emperadriu, de ses mans la y posà al coll e dix-li:

—Pregua a Déu, Ypòlit, que yo·t vixcha, car pocha admiració serà que yo no·t faça, ans de molts anys, corona real portar. Ara açò per amor de mi portaràs e, com te serà present a la vista, seràs en recort de aquella qui t'ama tant com a la sua vida.

Ypòlit se agenollà en terra e féu-li infinides gràcies, e besà-li la mà e la boca, e dix-li:

—Senyora, ¿com vol la magestat vostra desexir-se de una tan singular joya per donar-la a mi? Car si yo la tenia, la daria a vostra altesa, en qui seria mils spletada, per què us suplich que la cobreu.

Respòs la emperadriu:

—Ypòlit, no refuses jamés res que ta enamorada te done, car regla comuna és, qui és major en dignitat, la primera vegada que prenen amistat, deu donar a l'altre, qui no u deu refusar.

—Donchs, senyora, què ordenau de ma vida? Què voleu que faça?

—Prech-te que·t plàcia voler-te'n anar, car yo tinch grandíssim dupte que lo emperador demà no entràs en aquest retret e no·t trobàs açí. Vés-te'n ara, que, aprés, altres dies seràs a temps a poder-hi tornar, e deixa passar aquest dupte que tinch.

Ypòlit se pres a riure; ab cara afable e humil gest li presentà paraules de semblant stil.

Capítol CCLXIII. La comparació de la vinya que fa Ypòlit a la emperadriu

—Conegut tinch que ab gran desegualtat só amat de vostra altesa, per vós ésser certa de la molta amor que us porte, com sia tanta que passa més del que ordena ma vida humana, e en açò me obliga la molta gentilea que en vostra magestat tinch coneguda. Mas tinch-me per desert com pens en lo poch amor que·m mostrau o poca contentació que teniu de mi com axí·m dau comiat, car com pens en l'absència vostra, que no us veuré axí com he fet en aquests benaventurats dies, se causa dins mi una strema dolor inremeyable. E per venir prest al que vull dir, ne pren a la magestat vostra axí com féu a un home que era molt congoxat de cruel fam, axí com yo de amor. E anant per son camí perdé aquell e pervench en una gran spessura d'arbres, no podent de aquell loch exir fins al matí. E mirant a totes parts si veure poria alguna població qui prop fos e, anant tot lo dia, vila ni loch jamés pogué veure, e la fam que tenia era en tanta cantitat y tan strema que ab fatiga gran anar podia. Fon-li forçat per la nit de aturar-se e pendre posada en sòl de terra.

«Lo següent dia, lo cel molt clar e net, ab lo major sforç que li fon possible, pujà alt en una montanya qui a poca distància li era vehïna e véu un castell luny. Tingué son dret camí devers aquella part ab inestimable fam que ab si portava. E pervengut prop del castell, lo senyor d'aquell, que era un cavaller, stava en una finestra e de luny véu venir l'ome e tingué-li sment de quina part venia ni hon anava. Com fon prop del castell, véu una vinya ab molts raÿms, deixà lo camí que anava devers lo castell e entrà-se'n dins la vinya. Com lo cavaller lo y véu entrar, cridà hu de sos servidors e dix-li: «Ves prestament a la vinya e trobaràs allí un home. Guarda no li digues res, mas pren-te guarda què fa e prestament m'o torna a dir l'estament en què sta.» Lo servidor fon tornat e dix: «Senyor, vós lo trobareu gitat en terra, e ab les mans pren los raÿms sens rompre'ls del cep e a mossos los stà menjant e no cura de mirar si són verts ni madurs. Axí·ls se menja.» «Senyal és —dix lo cavaller— que bons li saben. Torna-y e veges què fa.» Lo servidor fon tornat e dix a son senyor: «A grapades los cull e axí·ls se menja.» «Dexa'l star, que bons li saben. Torna-y altra volta.» Lo servidor fon tornat e dix: «Senyor, ja no·ls menja ab aquella sabor. Ara los pren de quatre en quatre e de V en V.» «Dexa'l star, que encara hi troba sabor.» E altra vegada que hi tornà, dix: «Senyor, ja cercha los que són ben madurs e posa'ls-se en la boca e menja's la molla de dins e lança la pellofa.» Ab grans crits li dix: «Vés, cuyta e digues-li que ixqua de la mia vinya, que ara la'm tala tota.»

«Tal demostració fa la majestat vostra, senyora, a mi, que só entrat en aquesta cambra e menjava los raÿms a mossos y a grapades, de quatre en quatre e de V en V, e l'altesa vostra no·m deya que me n'anàs, ni de l'emperador que degués venir, ni entrar ni reconéixer vostres cambres. Mas ara que menge los grans de hu en hu, me donau comiat e dieu-me que me'n vaja. Yo só content de obeyr lo manament de vostra altesa.

Com Eliseu agué hoÿt lo parlar de Ypòlit, li caygué tant en grat e féu-ne tal rialla del plaer que y pres que fon cosa de gran admiració, per ço com en tots aquells dies no l'avien vist poch ni molt riure ne alegrar fins en aquella hora que ab cara afable féu principi a tal parlar:

—Ypòlit, senyor, tant és lo plaer que he pres en lo que aveu dit a ma senyora, car conech com a home de bon sentiment li haveu coneguda la calitat, per què us promet, a fe de gentil dona, que tots los dies de ma vida vos seré tan parcial e favorable com és Plaerdemavida a la princessa, e quant més, no de menys. E guardar-vos tot lo dret vostre, que no sia d'altri, puix la bona sort vostra vos i à portat.

E girà's devers la emperadriu e suplicà-la humilment fos de sa mercé lo dexàs star tant e tan bastantment com a ell serà plasent. E la emperadriu lo y atorgà per fer plaer a la donzella. Ypòlit se levà del costat de la senyora e anà devers Eliseu e abraçà e besà-la e li féu infinides gràcies de la gràcia que per mijà d'ella havia obtesa. E axí fon feta la pau.

E stant un dia Ypòlit en lo retret, la emperadriu e Eliseu staven parlant d'ell. Dix la donzella:

—Com, senyora, tenint vostra altesa un cavaller per enamorat, consentíreu que ell stiga ab Tirant? ¿E la majestat vostra no basta per a sostenir-lo e dar-li de vostres béns tant e tan [a]bundantment que no s'aja amprar de negú? Yo, qui só una pobre donzella, me tendria per desaventurada; que si tingués enamorat yo li ajudaria tant com me seria possible, encara que·n sabés enpenyorar la gonella per socórer-lo. Quant més l'altesa vostra qui sou tan gran senyora e tan riquíssima! Car les dones virtuoses se deuen ajudar de sos remeys.

Dix la emperadriu:

—Puix tu m'o conselles, yo só contenta de fer-ho, per bé que aquests strangers, com los teniu molta amor e·ls haveu dat de vostres béns, van-se'n o tornen massa ergullosos, o són difamadors.

—No, senyora —dix Eliseu—, que aquest no és tal, car de pocha edat l'aveu vist en vostra cort.

—Ages-ne tu les gràcies —dix la emperadriu—, per ço que ell te ame més.

Ypòlit havia stat en lo retret quinze dies. E un dia ans de la sua partida, stant en la cambra e tenint Ypòlit lo cap en les faldes de la emperadriu, e ell la suplicà que cantàs una cançó per amor sua, la qual cantava ab molt gran perfecció e de bona gràcia. La senyora, per fer-li plaer, cantà un romanç ab baixa veu, de Tristany, com se planyia de la lançada del rey March. E a la fi, dix:

—»...dona, restaràs sola sens lo teu Ypòlit».

E ab la dolçor del cant destil·laren dels seus hulls vives làgrimes. Eliseu, perquè no venguessen a noves de res que tristor ni dolor portàs, féu-los levar de allí hon staven e féu-los entrar dins lo retret, e aquí ella pres les claus de les joyes e obrí la caixa hon staven. E la emperadriu posà prestament la mà sobre la cuberta perquè no la acabàs de obrir fins a tant que li agués dit lo que dir-li volia. E no tardà en fer principi a un tal parlar.

Capítol CCLXIIII. Com la emperadriu ordenà la vida de Ypòlit

—No és lícit a la tua cavalleria que per mijà algú sies vist star ab negú altre. Si de mi no tens seguretat, asegura't de mi, car yo adore la tua persona com a déu de qui spere infinida glòria, e só molt contenta en despendre largament tots mos béns en tu, en lo temps de ma enamorada vida, car la tua bondat e virtut en si strema vida aporta. E per ço vull hordenar de ton delitós viure ab CCC menjadors hordinàriament en ta posada, e façen de tu com de senyor, car los béns que la fortuna nos atorgà yo·n tinch prou per a tu e per a mi.

Ypòlit donà del genoll en la dura terra, e féu-li infinides gràcies e suplicà-la fos de sa mercé que axí improvisament no·l fes partir de la companyia de Tirant, per dar silenci a la gent, però passats alguns dies el faria tot lo que la magestat sua li manàs.

La donzella obrí la caixa e pres un gran sach de ducats que ab fatiga Ypòlit los podia portar, que la emperadriu havia manat que li fossen dats. E Ypòlit ab gran dificultat los volgué pendre. Aprés la donzella tragué de la caixa M e CCCC grans de perles molt grosses e de singular lustre, e pregà'l que, per l'amor sua, se'n brodàs unes calsses de raÿms e los grans fossen de perles, puix per causa dels raÿms la pau era stada feta.

E venint la nit, que lo emperador e tots los del palau sopaven, Ypòlit isqué del palau. E no anà a la posada de Tirant, sinó de un mercader que·s nomenava misser Bartholomeu Espichnardi, e féu-se aquí portar drap de brocat vert e féu-se fer una roba d'estat forrada de marts gebel·lins, e féu-se brodar les calsses que la donzella l'avia pregat.

Com agué ordenades totes ses coses, partí secretament de la ciutat e anà-se'n a Belstar en escusa de veure los seus cavalls. E donà a sentir a Tirant com ell era allí, e que eren passats X dies que no·s sentia ben dispost per venir a la cort. E lo misatger que y tramès féu tan discreta relació que Tirant e tots los altres hi donaren fe.

Com Ypòlit sabé que les sues robes eren acabades, partí de Belstar e portà-se'n un cavall molt lauger. Com fon en la ciutat vestí's la roba de brocat e calsà's les calses brodades, qui eren molt vistoses e de bona gràcia obrades, que·s mostraven los pàmpols e los raÿms.

E la emperadriu e la princessa eren en la posada de Tirant. Com Ypòlit entrà dins lo pati e véu totes les dames per les finestres, ferí lo cavall dels sperons e contornà'l allí moltes voltes. Com fon descavalcat, pujà alt en les cambres e féu reverència a la emperadriu e a totes les dames, e no s'oblidà a son mestre Tirant. E demanà-li del seu mal e ell li respòs que·s sentia molt bé, que dos dies havia que era anat a la sglésia per hoyr missa.

No és cosa de poder recitar la gran contentació que la emperadriu tingué de la vista de Ypòlit, e dix li:

—Lo meu fill, yo desige saber la disposició de ta vida, e si eres ab aquell fill meu primogènit aquell matí que yo stava en lo repòs del meu plasent dormir.

E dient aquestes paraules, no pogué detenir que dels seus ulls no destil·lassen vives làgrimes. E Tirant ab los altres acostaren-s'i per aconortar-la. E en aquest cars entrà lo emperador per la cambra ab molts cavall[e]rs e, com la véu de tal disposició, li dix:

—Digau, senyora, ¿aquest es lo conort tan afable que vós donau al nostre capità? Dóna'm de parer que seria major rahó que de altre deport lo festejàsseu que no de làgrimes.

—Senyor —respòs la emperadriu—, la intrínseca dolor enemiga de la mia corporal vida, contínuament atribula la mia lacerada pensa e lo meu cor incessantment plora gotes de sanch. Car ara que he vist a Ypòlit m'és redoblada la dolor, havent recort de aquell plasent matí que la magestat vostra vench ab los metges que·m tolgués aquella glòria que yo en aquell cars contemplava. Ab tal dolçor desijara finir ma vida, car no ha en lo món millor mort que morir en los braços de aquella persona que hom ama e vol bé. E puix aquell que tant he amat no puch haver... —pres per la mà a Ypòlit, e dix—: ...aquest serà en loch de aquell, e prench a tu per fill e tu pren a mi per mare. E no és cosa en lo món neguna que a mi sia possible de fer que yo no la faça. Per amor de aquell qui sobre tots en strem yo amava, vull amar a tu, puix ne est merexedor.

Tots se pensaven que u digués del mort fill e ella deya-u de Ypòlit. E aprés ella hagué recitat tot lo somni, segons damunt largament és stat referit, lo emperador se n'anà ab totes les dames e la emperadriu no comportà que negú la portàs de braç sinó Ypòlit.

Ara lexem star les festes que ella contínuament feya a Ypòlit —e molts donatius que li feya en presència de l'emperador e de molts altres, e no·s volia dinar ni sopar que ell no li stigués de prop—, e tornem a Tirant què fa de ses amors, car contínuament ell no perdia hora ni punt en solicitar paraula, com ne tenia disposició, e d'altra part ab letres que li trametia, e Plaerdemavida qui no s'oblidava.

Com Tirant stigué bé de la cama, anava sovint al palau sens ajuda de negú, sinó que los metges no li donaven tanta licència com ell volguera. E lo emperador sovint los demanava dins quants dies lo darien per guarit, que la cama fos ben reforçada per poder partir. E ells li deyen que molt prest seria en bona disposició per cavalcar. Sabent Tirant quant era solícit lo emperador de la sua partida, stava ab gran congoxa com no podia son cor complir o, almenys, restàs en algun apuntament ab la princessa.

La strema passió que la Viuda Reposada portava ab si fins en aquella hora no se era manifestada, car com per paraules dites per lo emperador ella sentís que la partida de Tirant devia ésser molt presta, pensà si ab les sues paliades paraules poria induir a Tirant de anar-se'n ab ell al camp en scusa de servir-lo. E si açò no podia obtenir, ab lo seu enteniment diabòlich que tenia, delliberà de sembrar en la cort de una molt bona lavor qui·s nomena zizània, mesclada ab mala voluntat perquè millor splet ne pogués exir. Anà-se'n a la princessa, e dix-li:

—No sabeu, senyora, com Tirant me ha dit, com exien de missa, que volia molt parlar ab mi per gran útil e profit meu? E yo li responguí que seria molt contenta si la magestat vostra me'n dava licència. E que yo y pensaria e, si·s podia fer, ho faria de bona voluntat. E dóna'm de parer que açò no és pus sinó que ell veu la sua partida molt presta e volria sperimentar si poria cometre alguna infidelitat ab vostra altesa, levant aquest comte, que si la encerta, bé stà, e si la erra, axí com féu l'altre dia, partir se n'ha e, passat lo riu, no tendrà recort de vós, car axí m'o dix l'altre dia, que tal era la sua condició. Ab grans rialles que m'o deya, com si de la sua boca ixqués alguna gran virtut que hagués feta, que ell a mi totes coses me diu, vulla's sien de bé o de mal. E tal home com aquest no us deu plaure per bellea ni menys per bones costumes, car les sues mans a tota tració són dispostes. Si no, ateneu a l'atreviment que l'altre dia féu. E Déu lo'n premià segons sos mèrits. E diu més, que per amor de dones no deu home pendre armes ni deu lexar l'exercici de aquell[e]s per bella donzella que·n lo món sia. Ell parla com a prom, mas no com a cavaller enamorat, car los gloriosos fets de les armes dignes son de renom e fama, car tots són stats fets, o la major part, per dones.

—Donchs, façam axí —dix la princessa—. Parlau ab ell e vejam si té alguna tració al cor. E vos me donau bon consell, que yo·m dech ara guardar molt d'ell.

—Emperò, senyora —dix la Viuda—, és de necessitat, perquè yo·l puga descobrir a tot mon plaer, no ixcau de aquesta cambra fins que yo torne.

La Viuda ixqué en la sala, pres hun patge e dix-li:

—Digues a Tirant que la senyora princessa stà ací en la cambra de parament e té gran desig de parlar ab ell. Si volrà venir, serà a son plaer, o li faça perdre la sperança que té.

Lo patge prestament lo y anà a dir. Com Tirant sabé que sa senyora lo trametia a cridar que per son delit degués venir, no spera negú que ab ell anàs. E la Viuda, que tenia bona guarda quant vendria, com lo véu en la cambra de parament, féu demostració que en aquell punt exia de la cambra de la princessa, e acostà's a ell e féu-li gran reverència e honor, e dix-li:

—L'esperit maligne de la emperadriu en aquest cars se n'ha portada la princessa dins en la cambra. Estàvem ací parlant de moltes coses, yo diguí li fos de sa mercé trametés per vós, car axí com Jesucrist il·luminà los seus apòstols, axí il·luminau vós a totes quantes som com entrau per aquest palau e, la hora que vós ne partiu, totes restam tristes e adolorides. E ja Déu no·m done alegria del que li demane, que com vos veig la mia ànima, per trista que sia, ne reb molt gran consolació en veure la vostra plasent vista, e en aquell punt se partex de mi qualsevulla manera de enuig e tristor que tinga. E si no us dich veritat, en lo pas de la mia fi no puga regonéxer Déu. E per quant ma senyora me ha manat que yo vingués ací per tenir-vos companyia fins a tant que la emperadriu se'n sia anada, e par-me que bé·ns porem seure fins que sa altesa vinga, per ço com no volria que la vostra cama, per causa mia, se agreujàs de res.

Asegueren-se en l'estrado e Tirant féu principi a paraules de semblant stil.

Capítol CCLXV. Rahonament que fa Tirant a la Viuda Reposada

—Reduhint-vos a memòria, senyora, lo que ara me haveu dit, la consolació que vós en ma vista preniu, e que per mi és il·luminat lo fosch palau de la mia deessa, yo us ho tinch a molta gràcia del que·m dieu, per bé que conech que la mia trista sort no consent que puje al terç ni al quart grahó de la scala. E si egualment lo vostre voler posehís, la honor e los béns vos volria haver dats, e negú més de mi benaventurat dir no·s poria. E pensant, senyora, que los prechs que a nostre Senyor puch referir, e aprés a vós, que per mijà vostre obtenir pogués la salut mia, per tant benefici com per vos me seguirà de ma treballosa vida remeyat descanç aconseguir, e de tal remey ésser-vos molt obligat. Car de la passió que fora pensava ésser, ara veig en mi molt més aumentar. E si la fortuna me era pròspera en fer-me atényer tant de bé quant de vós ma vida spera, e lo atreviment vull me sia levat e de no voler pus ab vós contendre, mas a la bona voluntat que us tinch satisfaré recitant-vos de hun mercader hun exemple, qui era nomenat Gaubedí.

«Anant per mar, lo qual era partit de aquella gran e magnífica ciutat de Pisa, e navegant per les mars d'Espanya, tot lo seu cabal e sustància havia posat en hun barril de jochs de naÿps, pensant que ab aquell arribaria a port salvador e que la sua mercaderia vendria en gran aument de la sua sustància. E aplegat en les mars del Royne, prop lo port de Aygües-Mortes, en la scura nit la nau tocà en hun scull de roca, que tota s'obrí. Tots los mariners, ab la sperança perduda, se lançaren en mar per restaurar la vida. Aquest pobre mercader, pensant en restaurar més lo barril que la vida, devallà sots la coberta e véu la nau mija d'aygua, que se n'entrava a fons. Ab gran fatiga e major perill, tragué lo barril de la sua mercaderia, lansà'l en mar y ell aprés d'ell. E aferrà's ab lo barril per poder-lo traure en terra. E tant sforç no féu que, dos o tres voltes perdent e cobrant lo barril, pensà perdre la vida. A la fi, a mal grat seu, lo hagué a desemparar e, anant per aconseguir a terra, ab tota la sperança perduda de recobrar son barril, encontrà's ab una gran caxa. E per lo gran treball, axí de la mar com del perdut barril, li fon forçat de sostenir la sua persona en la caxa e, a poch instant, la mar los lansà en terra. Lo aflegit mercader, assegut sobre la caxa, féu aquí grans lamentacions, dolent-se de la perduda mercaderia dels naÿps. E trobant-se nuu, sens camisa, desijava més la mort que la vida. Com per bon spay se fon lamentat, partí's de la caixa com a home desesperat e anà dos tirs de ballesta. E pensant en lo menys dan, tornà a la caixa per veure si y hauria alguna cosa de què·s pogués vestir. E rompent aquella, trobà moltes robes de brocat e de seda, e molts gipons e calses, e tot lo sòl de la caixa cubert de ducats e de fermalls e de moltes pedres precioses, que valia tot hun infinit tresor.

«Si bé, senyora, açò sia poca glòria a la stima del vostre valer —e dich-vos ab pura veritat que, en semblant loch, me vull sotsscriure yo ésser la caixa—, e perdent vós lo barril, sereu pròspera e benaventurada en aquest món. E ans que de vós haja resposta, vos prech porteu aquesta cadena per la amor mia, perquè mirant aquella siau en recort de mi, qui desige fer molt per vós.

No tardà la Viuda daurada de fer principi a hun tal parlar.

Capítol CCLXVI. Resposta que fa la Viuda a Tirant

—[P]er no restar en tal pensament, só forçada respondre al vostre dir, car lo darrer terme de vostres paraules yo bé l'entench, mas presumesch descansar la mia lengua e posar en repòs la stima de ma honor en un sepulcre secret, per ço com ara, entre sperança e temor, fan dubtar la mia lengua en dir lo contrari del que en altre temps ha dit. E per satisfer a vostra demanda, vos dich e suplique, si amau la vostra vida e honor, que tragau lo peu de tan desaventurat llindar e tan perillós pas en què stà. Car yo tinch gran dubte no us tolguen la lum de la vostra vida, perquè veig-vos embolicat en lo fanch de perpetual dolor. Car no es negú que ignore lo vostre mal de la cama com s'és seguit. E perquè la necessitat requir de no descomplaure-us ne enujar-vos per causa de la guerra, dissimul·len e fengexen no saber-ne res. E si ells tenien seguretat de pau, Carmesina seria la primera que us portaria al corral de perpetual e amarga dolor. ¿E tan poch és lo vostre sentit que no basteu a conéxer les pràtiques vils e desonestes que en aquest palau se mantenen e·s ginyen e tracten? Però, com me par cosa molt odiosa e abominable, yo no hi consentiria per res, e per causa de açò só malvolguda, car yo sé certament que vós no sou amat segons sou merexedor.

«E si voleu que us dure vostra bella enamorada, cercau-la que sia leal e verdadera e de bona discreció e, si u podeu fer, que no sia de major stament ni superba, car diu lo bon exemple verdader que la bona companyia feta entre dos, se deu blanament concordar en fets e en dits e en virtuoses obres. Digau, ¿no seria millor per a vós amar dona qui fos destra en l'art de amor, honestíssima, encara que no sia verge? Aquesta vos seguirà per mar e per terra e·n totes les parts hon vós ireu, axí ab guerra com ab pau. E en les vostres tendes vos servirà de dia e de nit, e aquesta jamés no pensarà sinó com porà contentar la vostra virtuosa persona.

—Digau, senyora —dix Tirant—, sí Déu vos done honor, ¿qui és la dama qui tan asenyalats serveys me fes com vós dieu?

—O trista de mi! —dix la Viuda—. E no he dit prou? Per què·m voleu donar més pena de la que tinch? No vullau dissimular lo que tan clarament enteneu. E yo·m só sforçada atényer, en aquesta millor part, hora disposta perquè ma dolor vos fos manifesta, no per mijà de negú, mon mal qui tant de temps celat he tengut, de aquell adolorit dia que en aquesta ciutat vós entràs. E dóna'm de parer que prou clarament vos he descoberta ma intenció. E bé·s deu tenir per benaventurat tal cavaller qui per gràcia tal do li és atorgat.

No tardà Tirant en fer-li semblant resposta.

Capítol CCLXVII. Resposta que féu Tirant a la Viuda Reposada com lo requerí de amors

—Per satisfer a vostra demanda dellibere respondre a les vostres gracioses paraules, e tinch enug com no puch suplir en aquelles per ésser acompanyades de tanta amor. E ja lo meu sperit nafrat de tan enamorada vida no stà en libertat mia poder-ho fer, com tinga cativat lo franch arbitre. E posat cars que u tentàs de voler-ho sperimentar, los V senys corporals no m'o consentirien. E per una poca de absència que faça, combaten tan fort ma pensa que, sols lo penedir, mes en mi no habita, e ara sé què és amor, que de primer no u sabia. Qui·m lunyarà de sa altesa, lunyat lo veja de tot bé!

«E per no més atribular la mia fatigada pensa, vos prech, senyora, vos plàcia posar tot lo pensament vostre en altre cavaller, per ço com ne trobareu infinits de major sforç e virtut, de dignitat e senyoria, que no só yo. E parle-us ab tota veritat, que si yo hagués posat mon voler en vós, axí com he en aquella qui del món mereix portar corona, no us poguera per res fer ofensa neguna. E de açò ne deveu sentir grat, car si altri fos, per vos ésser tan gentil dama, vos porien molt prometre e poch donar, e del blanch vos farien groch perquè en loch apartat poguessen haver notícia de vostra gentilea. E pens qui a vós amàs e us dexava per altra ab paciència comportar no u poríeu. Però en vós conech moltes virtuts, que sou digna de molta lahor, car ab honestat singular haveu subjugats los vicis seguint les virtuts.

E no li dix més. No tarda la Viuda, ab sforçat ànimo, pintar semblants paraules.

Capítol CCLXVIII. Replica la Viuda al parlar de Tirant

—No he temptat de egualar les leys divines ab les humanes, e ab gran fatiga podia regir la mia lengua per yo ésser ignorant del que ignorar devia, ço és, per saber clarament lo fet vós si teníeu pes e mesura en vostra benvolença. E si u feu, guanyareu premi ab mèrit de pròpia virtut. Mas tot lo que yo us he dit, no és stat pus sinó provar-vos de paciència. E perquè conegau, senyor Tirant, quant vos desige servir, que ab la mia indústria vos faça venir a notícia de totes les coses que ignorau e que en los fets de la princessa no siau decebut en vostra opinió, com ella se sia despullada de tota pietat e de la honor sua, de son pare e de sa mare, no guardant dret ni envers.

«Sabent ella hun cavaller axí valentíssim e virtuós com vos sou, e molts altres qui d'ella són enamorats, poguera sos apetits honestament complir, mas lo peccat per ella comès —e comet cascun dia—, los cels, la terra, la mar e les arenes se n'abominen. E com la benignitat de nostre Senyor permet e no ponex prestament hun tant nefandíssim crim de adulteri? Que si vos ho sabíeu com yo sé, li scupiríeu en la cara. Aprés, a totes quantes dones són en lo món, per causa d'ella. Mas, ¿per què vull ab tan supèrflues paraules encarir crim de tan gran legea? La qual, planament rahonada, feredat de tan spantable crim que admiració porta ab si, que és impossible, los que u hoyran, sens gran alteració dormir ni menjar reposadament no poran. E aprés que·n son servey molt temps de mon adolorit viure despés tenia, mos cansats pensaments de dol se són vestits, e per ço ma dolor no consent que eternament ho cobre. Una error és, la qual moltes voltes és cuberta ab dissimulació de honestes paraules, e les males alegren-se de son peccat.

«És ver que y ha moltes maneres de pecats. Huns són venials, altres són mortals, però aquest és axí gran que ja la mia lengua, cansada de molt parlar, no·m dóna sforç de poder-ho recitar. Cert és la ley mana que les dones serven honestat e, si no u fan, que reben punició, e majorment les casades, e si lo peccat se comet, que almenys no sia ab home fora de la ley, car lo peccat que·s comet contra la ley és molt abominable a Déu e és més leig a les donzelles. Emperò si la princessa volrà dir ella ésser stada decebuda per ignorància sots color de bé e diga que no té culpa e no sia senyora de si, tal rahó no ha loch, car les coses qui són de pública infàmia de desonestat negú no les ignora. E per ço són donades a les donzelles virtuoses dobles honors, e penes en lo contrari, del que fan, car lo principi de la virtut en nosaltres luu e los vicis prestament són públichs a totes gents. Per ço, si vós me volreu creure, apartau-vos d'ella lo més prest que poreu, que serà molt loable cosa per a vós, com ella se sia embolicada ab lo Lauseta que·s nomena, sclau negre, comprat e venut, moro per sa natura, ortolà que l'ort acostuma de procurar.

«E tot lo que yo us he recitat, no pense la senyoria vostra que sien faules, car, si me'n deveu haver grat e u teniu secret, ab los vostres hulls corporals vos ho faré veure. Oblidant-se lo nou àbit de virtut, deixant la companyia de reys, duchs e grans senyors, e lonch temps ha que·m fa viure ab aquesta tan strema pena. Però, açò no és cosa que la mia lengua degués recitar, sinó que la gran desonestat que comet me força dir-ho, car per molt que li'n diga, star no se'n vol. E l'altre dia se senyia sobre viu. E què us diré d'esta ventura? Ja la sua boca forçada prenia poques viandes, lo dormir no li era plasent e la nit li paria hun any, e jatsia ella dolor sentís, e lo meu cor lamentava, la color era absentada de la sua cara, magrea havia debilitats los seus menbres. ¡Quantes e de quines erbes só anada a cullir e ab ardida mà les hi é posades per destroyr lo prenyat del seu ventre, de molta infàmia digne! Ay trista, que lo mesquí és punit per lo meu peccat! E lo seu cors no soterrat, sinó per lo riu avall, ha fet son viatge. Què podia yo altra cosa fer que millor fos perquè tal nét no pervengués davant la vista de l'emperador son avi? Ella pren lo delit, si dir-se pot, e yo porte la culpa.

«E per ço cové a mi que us ho diga, perquè no us vullau del tot perdre ne us vullau ofegar en tèrbola bassa de oli pudent. Les altres coses çelaré per no ésser prolixa, e volria vós, qui teniu lo ceptre de la justícia, li donàsseu condigna pena per apartar-la de tan gran defalt. E yo moltes voltes li dich: «Filla mia, ara és temps de resestir a tan gran mal. Lansa de tu tota manera de viltat e amor corrupta, e segura restaràs e vencedora. E pots veure, ma filla, si l'altea del parentat teu e la fama de la virtut tua, e la flor de la bellea e la honor del món present, e totes les altres coses que a donzella de tanta dignitat pertanyen, te deuen ésser cares, e sobretot la gràcia de hun tal enamorat qui·t desija més servir e amar com a muller que a totes les dones del món. E per aquest negre perdre'l desiges? Car plaure no·t deu, e pens que de ací avant no·t plaurà si sàvia est, majorment si ab tu mat[e]ixa te conselles. Donchs, oblida los falsos delits permesos a la sutze sperança, lansa-los fora de tu.» Dich-vos, senyor Tirant, no y val res per molt que li diga. Sol miracle de Déu seria ella se'n pogués star. E ja de aquesta hora avant negun pensament de bé porà haver loch en ella.

No tardà Tirant, ab tota la malencolia que tenia, en fer principi a hun tal parlar.

Capítol CCLXIX. Replica Tirant a la Viuda, ignorant la sua maldat

—O escura seguedat de aquells qui desordenadament amen! Ab quin ànimo, ab quina solicitud e diligència treballen ensemps l'ànima e la vida perdre! ¡O animosa temor de aquells qui recelant temen los perills de viciós morir e viure, e ab invencible e discret ànimo, per lo regne del cel la vida abandonen! Aquestes paraules, senyora Viuda, me són entrades en lo miserable cor e·m donen majors penes que jamés sentí, e és stada la primera hora que tals dolors sien causa de més agreujar la vida mia. Mas d'ací avant, per lo desorde que referit me haveu, si visch, tota la vida mia passaré ab infinides làgrimes e, encara que per mi no acostumades sien, tots los meus dies seran sens consolació.

«E en aquest punt mil maneres de pensaments corren per la mia pensa e quasi tots determenen en hu, ço és, que, puix ella ama a altri, yo do senyal de ma persona lansant lo meu cors de aquesta torre avall o en la profunda mar, ab los peixos, fes companyia. Per què us prech, virtuosa senyora, vos plàcia que los meus ulls vegen la mia dolor, car yo no daria fe neguna en paraules que sien tan contràries a natural rahó, car tinch per imposible que lo seu cors celestial posàs la sua bellea en libertat de hun salvatge negre, e tothom coneixeria que la bellea de sa majestat seria miserable do per a qui virtuosament viure desija.

«O tu, senyora princessa! Hon reposa ara lo teu pensament? Vine e hoyràs lo que dien de ta altesa. Yo no u crech, ni Déu m'o deixe creure, que tal defalt pogués fer dona qui gens stime sa honor, ni tal cosa li passàs per la pensa, ¿mas lo teu cor sentit, allà hon és sent lo que dien de ta altesa? O senyora princessa, tu sola est la beatitud mia!

E dels pits de Tirant un suau sospir sortí que acompanyat venia de aquestes paraules:

—O piadosa fe! O reverendíssima vergonya! O castedat e pudícia inestimable de les honestes donzelles! ¿Qual persona pot ésser en lo món qui et vulla o puga, per parentesch de sanch o per acostada amistat, te ame axí com yo? Mal creus si axí creus vanament que negú te ame axí com yo. Donchs, si yo més te ame, més pietat merite.

Callà e no volgué més dir. E la Reposada Viuda fon posada en gran pensament perquè Tirant no havia dada plena fe en les sues fictes paraules.

E stant ells en les desús dites rahons, entrà per la cambra lo emperador e véu allí a Tirant, e pres-lo per la mà e entraren-se'n en una cambra per parlar sobre los fets de la guerra. La Viuda restà sola. Pres-se a dir en si:

—Puix Tirant no ha dat fe en les mies paraules, no ha loch l'engan qui havia principiat. Però, yo faré tant que yo·l faré venir al que desige, encara que·n sàpia dar la pura ànima al diable per exir ab la mia intenció, car en altra manera no tendria cara ab què pogués jamés venir davant ell. E seria poca admiració que ell no u digués a la princessa e yo, en aquest cars, restaria ab la maldat. Mas vull-lo sperar ací fins que ixqua ab lo emperador del consell.

E pres-se a dir:

—O antiga ira! Sies certa hon que vages yo·t seguiré protestant, que serà tota pietat a part posada, e yo procehiré en la benaventurada obra ja per mi començada perquè no perda lo premi e virtut de la mia gloriosa fama. Doncs, per què tant tarde? Que dubtar no dech en res, car poderosa e destra só per acometre semblant maldat e major que no aquesta. E altra cosa no·m dol, per dar compliment a mon delit, com dies ha no comencí a fer hun tan singular acte.

Ab gran fúria se n'entrà en la cambra hon la princessa era. Ab fengides rialles li mostrà la cadena d'or que Tirant li havia dada, la qual passats X marchs pesava, e dix-li:

—Si vós, senyora, vésseu la última voluntat sua, admirada n'estaríeu, e si yo volia consentir en la sua gran culpa que vol cometre. Que vol fer adobar una galera e, de nit, per força, que us prenga. E vol-vos portar en la sua terra. E tot quant diu, li'n pren axí com aquell qui té la boca plena d'aygua e bufa al foch, e pensa ensendre-lo e apaga'l ab l'aygua —fengint e dient semblants paraules quasi a manera de burla.

La princessa, qui véu que·s burlava de Tirant, pres-hi molt gran enug en si mateixa, partí's d'allí e entrà-se'n dins lo seu retret. Començà a pensar molt en Tirant, per la gran amor que li portava e los grans donatius que dava a les sues donzelles per causa sua. E ella, com pensava en la strema amor que ella li portava, causava en si molts pensaments e amargues dolors. Com hagué molt pensat, ligà's e exí en la cambra de parament per parlar ab Tirant e per fer-li festa, per ço com sabia que molt presta devia ésser la sua partida per anar al camp.

La Reposada Viuda sperà a la porta del consell a Tirant, e dix-li:

—Senyor capità, yo·m volria asegurar de vostra mercé que, a burles ni a de veres, lo que yo us he dit en gran secret no u sabés ma senyora la princessa, car no passaran de les hores XXIIII que yo us ho faré veure de vostres propis ulls.

—Senyora Viuda —dix Tirant—, axò us hauré yo a molta gràcia que m'o façau veure. E per ço que de mi siau ben segura, vos promet per lo benaventurat lo senyor sent Jordi, lo qual yo en nom seu la honor de cavalleria tinch, de no dir-ne res del que haveu dit a persona del món.

L'emperador fon-se girat e véu la Viuda; li dix:

—Anau prestament e digau a la emperadriu e a ma filla que de continent vinguen a l'ort, que allí les speraré.

E molt prestament totes les dames foren hon era l'emperador e aquí parlaren de moltes coses, e com l'emperador havia tramès al camp perquè venguessen dos mília lances per acompanyar al capità. La princessa, com hoý dir semblant nova, stigué tota alterada, mostrant lo cap li feia mal, e dix:

—Ja per açò no staré, per bé que lo capità sia ací present, no·m desligue davant ell.

Levà's tot lo que tenia al cap e restà en cabells, los més bells que jamés donzella tingués. Com Tirant la véu ab tanta resplandor, stava admirat e doblà-li lo voler. E stava devisada aquell dia la princessa ab brial de domàs blanch e, sobre lo brial, portava una tavardeta qui era de tela de França e totes les costures eren de trenes d'or molt amples. E·n aquell cars mostraven les sues mans barallar-se ab la cordonera del seu brial, descordant-se a gran pressa, mostrant grandíssima congoxa, passejant-se sola per l'ort. L'emperador li volgué demanar de son mal, e si volia los metges vinguessen. E ella respòs que no.

—Que lo meu mal no fretura de metge ne medecina.

En açò la Viuda reposada levà's de allí hon seya e pres una companyona ab si e dos scuders perquè l'acompanyassen e anà a casa de hun pintor e dix-li:

—Tu qui est lo millor qui sia en l'art de la pintura, ¿pories-me fer a ma voluntat una cara encarnada qui fos sobre cuyro prim negre posada, qui fos tal com lo Lauseta, ortolà del nostre ort, ab pèls en la cara, huns blanchs e altres negres. Car ab gomes se poran bé tenir, per ço com som prop de la festa del Corpus Christi e volria fer aquell entramés, ab guants en les mans per ço que tot mostràs ésser negre.

—Senyora —respòs lo pintor—, ell se pot ben fer, mas al present yo tinch molta faena. Però si vos me pagau bé, yo contentaré la voluntat vostra, que deixaré tot lo que tinch a fer perquè vós siau servida.

La Viuda se posà la mà en la bossa e donà-li XXX ducats en or perquè anàs bé. E féu-lo pròpiament tal com era Lauseta.

Com la princessa per bon spay se fou per l'ort passejada, véu lo Lauseta, que stava adobant hun taronger, per ço com ell tenia càrrech de adobar l'ort. Aturà's a parlar ab ell. La Viuda, la qual era ja tornada, stava mirant a Tirant e féu-li senyal que miràs a sa senyora com parlava ab lo negre Lauseta. E Tirant se fon girat, que stava al costat de l'emperador, e véu la princessa star parlant a grans rahons ab lo negre ortolà, e dix en si:

—O de aquesta mala dona reprovada de Viuda! Encara farà, ab sos falsos ginys, fer-me creure lo que m'ha dit ésser ver! E per molt que ella faça ni diga, no és presumidor que tan gran defalt la princessa fes. E yo per res fe no y daria si de mos ulls no era vist.

En açò l'emperador cridà una donzella e dix:

—Vine, Pràxidis —que axí havia nom—. Vés a ma filla e digues-li que cride al capità, e diga-li que ella lo prega que ell dega prestament partir per anar al camp, car moltes vegades s'esdevé que los cavallers jóvens fan més per les donzelles que per hom mateix.

E la princessa respòs que·u faria puix sa magestat lo y manava. Com hagué stat per bon spay parlant ab lo Lauseta dels tarongers e de les murteres, tornant en son deport, passejant-se per l'ort, com fon en dret de l'emperador, cridà a Tirant e dix-li com stava tota cansada e que la prengués de braç e axí·s passejarien per l'ort. Sab Déu Tirant quanta consolació pres com la princessa de tal socors lo havia amprat. E com se foren hun poch lunyats, Tirant féu principi a paraules de semblant stil acompanyades.

Capítol CCLXX. Rahons de amor que fa Tirant a la princessa

—i[O] quant més que altre cavaller me poria dir benaventurat si en la magestat vostra se fos aturada tal amor com en vostres paraules referiu, car viuria content e en festa contínua! Mas la fortuna adversa me volta la roda, que en l›altesa vostra no s›i troba fermetat neguna, car, per pròspera que sia, súbitament la veig voltar. E la dita fortuna mostra enutjar-se de mi, car mostra›m bona cara e les obres són contràries, e en los mateys béns troba leys per apartar-los de mi. E no resta per açò que en la mia pensa la ymatge de la vostra figura és restada, en la qual contemple dia e nit. E si la fortuna serà contenta de mitigar-se contra mi, que solament permeta que yo puga obtenir la part del premi últim de mon desig, yo restaria lo més gloriós cavaller que jamés en lo món naxqués. E una poca sperança que de la excel·lència vostra m›és restada, me ha levat en alt. Car si los miserables de vostra altesa seran hoÿts, alguna volta aconseguiran remissió de sos defalts. Per què us suplich vullau obrir les vostres piadoses orelles als meus tan justs prechs, car qui és noble de linatge e de obres virtuós no deu retenir ab si crueldat, qui no es possehïda sinó per males persones.

Mas la virtuosa senyora, ab prou paciència retenia fins si la dolor, com si stada no y fos, e ab ànimo ple de congoxa féu principi a una tal resposta.

Capítol CCLXXI. Resposta que la princessa fa a Tirant

—Descriure no·s dexen les passions ab què amor la mia atribulada pensa turmenta, car la fi de hun mal és a mi principi de altre. E yo per amor só dita benaventurada, per no conéxer les mies misèries, e passe treball en vans pensaments per ornar la mia joventut, e passe penitència del mal que no n'he fet. Car la passió que ara·m dóna amor no m'era acostumada, ni menys los treballs que la mia ànima ara posehex. E per ço que los meus mals hagen fi e la mia pensa reposada stiga ab major repòs, ab paraules de present asseguraré la tua demanda. Dóna'm la tua mà dreta e ajustaré aquella ab la mia.

E com les mans foren ajustades, dix la princessa:

—Perquè açò sia verdader matrimoni, dich yo ab paraules, de present: yo, Carmesina, do mon cors a vós, Tirant lo Blanch, per leal muller, e prench lo vostre per leal marit.

E les mateixes paraules dix Tirant, o semblants, segons és acostumat. Aprés dix la princessa:

—Besem-nos en senyal de fe, puix sent Pere e sent Pau ho manen, los quals en semblant cars facen testimoni de veritat, e aprés, en nom de la Sancta Trinitat, qui és Pare e Fill e Sanct Sperit, te done plena potestat que faces de mi com de muller qui és companyona del marit. E done la fe als sancts jurats, sent Pere e sent Pau, e ab aquesta sperança de seguretat pots creure que tens en mi muller e castedat, e jur-te, per los sants nomenats, que tant com seran los teus dies e los meus de no desconéxer la tua persona per negun altre home qui en lo món sia, e·t seré tostemps leal e verdadera, sens màcula alguna.

«Tirant, senyor, no dubtes en res del que t'é dit, car encara que alguna vegada me sia mostrada cruel contra tu, no vull que tingues crehença que l'esperit meu no sia stat tostemps conforme ab lo teu. E tostemps t'é amat e contemplat en loch de hun déu, e sé't ben dir que, axí com aumente en edat, aumente en amor. Mas temor de infàmia me fa guardar la honor de castedat, la qual deuen guardar molt les donzelles e dubtar, per ço que ab puritat puguen aplegar a tàlem de benedicció. E axí la vull yo guardar tant com a la tua senyoria serà plasent. E ara és atés lo temps que poràs haver plena notícia de mi, si t'ame, car de huy avant yo·t vull dar premi de l'amor que has portat. Per què reposa ab bona sperança, yo·t clam mercè, e la mia honestat vulles haver per tan cara com la tua vida. Entre tots los mals, lo que més me atribula és l'absència que per alguns dies tendré de tu, e per ço no tinch alegria per mostrar-te la infinida amor a la qual justament lo teu meréxer me obliga, e per ço speraré temps en lo qual sens temor yo·t puga mostrar com tinch en poch ma vida.

Callà e no dix més. Mas Tirant, mostrant ésser molt content del bon conort e gràcia singular que de la princessa obtesa havia, ab cara afable e gest humil, li dix paraules de semblant stil.

Capítol CCLXXII. Com Tirant pres jurament de la princessa que li compliria lo matrimoni

En alegria de goig inefable fon posada l'ànima de Tirant com se véu en camí per poder posseyr la corona de l'Imperi Grech per mijà de les novelles sposalles, vehent que la excelsa senyora ab tanta liberalitat e amicícia li havia volguda mostrar la infinida amor que li portava, e ab verdadera fe e sancer sperit lo havia tractat. E Tirant tenia lo món en no res per haver-lo conquistat ab aquella glòria que sentia. E tenint gran desig de poder-ho manifestar a son cosín germà, Diafebus, duch de Macedònia, stimant que, axí com ell, a cascuna persona devia plaure la contentació que ell tenia. E encara, per major seguretat sua, pres hun reliquiari que ab si portava, en què havia del *Lignum Crucis* hon lo Fill de la casta donzella havia posades les sues precioses spatles, e féu-hi posar les mans a la princessa, conjurant-la com ella, ab pura fe e sancera intenció, demanava lo matrimoni. E ella, ab molta alegria, féu lo jurament, e Tirant li dix:

—Senyora, la magestat vostra demana egualtat en aquest matrimoni, per viure en segur de mi, e per ço que fas consemblant sagrament de ésser-vos leal e verdader e no oblidar-vos per neguna altra qui en lo món sia.

E la princessa renuncià a totes les leys imperials e a totes les coses que a ella poguessen valer ni a ell noure.

E fet tot lo dessús dit, Tirant donà dels genolls en la dura terra e volgué-li besar les mans, perquè més que a negun sanct temia de fer-li ofensa. E ella no u permès, e ell li féu infinides gràcies de la gràcia que d'ella havia obtesa. E sperant altra vegada hoyr de la magestat sua paraules qui manifestassen l'estament de sa vida, no tardà la princessa en fer principi a semblant parlar.

Capítol CCLXXIII. Rèplica que fa la princessa a Tirant

—[E]ncara que la mia poca edat e temor de restar envergonyida me hagen detenguda fins ací, que no he pogut ne tenia atreviment de poder-vos manifestar tot mon voler, emperò, acompanyada de infinida amor e de dolorosos pensaments, só stada forçada de atorgar-vos part del premi que merexedor sou, com per la mia honor e fama a mantenir me reserve la part per vós més desijada, la qual vos serà tan guardada com los ulls. E aprés lo triümpho de vostra pròspera victòria, ab benaventurat repòs, sens temor cullireu aquell dolç e saborós fruyt de amor qui en lo sant matrimoni se acostuma de cullir, qui us farà portar durant la vostra benaventurada vida aquella pròspera corona de l'Imperi Grech, la qual vós, per la vostra molta virtut, haveu recobrada.

«E suplich-vos no us enugeu de tant sperar, car la glòria e delit de aquest món miserable no s'ateny ni·s pot atényer sinó ab treballosos actes. Emperò, la major delectació que la mia ànima pot sentir és en amar a vos, qui sou lo major bé que yo puch possehir. Mas, ¿qui serà aquella desaventurada persona qui dues voluntats tan conjuntes e unides jamés puga separar, si donchs no era per culpa vostra? E moltes coses vos volria recitar sinó que no gose per dubte que no sien sabudes. E ací podeu conéxer quant és lo bé que us vull, que ab cosa que en lo món sia no·s pot acomparar. E lo més mal que la mia pensa pot cogitar és com pense en la vostra absència, que stareu per algun temps que no us veuré. Mas, pensant axí mateix en la ferma sperança que tinch de la vostra pròspera e presta tornada, me aconsella e·m dóna algun tant remey a ma dolor. E ja no us puch més altra cosa dir sinó que maneu de mi, com a senyor que us he fet de la mia persona, tot lo que plasent vos sia.

Tirant volgué satisfer a les afables rahons de la princessa e, ab veu tremolant, més de sobreabundant letícia que de dolor ni temor, féu principi a paraules de semblant stil.

Capítol CCLXXIIII. Rèplica que fa Tirant a la princessa

—Més glòria sent que jamés sentida he com pens la magestat vostra és de tanta gratitut que ha volgut haver per acceptes los meus treballs e, encara que tota ma vida la celsitud vostra yo hagués servida, no seria de tanta stima lo premi de la mia servitud com és la stima de la vostra noble e agraciada persona. E per bé que la edat vostra sia de pochs dies, ella és antiga de molt saber, acompanyada de molta discreció, segons manifestament haveu mostrat de voler-me dar premi tan gran com és de la vostra virtuosa persona, fent conpensació de tan pochs serveys que yo fets he a la celsitud vostra e havent sguart a la vostra gran dignitat, qui no pot donar sinó coses de gran stima.

«E per bé que yo tinga en gran compte la sperança graciosa de possehir en sdevenidor la cosa que més desige en aquest món, tanta és la voluntat que tinch de present de posseyr-la, que·m par cascuna hora mil anys de obtenir-ho. E crech per mos peccats jamés ne veuré la fi. Per què us hauria a molta gràcia que, ans de ma trista partida, yo pogués sentir part de alguna sentilla de aquella singular glòria que per la magestat vostra m'és stada ab molta benignitat atorgada e per mi, besant-vos les mans, acceptada, que, si era posible poder-se mudar, lo temps sdevenidor que los fet present. Açò seria la major gràcia que yo en aquest món poria atényer, oferint-vos ab jurament de no passar los límits de vostra voluntat, com aquella qui us tinch per deessa de ma vida, la qual adore com a Déu, de qui spere haver salvació a la mia peccadora ànima.»

No tardà la princessa, ab gest afable, fer principi a hun tal parlar.

Capítol CCLXXV. Com l'emperador ordenà una festa a gran glòria de Tirant

—Entre los mortals no conech altri, sinó a tu, qui sia ple de amor, la qual és raygada ab bones sperances, qui per tos singulars mèrits te faran triümfar en aquest món y en l'altre, perquè treballes en aumentar la sancta fe cathòlica. E per los teus gloriosos actes en lo món, per a tots temps ne serà feta recordació. Car per lo teu molt valer yo no puch totalment resistir a les tues massa voluntàries suplicacions, per no fer-te ofensa. Mas vergonya de una part e temor de l'altra, me retenen menaçant-me de infàmia e que·m guarde de perdre lo que jamés poré cobrar. E axí, stich quasi alienada, que tal mot de la mia boca ab gran fatiga pot proceir, e moltes vegades he tengut dubte que l'emperador no u conegués, e deya en mi matexa: «Aquest no té de res vergonya.» Que·m tinch a lunyar davant la tua mercé ab los pensaments que tinch, més que dir no sabria. Per què·t prech a present que lexem aquestes rahons, per ço que l'emperador no pense neguna cosa de mi. E parlaràs ab Plaerdemavida e tot lo que vosaltres ordenareu yo u tindré per accepte.

E besaren-se moltes voltes, que per negú no foren vists, car los tarongers staven entre l'emperador y ells, qui·ls empedien la vista e a tots los altres.

Com foren tornats davant son pare, la princessa, que·l véu star ab gran pensament, dix-li:

—Mon senyor, de què és tan fort lo vostre pensament?

L'emperador respòs:

—Ma filla, yo vull demà fer una gran festa a honor e glòria de Tirant, de tantes batalles com ha vençudes en mar y en terra. Que tantes banderes grans sien posades dins la sglésia nostra de Sancta Sofia e tantes com castells, viles e ciutats ha conquistat e tomades a la corona de l'Imperi Grech; tants standards ab les armes de Tirant sien posats entorn de l'altar major per memòria e lahor del virtuós Tirant, qui tan gran benefici fa en aquest imperi, mostrant-se realment e de fet amador del bé públich e conquistador del món.

E açò fon posat en scrit a plena memòria del virtuós Tirant e per exemple dels cavallers vivents e sdevenidors. E l'emperador tramés per tots los de son consell e recità'ls tot lo que volia fer. E tots ho loaren molt, que seria molt ben fet. E trobaren, per compte, que havia conquistat, en IIII anys e mig, CCCLXXII viles, ciutats e castells.

E com l'emperador entrà en lo consell e Tirant sabé que per tals negocis hi entrava, no y volgué ésser, ans se n'anà a la sua posada per no hoyr aquella vanaglòria. E d'altra part, en los consells dels grans senyors hi ha de moltes openions, e ell no volguera que negú davant ell volgués contradir en la openió de l'emperador. E clos lo consell, l'emperador tramés per los mestres qui tenien de fer aquesta obra, per ço que l'endemà fossen posades les banderes en orde.

Tirant se partí de l'ort e dix a Ypòlit:

—Digues a Plaerdemavida que vulla anar a la sala major, que yo tinch de parlar ab ella.

Ypòlit portà sa enbaxada e ella y anà prestament. Tirant la abraçà e, ab cara molt afable, la pres per la mà. E aseguts en una finestra, li féu principi a paraules de semblant stil.

Capítol CCLXXVI. Prechs que Tirant fa a Plaerdemavida

—En la tua discreció, afable e graciosa donzella, coman la mia pensa e vida, car sens lo teu amigable consell ni ajuda yo no sé res. E la mia pensa stà alienada, sens repòs. Emperò ab los ulls uberts stich tancats, desijant que passàs la mia penosa vida dormint, axí com se diu del gloriós sent Johan Babtista, que·n lo dia que la sua gran festa cau, se fa tots anys grandíssima festivitat per los crestians, moros e juheus. És openió, segons se diu, que la sua gloriosa ànima dorm, perquè no prengués tan gran elació que n'hagués a perdre algun grau de glòria dels que té. Axí és de mi, que en aquest propi punt stich per molt amar aquella que de virtuts passa totes quantes són, la qual yo contínuament adore e contemple e li fas special oració, dient-li: «¡O piadosa deessa en la terra, la figura de la qual, en lo meu principi dels meus treballs e fatigues, en aquesta sala fon manifestada la mia strema passió d'amor! ¡Dóna'm fortitut de ànimo en poder passar les mies dolors e mitiga los meus mals e dóna'm remey en les mies tribulacions!»

«La mia germana, mira quant per sa magestat yo tribule. Mira quantes voltes la cruel mort és ja stada davant los meus ulls. Mira si tant mal havia la mia fe meritat quant yo sostinch per ésser verdader amador, no conexent la gran perfecció de amor de ma senyora, car só stat ab sa altesa e havem passades moltes rahons enamorades de pau e bona confederació, prometent-me ab juraments de fer tot lo que la tua gentilea e yo concordaríem, e que·t recitàs totes les mies passades dolors, presents e sdevenidores, e que en aquesta reposada nit yo puga parlar ab la magestat sua, perquè·ns havem donades les mans e, ab juraments dignes de fe, que tant com seran los dies seus e meus de tenir-me per servidor, marit e senyor, e que dins en la sua cambra en lo lit de perpetual glòria e delit yo tendré posada. Perquè tu est sola sperança de tot lo meu bé e·n les tues mans stà tot lo meu mal e bé, te deman de molta gràcia, si los meus prechs per via de neguna te poran ésser acceptes, que puga haver remey en aquesta mia aflicció, perqué de aquesta hora avant, ab alegres sperances, los mèrits del meu molt amar no resten indignes.

Hoynt Plaerdemavida les lamentacions de Tirant, hun poch spay primer aturà en si, e après, desijant la vida [e] lo delit aumentar a Tirant, de semblants paraules li féu present.

Capítol CCLXXVII. Resposta que fa Plaerdemavida a Tirant

—Les paraules són senyals ab les quals nostres intencions se mostren, car en altra manera elles, closes dins los corporals murs e sagellades ab lo secret sagell de nostra voluntat, a altre sinó a Déu no són descubertes. Yo no só nada dels baxos del poble romà, e la mia mare dins en aquella ciutat naxqué. Los meus antichs foren nobles ciutadans de Roma, plens de antichs triümphos, portant sobre lo cap corones de triümphal victòria e ajustats de parentesch ab los de l'Imperi Grech. E la glòria del meu linatge a present yo·m callaré perquè no fretura gloriejar-me de aquella, sinó com a seguidora de la fortuna, socorrent a les persones qui bé amen, dich axí: Tirant, senyor del món, per què m'haveu fetes tantes rahons ab temeroses paraules? No sab la senyoria vostra quant teniu en mi? Que lo cor, lo cors, lo voler e tots los meus sentiments no són en lo món sinó per a servir la senyoria vostra, axí com aquell que us tinch com a pare. Donchs, viviu de mi en segur, que·n res que sia delit ne profit vostre yo no m'i tardaré e, aquest bon voler que tinch, ab la capita ho prenguí e ab la mortalla ho dexaré. E no és dona neguna no·m passàs de saber e de bellea, mas yo les passe de fermetat de amor e no us vull més tenir a noves, car lo cavaller qui en batalla spera entrar no·l deu hom fatigar de rahons, sinó que a la hora que l'emperador soparà yo iré a la vostra posada e dir-vos he tal nova que haureu complit delit.

Lavors Tirant, de sobres de alegria, li besà los ulls e la cara, fent-li molt gran festa. Tirant se partí d'ella e Plaerdemavida tornà en l'ort, hon trobà la princessa en lo consell ab l'emperador sobre les banderes, [per] les quals ab gran treball tots los mestres fatigats staven.

Aprés que los mestres foren partits, l'emperador pujà alt en les cambres e Plaerdemavida, ab la princessa, se retragueren e delliberaren la hora que Tirant vendria. E la princessa recità-li tot lo que havia dit ne fet ab Tirant. E Plaerdemavida mostrà haver gran alegria com sa senyora tenia tanta contentació.

Venint la hora que l'emperador devia sopar, Tirant no s'oblidà de anar tot sol ab cuytats passos al palau. E trobà a Plaerdemavida en la scala, que devallava per anar hon era Tirant. E trobant-se allí los dos, recità-li la forma com se tenia de fer e la hora que venir devia. E cascú se'n tornà per lo camí hon era vengut.

Aprés que en lo palau cascú hagué dada part a la nit e en lo primer son tots reposaven, la princessa se levà del lit, e no havia ab ella sinó Plaerdemavida e un altra donzella qui sabia en tots los afers, la qual se nomenava la donzella de Montblanch. La princessa se vestí unes robes que l'emperador li havia fetes fer per a quan ella fes bodes, e no les se havia vestides, que negú ho agués vist. E aquestes foren les més riques que en aquell temps fossen vistes. Era la roba de cetí carmesí, tota brodada de perles, sens que altra cosa no y havia, que dues barcelles de perles entraren entre la roba e la gonella, e era forrada de erminis. E al cap se posà la corona de l'imperi, la qual era de molt gran stima. Y ella ben ligada e posada en orde, e ab conspecte de gran dignitat. E Plaerdemavida e la donzella de Montblanch prengueren sengles antorches enceses en les mans, e axí stigueren sperant fins que Tirant fon vengut. Lo qual, com sentí les XI hores —que era la hora asignada, la qual stava sperant ab gran desig—, e ab cuytats passos anà a la porta de l'ort e, pujant per la scala del retret, trobà a la donzella de Montblanch ab antorcha encesa. E com lo véu, li féu gran reverència de genoll, e dix-li semblants paraules:

—Dels bons lo millor cavaller e lo més benaventurat de bella dama que en lo món sia senyor.

E Tirant, responent, dix:

—De desig complit tal vinga, donzella, per vós.

E los dos pujaren alt en lo retret, sperant allí fins que Plaerdemavida vench més alegra e contenta que no fon Paris com Elena se'n portà. E entrant en una cambra e la princessa exint de altra, ells se encontraren ab gran alegria e·s reberen, donant Tirant dels genolls en la dura terra, e per semblant féu ella. Aprés que per bon spay que foren stats, besaren-se, e fon tan saborosa la besada que poguera hom haver anat una milla ans que la una boca no·s partí de l'altra. Plaerdemavida, que véu lo perill que tant durava, acostà-s'i e dix:

—Yo us do per bons e per leals enamorats. Yo vull departir aquesta batalla fins siau gitats en lo lit. E no us tendré per cavaller si pau féu que primer sanch no ixqua.

Foren-se levats en peus e la princessa levà's la corona del cap, e posà-la en lo cap del capità Tirant. E donant dels genolls en la dura terra féu principi a paraules de semblant stil.

Capítol CCLXXVIII. Oració que fa la princessa a Déu pregant per Tirant

—¡[O] senyor Déu Jesucrist, totpoderós e misericordiós, qui havent pietat de l›humanal linatge volguist devallar del cel en la terra e prengués carn humana en lo verge ventre de la sacratíssima verge Maria, mare vostra e senyora nostra, e volgués morir en l›arbre de la vera Creu per rembre los peccats de l›humanal linatge, e resucitàs al terç dia, ab lo vostre propi poder, en cors glorificat, ver Déu e ver hom! Que plàcia a la sacratíssima magestat vostra de voler dexar possehir aquesta corona a mon senyor Tirant, qui ací present és, ab títol, e senyor de tot l›Imperi Gr[e]ch aprés obte de mon pare, puix la divina Bondat vostra li ha feta gràcia de haver-lo cobrat de poder de infels liberat. E açò sia a honor, lahor e glòria de la vostra santíssima magestat e de la sacratíssima Mare vostra e Senyora nostra, e en aument de la santa fe cathòlica.

Finida la oració, la princessa se levà, que stava agenollada, e pres unes balances en les mans, ab les quals lo emperador acostumava de pesar moneda d'or, e dix semblants paraules:

—Senyor Tirant, a la pròspera fortuna est stat plasent que en aquest dia de huy yo haja a ésser sotmesa a ta senyoria de ma voluntat, e no ab consentiment de pare ni de mare, ni menys del poble grech. Vet ací aquestes balançes de perfecció. En aquesta part dreta stà amor, honor e castedat, e en l'altra stà vergonya, infàmia e dolor: guarda quala de aquestes a tu, Tirant, és més plasent ni de ton grat.

Tirant, axí com aquell qui tostemps desija servir honor, pres la balança de part dreta e dix semblants paraules:

—Ans que de vostra magestat notícia hagués per los sabuts qui aquest món avançen, hoý recitar de vostres virtuts insignes, les quals, com tinga sperimentades, demesiada cosa serà mencionar, com la altesa vostra tinga tanta abituació de virtuts e possessió de bellea que excel·liu totes les altres dames qui en lo món son. E com yo stiga ferm en aquesta fe e crehença, tinch propòsit de resestir a la mia error, per ço com delit no deu bastar en fer-me caure en hun tan gran defalt, e per ço yo elegesch lo qui més a mon voler s'acosta.

E pres la balança dreta e dix:

—Amor e honor sobre la corona pose y la balança ab tota aquella fermetat que té. E per ço que la magestat vostra conega yo quant freture de saber les vostres perfeccions tantes que possehïu, car ab aquella confiança que per tantes ofertes me és stat afermat, e si les mies suplicacions troben en l'altesa vostra algun loch, stimadament me façau gràcia e mercé que de acò no se'n parle més, sinó que ab voluntat sançera donem prest compliment en nostre matrimoni.

No tardà la princessa en fer semblant resposta.

Capítol CCLXXVIIII. Resposta que féu la princessa a Tirant

—Tu no vols servar la regla de aquells qui vulgarment per la major part del món han renom de valentíssims cavallers, los quals han volgut posar e despendre tot lur temps en benamar honestament sens decepció alguna. E qualsevol tal cavaller de semblant acte s'és gloriejat per lo contrari. E puix la conexença de la veritat a tots en general se mostra, han feta atényer a mi ésser digna de perdó e la culpa me tragués de engan, sabent que stimes virtut e avorreys infàmia e tens cobdícia de honor, per què·t suplich que aquella no desempares. E venint al que vull dir, tu has abraçada aquella singular balança de amor e honor, als quals dóna en aquest món grans prosperitats e, en l'altre, infinida glòria. De molta mercé te deman que·t plàcia voler-me conservar la mia pudicícia, que a present no sia per tu violada. E contemple lo teu sentit cor que, si açò·s fa, no puch scusar ma culpa que la mia infàmia no sia palesa.

«Què dirà lo emperador e ma mare e tot lo poble, qui·m té en stima de una santa? Què diran de mi? No serà negú qui de Carmesina dega fiar. E aquest cars té prou suficiència de fer-me desposseyr de tot l'imperi. De robes, joyes e moneda, no te'n poré dar, que tota la senyoria prestament me serà tolta. E tu, qui seràs de ací absent. Si seré per negú offesa, a qui demanaré socors? A germà o a esposat? Ni si era prenyada, quin consell pendré? Vols que·t diga, mon senyor? Yo·m só posada tan avant que no és a mi lo tornar atràs. Com ab deliberada pensa vols que axí·s faça, no puch tal cars amagar a Déu: ta muller só e forçat me serà obeyr tot lo que tu volràs. Mas pensa que tot lo que luu no és or, e deus ben pensar en tots los dans de la mia persona e lo que seguir-me'n pot, ço és, infàmia. E ta sposada, que ara és senyora, lavors serà cativa e en alguna torre li daran posada. Yo reclamaré a tu e no·m volràs hoyr, car la ofensa que en aquell cars hauré feta a pare e a mare e lo peccat me faran abominable a Déu e a gents, car la mia desaventura no consentirà la mia veu passe lo riu de Transimeno per plegar a tu. Tirant, tu est ara mon senyor, e seràs tant com la vida m'acompanyarà. La ànima és de Déu, qui la'm acomanada, mas lo cors e los béns e tot és teu. E si fas res contra ma voluntat, tu seràs fet hun matex reprenedor e actor del nostre crim. E ja m'és semblant que totes les gents me miren en la cara e que reste empeguida.

No pogué més comportar Tirant les lamentacions de la princessa, sinó que ab cara afable e rient li féu principi a tal rèplica.

Capítol CCLXXX. Rèplica que fa Tirant a la sua princessa

—Senyora, molt me tarda vos ves en camisa o tota nua en lo lit. Yo no vull vostra corona ni la senyoria de aquella. Dau-me tots mos drets a mi pertanyents segons mana la santa mare Sglésia, dient semblants paraules: «Si les donzelles ab treball són ajustades a matrimoni verdader, qui pot e no u fa, pecca mortalment, si en lo matrimoni no s'i segueix còpula.» E par a mi, senyora, que si vós amau lo cors, també deveu amar la mia ànima, e l'altesa vostra no deu consentir yo voluntàriament hagués a peccar. E sabeu bé que l'home qui va en armes stant en peccat mortal, Déu no li vol haver mercé.

E per les paraules no stava Tirant de començar-la a despullar la roba e a descordar la gonella, besant-la infinides vegades, dient:

—Una hora me par hun any que siam en lo lit. Puix Déu m'à donat tant de bé, tinch dubte de perdre aquell.

Dix Plaerdemavida:

—Ay, senyor! Per a què voleu sperar lo lit? Sinó damunt les sues robes, perquè facen més verdader testimoni, e nosaltres tancarem los ulls e direm que no havem vist res, car si a sa altesa sperau que·s sia despullada, de ací al matí n'i ha. Aprés, nostre Senyor poria-us demanar les penes de cavaller repropi d'amor, si en semblant cars fallíeu o inconvenient negú se seguia. No u volríeu, per tot lo món! E per vós ésser tan civil enamorat, nostre Senyor no us volria més dar tal bocí, ni tendria més que dar per a vós, car no sé home en lo món qui no·l se enviàs encara que fos cert que se'n degués ofegar.

Respòs la princessa:

—Calla, enemiga de tota bondat! No pensara jamés de tu, Plaerdemavida, que tinguesses tanta crueldat, car fins al dia de huy t'é tenguda en compte de mare e de germana, e ara·t tinch en compte de madrastra per los reprovats consells que dónes contra mi.

En aquest punt Tirant la hagué acabada de descordar e, al braç, la posà sobre lo lit. Com la princessa se véu en tan stret pas, que Tirant despullat se era mès al seu costat e treballava ab la artelleria per entrar en lo castell, y ella, vehent que per força d'armes no·l podia defendre, pensà si ab les armes de les dones si·l poria fer stalvi e, ab los ulls destil·lant vives làgrimes, féu principi a una tal lamentació.

Capítol CCLXXXI. Lamentació que fa la princessa stant en los braços de Tirant

—Ab mà tremolant exugaré los meus trists ulls ans que res te diga. O quantes piadoses paraules t'é ofert e no·t plau acceptar-les! Moga't a pietat la mia error e nova vergonya de infinida culpa, car treballes de apartar de mi la molta amor que·t porte, volent tu usar de poder absolut devers mi, e de infinida ira agreujar la mia ànima. Gran seria la ofensa que tu·m faries, e sé't ben dir que tant menyscabarà la mia amor en tu que n'estaràs admirat, axí com Lucifer, qui caygué de l'alta cadira, e no volria que tu cayguesses en tan grandíssima error. E no haja a presumir que més stimes lo teu delit que la glòria e honor mia. Però, yo seré tostemps obedient a tu e de mi poràs fer tot lo que·t plaurà, e yo u comportaré ab molta dolor sol per la poca amor que m'hauràs mostrada. No plàcia a Déu que en sperit francés e de la casa de Bretanya tan poca amor puga habitar.

«Tirant, obre los ulls de l'enteniment en la gran desaventura que·t spera e, reconexent-te, dóna loch a la rahó e desvia e refrena de desijosos apetits, tempra los volers no savis en altres obres, endreça los teus pensaments e resesteix en aquest principi de libidinosa voluntat, car les leys de amor són de major força que no algunes altres. Eles rompen, no solament aquell[e]s de la amistat, mas encara les divines que poden ésser dites, de marit e de muller. Plàcia't, senyor Tirant, no vulles donar causa de ira e de avorrir-te, car grandíssima virtut és resestir a les males inclinacions de delit.

E totes aquestes e semblants lamentacions feya la princessa ab los seus hulls destil·lants vives làgrimes en gran abundància.

Com Tirant véu les abundants làgremes e les discretes e piadoses paraules de sa senyora acompanyades de tanta amor, delliberà contentar-la aquella nit en seguir sa voluntat, per bé que en tota aquella nit fon poch lo dormir dels dos amants, mas jugant e solaçant, adés al cap de lit, adés als peus, fent-se moltes carícies, mostrant cascú en aquell cars molt gran contentació. E com fon quasi prop del dia, que ja la gent del palau se levaven, dix la princessa:

—Per contentació mia no volguera que lo jorn fos vengut tan prest, e al plaer meu fóra que aquest delit hun any duràs o jamés se acabàs. Leva, Tirant, senyor de l'Imperi Grech, que demà, o com a tu serà plasent, poràs tornar en lo mateix loch.

E Tirant ab gran dolor se levà e dix:

—A mi plau de fer lo que·m manau, mas tinch temor que lo meu voler jamés haja compliment, e lo meu pensament stà molt dubtós.

E per no ésser sentit ni fos vist per negú, partí's ab molta passió e congoxa, donant-li a la partida infinits besars sens orde.

Com se'n fon anat, Plaerdemavida stava tan atribulada que més no podia. La princessa tramès per ella e féu venir la donzella de Montblanch e, present elles, per ço com sabien en tot lo que entre ella e Tirant era passat:

—Mal bé hi meta Déu! —dix Plaerdemavida—. Vostra altesa ne ha lo plaer e Tirant lo delit e yo n'é lo peccat, mas tant me dol com no s'és fet que de ràbia pense morir. Dexau-lo'm veure al flach e abatut cavaller e veureu què li diré! Que jamés faré res per ell, ans li nouré en tot lo que a mi serà possible.

—Per la mia fe —dix la donzella de Montblanch—. Ell ha usat de gran virtut com a valentíssim e cortès cavaller que ell és, que més ha stimat perdre son delit que enujar a ma senyora.

E de açò parlaren molt per bon spay, fins a tant que fon ja gran dia, que lo emperador tramès a dir a la emperadriu e a sa filla que, ab totes les dames molt bé abillades, venguessen a la festa que·s feya per Tirant. Axí mateix, tramés per tots los cavallers e dames de la ciutat, que fossen al palau. Mas sab Déu la princessa en aquell cars amara més dormir que exir de la cambra, mas per amor de Tirant e que la festa hagués son compliment, levà's del lit e abillà's molt bellament. E ixqueren de la gran sala hon trobaren lo emperador ab tot son stat de nobles e cavallers e de les dames de la ciutat e, professó ordenada, anaren per tota la ciutat ab les CCLXXII banderes que portaven davant la professó. E axí ordenats per son orde, anaren fins que foren dins la sglésia.

Tirant se acostà devers la princessa e, ab cara afable, ella lo rebé, mostrant en son parlar que era restada molt contenta, e no li pogué altra cosa dir sinó:

—Tirant, senyor de mi, tot quant he te atorga senyoria.

Mas Tirant no li gosà respondre per dubte de la emperadriu e d'altres qui prop d'ella staven.

La missa se començà de dir ab gran solemnitat e, al dar de l'aygua beneyta, posaren una bandera. Aprés dita la confessió, ne posaren altra. E aprés, a cascun salm o antífena, n'i posaven una. Com la missa fon dita, totes les banderes foren posades. E Tirant no·s volgué posar lla hon acostumava d'estar, ni prop de l'emperador, mas entrà-se'n dins una capella ab les ores en la mà, e de allí podia molt ben veure a la princessa. E ab veritat foren molt poques les ores que Tirant dix en aquella missa. De la princessa no us sabria dir, mas, tant com durà lo divinal ofici, jamés partí la vista de Tirant, en tant que ja tothom ne havia què parlar.

Complit l'ofici e les banderes posades, e tota la gent fon fora de la sglésia, en la plaça, prop lo palau, fon tot cubert de draps vermells alt y baix e tota la plaça plena de taules parades, per ço com lo magnànim senyor, complit de moltes virtuts, havia sguart als bons cavallers dignes de honor. Aquells qui virtuosament obraven, remunerava axí en béns com en honors, ab gran magnificència que acostumava de fer. Manà lo magnànim senyor que per VIII dies contínuus fos celebrada festa en la dita ciutat e que tots los VIII dies venguessen a menjar allí tots los de la ciutat qui menjar hi volrien. Mas la pèssima fortuna, enemiga de tota virtut, no u volgué consentir ne donà loch que los VIII dies la festa complir se pogués.

Aprés que lo emperador fon dinat e tota la gent, les grans danses se feyen en la plaça. Continuant les dances, la princessa se'n pujà al palau a la sua cambra per voler mudar de robes e manà tancar la porta. Com fon en gonella, pujà ab les dos donzelles alt en la torre del tresor e allí totes tres pesaren una càrrega de ducats, e la princessa donà càrrech a Plaerdemavida la fes portar a la posada de Tirant. E com se fon tornada a vestir, tornà hon era lo emperador e acostà's prop d'ell, e Tirant, qui prop li stava; ella li dix a la orella, perquè lo emperador no u sentís:

—Les tues mans han manifestat en mi que no ha res en ma persona que no·t senta.

Respòs Tirant:

—Gran glòria és per a mi que les mies mans hajen usat de novell ofici. Dix lo emperador:

—De què parlau vosaltres tan secret?

—Senyor —dix la princessa—; demanava a Tirant si en tan singular festa com aquesta si y hauria juntes o torneigs. E ha'm respost que no, que ab los turchs les speren de fer.

—Aquexa és una de les millors noves que yo puch oyr —dix lo emperador—. E sentiu-vos en disposició de poder partir?

—Sí, santa Maria! —dix Tirant—. Complida la festa, los metges ab mi poren bé partir.

E axí parlaren d'altres coses fins que vench Plaerdemavida e, de hun troç luny, féu-li senyal.

Com Tirant véu loch e manera que lo emperador s'esforçava de parlar ab altres, ell secretament anà envers Plaerdemavida e demanà-li què volia, e ella li respòs en stil de semblants paraules.

Capítol CCLXXXII. Com Plaerdemavida envestí a Tirant de rahons

—Lo premi de tants treballs que demanats, senyor, haveu infinides voltes, per rahó deveu haver perduts o presos en compte de rebuda, per causa de vostra negligència e poca execució, car no deveu ésser més premiat, puix sou stat content del que teniu. O haveu dexat perdre per culpa vostra. E tant com en mi serà, jamés pus vos hi veureu. E per hun tan leig cars per a cavaller, no vull més en res participar en vostres amors, car no haveu mester a mi, sinó a la Viuda Reposada, que us farà lo que me[e]rexeu. Car yo no deuria fer jamés res per vos, car sou lo més descominal cavaller e repropi d'amor que jamés naxqués en lo món, e açò no podeu negar. E si yo fos cavaller vos ho combatria, car haveu tenguda en lo lit abraçada huna donzella, la més bella, la més agraciada e de major dignitat que sia en tot lo món, que per prechs ni per làgrimes no la devíeu dexar. E si verge s'i gità, verge la'n viu exir, a gran vergonya e confusió vostra. E de tota ma vida me dolrà lo gran defalt que haveu fet, que no sé dona ni donzella en lo món qui tal cars sabés de vós que us stimàs res ni volgués vostra amistat, ans vos tendran totes per hom de mal recapte. De açò no us ne vull més parlar, com sia cosa demesiada, sinó solament que us dich que, com lo emperador se volrà seure a dinar, serà mester que vós hi siau. E yo vinch ara de la vostra posada e veus ací la clau de la vostra cambra que m'he feta donar, a suplich-vos que prestament hi aneu, que yo me he portat les claus perquè negú no pogués legir lo que allí trobareu scrit.

Tirant pres les claus. E volgué satisfer en lo parlar de Plaerdemavida e no pogué, per ço com lo emperador lo demanava a gran pressa. Fon-li forçat de anar e, com li fon davant, lo emperador li manà que ell tot sol se asigués en la taula. E lo emperador, la emperadriu e la princessa e totes les donzelles, lo servien en la taula, e no era cavaller ni dona s'i gosàs acostar per servir-lo, mas tots staven aseguts scoltant què diria hun ansià cavaller, nodrit e sperimentat en armes, molt eloqüent e gran legiste, lo qual començà a recitar totes les cavalleries que Tirant en son temps fetes havia. E axí hòmens com dones no tenien voluntat de menjar, hoint les grans honors que Tirant fins en aquella jornada percassat se havia. Com Tirant se fon acabat de dinar, lo cavaller cessà lo legir, que tres hores passades durà.

Aprés que Tirant fon dinat, se dinà l'emperador ab tots los altres, cascú asegut per orde segons lo grau qui era. Com tots se foren dinats anaren al gran mercat, lo qual trobaren molt bé emparamentat de molts singulars draps de raç. E aquí corregueren brúfols, qui eren molt braus, e fon molt singu-singular festa de veure. Axí despengueren tot aquell dia en festes y en alegria.

Com fon venguda la nit, lo sopar fon molt abundós e de la similitud del dinar. Aprés, les dançes duraren tant, ab farses e entramesos, segons en tal festa se requerien manifestar, ço és, com Tirant entrava en les batalles. Aquestes festes duraren tota la nit quasi, que lo emperador partir no se'n volgué fins en l'alba. E la princessa, per parlar e veure a Tirant, no s'enujava d'estar en les festes. E Tirant gosava molt poch dir a la princessa, per dubte de l'emperador, que·ls stava molt prop, mas ab baixa veu li dix:

—Certament, senyora, de major grat e stima era a mi la nit passada que no aquesta.

E prestament Plaerdemavida respòs:

—Molt me alten, senyor, les vostres paraules, mas no les obres.

Lavors, vehent lo emperador que lo dia era vengut, levà's e volgué que tots ab ell ensemps acompanyasen al capità fins a la sua posada. E Tirant li regraciava la molta honor que li feya e volia tornar acompanyar a l'emperador, mas lo valerós senyor no u consentí.

Com Tirant fon en la sua cambra pensà que Plaerdemavida, ab la descontentació que tenia d'ell, no li hagués feta alguna letra. E com entrà per la cambra, véu en terra una càrrega d'or: stigué admirat de la gran virtut de la princessa e stimà més la bona voluntat que lo present. Féu venir a Ypòlit e manà-li que u stojàs.

Venint hora de missa, tota la bona gent foren en orde per complir les festes ja principades, e Tirant no tingué manera de poder parlar ab la princessa per fer-li gràcies del que tramés li havia fins que·l dinar fon passat. E si en la hun dia se féu gran festa, molt major se féu en lo dinar: seria massa larch de recitar. Però aprés del dinar digueren a l'emperador que per lo poch dormir que en la nit passada fet havia que anàs a reposar sa magestat e, a la hora deguda de festejar, tothom tornàs allí. E axí fon fet. E tornant les dames al palau, Tirant se acostà a la orella a la princessa e dix-li:

—Ja no tinch sperit ab què puga parlar ni lengua en poder pronunciar paraules de tanta amor, ni obres de tanta honor que la magestat vostra cascun dia me fa, que no m'i basten gràcies a referir.

E ella li féu prestament semblant resposta, per bé que no gosava molt parlar per sguart de la emperadriu, que li anava prop. Solament li dix:

—Tu est senyor de mi, que tens tota ma libertat en ton poder. Veges què manes de mi fer, guerra o pau? E si a tu no ajude, qui est mon senyor, a qui ajudarem? Açò és poch, a present, lo que yo fas, en sguart del que tinch delliberat de fer, però si més ne vols, les portes del tresor són ubertes per a tu e tancades per a tot altre.

E Tirant, referint-li més gràcies, aplegaren a la porta de la cambra de l'emperador, qui se n'entrà dins ab totes les dames. Solament restà la Viuda Reposada, qui·s posà al cap de la scala per sperar a Tirant. Ab la femenil malícia tenia aparellat lot lo mester per a cometre crim que jamés tal no fon pensat. Com véu a Tirant, ab cara molt afable e ab gest graciós perquè·l pogués enamorar, li presentà paraules de semblant stil acompanyades.

Capítol CCLXXXIII. Ficció que féu la reprovada Viuda a Tirant

—No só admirada si lo món voleu conquistar, que a mi teniu cativada. Car la fortuna, enemiga de pau, té abrigat lo meu flach e dèbil cors de amor que porte a vostra senyoria, e açò és lo qui·m fa parlar, car veg que ab los ulls uberts voluntàriament vos voleu ofegar en bassa d'oli, e vós, com a home adolorit e fora de camí, no trobau qui us empare ni us haja pietat. Yo vull ésser aquella, la qual, havent pietat de vostra mercé, vos vull emparar e traure-us dels lims de perpetual dolor e infàmia. E per ço poreu dir que lo meu cors és clar e net, e no és tan scur com lo *Apoqualipsi*. Si veure volreu vostra dolor o vostra salut, goig e alegria qui en l'esdevenidor temps venir-vos deu, car, en tots los temps millors de la vostra vida, tengut sou a Déu fer-li gràcies e pregar per mi, car tinch per foll qui en aquesta present vida se percassa la ira de Déu e de gents. Per què, senyor Tirant, si a les dues hores tocades volreu ésser en loch secret, poreu veure tot lo que dit vos he.

Dix Tirant que era molt content e, tota hora que li fos plasent, que seria prest.

La Viuda se partí prestament de Tirant. E tenia a les spatles de l'ort una casa ja concertada de una dona molt ansiana e féu-la molt bé emparamentar, ab hun lit que y féu posar segons a Tirant se pertanyia.

E per lo poch dormir que la princessa havia fet, fon-se despullada per millor dormir a son plaer.

Com la rabiosa Viuda conegué la hora ésser disposta, anà a Tirant molt secretament e pres grans juraments d'ell e féu-lo desfreçar, e los dos tots sols anaren a la cambra de la vella. En la cambra havia una petita finestra que mirava dins l'ort, e tot quant se feya se podia bé veure. Emperò la finestra era molt alta, que sinó ab scala no s'i podia mirar. La Viuda hagué dos espills grans. Lo hu posà alt en la finestra, l'altre posà baix, endret de Tirant y endret de l'altre. E tot ço que·s mostrava en lo de dalt, tot resplandia en lo de baix, puix la una luna del spill stava endret de l'altra. E per dar-ne major speriència: hun home té una nafra en les spatles, com la porà veure? Prenga dos spills e pose lo hu en la paret e l'altre endret de aquell spill que vós lo pugau veure. E la plaga representa en lo primer spill e de aquell representa en l'altre.

Com la Viuda hagué fet açò e hagué dexat en la cambra Tirant, cuitadament se n'anà al palau e trobà la princessa, que stava dormint en lo lit, e dix-li:

—Levau, senyora, que lo senyor emperador vos tramet a dir per mi com per manament dels metges vos leveu e no durmau tant, car lo molt vetlar que haveu fet en la nit passada, venint ara lo molt dormir després dinar y en temps de calor, engendren-se moltes malalties qui darien dan en la vostra delicada persona.

E obrí les finestres de la cambra perquè no dormís, la qual cosa atorgà la princessa per les piadoses paraules de son pare. Com se fon levada, vestí's una gonella de brocat e, tota descordada, sens drap de pits, ab los cabells scampats per les spatles, li dix la Viuda:

—Los metges tenen per bo que devallàsseu en l'ort per veure aquella verdor. E farem allí molts jochs perquè us passe la son, car yo tinch unes vestidures de la festa del Corpus Crist, resemblant al vostre ortolà, e Plaerdemavida, qui en semblants afers és molt sentida e plasent, vestir-les s'à e dirà-us de ses acostumades plasenteries.

La princessa ab la Viuda e ab les dos donzelles davallaren a l'ort. E Tirant stava contínuament mirant en l'espill, e véu venir la princessa ab ses donzelles, e fon-se aseguda prop una céquia d'aygua. E la Viuda havia bé provehït en tot lo que mester li feya. E ginyà que·l negre ortolà en aquel cas no fos en l'ort, ans lo féu anar a la ciutat de Pera. E la Viuda ajudà a vestir a Plaerdemavida, ab la cara que li havien feta pròpiament com la del negre ortolà. Ab les sues robes que vestia, entrà per la porta de l'ort. Com Tirant lo véu entrar, verdaderament pensà que fos aquell lo moro ortolà, e portava al coll una axada e començà a cavar. A poch instant, ell se acostà envers la princessa e asigué's al seu costat, e pres-li les mans e besà-les-hi. Aprés li posà les mans als pits e tocà-li les mamelles, e feya-li requestes d'amor. E la princessa feya grans rialles, que tota la son li féu passar. Aprés, ell se acostà tant e posà-li les mans dejús les faldes, ab alegria que totes staven de les coses plasents que Plaerdemavida deya. La Viuda girava la cara envers Tirant e torcia's les mans, scupia en terra, mostrant tenir gran fàstig e dolor del que la princessa feya.

Pensau lo mesquí desaventutar de Tirant, que la hun dia stava tan pompós e tan content de haver atesa tan alta en dignitat senyora per sposada —la cosa que ell més desijava en aquest món—, aprés, veure de sos ulls son dol, son plant e sa dolor. E pensant en si, tingué dubte que los spills no li representassen fals lo que havia vist e trencà los spills, mirant dins si havia alguna cosa maliciosa que fos feta per art de nigromància, e no trobà res del que pensava. E volgué pujar alt en la finestra per veure si veuria més e a quina fi vendrien aquells afers, e vehent que no tenia escala, car ja la Viuda, tement-se'n, les havia apartades, Tirant, no tenint altre remey, pres lo banch davant lo lit dreçà'l en alt, e pres una corda que tallà de la cortina e passà-la per la biga e ell pujà alt. E véu com lo negre ortolà se'n portava per la mà a la princessa en una cambra que dins l'ort havia, a hon tenia la sua artelleria per a conrear l'ort e per a son dormir. E Plaerdemavida posà-la dins la dita cambra, cercaren-li una caxa hon tenia la sua roba de vestir e tot quant tenia li regonegueren. Aprés hun poch spay ella ixqué e la Viuda, ab la una donzella, passejava prop de la cambra. Com la veren exir, la Viuda s'acostà a la donzella, dóna-li hun drap de cap e dix-li, per fer lo joch que fos complit de rialles:

—Posa-lo-y davall les faldes de la princessa.

La donzella, axí com la Viuda la havia asinestrada, com fon davant sa altesa agenollà's en terra e posà-li lo drap davall les faldes. E la ignorància de la princessa donà loch a la malícia de la Viuda.

Havent vist Tirant hun cars tan nefandíssim, fon posat en hun cruel pensament e, ab veu miserable, plena de inestimable dolor, se pres a dir una tal lamentació:

—O fortuna, enemiga de tots aquells qui rectament en lo món viure desigen! ¿Per què has permès que los meus desaventurats ulls hajen pogut veure cosa que tots los vivents no han vist ni porien pensar que hun tal cars fos possible qui fer-se pogués, si donchs a la femenil condició no li és res imposible que de mal sia? O adversa fortuna! ¿En què t'é yo ofesa, que en les batalles me fas ésser victoriós e triümfant e en amar só lo més malfadat home que jamés naxqués? Que ara que m'havies ligat en matrimoni tal e de tan gran dignitat que, atesa la condició mia, yo no n'era merexedor sinó per sguart de mos treballs e ab la ajuda tua yo·l me havia percassat, e tu, per més avilar-me, has permès que yo sia stat desonrat per home de la més vil condició e natura que pogués ésser trobada, e enemich de la nostra santa cathòlica fe.

«¡O senyora princessa, ab quanta indiscreció reposa la tua ànima, que hajes volgut pensar que aprés que a ta resquesta me has ligat, que m'hages tant agreujat que no i tingues temor de Déu e de ton pare, ni menys de mi, qui·t só marit, a qui més lo interés toca! No creguera jamés que en donzella de tan poca edat hagués tan poca vergonya e tant atreviment, que sens temor cometés hun tan abominable crim. O fortuna, com est malcontenta de mi, que en huns cassos me exalces e en altres me baxes tant! Ajustes-me a les penes novelles ànsies. Tu, sorda, de poca amor! Asegura los meus plants e mitiga les mies lamentacions de infinida dolor, perquè no tinga de fer cars que aprés me n'hagués a penedir. O trist desaventurat! Qualsevulla que yo sia, en les grans coses s'és mostrat e, no podent senyorejar ànimo cruel, als pròspers cassos s'esguarda que a mi, desaventurat petit servent, só tornat abominable, puix só de ma senyora refusat.

En aquest punt entrà la Viuda Reposada, qui aturada per bon spay a la porta havia hoÿdes recitar totes les lamentacions de Tirant, e dix:

—Ara tenen loch les coses per mi principiades.

Com fon dins la cambra, véu que stava molt adolorit, ab lo coxí ple de làgremes, continuant en ses lamentacions. Fon-se aseguda prop d'ell posant-se en avinentea, si Tirant li volia dir res, d'estar presta a tot lo que li manàs. Com véu la Viuda que Tirant no mudava de so, començà-li de fer hun tal conort, en paraules de semblant stil.

Capítol CCLXXXIIII. Conort que fa la Viuda Reposada a Tirant

—Moguda de aquella strema amor, a la qual naturalment deu hom ésser inclinat de amar a les persones virtuoses, considerant en mi la pèrdua gran de vostra honor e fama, no podent-me'n aconortar vehent la vostra persona de tanta singularita acompanyada e de infinides virtuts, e haver fetes tantes e tan asenyalades cavalleries com la mercé vostra ha fetes per persona qui u té poch conegut, ni menys stimat, amant més plom que or, digna és de molt gran reprensió, amadora de tota desonestat, no volent advertir a la gran infàmia que li'n seguira portant tan abominable vida, que per prechs ni menaces star no se'n vol, sinó alegra de complir son desig. Trista de mi! Què faré? No trobe remey que ajudar-me puga. Ab aquestes mamelles —les quals se tragué defora perquè Tirant les ves— he donat a mamar a aquexa senyora.

E tingués-les axí per bon spay, mostrant que ab les lamentacions que li feya, les se havia oblidades d'estojar.

Més dix:

—Senyor Tirant, preniu aquell confort que los miserables solen pendre en lurs misèries acompanyades de molta compassió. O, Senyor totpoderós, Trinitat verdadera! Axí mostrava yo ab quanta furiosa ira e ab quantes làgremes, ab quanta congoxa de la mia ànima, quasi cascun dia tals pensaments passaven per lo meu enteniment. Emperò, amor tèbea e esperança en pura dolor me feren canviar lo primer desig, e la mia cara, tornada groga, feya tota la mia cambra malenconiosa, parlant de mi diverses desvarions, e los meus dubtosos pensaments me portaven causa de dolre'm. Mas venint la nit, fatigada de tantes dolors, me trobaven en la mia cambra sola, exugant los meus plorosos ulls ab drap d'estopa perquè major pena sentís.

No tardà Tirant en fer-li present de tal resposta.

Capítol CCLXXXV. Resposta que fa Tirant al conort de la Viuda reprovada

—Gran consolació és als miserables com en les tribulacions tenen companyons, ab tot que los meus passats e sdevenidors mals no tenen par en lo món, com sien de major grau en stima de tots los altres. E la vostra amor, senyora Viuda, no·s pot acomparar a la mia, car la vostra és descendent, qui devalla e va tostemps en desmenució, e la mia és ascendent e natural, qui tostemps aumenta y aumentarà fins a tant que haja atés compliment de beatitut, e aquí s'aturarà, si fer-ho porà, tant com la fortuna lo y comportarà. Mas yo tinch major rahó de dolre'm, que jamés fos enamorat, car en spay de hun dia só stat en lo més alt grau en mes amors que fortuna me pogués donar e en l'altre dia só stat lo més confús e abatut enamorat de tot lo món, car de mos ulls he vist posseyr quietament a hun moro negre lo que yo no he pogut obtenir ni ab prechs ni ab quants treballs ne perills que he comportats en la mia persona per la sua amor. Donchs, hun tan desaventurat home com yo no deuria viure en lo món perquè no tingués jamés causa de fiar de neguna dona ni donzella.

E levà's del lit per voler-se'n anar e la Viuda li dix:

—Senyor, reposau-vos hun poch, car molta gent ha en la carrera. No volria, per tan cara com tinch la vida, negú vos ves exir. Emperò, yo seré prestament en la finestra e avisaré vostra mercé si és cas de partir.

Tirant, axí adolorit com stava, se tornà al lit lamentant-se del mal que tenia present. La Viuda entrà en la cambra de la vella senyora de la casa e prestament fon despullada e vestí's una camisa perfumada, ab tots sos drets, com si hagués entrar en batalla, e gonella de vellut negre. E tota descordada, entrà en la cambra e posà's al costat de Tirant e, ab atreviment gran e poca vergonya, presomí fer-li present de una tal requesta.

Capítol CCLXXXVI. Requesta de amors que fa la Viuda Reposada a Tirant

—Si sentísseu lo trebal que la mia ja cansada ànima passa per la vostra amor, seria cosa impossible no tinguésseu p[i]etat de mi, car en lo món no és major força que la que amor sentir fa. ¡O, cavaller virtuós, quantes pregàries y ofertes he yo fetes als sants per la salut e restauració de la vostra vida, e quantes oracions, almoynes e dejunis he fets, lacerant la mia persona, perquè la vostra fos feta quítia de tot mal! E yo he passat lo treball, mas la princessa pensava haver lo delit, car jamés fon vista dona ni donzella sinó yo ab tanta estrema amor de virtut. Qual voluntat major que la mia trobareu en nenguna altra? Jamés en mi he vist altre desorde sinó ultra los térmens de rahó amar-vos. Açò merite yo, per ésser stada tostemps leal a mon marit e no coneguda de home en lo món sinó d'ell. E dóna'm de parer que major glòria seria per a vós tenir a mi contínuament en les vostres cambres o tendes, servint-vos de tot mon poder, que no amar donzella fengida, sotsmesa a hun moro catiu negre, comprat e venut.

«Ella no és stada leal a son pare, com serà leal a son marit? Ella ha decebuda a sa mare, quant més farà a son enamorat! Cert, no diran les dones d'onor que la Viuda Reposada se sia sotsmesa sinó a home que sia merexedor portar corona real. E [què] poran dir los bons cavallers com sabran hun tal cars de una filla de emperador? E quin starà la senyoria vostra si féu matrimoni ab ella? Que més mal meritarà la vostra persona que de tot altre, puix ne sou avisat. Senyor Tirant, amau a qui us ama e oblidau a qui no us vol bé. E per bé a mi estiga mal de dir, preneu-me per serventa e per persona tal que us ama més que a la sua vida. E si amau verdaderament, amor no guarda béns ni linatge, mas guarda honor, lealtat, castedat e benvolença.

—Senyora —dix Tirant—, féu-me tant de bé que no vullau més turmentar la mia ànima trista, qui desija partir-se del cors, car tot quant me haveu dit no·n puch res compendre. E no us cal despendre més paraules. E sé-us ben dir que, tan poch poria yo oblidar la magestat sua com poria renegar la fe.

Dix la Viuda:

—Puix amar no·m voleu, consentiu tota nua puga hun poch star prop de vostra mercé.

E despullà's prestament la gonella, que tenia ja tota descordada. Com Tirant la véu en camisa, sortí del lit donant hun gran salt en terra, obrí la porta de la cambra e anà-se'n a sa posada de molta dolor acompanyat. E la Viuda no restà ab menys.

Com Tirant fon en la sua cambra, tanta era la passió que passava que no y sabia pendre remey, ans, pasejant-se per la sua cambra, destil·laven dels seus ulls vives làgrimes. E axí, pasejant e gitant e levant, ab aquella passió stigué per spay de tres hores.

Aprés ixqué tot sol de la cambra ab la gran ira que ab si portava. Tot desfreçat anà-se'n a la porta de l'ort, tan secret com pogué. E trobà dins l'ort, que poch havia que era vengut, lo negre ortolà. E véu-lo a la porta de la cambra sua, que stava calsant-se unes calces vermelles. Tirant que·l véu, mirat a totes parts e no véu negú. Pres-lo per los cabells e posà'l dins la cambra e degollà'l. E tornà-se'n en la sua posada, que per negú no fon vist, car tota la gent stava en la gran plaça hon se feya la festa. Tirant se pres a dir:

—O, Déu just e verdader, qui corregeys los nostres defalts! Yo demane venjança e no justícia de aquesta senyora tan descominal. Digues, donzella sens pietat, ¿la mia disposició no era conforme als teus desigs, més que la del negre ortolà? E si tu, com yo creya, haguesses amat, tu fores encara mia e no pogueres trobar qui més te amàs de mi. E si amor axí fermament te senyorejàs com fa a mi, no t'era cara neguna cosa, mas dich-te que jamés no m'amist.

Ara deixem a Tirant, qui·s lamenta de ses dolors, e tornem a l'emperador, qui·s posà en orde ab totes les dames per exir a la festa. E arribà hun correu qui li portà nova de hun dolorós e desaventurat cars que III dies havia que s'era seguit en lo camp, lo qual cars era aquest que·s segueix.

Lo duch de Macedònia e lo duch de Pera eran capitans del camp general sobre tots los altres, e molt sovint exien a fer armes ab los turchs. Però los turchs temien molt l'aygua que los crestians lansaven. E sobre aquesta aygua molt sovint venien a les mans e y moria molta gent, axí de una part com d'altra, però a deu crestians que morissen ne morien CCC dels turchs. E causava-u açò, com los turchs entraven dins lo territori de la ciutat de Sent Jordi, los crestians lansaven totes les aygües del riu e de les cèquies; la terra era molt argilenca, que los cavalls exir no·n podien ni menys los hòmens de peu, e per ço mataven tants dels turchs.

Era's seguit que hun dia de dolor los turchs emprengueren de venir IIII mília peons ab axades e cabaços, pichs, vinagre e foch portants per voler rompre una muntanya perquè l'aygua s'escampàs per hun riu sech que y havia e per levar-los l'aygua. E aprés, de allí envers los turchs, a una legua stava hun loch tot despoblat ab hun gran tros del mur derrocat, e no y habitava negú. E vench en la nit tota la gent del soldà e la del Gran Turch, e tots a peu se posaren en aquell loch despoblat, e la gent a cavall, a mija legua, fon mesa dins hun bosch perqué no fos vista. Al matí les spies vingueren e notificaren als capitans la venguda dels turchs e, aplegat consell, per tots fon concordat que pujassen a cavall e, ben armats, anassen la via dels turchs.

Trameteren primer corredors e tornaren ab nova certa los enemichs volien rompre la muntanya per guanyar aquella aygua. Los crestians anaren devers aquella part. Com hi foren aplegats, los de peu començaren a escaramuçejar. E durà per bon spay la escaramuça, per tal forma que y moriren molta gent de una part e d'altra. A la fi, que fon quasi migdia, los turchs, que veren que massa los strenyien, desempararen la ferramenta e posaren-se en fuyta. Los crestians cuytaren al pas, qui era mija legua luny de allí. E l'aygua era tanta en aquell endret que no podien passar sinó ab gran treball e perill. Bastà que, com hagueren passat lo pas, los altres tingueren molt gran avantatge. Aquests, a galop tirat, dexaren tota la gent de peu atràs. E obra de qualque V mília hòmens, poch més o menys, anaren aprés d'ells, seguint-los. E aquells reculliren-se dins lo loch despoblat. Mas massa fon poblat, en dan dels crestians: los turchs se feren forts hon stava lo mur romput. Lo duch de Macedònia dix:

—Senyors, a mi dóna de parer que no devem passar d'ací avant, car no sabem los dubtes e los aguayts dels enemichs, car jamés no studien ni pensen sinó en tot lo nostre dan.

Lo duch de Pera, per ésser l'altre capità companyó del duch de Macedònia, mogut d'estrema enveja, féu principi a hun maliciós parlar.

Capítol CCLXXXVII. Parlar maliciós que féu lo duch de Pera contra lo duch de Macedònia

—Tu, duch de Macedònia, est novell en l'art militar e molt poch esperimentat en armes, car dónes senyal a nosaltres de esdevenidor dan. —E lansant hun aspre sospir, ab infinida ira tornà a dir: —Lo teu cors deuria ésser donat a foch e no a sepultura per la molta infàmia que tens. E ab eterna vergonya restarà en lo món de tu memòria. Ara és temps d'esperimentar si en tu ha loch neguna virtut, jatsia que aquella en negun temps no crech la hages possehïda. Posa la rahó davant la voluntat e tu mateix, ple de temor, sàviament fuig e torna-te'n, que ab més delit estaràs ab les dones dins la ciutat que no ací, apartant-te dels perills e congoxes que en les armes se solen esdevenir, en les quals tu follament t'est regit.

Lo duch de Macedònia, per no posar en devís tota la gent, qui no haguessen a dexar los enemichs per contendre ab los amichs, volgué comportar e haver paciència per aquella vegada. Mas no pogué comportar en fer-li semblant resposta en stil de tals paraules.

Capítol CCLXXXVIII. Resposta que féu lo duch de Macedònia al duch de Pera

—En duch de Pera, millor vos fóra lo callar que no lo parlar, o haguésseu vós fet lo senyal de la creu, car en aquest camp ja som coneguts vós e yo qui som. E a qui han acostumat de dar les honors de les batalles? A mi, qui só duch de

Macedònia, de vencedor; e al duch de Pera de ésser vençut e en mala stima tengut en les armes que acostuma de fer. E de açò feu estar admirats a tots los qui entenen d'onor. E no vullau creure altri en vostra honor més que a vós matex, e per ço com vós sentiu mal dret e manteniu poca veritat. E a vós ne seguirà gran càrrech e perpetual infàmia, la qual tot bon cavaller deu squivar, e ans arriscar e posar a la ventura cent vides, si tantes ne tenia, ans que blasme de covardia li pogués ésser imputat. E dóna'm de parer que no tinga rahó lo cavaller de honor en donar les spatles com és vençut: mostra bé que té poca virtut en demanar la mort, axí com la demanàs, present mi, ans ab ànimo viril als esdevenidors mals contrastar. E vull-vos avisar que, si per ventura a mi sobreviviu, qualsevulla que sia la forma de la mia mort, que·l meu miserable sperit me lexarà [e] ab fúria gran vos iré a cerquar.

En aquestes rahons se posaren los altres cavallers e grans senyors, e feren-los callar. E los huns eren de openió de anar e los altres de tornar. E axí·ls ne pren tostemps a aquells qui volen tenir molts capitans. E per ço dix Aristòtil que·l capità deu ésser vell, per ço com té més seny, e que sia virtuós de costumes. E deya Sèsar que lo capità devia tenir aquell consell contra los enemichs, lo qual serven los metges contra les malalties dels hòmens, los quals vencen e sobren algunes vegades ab fam, altres voltes ab ferre.

Però a la fi, a tots fon forçat de anar, per ço com lo duch de Pera dix:

—Qui volrà seguir o se'n volrà tornar, sia en sa libertat.

E posà's primer e tots los altres per força lo hagueren de seguir. E aplegats que foren al loch despoblat, los turchs se posaren al mur trencat defenent-se bravament. E havia-y hun petit vall e fon-los forçat de descavalcar. E combateren molt virtuosament a peu, ab les lances en les mans, car no tenien altres armes. E estant axí, ixqué lo soldà e lo Gran Turch, los huns per hun portal, los altres per l'altre. Prengueren-los enmig e allí feren molt gran matança, e molts que n'apresonaren. E puch dir de aquesta trista desaventura que tots quants foren descavalcats foren morts o presos, que sol hun cavaller no·s pogué fer stalvi.

Ab aquesta victòria, los turchs se'n tornaren dins la ciutat de Bellpuig e posaren los presoners en forts presons.

Aquesta nova pervengué a l'emperador stant en la gran sala sperant les dames que vinguessen per anar a la gran plaça hon se feya la festa. Bé foren tristes e amargues e plenes de molta dolor! Que en aquell dia, ¡quantes dones perderen lurs pares, marits e fills e germans! L'emperador, en presència de tots, dix:

—¡O viudes desconsolades, feu noves lamentacions, arrancau-vos los cabells e ab les ungles rompeu la vostra cara, e les vestidures sien de dol, puix la flor de la cavalleria és perduda e jamés serà recobrada! O Grècia, com te veig desolada, que restaràs orfe, viuda e desemparada! Ara seràs mudada en novella senyoria.

Lo plor, lo crit e la dolor fon tanta en lo palau que era cosa de una gran admiració de veure ne de hoyr. Aprés s'estengué per tota la ciutat en tal forma que la gran festa se convertí en gran dolor e plant. Aprés, l'emperador tramés per Tirant per recitar-li la cruel e dolorosa nova e per mostrar-li les letres que rebudes havia. Com lo cambrer fon a la porta de la cambra de Tirant, sentí que feya gran dol. E hoý que deya forma de tals paraules:

—O miserable de mi! O fortuna cruel! Per què m'has fet tant de mal que m'has fet veure tanta dolor? Haguesses-me fet ans morir que fer-me veure dels meus ulls hun tan nefandíssim crim, que tots los qui aprés de mi vendran en lo món se taparan les orelles per no hoyr tan gran malvestat, que la sua excel·lent persona abandonàs a hun negre moro, enemich de la nostra santa fe. E a la divina Clemència fos stat plasent que hagués perduda la vista ans que veure tal cars de la cosa que yo més amava en aquest món ni desijava servir, car, perdent la vista o morint, los meus mals e penes corporals no sentiren tan gran pena. O Viuda malvada, enemiga del meu bé, jamés te hagués yo coneguda, car tu seràs stada causa de la mia mort e destrucció!

Lo cambrer de l'emperador sentia bé les paraules e lamentacions que feya Tirant, encara que bé no les comprengués perquè la porta de la cambra stava tancada. E per complir lo manament de son senyor, li dix:

—O senyor capità! No sia d'esmayar, car no stà bé en boca de cavaller dolre's del que nostre Senyor fa, car aquest temps ne aportarà altre, que, si aquest és de adversitat, ab sforç e ajuda vostra, se porà reparar. E no sabeu vós que aprés de l'aspre e fred matí ve lo bell sol? E segons yo veig, vós cercau la mort, la qual, més irat que aconsellat, demanau voluntàriament. E de açò sou vós principal ocasió.

E Tirant detingué's de ses lamentacions e dix:

—¿Qui est tu qui remey vols dar a ma dolor?

Respòs l'altre e dix:

—Yo só cambrer de la magestat del senyor emperador, del qual só tramès, que us mana e us prega que us plàcia prestament anar a ell.

Tirant obrí la porta de la cambra e, ab los ulls plorosos, li dix:

—Amich, de mon mal yo·t prech no·n tingues cura e no·l vulles manifestar a negú. E poràs dir a sa magestat que molt prest y seré.

Com lo cambrer fon tornat davant l'emperador, ab gest e trista cara li dix:

—Senyor, lo vostre capità té present tot lo mal que s'és seguit, car los seus ulls ho manifesten. E yo, qui l'he sentit greument lamentar.

Car cregué que la sua congoxa era per la mala nova que era venguda.

Tirant se vestí hun manto de drap gros negre, ab les calses de aquella matexa color, portant una spasa en la mà. E tot sol entrà per la porta de l'ort, pujant-se'n alt en la gran sala. E véu que tots los del palau feyen gran dol e desmesurat plant, que no era negú que li pogués parlar.

Entrà lo adolorit capità dins una cambra e véu la princessa gitada per terra, ab tots los metges qui entorn li staven per tornar-li la perduda sanitat. Tirant s'i acostà e, com la véu en tal punt star, lo cor no li pogué comportar que no digués:

—Per què dexau morir aquesta senyora sens pietat? Car, sens culpa, scusar no·s pot. E té poca sperança de vida perquè no té ni pot star en sobirana prosperitat. E açò no u desige que·s seguesqua, ans contínuament tendré gran dubte de la sua vida, la qual prech Déu sobrepuje als meus dies. Ay trist de mi! La vida mia tinch per no res, que tinch vergonya de dir lo que a la memòria se representa.

Los metges no u entenien, ans se pensaven que per la mala nova ho deya. E Tirant pensava que tots plorassen per dolor de la princessa. Fon-se girat al través e véu la emperadriu que tots los vels se havia romputs sobre lo cap e davant, la cordonera de la gonella tota rompuda e la camisa, que totes les mamelles li parien, arrapant-se los pits e la cara, donant de grans crits, ella ab totes les donzelles, dient ab alta veu:

—Ara nos covendrà a totes ésser catives ligades ab forts cadenes. ¿Qui serà que de nosaltres vulla haver mercé?

A l'altra part véu a l'emperador star en terra, asegut com si fos un stàtua de pedra, que no feya de si negun moviment, car volia plorar e no podia la sua gran desaventura. E tenia les letres en la mà e, ab signes, cridà a Tirant e donà-les-hi. Com Tirant les hagué lestes, dix:

—Més és lo mal que yo no·m pensava.

Lavors se pres a confortar a l'emperador, dient-li:

—Senyor, la magestat vostra no deu ésser admirada com aquest cars s'és seguit, com sia son propi costum de la guerra com unes voltes és hom vencedor e altres vençut, mort o apresonat. Açò són actes de guerra. E vostra magestat, com a cavaller, de tals inconvenients com aquests no·s deuria agreujar, sinó pendre-u ab molta paciència, car altra jornada, ab la ajuda de nostre Senyor, n'i haurà per a ells.

En aquest punt, la princessa obrí los ulls e cobrà son natural, e pregà a Tirant que vingués allí. Tirant, prenent licència de l'emperador, com li fon prop, la princessa lo féu seure prop d'ella e, ab piadosa veu, li féu principi a hun tal parlar.

Capítol CCLXXXIX. Recita la princessa lo seu mal a Tirant

—O última sperança de la mia pensa! Si les mies paraules a la tua ànima tenen força de mudar lo prepòsit, que axí sia que tu ames la mia persona com demostres, que la tua vida e la mia de aquest món lansades no sien ans que no vinga lo dia que sien recobrats tants duchs, comtes e marquesos qui són morts y en cruells presons detenguts. E certament no ha mija hora passada yo coneguí la mia ànima cercava de fugir e, sens dubte crech fugida seria, sinó que·n los braços d'aquell qui yo més amava se sentí reposar.

Estant en aquest parlament, entraren dos hòmens que venien fogits del camp e la princessa no pogué més dir ni Tirant satisfer. E recitaren largament la lur destrucció e del gran devís del duch de Macedònia e del duch de Pera e com eren, entre morts e presos, cinch mília cavallers d'esperons daurats, sens los altres de què no se'n feya menció.

Acabant de recitar la tan dolorosa nova, se tornà a refrescar lo dol e plànyer molt major que no era stat. E l'emperador, ab los seus ulls plens de doloroses làgrimes e la lengua empedida de gran dolor, e ab veu rugallosa, féu principi a una tal lamentació.

Capítol CCLXXXX. Lamentació que fa lo emperador

—Dolch-me, e no cert tant de la mort, a la qual negú no pot resestir. E molt més és de dolre la forma de aquella com leja e desaventurada ve. E sia foragitada de mi la vergonya puix, ab torbada cara, mirant la terra fa a mi anar, entre·ls altres sperits, dolorós. O capitans desaventurats! En strem me turmenten los vostres mals e més me turmentarien si ans no us hagués avisats. Mas vosaltres, més voluntaris que savis, haveu lexats los meus consells seguint vostres volers. Donau a mi trista vida e vosaltres ne passau la pena. La fama que és venguda ha maculada la pensa de les gents en opinió corrompuda. La fortuna vos ha reservat la vida. Confortau-vos en presó cruel e pensau de no veure jamés a mi, qui só emperador. Puix no haveu coneguda la rahó, temprau les vostres tristes congoxes e dolors, car per força les haureu a comportar. E si no us mou la deguda pietat de vosaltres mateixos, moga-us la gran error que haveu comesa e nova vergonya de antiga culpa, car per dobla ocasió mèritament se dolen los altres cavallers que en la culpa vostra no participen. E més, me dolch de la rompuda fe e de les mal servades leys.

Levant-se lo emperador dellà hon seya, ab dolorós crit, destil·lant dels seus ulls vives làgrimes, posant-se les mans al cap, se n'entrà dins una cambra. Com la princessa li véu fer gest de tan dolorós confort, la sua ànima del seu afligit cors se volgué partir e, perdent lo recort, tornà en lo primer punt. E lo més sabut metge de tots, dix:

—Certament, yo no stime vida en aquesta senyora, com tres voltes se sia ja smortida e ara no li puch trobar gens de pols. Yo crech que ella deu haver fet son dret camí.

Tirant que hoý dir tals paraules al metge, prestament se pres a dir:

—O mort cruel e desconexent! Com véns a vesitar los qui no·t desigen e fuigs dels qui·t volrien seguir? ¿No fóra millor e més justa cosa que fosses venguda a mi primer, ans que yo no veja morir no donzella, mas dona? Per bé que m'haja molt ofés, desige de fer-li amigable companyia.

E d'estrema dolor que en aquell cas mostrava haver, caygué en terra. E donà tot lo cors sobre la cama que havia teng[u]da rompuda, e tornà-la's a rompre e a fer-se més mal que tengut no havia. La sanch li sortí per lo nas e per les orelles, e molt més de la cama. E fon gran admiració, segons recitaren los metges, com en aquell cars de tot no morí. Prestament ho anaren a dir a l'emperador, lo qual ab gran dolor dix:

—No és admiració neguna, car tota la sua parentela negú no ha restat que no sia mort o pres, e açò és lo que a mi més aconorta, que, per traure sos parents e amichs de presó, farà de admirables cavalleries.

No pogué star lo adolorit emperador que no ixqués de la cambra e anà devers Tirant, e véu sa filla mig morta e dix:

—Déu no m'ajut si sé a qual més prest socórrega!

Però féu pendre a sa filla e féu-la posar en lo seu lit, y a Tirant en una bella cambra. Despullaren-lo prestament e curaren-li la cama e la y dreçaren hun poch. E de tot lo que li feren no tingué sentiment negú, car XXXVI hores stigué sens algun recort.

Com ell hagué recobrat son natural, demanà qui l'havia portat allí e Ypòlit li dix:

—Com, senyor! No sabeu lo gran dan que a tots nos haveu donat? Car dos dies ha que no sou stat en vostre recort ni haveu pres sustància neguna de què la vostra persona ne pogués més valer. Per què us suplich que vullau pendre lo que los metges manen que prengau.

—No·m plau pendre res que de salut sia —dix Tirant—, car no desig sinó la mort y ab ella fer companyia.

Prestament ho anaren a dir a l'emperador, e la princessa ho sabé, que ja era bé retornada. Aprés dix Tirant:

—Digau, com stà la senyora princessa?

Respòs Ypòlit:

—Senyor, molt bé és retornada.

—Axò crech bé —dix Tirant—, que son mal no deu ésser molt, puix ha tengut, pochs dies ha, coses que ella bé volia. Mas ara pens que no se'n gloriejarà molt. Ella no és la primera qui açò ha fet ni serà la darrera. Yo bé sé que ella no és dura com a ferre ni es de pedra esculpida. Feu la mia mort sens infàmia passar entre les gents, si en aquella algun peccat se comet. Encara lo miserable Sion en la fera roda volant, que no sent axí fera dolor que a la mia se puga acomparar. O quant és fastijós e de dol ple lo qui no pot les sues dolors ab alta veu manifestar!

En açò entrà lo emperador e, aprés, totes les dames ab la emperadriu ensemps. E tots li demanaven com stava de son mal e no volgué donar resposta a negú ni·s volgué dexar de son parlar. E tots staven admirats com no havia retudes les saluts a l'emperador ni a negunes de les dames, sinó que, perseverant en sa dolor, féu principi a semblant lamentació.

Capítol CCXCI. Lamentació que fa Tirant

—Sobre tots los vivents dolorós e miserable! ¡E com és poch spay lo que a mon voler contrasta e tant major ma desaventura aumenta, car no aumenten los meus mals ab sperança de varis remeys, puix los cruels fats la mia destrucció han ordenat en fer-me veure lo major mal que d'amor s'espera! E no meritaven los meus actes lo premi que en tan penosos mals ma vida hagués finir. E res tant no·m dol com és que als turchs reste fals nom de vencedors. Yo no ignore la destrucció que als grechs s'espera, que no sien punits per los mals que fets no han, mas per lo mal que més a mon interès toca. Car no pot ésser gran lo mal que voluntàriament se pren, e és miserable cosa no saber morir.

E féu-se dar lo crucifixi dreçant ses paraules de sanglots e dolorosos suspirs acompanyades, que gran treball portaven de acabadament ésser enteses. Dix:

—O Senyor clement e piadós! Yo, miserable peccador, per la vostra immensa bondat só reduÿt a verdadera notícia de mos peccats e defalliments. E suplich a la sacratíssima magestat vostra me vullau perdonar totes les ofenses que contra la divina Bondat vostra he comeses e comet cascun dia. E de molts mals que he fets, de tots vos demane misericòrdia e perdó, car per la vostra clemència e pietat volgués pendre mort e passió per salvar los peccadors tals com yo, e crech que no y ha major peccador de mi. O Déu eternal e alt Pare poderós! Com faràs la última sentència, fes Senyor, que yo sia hu dels elets benaventurats e no dels maleÿts.

Aprés plegà les mans e ab gran humilitat abraçà e adorà la creu, e dix:

—O fill de Déu, Jesús omnipotent! Yo muyr per amor e tu, Senyor, per amor volguist morir per liberar lo humanal linatge e yo. Per amor tu pasist tantes penes, ço és, açots, nafres e turments; e yo he passada dolor de vista de moro negre. Si no tu, Senyor, ¿qui·s pot acomparar a la mia dolor? Senyor, la tua sacratíssima Mare e Senyora nostra, stant al peu de la creu passà dolor infinida. E yo stava ab una corda en la mà, ab dos spills qui·m representaven la major dolor que jo jamés sentí, la qual, Senyor, jamés senta negun crestià. E qui és qui·s puga acomparar a la dolor mia? Plàcia a la magestat tua, Senyor, que no vulles guardar als meus grans defalts, car ab la passió que tinch lo meu pobre enteniment varieja. Mas plàcia't perdonar-me los meus grans peccats axí, Senyor, com perdonist al sant ladre e a la gloriosa Magdalena.

Lo emperador, ab totes les dames, era en la cambra, [e] lo cardenal, ab molts altres ecclesiàstichs. E tots staven admirats de les piadoses paraules que hoÿen dir a Tirant, tenint-lo en openió de bon crestià. E confessà's del patriarcha, qui l'absolgué de tots sos peccats a pena e a culpa. Tirant se dreçà un poch en lo lit e dix semblants paraules:

—O piadosos hoynts! Scoltau lo que diré. Transportau les vostres penses ab dolor e trist pensament. Mirau la tristor qui en aquest cars me combat, sperant quan serà la fi de tan dolorós principi. E prech-vos, parents meus, que us conforteu, car yo stich en lo trespàs de la mia dolorosa vida.

E girà los ulls devers la princessa e dix:

—Ab dolor me partesch de vós. Dexe-us lo cors, e l'ànima a Déu. Bé pens que jamés no és stat cavaller qui de tristor morís, e no és negú qui·s puga acomparar a la dolor mia.

Lo emperador, ab tots los qui eren en la cambra, ploraven e dolien-se molt de la sua mort. E no era negú qui de bon grat no ploràs, tant per lo meréxer seu quant per la molta fretura que faria a tots generalment. E girà lo cap Tirant devers lo emperador, mostrant dolre's d'ell, e dix, ab cara afable e piadosa veu:

—¡O Senyor Déu, empara la mia ànima per ço com a nosaltres est tan piadós, car l›ànima de aquest cors partir-se vol! O desaventurat, que la lum dels ulls me fall! Fes, Senyor, per ta mercé, que yo veja la tua claredat, car yo conech que la mia mort se aproïsma, que m›hauré a partir de vosaltres molt prest. E vosaltres me dàveu gran confort, mas una senyora me à dada gran dolor e pensament, e no me›n vaig d›aquest món ab altra tristor. E no penseu que lo meu mal sia mortal, mas la pena que passe me·[l] fa mortal ésser.

«Digau, senyor emperador, ¿qui farà per l'altesa vostra les forts e cruels batalles, ara que tots los bons cavallers són presos e lo vostre servidor, e qui més vos desija servir, Tirant, sia mort, lo qual amava més a la magestat vostra que a tots los prínceps del món? E no·m dol sinó com no he pogut portar la conquesta a fi. Déu li vulla per sa mercé perdonar que en tal dolor me ha posat, car no és en lo món semblant dolor com és la mia.

«O senyora emperadriu, e del món la més alta en dignitat! Jamés pensi en desservir vostra altesa, ans de tot mon cor e voluntat desijava aumentar l'estat vostre e la corona de l'Imperi Grech. Si en res vos he fet defalt, vos demane mercé e perdó.

«E a vós, senyora princessa, que del món sou la tremuntana hon tots los mariners prenen govern, tant com la vida me hagués acompanyat, tostemps fóra stat en ajuda vostra contra aquells que ofensa vos volguessen fer, mas ja no puch altra cosa fer ne dir sinó dolre'm del que he vist. Mas, qui pot dir que jamés tal dolor haja sentida com és la mia?

Aprés se girà a totes les dames e dix-los:

—Senyores, puix fortuna no ha consentit que yo us pogués mostrar per speriència la bona voluntat que us tenia, per què us prech que vullau pregar a Déu per mi que me haja mercé.

Aprés baixà lo cap e tornà a plànyer e a lamentar-se, car la mort l'estava sperant. Dix a Ypòlit:

—Fill meu, vet ací la miserable vida de aquest món en què·ns aporta. Mira la mia cara si és tal com solia.

E Ypòlit, tanta era la dolor e tristícia que tenia, que no li pogué respondre. E Tirant li tornà a dir:

—No plores, car yo us he recomanats al senyor emperador e ara de present lo y tornaré a dir: Senyor emperador, si en algun temps la magestat vostra conegué en mi voluntat de servir-vos, ara vos suplich ab tota aquella amor que puch ni sé, a mos amichs, parents e servidors en vostra custòdia e protecció los vullau tenir.

Mas tanta era la strema passió que lo benigne senyor tenia que no li pogué dir sinó:

—Serà a vostra voluntat complit.

En aquell punt a Tirant lo cap li fallí del coxí, ab los ulls closos que paria que dormís, e mostrava's que fos privat de la vida de aquest món. Dix Ypòlit:

—Ay mort! Per a quina vida tu·m dexes trist e dolorós, sens ventura neguna?

Envers Tirant féu una gran lamentació, mostrant que l'amava sens ficció neguna. E vengueren allí tots los criats de Tirant, que tenien strema dolor per la mort qui·l sperava. E bé·s mostrava la sua cara del tot cambiada. E tornà a dir Ypòlit:

—Si aquest cavaller mor, tota la cavalleria del món serà morta.

E cridà ab grans crits:

—O mon senyor Tirant! Per què no voleu hoyr les paraules de tots los vostres servidors que són ací?

Respòs Tirant:

—Qui és lo qui·m crida?

—Yo só, lo desaventurat Ypòlit, lo qual vós me donau congoxa e ocasió de dolorosa vida, car totes les dames me blasmen per les mies abundants làgrimes. E dien que benaventurat és aquell qui ignocent stà en la solícita vida. E si vós en suma misèria passar desijau, no cerqueu la mort per ço com és *ultimum terribilium*. E veus ací lo senyor de Agramunt, que us demana.

Com Tirant los hoý obrí los ulls ab gran pena e dix-los:

—Per bé siau venguts, cavallers, per veure los meus darrers dies, que seran pochs. E com só en recort de la mort, que·m tinch a partir de la vostra companyia e que no us he poguts premiar al plaer meu, me és doble pena. Però partiu-vos tots los meus béns haguts e per haver.

E ab gran fatiga tragué la mà e donà-la a tots los parents e servidors. E ab la veu fosca se pres a dir altra volta, besant e abraçant lo crucifixi:

—O Senyor, ver Déu omnipotent! Infinides gràcies fas a la tua sacratíssima magestat com me dexes morir en los braços de mos parents e amichs e davant la magestat del senyor emperador, e de la senyora emperadriu e de sa filla. E per ço, Senyor, com yo só gran peccador en aquest món, per ço vos clam mercé que·m vullau perdonar tots los meus peccats e defalliments e que·m lanseu de [a]quest enganador món he us plàcia en les vostres precioses mans rebre lo meu sperit. E per la vostra sacratíssima misericòrdia e pietat vullau pendre venjança de la mia carn, huy qui és lo darrer dia de la mia corporal vida, perquè lo meu cors sia turmentat e la mia ànima sia col·locada entre los vostres gloriosos sants en la glòria de paradís.

Aprés de açò, girà's devers los seus e dix:

—Hon és la flor del nostre parentat de la casa de Bretanya e de Roca Salada? De vosaltres me partesch, car la negra mort tant me atribula, car ja no puch alsar lo cap e ja l'altre món me fa requesta, covè que faça aquell dolorós camí. O Diafebus, duch de Macedònia! O vezcomte de Branxes! De vosaltres me partesch e prench dolorós comiat. Stau en presó en poder de infels per amor de mi, car si yo no fos, no fóreu vosaltres venguts en aquesta terra. E qui serà aquell qui us puga traure de presó? Los meus trists fats e la desaventura mia no han volgut sinó lunyar-me de vosaltres. O Diafebus, com sabràs la mia trista mort e com muyr per aquella qui de mi ha haguda mercé ab engan e gran maldat! Ara puch dir que só orfe, tant me sopta la mort dolorosa. A tots vos coman lo meu parentat e vosaltres, que ací sou, restau en cambi meu ab la magestat del senyor emperador, car la sua benignitat a tots vos haurà per recomanats.

«Prech-vos lo meu cors sia embalsamat e fet portar en Bretanya als bons cavallers. Lo bacinet e la spasa e la camisa de la sobrevesta que en les batalles e en esta terra he portat, en la sglésia major, damunt la mia sepultura sia posat, hon stan los IIII scuts que·n batalla vencí, cors per cors, dins en liça, ço és a saber, lo rey d'Apol·lònia e lo rey de Frisa, lo duch de Borgunya e lo duch de Bavera. Si fer-se pot, lo meu cors a l'ansià de mon pare ni a la beata de ma mare no li sia mostrat, ans los sia defès de veure'l. E sobre lo meu vas seran pintats caps de moros negres, ab letres scrites entorn del meu sepulcre: «Causa odiosa per què morí Tirant lo Blanch.»

Aprés pregà a tots que no li diguessen res. Los metges no li podien fer ni dar remey negú, tanta era la dolor que soportava. E lo vell emperador, ab tots los qui allí eren, no·s delitaven sinó en plorar e plànyer, batent-se los ulls e la cara, no tenint gana de menjar ni de reposar, ans pensaven tots ésser sots lo jou de captivitat. E tota la lur sperança stava en nostre senyor Déu y en Tirant. Com lo veyen star en tal punt, tots tenien la sperança perduda e, donant loch e spay a lur dolor, tots ixqueren de la cambra. Los metges ordenaren-li moltes coses, mas valien-li molt poch.

Venint una vella juhïa a la fama del seu mal, presentà's davant lo emperador e, ab gran audàcia, li féu present de semblants paraules.

Capítol CCXCII. Lo consell que donà una juhïa l'emperador per restaurar la vida a Tirant

—La amor natural que tinch a la magestat vostra, senyor emperador, me ha feta venir davant la presència vostra, havent compassió de vostra altesa que en los vostres darrers dies benaventurats no hajau ésser despossehït de la vostra imperial senyoria, e com sia certa que tota la vostra sperança de salut stà en la vida de aquest singular cavaller Tirant lo Blanch, lo qual perilla molt la sua vida. E com diga Aristòtil que lo temerós ab la tristor se desespera e tem les coses en què no ha perill, e l'animós no obra en les batalles sinó per virtut e dellibera ans de morir que sostenir vergonya, de açò praticar-se pot ab los metges e gent entesa. De Èctor lo Troyà, qui en semblant cars deya: «Què dirà Palomides, capità dels grechs, de mi? Què dirà Agamenon e què dirà Diomedes?»

«E venint al que vull dir, la magestat vostra veu a Tirant, capità vostre, ésser posat en passament, e tots los metges lo han ja desemparat. Yo tota sola lo vull emparar, ab condició tal que si mor, que tolgues a mi la vida e a qualsevulla pena cruel me obligaré. Yo conech que aquest cavaller té l'ànimo molt sforçat e, per la gran valentia que té, sforçarà l'ànimo e levar-se ha. E faça la magestat vostra, senyor, en la forma que yo diré. Feu ajustar molta gent d'armes e donen grans crits e entren dins la sua cambra molta gent, fent remor d'espases e de lançes e pavesos, donant grans colps de les spases en los pavesos. Com se despertarà e veurà tanta gent armada e los crits que seran majors, e demanarà què és açò, poran-li dir que los turchs són a la porta de la ciutat. Tot aquell pensament que té, li fugirà, e ab la virtut que ab si porta, per la vergonya de aquest món, ell se levarà.

Lo emperador tramés per los metges e per gent entesa, e recità'ls tot lo que la juhïa li havia consellat. E tots foren de parer que seria ben fet. Los crits e la remor fon tan gran en la ciutat que, ans que en la cambra entrassen, Tirant ho hoý. E la vella juhïa, qui al cap del lit li stava, li dix:

—Leva, senyor capità, e no·t faça temor la mort. Vet los teus enemichs turchs qui són prop del portal de la ciutat e vénen per pendre venjança de tu.

Com Tirant hoý axí parlar a la vella, dix-li:

—E fas-me tu cert que los turchs se són tan prop de mi acostats?

—Si levar-te plau —dix la juhïa—, més prop són de tu que no·t penses. Leva't e posa't en vista en una finestra e veuràs quant de dan t'està aparellat.

De continent Tirant demanà la sua roba e féu-se, ab moltes tovalloles, ligar la cama. E armà's lo mils que pogué e pujà a cavall, e molts ab ell. E ab tan gran voler anava que quasi tot lo mal li passà e trobà molt gran remey. E lo emperador, ab los metges que allí eren, digueren-li, com stava flach, que prengués hun poch de restaurandi e aprés hun poch de solsit, e que ab allò poria mils entrar en batalla. E féu tot lo que los metges li consellaren. Aprés conegué e sabé que tot lo que fet havien se era fet per causa del seu mal. Dix Tirant:

—Loat sia lo poder de Déu, que dona me ha liberat de mort puix dona me havia mort. E bon consell és stat lo que han dat a l'emperador e als metges.

E ans que Tirant se levàs, la princessa stava agenollada davant una ymatge que tenia en lo seu retret, qui era de la sacratíssima Mare de Déu, senyora nostra, qui ignorava lo que havien ginyat a Tirant. E féu fervent oració e, besant la terra, deya semblants paraules:

—O Mare piadosa, regina dels àngels e misericordiosa emperadora dels cristians! Hoÿu-me e prenga-us pietat de mi, que totes les mies sperançes són ja perdudes e demane la mort, puix altre remey no tinch. E si lo meu senyor mor, aquell que yo ame més que a la mia vida, vull que tothom sàpia que la hora que yo seré certa de la mort del meu sposat Tirant, en aquella matexa hora me daré la mort. —E pres un ganivet e amagà'l entre les faldes, sperant quan li vendria tal nova, dient entre si: —Més val que yo execute la mia persona trista ans que de moros sia desonrada. Yo recòrrech a tu, humil e piadosa, dels peccadors advocada, que no permetes que yo perda lo cors e l'ànima!

Com Ypòlit véu que Tirant se era ja vestit e demanava les armes, ab cuytats passos anà a la cambra de la princessa e dix-li semblants paraules:

—Ma senyora, yo us suplich que tota dolor e congoxa que tingau sia de vostra altesa apartada e tots vostres mals pensaments sien reduÿts en subirana letícia, car tal nova vos porte que millor dir no la us poria.

La princessa, per sobreabundant alegria, se parà tal que, aseguda en terra, stigué per bon spay que no pogué parlar. Passat aquell moment, la princessa dix:

—És vera axí bona nova com me dius? Car del plànyer me manca la lum dels ulls.

Ypòlit, ab paraules dignes de fe, la féu certa de tot lo fet com passava. En aquell cars la princessa tant fon lo plaer que pres que besà a Ypòlit en lo front e de sobres de contentació dels seus ulls corregueren vives làgrimes. E Ypòlit li dix:

—Senyora, negú no deu plorar sinó sos peccats e defalts, e deu perdre treballs e oblidar aquells.

E per la gran remor que en aquell cars la gent feya, Ypòlit se'n partí e la princessa se n'anà a la cambra de sa mare. E veren tornar a l'emperador ab Tirant, e totes les dames se posaren per les finestres, que no·ls era present sinó lo mal de Tirant, que de l'altre no tenien cura. Com Tirant fon endret de la finestra de la princessa, alçà lo cap ab lo bacinet e posà's les dues mans davant la cara. E la emperadriu demanà a sa filla per què havia fet Tirant tal cars de posar-se les mans davant la cara, que açò no es fa sinó per descontentació de amor. E la princessa respòs que tal cosa no sabia.

Com foren passats, essent a la porta del palau, l'emperador descavalcà. E Tirant pres son comiat d'ell per anar a sa posada. Lo emperador féu son poder que Tirant descavalcàs, que allí seria molt ben servit de tot lo que mester hagués, e Tirant féu son sforç d'anar-se'n. La princessa presumí de aquesta anada què podia ésser la causa que Tirant no havia volgut aturar en lo palau, per molts prechs que lo emperador li hagués fets, ço que ell en altre temps molt desijava. Axí mateix, pensà per què s'havia mès les mans davant la cara.

Com Tirant fon en sa posada, prestament se mès en la cambra e féu-se venir lo senyor d'Agramunt e Ypòlit, e pregà'ls molt afectuosament que X galeres que y havia, que les fessen armar e posar en orde de les coses necessàries. E ells digueren que eran contents. Partiren-se de Tirant e feren les galeres molt bé proveyr.

Com Tirant se fon dinat, posà en orde tot lo que mester havia per a sa partida. E ordenà que tota la sua gent anassen per terra fins al castell de Malvehí y ell iria per mar, que allí·s trobarien. Com fon en la horabaixa, que los metges se'n foren partits, per relació d'ells lo emperador fon avisat com Tirant stava bé. Com fon quasi la oració, la princessa congoxava de mort per veure a Tirant, e pregà a Plaerdemavida e a la donzella de Montblanch que anassen a la posada de Tirant e que·l posassen en noves, es volguessen asegurar del dubte en què ella stava posada, e li diguessen que ella suplicaria a l'emperador, son pare, que l'anassen a vesitar, com ella fos posada en gran congoxa de la absència de la sua vista. E anant les donzelles per complir lur embaxada, hun patge de Tirant les véu venir e, ab cuytats passos, ab gran alegria entrà dins la cambra e dix:

—Mon senyor, alegre's vostra senyoria com vos ve embaxada de part de la senyora princessa de dues galants dames.

—Vés prestament —dix Tirant—, posa't a la porta a diràs que stich bé, mas la son me té tan apoderat que stich ara en lo plasent dormir.

Lo patge féu son manament e féu sa scusació, car Tirant no les volgué veure. E tornades les donzelles al palau ab la resposta, la prinçessa féu tant que lo emperador e sa mare anaren a la posada de Tirant. E ell, sabent que lo emperador venia, avisà a dos patges de tot lo que dir tenien ne a fer. Lo emperador fon a la porta per entrar en la cambra. Dix lo més avisat dels patges:

—La magestat vostra, senyor, pot ben scusar en aquesta hora de no en la cambra entrar per lo dubtós mal en què lo vostre capità stà, com tants dies ha que·l seu sperit no ha reposat e ara stà en consolació gran per recobrar lo que aquests dies ha fallit. E lo delit seu en aquest cars és tan gran que recobra natura lo que ha desmenuÿt e de suor quasi cubert està. Bo seria hun metge, sens despertar, hi degués entrar.

Tirant prestament se posà en lo lit —ab hun drap banyat ruxà's la cara— e féu demostració que dormia. Com lo metge entrà e tornà a la porta, a l'emperador dix-li:

—Senyor, molt gran peccat seria que en semblant cars lo despertàssem. Vostra altesa se'n porà tornar fins a l'endemà. E de matí la sua scusada vista fer-se porà.

La princessa no podia pendre ab prou paciència que no ves a Tirant, però fon-li forçat de tornar-se'n ab l'emperador. Com Tirant sabé que tots se n'eren anats, levà's prestament e féu trossar tota la sua roba e féu-la posar dins la galera. Com fon hora de mijanit, secretament se recollí. E volguera partir en aquella hora, sinó per sguart que la galera no tenia son compliment.

Vengut lo dia e lo sol exit, l'emperador sabé com les trompetes de les galeres tocaven a recollir. Tirant tramés lo senyor d'Agramunt a l'emperador per embaxador e, com li fon present, presentà-li la següent embaxada.

Capítol CCLXXXIII. Com Tirant tramès a l'emperador lo senyor d'Agramunt per notificar-li la sua partida

—Los cassos sinistres de fortuna fan variejar la pensa humana de aquells qui s'esforcen a complir los actes virtuosos qui són conformes a llur condició, ignorant los sdevenidors mals, qui són causa de impedir los bons prepòsits e serveys que lo vostre capità ha acostumat fer a la magestat vostra. Car les coses noves solen més plaure e ab més sforç executar que les molt vistes, e lo que hom no té se sol ab major afecció desijar que lo que hom posehex, e neguna cosa és tan delitosa que per lonch us no torne enujosa. E venint al que vull dir, ab licència de la magestat vostra, lo vostre capità s'és recullit en les galeres e ha ordenat, per sguart de la cama, de anar fins al port de Transimeno. E ab barca pujarà fins al castell de Malvehí; e la gent d'armes, per terra, fins en aquell loch mateix. E significa a la vostra altesa, per mi, la sua prompta deliberació e partida.

Respòs l'emperador ab paraules de semblant stil:

—Cavaller, molt stich aconsolat de la bona nova que·m portau, car yo regracie molt a la divina Bondat com ha donat sforç de salut al nostre capità perquè puga partir, que és la cosa que més desije en aquest món aprés salvació a l'ànima, car la sperança que tinch en la sua gran virtut de cavalleria me fa oblidar tots los passats mals. E per ço com pens que serà repós de la mia senectut, vull pendre a Tirant en compte de fill. Pregau-lo de part mia que, axí com fins ací ha ben obrat, ho persevere de ací avant molt millor, car lo premi de tan gran servey serà tal que ell e tots sos parents alegrar-se'n poran.

Lo senyor d'Agramunt besà-li la mà e pres son comiat. Aprés anà a la cambra de la emperadriu e pres son comiat, e de la princessa per lo semblant.

Com la emperadriu véu que Ypòlit se'n devia partir, e la princessa Tirant, feyen molt grans lamentacions. E cascuna plorava e·s dolia de sos mals, en special la princessa, que axí·s partís Tirant d'ella sens dir-li res. Cuytadament anaren a la cambra de l'emperador per veure si era ver la lur partida e l'emperador los ho recità tot. La princessa apoderà que l'emperador anàs a la mar perquè ella hi pogués anar, e la emperadriu que no s'i tardà. E per quant l'emperador aplegà primer a la mar que no elles, posà's dins una gran barca e entrà en la galera. E pregà molt a Tirant que tot l'imperi tingués per recomanat. E Tirant li dix paraules molt afables, fent-li oferta largament de tot lo que·l pregava, e encara més lo aconsolà per tal forma que l'emperador ne restà molt content.

E tots los mariners donaren de consell a l'emperador que prestament ixqués en terra per causa de hun negre núvol qui ab grans trons e lamps venia acompanyat. L'emperador fon tornat a terra. La princessa, ocupada de molts pensaments, dolent-se molt com no era stada allí com son pare entrà en la galera, perquè ella y fos entrada e hagués pogut veure e parlar ab Tirant. La mar era ja tan brava que no consentia que dones y deguessen entrar, e son pare tanpoch no lo y haguera consentit. La princessa, qui no véu altre remey, los seus ulls destil·lant vives làgremes, ab infinits sospirs adolorits pregà a Plaerdemavida que entràs en la galera e que sabés la causa o causes per què Tirant axí cautelosament se era recollit sens dir-li res, e les mans, al passar, per què les se havia posades davant la cara, e més avant, per què no volgué aturar en lo palau, lo que altres vegades tant havia desijat.

E Plaerdemavida, perquè era donzella molt entesa e de bon sentiment, hagué molt bé compresa tota la intenció de sa senyora, e posà's en una barca, ab Ypòlit y altres qui l'acompanyaven.

No comporta ésser dita la dissimulada dolor que la emperadriu pres com veu que Ypòlit pujava en la galera.

Com fon dins, Tirant no féu gens de cara a la donzella, però ella s'esforçà que Tirant la hoýs e no tardà de fer-li present de semblant embaxada.

Capítol CCXCIIII. La embaxada que Plaerdemavida splicà a Tirant

—Ací só venguda per finir los darrers dies de la mia trista vida, io digne de gran lahor, en lo qual natura no ha fallit! Ja per la desconexença de la senyoria vostra no us puch oblidar, e yo no só merexedora de tan dura punició aconseguir, conexent lo vostre gran renom de vostra virtuosa fama pública per tot lo món. No sens gran causa és causada en mi dolorosa passió e són posats en mi dolorosos treballs, los quals per plaure a altri desplaen a mi. Mas fortuna, qui tots temps és enujosa e envejosa de axí lonch delit e plaer, en lo qual, en lo principi de vostres amors, havia trobada forma prou cuberta e covinent a vostres desigs complir, a la fi, la sua amor desordenada, en trist e dolorós plant s'és convertida. Ara deixem star les costumes de gran lahor e les singulars virtuts qui en vós habiten, les quals haurien força de pendre cascun altre sperit. Bé pot ésser maleÿda aquella donzella qui ha perdudes les sues paraules, que no li han respost a la sua justa intenció, omplint a mi de infàmia miserable. O molt cruel cavaller, entre molts nobles valerós! Qui ha regirats axí los teus pensaments? ¿Hon són ara los prechs los quals moltes vegades a mi, per restauració de la vida nostra, planyent e sospirant oferíeu, que la vostra vida e mort stava en les mies mans? Hon són ara los piadosos ulls ab los quals tota volta mostraven ésser vists ab làgremes? Hon és la amor que envers mi mostràveu passant delitoses paraules? E los greus treballs e congoxes yo he presos per meus propis en delit e servey de vostra mercé! Partir-se de tan virtuosa senyora, la més alta en dignitat e virtuts que en tot lo món sia, sens dir-li adéu siau! La sanch de Caÿm no comès tan gran desconexença envers son germà Abel com vós haveu fet envers vostra sposada. Si vida dolorosa o mort li volreu dar, no ixcau en terra ni la vejau. Si restaurar la volreu de amargosa vida, dau-li una poqua de vista de vostra senyoria.

E dit açò, no podent retenir les sues piadoses làgrimes, tancà's davall lo seu mantell ab gemechs e sospirs molt dolorosos e no dix més. Però Tirant volgué satisfer en lo que Plaerdemavida li havia referit e, ab baxa veu, perquè de negú no fos hoÿt, féu principi a hun tal parlar.

Capítol CCXCV. La resposta que fa Tirant a Plaerdemavida

—Hon trobaré yo medecina per foragitar la mia cruel e inestimable dolor? E qui serà aquell qui confort puixa donar a la gran tristor mia? Car si no, sol la mort és aquella qui dóna remey a tots los mals, car perdent la vida perdré lo pensament del negre ortolà. E major dolor és la mia que no fon la magnificència de Pirro, ne la descontentació de Medea, ne la potència de Dari, ne la desaventura de Adriana, ne la crueldat de Gigurta, ne la infàmia de Canatre, ne la tirania de Dionís. Moltes altres dolors semblants a la mia dexaré de recitar perquè yo veig que los antichs dans, cercant si·n trobaré que sien als meus semblants, per ço com havent companyia me dolga menys perquè·m facen mísera sepultura. Yo tinch compassió de qui·m dóna gran dolor e no gose manifestar lo que·m fa dolre, la qual cosa, si fos de dir, no tinch dubte que, axí com als altres atribulats qui·s dolen atenyen algun remey... e benaventurada pietat és aquesta.

«O donzella de generació ingrata, consentidora de mos mals! No·ns cové a nosaltres, strangers, fiar de negú, com totes les coses nos ixquen contràries. Per ço se continuen les mies congoxes, no obstant la sperança del sdevenidor viatge, encara que sia a mi molt fatigós. Emperò, no desminuhint en amor, la vera sperança mia clara és e la sua més scura que la nit. La sua bellea e avisament passa totes les altres del món ab singularitat tan strema que seria foll qui en sa presència alguna altra loàs de ésser de tanta stima. E fengia la bella senyora tanta contentació de mos passats serveys e presents! Cercant paraules qui a tanta pena eren conformes, puix és impossible causa de tan gran tristor rahonar-se puga, a la fi los meus adolorits ulls merexqueren veure la tan stimada senyora, la qual de mi en aquell cars poch pensament tenia, ab lo Lauseta, negre ortolà.

«Primerament viu hun desonest besar, lo qual los meus ulls e los sentiments ofené. E majorment aprés: entrant en una cambra ab gest e paraules de infinida amor, abraçats, mostraven haver aconseguit tot aquell plaer e delit que entre enamorats se acostuma. E exint per la porta la Viuda Reposada, ab hun vel de seda en la mà, agenollant-se als seus peus, davall les sues faldes bé amunt lo y posà. Los dolorosos pensaments e tristes sospites que a la mia dolorosa ànima combatien per haver vist com aquell tan indignament la havia tractada, no sé la mia mà per què en aquell cars se detingué de fer homey, no vull dir en qui. Mas la desaventurada paret m'o tolgué, més amiga d'altri que no de mi. Los arbres qui de prop li staven, tots mudaren de color per la abominació de tan leig cas.

«—E lavors diguí ab irada veu: —Perd de mi la sperança, Plaerdemavida! Que si yo t'hagués vista, com fiu a la donzella de Montblanch e la Viuda Reposada, yo t'haguera presa per los cabells e en aquesta mar sagrada te donara de bon grat sepultura adolorida. Mas per ço com no venguist davant la mia vista, te prech que prestament te vulles partir davant los meus ulls, car bé pens que tanbé deus ésser consenta en la maldat de ta senyora. Mas aprés lo cars, jamés traure ni apartar poguí del meu ànimo la miserable gelosia, qui en mi havia presa posada, del negre ortolà, que com a forçat no poguí resestir que la spasa per lo coll no li passàs.

«O princessa enemiga de honestat! Per què temptes altre remey que mort a ta dolor? Tu desiges saber mon mal, lo qual no consent, per ésser tal, que sia parlat, perquè l'ayre s'entrenyora de sentir so de tals paraules. E les tues orelles haurien ferea de hoyr lo desorde de tanta amor sens comparació que al negre has mostrada, per què·t seria millor morir per reviure de honesta fama que no, vivint, morir en eterna infàmia. ¡O cruel seguretat que tu a mi fist per tolre'm lo perill en lo qual sols ma vida era segura! Lansant-me davant los teus peus te diguí la causa per hon ma vida tenia avorrida. E yo·t guardava la casta corona! Delit és als atribulats si lur dolor a persona fel recitar poden, però vós, donzella, desesperau del meu socors per la mia persona ésser absenta, car perdonar és lo meu propi ofici de aquella infançonia de la mort, la qual egualment accepta qualsevol que a ella recorre. Axí, en tal temps ma dolor tant aumentava que, quasi fora de seny, entrí en la mia cambra fengint que terrible son fatigava la mia pensa perquè·m dexassen star sol, car tota companyia me fóra enujossa, puix no podia attényer lo que tant desijava. E lançant lo meu cors per fexuga càrrega de deseguals pensaments e enuigs sobre lo meu lit, no sabia qual part millor que mort elegís. Mas pensí: lexar-me de viure feya ma culpa palesa per aconseguir-ne perpètua infàmia. E per ço prech a Déu, puix la princessa, aquella nit que·m tingué ligat enmig dels seus braços, a gran culpa sua e poc delit meu, volgué fer scusació ab paraules de pietat e ab làgremes als ulls, per ço que no conegués la sua gran culpa e major defalt, e per ço desig en aquesta mar salada yo pogués fer ma pròpia habitació e lo meu cors, no soterrat, anàs sobre les ones, e que arribàs hon la senyora princessa habita per ço que ab les sues delicades mans me vestís la mortalla.

Callà e no volgué mes dir. Com Plaerdemavida conegué lo mal de Tirant quin era, e véu que lo negre ortolà era stat mort e no podien saber qui u havia fet, sinó ara per relació sua, estigué molt alterada. Però sforçà l'ànimo per exir bé de la sua embaxada e, ab gest de alegria e cara rient, se pres a dir, present Ypòlit, paraules de semblant stil.

Capítol CCXCVI. Rèplica que fa Plaerdemavida a Tirant

—Les paraules dissimulades que lo vostre ginyós pensament ha manifestades, són a mi de gran admiració, que per vós sia stat presumit que ab senyal de verdadera amistat, ab paraules injurioses procehint d'estrema malícia, volríeu portar a ma senyora a infàmia de perpetual desonestat. E no penseu que ab lo vostre mal saber me poguésseu induyr al que volríeu, que yo loàs les vostres reprovades paraules e mala intenció, car tant vos aprofitaria com fer hun clot en l'arena e ab hun anap foradat buydar tota l'aygua de la mar. E vós, qui us feu amar e desamar, deveu pendre açò per somni. E tot lo que dit haveu és fora de la mia memòria. E si tal cars presumiu de ma senyora ni de mi, anau per a desconexent cavaller, que en tan gran perill hajau posada la vostra persona. E posat cars que u hajau vist, és stada cosa que s'és fet per joch e burles, per dar consolació e alegria a la senyora princessa. La Viuda Reposada hagué dels entremesos de la festa de Corpus Crist e yo·m vestí en forma del nostre ortolà.

E recità-li tot quant dessús és stat dit.

Tirant fon molt admirat de tal rahó e dix que tal cosa no podia creure si donchs de sos ulls no veya lo contrari. La donzella, ab grans rialles, li dix:

—Senyor, yo dellibere de restar ací e vaja Ypòlit a la mia cambra. E davall lo lit trobarà tots los vestiments del negre ortolà. E si no dich veritat, que de cap me lanseu en mar.

Tirant fon content e manà a Ypòlit que prengués les claus e prestament hi anàs. E per ço com feya gran maror, que tornàs prestament. E Ypòlit féu lo manament de Tirant. Com fon tornat ab la roba del negre ortolà, la mar stava tan brava que jamés Ypòlit no pogué pujar en la galera ni Plaerdemavida no pogué exir en terra. De la galera lançaren una corda a la barca e ligaren-li la roba del negre ortolà en tal forma que la pujaren en la galera.

Com Tirant véu la cara e la roba, conegué la gran maldat de la Viuda Reposada e, en presència de tots, jurà allí que si en aquell cars pogués exir en terra, que en presència de l'emperador la faria cremar o ab les sues pròpies mans faria d'ella lo que havia fet del negre. Aprés Tirant pregà molt a Plaerdemavida que li volgués perdonar dels mals pensaments que havia tenguts de la princessa ni d'ella e, com fos ab sa altesa, que li volgués recaptar perdó. E Plaerdemavida molt graciosament lo y otorgà e, axí, restaren los dos ab molt bona amor e voluntat.

A poch instant, la mar se enbraví tan fort que tots aquells qui veyen la barca hon Ypòlit anava, tots reclamaven a Déu, de bon cor, que no perissen en la cruel mar. E com Déu volgué, tornaren a terra tots banyats e la barca mija d'aygua. La pluja e lo vent era tan fort e la mar tan alta que les gúmenes de les galeres se romperen e per força hagueren de aquí de partir. Dues galeres donaren en aquella hora a través: les persones se salvaren, mas les fustes se perderen. Les tres galeres com a forçats entraren dins la gran mar ab la major fortuna del món. Romperen los arbres e les veles e tot ne anà dins mar. La una galera trobà's a sobrevent, e Déu volgué que pres en una illa petita e allí·s restaurà. La galera de Tirant e l'altra eren a sotavent. No pogueren pendre en la illa, ans romperen los timons de caixa e la galera de Tirant se descosí. E l'altra galera qui prop li venia tota s'obrí, e entrà-se'n la gent y ella en l'aygua de dolor: tots se negaren, que negú scapar no pogué.

La galera de Tirant féu la via de Barberia. E tots los mariners perderen lo temto del marinatge, que no sabien en quines mars eren, e tots ploraven e feyen lo major dol del món. Agenollats cantaven la *Salve regina*. Aprés se confessaren los huns ab los altres e demanaren-se perdó. Plaerdemavida stava gitada en hun lit, més morta que viva, e Tirant, aconortant-la lo mils que podia. Com Tirant véu que lo joch s'estrenyia, dolent-se de sos mals, féu devotament principi a semblant lamentació.

Capítol CCXCVII. Lamentació que fa Tirant corrent en la mar fortuna

—O Senyor, ver Déu omnipotent e misericordiós! E quina és stada la mia trista sort e gran desaventura que en tan gran treball e cruel infortuni vengut sia? O miserable de mi! E com ha permès la tua divina Bondat que yo haja a morir en la cruel mar e m'haja a combatre ab los peixos? No só pogut morir en les forts batalles dels turchs e ara morré sens poder fer resistència alguna. Per què no morí en la fort batalla del senyor de les Viles-Ermes, puix ab tanta pena havia finir la mia trista vida? Loada sia la Magestat divina, a qui plau que per los meus grans peccats yo reba tal punició segons los mals meus meriten. ¡O trist de mi, que no·m dol la mia cruel mort, mas dol-me aquesta donzella que haja ésser punida per los meus defalts o per mi restarà en tribulació e fora de tota sperança! ¡O Tirant, bé és aquest dia trist e desaventurat per a tu, que no·t val força ni ardiment, car tu bé pensaves que cavaller qui en tot lo món fos no·t pogués vençre ni subjugar e ara est atès als tèrmens de la mort e no sabs qui·t mata ni per quina causa! ¡O senyora princessa, qui sou fènix del món, a Déu fos plasent vós fósseu ací present perquè vésseu los darrers dies de la mia trista vida, perquè us pogués demanar perdó de tantes offenses que us he fetes, per bé que no sia de mon propi costum, mas per relació de falsa gent! ¡O Viuda ficta e reprovada, ja fos plasent a la divina Providència que·m donàs tant temps de vida sol perquè·t pogués premiar de les nefandíssimes maldats que tu ab tan poca temor de Déu e vergonya del món has comeses, car per tos peccats muyr yo e tots los altres, e seràs stada causa e destrucció de la corona de l'Imperi Grech! O senyor emperador, ple de molta benignitat, com vos dolríeu de mi com muyr en tan gran desaventura! O cavallers del meu parentat, e com serà prest partida la nostra companyia! E qui serà aquell qui us puga ajudar ne traure de presó? O excel·lentíssima princessa e sposa mia, vós éreu lo meu confort e restauració de la vida mia! Yo suplich al Senyor de tot lo món que us vulla liberar del poder de vostres enemichs e us aumente la honor y l'estat, e que us trameta hun altre Tirant qui tinga tanta voluntat de servir-vos.

No pogué comportar Plaerdemavida que, ab sforçada veu, no fes principi a tal parlar, reprenent-lo com se lamentava de fortuna.

Capítol CCXCVIII. Rèplica que fa Plaerdemavida a Tirant

—Axí us ne pren com fa al laurador com vol segar lo blat, que sega la espiga buyda. E no us deveu clamar de fortuna, mas de vós mateix, car no us ha forçat fortuna de amar ne de avorrir, car no és ofici seu ne té senyoria neguna en coses que estan en libertat del franch arbitre. Voleu saber què us ha forçat? Lo vostre poch saber, qui ha dexada la rahó per seguir lo desordenat voler. Riqueses, potències e dignitats e semblants coses dóna la fortuna, mas elecció de amar o de avorrir, obrar bé o mal, voler o no voler, en lo franch arbitre stà, e cascú ne pot usar a sa voluntat.

No tardà Tirant en fer principi a semblant parlar.

Capítol CCXCIX. Replica Tirant a les rahons de Plaerdemavida. Com la galera de Tirant se perdé en la costa de Barberia

—Si de mos mals yo só stat ocasió, no·m dol gens la mia mort, puix yo la m'é procurada. Mas dol-me la tua, que per causa mia hages a perdre la vida. E fos plasent a la divina Bondat que·t pogués traure e liberar dels braços de la fosca mort. ¡E si a mi fos possible pogués dir quant ha guanyat sobre mi la mala sort des que la magestat de la senyora princessa me ha dexat encórrer! Car no sé qual me és pus contrari: amor o fortuna. E fantasiant contínuament en la magestat sua, tinch la sua ymatge davant los meus ulls. E dexant-me de vanes paraules, perquè tenim la mort vehïna, dich que no som ara en temps ni en hora de tenir moltes rahons, sinó recórrer al divinal auxili, per què suplich a la misericòrdia del meu senyor Jhesucrist que vulla haver mercé de la mia ànima e de la tua.

E girant-se a l'altra part, véu lo gran plant que los mariners tenien e véu lo còmit de la galera, qui era lo millor mariner de tots, retre l'ànima a Déu per ço com era cayguda una corriola e li havia dat al cap. Levà's hun galiot, anà a Tirant, e dix-li ab gran sforç:

—Senyor, manau que la gent lancen l'aygua que dins la galera és. Veus ací hun bastó. Ab aquest en la mà, cuytau per tota la galera, car lo còmit és mort e tota la gent stà esmayada, car vehen-se prop de la mort. Féu-y gran sforç que buyden, car si podem passar aquell cap, nosaltres porem acampar la vida, car més val de dos mals pendre lo menor, ço és, que siam catius en poder de moros que si perdíem les vides.

Tirant alsà lo cap e dix:

—En quines mars som?

—Senyor —dix lo galiot—, veus allà —senyalant— les mars de Sicília, e aquestes són les de Túniç. E perquè sou persona virtuosa, me dolch més de vós que de mi, car la fortuna vol que havem de perir en aquesta trista costa de Barberia. E en semblant cars cascú deu demanar perdó a l'altre.

Tirant se levà prestament, si bé la spantosa mar li feya gran mal, que levar no·s podia, e féu tot lo que li fon possible. Mas véu que lo scandalar e la cambra d'enmig e lo pallol, tot era ple d'aygua. Tirant, que hagué vist tot açò, féu-se traure les millors robes que tenia e vestí-les-se. E pres una bossa ab mil ducats, ab hun scrit que posà dins qui deya: *Prech e suplich a qualsevulla que lo meu cors en son poder vinga, per gentilea, amor o pietat, al meu cors li vulla dar sepultura honrada, com yo sia Tirant lo Blanch, del linatge de Bretanya e de aquella singular conquesta de Roqua Salada, capità major de l'Imperi Grech.*

Com açò fon fet, era passat migdia. E la galera, com més anava, més se omplia d'aygua e molt més entre ells crexia lo dol. E la mort se apropincava.

Essent prop de terra, los moros veren venir la galera, e venia a ferir en aquell loch hon ells desijaven. E los crestians veyen que de morts o de catius scusar no·s podien en aquell cars. Tirant tornà a reclamar la Mare de Déu, senyora nostra, dient semblants paraules:

—O Mare piadosa e misericordiosa dels peccadors! ¡Tu qui fuist verge ans del part, en lo part e aprés lo part, que axí com yo verdaderament crech açò, que axí ages mercé a la mia peccadora ànima!

La galera fon prop de terra e tota la gent se lançaven en mar, cascú per liberar la vida. En aquest cars era ja quasi nit scura. Com Tirant véu que los mariners cascú prenia son partit, no·s volgué jamés partir de la galera; per ço com en la galera no y havia barca ni corda ni rem que tot no fos perdut. Pregà Tirant a dos mariners, fels amichs seus, de aquells qui eren venguts ab ell en la sua nau com armà en Bretanya, qui tinguessen per recomanada a la donzella. E tant los pregà e·ls promés que ells ho emprengueren. Despullaren-la tota nua —e ja quasi la galera era tota davall l'aygua— e pres una planxa de suro qui stava ligada ab hun ferro, ab hun ganivet tallà la corda y lo mariner ligà-la's en los pits e la donzella abraçà'l per les espatles. L'altre ajudava-li a sostenir. Vench colp de mar e donà a Plaerdemavida e als mariners, e lançà'ls los huns deçà, los altres dellà. Lo qui portava la planxa de suro, ab l'embaràs de la corda ab la donzella, per restaurar-la, ell se ofegà. L'altre mariner ajudà a la donzella tant com li fon possible. A la fi fon forçat la desemparàs. E fon sort que·s trobà tan prop de terra, e nit scura, que sentien la gran remor que los moros feyen per pendre los crestians.

La donze[l]la tocava dels peus en terra e, trobant-se desemparada, aturà's, que no volgué exir en terra. Mas acostà's més a terra per no star en tan gran fons, mas venia la ona algunes vegades que tota la cobria. E anant vora terra, per l'aygua, apartà's dels crits per dubte que no la matassen, car veya que los moros, ells se mataven los huns ab los altres, sobre lo pendre dels presoners, qui més ne porien pendre. E ab los relamps que feya, veya reluyr les spases vora la mar. E tota nua se n'anà per l'aygua, seguint la vora de la mar. E com sentia venir algú, entrava-se'n tota dejús l'aygua e stava axí fins que eren passats.

La pobra de Plaerdemavida, nua e crua, sens vestidures negunes, morta de fred, anava tostemps reclamant a la mare de Déu, senyora nostra, que, puix la sua bona sort la havia portada en terra de moros, li volgués deparar alguna persona que la tractàs bé. E anant axí prop de mija legua, trobà unes barques de peixcadors. Entrà dins una barraqua e trobà dues pells de moltó, e ligà-les la una ab l'altra ab una corda prima e posà's la una pell davant, l'altra detràs, hon trobà hun poch de remei al fret. Posà's hun poch a dormir perquè stava molt fatigada del treball de la mar.

E com se despertà, trobant-se sola, pres-se a plànyer e plorar e a fer molt grans lamentacions, destil·lant dels seus ulls vives làgrimes qui agreujaven molt los seus ulls e la sua veu, qui restà fort rogallosa, quasi no podent parlar. E ab cuytats passos anava cercant les vies de la cruel fortuna, la qual contínuament aguayta als qui en tranquil·le repòs desijen viure. E rahonant-se ab si mateixa, la aflegida donzella deya:

—O despiedada fortuna, com has mostrada vers mi tanta crueldat! Què·m podies més fer que lançar-me cativa en terra de moros? Menor pena me seria stada que en la tempestuosa mar hagués rebuda sepultura en lo ventre d'un peix. Però yo stime d'ací avant molt poch posseyr los béns que posseyr devia, puix a la fortuna plau per los engans que ab si porta, car aquella cosa és perduda sens dolor que sens amor és possehïda. E desije yo ara la mort, puix en tal cars só venguda, mas yo tinch dubte que desijant-la no·m porrogue la vida. Car en aquest cars yo conech que tots los sants me són contraris, car impietat me constreny que cometa crim en la mia persona, com la mort sia fi de tots los mals, la qual, si benignament és rebuda, dóna a les donzelles premi de honestat. E certa cosa és que yo finiré la tendra castedat mia ab mort delitosa per finir la mia penosa vida ab conservació de ma fama, car viure és morir qui no spera haver alegria. ¡O trista de mi, que la arena stà umida per les mies doloroses làgrimes! ¡O senyora princessa, yo só bé certa que per mi vós ara plorau per la mia absència, malcontenta de vós mateixa, sperant quan tornaré ab la desijada resposta! Bé·s porà aconortar la altesa vostra de mi, que pens jamés me veureu per la mia gran desaventura!

Estant en aquesta dolor, que ja era prop del dia, sentí venir hun moro cantant. Amagà's prop del camí perquè no fos vista de aquell. Com aquell fon passat, véu-li la barba tota blanca: pensà en si que aquest moro vell li daria algun bon consell e acostà's al vell moro e recità-li tota la sua desaventura. Lo moro, mogut de gran pietat, vehent-la donzella jove e de gentil disposició, dix-li semblants paraules:

—Donzella, yo veig que la fortuna t'à portada en aquesta misèria. Yo vull que tu sàpies com yo fuy gran temps catiu en poder de cresttians, en Spanya, en hun loch que havia nom Càliç. La senyora de qui yo era catiu, vehent la m[i]a gran servitut que yo feta li hav[i]a, se seguí hun cars que, tenint ella hun fill, enemichs que tenia li vengueren per matar-lo, e certament lo hagueren mort sinó per mi, car, per ma valentia, ab la spasa en la mà leví de terra lo fill de ma senyora e nafrí'n dos. Los altres fiu fugir. E per aquell esguart yo fuy posat en libertat per la senyora. Vestí'm tot de nou e donà'm diners per a la despesa e féu-me posar a ma voluntat dins en Granada. E per aquesta gentilea que aquesta senyora me féu, tu hauràs loch en mi. E com yo tinga una filla viuda, la qual, per contemplació mia, ella·t tendrà en stima de una germana.

Plaerdemavida prestament donà dels genolls en la dura terra e féu-li infinides gràcies. E lo moro se despullà hun albornuç que vestia e donà'l a Plaerdemavida. E los dos se n'anaren en hun loch qui prop de Túniç stava, qui·s nomenava Rafal.

Com la filla del moro véu la donzella axí jove e de tan gentil delicadura, tota despullada, pres-li molt gran compassió. E lo pare li pregà li fes tota aquella millor companyia que pogués e li dix:

—Sàpies, ma filla, que aquesta és filla de aquella senyora qui·m posà en libertat. E per la bona companyia que·m féu e la gràcia que d'ella aconseguí, en aquesta li vull retre les gràcies.

La filla, per la molta amor que al pare portava, ab amor infinida rebé la aflegida donzella. E donà-li una camisa e una aljuba ab hun alquinal, e no era negú qui la ves que no la tinguessen per mora.

Ara tornem a Tirant, que poch aprés Plaerdemavida fon exida de la galera ab los dos mariners a qui Tirant la havia comanada, ell restà ab hun mariner fins que la galera fon tota plena d'aygua, la qual se n'entrava a fons. Lavors Tirant acordà ab lo mariner de lansar-se en mar, que mijançant la ajuda del mariner sí poria exir en terra, per bé que Tirant tostemps tingué crehença que en la mar o en la terra ell no podia ésser stalvi de la mort, per ço com, sabent los moros que ell fos Tirant, capità dels grechs, qui havia fet tant de mal als turchs, no·l lexarien a vida per tot lo tresor del món. Emperò ab ajuda de la divina Providència e del mariner ixqueren en terra, que era ja nit ben scura, e secretament, a quatre peus, se lunyaren dellà hon sentien la remor dels moros. Com foren anats per bon spay de terra e ja no sentien la remor de la gent, apartaren-se de la mar entrant devers terra. E trobaren una vinya, qui en aquell temps era que y havia raÿms. Dix lo mariner:

—Senyor, per Déu, aturem ací en aquesta delitosa vinya, e porem-y estar fins a demà tot lo dia e porem pendre vista de la terra. E en la vinent nit porem de ací partir per anar hon la senyoria vostra manarà, car en mort ni en vida no us falliré.

E Tirant consentí en los seus prechs. Com tingueren ple lo ventre de raÿms, veren allí una cova e posaren-se dins per a dormir, tots nuus axí com staven. Com se despertaren, sentiren-se tots frets; levaren-se e mudaven pedres de hun loch en altre per escalfar-se. Com lo sol fon exit, Tirant stava ab gran dolor per les cames, qui molt li dolien, no tenint sperança neguna qui de bé fos.

E seguí's en aquell cars que lo rey de Tremicén trametia embaxadors al rey de Túniç lo major e millor cavaller que ell tenia ni de qui més fiava, y era capità general de tota la sua terra e tots lo nomenaven Capdillo-sobre-los-capdillos. Aquest embaxador havia passats tres mesos que era allí e havia-li dat posada en hun loch qui era molt abundós e delitós de caça, ab tota la sua gent. E fon sort que aquell matí ell ixqué per pendre delit ab falcons e lebrers e, caçant, trobaren una lebre. E per ésser molt correguda per los cans e per los falcons, no podent haver altre reparo, entrà-se'n dins la cova hon Tirant stava. E hun dels caçadors que la y véu entrar, descavalcà a la porta de la cova e véu dins Tirant star gitat que no·s volgué gens moure. E lo mariner li ajudà a pendre la lebre. Lo caçador se n'anà dret al capità y dix-li:

—Senyor, yo no crech que natura pogués formar hun cors mortal ab més perfecció, car pintor no poguera pintar hun cors més bell del que yo he vist. O fortuna! Per què l'as tant perjudicat? No sé si és defalt de la mia vista car, a mon semblant, me par ésser més mort que viu, per la color que té descolorida, ab més bella cara, e lo lustre dels ulls me par que sien robins acunçats. En lo univers món no pens se trobàs hun cors mortal ab tanta perfecció de membres. Yo l'he vist tal que crech que de dolor e mals stà ben acompanyat.

Lo senyor li demanà hon era l'ome qui tanta bellea possehïa. Dix lo moro:

—Senyor, veniu ab mi, que yo·l vos mostraré en aquella vinya, dins una poca cova.

Lo embaxador ab plaer inestimable féu aquella via. Lo mariner, qui véu venir tanta gent, desemparà a Tirant sens dir-li res e fugí tan secretament com pogué, que dels moros no fon vist.

Aplegat l'embaxador a la cova, per bon spay stigué mirant a Tirant, havent compassió d'ell, e ab gest e cara de humilitat, ab stil de tal parlar féu principi.

Capítol CCC. Lo conort que fa lo embaxador a Tirant

—La gran bellea que veig en la tua persona porta dins mi pietat molt profunda. E com sia cosa acostumada als hòmens, per grans senyors que sien, que s'esdevé que són presos en batalla en mar o en terra o per naufraig, axí com ara la fortuna ha portat a tu. E per ço, si virtuós est, no·t deus desconfortar, car encara que la fortuna te haja portat ací no·t deus desesperar de la misericòrdia de aquell gran Déu qui tot lo món governa, car yo·t jur per lo nostre sant profeta Mafomet, qui t'à liberat de tan gran perill e t'à feta gràcia que sies vengut en mon poder, com yo veja que natura no ha fallit en formar lo teu cors de tanta singularitat, no crech menys aquell no haja dotat de moltes virtuts. Yo tinch tres fills, tu seràs lo quart.

Cridà al segon fill e dix-li:

—Aquest com a germà hauràs. E si plaer me volràs fer, te prech de les tues fortunes me faces cert, com les desige molt saber. E aprés que hauré feta una empresa mia, qui és interés del major de mos fills, per ço com li volen levar la sua sposada —la qual cosa de grat no consentiria, com aquesta sia donzella molt virtuosa e filla del rey de Tremicén—, e com aquesta empresa sia molt perillosa, si a Mafomet plaurà ab honor yo·m puga exir, no·t dolga la tua pèrdua, per molta que sia, car yo·t faré rich tornat que sia en la mia casa, que ara no puch, car los fats sinestres de fortuna no han volgut que lo matrimoni que és stat jurat sia vengut a la fi que desijam. O crestià, yo·t veig molt plànyer! Digues-me de què·t dols, que de la tua boca sent exir dolorosos sospirs. Prech-te que m'o digues ab confiança de ton bé.

Acabant l'embaxador moro tals paraules, Tirant se fon levat e, ab veu sforçada, en semblant stil a son dir féu principi.

Capítol CCCI. Com Tirant féu relació ficta de sos fets a l'embaxador

—De gran humanitat proceheix haver pietat e compassió dels miserables, e a mi és molta glòria ésser vengut en poder de ta senyoria per catiu o presoner, per tu ésser cavaller tan magnànim e virtuós que m'has promés premiar del que la fortuna de sa pròpia auctoritat me ha levat dignament, com aquell sia lo seu ofici de donar e tolre a qui li plau. E com la senyoria tua me atorgue licència en dir ma desaventura e desija aquella saber, yo só molt content recitar aquella a ta senyoria, perqué tinch notícia de la tua molta virtut e bondat, e és gran descans als miserables com recitar poden lurs dolors a persona fel e piadosa. E vull que·t sia notori com la mia condició és de gentilesa, per bé que no sia príncep ni gran senyor. Mas com a home jove, desijant adquerir honor y fama, he cercat lo món. E trobant-me en les parts de Levant, per ma desaventura parí la orella a una viuda, la qual ab ses fictes paraules e diabòliques obres, enmig del dia me féu veure dins hun ort lo major mal e adolorida pena que lo meu cors e ànima sentir podien. E tanta fon la strema pena que sentí que del major enemich de la mia atribulada vida, ab les mies pròpies mans, prenguí venjança complida. E restant molt adolorit, me partí ab una nau per passar en la Súria e de aquí passí a la Casa Santa de Jherusalem, hon és lo sant sepulcre de Jesucrist, perquè pogués fer smena de mos peccats. E tornant, me'n pugí en aquesta galera, segons ta senyoria ha vist. E ací pots veure tota la mia desaventura e com, despullat, tot nuu, liberat del perill de la tempestuosa mar, per la divina Misericòrdia só arribat en Barberia. Per què prech a la senyoria tua que·m vulles tenir per recomanat.

Lo missatger, responent, dix:

—Tard és vist que de foll navegar se puga atényer segur viatge. Yo só Capdillo-sobre-los capdillos: dona't confort car yo tinch molta terra e gran riquea. No dubtes en res, que, com hi siam atesos, tot lo que·t plaurà tu hauràs. Mas prech-te no·m denegues lo teu nom, car yo·t jur per Mafomet, lo meu Déu, yo t'hauré com a fill.

—Dich-te, senyor de mi —dix Tirant—, que yo fas infinides gràcies a la senyoria tua del que m'as ofert. E prech a la divina Bondat que m'o lexe servir. E puix tant desiges saber lo meu nom, ab tota veritat, senyor, te dich que lo meu dret nom és Blanch.

Ab molta pietat respòs lo Capdillo:

—Beneyta sia la tua mare, qui de tan bell nom te dotà, car lo teu nom se concorda ab la tua singular perfecció.

E prestament lo fill se despullà una aljuba e donà-la-y, e feren-lo cavalcar en les anques de hun ginet, e axí·l portaren fins al loch hon fon molt ben vestit a la morisqua.

E perquè lo rey de Túniç no sabés nova d'ell, per ço com en sa terra lo havien pres, lo féu cavalcar en una adzembla e tramés-lo en hun castell dels seus, que·l tinguessen ben guardat perquè no se'n fugís.

Com Tirant se véu vestit e hagué vistes les afables paraules del Capdillo-sobre-los-capdillos, pres molt gran consolació en si. E girà's devers la mar alsant los ulls al cel, reclamant a nostre senyor Déu e a tots los sants que la mar mudar degués los seus costums, car lo vent e la mar se eren concordats en la sua desolació, axí com l'ome qui està en l'estrem de la sua fi e no troba loch per hon se'n puga anar.

E volent caminar en la nit, lo cel se demostrava blau, la luna era en lo ple, que lansava molt gran claredat, que paria que fos de dia. E cessat lo vent, en aquella hora lo feren partir. E lo primer pas que donà exint de la casa, caygué tot stés ab los braços uberts e stesos. Digueren tots los moros:

—Açò és hun gran mal senyal. Com aquest catiu crestià és caygut ab los braços stesos, poca serà la sua vida.

Tirant se fon prestament levat, qui havia entés tot lo que los moros havien dit, e dix:

—No haveu levat bon juhí, car yo he nom Blanch e la luna és clara, blanca e bella, ara en aquesta hora que só caygut. E la luna resta endret del meu cap e dels braços, senyalant lo camí que yo dech fer, e no és restada atràs ni al costat. E les mies mans són restades ubertes e steses devers la luna, per què demostra que yo, ab ajuda de la divina Potència, tinch de conquistar tota la Barberia.

Tots los moros ne feren grans rialles e tingueren-ho per burla. E tiraren son camí, tant que per ses jornades arribaren en hun fortíssim castell. E lo fill de aquest Capdillo era luny de allí tres jornades —lo qui era sposat de la filla del rey de Tremicén—, e digueren-li com son pare havia tramés allí hun presoner crestià, lo qual era home de molt bella disposició e de bona gràcia. L'esposat manà que fos ben guardat e li posasen cadena e grillons. E axí fon fet. Tirant restà molt agreujat e tornà entrar en sos trists pensaments.

Seguí's aprés que, passats dos mesos, l'embaxador Capdillo-sobre-los-capdillos hagué cobrada resposta del rey de Túniç. Tornà-se'n a son senyor ab la resposta e trobà lo dit senyor molt desconsolat, la muller e los fills, per ço com sabia que lo rey Scariano, home fortíssim, tot negre e de molt desmesurada figura segons los altres hòmens, qui era rey molt poderós de si, de molta gent e de gran riquea, e ajustà contra ell tot son poder, e molts reys que li venien en ajuda. En special li era molt parcial aquest rey de Túniç e per ço detingué tant al Capdillo-sobre-los-capdillos ab la resposta, per ço que aquella hagués ajustada tota sa gent.

Aquest rey Scariano confrontava la sua terra ab lo regne de Tremicén e volia que li donàs sa filla per muller ab tot lo tresor que tenia e, aprés son obte, li donàs tot lo regne. Aquest rey de Tremicén era de flach ànimo e tramés a dir al rey Scariano com tenia sposada sa filla ab lo fill del Capdillo-sobre-los-capdillos, e que ell no devia voler dona qui d'altri fos possehïda, e encara, que la tenia prenyada, per què li consellava que en sa casa no volgués tenir ni criar fill d'altri. Emperò que si u feya per cobdícia del tresor ajustat que tenia, ell era content de partir ab ell, perquè·l lexàs star en pau a ell e a sos fills. Lo rey Scariano li tramés a dir que ell no flixaria que no hagués sa filla ab lo tresor. E los altres fills, ell los volia tenir en custòdia sua dins hun castell.

A la fi, ells no·s pogueren concordar e lo rey Scariano vench ab tot son poder, en nombre de LV mília combatents entre de peu e de cavall.

Aquest rey de Tremicén no era més lo seu poder de XX mília combatents e, sabent que l'altre venia y era prop, pres los passos y sperà'l a la batalla combatent de alt de les muntanyes. E aplegant lo rey Scariano a una ribera, al passar perdé molta gent. Però, passada l'aygua, pujaren per les muntanyes e, alt, trobaren lo rey de Tremicén e setiaren-lo en una vall molt bella, abundosa de totes coses per les moltes aygües qui la ennoblien, la qual per los moros era nomenada la Vall Delitosa. E havia en la dita vall tres castells ab ses grosses viles e molt de singular fortalea. E allí tenia lo rey contínuament la sua casa, la muller e los fills, e allí fon asetjat.

Los dos castells staven a la una part del riu e l'altre stava a l'altra part, ab hun gran pont de pedra que y havia. E moltes voltes donaren combat a l'hun castell e prengueren-lo per força d'armes. E lo rey stava en hun altre castell molt més fort que aquell que havien pres. Lo rey de Tremicén se tingué tostemps per perdut.

Lo Capdillo, com fugí de la batalla, vench-se'n en lo castell seu hon Tirant era, car no volgué recullir en lo castell hon lo rey era. Mas dix a son fill:

—Tu deus ésser més desijós de la mort que no ésser desposeÿt de la sposada, la qual ve de tan gran e alta sanch. Per què·t man e consell que te'n vages ab ton senyor e, servint aquell, faràs com a bon cavaller, segons los teus han acostumat fer. E qui servint son senyor pot fer armes braves, no deu cercar de domèstiques. E sies en recort com honor te ha fet en tan alt grau pujar, car en semblant cars dóna la sua glòria a qui la sap percassar. E si lo teu bonvoler és ab efecte per complir les coses que honor ab si porta dretament, iràs lla hon és ton senyor. E yo veuré si remey poré dar ab alguns prínceps per alguna via indirecta o directa, si porem levar lo siti de allí hon stà.

Respòs lo fill, e dix:

—Senyor, yo só molt content anar davant aquell famós rey e mon senyor natural, delliberant fer mort e vida ab ell.

E pres comiat de son pare, besant-li les mans e la boca, e aprés, ab stil de semblants paraules, féu principi a hun tal parlar.

Capítol CCCII. Rahonament que fa lo fill del Capdillo a son pare com se partí d'ell

—Los treballs y perills no deuen als hòmens sforçats e de bon enteniment lo juhí de rahó desviar, ans constituÿts en major necessitat, de l'entendre y ànimo sforçadament servir-se deuen, car la virtut, contrastant y vencent l'adversa fortuna, s'experimenta hi·s fortifica. E per ço, pare e senyor, vos bese les mans e regracie-us molt que axí com a cavaller virtuós me consellau bé hi·m donau a mes penes remey de salut, car sent dolor inestimable per la absència de ma senyora, la qual stimaria més perdre la vida que no a ella, per bé que tinch sperança que negú no basta a levar-la'm, com stiga en hun fortíssim castell e molt ben proveÿt per a gran temps de totes les coses necessàries que per a hun castell ben provehït se pertany. E ajudant a mi, lo nostre sant profeta Mafomet volgués en mi obrar donant-me saber, lo que en mi fall, que·m puga guardar de vergonya, me faria singular gràcia, car lo vostre clar entendre ab si porta honor e fama, si la vida acampar podeu. E partesch-me de vostra mercé per anar dretament lla hon és mon senyor en la cosa que yo més ame en aquest miserable de món.

E partint-se del pare e cavalcant devers lo castell, sentí molt gran remor de gent d'armes: tingué temor que no combatessen lo castell hon lo rey era e sa senyora. E com fon alt en hun puig, véu lo gran combat que daven a l'altre castell. Lavors, ab molta alegria, ab XV de cavall entrà en lo castell hon lo rey era.

E lo Capdillo-sobre-los-capdillos, fugint ab gran recel, se n'entrà en lo seu castell hon Tirant stava pres. E descavalcat, e ben rebut per lo fill, demanà què era del presoner crestià. E digueren-li com stava en presó e ben guardat. Lo Capdillo hi pres molt gran enuig. Essent en recort lo que dit havia com se partí d'ell cahent en terra, que dix com ell tenia de conquistar aquella terra, pensà moltes vegades en aquelles paraules. E pensava, més, com aquest era crestià e devia ésser destre en les armes. Entrà'l a veure e, ab cara molt afable, lo saludà, conexent que tenia prou causa d'estar congoxat e malcontent d'ell. E ab paraules de semblant stil, de tal parlar li féu present.

Capítol CCCIII. Conort que fa lo Capdillo a Tirant

—Prech-te, crestià valerós, que no t'agreuges perquè est stat tan maltractat per mon fill, car yo·t jur per Mafomet que no és stat fet per manament meu ni ab ma voluntat. E no tingues crehença que yo haja tengut tal pensament, ans mon delliber és stat, en aquest temps que no t'é vist, de tenir-te en compte de fill, com conega que n'est merexedor. E prech-te que·t vulles alegrar e conortar, perquè yo tinch sperança que per mijà teu yo dech ésser aconsolat. E deman-te perdó, car yo conech que tens justa causa de clamar-te de mi, mas yo·t jur a fe de cavaller que, si yo visch, la satisfacció serà tal que·n restaràs content. E no sies admirat si, com a cavaller fugitiu de batalla, de mon senyor te fas demanda, car yo crech que tu, crestià, deus saber molt en les armes e seguides que deus haver guerres segons los senyals que en tu se mostren. E lo més que m'o fa creure és que com cayguist en terra diguist que ab ajuda del teu Déu conquistaries tota aquesta terra. E ajuda'm altra rahó per confirmar la mia crehença, car com te viu nuu, sens camisa, mirant lo teu ben proporcionat cors semblant lo de Sabastià, qui fon asagetat, e lo teu fon vist ple de ferides, qui les te donà no tenia gran pietat de tu, ni crech, com les rebist, no dormies ni les tues mans no devien star ocioses.

«Per què·m par haver bé suficientment provat com tu deus ésser destre en les armes e sabedor en les guerres. E no sé què·t fretura cerquar altre pare que a mi e no sé per què demanes la mort, car ella és de tal natura que ve més prest als qui la temen que no als qui la desigen. Donchs, si tu stàs en suma misèria, pren sperit de confortació e aparta de tu tota manera de dolor e pensament. E prech-te que t'alegres perquè pugues donar a mi consolació, car yo desige tornar a no res com pens en la dolorosa batalla que havem perduda, e pensant encara en les piadoses làgremes de tots aquells qui són stats morts o ferits en la trista batalla. Per què de present te prech com a fill que hajes compassió de la mia misèria. ¿Què serà de la mia honor com aquest cas vinga a notícia de les orelles de les gents?

E féu fi a son parlar.

No tardà Tirant, ab veu piadosa, fer principi a tal resposta.

Capítol CCCIIII. Resposta que féu Tirant al Capdillo

—La molta virtut que de vós tinch coneguda, senyor Capdillo, és per ço com me haveu liberat de presó sens mos mèrits precedents, mas per la molta valor de la senyoria vostra. E mostrau lo vostre valerós ànimo de cavaller, no mudant lo vostre valeròs prepòsit, en no tembre los perills de la guerra per bé que la fortuna vos sia stada adversa. E per ço com la mia adversitat és stada molt gran, tinch compassió de la vostra, regraciant a la senyoria vostra com me haveu axí aconsolat, car, puix me veig en libertat, tots los passats mals tinch per oblidats, confiant de la misericòrdia de aquell bon Senyor qui m'à creat que jamés me fallirà. E prech-vos, senyor, que no us vullau tant desconsolar, car faríeu perdre la noble sperança als vostres súbdits e a tots aquells qui iran sots la vostra bandera. Car obra és de cavallers una volta ésser vençuts e altra vencedors. Mas deu pensar la senyoria vostra les virtuts que possehïu, que no presomesca la vostra prosperitat alguna cosa de mal a fer de mi, car altra cosa no vull de vostra senyoria, ni demane, sinó la vida, per bé que no la desige sinó a fi que tinch sperança de traure la senyoria vostra de congoxa. E de açò la mia ànima restaria aconsolada, car béns de fortuna no·n desig, puix són transitoris e sens neguna fermetat. E per ço, senyor, per la molta amor que us porte, per no ésser ingrat, rebut per la mercé vostra, no us celaré la mia fortuna, com yo en Spanya he longament usat lo noble exercici de les armes, e sabré consellar e ajudar tant com algun altre, e seré dels primers en lo perill de les armes. E de açò vos demane perdó, perquè·m só tant loat, emperò les obres ne faran testimoni. E si aqueix rey té asetjat a vostre rey e senyor, no·n deveu ésser admirat, car costuma és de reys. E si temeu que les bombardes no derroquen lo castell, si conexeu que·n dega fer plaer a la senyoria vostra, yo les rompré totes quantes n'i haurà.

E lo Capdillo fon molt aconsolat de tot lo que Tirant havia dit. E féu-lo posar en orde per partir e pregà molt a Tirant se'n portàs les coses necessàries per rompre les bombardes. Respòs Tirant e dix:

—Senyor, certa cosa és que l'ome pobre, segons dien los passats, per fer o obrar alguna virtut han de necessitat mester algun tant abundància de béns, car en la benaventurança política l'om del tot pobre no pot ésser dit benaventurat, car difícil és al molt mester pogués obrar neguna cosa virtuosa, per bé que diu Salamó que la pobretat és infinida riquea e bé no conegut, car tant basta a la pobretat com natura ha mester ni requir.

Lavors lo Capdillo li féu dar lo millor cavall que ell tenia e armes e prou diners.

E Tirant comprà una fel de balena, la qual era molt vella, e pres argent viu e salmitre e vidriol romà, ab altres materials, e féu de tot ungüent. E posà'l en una capsa e donà'l a son senyor, qui en aquell cars era. E partiren del castell tan secretament com pogueren, passaren la ribera e en la nit se reculliren en l'altre castell. E de aquest castell fins a l'altre hon lo rey era distava hun quart de legua. Com Tirant hagué reguardejada la terra, véu en la ribera hun pont de pedra, e enmig de la gran orta eren aleujats tots los enemichs, axí que no era negú gosàs passar lo pont e, si u feya, no donàs en poder de enemichs. Tirant dix lavors al Capdillo que li donàs hun moro no conegut de qui ell pogués fiar e que li fes donar CC moltons. E prestament li foren dats. E Tirant vestí's un capucho de pastor mostrant ésser moço de aquell altre.

E lo rey Escariano, sabent que no era negú qui noure li pogués de sos contraris, acompanyat de gran multitud de gent d'armes —e era stat vencedor de la batalla, [que] no stimava res als enemichs—, feya tirar contínuament trenta-set bombardes, entre grans e poques, e açò tres voltes lo dia. E ja havien derrocat més de la mitat del castell. E havia feta fer crida que tots los qui portarien vitualles al camp fossen guiats anant, venint e stant.

Lo moro e Tirant pujaren bé una legua sobre lo·pont ab lo bestiar e vengueren dretament al camp. E demanaven de cascun moltó més que no valia, per ço com hi havia molts compradors. E perqué lo bestiar no·s venés tan prest demanaven-ne gran preu, e stigueren allí III dies. E portaren lo bestiar prop de les bombardes e Tirant, en scusa de mirar, acostà-s'i, untà's la mà ab l'engüent que fet havia e posà'n per to[t]es les bombardes. E l'engüent era compost de tals materials que, neguna natura de metall que·n sia tocat, torna ferrigible sol que y stiga per spay de tres hores, que al desparar que la bombarda o ballesta fa, per força s'à de rompre.

L'endemà, com despararen per tirar al castell, totes se romperen, que no n'i restà neguna sancera. Lo rey Escariano ho tingué a gran admiració que les sues bombardes se fossen axí rompudes e tingué-u a fort mal senyal. E Tirant ab lo moro tornaren-se'n al castell hon era lo Capdillo.

E hordenà Tirant que fos rompuda una arquada del pont e feren-hi hun pont de fusta levadís, ab cadenes de ferro per alsar-lo e avallar. Aprés que açò fon fet, prestament dellà lo pont féu ficar de grosses bigues e feren allí hun palench. Com lo palench fon fet, Tirant, ben armat, pujà en hun bon ginet e, ab una bona lança en la mà, anà dret al camp dels enemichs. E trobà V moros que staven al sol. Tirant remeté devers ells —los moros descuydats pensant com tot sol venia fos home del camp—, e Tirant ab la lança los matà tots V. Los crits foren grans e lo camp se aremorà: armaren-se tots e pujaren a cavall. Tirant no curà sinó de matar tants com li'n vengueren davant. Com ell véu que la gent era armada e a cavall, e venien devers ell, retragué's devers lo palench contínuament fent armes. Com fon al palench, prestament descavalcà. E los moros aplegaren al palench e los del castell devallaren per ajudar a Tirant. E allí fon una bella scaramuça e y morí molta gent. Tant carregà la gent del camp que, per força, Tirant se hagué a retraure, e alçaren lo pont per dubte dels moros. Lavors los moros romperen lo palench, e en la nit Tirant lo féu tornar a refer. Al matí los moros tornaren e trobaren-lo refet. E axí, cascun dia, a totes hores staven fent armes, e moria-y molta gent, axí de una part com de altra, en tant que cascun dia no feyen altra cosa. E seguia's moltes vegades que tot lo camp s'i ajustava. E dins lo castell tenien dues bombardes e Tirant les féu portar al cap del pont e de allí feya tirar al camp, e moltes voltes los feyen gran dan. E Tirant, a totes hores armat, stava al palench, e tots los moros ab ell fent tostemps armes.

Hun dia Tirant dix al Capdillo:

—Senyor, ¿pendríeu plaer yo tragués al rey, vostre senyor, del castell e·l vos portàs ací o en alguna altra força hon stigués en loch més segur?

Respòs lo Capdillo:

—Si tu a mi feyes aquex tan gran servir e ma nora ab son sposat, que yo·ls tingués a ma volentat, de tots mos béns te faria senyor. E posat cars que t'oblidàs lo rey, no m'i daria molt.

Ara dix Tirant:

—Senyor, feu-me aparellar II ginets ab hun patge que sia conegut e feu-los posar sots aquell pi, ab hun altre que·ls guie a mija legua de ací.

E de continent fon fet. Com lo dia fon vengut clar e net, Tirant pujà a cavall e féu armar cent hòmens e féu-los passar lo palench, e féu tirar a gran pressa aquelles dos bombardes que tenia. Com los del camp veren als cent hòmens que lo palench havien passat, hagueren temor que no entrassen dins per matar-los gent, axí com Tirant altres voltes havia fet. Tots se armaren e anaren devers ells e foren fetes aquí moltes armes, nafrant e matant molta gent los huns als altres. Fon-los forçat de retraure's fins al palench, car los enemichs se concordaren tots que donassen lo combat tan fort que, ab los altres ensemps, entrasen dins lo pont e, si lo pont prenien, lo castell seria en lur mà. E quasi aquell dia poca gent restà en lo camp que no fos tota al palench. E com Tirant véu allí tota la gent ajustada, dix al Capdillo:

—Senyor, teniu vos ací cara ab aquests tant com poreu e yo iré lla hon dech anar. E ferí fort dels sperons e féu la via dellà hon era lo patge qui·l sperava. E com aplegà ab ell, ja portava molt cansat lo seu ginet. Descavalcà e donà'l al moro, e ell pres aquell qui era bo e fresch. Partiren ell y lo patge, passaren per la orta tan cubertament com pogueren, a les espatles del camp, que per negú no foren vists, e féu anar lo patge primer, per ço com los del castell no conexien encara a Tirant. E tant se acostaren que l'esposat conegué que aquell era son germà lo menor e defené que negú no tiràs de ballesta a ell ni a Tirant.

Com foren dins lo castell, trobà lo rey, que era exit en la sala per veure'l, e féu-li gran festa.

—Senyor —dix Tirant—, vós e vostra filla pujau de continent a cavall e veniu ab mi, que yo us posaré en loch segur.

Lo rey pres lo ginet del patge e cavalcà l'esposat en les anques del ginet. E Tirant pres la donzella e cavalcà-la en les anques del seu ginet. E ixqueren a gran pressa del castell, tostemps corrent fins que foren a una legua del camp. La nit los sobrevench. Lavors se posaren a son pas e lo rey, que sabia molt bé tota aquella terra, anà-se'n dretament a la més fort ciutat que ell tenia, ço és, Tremicén.

E anant lo rey per lo camí, havent bon grat de la bella disposició de Tirant, tingué desig de saber quina fortuna lo havia allí portat, e féu principi a hun tal parlar.

Capítol CCCV. Com lo rey de Tremicén se dol de sos mals ab Tirant

—Si los cruels fats no són contents de haver-me tant alargada la vida, ab desonrada mort prenguen de mi venja, car de present me dolch que ma tristor jamés finir puga. E l'ésser trist me delita, puix só content que la mia dolor eternament se mostre als vivents, per yo haver perduda la passada batalla, car de ma adolorida pena que sent, mort me representa. Per què·t prech, gentilome, que per ta virtut me faces cert quina és la causa qui t'à mogut de posar la tua persona en tan gran perill per liberar a mi, trist rey e sens ventura, car ab diversitat de tan penosos pensaments m'as fet partir dellà hon creya finir los meus darrers dies. E los meus mals se són multiplicats per ocasió de la mia gran desaventura, e per ço, ab la nova passió, quasi fora de mon recort, entre los desaventurats seya. O enemiga fortuna què portes enveja a la mia felicitat e aguaytes ab gran solicitut la mia vellea, ab sperança de inreparable victòria! Mas, què val a mi dolre'm de tal cas? Puix yo só ara ací, que axí és stat plasent a Mafomet que per ta virtut yo sia liberat, vull que tingues tal confiança en mi que seràs molt bé premiat dels teus virtuosos treballs.

E no dix més. No tardà Tirant a les paraules del rey fer tal resposta.

Capítol CCCVI. Resposta que féu Tirant al rey de Tremicén

—Davant los ulls e mercé de la senyoria vostra se mostraran les míseres làgremes e dolorosos sospirs que lo vostre aflegit poble lansa, dia e nit, per la senyoria vostra. E podeu ésser cert, senyor, que les delicades cares de làgremes banyades han fet amollir e moure a mi a dolre'm e haver compassió, sentint les vostres injustes congoxes, les quals han renovellades a mi les dolors, tocant lo meu àn[i]mo de pietat haver de la senyoria vostra, hoynt e havent notícia de les congoxes grans que los vostres cruels enemichs vencedors vos daven.

«Arribí yo en lo vostre castell, ab benigne fortuna, per manament de aquell qui·s diu en aquest cars ésser mon senyor —e yo catiu de aquell famós cavaller—, lo Capdillo-sobre-los-capdillos. E ara tinch manifestada a la senyoria vostra la causa de la mia venguda e aquest sol desijat servey reste per a les mies penes. E perdona'm, senyor, a la simple resistència feta per mi contra les armes dels enemichs vostres per mi no coneguts. E de mi sia fet com a la senyoria vostra plàcia, lo loch e temps que merita la mia fe, per tal que, de la mercé vostra lohant-me, multipliquen lo nombre dels vostres súbdits. E per mèrits de la singular bellea, gràcia e saber que la senyora vostra filla posehex, me só posat en tan strem perill, remetent-ho tot a la benaventurada fortuna.

E lo rey, lansant infinits sospirs, replicà a Tirant en stil de semblants paraules.

Capítol CCCVII. Rèplica que lo rey de Tremicén fa a Tirant

—Molt deu ésser stimat l'ome com la sua disposició és concorde ab les paraules e obres. E de tu tinch presumit, segons que per occular demostració se manifesta, que natura no ha en tu fallit, comunicant-te tots los dons que natura donar pot. E crech, per a mi, que tu sies en lo món sol sens temor. E forçadament tinch a creure, segons los senyals que en tu·s mostren, que est crestià savi e discret, e de tant ànimo que no tens dubte de tot lo poble morisch. Per què·t prech, axí com aquell qui est virtuós, que vulles haver pietat de ma filla e de mi e, ab discreció, vulles guardar la tua persona de tot perill, car l'ardiment qui·s fa ab saviesa és de loar. E dich-te que yo tinch en tan gran abominació com hoig nomenar aquest rey Scariano, que en aquell punt desige morir. O Mafomet! La tua santedat, per què m'à levada la sperança mia?

E Tirant l'aconortà en la millor manera que li fon possible. E axí parlant, arribaren a la ciutat de Tremicén, hon foren rebuts ab molta de honor e alegria per ço com havien cobrat lur senyor. Lo rey féu donar bona posada a Tirant, hon fon molt ben provehït e servit. E stant Tirant en sa posada, lo rey li féu molts donatius. E tots los cavallers moros e altres gents lo venien a veure y ell era tan graciós que de tota manera de gents se donava grat.

Venint Tirant hun dia al palau del rey per demanar-li licència que volia anar a son senyor lo Capdillo per servar-li la fe que li havia donada, com lo rey sabé lo cars, dix-li:

—Crestià virtuós, prech-te que no·t partexques de mi, car yo he tramés per lo Capdillo, ton senyor, que vinga ací, e no passaran X dies que serà vengut. Ordena'm la ciutat e posa-y aquell orde que tu conexeràs que necessari sia, que yo·t promet, com a rey coronat trist e sens ventura, de fer-te franch e posar-te en libertat.

Tirant donà dels genolls en terra ab infinides gràcies retent, li besà la mà e conortà'l, posant-lo en molt bones sperances.

La filla del rey, qui véu la bella disposició de la persona de Tirant e los actes virtuosos que havia fets per lo rey, pare seu, e per ella, e les laors e lagoteries que Tirant li deya en presència de tots, desijava que Déu li fes gràcia que l'esposat morís perquè pogués pendre a Tirant per marit. E la filla del rey, trobant-se ab ell a soles, li dix semblants paraules:

—Crestià benaventurat, yo·t prech per Mafomet e per gentilesa, te plàcia voler-me dir la tua nació ne de quina terra est natural, car molt ho desige saber.

E Tirant, responent, dix:

—Digna de honor, puix tant la mercé vostra vol saber la mia desaventura, yo só cavaller, e per ma adversa fortuna perdí en mar tot quant portava en una galera. Los meus han usat fet d'armes, e molts reys cruelment són morts sots la lur bandera. E yo solia ésser senyor e ara só catiu e servent; tenia servidors e ara tinch a servir.

E no dix més. La gentil dama, de pietat abaixà los ulls en terra e dix:

—Sí Mafomet reba la tua ànima, vulles-me dir clarament en quina part est nat, ne de qui est fill, ne a hon són morts tots los teus parents. E prech-te que me'n digues la veritat.

Respòs Tirant:

—O tu, qui avances del món a totes de bellea, e tens poder de regirar les penses humanes per ta graciositat! E per la tua gran singularitat, crestians, moros e tot lo món has posat en devís, axí com aquella qui de virtuts est sola sens par. A mi és pena més greu que mort recitar la mia generositat, emperò, puix la mercé vostra me força, yo só content de dir la veritat. E dich com yo só de la última Spanya natural, fill de hun cavaller virtuós, antich de linatge e de anys, e la mia mare no menys generosa, e dels béns de fortuna prou abundosos, no tenint altre fill sinó a mi. E aquell tenen per perdut perquè no saben si só mort o viu.

E estant en aquestes rahons, vingueren altres gents qui·ls torbaren de lur domèstich parlament. E la gentil dama restà molt contenta de la gentil pràtica de Tirant e de les afables laors que li presentava. E açò cascuna vegada que parlava ab ella. E com veya que los moros no li sabien dir ni fer aquelles carícies, deya que jamés axí graciós cavaller no havia vist com era aquest.

No foren passats molts dies que vench lo Capdillo-sobre-los-capdillos ab infinida alegria, com sabé que lo rey e sa filla e son fill eren fora d'aquell tan gran perill. Aprés que hagué feta reverència al rey, féu molta de honor a Tirant. Lo rey, per la molta amor que portava a Tirant, parlà ab lo Capdillo e pregà'l que ell volia que Tirant fos libert. E lo Capdillo, per les pregàries del rey e per la molta contentació que tenia de Tirant, fon content que fos posat en libertat. E lo Capdillo soltà-li la fe, la qual Tirant li havia promesa, de no partir-se d'ell ni d'aquella sua terra fins a tant que ell li digués tres voltes: «Ves-te'n». E altres tres, tenint-lo per los cabells, dient-li: «En libertat franca est posat». Fet açò, Tirant besà los peus e mans al rey, de la gràcia que feta li havia, e dix:

—Senyor, yo·t jur, a fe de crestià, de no jamés partir-me de la senyoria vostra fins que lo rey Escariano yo haja mort o apresonat, o l'haja fet fugir de tota la vostra senyoria.

Lo rey e tots los altres restaren molt contents.

Aprés que·l rey Escariano sabé la partida del rey de Tremicén, que axí cautelosament li era scapat, fon molt admirat com se era pogut fer, de què li'n restà molt gran ira e dolor. E puix véu que no podia haver a ell, posà's en conquistar-li tot lo regne. E ab lo gran poder que tenia, no li stava res davant, que ciutats, viles e castells no u subjugàs tot a si. E com no·s volien dar, prenia'ls per força e tots los feya degollar, que no prenia negú a mercé. Feya la guerra molt cruel.

Sabent açò lo rey de Tremicén, tenia molt sovint sos consells per veure què farien. E enfortien cascun dia la ciutat, la qual ja de si era mol[t] fort, e posaren-hi vitualles per a V anys. E tots staven quasi com a perduts, per ço com no tenien gent per a poder-lo resestir. E tenint hun dia consell, dix Tirant al rey:

—Senyor, féu-me una gràcia. Dexau-me anar com embaxador vostre al rey Scariano, e veuré la sua gent com stan en punt e si·ls poríem esvayr en una manera o en altra.

Tots loaren lo seu consell, mas los més del consell tenien dubte no se'n passàs ab los enemichs, axí com feyen molts d'altres, car a cascú plau lo vencedor.

Tirant se posà en orde, ab molta gent qui l'acompanyaren, e anà dretament lla hon era lo rey Scariano. E com li fon davant, ab sforçat ànimo esplicà-li la embaxada en stil de semblants paraules.

Capítol CCCVIII. La embaxada que Tirant splicà al rey Scariano

—No sies admirat si ans de totes coses no t'havem saludat, car tenim-te per enemich capital e·n neguna guisa hom no és tengut de pregar per la salut de l'enemich. Lo rey de Tremicén me tramet ací per ço com moltes vegades ha hoÿt dir molt de bé de tu e té per cert tu ésser hu dels més savis reys del món. E per ço stà molt admirat quina causa t'à mogut a pendre armes contra ell ab ànimo sforçat. E com tu sies tan magnànim príncep, deuries ésser just e no voler tenir nom de tirà. E puix te glorieges que est dreturer, no deuries fer coses injustes. Donchs, si consideres en ton enteniment, lo moviment de ta terra és a tu més vergonyós que honorós. E has dejactada la tua real magestat sots taqua de grandíssima vergonya e infàmia, no passadora. Tant com lo món durarà, qui·t porà loar de dreturer? Mas tendran-te per mal home e per cobdiciós e ple de molta maldat, rey que sens fe ne causa ne rahó va per desposeyr a negú de ço del seu, car dret no y tens ni leys no u manen.

«E si tu o algú de tos cavallers volran dir que tu ho faces justament, si no ab tota maldat, yo de bon grat seré content oferir la mia persona, a tot perill, sostenint lo contrari, cors per cors, a batalla executadora, ço és, mort o vençut dins lo camp reste. E si acceptar negú no u gosarà, te dich no·t penses que les paraules que·l rey te tramet a dir per mi, que u faça per temor que tinga de tu ni de ton poder, car yo·t promet, sens fallir, que la cosa per tu començada no passarà sens digna deceplina. E sàpies que ell stà en tal orde aparellat contra tu e los teus, mijançant Déu, qui aytals coses acostuma de prevaler als qui culpa no tenen, qui en lo moviment de ton regne no sia causa de la destrucció tua en breu temps. E les dones casades tornaran viudes e ploraran la cruel mort de tots vosaltres. Mas al meu rey plauria saber la causa de ta venguda perquè aquella puga posar en scrit per forma tal que en temps esdevenidor a tot lo món sia manifesta la tua presumpció.

E féu fi en son parlar.

Lo rey no tardà en fer-li resposta en stil de semblants paraules.

Capítol CCCIX. La resposta que féu lo rey Escariano a Tirant

—Cavaller, quisvulla que tu sies, est entrecuydat que sens licència, davant mi hajes presomit parlar ab tan gran audàcia e dir tantes e tals paraules injurioses. Si no que tostemps tot misatger pot parlar libertament, ara de present te faria car comprar la laugeria de la tua lengua. E vull que ton senyor sàpia que yo, ab just títol, he presumit venir-li desús, car no ignora ton senyor, e tot lo món, que no ha gran temps que és stat tractat per algunes nobles persones matrimoni, ab delliberat consell de cascuna de les parts, de sa filla ab mi, e ferma, segura e donada jornada de dar compliment al matrimoni. E lo teu rey, per sola laugeria presomí de envergonyir-me. Donchs, ¿com pots tu dir que no és justa cosa lo que fas contra ell? Car en tots los dies de ma vida no seré alegre ni content fins que a mort cruel lo haja portat. Mas los casos sinestres de fortuna qui algunes vegades han acostumat de venir als ergullosos, e per lur supèrbia son mesos abaix, e si fortuna tingués la culpa, yo no tinguera cura d'escusar aquella, car mal n'estich content per moltes desplasents coses que m'ha procurat. E com aquesta donzella que yo deman sots just títol de matrimoni, e com lo seu nom és molt stimat, que és Maragdina, e les sues virtuts fan més stimar perquè en lo món no té par.

«E per ço com sé que tu est crestià, tinch gran consolació en mi de parlar ab tu de les grandíssimes virtuts de aquesta donzella. E si d'ací a hun any no feya sinó parlar, jamés me enujaria. E si tu has amat en algun temps donzella d'estrema amor, per lo teu mal pots presumir lo meu. E per quant essent yo infant de poca edat tenia contínuament tres frares de l'orde de Sent Francesch, mestres en la sacra teologia, e moltes voltes me induhïen a tornar-me crestià, e conech bé que la ley crestiana és de més noblea e millor molt que la nostra, e si no fos stada la mia mare, que m'o tolgué ab les sues tristes làgrimes, que cascun dia plorava davant mi fins a tant que de mi los frares féu partir. Mas dir t'é açò: que la strema bellea de aquesta virtuosa senyora me ha tant cativat que jamés hauré repòs fins que a ella o la mort haja aconseguida.

«E tu, qui tens plena notícia de la sua gran e strema belle[a], pots pensar yo ab quanta rahó stich agreujat que ton senyor me vulla levar una tan virtuosa senyora que al món no té par ni ha tengut. E encara que yo haja lest de moltes virtuoses senyores qui en lo món són stades, axí com fon aquella animosa Urícia, reyna de les amaçones, a la qual Eristeu, rey de Grècia, li tramés aquell invencible Èrcules, perquè era cosa imposible per causa del gran ànimo que tenia, que li donàs les armes. E per lo semblant se lig de aquella virtuosa Semiramis, reyna dels asirians. No solament regia, ans vencia los medians e edeficà Babilònia. Com ella stigués en sa cambra pentinant-se lo cap, hoý dir com Babilònia se era rebel·lada. Acabà de pentinar la una part e l'altra restà per pentinar, e ab los cabells scampats que stava, no u pogué comportar, sinó que prestament pres les armes e anà a sitiar la dita ciutat, e ans que s'acabàs los cabells de pentinar hagué cobrada la ciutat. E fon feta una ymatge de dona de coure en Babilònia, qui fon posada en loch alt, ab la una part ligada e l'altra scampada, en recordació sua.

«E axí mateix se lig de Tamarits, reyna de Sicília, la qual no fon de menor ànimo, car en venjança de la mort de son fill, per consolació sua, matà en batalla aquell famós e molt temut Círius, rey de Dàsia, ab CC mília persians. Aprés féu levar lo cap al dit rey, e féu-lo posar dins hun odre de sanch, e dix als seus que semblant sepultura merexia l'ome que sedejava de sanch scampar.

«Què·t diré de la virtuosíssima Sinòbia, que s'intitulava reyna de Orient? Longa seria la sua istòria de recitar, mas los seus fets, dignes de molta recordació. E com vengué a la batalla ab Cornèlio, príncep dels romans, e lo dit Cornèlio obtengué d'ella victòria e se'n gloriejà tant com si hagués vençut lo major príncep del món.

«E no ignore los admirables fets de Pantasilea, reyna de les amaçones, en los fets de Troya, e de Tamil·la en Ytàlia. ¿E qui·t pot negar que Minerva no hagués donats diverses arts, y en Grècia no hagués sobrepujats tots los hòmens ab la sua sciència e enginy? ¿E qui·t pot dir l'amor natural de Ysipitràcea, que hagué a son marit Mitritades, rey de Ponto, la qual no solament lo seguia en la longa guerra e dubtosa que hagué ab los romans? Aprés que fon vençut e desemparat per los seus, jamés no·s partí d'ell, seguint-lo a cavall e armes, lexant l'àbit femení e oblidada la sua gran bellea e delicadura. E aquella Pòrcia, filla del rey Tràcio, sabent que lo marit seu mort era, e com no pogués haver ferro prest ab què·s matàs, cobejant seguir l'esperit de aquell, begué carbons foguejants e morí. No fon de menor amor, a mon juhí, aquella virtuosa Júlia, filla de Július Cèsar, que hagué a Pompeu, marit seu; que vehent la vestidura de aquell sangonosa, e pensà que puix no·l veya en casa, que fos mort, sclatà e morí ella e hun fill que tenia en lo ventre. Més fon cordial e memorable l'amor que Artemisa, reyna, hagué a Menàculo, marit seu, lo qual, aprés que ell fon mort, e li hagué celebrades solemnes obsèquies, lo féu polvorizar e begué's la pólvora, mostrant que ella volia ésser sepultura d'ell.

«Què·t par de Mèlia, muller de Cipiò-Africà? Com son marit adulteràs ab una cativa sua, en negun temps ho volgué descobrir, per ço que no·l difamàs, ans de continent que aquell fon mort, ella li donà libertat e marit. E deu-te recordar, ho hauràs bé entès a dir com Mirilla, cavaller fort e virtuós, matà hun altre dins Sant Johan de Letran, e fon condemnat que morís en lo carçre, de fam. E com pervengués a notícia de la muller, cascun dia ella lo anava a vesitar, jatsia fos ben guardada si portava alguna cosa per sustentació de la humana vida perquè li pogués la vida alargar. E la muller, ab la sua let donant-li a mamar, lo sostingué per gran temps sens que per les guardes jamés fon sabut. Aprés fon publicat lo cars e obtengueren remissió graciosa.

«De gran stima e de alt enginy foren totes les nomenades senyores, excel·lint qualsevulla home qui sia stat de la creació del món ençà, de què meriten grandíssima honor e fama gloriosa, majorment com ab lur indústria han aconseguit lo que natura no·ls ha donat. Yo t'é volgut fer aquest incident, recitant-te totes aquestes coses, per ço que tu sàpies que la donzella que yo ame e adore excelleix en virtuts a totes aquestes altres. E per ella és principiada aquesta guerra e per ella se ha de finir, e altrament no. E aquesta és la resposta que·t done.

Lo rey girà les spatles e anà-se'n, que no volgué més scoltar a Tirant, mas féu-lo molt bé aposentar. E en la nit lo rey pensà de provar de paciència a Tirant per conéxer si era gentilhome de natura. Convidà'l a dinar e féu-li posar de moltes natures de viandes davant ell. E lo rey seya al cap de la taula, e Tirant quasi al sòl de la taula. E les unes viandes eren molt millors e mils aparellades que les altres. Tirant, axí com aquell qui era destre en totes coses e sabia tant com ell, no curà sinó de menjar de les bones viandes e lexà les altres. Com foren levats de taula, portaren la col·lació en hun gran plat d'or, en lo qual havia citronat e pinyonada, e amelles e pinyons confits a la una part del plat. E Tirant pres dels millors e majors que hi havia. Aprés lo portà dins una tenda hon hi havia hun gran munt de dobles d'or, e altre de ducats e altre de moneda blanca, e hun altre munt de vexella d'argent, e moltes robes e joyes qui·s mostraven dins la tenda. E havia-y molts arnesos y X cavalls, molt bells, encubertats, e al cap de la tenda hi havia una barra ab tres sparvers. Com lo rey lo tingué dins la tenda, dix-li semblants paraules:

—Embaxador, lo meu costum és aquest: que quants embaxadors vénen en presència mia, que sien de prínceps, han de pendre del que m[i]ls alte, tant com ne vullen. Per què·t prech que prengues tot lo que vulles, car com més pendràs, més ne seré content.

Tirant, com véu la voluntat del rey, dix que era molt content de pendre, puix no feya càrrech a son senyor, sinó vergonya a si mateix. E pres hun sparver, lo millor que a son grat sabé triar. Lo rey fon de açò molt admirat e presomí que aquest devia ésser home d'estima e molt virtuós, car en lo seu gest se mostrava. E axí mateix, veya'l que la sua persona era proporcion[a]da, ab tanta singularitat, que natura en ell no havia en res fallit, dient que en tota sa vida tan bell cavaller no havia vist, e desijava'l molt en sa cort tenir. Emperò creya en lo parlar de Tirant que havia fet en presència sua, que no dexara lo servey de son senyor per star en la sua cort: delliberà de no dir-li res.

E Tirant, cobrada sa resposta axí com és stat rahonat, partí e tornà-se'n a son senyor, lo rey de Tremicén. E féu-li fidelíssima resposta de tot lo que era passat entre ell e lo rey Scariano. E lo rey demanà a Tirant, son enemich si tenia molta gent.

—Per la mia fe —dix Tirant—, senyor, ells són molts, e tots dies li vénen gents de socors. Yo no·ls he poguts veure tots justats, mas he'n vists fora de la vila, en camp, que·n stan passats LXXX mília.

Tingueren consell e fon determenat que lo Capdillo, ab Tirant, prenguessen deu mília combatents que·ls eren restats —que los altres eren morts e alguns que se n'eren passats als enemichs. Partiren ab aquella gent e anaren per guardar una ciutat que havia nom Alinach, car si aquella ciutat se perdia, tot lo regne era perdut. E per quant sabien que los enemichs y devien venir, aquests se posaren dins. E Tirant en aquell cars usava de son saber, fent enfortir bé tota la ciutat, e féu fer moltes barreres fora de la ciutat, en tal forma que, si ells hi venien, fossen ben servits. E a la part que era pus flaca féu fer molts fossats, que per davall terra podien entrar e exir sens obrir les portes de la ciutat, les quals responien en huns orts qui prop de la ciutat staven.

Com lo Capdillo véu fer tan subtils e artizades obres a Tirant, stava lo més admirat home del món, e deya que jamés de sa vida havia vist home que tant en les armes ni en la guerra sabés. E per tal forma staven sperant los enemichs que vinguessen.

E lo rey stava en la sua ciutat de Tremicén, molt ben proveÿt de totes les coses necessàries. E los enemichs anaven conquistant per tot lo regne.

Seguí's que hun juheu qui dins la ciutat de Tremicén stava, lo més rich que en tota la ciutat fos, ixqué-se'n de la ciutat ocultament e se n'anà hon era lo rey Scariano, e ab gran cautela e propòsit maliciós, li dix:

—Senyor, per què la senyoria tua laura en arena? Tot quant fas és no res si ans de totes coses no prens lo rey de Tremicén, car hagut aquell, en dos dies seràs senyor de tot lo regne, e no iràs destemtat per les cauteloses vies, e ab gran seguretat de tu e dels teus poràs anar y estar. E si la senyoria tua fa una concòrdia ab mi, yo·t faré vencedor de tots los teus enemichs, e més, te daré lo rey e sa filla en ton poder.

Com lo rey Scariano tal cosa hoý dir, tingué-u per una burla e, responent, dix:

—Com se poria fer tant de mal com dius? Però si tu tal servey me fas, yo·t promet, a fe de rey, de fer-te lo major senyor del regne. Però no puch pensar que tu pugues fer tant com dius. Més te val que te'n tornes e no vulles per fer enuig e dan a ells ofenesses a mi, car no sé si est home celerat e de pèssima vida, no sabent lo aguayt de la fortuna si seria per a mi pròspera o adversa, segons la tua openió, que no negués a mi e fos glòria per als altres, per los meus peccats.

En hoyr lo juheu semblants paraules, no tardà en fer principi a tal resposta.

Capítol CCCX. Rèplica que fa lo juheu al rey Scariano

—Tart s'esdevé lo que hom desija, ans sempre lo contrari se demostra. E sap bé la tua senyoria que dels fets del món moltes coses han ésser remeses a la fortuna, e en special los fets de les guerres e de les batalles, majorment que negú, per savi que sia, no pot preveure tots los perills e inconvenients que seguir-se poden segons fortuna administra. E sovint se veu en les batalles que los menys vencen los més, e los flachs als forts, segons plau a aquell gran Adonay, qui vol que la justícia sia dada a aquell de qui és. E de poch ànimo procehex al cavaller, qui tots los perills que li poden seguir vol preveure: jamés la sua fama porà aumentar. Ni lo príncep qui vol conquistar, si liberal no és jamés pujarà a gran senyoria. E si bé vol la senyoria tua advertir al que dit he, conexeràs que no és somni, ans és cosa molt segura e infal·lible. E per major seguretat tua, yo tinch tres fills, los quals posaré en poder teu, que si·t vinch a menys de ma promesa, tingues libertat de dar-los mort adolorida. E açò faré per la senyoria tua, ab pacte tal: com yo tinga una filla la qual desige maridar honradament —e de mos propis béns li daré XII mília ducats— ab hun juheu que va dins lo teu camp venent oli, lo qual és jove e de bona natura. Stà ab lo guardià major de ta senyoria. E per sguart de aquesta gràcia que·m faràs, yo·t profir de donar-te la entrada de la ciutat de Tremicén, per ço com tinch de la casa mia una porta que·s té ab lo mur de la dita ciutat, qui stà en guarda e seguretat mia. E per aquella part puch posar dins C mília combatents.

E com lo rey li hohí dir semblants paraules, pensà bé en tot lo que·l juheu havia dit, e dix-li:

—¿Com me poràs tu donar lo rey de Tremicén e sa filla, com yo sia informat que dins la ciutat ha hun fortíssim castell que, si és provehït, se pot tenir a combat de tot lo món?

E lo juheu, responent, dix:

—Si tu fosses stat atent a les mies paraules, hagueres entés com yo no t'é feta proferta de dar-te lo castell, mas la ciutat e lo rey e tots aquells qui ab ell són, com lo rey stiga en son palau, qui és dins la ciutat, e per consolació sua stà dins en aquell, e no li plau star sinó en temps de gran necessitat dins lo castell. E de açò, senyor, yo fas segura la senyoria tua que u portaré a fi.

La concòrdia fon feta entre ells, e lo juheu li promès de donar molts donatius si ell feya complir aquell matrimoni. Lo rey prestament tramés per lo guardià major, que és ofici qui és nomenat mustaçaf del camp, e com fon davant lo rey, ell li dix:

—Guardià, què és de hun juheu que tu tens qui va venent oli per lo meu camp?

—Senyor —dix lo guardià—, ell va per lo camp usant de son ofici, venent oli, e altres vegades remenda çabates.

—Vés prestament —dix lo rey— e fes-lo'm venir.

Com lo juheu li fon davant, lo rey li demanà de quina terra era.

—Senyor —dix lo juheu—, segons he hoït dir a mon pare, de lonch temps ençà ell e tots los seus són stats vassalls de la senyoria vostra, e per aqueix me tinch yo.

—Ara atén —dix lo rey— al que·t diré. Ja m'havien dit que tu eres vassall meu e servidor, e per ço com yo tinch desig de avançar los qui·m servexen, amar e honrar-los sobre tots los altres, he delliberat de avançar a tu en aquesta forma, que he tractat que sia fet matrimoni de tu ab Jamila, filla de don Jacob, juheu, lo més rich mercader que en tota la Barberia sia, e fer t'é dar deu mília ducats ab ella, e dos mília per a mi per sperons. E de açò me deus haver grat, per yo haver tant recort de tu.

Lo juheu, ab ànimo e cara de gran sforç, féu principi a tal resposta, fengint restar yrós e malcontent, com si ab veritat fos stat decebut, e dix:

—Senyor, yo no ignore la molta magnificència de vostra senyoria que té de haver recort de sos servidors e de honrar e de avançar aquells. E a mi és molta glòria que la senyoria vostra sia stat en recort de mi, qui só home de tan poca condició, e de açò vos ne bese les mans e us ne fas infinides gràcies. E perdone'm la senyoria vostra, que yo no faria aqueix matrimoni si ell me dava deu tants més que no té. Car gran temps ha que ell hi treballa, lo que jamés, per miserable que yo sia, ho veurà complit, e ans delliberaria morir que fer tan gran defalt.

—Com defalt? —dix lo rey—. Tu est pobre e dejecte, y ell és rich e lo més favorit e amat de totes gents de juheus que sia en tota aquesta terra. Quina desonor te'n poria venir, ni seguir-te'n negun dan? Ans conech ab rahó natural que tu series en loch seu amat de tots los grans senyors, car ell és bo, axí en les coses públiques com en les necessitats secretes. Donchs, si ab voluntat pura volrà mirar la rahó envers ell, lo que pot fer ne lo que val, ab genolls nuus li deuries los peus besar.

—No plàcia al gran Déu de libertat —dix lo juheu— que·n lo meu sperit reste tanta viltat ne jamés puga habitar en mi, ne la mia ànima no consentiria jamés que tal defalt yo fes. E per ço, senyor, que la tua il·lustríssima senyoria sàpia per quina causa me'n stich, ho diré, perquè la senyoria tua me'n tinga per scusat.

Tots quants juheus som en lo món restats, són tres linatges, aprés que crucificaren aquell sant home e just qui fon nomenat Jhesús, e aquest, dins la gran ciutat de Jherusalem fon pres e ligat e posat en creu.

«La hun linatge és de aquells que tractaren la sua mort. E si·ls voleu huy en dia conéxer, són aquells qui són bulliciosos, que no·s poden reposar, ans contínuament stan en moviment de peus e de mans, e lo lur sperit jamés stà segur, que no pot reposar, e tenen molt poca vergonya.

«Lo segon linatge és de aquells qui executaren l'acte com lo açotaren, el clavaren, el ligaren, e·l coronaren d'espines, e aquells qui jugaren la roba e li daven de grans galtades e, com lo hagueren alsat ab la creu, li scopien en la cara. E los senyals per conéxer aquests són que jamés vos poden mirar en la cara de ferm, car prestament giren los hulls en terra o miren en altra part, e jamés poden, sinó ab gran treball, alsar los ulls al cel, axí com fa aquest juheu qui vol ésser mon sogre. Teniu-y sment, que jamés pot mirar en la cara de la persona ni menys pot mirar al cel.

«Lo tercer linatge és lo qui devalla de Davit. Veritat és que aquests y foren, emperò no consentiren en res e, moguts de pietat, se posaren en lo temple de Salamó e no volgueren veure tan gran maldat com feren a aquell home sant e just. E aquests tals que no y consentiren, ans feren tot lur poder en deliurar-lo de aquelles penes en què era posat, són afables e de molta benignitat, e contracten ab pau e ab amor al proïsme e poden mirar per totes parts. E com yo sia de aquest linatge, no·m par que yo dega contaminar ne mesclar la noble sanch ab aquella de perpetual dolor, e lo linatge de mos fills fos menyscabat, que perdessen la successió de son dret linatge. E de tals juheus més tem la amistat d'ells que la mort e·m daria gran càrrech e vergonya de parlar ab ells.

Com lo rey véu la causa per què lo juheu stava de voler lo matrimoni, no·l volgué forçar, mas pregà'l que en lo principi consentís en dar bona resposta a l'altre juheu. Ell los afrontà, e lo rey dix al juheu mercader com aquell seria content de complir lo matrimoni com la conquesta fos finida, emperò lo jove juheu jamés parlà ni promés res de la sua boca. L'altre, puix véu que lo rey lo y dehia present l'altre, donà fe en les paraules del rey.

Aprés de açò, lo rey concertà ab lo juheu mercader que per al desetén dia del més ell seria davant la ciutat de Tremicén e, hora de mijanit, ab la fosqua ells porien entrar.

La hora assignada, lo rey, ab tots sos capitans, fon davant la ciutat de Tremicén, e lo juheu no mès en oblit la sua promesa, per casar sa filla, e ab gran diligència obrí la porta de la juheria. E lo rey prestament entrà ab tota la gent e féu la via del palau. Aquí donaren gran combat e, per força d'armes, entraren dins. Mataren lo rey de Tremicén, los fills e l'esposat e tots los altres, que a negú no volgueren pendre a mercé, sinó a la gentil dama. Aprés combateren lo castell e no·l pogueren pendre. Lo rey Scariano, no tenint-se allí per segur, delliberà dexar tota la més gent dins la ciutat, per guardar-la, e ell partí ab la filla del rey de Tremicén, qui anava tota plorosa per la mort de son pare, de sos germans e de son sposat, e posà-la dins hun castell inespugnable. E dins la vila posà la gent d'armes que havia portada, la qual allí era necessària. L'altra féu tornar en guàrdia de la ciutat de Tremicén.

La cruel nova pervench a notícia del Capdillo e de Tirant, e per los moros ne fon fet molt extrem dol, perquè·s tenien tots per perduts e staven dient entre ells que més valia donar-se al rey Scariano, puix la mayor part del regne era perduda e lur rey e senyor era mort, que no star al perill de les batalles, e venint a vènia, ell los hauria mercé.

Tirant dix al Capdillo:

—Senyor, mal acord haveu pres. No us vullau donar fins que vejau lo perquè. Si vostra mercé se dóna, qui sou huy lo mayor de tots, e teniu ací deu mília combatents e alguns castells e viles qui stan a obediència vostra, e encara aquesta ciutat, ab què·ns porem molt bé defendre d'ells, e com altra cosa no porà fer vostra mercé, traureu gran partit del rey, que us torne totes vostres terres e us ne done més perdonar-li aquesta ciutat ab los altres castells que encara no poseheix.

Lo Capdillo tingué per bo lo consell que Tirant li dava, emperò no·s podia aconortar de la mort del rey, e menys de sos fills. Tirant ordenà que fos tramesa una spia a la ciutat de Tremicén per saber com era stada aquella tan gran e cruel destrucció, car la dita ciutat era restada sots bona guarda e de capitans nobles e molt virtuosos. E que tan prestament la haguessen presa, sens haver-ne algun sentiment, staven-ne molt adinirats. Aprés saberen la veritat per hun home qui·ls vench, qui s'i era trobat, e havien-li mort set fills en la entrada del palau e robada tota la casa, e la muller e los fills li tenien per força. E recità'ls com lo juheu havia traÿda la ciutat, e lo rey Scariano havia manat que li levassen tots los béns, e lo traÿdor, qui semblant maldat havia comesa contra son senyor, fos pres e ligat e, tot nuu, fos posat en lo costell untat de mel, e lo dia següent fos esquarterat e donat a menjar als cans. E axí fon fet. E dix lo rey que, de traÿdor, qui se'n podia guardar? Que lo joch que havia fet de son senyor podria fer d'ell e de la ciutat si mester era.

Sabuda per Tirant tota la veritat e com la gent d'armes era dins la ciutat e per los lochs qui eren prop staven aleujats, e com lo rey Scariano se n'havia portada la filla del rey de Tremicén en aquell fortíssim castell de Mont Túber, e Tirant pres deu hòmens, los quals sabien molt bé la terra, e ab bons ginets aquests anaren fora, camí al castell de Mont Túber, e en la nit se posaren en aguayt dins una casa, la qual se nomenava l'Antiga mesquita. Com fon quasi dia clar, prengueren dos moros. E açò feyen per saber lengua del rey, hon era e la manera de son viure quina era. E sabé com ell e la novella reyna staven alt en lo castell ab LX cavallers per guardar-lo, sens aquells qui eren asoldadats per fer la guayta de nit e de dia. E baix en la vila havia mil hòmens d'armes. Sabut açò, Tirant los féu soltar, y ell ab los altres passaren entorn del castell per veure la disposició de aquell.

Aprés se'n tornà Tirant dins la ciutat e ordenà cent hòmens ab pichs e ab axades, e tramés-los en hun pont e dix-los que si veyen venir los enemichs rompessen lo pont, a fi que la gent d'armes no poguessen passar, e haurien a voltar, per passar aquell riu, una bona jornada. E aquella jornada los nohïa molt per ço com havien a voltar per molts barranchs e per molts lochs e viles que no eren en lur poder. E de la ciutat de Tremicén fins allà hon era lo rey havia bones tres jornades, e de la ciutat hon Tirant era fins al castell hon lo rey Scariano habitava, havia IX legües. Lavors Tirant partí ab tota la gent e anaren davant lo castell hon lo rey era. Com lo rey los véu, armà's. Ab tots los seus, ixqueren a la porta de la vila per fer armes, emperò Tirant ni lo Capdillo no consentiren que los seus se acostassen, sinó que corregueren tot lo camp entorn del castell, e portaren-se'n molt bestiar de gros e de menut, e tornaren-se'n a la ciutat.

E Tirant molt sovint los vesitava e mostrava's davant lo castell, e moltes vegades s'i aturava dos o tres dies. Com no tenien què menjar, tornaven-se'n.

Seguí's hun dia que Tirant ixqué al portal de aquella ciutat, fatigat de sos dolorosos pensaments. E pasejant-se, pensava en la dolor en què havia dexada la princessa e en lo dan de Plaerdemavida, e axí mateix, com tota la parentela sua eren detenguts catius en poder de moros e no sabia si se n'anàs ni si los moros consentirien la sua partida. E stant ocupat en aquests adolorits pensaments, ixqué per lo portal de la ciutat hun catiu crestià, de albanesa nació, plorant e fent grans lamentacions per ço com son senyor lo havia cruelment batut ab vergues e feya'l anar a cavar en hun hort que tenia prop de la ciutat. Tirant conexia lo catiu per quant havia parlat moltes voltes ab ell, e conexia que era prou discret. Hagué'n gran compassió e, pensant com ell no tenia negú de qui pogués fiar, cridà l'esclau e ab pietat li féu principi a semblants paraules.

Capítol CCCXI. Com Tirant promés al catiu de fer-lo franch

—La fortuna cruel és sempre enemiga dels hòmens miserables, e majorment de aquells qui són de poch ànimo, qui no poden comportar la lur tribulació ni la pena que senten. E recordant-me dels meus mals, tinch compassió de tu, car si·t vols, tu pots ésser causa de ton bé, e que yo t'estimàs molt, que segons la obra demostra e evidents senyals, tu deus ésser home valentíssim, com tingues més dolor que no mostres, e com est vengut en cars que yo stava en los meus trists pensaments, ab aquella certa rahó que·ls catius poden ésser detenguts. ¿E qui és aquell qui dubta molt més lo perdre de ço que ell té, que lo que ell spera de tenir, encara que la sperança dega ésser vera? (E per ço, bé considerant, molt manifestament se veu la mort mia per la longa absència de la cosa que desige servir). E la novella pietat de les dolors del cativeri te fan star trist e adolorit. O desaventurat del meu cor, qui plora de pietat per la dolor que·t veig posseyr! E si mort no te'n segueix, vida més pèssima que mort te'n seguirà. E per ço te vull pregar que si tu vols seguir lo meu voler, seràs posat per mi en franca libertat de anar o de aturar, tant com volràs, ab condició tal que comportes ésser açotat per lo camp ab correja, que no·t faça gran mal, e que·t tallen hun poch de les horell[e]s, per ço que tu sies causa de pendre lo castell de Montúber hon lo rey stà. E si la cosa s'esdevé axí com yo crech, tu pories attényer de ésser hun gran senyor, e si lo cars no s'acerta, restaràs en franca libertat e bona vida que en companyia mia no·t fallirà.

No tardà lo crestià catiu en fer principi a tal resposta.

Capítol CCCXII. Resposta que féu lo crestià catiu a Tirant

—Déu sol és aquell qui sap la voluntat del meu cor. E les paraules per vostra mercé a mi referides han donat confort a la mia ànima, de què us ne reste tan obligat que no és cosa alguna que em manàsseu, que·m fos possible de fer, que yo no la fes, conexent tanta pietat e misericòrdia que haveu envers mi mostrada, car la molta necessitat que tinch de cobrar la perduda libertat me constreny en fer tot lo que·m maneu, considerada la mala vida que comporte, e per lo vostre molt meréxer que m'i obliga. E si amor no fos stada, no fóra yo vengut en lo que só, car lo delit me ginya en plaure'm e, no havent-me plagut amor axí com me plagué, no passara yo tals penes. Per què·m clam de amor o de la mia ignosència, qui és stada causa de aquestes dolors, pensaments trists e làgremes, qui serien lunyades de mi e la trista vida. Emperò quesvulla que sia stat de mi, ni puga ésser, yo só prest de obeyr tot lo que·m maneu, no dubtant en res del dan ni perill que·m pogués seguir. E per la molta virtut que en vós tinch coneguda, me obligue no solament en servir-vos, mas encara a sostenir qualsevulla perill de mort per la senyoria vostra, no fent stima neguna del treball de les orelles, ne qualsevulla altra lesió que en la mia persona fer-se puxa.

Tirant li regracià la sua bona voluntat e dix-li:

—Yo·t promet, a fe de cavaller, de jamés menjar fins que t'haja posat en libertat.

E prestament Tirant se partí del catiu e anà a parlar ab lo Capdillo e, dels diners que tenia, rescatà lo catiu per cent dobles. E l'endemà partiren de la ciutat ab tota la gent, axí com altres voltes havien acostumat. Aprés que hagueren corregut tot lo camp, atendaren-se prop de la vila hon lo rey era, e molts dels de la vila ja no u stimaven res en veure'ls venir, car sabien bé que poch dan los podien fer, que no portaven bombardes ni neguna artelleria, ni tenien atreviment de aturar-y més per ço com, si u fessen, prestament foren aquí tota la gent del rey. E los de la vila molt sovint, ab licència e voluntat del rey, e ab voluntat de Tirant e del Capdillo, los aseguraven e venien tots dies a parlament.

E aquell dia, entre los altres se seguí que lo rey tramés dos cavallers qui·ls digueren que si·s volien concordar ab ell, que·ls faria moltes gràcies e donatius. E lo Capdillo e Tirant los digueren que no·n volien hoyr negun partit, ans eren disposts en venjar la mort del rey de Tremicén e de sos fills. Aprés del parlament tengut, Tirant, axí com acostumava altres voltes, tostemps los feya fer col·lació, e aquell dia tingué concertat ab l'albanés axí com se seguí.

Aprés feta la col·lació, l'albanés s'acostà hon stava l'argent e furtà hun picher d'argent molt gran e ben daurat. E com se n'anava, aquell qui guardava l'argent pres-se a cridar grans crits, en tal forma que Tirant, qui parlava ab los hòmens de la vila, demanà quina remor ne quins crits eren aquells. E tots veren córrer a l'albanés e molts que detràs li corrien, e veren com fon pres e portaren-lo davant los capitans. Lo qui era guarda de l'argent lo portava per los cabells, e dix:

—Senyor, yo us requir vos plàcia voler-me fer justícia de aquest ladre manifest qui m'ha furtat aquest picher d'argent.

Tirant volgué que lo Capdillo parlàs primer, e dix:

—Yo done de sentència que sia penjat.

Respòs Tirant, e dix:

—Senyor Capdillo, no som ara en temps de matar gent, si en batalla no. Yo us prech li sia mudada la sentència que sia açotat per lo camp e les orelles tallades.

E axí fon fet, en presència dels cavallers de la vila que allí staven parlant ab ell. E aprés de les orelles tallades, li ligaren lo picher al coll e açotant-lo entorn del camp. E la tercera vegada que·l passaren davant la vila, donà gran tirada, desligà's les mans e pres-se a córrer devers la vila. E l'alguazir del camp corrent detràs ell, dexà's caure en terra, e l'albanés hagué temps de poder entrar dins la vila, e los qui staven al mur, ab ballestes lo defeneren tant que no·l pogueren haver.

Los de la vila lo pujaren al castell hon lo rey era, e véu-lo tot nuu e ben açotat, ab les orelles tallades e tot ple de sanch. Hagueren-ne ell y la reyna gran pietat, e feren-li donar una camisa e roba per a vestir, e lo rey lo ginyà que ell hagué lo picher, e pres-lo de sa casa.

Tirant fengí que li desplaÿa molt la fuyta de l'albanés, e dix als cavallers que allí eren pregassen al rey que li volgués restituir l'ome, e si fer no u volia, quants ell ne prengués dels seus, tots los faria matar o levar les mans e los peus, e lo nas ab les orelles. Respòs lo rey que no fes compte que lo y donàs, e si feya la guerra cruel, que si ell lo podia pendre, que ell faria pijor d'ell que ell no havia fet de aquell. Tirant no curà de tenir més rahons, sinó que partí e tornà-se'n ab tota la gent a la ciutat d'on eren partits.

E l'albanés, per donar rahó de si mateix al rey Scariano, a estil de semblants paraules féu principi.

Capítol CCCXIII. Lo rahonament que l'albanés féu al rey Scariano

—La despullada sperança de la amargosa vida que tots los dies que tinch a passar, me covendrà a sostenir més que a tot altre adolorit. E per ço no dech tembre la mort, mas tem la dolor qui·m força alguna volta la mia gran confusió, per haver perdut dels principals membres e la honor y fama. Considerats los cruels vituperis que·m són stats fets, tement de açò la infàmia que me'n porà seguir si és sentit, lo meu sperit demana de açò grandíssima venjança de aquest traÿdor e celerat capità, qui per sa misèria nos matava de pura fam. E si he comés aquest crim, ne és stada causa que per sola necessitat s'és fet e no per altra rahó. Emperò, senyor, si vostra excel·lent senyoria me dóna licència de anar e de venir, yo us portaré contínuament nova de la pràtica de vostres enemichs, e lo que volen fer y a hon van, per ço que lo dia que la lur desaventura los conduyrà, puga la vostra altesa fer d'ells com fés de aquell famós e il·lustríssim rey de Tremicén.

Dix lo rey:

—Yo só molt content que·s faça, e pots anar e tornar tota hora que vulles.

E manà a totes les guardes que líberament lo dexassen passar. E de açò lo rey ne demanà de consell a alguns dels seus cavallers e tots li digueren:

—Senyor, aquest home és estat molt ofès per los seus e tota cosa farà per portar-los a total destrucció en l'ànima y en lo cors. Però, ab tot açò, serà bo li sia tengut sment en son viure.

L'albanés se partí del castell per una porta falsa sens que per negú de la vila no fon vist ne sentit. E dretament se n'anà a Tirant e recità-li tot lo que era stat dit ne parlat. E Tirant li donà VII dobles e III reals e mig e diners menuts, e una spasa e una sistella de précechs, per ço com en aquella vila no n'i havia, car Tirant havia fet tallar tots los arbres e guastar tota aquella orta entorn de la vila. E dix-li Tirant:

—Diràs al rey, en secret, per ço que més fe sia a tu atribuÿda, com yo fas pastar molt pa per ço com dech ésser en vista sua dins tres o quatre dies.

L'albanés se partí de Tirant e, com fon al castell, lo rey Scariano lo rebé graciosament. L'albanés li presentà los précechs a la reyna e lo rey y pres més plaer que si li hagués dada una vila, per ço com conegué que la reyna y havia pres gran plaer, car des que la tenia en son poder no la havia vista riure ni alegrar, per bé que molt sovint li feya present de semblants paraules.

Capítol CCCXIIII. Lo conort que fa lo rey Escariano a la sua dama

—La molta amor que a tu, noble senyora, porte, ne és stada causa la tua singular bellea e avisat entendre, car la comuna benvolença tota enamo[r]ada pensa avança, conexent en una sola vista la singularitat de tan inestimable vàlua, la qual me ha desposseheït de tota ma libertat. E més temps la mia vida no·s pot allargar sinó del que voluntàriament a tu plaurà consentir-me. Demanar t'é, de mercé, puix tanta discreció e virtut poseheys, que·t vulles dexar de plorar, e alegrar-te. E no vulles dar tantes penes a tu ni a mi, car la tua noblea bé deuria ésser contenta de mi, qui só jove e rey tan poderós qui·t faré portar corona real e seràs senyora de mi e de tants pobles qui·t besaran la mà. Si·t dol la mort de ton pare, germans e esposat, fes compte que també s'avien de morir, e pots-te bé aconortar que no has perdut res, car yo vull ésser pare, jermà e marit, e catiu, que pots fer de mi tot lo que plasent te serà. E com dia e nit te veja lamentar, pensar pots que torna en gran dan de la tua noble persona, car certament enujada deuries ésser de lansar tantes làgremes. Per què, senyora e vida mia, vulles dar fi a tota manera de dolre, e vulles pendre sperit de confortació e de repòs, oferint-me a tu en tot quant te sia plaent e a mi possible de complir.

E no dix més, sperant ab singular desig la bona resposta de la gentil dama. No tardà la adolorida reyna, ab humil gest a son dir, ab tal stil fer principi.

Capítol CCCXV. Resposta que fa la reyna al rey Scariano en stil de lamentació

—Dura cosa e cruel és a mi hoyr paraules de consolació, car tants e tals són los mals que la trista vida mia ha aconseguits, que no tinch jamés sperança d'esdevenidora alegria, car la mia adolorida ànima no troba repòs sinó ab scampament de làgremes e per ço ab strema amargor te parlaré, car la mia simplicitat merita major fe que la tua no és. E si les mies lamentacions merexen algun bé, creure pots sens altra ocasió que la abundància de tan gran scampament de làgremes que los meus ulls lancen nit e dia, que de dolre'm tinch molt gran rahó. E sé que a la tua amor e a la dèbita pietat en una hora satisfer pogués. Donchs, puix me has tant ofesa, suplich-te no·m vulles més ofendre en tolre'm lo major delit que en aquest cars yo puch attényer, ço és, de lamentar per la dolorosa e cruel mort del aquell tan virtuós rey qui solia ésser de Tremicén, pare meu, la mort del qual té tan turmentada la mia ànima. E les mies penes se aleujaran quant, acabades de destil·lar les mies adolorides làgremes, en loch de aquelles los meus ulls ploren gotes de sanch.

«E reputaria a mi per santa si podia imitar aquella Adriana o a Fedra, Sípile o Énone, qui per donar fi a lurs penes se mataren. E açò seria la major ofensa que yo·t poria fer, que venjaria la mort del meu pare. E encara que la mia dolor sia molt major que de totes les altres dones, no cur de manifestar-la, car prou me basta yo·m sia certa, car en lo món no poria restar per exemple, ¡tantes n'i ha hagudes de malfadades e adolorides! Donchs, trista de mi, de molta dolor stich abrasada e no sé ab quin ferro puxa dar fi a la mia alegria, car, si pensàs que per açò lo meu pare tingués de resuscitar, ja fóra fet. O trists jermans, qui sou stats compresos de la dura mort! Los quals en les mies adversitats sou entrats en los ulls de mi, trista, e per vosaltres sens amor só tractada. Als excel·lents e animosos reys e prínceps e als humils e devots servents de amor endrece mes lamentacions, com a persona irada e fora de tot bon prepòsit de bé obrar, car a mi sola no aminva la dolor, ans me aumenta cascun dia, car passe la tenebrosa nit incessantment ab dolorosos suspirs, car, per la humana generació temerosa de la mort, me costreny que, vulla o no, necessàriament he enseguir la tua voluntat, car la potència femenil no pot resistir a les tues forces, majorment per yo ésser sotsmesa ab violència en ton poder, car bé·s pertany per humanitat al rey haver compassió dels miserables, e la pietat humana és plasent a Déu e al món.

E de allí's partí la adolorida reyna, entrant-se'n en una cambra destil·lant dels seus ulls vives làgremes e adolorits sospirs.

Aprés que l'albanés hagué fet son present, mostrà al rey los diners que tenia e dix-li:

—Senyor, mire la senyoria tua aquests diners que he levats per força a hun home dels enemichs. E si yo y vaig sovint ne portaré moltes coses, car yo tinch hun parent meu ben acostat qui stà en servey de aquest malvat de capità e, tot quant s'i fa, m'o diu tot en secret. E ara, senyor, me ha dit, perquè la senyoria tua sia avisada, com fa pastar molt pa e provesió de moltes vitualles per venir ací. Teniu temps per a proveyr si·l poràs desbaratar e rompre'l, car en la guerra totes coses de astúcia aprofiten molt als hòmens guerrers, majorment a tu, qui est rey tan poderós. E si est astuciós en la guerra, bastes a ésser senyor del món e ab lo teu fort braç conquistar aquell.

Lo rey pres molt gran plaer en les rahons de l'albanés e dix:

—Ara veuré yo ton parent si t'à dita veritat.

E al tercer dia Tirant arribà e aleujà's en lo loch hon acostumava les altres voltes. Lo rey donà gran fe en les paraules de l'albanés e lo rey volgué que fos l'albanés una de les principals guaytes del castell, e donà-li per companyia VI hòmens fidelíssims e de lonch temps servidors d'ell. E com aquest albanés venia la tanda de la sua guayta, havia comprades algunes lepolies e convidava a tots aquells qui eren de la sua guayta a menjar e a beure. E venia-li la sua tanda de V en V dies.

Tirant en tornà passats III dies que·s fon aturat e tractaven contínuament de concòrdia ab lo rey. E Tirant alargava tostemps la concòrdia tant com podia. Açò durà bé dos mesos, e Tirant contínuament anant e venit, e quasi ja no feye mal a negú. E lo rey feya anar molt sovint l'albanés al camp de Tirant, per ço que portàs fruytes e confits per a la reyna. E hun dia portà una adzembla carregada de vi e una spasa plena de sanch. Com fon davant lo rey, dix-li:

—Senyor, yo sabí que·l capità feya portar molt vi per fornir la ciutat e, sabent açò, só exit al camí. E hun adzembler era restat més atràs dels altres. He-li dat ab una pedra per los costats que·l metí per terra. Aprés, ab aquest bastó li doní tantes bastonades que·l lexí per mort. Leví-li aquesta spasa e l'adzembla, qui era carregada del més singular vi que yo, grans dies ha, haja vist. Per què·t suplich, senyor, que·m vulles dar licència que puga parar tavernaací. E com aquest serà acabat, yo·n furtaré ho·n compraré més. E tot dan, mal e deshonor que fer-los puga, yo u faré.

Lo rey fon molt content. E veren cascun dia venir a beure molts moros. E cascuna nit que l'albanés feya la guayta, se'n pujava alt en la torre hun gran barral de vi e dava molt bé a beure a tots sos companyons. E tots los moros prenien gran plaer de fer ab ell companyia.

Com Tirant hagué praticat moltes voltes ab lo rey Scariano e ab los seus, e anar e tornar molt sovint ab tota la gent d'armes, e fon ben cert e véu per speriència la gran fe que lo rey Scariano dava a l'albanés, Tirant féu fer una capça redona de ferro ab forats poquets entorn e, venguda la nit que la tració se devia fer, que era la tanda que l'albanés devia guaytar, posà brases enceses de carbó dins la capça e per los petits forats y entrava vent, que no·s podia apagar lo foch, e posà la capça en hun tros de cuyro embolicada, e posà-la's als pits.

Com foren a la torre del Speró fer la guayta e sos companyons staven bevent, l'albanés amagà la capça dins hun forat perquè lo foch no s'apagàs. E tenien allí huns grans tabals e, bevent e sonant, stigueren quasi fins a la mijanit. E en lo vi havien de singulars licors posades per fer dormir, segons se pertanyia. Les guaytes se adormiren ab lo delitós beure, en tal punt que jamés se despertaren. Com l'albanés véu que lo sobreguayta era ja passat e les guardes dormien, pres la capça del foch e, ab una capa que vestia, amagà la lum. E pres una palleta e encés-la, e posà-la per hun forat de la paret que mirava devers lo camp. E açò féu tres vegades.

E Tirant prestament conegué lo senyal que entre ells era stat amprés e prestament se partí del camp ab molt poca gent. E tota l'altra gent restà armada e en orde per a quant serien demanats, e lo Capdillo per capità d'ells. E per la molta aygua que y havia, fon forçat a Tirant e als seus de passar prop de un altra torre. E l'albanés feya molt gran remor dels tabals e fon gran sort, com passà Tirant prop de la torre, que no foren sentits com ells foren prop. E los de la guayta cridaven e deyen: «Bona guayta, bona!» e·lls passejaven ferm e cuytaven X o XII passos e, com ells callaven, ells s'aturaven. E axí u feren fins que hagueren passada la torre e foren plegats a la torre del Speró. E Tirant féu detenir la gent e tot sol acostà's al peu de la torre e trobà una corda prima que l'albanés lansada havia. E l'altre cap de la corda se havia ligada a la cama per ço que si per cars de mala sort se adormia, que tirant la corda se despertàs. Però ell jamés se dexà de tocar los tabals e, scassament ell sentí menejar la corda, que fon prestament a vora de la torre e tirà la corda que pujava una scala de cordes e ligà-la molt fort en la muralla, e aprés ne ligà altra. Tirant pujà primer e véu aquells que dormien. Dix a l'albanés:

—Què farem de aquests hòmens?

—Senyor —respòs ell—, dexau-los star, que no stà en lur poder de fer negun dan.

Ab tot açò Tirant ho volgué veure e trobà'ls a tots VI degollats e plens de sanch. E vist açò, pujà la gent, e acomanaren los tabals a hu dels qui eren pujats e forniren molt bé de gent la torre. E los que pujaren foren CLX. Lavors l'albanés posà's primer e davallaren a la cambra de l'alcayt. Com l'alcayt véu tanta gent, levà's tot nuu e pres una spasa en la mà e féu una poca de defensió. Tirant, ab una visarma, li donà sobre lo cap, que lo y partí en dues parts, que lo cervell se anà per terra. La muller se pres a cridar. L'albanés, qui·s trobà més prop, féu d'ella lo que Tirant havia fet de son marit. Aprés anaren per lo castell posant los forrellats en les portes de les cambres, e tanta era la remor dels tabals que negú no sentia res.

Pujaren alt per les torres e pensaven-se, los qui feyen la guayta, que aquells eren de la sobreguayta e no·ls deyen res. E com los eren prop, lansaven-los de les menes del castell aval[l]. E la hu de aquests caygué de la barbacana e donà en l'aygua del vall e estalvià's, que més fon la temor que lo mal que·s féu; e prestament fon levat, e posà grans crits per la vila e tothom se levà. La nova anà per la vila, e per lo castell encara no u sabien, sinó per hun home qui stava en les més baxes cases e pexcava. Sentí donar aquell gran colp, obrí les portes de la sua cambra e sentí molta gent dins lo castell, pres-se a cridar molt grans crits e fon forçat que u sentissen per tot lo castell. E com volien exir de les cambres, les trobaven tancades. Lo rey, que dormia dins la torre maestra, féu-se allí fort ab la reyna e ab una cambrera.

E vengut lo dia, posaren moltes banderes per totes les torres del castell, e feren molt grans alimares e alegries. E tots los forasters qui dins la vila eren, la desempararen e fugiren. Lo Capdillo, qui véu lo castell pres e los altres qui fogien, donà aprés d'ells e apresonà'n molts. E com tornà, aleujaren molta gent dins la vila, e l'altra en la barbacana e per los orts, prop de la vila. Aprés lo Capdillo pujà alt al castell e véu que negú dels seus mort ni nafrat no y havia. Fon lo més admirat home del món e creya que Tirant la sua natura més se mostrava angèlica que humana, que neguna cosa que volgués fer no li era impossible. E ab stil de semblants paraules féu principi a hun tal parlar.

Capítol CCCXVI. Com lo Capdillo lagotejà a Tirant per conduir-lo a son voler

—O cosa justa rahonar la gravitat de aquell qui de virtuts tots los altres avança! Ab quina lengua poré yo recitar als hoynts la stima de la tua valor? O cavaller engendrat en lo cel! Les tues virtuts per obra se demostren tu qui est ni què pots fer, car tens gràcia que totes les coses te obehexen. E de molt te reste obligat com has aleujada la mia ànima dels trists pensaments que té, car la fortuna m'és tan favorable que per mijà teu yo puxa lo meu desig complir de fer complida e honorosa venja de aquell gloriós rey, mon senyor, qui ab tanta crueldat li fon tolta la vida, e per companyó lo meu fill, qui en loch meu succehir devia.

«E per la molta amor que·t porte, tinch confiança en tu que·m consentiràs que done fi a mos fatigosos treballs, per hon daré tanta pena a aquest cruel de rey fins a tant que la sua ànima li trameta als inferns. E a la reyna, qui nora solia ésser mia, li sia dada mort, per ço com yo, ab lo poder que tinch, puxa pendre la real corona del regne de Tremicén. E per ço, cavaller de linatge e de sanch clara, nobles són los teus costums; suplich-te que·m perdones com no t'é feta aquella honor que la tua molta gentilea és merexedora, car la mia ignorància merita lo perdó. E yo veig clarament los senyals que la tua profecia manifesten, que yo só en recort que, com tu cayguist, te hoÿren dir que tu devies conquistar tota aquesta terra. E per quant veig los principis bons, no·s pot presumir sinó que la fi serà molt millor. E prech-te que ab diligència enseguexques lo meu voler, ço és, dar prestament fi en la conquesta, majorment ara, que la vida és aspra e la fortuna que tenim per part nostra pròspera, se deuen executar les coses. E facen-se una volta los fets, que aprés los remeys ells se vendran, car la lengua és strument ab lo qual cascú conduex en dir lo que vol.

No tardà Tirant en satisfer al parlar del Capdillo, e féu-li present de tal resposta.

Capítol CCCXVII. Resposta que fa Tirant al Capdillo

—No deu ésser permés per art de cavalleria a negun cavaller, per vilà que sia, que dega retre mal per mal. ¡Quant més deu guardar lo cavaller virtuós de ofendre l'art de cavalleria e de gentilea! Car més honor se fa lo qui perdona a son enemich que aquell qui·l mata, e majorment com l'enemich és tal e tan virtuós que en lo mal que ha fet no tinga culpa, per mantenir bona querella, car tal home com aquest rey és axí virtuós en tots sos actes, segons fins ací per speriència se mostra. E encara que haja mort lo rey, ton senyor, no·n sies admirat com ell fins ací haja feta la guerra molt justa e ab gran rahó. E si per sos peccats lo rey és mort, segons per la senyoria tua só informat, e noresmenys ne tinch major notícia, car en aquell cars, com yo fuy tramés a ell per embaxador, no·m fos tant alargat de parlar, ell no m'haguera referida la sua justícia. Ara, puix sé que ab justa causa ell feya la guerra, Déu ha pagat a ton senyor segons sos mèrits.

«E si la fortuna ha portat aquest rey en nostres mans, per ésser jove de XXII anys deu-li hom lexar complir la sua virtuosa vida. E és pròpia cosa e necessària als cavallers sobre los seus gloriosos actes, per què·s disponguen a fer senyalades coses, car les virtuts conserven la excel·lència del stament universal. E prech-te, senyor, que·t plàcia no voler que aprés de tan singular victòria se faça crueldat en dona, majorment en sanch real, car les dones són exemptes de tots los perills de les batalles e de crueldat, e açò deuen molt squivar los hòmens victoriosos qui volen senyories conquistar, car neguna dona no és merexedora de mort si donchs no cometia adulteri, segons en la Santa Scriptura, en la ley vella era acostumat. E sap bé la senyoria tua que reyna sens culpa mort no merita. E tant com lo món duràs, de ta senyoria e de mi seria manifestada la veritat de la malesa que cometríem en gran dejecció de nostra honor e fama.

«E no plàcia a Déu que per béns ni per senyories yo sullàs les mies mans en sanch de dona de honor ni menys hi consentís, com no sia obra de cavallers e, en especial, de aquells qui en la honor volen mirar, sperant glòria de lurs actes. ¡E la tua senyoria, per ésser capità sobre tots los capitans e venir de tal part, e home de tan singular disposició, tenir desig de fer crueldats! Com sies tan virtuós, no·s pertany de tu, perseguint com a cavaller lo que començat has, car en los teus actes tostemps hi deus mesclar amor e pietat, e restar-te'n ha per a sempre glòria e honor e inmortal memòria.

Tantes rahons dix Tirant al Capdillo que li féu conéxer lo gran defalt que volia fer e menyscapte en la honor de cavalleria e en dan seu. Aprés dix Tirant:

—Lo millor consell que podem tenir és que hajam en poder nostre lo rey e la reyna, puix tenim ja tots los cavallers de la cort sua.

Anaren a la torre maestra e lo rey dar no·s volia si no li aseguraven la vida e membres. Tenint-se ja per mort, pensant que puix havia mort lo rey que tal se farien d'ell e planyent-se, feya en si grans lamentacions.

—Ara —dix Tirant— lexem-lo estar, car la fam li farà fer prestament la rahó. E posem en bona custòdia aquests altres cavallers.

Regonegueren tot lo castell, e trobaren-lo fornit de moltes vitualles, ço és, de mill e de forment, dacça e panís per a set anys, ab una lúcida font d'aygua qui de la penya sortia.

Venint la nit, lo rey, tenint gran pietat de la reyna, cridà de una finestra poqueta qui era dins la torre e dix:

—Puix gràcia en vosaltres no puch trobar, vull abandonar los vicis e enseguir les virtuts. Qual de vosaltres és cavaller a qui·m puga dar a presó?

—Senyor —dix Tirant—, yo veig ací lo Capdillo-sobre-los-capdillos, lo qual és cavaller molt virtuós.

—No —dix lo rey—, mas assegura'm fins que t'haja fet cavaller. Aprés yo·m posaré en ton poder.

—Senyor —respòs Tirant—, yo só stat creat cavaller de mans del més poderós rey e més virtuós que sia en tota la crestiandat, ço és, lo rey de Englaterra, qui per sola virtut florex en lo món sens que no ha par. Car, axí com la luna té més claror que totes les steles, axí aquest rey excel·leix de v[i]rtu[t]s a tots los altres reys de la crestiandat. E per ço yo no poria ésser fet dues voltes cavaller.

Lo rey conegué bé que aquest era lo embaxador qui tant ab ell parlat havia. Dix-li:

—Tu qui est stat tramés a mi per embaxador, asegura'm la vida per ço que puxa fer actes de cavaller e de rey coronat.

E Tirant, responent, dix:

—La vida tindràs segura hun mes aprés que·t sies mès en mon poder. E de açò yo·t done la mia fe.

Lo rey ho tingué en tan gran stima com si l'hagués mès en franca libertat e, devallat de la torre, obrí la porta e posà's en lo lindar ab la spasa en la mà e dix, ab ànimo sforçat de cavaller, paraules de semblant stil acompanyades.

Capítol CCCXVIII. Com lo rey se reté al Capdillo per presoner

—No·m clam de la fortuna si m'ha portat en l'estrem que só de la mia mala sort e desaventura, puix mos peccats m'i han conduÿt, mas clam-me de la mia gran ignorància, que m'haja lexat trair a hun home strany no conegut, car la mia joventut ha mostrada la poca discreció que tinch, qui m'ha portat en gran dejecció e vergonya. ¿E qui és aquell miserable cavaller qui per dubte de mort se dexa de fer lo que la humana natura ha ordenat, morint virtuosament, car és reviure per aquest miserable de món en fama gloriosa? Car no pot ésser que qui usa la guerra, per moltes vegades que pren, que alguna volta no sia pres. E puix tu no vols que yo·t faça cavaller, fes-me venir aquell petit infant qui no havia sinó cinch anys, que era fill de una fornera.

Com li fon prop, féu-lo cavaller e besà'l en la boca e donà-li la spasa e posà's en poder del dit infant.

—Ara —dix lo rey— me podeu pendre de poder de aquest infant e fer de mi tot lo que a vosaltres plasent serà.

Dix lo Capdillo:

—Preneu-lo vos, capità crestià, e féu-lo posar en forts presons.

—No plàcia a Déu —respòs Tirant— que yo prenga a rey de mà de persona verge, car los cavallers qui d'onor senten me'n porien rependre. E la mia ànima és més aconsolada de subjugar los reys ans que de apresonar ne matar-los.

—Sus! —dix lo Capdillo—. Açò us deya per cortesia, per donar-vos la honor.

—No —dix Tirant—, que aquexa honor la podeu dar a vostre fill o adquerir-la per a vós.

No curà de més replicar lo Capdillo, sinó que pres lo rey e posà'l dins una cambra e féu-lo bellament ferrar. E a Tirant desplagué molt però, per no enujar lo Capdillo, no dix res. Aprés que lo rey fon ferrat, entraren en la torre maestra. Trobaren la adolorida reyna molt trista, lansant contínuament dels seus ulls vives làgrimes. Com ella los véu, havent d'ells natural conexença, e de singular consolació stigué per bon spay que no pogué parlar e, cobrat son recort, ab humil gest e ab veu piadosa, féu principi a semblant lamentació.

Capítol CCCXIX. Lamentació que fa la reyna per la vista de Tirant e del Capdillo

—Axí com les flames són aumentades per los vents, crexent en major flama, axí les mies dolors e pensaments són aumentats en lo pus alt grau de dolor com vos he vists, pensant hon és lo meu virtuós pare e mos germans, e aquell spòs meu que yo més amava que a la mia vida, que ab vosaltres solia conversar. O mísera de mi! Per què desige yo que lo meu pare vixqués, puix altra volta hagués de morir? Car les penes e treballs qui en aquest món són, de molt major pena l'estimen que no los altres. Donchs, atribulada de mi!, ¿què desige ni puch desijar sinó la mort, qui dóna fi a tots los mals e repòs a les penes e treballs de aquest miserable de món e ple de misèries? ¡E seria acompanyada ab aquelles persones que yo més amava e desijava habitar! E per ventura yo desige lo meu dan en desijar que tornassen, car tornant se poria seguir més mal per a vosaltres y per a ells, y aument de dolors per a mi, si per algun grau més era possible que aumentar-se poguessen. E com yo·ls perdí de vista, fon aquell asenyalat dia de dolor. Com ja yo no pogués cridar ni plànyer, lamentant la mia fort desaventura, plorava, per ço que si no hoÿen la mia veu sentissen lo plor. ¿Què podien fer més los meus hulls, sinó que plorassen, puix no·ls podien veure? E lo que·m fallia a la veu, aumentava en plant e batiments, mesclant-ho tots ensemps ab les mies làgrimes.

«¡O piadosos hoynts, contemplau en vostres penses los meus cabells calats en lo coll y en les espatles scampats, segons és costuma de persona molt dolorosa! E les mies vestidures aumentaren en gran pes per la abundància de les mies làgrimes, qui les havia tant banyades que les gotes per baix decorrien. E axí tremolava lo meu cors com fa l'aresta del blat com la toca lo vent. No us demane gràcia alguna me sia feta, sinó que prestament me doneu la mort perquè ab lo meu pare puga fer companyia. E per lo mèrit vos prech que no·m sia dada longa pena, car la granea de ma desaventura a totes les altres dones del món avança. E per cars de ma adversa fortuna, lo darrer comiat que pervench al terme de ma hoÿda fon hun dolorós «ay!».

E callà e no dix més. Los capitans, qui veren la adolorida reyna tant lamentar-se, aconortaren-la com millor pogueren.

E regonegueren lo tresor del rey què tenia e trobaren-li, en dobles, CLII mília marchs, per causa que era home molt rich, e lo que havia guanyat com pres la ciutat de Tremicén e la major part del regne.

Tirant pres les més honrades mores de la vila e donà-les a la reyna perquè la servissen.

Lo rey cridà los capitans e féu-se venir lo petit infant que ell havia fet cavaller, e dix:

—Senyors, puix a la fortuna plau que·n tal cars vengut sia, no·m resta més a fer sinó sola una cosa. Aquest a qui·m só dat per presoner, és sens heretat, que son pare e mare tenen molt pochs béns de fortuna. Yo, de bon grat, ab licència de vosaltres, done graciosament al dit infant, de mos propis béns, XX mília dobles de renda tant com la sua vida durarà.

E féu-ne levar carta pública, rebuda per dos alcadís, e més, aquí present, féu donació de tots los seus regnes e terres a Mar[a]gdina, reyna e muller sua.

—Ara —dix lo rey—, puix he complit de fer tot lo que desijava, no resta d'ací avant sinó que façau de la mia persona tot lo que plasent vos sia, que ab molta paciència pendré la mort tota hora que executar-la volreu, car ja no·m pot fallir sepultura desonrada. Mas deman-vos de gràcia que·m vinga a veure aquell inich e celerat home, que de bon grat yo li vull perdonar, puix és stat tan destre e tan solícit en posar-me en angústies e destruyr tot lo meu stat.

Com li fon davant l'albanés, lo rey li presentà semblants paraules:

—Galant, molt merita la tua fe, que has tengut tan gran ànimo de fer una tan gran maldat e tració de voler destroyr hun rey en persona y en béns. Per quina culpa merití yo de ésser tan mal tractat de tu? Bé has manifestada la ficta amor que tu·m mostraves! Digues, albanés, ¿hon és la promesa fe que ab jurament de mal crestià tu prometist de ésser-me leal? Qui poguera creure que tanta maldat e crueldat en tu pogués habitar? E bé pot pensar lo teu capità que pot fiar molt de tu, car si lo cars s'i ve faràs pijor d'ell que no has fet de mi. Tostemps la fortuna és favorable als dolents e viciosos. Ara yo·t perdone, per ço com stich en l'article de la mort e no sé si seré huy o demà. E yo confie en Mafomet que altri·t pagarà, car la tua gran maldat no pot restar impunida.

Tirant no comportà que més parlàs lo rey, sinó que li dix:

—Senyor, aconorta't e tingues bona sperança de la tua vida. E pense la senyoria tua que açò són obres de guerra, que qui la continua li segueixen molts inconvenients, que unes voltes són vençuts, altres vencedors. E açò segueix més als grans senyors que no als altres, per ço com acostumen, ab lur gran poder, voler levar la roba als qui no tenen defensió, e algunes voltes la fan justa o injusta. E nostre Senyor, qui és just, dóna en les batalles e en les guerres la justícia a de qui és. Per ço, si la fortuna t'à portat ací, pensa que tu no est lo primer ne seràs lo darrer.

Respòs l'albanés:

—Senyor capità, lexau-lo star, que lo rey me dóna càrrech de cosa que los altres m'o tendran a virtut. Car ell podia bé pensar e creure que, essent yo crestià y ell infel, no li podia yo ni devia procurar sinó tot lo mal e dan que fer pogués. Y era tengut de fer qualsevulla cosa per exir de catiu de poder de infels. D'altra part, tu, senyor, est tan cobdiciós que tots los béns qui·s guanyen en la conquesta los tires per a tu e·ls poses en ta potestat e senyoria. Mira quanta moneda havies ajustada robant viles e ciutats, les quals no t'havia dexades ton pare ni menys tos parents, ans eren de aquell famós e virtuós rey de Tremicén, qui sens voluntat sua li has levada la major part de les terres sues, robant los pobles, forçant les dones e donzelles, e fent morir ab gran crueldat totes aquelles qui les viltats no volien comportar. Guarda, rey: aquestes coses no són plasents a Déu. E si los capitans te perdonen la vida, e no·t smenes, ton fet no serà de longa durada. ¿E com no penses tu que nostre Senyor m'o ha posat en lo cor e en la voluntat que t'o diga, segons meriten los teus grans peccats, e que yo fos aquell qui fos causa de la destrucció de la tua persona e dels teus béns? E si per Déu és ordenat que yo·n sia executador, yo m'i sent dispost per executar-ho e portar-te a total destrucció. E si altres relíquies y restaven a fer, ab aquesta spasa, la qual és smolada en la mola de aquells qui són usurpadors del bé públich e dels béns que no pertanyen a tu, [ho faré]. Digues: ¿qui pot pensar lo gran tresor que has robat a tos vasalls fent-los pagar cent dobles per casa, destruynt tots los cultivadors, e no has volgut pagar lo sou a la gent d'armes? Mas, pagues-los de vent e deyes-los: «Robau lo que poreu, que altra cosa no us daria». Sinó que veig la gran clemència del capità crestià, qui és tanta que jamés de la sua boca no pot exir sinó gràcia e perdó. Altrament, la tua persona a foch y a flama deuria perir.

Tirant tingué compassió del rey, que hoïa tantes vilanies ab paciència, que li eren stades dites per l'albanés, e veya que lo Capdillo n'estava admirat e no li deya res. Manà-li que callàs, que no volgués donar tantes penes al rey ultra les que ell se tenia.

—Com? —dix l'albanés—. Senyor capità, ¿no vol la mercé vostra que diga la veritat, qui és manifesta? Car aquest rey és molt culpable de tres peccats mortals e per qualsevulla de aquells merita la vida perdre.

—Qual són aqueys peccats? —dix Tirant.

—Senyor capità —dix l'albanés—, yo us ho diré. Lo primer és peccat de luxúria, que s'à apropiada la reyna per força e sens voluntat sua. Lo segon és de avarícia, perquè és lo més cobejós rey que en lo món sia. Lo tercer és de enveja. E si fóssem en temps de justícia, ¡trista de la tua persona! Mas som en ley de gràcia e açò li sosté la vida.

Tirant li féu manament que callàs e que no li donàs més passió. L'albanés dreçà les noves a Tirant e, en stil de semblants paraules, li féu principi.

Capítol CCCXX. Com l'albanés suplicà a Tirant que·l fes cavaller

—Tot lo bé e la glòria de aquest món stà en cavalleries, car per fer cavalleries los hòmens del món són honrats e tenguts en gran stima, són temuts e obtenen victòria de lurs enemichs, pugen en gran senyoria conquistant regnes e terres, e fan tremolar lo món, axí com féu Alexandre, qui per sa alta cavalleria conquistà la major part del món. E per ço suplich a la senyoria vostra, encara que yo no sia digne, me vullau donar l'orde de cavalleria, car yo confie de la misericòrdia de nostre senyor Déu que·m lexarà fer tals actes que seran smenats tots los meus defalts, e cridaré la honor que a mi spera, car ma virtut ja sperimentada aterrarà les forçes dels meus enemichs. E si neguna cosa a la mercé vostra passa per la fantasia, de vergonya, a mi sia atribuït e no a vós, per què us plàcia ésser favorable per la part mia. E dir-vos he lo que posà hun gran philòsof, que dix: «Lo cavaller que no ajuda e lo capellà que no dóna, e lo juheu qui no presta e lo pagés qui servitut no fa, no valen res tots aquests». Donchs, feu que vós siau hun dels benaventurats.

Tirant no·s tardà en fer principi a tal resposta.

Capítol CCCXXI. La resposta que féu Tirant a l'albanés

—Antiga auctoritat fa tes[t]imoni de la veritat de les coses mal fetes, car la stima de la honor que ha menyscabat en tu fa adversa la tua fortuna. E açò dich perquè no·m plau dir-te paraules qui t'agreugen, manifestant la erra de tos mals que per la tua mà sangonosa són stats comesos, per què, a menys pèrdua de ta honor e fama, al que la tua lengua a mi demana, sia cosa impossible bonament se pogués fer. E fas fi, que no·t vull dir més avant.

E l'albanés tornà a replicar e dix:

—Mon senyor, clam-vos mercé dir-me la causa per què us n'estau.

Dix Tirant:

—Albanés, tu m'as servit al plaer meu, de què te'n reste molt obligat. De mos propis béns te vull ans donar que no dar-te la honor de l'orde de cavalleria, per no ésser représ de reys, duchs, comtes e marquesos e dels famosos cavallers. Car lo teu ignocent desig no comporta la honor de cavalleria ni rebre aquella, com aquest tan alt orde no pertany a totes gents, car és cosa molt delicada e no deu venir en poder de tots aquells qui u desigen ésser. E majorment de tu, qui sabem que has ofés aquest tan singular rey, e per ço series dit reproxe. E per ço yo no ofendria tant mon orde que·ls bons cavallers rependre'm poguessen. E si yo u fes, forçat seria que la tua persona hauria de sostenir tants de dans ab tanta pèrdua de ta honor, per justa reparació del que has ofés al noble rey. Més te val ésser bon scuder que mal cavaller, perquè als hòmens envejosos de nostra pròspera fortuna més se enugen. Vet ací cinquanta mília dobles que de bon grat te do, puix tan virtuosament has obrat.

Ell pres les dobles e passà-se'n en la terra d'on era natural, ço és, Albània.

Fet açò, Tirant ordenà fossen trameses cent mília dobles en Túniç a hun cosín germà del Capdillo, que era en aquell regne regidor per lo rey de Túniç, e pregà'l que quitàs lo senyor d'Agramunt e tots los altres qui dins la sua galera venien. E tots foren trets de captivitat per lo governador, qui·ls féu comprar a mercaders, que ell gens no s'i mostrava. E açò féu per amor del Capdillo. E tramés-los tots hon era Tirant. E com los portaven dins terra, tenien la sperança perduda de jamés exir de captivitat, fins que veren lo lur capità. No penseu que fos poca la consolació que ells prengueren en la vista sua.

Tirant demanà prestament a son cosí, lo senyor d'Agramunt, si havia vist a Plaerdemavida, e aquell respòs:

—Senyor, de aquell dolorós dia que perdem la galera de vista, yo jamés n'é sabut res d'ella, ans vull creure que sia morta dins la tempestuosa mar.

Tirant mostrà que li dolia molt e dix:

—Yo us jur per nostra Dona que, si ab la millor sanch de la mia persona la podia resuscitar, de molt bona voluntat ho faria, e si tenia dos bacins e mig de sanch los dos ne daria.

Tirant lo féu molt bé vestir, els armà e donà'ls de bons cavalls, e refrescà'ls molt bé de les sues dobles, que·ls paria que fossen resuscitats de mort a vida. E més, ordenaren ell e lo Capdillo, ab mercaders, de trametre en terra de crestians per arnesos e per cavalls, com sabessen de tot cert que, tota aquella gent que staven en la ciutat de Tremicén e en les aldees, eren arribats a VI legües del castell de Mont Túber, hon ells eren, e com havien tramesos correus per tota la terra dels moros amprant a molts parents que·l rey tenia en la Barberia, que li vinguessen ajudar. Tirant, sabent açò, ordenà que lo castell fos més provehït de totes les coses necessàries molt més abundosament que no era.

La gent del rey Scariano, un alba de matí, aplegaren davant lo castell e donaren lo gran combat a la vila. E Tirant dexà al Capdillo alt en lo castell, ab lo senyor d'Agramunt, en guarda del rey, y ell féu obrir la porta de la vila, e davant la porta féu fer aquí hun baluart, e jamés volgué consentir per res que les portes se tancassen, ans nit e dia tostemps staven ubertes. E en la primera venguda que feren, vehent la porta de la vila uberta, tots cuytaren en aquella part. La mortaldat dels moros fon tanta en lo baluart que los q[u]e venien detràs no podien passar avant per los cossos morts que allí staven. Infinida gent fon la que morí dels de fora, e dels de dins n'i hagué molts de nafrats, mas pochs morts.

Los moros ordenaren ses batalles e totes les hores del dia venien a combatre. E de continent que la una squadra de gent era cansada, anava-se'n aquella e venia-n'i altra fins que era nit scura. E en la nit Tirant feya adobar los fossats e lo baluart e tot lo que mester era. Com los moros veren que noure no·ls podien e tanta gent los mataven cascun dia, delliberaren de no combatre més, mas fessen portar tantes bombardes com poguessen haver del regne e fora de aquell, e en moltes parts trameteren per haver-ne. E Tirant fon nafrat de dues nafres, la una en la cama hon solia tenir mal e l'altra en lo cap, de colp de passador, que li passà lo bacinet, que entrà lo ferro hun poch en lo cap.

E passà bé hun mes que no s'i feren armes, sinó ben poques. E Tirant pujà-se'n al castell e lo senyor d'Agramunt fon capità en la vila. Com les bombardes foren ajustades, que foren més de cent, asetjaren la artelleria e començaren de tirar, que feyen gran mal, e Tirant no podia exir per rompre-les. Tingué aquest avís perquè no tirassen: pres lo rey e tots los altres presoners, e posaven-los sobre posts amples e, ben ligats ab cordes, calaven-los endret de la muralla. E com los de fora veyen lo rey en tal so star e los altres presoners, que y tenien pare o fill o germans, no consentiren que les bombardes més tirasen. E per açò havia entre ells de grans debats e moltes morts que se'n seguien. Com lo rey stava en aquelles posts, cridava ab miserable veu, ab los altres, que per reverència de Mafomet no volguessen tirar. E los moros de defora alsaven una bandera per senyal de segur, e lavors levaven del mur lo rey e los altres. E delliberaren, per no posar la persona del rey en tan gran perill, que sperassen que vengués lo rey de Bogia, qui era son germà e cunyat del rey de Túniç. E havien nova com tots se posaven en orde ab lo major poder que ells podien fer, e per causa de açò ells feren treves per a dos mesos.

E molts parents, cavallers e servidors, aprés de les treves, pregaren als capitans que·ls dexassen entrar en la vila e en lo castell per parlar ab lo rey Scariano. E ells foren contents, que daven licència a cinch cavallers que cascun dia staven de sol a sol ab lo rey. Com venia la nit, tornaven-se'n en lo lur camp. Aquests moros hagueren nova certa com los reys dejús nomenats venien per socórrer-los. Primerament lo rey de Bogia, son germà, e lo rey de Feç e lo rey Menador, lo rey de Pèrsia, lo rey de la Tana, lo rey de la menor Índia, lo rey de Domàs, lo rey Geber, lo rey de Granada, lo rey d'Àfrica. Tots aquests reys, los de més, eren en deute de parentesch ab aquest rey Scariano. E lo menys que cascun de aquests portava eren XXXXV mília combatents. E lo rey de Belamerín se ajustà ab lo rey de Túniç ab LXXX mília combatents, e ab aquella gent vengueren a socórrer-los altres, e tots justats tenien lo siti.

Seguí's hun dia que la reyna tramés a cridar a Tirant que volgués plegar a la sua cambra per ço com volia parlar ab ell. E Tirant, impensat per què·l volia, prestament hi anà, per bé que encara no era ben guarit de la cama nafrada. Com Tirant fon ab ella, la reyna lo rebé ab cara molt afable, féu-lo seure al seu costat e, ab veu baxa, li féu principi a semblant requesta.

Capítol CCCXXII. Requesta de amors que fa la reyna a Tirant

—La lum perduda és recobrada als meus ulls e alsant lo meu cap te veig com a senyor del món, car lo cel e la terra e totes les coses que lo gran Déu ha creades te obehexen, e bé·t pots nomenar digne sobre tots los altres cavallers, car merexedor est de ésser senyor de tots aquells qui de honor senten. O benaventurat cavaller de eterna fama! Digues-me, virtuós capità, ¿hon és fugida la delitosa bellea de la tua vista e hon has lexada la fresca color de la tua graciosa cara? Quina és la occasió de la gran flaquea de la tua noble persona? E los teus cabells resplandents, sens maestrívol mà ornats, e los teus ulls, qui parien dues steles matutines, ¿com se són axí aflaquits? Més flamejants los trobí aquella plasent nit que·ns traguist de aquella dolorosa presó, e yo més piadosa que altra tenguí tan gran grat de la tua virtuosa persona ab tanta singularitat proporcionada que avorrí a mon sposat, que no tenia ulls ab què·l pogués veure. E apartada d'ell, tota la mia amor transportí en tu sol, qui est la flor dels millors.

«E yo bé conech, capità senyor, que jamés bastaria a premiar-te lo gran servici que m'has fet, per què suplich al nostre Mafomet que te'n vulla retre lo premi en lo que yo falliré. E per la part mia, com no tinga cosa de major stima que la mia persona, encara que no sia suficient premi al que tu tant vals e merites, per què·t suplich, senyor, que·m faces gràcia de voler ésser senyor de aquesta terra e de la mia persona en compensació de tos treballs, car més stimaria ésser serventa tua que senyora del món. Perquè la tua virtuosa persona és tal e de tanta gentilesa, que verdaderament est merexedor de molt de bé y honor, molt més que tots los reys e prínceps qui huy porten corona, que ab veritat altre renom dones de tu que no fan tots los altres prínceps del món. E la tua mercé no·m tinga a mal lo que·t diré, encara que yo no·n sia merexedora, car sobre tots los hòmens del món te volria per marit e per senyor. E si y encara yo no·n sia merexedora, car sobre tots los hòmens del món te volria per marit e per senyor. E si fos stada en libertat e no temés infàmia, ab tu me'n fóra anada. E si la tua noblea me desempara, ¿hon trobaré yo refugi ni sperança de persona tal qui a mes dolors remey puxa donar, sinó tu o la mort, qui és la fi de tots los mals?

Admirà's Tirant de tal requesta e no tardà en fer-li semblant resposta.

Capítol CCCXXIII. Resposta que féu Tirant a la requesta de amors que la reyna li havia feta

—Si la mia benvolença stigués en ma libertat, gran culpa tendria de refusar requesta de tanta vàlua, car les vostres agraciades paraules me mostren granea de tanta amor que m'obliga en servir e ajudar a la senyoria vostra e pendre-us en compte de filla. E seria a mi hun gran defalt que yo volgués donar lo que tinch ja donat e fora de ma libertat. Car per la molta amor que tinch de servir-vos, mon peccat vos confessaré. Gran temps ha que yo ame una donzella de gran stima, e ella per semblant a mi. E seria gran defalt meu que per ella ésser tan virtuosa, que ha servada tanta virtut de honestat devers mi, que yo cometés tan gran maldat devers ella, ni li fallís en ses amors. Ans permetria la mort que tal cars se pogués dir de mi. E prech a Déu que si tal pensament me passava per l'enteniment, que s'obrís la terra e aquí fos enclòs en sepulcre de dolor. E vós, senyora, qui sou dotada de tant saber que no ignorau los termes de amor, lo que no volríeu per a vós, no deuríeu desijar per altri. E prech a la senyoria vostra no s'agreuge del meu parlar, car vós sou persona tal e de tanta stima que no és dama en lo món qui més puga valer. Ni sé príncep ni cavaller, per virtuós que fos en lo món, que no·s degués tenir per benaventurat en posseyr la vostra gran bellea.

«E com veritat sia una de les causes que nostres passions refrena, les fundades e invencibles rahons de vostra senyoria, los scurs núvols de la mia apassionada ignorància en vapors convertint, ab sol luminós de vera doctrina han il·luminat lo meu entendre, calfant ma voluntat de servir vostra excel·lència, que la vida no tinch en car si la havia a despendre. E perquè lo peccat meu vos he confessat, de més a[b]undant perdó teniu causa de perdonar-me. Però per mèrits de aquella qui per molta gentilea sua afectadament me ama, ha volgut Déu que lo meu cor e voler no·s puga mudar, e per causa de açò lo meu cor plora gotes de sanch e jamés se veurà alegre ni content fins que veja la senyora de qui és. Mas, havent per cert que mèrits neguns no basten de fer menys ma benvolença, puix altre delit amor ab si no porta sinó sperança de benaventurada fi, perquè yo no·m desespere prenent per tal fi vostra inestimable vàlua, la qual per la mercé vostra tenir tanta bellea, gràcia e saber, me obliga dir-me servidor vostre tant com lo viure m'o consenta. E per temença de errar me dexe de recitar les mies propies passions, per bé que no·s mostren tan grans com són les mies fatigues, car dix hun gran poeta que les fatigues trahen a penes amor de la pensa. Ajuda'm, encara, altra rahó que no·m vull oblidar: com vostra senyoria sia mora e yo crestià, no seria lícit tal matrimoni. E no perdau, senyora, per lo que dit he, la sperança de mi, car tant com ànima tendré en lo cors, jamés vos falliré en servir-vos, absent o present, honsevulla que yo sia, car lo vostre molt meréxer m'i obliga.

No tardà la reyna, ab làgremes als ulls, fer-li semblant rèplica.

Capítol CCCXXIIII. Rèplica que fa la reyna a Tirant

—Poch se poguera creure que en hun cavaller de tanta noblea, ab compliment de totes virtuts, habitàs tanta crueldat de refusar requesta de tan gran amor, car si tenies conexença quant ma vida perilla, per art de gentilesa deuries ésser prompte en procurar-me lo remey. E de tal pensament stich temerosa de dir-te quant stich abandonada, com veig que no·t puch dir la menor part de la pena mia. En tals contrasts per sobres gran dolor la mia ànima stà turmentada, e ara t'és manifesta la causa de hon tant temps la mia gran amor te és stada cuberta, la qual, sol hun punt de egual temor no desacompanyada, jamés ha sofert la mia voluntat te pogués dir ab atreviment quanta és la senyoria que tens en mi. E conexent lo teu gran avisament, te faç cert, si a mes paraules negaràs crehença, no·t tardarà lo mèrit, que serà de ma presta mort. E axí los meus mals no hauran longa durada, aconseguint terme de infinida glòria, si de tu he acabat remey. E fent tu lo contrari, pendrà fi en mi, dexant-me de viure, ab sola ànsia que los meus mèrits ab los teus tant se concorden que, egualment mirant, en paraýs o en infern los dos prenguen posada.

«E si·t parran les mies paraules ab si veritat no porten, pensa que no poca amor dir tals coses me obliga. Ab tot que, si d'espill no tens fretura, veuràs de tos béns per defalt de ben dir la més part ésser callada e hauràs a creure que, si com a Déu te adorava, nom de mala mora merexeria. Mas sol hun demèrit ma strema amor guasta, que los teus molts béns forçada a tanta amor me porten, havent per cert mèrits alguns no basten de ésser amada me facen mer[e]xedora. E a tan fallides sperances, seguint lo costum de les altres, deurien fer menys ma benvolença, puix altre delit amor ab si no porta sinó sperança de benaventurada fi. De què yo no·m desespere prenent per tal fi la tua inestimable vàlua, la qual deute me obliga dir-me tua tant com lo viure m'o consenta, adorant a tu, que altre Déu ma ley no·m mostra. ¿Com me dius yo só mora e tu crestià tal matrimoni ésser no poria? E yo dich lo remey, que bé·s pot fer, en tornar tu moro. E la mia demanda se complirà e en tal cars haurà loch. E si fer no u volràs, que vulles dir que la tua ley sia millor que la mia, de bon grat ho creuré e tostemps diré que axí es. E tota hora que tu volràs sperimentar, conexeràs quanta és la mia amor e fermetat.

«Per què cavaller virtuós, obre los ulls e veja lo teu cor sentit lo que dich ho faré ab major voluntat que tu pensar no pories. E de la donzella que·m dius que ames, yo crech que és somni per scusar-te, sinó que mostres tenir poch grat de mi e per ço denegues lo matrimoni. E encara que axí sia, no·m vull oblidar de regraciar-te la gran obligació que·t tinch, que com a bon cavaller e virtuós me fas proferta de ajudar e valer-me en la gran necessitat e congoxa en que só posada, encara que per art de cavalleria y sies obligat defendre les persones de[s] empar[a]des, yo no u prench per aquexa part, sinó que u accepte com de hun pare e senyor, per què·t veig tan magnànim e virtuós que no pots fer sinó lo que has acostumat, e de açò te'n bese les mans.

Tirant pensà hun poch en si e véu lo bon prepòsit de la reyna que tenia en fer-se crestiana. Alegrà-se'n molt e véu, ab los ulls de la pensa, camí per hon la sancta crestiandat poria ésser exalçada. Delliberà de mostrar molta amor a la reyna per què tingués voluntat de fer-se crestiana, no perjudicant en res la amor que tenia a la sua princessa. E ab cara afable, mostrant ésser molt content Tirant de la reyna, ab graciós gest li féu principi a tal rèplica.

Capítol CCCXXV. Rèplica que fa Tirant a la reyna

—Les paraules són senyals ab los quals nostres intencions se mostren, car en altra manera, elles, closes dins los corporals murs e sagellades ab lo secret sagell de nostra voluntat, sols a Déu són descubertes. E axí, senyora virtuosa, yo us ame de verdadera amor e us desige servir, emperò no encara segons la senyoria vostra ho accepta, mas quiti e despullat de sensibles passions e apartat de tota amor libidinosa, sinó ab verdadera caritat, mas acostant-me a la senda per hon les passions caminen, puix amor ha en mi en tant strem pres posada. Mas la felicitat e promptitud de attényer delits no·m fa desviar de la fi, a la qual, com a derrer bé sguarda, ans les dificultats, si en contrastar a mon voler s'esforcen com l'aygua al carbó, encén majors flames de ma benvolença e, axí, ab malalt e infecte gust, les coses als altres no poch dolces a mi en egual de fel amarguen, per ço com natural rahó me força de servar la promesa fe.

«E encara que no siau senyora de la mia persona, ho sereu dels béns e de la voluntat, e per mi serà aumentada ab multiplicades virtuoses obres la honor de vostra fama, reservant la vida per actes de virtut stimada que dels prudents s'espera, en diferència de aquells qui no volen usar de natural rahó, que los folls perills squivar solen les dames qui són virtuoses, qui viure volen virtuosament. E aquella cosa rectament és desijada, la qual, aprés que és atesa, fa millor al qui la poseheix. E per ço, algú de virtut acompanyat no deu elegir la mort sinó per vàlua que més que la vida dignament s'estime. Per què suplich, senyora, a la senyoria vostra vos plàcia rebre lo sanct babtisme de la sancta e verdadera ley crestiana, si voleu ab Déu ésser acompanyada, ab auxili del qual, si yo vixch, sereu senyora del regne vostre e dar-vos he marit rey coronat, jove e virtuós, que de mi, com vos he dit ab tota veritat, no puch muller pendre, que ja·n tinch. E si tal cars cometia, no seríeu dita muller, mas amiga, e la vostra excel·lència merexedora és de major de mi.

«E sí m'ajut Déu, senyora, no u fas perquè la vostra gran bellea e molta virtut no sia a mi més en grat que de dona ni donzella que en lo món yo haja vista, car no és cavaller en lo món, per gran senyor que sia, que no·s tingués per benaventurat que la vostra amor pogués aconseguir. E no dubteu, senyora, en lo que us he dit, car si yo moria en aquesta conquesta havent-vos sposada, seria molt gran dan e desolació vostra, que restaríeu destroÿda e sens reparo. Donchs, molt més val a la senyoria vostra pendre altre marit, lo qual per rahó sia més vividor que yo, per no passar tants perills, car sabuda cosa és que qui sovint en armes va y dexa la pell o la y dexarà. E per bé que ara los vostres agraciats ulls en la presència mia se planyen e destil·len làgremes de amor, no passarà molt que per vista de algun gentil cavaller se riuran.

E donà fi Tirant en ses rahons. No tardà molt la reyna, aprés que s'hagué exugades les làgremes, ab hun agraciat sospir, fer principi a semblant rèplica.

Capítol CCCXXVI. Rèplica que fa la reyna a Tirant

—La glòria que en lo món en tan gran jovent has atesa, me fa desijar de ésser serventa o cativa tua, a fi que los meus ulls atribulats de excessiva amor contínuament poguessen contemplar la tua noble persona, car conech-te de tant ànimo que ab excés de perillosos treballs has més entès en aumentar la tua gloriosa fama que no adquerir riqueses. E les tues prudents paraules han obrat en mi e presa tal força, que mon delliber te vull publicar, que justament me has obligada a la execució de tal empresa. Car de moltes coses, ans de palesament ésser eletes, sens vergonya hom se pot retraure, les quals, aprés, si no ab grandíssima infàmia, no cosenten ésser dexades. Donchs, senyor virtuós, sies prest en dar-me lo sanct babtisme, puix est flor de tot poble batejat.

E Tirant, qui véu la bona voluntat de la reyna de voler-se fer crestiana, féu-se portar prestament hun bací d'or e hun picher de la desferra que havien presa del rey Scariano. E Tirant féu descobrir lo cap a la reyna e restà en cabells, los quals eren de tal resplandor que·s mostrava la sua cara més angèlica que humana. Tirant la féu agenollar e, ab lo picher, li lansà aygua sobre lo cap, dient-li:

—Maragdina, yo·t batege en nom del Pare e del Fill e del sant Sperit.

E lavors ella se tingué per bona crestiana e allí, en presència de tots, IIII dones qui servien la reyna reberen lo sant babtisme e feren molt sancta vida ab molta honestat.

Com lo rey Scariano sabé que la reyna se era feta crestiana, féu-se venir a Tirant e de semblants paraules li féu present.

Capítol CCCXXVII. Com lo rey Scariano requerí a Tirant que·l fes crestià

—[C]onexent quants generosos coratges los infortunis fan sforçar en los adversos cassos, per manifestar a les gents l'ànimo que tenen, stimant que tan stremes dolors e no poquetes pèrdues com les mies Déu ho ha permès per aument de major honor e glòria mia, e per exercici de ma paciència e, si a molts, enamorada querella ha fets animosos, de tal fe són dignes emprenedors e seguidors. ¿Què restarà de present lo món, de cavallers axí despullat, que la persona real de tanta justíssima querella defensor ne protector no trobe? Per què dich a tu, capità virtuós, qui est cap de la secular potència, spasa e coltell defenedor de la sancta religió crestiana, que, puix veig ma senyora la reyna que s'és feta crestiana, yo de bon grat vull seguir les sues virtuoses obres. Per què·t prech que·m vulles dar lo sanct babtisme e que vulles ésser ab mi germà d'armes tant e tan longament com la vida nos acompanyarà, essent amich de l'amich e enemich de l'enemich. Si a tu vendrà en grat, ho tindré a molta gràcia. Emperò, ans que yo·m batege, vull ésser adoctrinat de la santa ley crestiana e saber quina cosa és la Trinitat, a fi que ab major devoció yo puixa rebre aquell sant sagrament del babtisme. E si neguna cosa y sabs, la'm vulles reduyr a memòria. Mas pens que segons los actes virtuosos que·t veig obrar, que tu has més après en l'art de cavalleria y en lo fet de les armes que no en declarar los fets de la Santa Scriptura.

Respòs Tirant:

—Senyor, yo no y sé molt, però yo us diré lo que n'é aprés en lo temps de ma puerícia, car la sancta ley crestiana no vol ni consent que los cathòlics crestians hagen a creure ab rahons ni ab proves, sinó per sola fe. E aquesta matèria és tan alta que, qui més hi vol saber, menys hi sab, sinó aquell a qui Déu dóna la intel·ligència per pura gràcia. E per bé que yo seguexqua la pràtica e l'estil de les armes, me és de necessitat saber axí en les coses sperituals com en les temporals. Emperò, per bé que yo no sia home de tan gran sciència com seria necessari per parlar de semblant matèria de la Trinitat, qui és tan alta que haveu mester molt que alseu l'enteniment, e encara haureu molt a fer en poder-ho compendre.

Tirant, lo millor que sabé e pogué, li declarà de nostra fe tot lo que hun crestianíssim e devot cavaller y pot entendre, en tal manera que lo rey ne restà molt content y aconsolat, per què, ab la devoció que ell venia al sanct babtisme, per obra del sanct Sperit ell comprengué tant nostra fe com si tota sa vida fos estat crestià. Y ab alegria inestimable dix lo rey:

—Capità virtuós, no poguera jamés creure que per a ésser cavaller poguesses tant saber en los fets de la Trenitat, e tu n'has parlat tan altament que jamés pensara que lo teu enteniment fos tan subtil en dar-m'o axí entenent com ho has fet. E més notícia me has donada de la fe crestiana tu sol que no feren aquells frares que en ma companyia staven. Ara·t prech que·m vulles dir qual és lo major bé de aquest món, car per gràcia de Déu yo tinch bé compresa la santa Trinitat e, de continent que m'o hauràs dit, yo·m faré crestià.

Tirant, que véu la bona voluntat del rey, pres-se a dir en la forma que hoÿreu.

Capítol CCCXXVIII. Qual és lo major bé de aquest món

—Diverses sentències foren dels antichs philòsofs qual era lo major bé de aquest món. Digueren que riqueses, dient que aquelles eren stimades e los hòmens richs eren honrats. E de aquells fon Virgili, qui féu libres com se porien adquerir riqueses, e Cèsar, qui posà tot son enteniment en les riqueses de aquest món. E altres digueren que cavalleria, car per cavalleria havia hom en aquest món victòria de moltes gents, e aquell fon Luquà, que en sos libres molt ne parlà. Altres digueren sanitat era conservament de vida, dels quals fon Galién, qui féu libres com hom pogués haver salut, e l'emperador Constantí, qui per salut volgué donar tot lo seu imperi. Altres volgueren dir que lo major bé de aquest món era amor, car per amor és l'om alegre e joyós, dels quals fon Ovidi, qui féu libres de amor, e micer Johan Bocaci, de Tròyol y de Griseyda, e de Paris e de Elena, de què·s feren molt singulars actes. Altres digueren per bones costumes l'ome vil era exalçat, dels quals fon Cató, qui féu libres de bones costumes. E altres digueren que saviesa, car per saviesa conexia hom Déu, e a si mateix e totes les creatures de Déu. E aquest fon Aristòtil, qui féu libres de saviesa, e lo rey Salomó, qui, entre tots los altres, nostre senyor Déu lo volgué dotar de saviesa, lo qual dix: «Yo ame saviesa perquè és il·luminació de l'ànima e per ella tinch honor davant los vells e los jóvens, d'on procehex subtilesa en jutjar davant les potestats als qui u merexen e, possehexca memòria per a tots temps en ordenar los meus pobles en los pensaments de aquells, és gran delit.» Donchs, aquest deu hom enseguir, car més val que or ni argent ni pedres precioses. Però molts són que y treballen per aconseguir saviesa e no són tots de hun enteniment, car huns treballen en saber per rahó que sien millors que los altres, e aquests aytals són moguts per peccat de supèrbia, qui volen saber per rahó de exalçar a si mateys, e aquests tals lo lur saber és inflat, qui dóna supèrbia. Altres aprenen saber ab què puguen haver riqueses e aquests tals són moguts per lo peccat de avarícia, e l'enteniment de aquests seria convinent cosa saber de medecina, car per aquella se poden aconseguir riqueses temporals. E altres treballen en saber per rahó que sien loats per les gents. Aquests són moguts per vanaglòria e aprenen saber covinent a ells, ço és, les natures del cel e dels planets, e lo moviment de aquells e les propietats dels elements, e d'altres coses qui donen semblant saber. Altres treballen en saber per conéxer a si mateys. Aquests són moguts per virtut de Déu e lur enteniment és bo, car treballen en viure bé e servir a Déu, e aquests tals han la glòria celestial e la flor e fruyt de saber, e són nomenats savis. E veus ací, senyor, tot lo que y sé en lo que la senyoria vostra me ha demanat e, si més y sabés, més vos ne haguera dit. E suplich-vos me façau gràcia de voler rebre lo sanct babtisme, e yo us vull servir e ésser-vos germà d'armes.

Respòs lo rey e dix que era molt content e que cosa en lo món tant no desijava com ésser crestià, e que·l pregava que prestament fos fet. E Tirant li dix:

—Senyor, yo vull que ans de totes coses me façau lo jurament de la germandat a l'alquible, com a moro, e aprés, com sereu crestià, altra volta com a crestià.

Dix lo rey que era content de fer tot lo que ell volgués. Tirant, per provar-lo, li dix:

—Senyor, ¿voleu rebre lo sanct babtisme en públich o en secret?

—Com! —dix lo rey—. E penses-te tu que yo vulla enganar a Déu? Ans me plauria molt se fes en presència de tota la mia gent fer-me crestià e rebre lo sanct babtisme, a fi que, vehent batejar a mi, tinguen occasió de batejar-se. E prech-te que de continent y vulles trametre.

Tirant, per lo gran benefici que·s esperava de aquesta cosa en aument de la santa ley crestiana, fon molt solícit. E tramès hun moro als capitans del rey Scariano a dir com lo rey los manava, sots pena de la feeltat, que vinguessen a ell ab tota la Gent. E los moros foren contents de obeyr lo manament de lur senyor com los manàs que vinguessen pacíficament e sens armes. E axí fon fet.

Capítol CCCXXIX. Com lo rey Scariano se batejà

Aprés que la reyna se fon batejada e Tirant hagué tret lo rey de presó, féu-lo devallar en la vila, per ço com eren de acort que·s volia batejar. En aquella vila havia una bella plaça e Tirant féu fer un bell cadafal e féu-lo molt bé emparamentar de draps de brocat e de raç, e lo rey stava alt, ben abillat, asseyt en una bella cadira cuberta de brocat, com a rey, e una gran conca d'argent plena d'aygua aparellada en una part del cadafal. E havia feta fer Tirant una scala ben ampla ab sos graons per poder pujar e devallar los qui batejar-se volrien.

Los capitans del rey Scariano, ab tota la gent, partiren del camp a peu e desarmats, perquè era prop de la vila, molt pacíficament. Com foren al portal, triaren-se tots los capitans e cavallers e entraren primers. E l'altra gent los seguia. Com foren en la plaça e davant lo cadafal del rey, feren-li tots molt gran reverència e digueren-li què·ls manava la sua senyoria. Lo rey, ab sforçada veu, se pres a dir forma de semblants paraules:

—Los meus fidelíssims vassals, parents e germans: a la divina Clemència és stat plasent de haver pietat de mi e de tots vosaltres, si us voleu, car ha'm il·luminada la mia ànima e lo meu enteniment com per aquest virtuós capità crestià he rebudes moltes gràcies. La primera, que m'ha tret de presó e posat en libertat. La segona, que m'ha instruŷt en la sancta fe cathòlica per tal forma que yo tinch notícia verdadera com la secta de Mafomet és molt falsa e reprovada, e tots los qui en ell crehen van a total destrucció e damnació. Per què us prech e us man, com a bons vassalls e germans, vos vullau batejar ab mi e fer-me companyia. E fiau de mi que, a càrrech meu e de la mia ànima, vosaltres rebau lo sanct babtisme en salvació de les vostres ànimes. E los qui·s delliberaran de batejar-se, no·s moguen; los qui no·s volran batejar, buyden la plaça e façen loch als altres que vendran.

E dites aquestes paraules, lo rey se despullà en camisa en presència de tots. E Tirant lo portà a la conqua e aquí·l batejà lansant-li hun picher d'aygua sobre lo cap, dient:

—Rey Scariano, yo·t batege en nom del Pare e del Fill e del sant Spirit.

Aprés Tirant batejà quasi tots los presoners per ço com los de més eren parents del rey ben acostats. Aprés se batejaren dos capitans qui ab tot lur linatge reberen lo sant babtisme. Lo hun linatge se nomenava de Bençarag e l'altre de Capçaní. E en aquell dia foren batejats, per la mà de Tirant, passats VI mília moros. Los altres restaren per a l'endemà e per als altres dies, fins que tots fossen crestians. E pochs foren los qui se n'anaren e, dels més rŷns, los qui no·s volgueren batejar.

Aprés dix Tirant al rey:

—Senyor, en lo temps que la senyoria vostra era moro e enemich de la nostra santa ley crestiana, me fés jurament de moro que seríeu ab mi germà de armes, per què us suplich que ara de nou me torneu a fer altre jurament, com a crestià, perquè la mia ànima ne sia més aconsolada.

Lo rey dix que era molt content. E Tirant, de sa mà, havia scrits quatre evangelis en hun full de paper, dels quatre evangelistes, e posà'ls-hi davant e lo rey féu lo jurament en semblant forma.

Capítol CCCXXX. Lo jurament que féu lo rey Scariano a Tirant

—Io, Scariano, per la divina gràcia rey de la gran Ethiòpia, com a fel crestià e verdader cathòlich, pose les mans sobre los sants quatre evangelis e fas jurament a tu, Tirant lo Blanch, de ésser-te bo e leal germà d'armes, tant e tan longament com los nostres dies duraran, ab promesa fe de ésser amich de l'amich e enemich de l'enemic. E per bona germandat te promet de tots mos béns presents e sdevenidors de partir ab tu la mitat e si, per cars de adversa fortuna, tu eres pres, de posar a perill de mort la mia persona e los béns en ajuda e favor tua. E dich ara per lavors, e m'obligue sots virtut de la promesa fe, de complir totes les coses qui a bona e pura germandat se requiren.

E Tirant féu lo semblant jurament, com ja li n'hagués fet altre com lo rey jurà com a moro. E fet lo jurament per cascuna part, se abraçaren e·s besaren. E de aquella hora avant, tots los qui·s feyen germans d'armes prenien la forma de aquest cartell.

E complides les coses dessús dites, Tirant tornà a batejar, e la pressa era tanta dels moros qui·s volien batejar que Tirant no bastava nit e dia en dar-los lo sant babtisme fins a tant que vench hun frare de l'orde de la Mercé, qui era arribat en la ciutat de Túniç e vengut ab una nau de mercaderia per traure catius crestians.

E lo dit frare era natural d'Espanya la baxa, de una ciutat qui és nomenada València, la qual ciutat fon edificada en pròspera fortuna de ésser molt pomposa e de molt valentíssims cavallers poblada, e de tots béns fructífera. Exceptat spècies, de totes les altres coses molt abundosa, de hon se trahen més mercaderies que de ciutat que en tot lo món sia. La gent qui és de allí natural, molt bona e pacífica e de bona conversació. Les dones de allí naturals són molt femenils, no molt belles, mas de molt bona gràcia e més atractives que totes les restants del món, car ab lo lur agraciat gest e ab la bella eloqüència encativen los hòmens. Aquesta noble ciutat vendrà per temps en gran decaÿment per la molta maldat qui en los habitadors de aquella serà. De açò serà causa com serà poblada de moltes nacions de gents que, com se seran mesclats, la lavor que exirà serà tan malvada que lo fill no fiarà del pare ni lo pare del fill, ni lo germà del germà. Tres congoxes ha de sostenir aquella noble ciutat, segons recita Elies: la primera de juheus, la segona de moros, la terça de crestians qui no vénen de natura, qui per causa d'ells rebrà gran dan e destrucció. Encara diu més, que la causa per què és tan fructífera aquella regió e tan temprada sí és que com la spera del sol dóna en paraýs terrenal, que reverbera en la ciutat e regne de València perquè li stà de dret endret, e de ací li ve tot lo bé que té.

E tornant al propòsit, aquest frare dessús dit, sabent que hun capità crestià havia pres lo rey Scariano e havia quitats tots los catius crestians qui eren scapats de la galera qui·s perdé, anà-se'n dret hon Tirant era per demanar-li que, per amor de Déu, li fes alguna caritat perquè se'n pogués portar alguns catius que y havia de aquel regne de València, los més que pogués. Com Tirant véu lo frare, fon lo més content home del món. E pregà'l que batejàs tots los qui restaven. E en aquells dies foren batejats quaranta-e-quatre mília e CCCXXVII moros e mores, qui foren en camí de salvació.

Com la gent del rey, los qui no se eren volguts batejar, veren lo rey crestià, tots se partiren d'ell, e no restaren solament sinó los crestians.

La fama prest se divulgà per tota la Barberia, en tanta quantitat que vench en notícia dels reys qui venien en ajuda al rey Scariano. E moguts de gran ira, caminaren lo més prest que pogueren e prengueren-li tot lo seu regne e donaren-lo al fill del rey de Pèrsia, e de continent lo coronaren rey.

E en aquest spay de temps que aquests reys conquistaven les terres del rey Scariano, los correus li venien cascun dia ab la mala nova, recitant-li com li prenien tot lo regne, que no y restaven sinó tres castells que·s tenien, que no·s volien dar. E allí era la més gent dels reys per pendre aquells castells.

Aprés que lo rey Scariano fon fet crestià, Tirant lo pregà molt e·l suplicà que volgués tornar totes les viles e ciutats que pres havia del rey de Tremicén e les restituís a la reyna, a qui pertanyien. E lo rey molt liberalment lo y atorgà. Però lo rey pregà a Tirant, com a germà seu d'armes, li volgués donar la reyna per muller.

—Senyor —dix Tirant—, del que vós me demanau yo·n só ja pregat e dexau-ho a càrrech meu, car yo la suplicaré una e moltes voltes que y consenta, car, segons nostra ley, lo matrimoni que per força és atorgat no val res.

Lavors tots ensemps cavalcaren e lexaren en lo castell, per capità, lo senyor d'Agramunt. E lo Capdillo, que véu a Tirant tan avançat en crestiandat e tots la obehïen com al rey e stimaven més la liberalitat e bon parlar de Tirant que del rey ni del Capdillo, ne de tots quants eren, e lo Capdillo pregà a Tirant lo dexàs star en sa ley fins a tant que fos mogut per sa devoció. E Tirant honrava'l e l'avançava tant com podia, e tostemps en los consells ell era demanat lo primer e parlava aprés del rey.

Puix lo rey fon posat en libertat, ab tots los seus anaren a la ciutat de Tremicén. E aquella, ab totes les altres viles e castells, foren restituhïdes a Maragdina, reyna de Tremicén. E foren quasi tots los de aquell regne crestians e lo frare instruhí'ls en tot lo que·s pertany a verdaders crestians.

La reyna, hun dia, com se véu senyora de tot son regne de Tremicén, volgué altra volta temtar de paciència a Tirant si li abelliria la corona del regne, per què delliberà de fer-li una semblant requesta.

Capítol CCCXXXI. Requesta que fa la novella reyna de Tremicén a Tirant, que la vulla pendre per muller

—Puix major bé, fora tu, ma pensa no troba, no·m puch retenir que no·t diga lo gran poder que sobre ma vida amor l'atorga. E ab tan justa causa, mes vives paraules te deurien fer cert de la strema pena que sol hun punt a ma trista ànima no desempara. ¿E com no tens notícia de quant ma vida perilla si prest de tu lo remey li tarda? E de tal pensament stich temerosa que altra volta de tu no sia refusada, car vull que sies cert que la menor part de ma pena no·t sabria dir e, en tals contrasts, sobres gran dolor constreny la mia anima, que no tinch sforç en poder-t'o manifestar. E pots veure quins treballs ma enamorada pensa combaten sens que altre premi de tanta amor no spere sinó o presta mort o presta vida. E axí mos mals no hauran llonga durada, sinó atenyent terme de infinida glòria de tu, de qui spere acabat bé. E fent tu lo contrari, pendran fi en mi dexant-me de viure ab sola ànsia, car la demanda que yo·t fas és molt justa, santa e bona. E si te'n stàs per temor o vergonya del rey, no u deuries fer, car lo vencedor excelleix tostemps al vençut, com certa cosa sia, e sovint s'esdevé, que major força tenen les leys de amor que negunes altres, qui rompen no solament les de la amistat, mas les divines. ¿E no sabs tu bé que amor és la pus fort cosa del món, que als savis fa tornar folls e als vells fa tornar jóvens, als richs fa tornar pobres, als avars fa tornar liberals, als trists fa tornar alegres e rients, e als alegres fa tornar trists e plens de pensaments? E moltes voltes s'esdevé lo pare amar la filla e lo germà a la germana. Donchs, bé pots tu amar a mi sens perjudicar a negú, com sia per ta mercé feta liberta e senyora del regne de Tremicén, com sia regla verdadera e cosa infal·lible que amor no entra sinó en testa de persona de bon sentiment e en aquella és ferma e no variable. E la persona grossera no té sinó amor d'ase, que no ama sinó tant com veu e a tantes com veu. Per què, cavaller virtuós, com lo teu sentit excel·lexca tots los altres sentiments, de necessitat se ha de concloure que posehexes més amor que tots los altres cavallers del món. Donchs, puix ta mercé en amor és tant abundós, suplich-te que en la menor part de aquella yo puxa ésser participant, com altre bé ni glòria no desige en aquest món sinó que·t puga honrar e servir com a senyor.

E callà, que no dix més. Hun poch spay tardà Tirant en dar-li tal resposta.

Capítol CCCXXXII. La resposta que Tirant féu a la reyna

—Negú no pot obrar algun fort castell si posa los fonaments en arena. E açò dich, senyora, per quant amor té tan ocupat lo vostre gentil entendre que la senyoria vostra no és en recort del que altra volta vos és stat per mi referit: com no era en ma libertat poder-vos dar lo que no tenia, com ja u tingués donat. Car no ignora la senyoria vostra que verdadera amor no consent en moltes parts ésser partida, car no·s poria fer sinó ab violència, ofenent a la qui ama. Per què, senyora, suplich a la altesa vostra que vullau obrir los ulls del vostre clar entendre, que la molta passió que teniu no us ocupe tant lo vostre bon sentit en conéxer-ne la rahó si·s pot ni·s deu fer, e que vullau pendre alguna bona sperança de nou consell. E deman-vos de gràcia que la senyoria vostra no s'agreuge de les mies crues paraules, que yo u smenaré tant en les obres que conexereu que teniu en mi pare o germà. E plàcia-us e en do vos deman que vullau pendre aquest virtuós rey per marit e per companyia com ja·l tingau conegut, car més vos val aquest qui en strem vos ama que hun altre que no conexereu ni poreu saber si us amarà. E stareu pacífica en lo vostre regne, sens haver alguna contradicció, e fer-n'eu plaer a mi e servey al rey, que us ho pendrà en compte de gran stima.

La reyna, qui véu la voluntat de Tirant e que era joch forçat, ab les làgrimes als ulls, en semblant stil no tardà respondre.

Capítol CCCXXXIII. Rèplica que fa la reyna a Tirant

—Puix tinch conegut tu quant vals, les penes que amant he passades me tornen en gran delit com veig que de discreció e fermerat portes la vestidura. E bé conech que deuries ésser canonitzat per sant per tenir la amor tan verdadera. E no·t penses que·m puga aconortar com la tua amor no he aconseguida, car, tant com la vida me acompanyarà, tostemps te amaré, puix tinch conegut que saber ne gentilea en tu mancament no tenen. E puix la mia trista sort en tanta dolor e tristor me ha conduïda que per marit ne per senyor no·t puch haver, tinch delliberat de tenir-te per pare, car jamés no·t poria premiar les grandíssimes honors e serveys que de tu he rebuts, per què suplich a la inmensa bondat de nostre senyor Déu que·ls te vulla premiar en molta honor e prosperitat, puix yo no tinch lo poder ni les coses mies no·t són acceptes, car tu est tal e de tanta vàlua que yo no merite ésser-te serventa e tu est merexedor de ésser senyor del món, car yo fóra perduda e morta sinó per Déu e per ta mercé. E per la gran confiança que tinch de ta virtut, yo pose la mia persona e los béns en ton poder e só presta de fer tot lo que·m manaràs, que yo complir puga.

Tirant que véu la molta gentilesa de la reyna, donà del genoll en la dura terra e féu-li infinides gràcies. E tramès de continent per lo rey e per lo frare e en presència de tots los féu sposar. Aprés, lo dia següent, los féu hoyr missa axí com a cathòlics crestians. E fetes les bodes ab molta solemnitat, segons de reys se pertany, lo rey Scariano pres la possessió de tot lo regne de Tremicén com a marit de la reyna, e ella fon contenta puix Tirant ho manava. E lo rey amava a Tirant sobre totes les persones del món, que no fóra cosa alguna que li fos possible que no fes per la sua amor. E Tirant, per semblant, amava molt al rey e a la reyna.

E stant lo rey e Tirant ab moltes festes per rahó de les novellesbodes, tots dies venien noves al rey que li stava preparat hun gran dan, que, de continent que los reys moros haurien pres los tres castells, vendrien damunt ell e de tots los crestians e que·ls farien morir a cruel mort. Sabent açò, Tirant dix:

—Senyor, de necessitat havem de pensar en la restauració de nostra vida. Regonegam tota nostra gent qual serà disposta per entrar en batalla.

—E com! —dix lo Capdillo—. Pensau del món vós ésser lo senyor? Bé us deuríeu contentar de haver pres aquest magnànim rey e de tornar-vos-ne en vostra terra natural e dexar-nos viure en nostra ley. E los crestians que són novament fets dexassen lo babtisme que dieu ésser sant. E si aquests reys qui vénen tants nos trobassen en sa ley, usarien de misericòrdia e pietat, e alargar-nos hien la vida.

Lo rey Scariano se fon girat ab gran ira envers lo Capdillo; ab la spasa nua li donà sobre lo cap, que li féu sortir lo cervell per lo paÿment de la cambra, e dix:

—¡O perro, fill de gos, engendrat en mala secta! Aquesta és la paga que la tua vil persona mereix.

A Tirant desplagué molt la mort del Capdillo hi·n fon molt enutjat. Emperò detingué's, que no volgué rependre lo rey de res per dupte de major inconvenient. A algunes gents fon plasent la mort del Capdillo e a altres no, però aquesta mort fon refrenament de molts.

Tirant féu fer mostra a la gent per veure quina gent tenien e trobaren dihuyt mília e docents e trenta hòmens de cavall de armes disposts, e XXXXV mília de peu. Tirant los féu a tots dar sou e aprés dix al rey:

—Senyor, façam una ordinació per què pugam més gent haver.

Lo rey, conexent-se culpable de la mort que fet havia, féu principi a tal parlar.

Capítol CCCXXXIIII. Com lo rey Scariano féu scusació a Tirant del seu defalt e refermaren la amor

—O gran fortuna mia! Que lo gran defalt que he comès me fa dubtar perdre la amor que tinch en tu, germà senyor, guanyada, car só vengut a la fi de mos darrers dies si la tua virtut no·m vol perdonar. E clam-te mercé que per la amor e germandat que entre tu e mi és, que·m prengues a mercé, car yo·m tinch per molt culpable de a[q]uesta cruel mort, la qual he feta sobrat per intol·lerable ira. Per les folles paraules que li hoý dir, no poguí retenir lo natural moviment qui·m forçà de fer tal desastre, penedint-me per haver-te tant ofés en la presència tua.

E semblants paraules deya lo rey ab les làgrimes als ulls, manifestant dolre's molt del que fet havia, per haver tant enujat a Tirant, com sabia que amava molt al Capdillo. Aprés dix lo rey:

—Germà senyor, mana de mi e de les mies gents, que de tot lo que manaràs seràs obeÿt per mi e per tots los meus.

Tirant, hoynt parlar al rey ab tanta humilitat e submissió, fon molt content d'ell e anà'l abraçar e besar moltes voltes, e la germandat fon aumentada molt més que no solia. E verdaderament ells se amaven sens ficció alguna, e lo rey lo amava e·l temia.

Aprés que fon refermada l'amistat, Tirant féu aquesta ordinació e privilegi militar. E primerament ordenà que tot home qui sostingués cavall e tingués armes fos dit gentilhom, e qui tendria dos rocins fos gentilhom e home de paratge, e qui tendria tres rocins fos dit gentilhom e home generós e cavaller, e la casa de aquests tals no pagassen negun dret al rey, e cascun de aquests que tendrien lochs, masos o alqueries, tots fossen haguts per franchs e liberts. E per aquesta ordinació foren trobats los hòmens generosos en la Barberia e de aquests se ajustaren passats XXV mília, los quals eren en les batalles molt durs e forts e ab gran ànimo feyen les armes per defendre lurs libertats militars, e ajudaren a conquistar molts regnes e terres. E per causa de açò entre ells havia de grans divisions, perquè·s trobaven armats e ab cavalls, e s'i feyen de grans morts.

E vehent Tirant tal confusió, ordenà hun altre privilegi militar que qualsevol gentilhom de paratge, generós o cavaller, qui nafràs o matàs o vingués contra los privilegis e ordinacions fetes, que aquest tal fos pres e tallat lo cap sens mercé ni misericòrdia alguna, e si pendre no·l podien, que ell e tots los seus descendents no·s poguessen alegrar de gentilea ni del privilegi militar, ans fossen tornats en aquella matexa servitud de captivitat, axí com tots los altres vilans. E per no perdre la gentilea feren pau e més no hagué debats ni qüestions entre ells qui fossen criminals, sinó que cascú demanava sa justícia com mester era e era'ls feta planament. E tots quants eren, axí hòmens com dones, benehïen a Tirant e més l'estimaren tenir per senyor que no al rey. E com passava per les carreres tot lo poble cridava: «Vixca lo magnànim capità crestià!»

Com totes aquestes coses foren fetes, aplegaren molts rocins de Túniç qui eren venguts de Sicília —qui havien aquí desembarquat—, e molts arnesos e cubertes de cavalls en nombre de CCCCXL cavalls encubertats. E Tirant no tenia perill ab aquests cavalls encubertats de ferir enmig de tres mí[l]ia ginets.

Lo rey e Tirant, ab tots los altres, partiren de la ciutat de Tremicén e feren la via dels enemichs per veure si·ls porien resestir e per defendre'ls la entrada del regne que volien fer. E essent ja a tres legües los huns dels altres e dalt de una muntanya, los crestians, a vista del sol, podien ben veure tota la gent morisca que venien. Com se foren atendats —los huns a vista dels altres, e de aquí se feren moltes embaxades—, los moros trameteren a dir al rey Scariano que·s convertís, ell e Tirant ab tots los altres crestians, a la secta de Mafomet e, si fer no u volien, que tots morrien a mort cruel. Com Tirant los hoïa dir tals rahons, reya-se'n e no·ls tornava neguna resposta. E los embaxadors prenien gran ira contra Tirant.

Aprés que ells hagueren conquistat tot lo regne del rey Scariano, vengueren-li dessús. E Tirant dix:

—Senyor, puix lo camp és mogut, demà en aquell dia los haurem ací. Reste la senyoria vostra dins la vila ab la mitat de la gent e yo ab l'altra iré a veure aquesta gent en quin orde vénen. E si ells van sens orde, yo·ls vos doo per vençuts.

—O Tirant germà! Molt volria anar ab tu ans que restar enclòs dins la ciutat. Mas lexem ací per capità lo senyor d'Agramunt e mana-li què farà. Yo desig viure e morir prop de tu.

Tirant que véu la voluntat del rey, dix que era content e féu capità al senyor d'Agramunt. E dix-li Tirant:

—Stau tostemps armats e los cavalls ab la cella. E com en aquell puig que stà prop la ribera veureu una bandera vermella ab les mies armes pintades, feriu ab tota la gent a la part dreta, per ço com ells se atendaran prop l'aygua e lo riu és fondo, e allí porem haver de nostres enemichs gran destroça. E per res no ixcau de la ciutat fins que vejau la bandera.

Los moros, d'allí hon staven per venir hon eren los crestians, per força havien a passar una gran muntanya que y havia ab moltes fonts d'aygua. E Tirant, la nit e lo dia vogí tot entorn la muntanya e de gran troç luny ell véu venir tota la gent morisca. E ell, tan cautelosament com pogué, se posà dins hun bosch ben spès d'arbres e manà a tota la gent que descavalcassen e refrescassen. Y ell pujà-se'n en hun gran pi mirant com pujaven la muntanya e véu com se atendaren prop de les fonts. E stigueren del matí fins al vespre en passar dues legües. E de allí hon ells se atendaren havia una legua de pla per aplegar a la ciutat.

La gent que venia detràs veren los primers en la muntanya atendats, acordaren de posar-se baix, al peu de la muntanya, hon hi havia molt belles praderies e una céquia d'aygua. E podien ésser aquells obra de quaranta mília rocins, però lo socors tenien molt prop.

E com Tirant véu quasi la mitat de la gent descavalcada, féu ell e lo rey enmig del camp, e feren una tan gran mortaldat de la morisma que fon una gran admiració dels cossos morts que en terra jahïen. E fóra stada molt major sino que per causa de la nit mostraren-se les steles en lo cel e per la tenebrosa nit se restauraren, si no, tots foren stats morts. E los qui staven en la muntanya sentien los crits, mas no pensaven que los crestians tinguessen tan gran atreviment de venir tan prop del lur camp.

L'endemà per lo matí, com lo sol fon exit, lo rey Menador davallà de la muntanya, no pensant que lo rey Scariano ne Tirant fossen allí, mas pensà que fossen alguns corredors ladres e tramès-los hun trompeta que venguessen prestament e que·s tornassen moros; si no, que ell prometia al seu Mafomet que tants com ne pendria, que tots los penjaria. Respòs Tirant al trompeta:

—Digues a ton senyor que no cur respondre a la sua follia, mas si és rey coronat e tendrà ànimo en devallar ab la sua gent en aquest pla, yo li faré sentir a qui vol penjar e ab càlzer de dolor lo faré beure en tots los millors dies de sa vida.

Lo trompeta tornà la resposta a son senyor, lo qual, mogut de gran ira, ferí dels sperons al seu cavall e tota la sua gent lo seguí, e fon una fort, aspra e crudelíssima batalla. Com per bon spay la batalla hagué durat, hon hi hagué molta gent morta de una part e d'altra, retragué's lo rey Menador, ab aquella gent que restada li era, envers la muntanya. E tramès per son germà, lo rey de la menor Índia, li vingués ajudar. E com fon vengut, dix-li:

—Germà e senyor de mi, ací són aquests crestians batejats, los quals, a mon parer, no he vist de ma vida tan sforçada gent, que huy tot lo dia no havem fet sinó combatre. Jamés los he pogut fer retraure, ans me ha convengut perdre la major part de la gent que tenia e yo que stich un poch nafrat. E no·m tendré per cavaller si no mate de les mies mans hun gran traÿdor que y ha, que va capitanejant, e les armes que porta e sobrevesta és de domàs vert ab tres steles en cascuna part, e a l'hun costatt són d'or e l'altre de argent. E porta lo seu Mafomet al coll, tot d'or, ab gran barba e hun petit infant que porta al coll, e passa hun riu, e yo crech que aquell chiquet deu ésser fill del seu Mafomet. E per ço aquell li deu dar ajuda en les batalles.

Ab gran supèrbia dix lo rey de la menor Índia:

—Mostra'l-me, car yo·t promet que yo·t venjaré encara que tingués deu Mafomets dins lo ventre.

E girà's devers los seus e de semblants paraules los féu principi.

Capítol CCCXXXV. La oració que fa lo rey de la menor Índia a la sua gent

—O amichs e germans meus, e singulars en l'art de cavalleria! La major riquea que hom pot possehir en aquest món és la honor, e per ço vos vull pregar que tots me vullau seguir aquesta vegada, perquè yo puga venjar la vergonya que aquests reprovats de crestians a mon germà han feta. E lo crit, ab la honor, sia tan gran que sol hun punt no·ns puguen tenir cara. E pendreu-ne tants com yo·n metré per terra, e seran tants que ab fatiga gran los poreu cullir.

E eren venguts ab les aljubes d'or molt luents, e pujaren tots prestament a cavall e devallaren devers los crestians ab molts grans crits. Com a hòmens enrabiats entraren dins la batalla e en poca hora véreu anar per lo camp cavalls sens lurs senyors. Com Tirant hagué rompuda la lança, posà la mà en la petita acha e, a cascun colp que dava, de mort o de alesiat scapar no podia. Los dos reys se acostaren tant a Tirant que, ab punta d'espasa, lo nafraren. Tirant, qui·s sentí nafrat, dix:

—¡O tu, rey, qui m›has nafrat de mort segons la gran dolor que sent, mas, ans que yo vaja als inferns, tu·m seràs primer missatger que m›obren la porta, car yo t›i faré prestament anar!

E ferí'l ab l'acha per mig del cap, que dos parts ne féu, e caygué entre los peus dels cavalls. E com los moros veren jaure lo seu cors en terra, ab gran treball lo pogueren cobrar. Aquest rey era lo de la menor Índia, qui tant havia bravejat.

Com l'altre rey véu son germà mort, feya armes com a desesperat. Però, per la nafra de Tirant foren stalviats molts moros, qui foren stats morts y nafrats més que no feren. Com ells veren lo rey mort, anaren-ho a dir als altres reys, en special al de Bogia, car tots lo tenien com a capità major per ço com ell los havia a tots amprats. Com foren certs de la mort de tal rey, levaren lo camp e anaren lla hon eren los crestians e, per la scura nit que feya, atendaren-se al peu de la muntanya.

Com los crestians veren tanta multitud de gent, tingueren consell e veren que Tirant era molt nafrat, que la nafra li dava gran dolor, e conexien que per la sua virtut no podien ésser subvenguts. Deliberaren de partir en la nit e axí u posaren en execució, que los moros no n'hagueren sentiment. Lo següent dia per lo matí los moros pensaven dar la batalla, e no veren negú. Seguiren los crestians de rastre, per les petjades dels cavalls, fins a tant que vengueren a la ciutat hon se eren recullits.

Tirant féu exir lo senyor d'Agramunt ab tota l'altra gent que restada li era e ferí enmig del camp dels moros, que y morí molta gent de una part e d'altra. Però los moros los romperen e hagueren-se a retraure en la millor manera que pogueren, tostemps fent armes e defenent-se, fins que·s foren recullits dins la ciutat e tancaren les portes. E los moros plegaven e ab los aristols de les lances daven a les portes.

Lo rey Scariano era capità de la ciutat e ordenà aquella, que molt valentment se defenien. Lo següent dia ixqué lo rey Scariano ab tota la gent e ferí molt bravament en los moros, e durà per bon spay aquesta batalla, hon hi morí molta gent de cascuna part, e als crestians fon forçat de tomar-se'n dins la ciutat. E a Tirant dolia-li'n molt lo cor com ell no s'i podia trobar e veya cascun dia que perdien molta gent, per què dix al rey:

—Senyor, a mi par que no és ben fet que tan sovint ixcau a la batalla, car no és sinó perdició de gent.

E axí fon fet fins que Tirant fon guarit. Com Tirant fon ja quasi guarit, mas no del tot, desijava e volia exir a la batalla. Lo rey Scariano, qui véu açò, dix-li semblant reprenció.

Capítol CCCXXXVI. Reprenció de amor que féu lo rey Scariano a Tirant

—[N]o sé la tua pròspera mà què desija fer ne si has ja aconseguida la victòria que·t stà aparellada, la qual nostre Senyor, per la sua clemència, te atorgarà, com per anar a la batalla ab grandíssim desig te veig scalfar. ¿E no veus tu lo cel ple de tenebres qui contínuament nos menaça diversitat de temps, ço és, mortalitats a la terra, ab neus, aygües, trons e lamps spantables? Qui és aquell qui a si mateix tan poch stime que ab tan gran fret e mal temps se pose en exercitar les armes? Donchs, fes-me gràcia que per tu ésser levat de malaltia e no star encara del tot guarit, que vulles sperar que passe la tempesta e, venint lo bon temps, ab menys perill poràs usar de les tues acostumades cavalleries. E si lo voler meu no volràs fer, fes tot lo que plasent te sia, car pregar-te és mon ofici e yo, ab los trists pensaments ja acostumats, ab paciència esperaré la tua gloriosa tornada, car Déu sab què poria yo fer sens tu. Ni si altra cosa era de tu, lo que Déu no vulla, més me valria la mort que la vida, la qual ab gran dolor hauria de sostenir.

No tardà Tirant en semblant stil fer resposta.

Capítol CCCXXXVII. Resposta que fa Tirant al rey Scariano

—No vull fer longa gesta no·m plau recitar los meus actes, car no pertany als cavallers savis ésser profanadors de lurs victòries ni vull minvar lo premi de mos treballs, car la temor no la porte als peus. Déu en lo cel stà poch ansiós de nosaltres ni de nostres misèries, mas d'ell obtendrem gràcia que guanyarem premis ab mèrits de pròpia virtut.

E prestament se féu dar les armes e pujà a cavall ab una gran part de la gent, e ferí en la hun costat del camp. Los moros, tots arremorats, ixqueren a fer armes contra los crestians, e puch dir que Tirant aquell dia e molts d'altres aprés hagué lo pijor. Com Tirant véu aquell dia la sua gent fugir e no podia posar-los en orde, posà's prop del riu e véu venir devers ell lo rey de Àfrica, qui portava sobre lo bacinet una corona d'or ab moltes pedres precioses —la cella era d'argent e los streps d'or, la aljuba era de carmesí tota brodada de perles molt grosses e orientals.

Com lo rey véu star en tal continent a Tirant, acostà's a ell e dix-li:

—Est tu lo capità de la fe crestiana?

E Tirant no li respòs, mas mirava los seus com lo havien axí lexat e molts cossos morts que veya jaure, e los standards e banderes per terra anar. E en aquell dia contra los moros poca defensió feren. E Tirant, ab veu alta, dix, que los moros e los nafrats ho podien bé entendre:

—O trists de vosaltres! Per què armes portau? ¡O gent trista e vil, e bé sou vituperats en aquesta jornada, que moriu com a desaventurats e la vostra fama serà menyscabada e exalçada en dolor e desaventura!

Aprés dix, ab la cara girada devers orient, ab los ulls mirant devers lo cel e ab les mans juntes:

—O eternal Déu, ple de misericòrdia! ¿Tan grans són los meus peccats que la vostra immensa clemència me ha axí abandonat que, servint a vós per aumentar la sancta cathòlica fe, lo vostre auxili me sia fallit en tan gran necessitat? Car trob-me sol, desemparat de tots los meus e ab molta dolor mire la terra cuberta de cossos morts, e totes les banderes rompudes per terra. Què serà de mi, trist desaventurat? Car yo só stat causa de tot aquest mal, donchs, vinga la mort sobre mi, perquè les mies orelles no s'agreugen de hoyr tan gran infàmia, car altra sperança no puch tenir sinó de mort o de altra volta ésser catiu en poder de infels, puix só fora de la vostra gràcia.

Com lo rey d'Àfrica lo sentí axí lamentar, dix als seus:

—Yo passaré lo riu e apresonaré o mataré aquell perro de crestià. E si hauré mester ajuda, socorreu-me.

Lo rey fon passat e corrent anà devers Tirant. E ab la lança encontrà'l tan fort que al cavall féu ficar los genolls en terra, e passà-li lo guardabraç e les paletes e mès-li hun troç de ferre de la lança per los pits. E tanta era la dolor que Tirant tenia de la gent morta —y stant en pensament de la princessa— que certament ell no sentí venir lo rey fins que l'hagué nafrat. E tirà lavors la spasa, car la lança en lo principi la havia rompuda. E aquí ells se combateren per bon spay. E lo rey ho feya valentment, però com hagué molt durat Tirant tirà hun gran colp al rey e no·l pogué aconseguir per ço com lo cavall se voltà prestament. Mas aconseguí lo cap del cavall e tot lo y tallà, que lo rey e lo cavall anaren per terra. La gent del rey lo socorregueren prestament, que, encara que Tirant no volgués, lo levaren de terra e pujaren-lo a cavall a malgrat seu.

Com T[i]rant véu que més no podia fer, abraçà's ab hun moro e levà-li la lança que portava, e ferí lo primer, lo segon e lo terç, e mès-los per terra. Aprés ferí lo quart, cinquè, sisè, e lansà'ls de la sella axí com aquell qui era mestre de guerra. E rompuda la lança, posà la mà a la petita acha e tan gran colp donà a hun moro en lo cap que fins als pits lo fené.

Com los moros veren a hun home sol fer tantes armes e fer morir tanta gent, staven admirats e deyen:

—O Mafomet! E qui és aquest crestià qui tot lo nostre camp desbarata? Bé és trist aquell qui lo seu colp spera!

Lo senyor d'Agramunt, qui en lo castell era, féu-se en una finestra e en la cota d'armes conegué a Tirant, qui tot sol combatia. Cridà a grans crits e dix:

—Senyors, ajudau prestament al nostre capità, qui stà en punt de perdre la vida!

Lavors lo rey ixqué ab aquella poca gent que tenia, emperò Tirant fon mal socorregut en aquell cars, que fon nafrat de tres nafres e lo cavall tenia prou lançades. E per causa de açò fon forçat a Tirant se retragués, mas no a sa voluntat, mas corrent tant com podia, que fins a les portes lo seguiren.

E en aquell cars staven en tan mala sort los crestians que, tantes batalles com donaven, totes les perdien, e los moros restaven victoriosos. E de açò staven molt agreujats los crestians, com los moros se alegraven en los lurs mals. E dix Tirant:

—Ells se poden molt bé gloriejar de nosaltres, que·ns han fet fugir e recullir dins los murs. E no és res qui tant me desplàcia com és com no só mort per braços de forts cavallers, car só restat trist e desconsolat e ple de molta misèria, car no és stat negú d'ells qui socórrer-me haja pogut. E per ço vull manifestar a tot lo món que no só en punt que yo dega viure longament vehent davant mi contínuament los meus enemichs.

Lo rey Scariano, vehent star a Tirant tan desconsolat, no tardà en fer principi a hun tal conort.

Capítol CCCXXXVIII. Conort que fa lo rey Scariano a Tirant

—Per fallença de seny entre los més sabents se declara afermar que les coses sdevenidores a degú sinó sols al divinal saber sien descobertes. E flaquea de ànimo s'estima que, ans que la causa de la dolor sia manifesta per dubte de més mals començar primer a dolre's, car sabs millor de mi que en les guerres e en les batalles s'esdevé sovint ésser vençuts e perdre molta gent, que aprés tot se repara. E tu, com a cathòlich crestià, deuries tenir major confiança en Déu que negú dels altres, per les tan senyalades gràcies que t'à fetes en fer-te aumentador de la sua sancta ley crestiana. E comfia de la sua misericòrdia, que ell te restituyrà la perduda sanitat, car no defall jamés a tots los qui bé·l servexen. E la noblea tua e grandíssima virtut és coneguda per tots nosaltres, e encara per los enemichs, e no dubtam gens de la tua gloriosa victòria, car tu est mostrat entre los altres tan singular ab senyal de dignitat de posseyr sdevenidor imperi, e ja és stada celebrada en openió de tots nosaltres la honor e senyoria que tu est merexedor. Donchs, fes-me gràcia que mostres en aquest cars lo teu virtuós ànimo que tens d'esforçat cavaller, que ab virtut vulles sforçar los nostres ànimos, com tu sies lo sol luminós del qual tots nosaltres havem de pendre lum e, mijançant aquell, ab tu ensemps, speram haver gloriosa victòria dels nostres enemichs.

Molt se confortà Tirant del bon ànimo que véu al rey e no tardà en fer-li semblant resposta.

Capítol CCCXXXIX. La resposta que féu Tirant al rey Scariano

—O més virtuós que tots los mortals! No·s deu admirar la senyoria tua com me lamente de la mia gran desaventura, car no·t penses que·m faça dolre la temor dels enemichs, mas perquè stich tal adobat que no puch fer prestament la venja. E com a germà e senyor te reste tan obligat del gran ànimo que·t veig tenir en aconsolar-me ab pietat tan excelsa, volent-me restaurar la vida, de què tinch causa de més regraciar-te, perquè les coses que per sola virtut se obren de major premi són dignes. E per ço, ma vida, ma libertat e la mia persona, per bé que ja fos tua, ara molt més d'ací avant, car ja no la tinch per mia, puix havent-la perduda, per tu la he cobrada, e ara la prench en comanda ensemps ab la glòria de la sdevenidora victòria, de la qual no per mi, mas per tu, só alegre, perquè més honrada e major sia ta senyoria com de cosa de més stima liberalment seràs senyor.

En l'espay que Tirant semblants paraules rahonava, arribaren los metges e feren-lo desarmar, e trobaren-li moltes nafres, en special III qui eren molt perilloses.

Com los moros veren los crestians qui se eren retrets dins la ciutat, strengueren lo siti e passaren dellà lo riu. E tants eren los bous e camells que portaven que no·s podia stimar. E donaven tan gran empediment en les batalles als crestians que no podien córrer ab los cavalls ni fer entrades ni exides, e la ciutat stava tan streta que negú no podia entrar ni exir.

Tirant tingué dubte que no minassen lo castell —e lo rey e los altres se tenien per perduts—, e ordenà que fos feta una contramina y en totes les cambres baxes fossen posats bacins de lautó, per ço que, com caven en la mina e són prop de haver-la cavada, si bacins hi à, com donen lo colp ab lo pich en aquella cambra hon lo bací és, tantost resona; en special, si n'i ha molts que stiguen los huns prop dels altres, fan gran remor. Aprés que açò fon fet e los bacins posats, feren la contramina.

Aprés pochs dies que Tirant era ja guarit e stava en disposició de portar armes, una fadrina —que dins lo castell era, qui pastava farina— sentí menejar los bacins e fer remor, corregué prestament e dix a sa senyora:

—Yo no sé què s'és, mas avisada del que hoÿt dir, com los bacins sonen, senyal de tempestat e de sanch.

E la senyora, qui era muller del capità del castell, prestament ho anà a dir a son marit, e aquell ho dix al rey e a Tirant.

Secretament, sens fer remor, anaren a la cambra e trobaren ab veritat lo que la fadrina havia dit. E prestament se armaren e posaren-se dins una cambra e no passà una hora complida que ells veren claredat dins en la cambra. E pensant que de negú del castell no eren stats sentits, feren lo forat molt major que no era e la gent començà de exir de la mina. E com foren ben sexanta en la cambra, los del castell entraren dins la cambra e tants com n'i trobaren foren morts e tallats a peces. E certament, los qui podien dins la mina entrar, no s'esperaven los huns als altres, mas Tirant féu tirar moltes bombardes dins la mina e, tants com se'n trobaren dins, ne moriren.

E vehent Tirant que la sua gent stava smayada, per ço com tenien molt poques vitualles, delliberà de dar-los la batalla e dix al rey:

—Senyor, aquesta gent que·ns és restada, yo·n pendré la mitat e vostra senyoria s'aturarà l'altra. E yo iré en aquell petit bosch e com vendrà la hora que lo sol exirà, exireu per la porta de Tremicén e vogireu tota la ciutat e ferreu enmig del camp, e yo ferré a l'altra part e pendrem-los enmig e veurem si·ls porem posar en desconfita. E si u fem, serem senyors del camp. Emperò no he de res tan gran dubte sinó dels bous, que haurem a passar per mig d'ells e cascuna vegada nos mataven molts rocins.

Respòs hun genovès, lo qual era stat galiot de la galera de Tirant com se perdé, qui havia nom Almedíxer, home molt discret e sabut en totes coses, e dix:

—Capità senyor, ¿voleu que yo us faça tots aquells bous fugir, que no n'i aturarà hu per senyal? E com fogiran, los moros iran detràs ells per recobrar-los e, en aquell punt, me par que serà hora de ferir en lo camp sobre ells.

—E si tu —dix Tirant— tal cosa sabs fer e·ls fas apartar, yo·t promet, per lo nom de Carmesina, de fer-te gran senyor e dar-te viles e castells e tal heretat que·n seràs més de content.

E lo rey dix a Tirant:

—Germà senyor, puix aquest fet voleu empendre de fer, prech-vos que·m doneu la empresa de anar al bosch lo dia que u delliberareu e, com veuré la bandera en la més alta torre, de tot cert yo ferré enmig del camp.

Tirant respós que era content e manà que totom ferrà's sos cavalls de nou e les celles adobar.

Lo genovés pres moltes barbes de cabrons e sèu de moltó. E picà-u bé tot e posà-u dins caçoles planes, ben sexanta que·n féu. E com tot fon en orde, ans que lo rey partís, Tirant féu ajustar tota la gent en una gran plaça e, pujat alt, sobre hun cadafal ab lo rey féu-los una semblant oració.

Capítol CCCXL. La oració que Tirant féu a la gent d'armes ans que ixquessen per dar la batalla

—O nobles barons e cavallers! Demà serà lo dia que tots porem guanyar grandíssima honor e fama, per què suplich a vós, senyor, e a tots los altres prech e amoneste que ab amor e voluntat cascú faça son poder de fer virtuts e singulars cavalleries, axí com los hòmens de honor e d'estima deuen fer, car, si nostre senyor Déu nos fa tanta de gràcia que hun poch los pugam sobrar, nosaltres serem senyors del camp. ¡O quina glòria iria per lo món de nosaltres, que ab tan poca gent hajam desconfits tants reys e vençuts tanta multitud del poble morisch! E de la gent de peu no us ne cal haver gran dubte, car yo pens que mal lur grat hi són venguts. E·n special nos devem confortar com nostre Senyor tostemps ajuda a tots aquells qui mantenen e defensen la santa ley crestiana, e majorment com per sa part tenen lo dret e la justícia. E per ço us prech que la cavalleria vostra sia axí honrada, en la hora que la batalla se darà, que no dexeu lo camp per temor de mort, car més val morir defenent vostra honor e fama com a cathòlics crestians que viure catius e desonrats e farts de mal, e que foragiteu de vosaltres tota temor de morir e que penseu de bé a fer e virtuosament batallar, car si ab paciència preneu aquest martiri, mantenint la sancta fe, sereu per nostre Senyor coronats en la sua santa glòria de paradís en companyia dels sancts àngels.

Com los crestians hoÿren axí parlar a Tirant, lo rey e tots los altres lansaren dels ulls vives làgremes de inestimable alegria, e no tingueren altra sperança sinó de bé a fer e de morir com a bons e cathòlics crestians.

E a la hora de la mijanit lo rey partí e posà's dins lo bosch, que per negú dels moros no fon vist. E ans del dia, Almedíxer pres les caçoles del greix que fet havia e, en la hora de l'alba, ell ixqué del castell e posà les dites caçoles les unes prop de les altres, e mès-hi foch. E com foren enseses, cerquà que lo vent anàs devers los bous e, com la olor plegà a ells, fogiren ab molt gran fúria e passaren per mig del camp lansant tendes e nafrant hòmens e cavalls, que paria que quants diables havia en infern los encalçaven. E aparellaren-se tals, huns ab altres, que a maravella se trobara hun bou ni hun camell qui sa fos. E molta gent de peu e de cavall los seguia per fer-los tornar, e tots los moros staven admirats què podia ésser stada la causa de aquest moviment. E no penseu que Tirant ab los altres stigués menys de gran admiració, com semblant cars jamés haguessen vist ni hoÿt parlar. E al passar que feren per mig del camp, feren molt gran dan, e encara per la gran fretura que·ls farien per portar lo carruatge, car entre bous, brúfols e camells, eren passats CL mília per la gran provesió que havien feta per fornir la ost.

Com los bous foren passats, Tirant féu alsar la bandera, la qual era blanca e vert. Com lo rey véu la bandera, ixqué del bosch cridant grans crits:

—Viva lo poble crestià!

Tirant axí mateix ferí, axí com era stat ordenat, en l'altra part. Lavors fon mesclada la batalla dolorosa e cruel. E qui u ves poguera ben dir tot lo fet com passava, car véreu pendre e donar de molts bells colps de lances e d'espases qui portaven de si molt gran pietat, car en poca hora véreu per terra morts de molts bons cavallers. E mesclaren-se totes les batalles e feyen tan gran remor que paria lo món se'n degués entrar. E véreu anar Tirant amunt e avall, derrocant bacinets del cap e scuts del coll, matant e nafrant, e fent les més admirables coses del món, durant la ira, que era fresca. E lo rey Scariano se mantenia molt bé per ço com era molt bon cavaller, jove e animós. E de la part dels moros hi havia molts bons e valentíssims cavallers. E·n special lo rey d'Àfrica, per la mort de son germà, usava envers los crestians de molt gran crueldat. E lo rey de Bogia, molt animós cavaller. La batalla era dura e fort, no havent-se pietat los huns als altres, e tantes d'armes feya cascuna de les parts que era cosa admirable. Lo senyor d'Agramunt, que no fa oblidar, feya tan gran sforç de si que, los enemichs, se'n spantaven de les sues cavalleries.

Seguí's que lo rey d'Àfrica conech a Tirant en les armes e dreçà lo cavall devers ell, e encontraren-se pits per pits de cavall, en tal forma que·l rey e Tirant ne anaren per terra. Mas Tirant, per ço com dubtava la mort y era de major ànimo, se levà primer e véu que lo rey encara stava per terra. Acostà's a ell per tallar-li les correges del bacinet, però no pogué, car la gent era tanta, com veren lo rey en terra, que fon gran admiració com no mataren a Tirant, car dos vegades lo levaren damunt lo rey e dos vegades lo tornaren a lansar per terra. E com lo senyor d'Agramunt véu a Tirant en tan gran perill, anà devers ell e véu que hun cavaller, qui era almirant del camp, que feya son poder en dar mort a Tirant. Aplegà ab ell e feren tantes d'armes ab tanta malícia que·s daven de mortals colps, la hu per defendre a Tirant e l'altre per voler-lo ofendre, e cascú estava mortalment nafrat e, stant Tirant e lo senyor d'Agramunt en tan gran perill de mort, aplegà Almedíxer, lo qual era molt malament nafrat e cridà a grans crits:

—E com! Morrà huy aquell singular capità qui és la flor de la cavalleria del món?

E hu de aquells generosos qui batejats se eren —per les nafres que tenia ja no podia fer més armes— anà devers lo rey Scariano e dix-li:

—Ajudau, senyor, al capità e germà vostre d'armes, que per sa desaventura s'és mès tant dins entre·ls enemichs de la gent crestiana que serà gran admiració que la vida sua no perille. Veja la senyoria vostra si li porà ajudar, car gran perdició seria de tots nosaltres que ell se perda, car prestament serem perduts si la sua virtut nos defall.

Lo rey Scariano, com a cathòlich crestià, se posà en la major pressa de la gent e féu tan gran sforç d'armes ab los seus que li ajudaven, e véu lo rey de Bogia que sobre Tirant stava per tolre-li lo cap. E aquest rey era son germà, conexent-lo molt bé en les armes, e sobre lo bacinet que portava una gran bogia tota d'or ab moltes pedres precioses que tenia entorn. E vehent Tirant en tal punt star, ab la lança mantinent li donà en les spatles tan gran lançada que tot l'arnès li passà e no s'aturà fins a l'altra part, travessant-li lo cor, e caygué mort. Los moros feren tan gran sforç que se'n portaren lo cors mort de aquest rey de Bogia, e pujaren a cavall molts altres cavallers qui eren cayguts de una part e d'altra e la batalla tornà més cruel que no era stada. E moriren en aquell dia molta gent de una part e d'altra.

La batalla durà tot lo dia e·s continuà molt cruel, sinó que·ls fon forçat per la nit que·ls empedí, perquè feya gran fosca, que s'agueren a departir. E los crestians se retragueren tots dins la ciutat aquella nit e stigueren ab grandíssima alegreia per ço com del camp eren stats vencedors. E saberen certament com en aquella batalla eren stats morts tres reys, ço és, lo rey de Bogia, qui morí per mans de son germà, lo segon fon lo rey Geber e lo rey de Granada. Dels qui foren nafrats no se'n fa menció sinó del rey de Domàs e del rey de la Tana.

Aquella nit refrescà molt bé la gent e los cavalls e, ans del dia clar, ja foren los crestians armats e a punt. E stigueren admirats los moros com veren que batalla los volien dar, com no haguessen pogut donar als cossos sepultura. Tornaren a la batalla lo segon dia e aquesta fon molt cruel e sangonosa, hon hi moriren infinits moros e no molts crestians, que a hun crestià que morís moriren cent moros. La causa de la mortaldat de tants moros fon perquè no eren tan ben armats com los crestians ni portaven los cavalls tan bons ni encubertats. Cinch dies contínuus durà lo combatre e, com los moros no u poguessen comportar per causa de la pudor dels cossos morts, trameteren misatgers al[s] crestians que·ls donassen treves. E lo rey S[c]ariano e Tirant foren contents e les atorgaren de bona voluntat.

E Tirant cascun dia feya dir missa e pregava al rey e als altres que la hoÿssen de bon cor. E aquell dia que les treves atorgades foren, Tirant se posà en oració e ab molt gran devoció suplicà a la divina Clemència de nostre senyor Déu Jhesucrist e a la sacratíssima Mare sua, Senyora nostra, que encara que ell fos hun gran pecador, que li volgués fer tanta de gràcia que pogués conéxer los crestians entre los moros, per ço que ab millor cor los pogués donar honrada sepultura, com tots los tingués per màrtirs sants, com fossen morts per aumentar la santa fe cathòlica. E hoynt nostre Senyor demanda de tan justa causa e ab tan recta e bona intenció, atorgada li fon la dita gràcia en aquesta forma: que tots los crestians se giraren mirant devers lo cel ab les mans juntes, no lansant de si neguna mala olor, e los moros staven mirant en terra e pudien com a cans. Com Tirant véu tan singular miracle, pregà al reverent frare que fes rebre informació en scrit de aquest tan gran miracle perquè en sdevenidor fos memòria que tots los qui moren per aumentar la santa fe cathòlica van dret en la glòria de paradís. E foren-los fetes honrades sepultures, e allà hon fon lo major conflicte de la batalla fon feta una solemne sglésia del benaventurat mossènyer sent Johan.

Los moros prengueren tots los cossos dels seus e lansaren-los en lo riu, cascú ab son scrit per ço que dins terra los parents los poguessen soterrar. E tants foren los cossos morts que tot lo riu taparen, que per altre loch lo riu hagué a discórrer l'aygua.

Aprés, los moros se'n pujaren en la muntanya e los crestians stigueren en la ciutat. Durant aquestes treves arribà lo marquès de Luçana, lo qual era criat del rey de França, e sabent que Tirant era en la Barberia vench-se'n en Aygües-

Mortes e aquí s'embarquà en una galiota. E anava com a mercader vestit e arribà a la illa de Mallorqua, e de aquí ab una nau passà a la ciutat de Túniç. E aquí hagué nova de les grans victòries que Tirant havia hagudes e de la molta terra que havia conquistada e delliberà de anar a ell. E anant per son camí, sabé com les treves devien passar e aturà's en una vila, e tramés a dir a Tirant com ell era en la vila de Çafra e pregava'l que li trametés gent per ço que ell passar pogués.

Sabuda la nova, Tirant li tramés mil hòmens d'armes e, per capità de tots ells, Almedíxer. Los moros, sabent que gent era exida de la ciutat, secretament trameten ben deu mília rocins aprés d'ells, ab ses spies que·ls trameteren detràs, perquè, a la tornada que farien, ab lo marquès [e] Almedíxer los poguessen haver. Lo rey d'Àfrica, qui era vengut capità dels moros, qui stava amagat dins hun bosch, com veren venir los crestians, ixqueren-los e feriren en ells, e mataren e apresonaren-ne molts, e alguns qui·n fugiren qui portaren la nova al rey e a Tirant. Com foren certificats de tan gran novitat, Tirant los féu lo semblant vot.

Capítol CCCXXXXI. Lo vot que Tirant féu de no fer pau ni treva

—No·m clam sinó de mi matex, que com a jove e de poch seny he volguda seguir ans la voluntat que la rahó, de consentir que treves fossen fetes ni atorgades ans que la fi de la guerra, que estava en nostra mà. E·m tinch per foll e decebut com só caygut en tan gran ignorància de creure a negú, com fos clara la speriència del que s'és seguit. E estich més de dolor cubert que de delit per causa del marquès, qui és catiu en poder de infels. E yo, per seguir lo vostre apetit desordenat, consentí en les amargues treves —no gens al plaer meu, car bé conexia que no se'n podia seguir sinó tot mal e dan per a nosaltres, car tots dies havem vist multitut de gents de peu e de cavall venir en socors de nostres capitals enemichs, e són ara, en nombre, tres tants més que no eren—, tenint nosaltres la victòria per nostra part. Ara poca admiració serà no tornem a les dolors primeres, car més és a nosaltres perdre hun home que ells mil ne perdessen, per què yo fas vot solemne que tant com yo aturaré en aquesta terra, de no donar treves ni pau a negú. E si contra ma voluntat se han de fer, que de continent me partiré sens fer més armes.

Lo rey Scariano fon molt adolorit de les paraules de Tirant e, tenint-se per culpable, ab gran humilitat féu principi a semblant rèplica.

Capítol CCCXXXXII. Rèplica que fa lo rey Scariano a Tirant

—No·m dolria en cert tant la mort, a la qual negú fugir pot, com me dol lo gran defalt que per causa mia s'és seguit, e en strem me turmenta lo teu enuig qui per mi te ha convengut sostenir, qui·m manifesta lo teu adolorit pensament. Clam-te mercé que no hoja de la tua boca sinó de aquelles gracioses paraules que la tua molta afabilitat ha acostumades, car bé conech lo meu gran defalt. E prech-te, com a singular germà e senyor, que vulles perdonar a la mia gran ignorància, car verdaderament tinch coneguda la tua gran discreció e jamés me vull partir del teu singular consell com tots quants som, sens la tua virtut, no valem res ni podem fer alguna cosa qui de bé ni d'onor sia. Donchs, hages pietat de nosaltres, per la tua molta gentilea, que no·ns vulles desemparar.

Tirant, vehent lo rey ple de tanta humilitat, que tan benignament lo pregava, lo seu ànimo mogut de compassió excelsa, deliberà d'aconsolar-lo e, ab paraules afables, li féu present de tal rèplica.

Capítol CCCXLIII. Rèplica que fa Tirant al rey Scariano

—No és de mon costum ésser cruel a mos amichs, com haja acostumat de perdonar a mos enemichs com me demanen mercé, per molt que m'hagen ofès. Quant més dech perdonar al qui ame e desige servir més que a tots los hòmens del món! Per què, senyor germà, la senyoria vostra pot star en segur de mi que si la vida no·m lexa, que tant com dure la conquesta de la Barberia, yo no us falliré. E si cent vides tenia, les posaré a perill de mort per traure-us ab honor de aquesta empresa. E no vull recitar més coses qui sien de passió, sinó que vull tornar a mes acostumades victòries. E puix gran part de la nostra gent havem perduda e ells són X tants més que nosaltres, usaré de mos remeys, no difraudant gens la honor de cavalleria.

Lo rey Scariano fon molt content de les paraules gracioses de Tirant e féu-li infinides gràcies, e dix que era prest de fer tot lo que li manàs.

—Senyor —dix Tirant—, puix axí és, ordenem nostres fets en tal forma que la honor y sia salva. La senyoria vostra partirà de ací de nit, ab XIIII mília de cavall, per anar hon és la senora reyna. En aquestes VI legües replegareu quantes adzembles, àsens e someres e jumentes trobareu, e tots quants hòmens e dones e infants haver poreu. E no dexeu en les viles e lochs sinó les portes tancades ab aquells qui són inútils, axí com dones parides qui jahen en lo lit e hòmens molt vells e gent aleziada. Tots los altres feu-los venir, de VII anys ensús e de LXXXV en avall. E a cascú de aquests, axí hòmens com dones, feu-los repartir totes les cavalcadures, e cascú faça paraments de drap blanch. E si tantes cavalcadures haver no poreu com persones, resten los qui són més indisposts e, si no tenen tant drap blanch per a fer paraments, féu-los de lançols o de flaçades de quina color se vulla que sien. Aprés fareu vestir a totes les camises sobre les aljubes e fareu haver tantes carabaçes com poreu e, a cascuna dona o al petit infant —e si tantes se'n troben—, cascú·n porte, tan altes com les poran portar e cubertes de drap blanch.

E complit de dar l'orde, Tirant pregà al rey que y fes venir la reyna perquè les altres dones y venguessen de millor voluntat. Lo rey se posà prestament en orde e partí tan secretament com pogué, que los moros no·n tingueren negun sentiment. Com lo rey fon partit, Tirant tramès hun embaxador al camp dels moros, dient-los com dins lo temps de les treves havien apresonat al marquès e a molts altres cavallers, que ell los requeria, sots la promesa fe de les treves, que ells los volguessen restituyr e soltar.

—A tots los qui són stats presos, si no, que al dehén dia que s'aparellen a la batalla.

E Tirant féu fer hun gran fossat, lo qual era estret e fondo. E al dia assignat, lo rey Scariano vench axí com Tirant havia ordenat e hagué ajustats bé XL mília entre hòmens e dones, e tots cuberts de blanch. E entraren de dia, per ço que los moros los vessen e stigueren molt admirats com veren venir tanta gent.

E lo dia que les treves passaven, los moros, a la hora de la mijanit, vengueren a la ciutat e combateren-la. Tirant, com a home usat de guerra, stava tostemps armat, e posà CCCC hòmens en les torres e en la muralla per defensió de la ciutat. E lo rey y ell, ab tota l'altra gent, ixqueren per altre portal e vogiren entorn de la ciutat e feriren mortalment en les spatles dels moros. E tots portaven paraments blanchs. Les dones se posaren fora de la ciutat, lla hon era lo vall qui novament era stat fet, ab CC hòmens d'armes per guardar-les, e cascuna dona portava en la mà una canya grossa. E posaren-se tots en ala.

Aquesta batalla se mesclà, que fon crudelíssima e dura, que en poca hora fon mesa infinida gent per terra, morts e nafrats. E Tirant portava una lança curta e grossa, tota ennirviada. Bé restava trist lo qui lo seu colp sperava, car en aquell dia los inferns omplí de les ànimes de aquells. La batalla durà per bon spay e, ans que Tirant en la batalla entràs, dexà cinch-cents hòmens d'armes, que no volgué que ferissen, hi eren dels millors que en sa companyia fossen. Com en aquell cars infinides gents d'una part y d'altra fossen mortes e vehent que lo rey crestià ab gran ànimo combatia, e lo senyor d'Agramunt per lo semblant, Tirant ixquè de la batalla dexant los altres combatent e anà hon eren los cinch-cents hòmens d'armes que dexat havia e, ab ells ensemps, anà al camp dels moros. Com foren arribats a les tendes, cridaren a grans crits:

—O marquès de Luçana! Si sou açí, parlau e cridau la bona sort qui us spera, car açí és Tirant lo Blanch, qui és vengut per liberar-vos.

Com Almedíxer sentí la veu dels crestians, paregué-li que fos veu qui del cel los devallada e los dos, ab la dolor e la ira que tenien, sforçaren l'ànimo e prestament ixqueren de les tendes e anaren lla hon era Tirant. Com Tirant véu lo marquès de Luçana, prestament lo conegué. E féu descavalcar de hun bon cavall hun home seu e, ab los ferros, lo féu pujar a cavall e Almedíxer féu pujar en les anques del seu cavall. E tragué'ls de tot lo camp e·ls féu desferrar e armar. E tornà Tirant al camp prestament e mès-hi foch, e manà a tots los qui eren ab ell que fessen axí com ell feya. E no tardà molt que tot lo camp fon ple de foch. Com Tirant véu axí gran foch, tornà a la batalla e socoregué al rey e al senyor de Agramunt molt valentment. E Tirant, ab virtut, dava tan mortals colps que no era qui·l gosàs sperar sperant premi de victòria. E los enemichs reforçaren tant com los fon possible per damnejar los crestians. E com més anava, més cruel e dura era la batalla, e tants eren los cossos morts que ab gran fatiga la gent combatre podien. Com los reys e capitans moros veren venir a menys la lur gent e veren lo foch ençés en lo lur camp, e miraven les dones qui staven fermes, que no·s movien, car ab la torba del combatre no les havien vistes fins en aquella hora, dix lo rey de Túniç:

—Senyors, yo no puch creure ni pensar que aquests hòmens sien crestians, mas crech que sien diables batejats, o lo nostre Mafomet s'és tornat crestià. E ells combaten huy tot lo dia ab tan gran força e virtut, que cosa és de gran admiració, tan poca gent com són, de haver mantenguda tant la batalla, que nosaltres ab tanta multitud de cavallers no bastam a offendre'ls. E han-nos cremat tot lo nostre camp. E aquella gent que·ns stan mirant no han ferit encara, sinó que estan sperant que siam cansats e ferir-nos han a les spatles, e tots serem tallats a peçes. Per ço, a mi par nos deuríem retraure, no lla hon és lo nostre camp, mas apartem-nos al través, en aquell altre mont, car de tot cert yo tinch gran dubte, no de aquests que ací combaten, mas de aquella mala gent blanca. E mirau com són grans hòmens a cavall, que jamés los viu tals.

E açò causava les carabaces que les dones tenien al cap, que·ls paria que fossen molt alts de persona. No tardà lo rey d'Àfrica, ab sforçada veu, de semblants paraules fer principi.

Capítol CCCXXXXIIII. Com declarà lo rey d'Àfrica sa intenció

—Si de fe mon dir no fretura, hauràs a creure, rey de Túniç, com cent passions de nova manera tenen la mia ànima e lo cors turmentat, e no ignore lo perill de la mort. Mas per lo teu clar entendre deman a tots mercé que les mies rahons sien acullides axí com a persona qui ha perdut son germà en batalla e desige infinidament venjança, confiant en les mies pròpies mans de atényer aquella glòria, que los meus ulls, havent vista de aquell famós capità, que matar-lo puga. La deliberació de tan penada vida és voler-me socórrer: no ab pas temerós ne tard y vullau atényer! E deus dexar tots dubtes qui en ofensa de tots aquests reys sia, car de aquell dia ençà que yo·l perdí dolor inestimable ha compreses totes mes forçes, que·m fa seguir la sua ensenya del meu amat germà. E lo plaer meu és no remetre res a la benaventurança de aquest món, mas a la fortuna enemiga de mos delits, crehent lo que yo dich és lo millor, car morint és reviure en gloriosa fama.

E no dix pus, sinó que ferí lo cavall dels sperons e posà's en la pressa de la gent ab gran fúria. E fon sort que s'encontrà ab lo marquès de Luçana e tan bravament l'encontrà que a ell y al cavall mès per terra, e de continent lo hagueren mort, sinó per lo senyor d'Agramunt, que prestament lo socorregué ab los altres. E lo qui portava la bandera dels crestians entrà més avant, envers aquella part, e feriren en la major pressa dels enemichs. Lavors poguéreu ben veure los pus bells fets d'armes que en una gran part del món sien stats fets ne vists. E certament ells se mostraren, los moros, en aquell cars, molt admirables cavallers, e cridaven tostemps lo nom de Mafomet. E·n aquell cars molts cavalls véreu anar per lo camp sens senyor, e molts cavallers per terra, morts e nafrats.

La batalla durà fins passat lo migdia e dos hores aprés, car no·s podia conéxer quals havien lo pijor o lo millor. E sostenint-se axí la batalla, lo rey de Túniç portava a Mafomet sobre lo bacinet, tot d'or, e conech a Tirant en la sobrevesta que portava, ab steles, per devisa, e dix als altr[e]s reys:

—Voleu que siam del camp vencedors? Cuytem devers aquell qui tantes de armes fa e donem-li mort e seran tots aquests crestians nostres catius.

E de continent feren la via sua. Ab arnesos molt luents e richs guarniments, tots los reys justats vengueren sobre Tirant e, com ell los se véu prop, féu com a leó enrabiat enmig de tots. E encara no havia rompuda la lança e encontrà lo rey de la Tana per mig dels pits, ab tal força que l'arnès no li valgué res e lançà'l mort per terra. Aprés encontrà al rey de Túniç e passà-li lo braç e derrocà'l del cavall, e com ell se véu en terra dix:

—O rey d'Àfriqua! Prou me costa la tua follia, car yo veig que huy serà lo dia que perdrem la batalla e la vida ensemps, e aquells qui stan segurs a tots nos daran la mort.

Allí atés lo rey Scariano ab lo marquès e Almedíxer, qui animosament se combatien. E tant feren per lur virtut que, per força, se'n portaren dins la ciutat al rey de Túniç axí nafrat com stava. E Tirant dexà la lança a malgrat seu, car los enemichs la y levaren, volgués o no. E lavors mès mans a la petita acha que·n l'arçó de la cela portava e donà a hun moro enmig del cap de tall, que fins als pits lo fené. No crech jamés pus bell colp haguessen fet los magnànims cavallers passats, ço és, Èrcules ni Anxil·les, Tròyol, Èctor ni lo bon Paris, Samsó ni Judes Machabeu, Galvany, Lansolot ni Tristany, ni l'ardit Teseu.

Com los moros açò veren, tal colp donar, tots stigueren admirats e veren-se ab les lançes rompudes: tots se voltaren, e sonaren hun corn e tots los moros se dexaren de batallar. E retraent-se, pujaren-se'n en un mont. E los crestians los dexaren de bon grat anar, perquè tenien desig de repós, però encara, ab tot lo cansament, los seguiren fins que foren pujats en lo mont. E açò feren per mostrar més clara la victòria. E certament Tirant, desijós de honor, lla hon veya lo major perill, allà·s metia, que no la lexava perdre.

Com los moros foren en lo mont, los crestians se'n tornaren dins la ciutat, e tot lo poble, axí hòmens com dones, deyen a Tirant:

—Vixqua lo benaventurat cavaller Tirant! E beneyt fon lo dia que ell naxqué e beneyta fon la hora que tu entrist en aquesta terra, e beneyt fon aquell dia que tu·ns donist lo sant babtisme. E a Déu fos plasent que tu fosses senyor de tot lo poble morisch.

E ab grandíssima festa e alegria lo pujaren al castell. E trobà lo rey de Túniç, que l'havien curat de les nafres que tenia, e véu entrar a la reyna e a totes les dones a cavall, ab les adzembles e jumentes, e ab les carabaces al cap e cobertes de lançols. Vench en punt lo rey de Túniç de voler-se desesperar, com sabé l'engan que Tirant fet los havia, e ab les mans se desféu totes les benes de les nafres e jamés consentí lo tornassen a curar, ans axí se lexà morir. Mas ans que morís, féu principi a semblant lamentació.

Capítol CCCXLV. Lamentació que féu lo rey de Túniç ans que morís

—La noblea e virtut és ja coneguda de aquell famós cavaller Tirant lo Blanch e, de aquesta hora avant, tots los reys e cavallers de la Barberia se deuen humiliar a ell, car yo·l veig en sobirana sperança de pujar en imperi sdevenidor, com a la sua gran indústria e alta cavalleria la fortuna li ve tan pròspera que no seria negú qui d'ell pogués traure lo cabal. Emperò, aquesta victòria que ara de nosaltres ha aconseguida, no la deu atribuir a les lur forces, com en la batalla més poderosos erem nosaltres que no ells, ni jamés nos fórem dexats de combatre sinó per lo frau e decepció que·ns ha fet de les dones. Car en la primera batalla, encara que·ns fallís rey, no·ns fallí la virtut e fórem vencedors. Mas en esta segona, perquè és stada molt dolorosa e per poch saber, nos som perduts. Per causa de açò me vull dexar de viure e offerir lo meu cors a desonrada sepultura, puix tan poch he sabut de la guerra, car veig que per pietat no són stats dexats los fills a les mares ne los marits a les mullers.

«E per no veure tanta c[r]ueldat, ab bones obres vull acabar la glòria de la mia vida ans que venir en més strema desaventura. E per speriència veig que los nostres fets no poden haver longa durada, per ço com la gent de Tirant és molt ben ordenada e, com entren en batalla, se pot ben dir que són mestres de cavalleria. E Tirant no dóna càrrech a negú que sia capità en la batalla sinó a hòmens qui passen L o LX anys. E no és negú de tota la sua gent que sol li passàs per l'enteniment de fugir, ans tots tenen per certa la victòria, puix tenen a Tirant per capità, e no és negú qui pose la sperança en los peus sinó en los braços y en les mans. E tot lo contrari de açò fa la nostra gent e, per causa de açò, som tots vençuts e vituperats, car aquest sab vençre les forts batalles, dures e aspres, ab abtea e indústria. E sab consellar a si mateix e instruir als altres, e ha sabut cremar lo nostre camp e, ab dones, ha vençuda tan gran multitud de morisma e portats a total destrucció, car la vista d'elles féu perdre tot lo nostre sforç, que no gosàrem tornar en lo nostre camp, hon les tendes eren cremades, ans ab gran dejecció nostra se mudaren en altre loch. E dich-te, capità gloriós, que jamés fuy vençut en batalla ne corromput per avarícia.

Tirant hagué compassió del rey com lo véu star desesperat e pregà'l que·s dexàs curar, car les nafres no eren perilloses. Dix lo rey:

—Lexau-me star axí sta nit e, si puch vençre la ira, la fortuna me retrà vencedor o vençut. E si yo la venç, yo·m dexaré curar. E si só vençut, devallaré als inferns hon crech que és lo nostre Mafomet, qui no·ns ha pogut ajudar contra los crestians.

Lo rey feya replegar tota la sanch qui de les nafres li eixia e, com fon mijanit, begué's tota aquella sanch e aprés dix:

—Lo meu cors no mereix altra sepultura sinó d'or o de sanch. E ab aquesta sanch finiré los meus trists e amarchs dies.

E posà la boca en terra e axí reté l'esperit. E la sua ànima se'n portà aquell a qui pertanyia.

De continent que lo rey de Túniç fon mort, Almedíxer suplicà a Tirant que li fes gràcia del cors del rey, e ell lo y atorgà. E Almedíxer tramés a dir al camp dels moros com lo rey de Túniç era mort, que vinguessen per haver-lo. Com los moros saberen tal nova, feren lo més adolorit dol que jamés fos fet per negun príncep del món. E ordenaren cinquanta cavallers dels millors de tot lo camp e trameteren-los a·la vila per cobrar lo cors del rey. E com foren davant lo capità, suplicaren-lo benignament los fes gràcia de fer mostrar lo cors del rey. E Tirant manà a Almedíxer que fes pendre lo cors e que·l fes posar en una sala sobre hun lit en terra ab molts matalafs e que fos cubert de hun bell drap d'or e cent cavallers stiguessen prop d'ell ab spases nues en les mans. Com tot fon fet, Tirant féu entrar los moros dins la sala. Com foren prop del cors, descobriren-lo. E los moros, havent natural conexença de lur rey e senyor, lo major de tots ells, ab sforçada veu, féu principi a semblants paraules.

Capítol CCCXLVI. Rahonament que fa lo cavaller moro al capità Tirant

—Ab poch treball se conserva la gran fama, puix és adquerida. Però aquella fama és millor qui·s diu per boca de persones bones e tengudes en compte de verdaderes, car aquella és neta de tot crim qui és publicada per tot lo món, com té lo fonament de virtuts, e aquell és merexedor de premi en lo cel e en la terra. O tu, capità senyor e millor de tots los bons, scolta'm lo que·t diré! Tu est claredat e lum verdadera, qui has vixcut en lo món ab virtut sobirana, car per tu són stats il·luminats e animats los crestians qui per tu novament són stats fets en la Barberia, car la tua noblesa és coneguda e és en tan alta dignitat posada que est merexedor de molta glòria, e si lo que has començat perseveres, no·t fallirà. E més se manifesten les tues bondats e virtuts tant com més honres aquest magnànim senyor, car de la honor que li fas ell és molt bé merexedor. E fas més, que, honrant a ell, honres a tu mateix, com la honor és de tal condició que resta tostemps ab lo qui la fa. E aquest magnànim e valerós rey ab ses bones costumes ha manifestat en les sues naturals obres quant era lo seu ànimo e la molta valor sua. E tu ab virtuts pots dir que has ennoblit lo teu noble linatge, com res en aquest món no·s pot dir que sia bo sinó virtut, ne mal sinó vici.

«Aquest singular rey la fortuna adversa lo ha conduhït de ésser stat pres e tant era lo seu gran ànimo que no ha pogut comportar que negú se pogués gloriejar que·l tingués pres. E per ço s'és dexat de viure, per no veure tanta confusió, car la magestat sua e les sues grandíssimes virtuts e costumes eren tals que era digne de conquistar tot lo món e vençre les aspres e cruels batalles, e senyorejar tota la crestiandat e posar papa en Roma e soldà en Babilònia, e subjugar sots lo seu peu Àsia, Àfrica e Europa. E si no fos stada tan breu la sua vida, fóra stat posat en grandíssima dignitat. O tu, mort trista, cruel e desconexent! Ab quanta malícia has volgut aterrar les forces de aquest valerós rey! E per la mort de aquest, serà destroÿt tot lo poble morisch. Per què prech los meus companyons e germans que ploren e lamenten la mort del nostre senyor natural e aprés les nostres misèries, qui prestament nos aconseguiran...

E lançant-se de genolls en la dura terra, besaren los peus al rey e començaren a lançar vives làgremes dels ulls, plorant e lamentant la lur gran desaventura. Com hagueren per bon spay plorat, lo cavaller ansià moro se fon levat e començà de fer principi a semblant lamentació.

Capítol CCCXLVII. Lamentació que féu lo cavaller moro en presència del capità Tirant

—O Déu gran, alt e poderós senyor, creador del cel e de la terra! ¿Com has pogut permetre que hun tan singular rey e tan virtuós cavaller com aquest, jove dispost per a conquistar tot lo món, sia mort, qui era defenedor de aquella sancta secta, per lo nostre sanct profeta Mafomet ordenada e ben servada per totes les més nacions del món, e que ara per hun sol home, ab falses indústries e saber diabòlich, haja pervertits tants pobles a la ley crestiana e morts tants reys e tants mil·lenars de hòmens del poble morisch? Ajudau-me, cavallers e companyons meus, a lamentar, e prestau-me doloroses paraules, donau-me tristes sclamacions, feu acorts ab squinçada veu a l'aspredat de tan dolorosa mort de aquest senyor qui era sustentació nostra e de tota morisca cavalleria. ¡O sant profeta Mafomet, defenedor de nostra libertat, hajes pietat e misericòrdia de nosaltres perquè no siam axí maltractats per los crestians! ¿No ha bastat a fortuna fer-nos perdre tanta de la gent nostra en la cruel batalla, que encara nos ha volgut tolre lo pilar qui sostenia tota la Barberia? Rey de Túniç, Déu te perdone e·t faça tenir lo camí de veritat e que sies lo major de tots lla hon la tua ànima irà ab tots los teus aderents.

Aprés se girà devers Tirant e dix-li les següents paraules:

—Capità senyor, los nostres àbits són de dolor qui acompanyen les nostres infinides misèries, qui som turmentats per la gran pudor dels cossos morts qui no se són poguts soterrar e van per lo camp arredolant fins a les portes de les nostres tendes. La nostra sanch scampada crida aquest bon rey de Túniç. No hoÿm sinó: «Tal és mort», «Lo rey Tal ha finit sos dies», «L'altre és afollat de sos membres.» A la fi, no·ns podem girar en neguna part que no hojam plant e dolor. En la planeta de Saturnus, tu, Tirant, fuÿst nat, malvat crestiá, ab poca temor de Déu ni del món, que has voluntàriament scampada la sanch real de tants reys qui en aquesta terra per tu o per causa tua són stats morts. ¡Maleÿt fon lo dia que tu en aquesta terra arribist e maleÿta fon la galera que ací·t portà com enmig del golf de Satalies no·t negà a tu e a tots los teus!

Com Tirant hohí dir tan folles paraules al moro, pres-se a riure e dix:

—Cavaller, gràcies te fas del teu malparlar. E no vull satisfer a les tues folles paraules que en presència mia has dites e dins lo meu castell, car merexedor eres ab tos companyons que us hagués fets saltar de la muralla del castell avall. E si no perquè veig que la ira t'à levat lo seny e la rahó, guardaré la mia honor e fama, puix vos he assegurats, mas, per conservació de ta vida, no volria que negú dels meus te fes mal ne dan. E buyda lo castell prestament ab tots tos companyons ans que altre mal no·t vinga.

Partí's Tirant de la sala e entrà-se'n en una cambra sens dir-los més. Lavors, los moros demanaren lo cors del rey, que·l se'n volien portar. Almedíxer los respòs que, per lo seu mal parlar, no l'haurien, ans lo darien a menjar a bèsties feres si ja no li daven vint mília dobles. E los moros, per recobrar lo rey, foren contents perquè al cors poguessen dar sepultura. E com lo cors fon dins lo camp e tots los moros lo hagueren vist, de gran dolor que tenien de la sua mort, inflamaren-se tots en tan gran ira que prengueren les armes e pujaren a cavall, anant ab gran fúria devers la ciutat ab grans crits e remor, dient tots a una veu: «Muyra aquell fals e traÿdor celerat capità dels mals crestians qui, triümphant e ab fama gloriosa, mostra voler conquistar tota la monarchia! Car ab concòrdia totes les coses aumenten e ab discòrdia les grans coses desmenuexen. E per concòrdia la comunitat en si mateixa és fort e als enemichs terrible.»

No tardà lo rey de Domàs a fer principi a hun tal parlar.

Capítol CCCXLVIII. Rahona lo rey de Domàs la sua intenció

—Senyors, tostemps he hoÿt dir que lo apetit natural és més inclinat a malhobrar que lo seny, e lo seny trau al savi de grans perills e·l posa en segur repòs. ¿E no saben les senyories de vosaltres com la follia trau moltes voltes als grans prínceps de lur stat e·ls posa en gran misèria? Aquest capità, cobdiciós de la nostra sanch morisca, ab la sua cruel mà ha morts de la gent nostra passats huytanta mília moros, ajudant-li los renegats de la nostra generació, e fa tots dies batalles molt sangonoses. Per ço, tendria per bo haguéssem madur consell entre nosaltres e no anàssem axí cuytats a la batalla, car, ara que la ira és fresca, tots desijam batalla e anam cuytats e ab desorde. E no deyem ésser loats de semblant victòria, posat cars que·l nostre Déu li plagués ésser favorable a la nostra part. E certa cosa és que, qui en batalla entra ab desorde, fogint se n'ix. E si nostre fet ab orde se pot defensar e adquerir —ab resplandor de excel·lent generositat e noblea de ànimo los podem subjugar e posar per terra—, serem loats. E del contrari serem vituperats.

No fon accepte a negú la rahó del rey de Domàs ni los de més scoltar no·l volgueren. Mas pres-se a parlar lo rey de Tremicén e dix en la següent forma.

Capítol CCCXLIX. Parla lo rey de Tremicén

—La cosa que a nosaltres dóna de parer que ab gran dificultat se puga atényer, és molt fàcil e laugera. E lo que a nosaltres se demostra quasi imposible de saber és clar e manifest, car donant la batalla subjugarem la ciutat hon hi stan los nostres cruels enemichs e, ab les nostres sangonoses, forts e cruels mans, darem primerament mort a aquell malvat rey e gran rebetle a Mafomet, lo rey Scariano, lo qual, oblidant-se la nostra secta bona, sancta e justa, ha presa la reprovada ley crestiana. E al seu gran capità, qui d'armes tant sab, sia dada sentència, la qual a tots vos plàcia loar-la com sia molt justa segons lo seu meréixer, ço és, que ab vergues de ferre sia tant e tan longament batut fins que ab la boqua bese la terra generosa de la nostra província.

Aprés se girà devers la ciutat e dix semblants paraules:

—O ciutat tirantina, del teu bé restaràs deserta, car ara hauran fi tots los teus plaers! E tu stàs inflada per supèrbia! Considera bé los teus greus dans que en aquesta jornada aparellats t'estan!

Lavors tots, ab sforçat ànimo de cavalleria, anaren devers la ciutat e, ab gran força e ardiment, donaren la batalla fort cruel e aspra e tan vigorosa que paria que ixquessen dels inferns. E Tirant, dubtant lo que seguir-se'n poguera, stava tostemps molt en punt e, vehent venir la gran morisma, ordenà ses batalles, e la ciutat que restàs ben fornida.

La reyna ab totes les altres dones pujaren a cavall e posaren-se en orde, axí com acostumat havien. La batalla començà, prenent lo rey Scariano la davantguarda. E ferí com a virtuós cavaller, no havent pietat de negú qui davant li vingués e, tantes armes féu, dexant tots los seus atràs e posant-se en la major pressa dels enemichs, en tant que ell se trobà a soles, e mataren-li lo cavall e caygué en terra, e pres-se a dir esta devota oració:

—O humil verge, mare de Déu Jesús, lo qual portist en lo tabernacle de castedat! Sens dolor ne màcula lo parís! A tu me recoman, qui est advocada dels peccadors, que vulles pregar lo teu gloriós Fill que·m tinga en la sua guarda e protecció, car yo l'ame e desige servir com a cathòlich crestià. ¡O Déu clement e piadós, hages mercé de nosaltres, qui ab voluntat pura havem rebut lo sant babtisme, perquè·t pugam servir en aumentar la sancta fe cathòlica, car tu, senyor misericordiós, veus bé en quin perill stà aquesta pobra de crestiandat!

En açò, lo senyor d'Agramunt e Almedíxer, ab molts altres, combatien prop de allí hon lo rey era e veren acostar una squadra de gent ab una bandera blava hon hi havia pintat hun exam de abelles totes de or, e tots feyen gran sforç de matar lo rey Scariano. Com aquells veren tanta gent d'armes acostar hagueren dubte no fos lo capità. Senyalaren en aquella part e socorregueren-lo molt maravellosament. E si per ells no fos stat socorregut, mort era lo rey. E lo cavaller Almedíxer féu actes singulars aquell dia, que ab la lança a hun moro passà la cuyraça e mort lo mès per terra. E aprés ferí lo segon, lo terç, lo quart, lo cinquè, e féu d'ells lo que havia fet del primer. E Tirant, qui combatia a l'altra part del camp, vench-li hun servidor del rey e, ab grans crits, li dix:

—O capità senyor! Per què no vas ajudar al teu singular amich, al rey Scariano, que de tot en tot los moros li volen tolre la vida?

E Tirant, sens pus hoyr, pres de la sua gent e tirà envers aquella part e trobà lo rey a peu, que no·l lexaven pujar a cavall. E Tirant ab los seus ferí en la major pressa de la gent e feren caure molta gent per terra, e trista era la mare qui son fill allí tenia.

Aplegà altra bandera vermella —d'àguiles era pintada—, ab sexanta mília hòmens d'armes. Lavors, lo capità féu exir tota la gent d'armes que ell havia ordenat, qui staven al portal de la ciutat ab manament que no ixquessen fins a tant que ell ho manàs. Admirable batalla fon aquesta e molt dolorosa. Lo rey de Tremicén vench a l'encontre de hun cavaller molt valentíssim e virtuós en tots sos fets e combaté's ab aquest per bon spay. E lo rey de Pèrcia, qui·ls véu axí valentment combatre, cuytà per ajudar al rey de Tremicén. Lo combat fon tan infortunat que lo cavaller li mès la punta de la spasa per l'ull squerre. Aquest cavaller qui féu aquest colp se nomenava Melchisedech. E ab la gran dolor que lo rey tenia e turbació, caygué en terra. Pres-se a dir:

—O rey de Tremicén, tu qui pensaves senyorejar per supèrbia tot lo món! No s'és seguit segons la tua voluntat, mas segons la voluntat de Déu! E bé m'à costat la mia ignocència! O trist de mi! ¿E fon jamés príncep tan desaventurat com jo qui·s ves tantes dolors venir ensemps, que he vist perdre pare, fill e germà e, dels meus cavallers, una gran quantitat qui no és de nomenar? E só vengut en tan gran abatiment que só fora de tota sperança, que no trobe negú qui ajudar-me vulla.

Aquesta batalla fon tan cruel e sangonosa que durà del matí fins a la nit scura, e la fosca los féu departir. L'endemà per lo matí regonegueren lo camp e trobaren trenta cinch mília e setanta dos hòmens jaure en lo camp, los de més morts, per ço com hi hagué molts crestians qui no pogueren morir fins que foren confessats e·s recomanaren a nostre senyor Jesucrist, e los moros se recomanaren a Mafomet.

Admirable fon aquell dia la paciència de Tirant, que, en la major fuyta que los moros feyen, manà als seus de pietat que no·ls seguissen, sinó que·ls lexassen tornar a les lurs desijades tendes.

Vehent los moros que cascun dia los lurs mals aumentaven e perdien molta gent, los reys tingueren consell e delliberaren que demanassen treves de trenta dies. E tramesa lur embaxada, a Tirant no li paregué que u deguessen atorgar, emperò lo rey Scariano ab lo senyor d'Agramunt, Almedíxer e Melchisedech, tots quatre, fermaren les treves per ço com hi havia molta gent nafrada. Fermades les treves, anaven les dones per lo camp replegant los cossos morts dels crestians perquè·ls poguessen soterrar en magnífiques sepultures. Lo rey de Tremicén, qui açò véu de les tendes hon stava, dix:

—E què fan allí aquelles fembres entre la gran multitut dels hòmens? Car no deu ésser observada la costuma antiga, sinó que ab violència deuen ésser tractades sens pietat.

Delliberaren los moros una nit de partir ans de les treves e passaren envers les grans muntanyes de Feç per tal que allí·s poguessen mantenir contra los crestians. E replegaren tot lo lur camp e, a hora incogitada, quasi a la mija nit, ells tiraren son camí.

Lo dia següent bon matí les guardes cuytadament vengueren a tocar a les portes de la ciutat, notificant al capità com los moros ab gran cuyta partien. Com Tirant ho sabé, féu prestament tota la gent armar. Com lo dia fon clar e les tenebres de la nit foren passades, los crestians cavalcaren e seguiren los moros. Los corredors qui primer anaven atengueren gran part del carruatge, on foren morts alguns moros. Los fugitius reys trameteren missatgers al capità volgués fer smena dels moros que havien morts e de la roba que se n'havien portada, com ells tinguessen bona pau e treva fins terme de trenta dies. E si fer no u volien, reclamarien a Mafomet, aprés trametrien per totes les corts dels grans senyors —hon eren emperadors, reys, comtes e marquesos— e aquí publicarien la gran maldat e fe rompuda del rey Scariano e de Tirant lo Blanch, capità major dels crestians.

Com Tirant hagué hoÿda l'ambaxada, pensà en la promesa fe que fet havien. Per no posar la honor sua en disputa, era molt content de servar les dites treves, per bé que, si poguessen fer rahons de una part e d'altra, per ço com ells, cautelosament e [a] hora incogitada, se eren partits del camp, les treves no devien haver loch. Tirant volgué fer smena de tot lo qui·ls era stat levat, e més, féu smena dels hòmens morts, car, de cascun de quants aquella jornada morts havien, fossen poses en libertat deu moros catius. Lavors los moros foren molt contents de Tirant, dient que era lo millor crestià e més justificat e verdader que en tot lo món se trobàs, com ell fes obres de pietat, car les coses de mal principi tard o nunca poden finir bé.

De continent los moros se partiren e travessaren totes les aspres muntanyes. Com Tirant véu que havien passats los ports, ell se mès a conquistar tots aquells regnes e terres qui deçà los ports eren. Aprés, passats grans dies, parlà lo senyor d'Agramunt al capità e dix-li:

—Senyor, a mi par que seria expedient, per donar fi prestament en aquesta conquesta, que yo passàs dellà los ports per conquistar moltes viles, castells e ciutats que y ha. Aprés que la senyoria vostra haja subjugats aquests regnes, passaríeu en aquella terra e, ab poch treball, poríeu senyorejar tota la Barberia.

A Tirant li fon plasent lo que·l senyor d'Agramunt li havia dit e comunicà-u ab lo rey Scariano, e foren d'acort que prestament partir degués. E partí ab X mília cavalls molt bé en orde e XVIII mília hòmens a peu. E com hagué passats los ports sabé com los reys se eren departits e cascú se n'era tornat en sa terra. Lo senyor d'Agramunt, com véu que tan poca gent d'armes havia en aquella terra, mès-se a conquistar aquella e subjugà moltes ciutats, viles e castells, los huns per força, los altres per grat. Poderós e de gran ànimo era aquest cavaller, e los crestians qui ab ell eren havien pres molt gran ànimo e ferocitat per ço que fos més gloriosa la fama d'ells quan vendria a notícia de Tirant e en aument de glòria de lur fidelíssim capità.

E anant axí conquistant, pervengueren prop de una ciutat qui·s nomenava Montàgata, la qual era de la filla del rey de Belamerín —e aquest rey era mort en lo principi de la guerra e l'esposat d'ella. E com los de la ciutat saberen tenir los crestians tan prop, tingueren lur consell. E lo que delliberaren fon que trameteren les claus al senyor d'Agramunt de la ciutat. E aquell ab molt gran benignitat les pres e atorgà'ls tot quant saberen demanar. E com foren prop de la ciutat, los qui la regien penediren-se e delliberaren ans morir que donar-se.

Vehent-se axí burlat lo senyor d'Agramunt, posà lo siti a cascuna part de la ciutat. Hun dia delliberà de donar lo combat. E fon tan brau e tan aspre que més no poguera ésser. E acostant-se lo senyor d'Agramunt envers la muralla, tiraren-li ab una ballesta de passa e feriren-lo en la boqua, que li ixqué lo passador a l'altra part. Com la gent sua lo veren tan lejament nafrat e jaure en terra, tots se pensaren que mort lo haguessen. Posaren-lo en hun pavés e portaren-lo a la sua tenda, e per aquell dia lexaren-se de combatre. Lavors, lo senyor d'Agramunt votà a Déu e als sancts apòstols que, per l'engan que fet li havien e per la molta dolor que sentia de la nafra, de no partir-se jamés de allí fins a tant la ciutat fos presa e tots passassen, hòmens com dones, grans e pochs, vells e jóvens, per la sua spasa. E prestament tramès a Tirant a suplicar que de continent li trametés la sua artelleria major.

E Tirant, sabuda tal nova, que son cosín germà era tan malament nafrat, féu partir tota la artelleria. Y ell ab tota la gent, per ses jornades, arribà en aquella ciutat. E ans que descavalcàs, manà que donassen lo combat a la ciutat. E fon tan fort e tan aspre que prengueren una gran torre, qui era mesquita, la qual stava molt pegada ab la muralla de la ciutat. La nit sobrevench e Tirant manà tota la gent cessàs per aquella nit. E per lo matí los moros ordenaren que fos tramès a dir al capità, de part de la senyora e de tot lo poble, per los més honrats hòmens de la ciutat, com ells se darien ab condició los lexassen viure en sa ley, e li darien tots anys trenta mília corones d'or e tots los presoners que ells tenien. E Tirant respòs que per lo defalt que ells havien fet a son cosín germà, anassen a ell e, lo que ell faria, hauria per fet. Com los moros foren davant lo senyor d'Agramunt, per moltes suplicacions que li fessen, jamés consentir volgué en res. Lavors lo poble delliberà de trametre-y la senyora ab moltes donzelles per veure si porien res acabar ab ell, car prechs de donzelles moltes vegades han loch.

Ací fa lo libre hun incident per narrar los fets de Plaerdemavida.

Capítol CCCL. Com Plaerdemavida fon informada de la prosperitat de Tirant

[C]om per la inmensa pietat de nostre senyor Déu Plaerdemavida fos liberada del naufraig e fos portada en la ciutat de Túniç, en la casa de la filla del pexcador, segons desús és ja mencionat, aprés dos anys passats, la filla del pexcador pres marit prop la ciutat aquella, estant allí per molts dies tenint-la com a cativa. E ella tostemps vivint ab molta honestat, obrava d'or e de seda axí com les donzelles de Grècia eren acostumades fer. Seguí's hun dia sa senyora, anant a la ciutat de Montàgata, dexà a Plaerdemavida per la casa a guardar. Com fon en la ciutat, mostrà era venguda per algunes coses a comprar e anà a parlar ab la filla del rey e dix-li:

—Senyora, yo vinch ací per significar-te, com me hagen dit que ta senyoria té en prepòsit de pendre marit e treballes, axí com és acostumat, de fornir-te de camises brodades d'or e de seda e altres coses pertanyents a donzelles. Yo tinch una sclava jove e disposta, a la qual yo he mostrat, en lo temps de la sua puerícia, de brodar molt singularment de totes coses, lo que a dones jóvens se mereix. E vet ací mostra del que sab fer. E si per preu de C dobles tu la volràs, yo seré contenta de perdre lo criament que fet li he e lo que li he mostrat ab tant treball.

La reyna, molt desijosa de tal present, dix que era molt contenta de dar-li les cent dobles, puix havia vista mostra de les coses que obrar sabia. Dix la mora:

—Yo seré contenta per aquest preu liurar-la en ton poder ab tal condició: que per la molta amor que ella ha mesa en mi, que la senyoria tua diga que yo la t'é prestada per a dos mesos, car, si ella sentia yo la hagués venuda, de enuig e tristor se desesperaria.

Plaerdemavida fon mesa en son poder e posà molt gran amor en la reyna. Seguí's que, poch temps aprés que la ciutat fon asetjada, los moros prengueren molts presoners crestians. E entre los altres prengueren hun home d'armes lo qual vogava en la galera de Tirant com se perdé. E Plaerdemavida conexia'l molt bé e dix-li:

—Est tu de aquells crestians qui eren en la galera qui donà a través en les mars de Túniç?

—Senyora —dix l'ome—, veritat és que yo m'i trobí. E la mia persona en aquell cars passà molta dolor e congoxa, que vinguí quasi mort a terra. Aprés fuy servit de molta bella bastonada e fuy comprat e venut, ab molta passió que en aquell temps passí. —Què·m diràs —dix Plaerdemavida— de Tirant? Hon morí?

—Santa Maria val! —dix lo presoner—. Ans és bé viu e trobar l'eu capità major. E fa tot son poder de conquistar aquesta terra.

E més, li dix del senyor d'Agramunt com era nafrat. Aprés ella li demanà:

—Què és de Plaerdemavida?

—Aquexa donzella —dix lo presoner— que vós demanau se creu que morí en la mar. E lo nostre capità ne ha fet molt estrem dol per ella.

Plaerdemavida, per les noves que li foren recitades, donà orde que tots los presoners fugiren. Com ella sabé que Tirant era viu y era tan prop, molts pensaments tingué de fugir, emperò pensà com Tirant, ab la sua singular cavalleria, havia tant conquistat de la Barberia, e les insignes e famoses victòries que sovint recitaven del capità dels crestians. Alegrà-se'n molt, lo que de primer ignorava, ans son pensament era que en la mar fos negat. E agenollà's en terra e les mans juntes alçà devers lo cel e féu laors e gràcies a nostre senyor Déu de la gran prosperitat que dada havia a Tirant e a la novella crestiandat, qui ab tan gran ànimo feyen la guerra contra los enemichs de Jhesucrist. E tingué ferma sperança que prestament seria fora de captivitat, car totes les dolors que sostengudes havia fins en aquella jornada no stimava res, tanta era la consolació que tenia com veuria a Tirant.

E vengut lo dia que sa senyora anar devia a parlar ab los capitans, desfreçà's molt bé en manera que negú no la poguera conéxer. Com la senyora fon davant lo capità, qui venia acompanyada de L donzelles, Tirant no la volgué scoltar, sinó que la remès a son cosín germà lo senyor d'Agramunt. E si mala resposta havia donada als embaxadors, pijor la donà a la senyora. E elles, ab la sperança perduda, se'n tornaren plorant e fent molt grans lamentacions. E tota aquella nit, axí hòmens com dones, jamés cessaren de plànyer e sospirar.

Per lo matí Plaerdemavida dix a la senyora e als honrats hòmens de la ciutat que, si li volien dar licència de exir defora, que ella parlaria ab lo capità e li diria tals coses que ell faria tot lo que ella volria. E tantes bones rahons los dix que ells foren contents que anàs, com tinguessen tota la sperança perduda, que no tenien d'espay sinó sol aquell dia. Plaerdemavida se abillà aquell dia com a mora molt honradament e alcofollà's molt bé los ulls perquè no fos coneguda, e pres XXX donzelles molt ben abillades que la acompanyassen. E a hora de migdia ixqueren de la ciutat e anaren al camp e veren a Tirant a la porta de la sua tenda. Com ell les véu que venien, tramès-los a dir que anassen al senyor d'Agramunt, que ell no y podia res fer, com tot son poder li hagués ja donat, car ell los daria rahó de tot lo que demanaven. Repòs Plaerdemavida e dix:

—Digau al senyor capità que ell no·ns deu de negar la vista ni menys lo parlar, car si u feya seria dit capità impiadós e injust, com ell sia cavaller e nosaltres donzelles e, per l'orde de cavalleria, li és forçat nos ajude e·ns done consell, favor e ajuda.

E de continent lo cambrer tornà la resposta al capità e dix-li:

—Per la mia fe, senyor, en la companyia de aquelles mores ve una donzella molt graciosa qui parla molt bé l'algemia ab molta gràcia. E si la senyoria vostra me volia fer tamanya merçé que, per los serveys que us he fets, que com prengau la ciutat la façau fer crestiana e la'm doneu per muller.

—Vés —dix lo capità— e fes-les venir totes ací.

E com foren davant ell li feren molt gran reverència. E Plaerdemavida ab cara afable féu principi a semb[l]ant parlar.

Capítol CCCLI. Com Plaerdemavida explicà la embaxada a Tirant

—Lo cor magnànim e generós de tu, capità senyor, no pot fer sinó segons ha acostumat, car la noblea tua plena és de misericòrdia e de pietat. E no vulles guardar lo gran defalt dels ignorants habitadors de aquesta aflegida ciutat qui, ab mans junt[e]s e genolls ficats, te besaran los peus demanant-te mercé. Com la senyoria tua sàpia mils de mi que lo infinit Déu stà contínuament ab los braços stesos per abraçar e tirar a si a tots los peccadors e perdonar-los, per grans que sien los peccats e delictes, e com la mercé tua sia ara en aquesta província loctinent de Déu, no refuses los prechs de nosaltres, miserables, qui contínuament cridam a Déu misericòrdia e aprés a la tua molta virtut. Car la major venja que lo cavaller pot fer de son enemich sí és que ab genolls en terra li demane mercé. E li deu perdonar, per gran que sia stada la offensa, car més honor li és que si cent voltes lo feya morir.

«E suplich-te que les mies paraules no enugen a ta senyoria, puix la fortuna vol que yo haja de recitar los teus gloriosos actes, qui són de gloriosa recordació, car ab lo teu valerós ànimo has morts e aterrats tants mil·lenars de turchs en la Grècia e aprés, soferint naufraig, est vengut en aquest regne qui és la sobirana

Barberia, dues voltes vençut e dues voltes fogit. E tu, digne de honor, ab lo rey Scariano haveu seguit la vergonyosa fuyta de tants temerosos reys que són stats vençuts per la tua pròspera mà, no jamés cansada de matar moros. Per què suplich a la tua alta senyoria que, per amor de aquella sereníssima donzella que tu ames e adores, que hajes dolor e compassió de la senyora de aquesta ciutat e aprés de tot lo poble, que no consenta la tua molta humanitat que sia despossehïda de sos béns e heretat, com la senyoria tua sia tal e ab tanta caritat que lo contrari no se'n poria presumir. Donchs, puix est tan magnànim en totes les virtuts e vols pujar a monarca, no sies cruel e mana al senyor d'Agramunt que ferme la pau, car yo veig que la fortuna te és tan pròspera que tot lo que manaràs, en lo cel y en la terra, de tot seràs obeÿt com a devot servidor de Déu e mantenidor de la sua sancta ley crestiana.

No comportà Tirant que més parlàs, sinó que ab fellona cara li féu principi a semblant resposta.

Capítol CCCLII. Resposta que fa Tirant a Plaerdemavida

—Lo costum de la usada fortuna és inclinar los ànimos a crueldat ans que a pietat. Què fretura als grans senyors la fe si veritat servar no volen? Los odis dels meus no són de perdonar, com encara los lits possehexen ab cruels nafres e ab molta dolor lo meu cosín germà, lo senyor d'Agramunt, qui vengut era en aquesta terra en loch meu, e vosaltres ab gran maldat e tració li haveu feta sentir dolor inestimable; e los cossos morts de gloriós jovent, los camps ne són plens. Donchs, ¿com podeu demanar misericòrdia, puix en vosaltres no s'és trobada? E per ço sou atesos al darrer terme de fortuna, que los anys vostres podeu tenir per passats e nul·les. E fas-vos certs que a negú no serà reservada la vida si no passa noranta cinch anys e de III anys en avall. E partiu-vos davant mi, que ara no és temps de misericòrdia sinó de crueldat, per tal que en sdevenidor ne sia memòria. E a vosaltres serà castich e als altres gloriós exemple, e serà netejada aquesta ciutat de tota malesa, puix axí haveu menyspreada la honor vostra.

E no dix pus.

Molt fon impacient Plaerdemavida de tan cruel resposta e, ab sforçada veu, tornà a fer principi a tal rèplica.

Capítol CCCLIII. Rèplica que fa Plaerdemavida a Tirant

—Morí a mala mort Aníbal, e Alexandre, moguts per ambició de senyoria, los quals moriren per verí. Nabugadonosor fon rey de Babilònia, no per dret hereditari, com ell no fos de línea real, ans era home strany nat de adulteri. Aquest destroý Jerusalem, axí com tu vols fer aquesta ciutat, la qual te ha costat poch de obrar, e cremà lo temple de Salamó e se'n portà tots los juheus e·ls matà e féu molts malvats actes axí com tu demostres voler fer. Però aquell perdé soptosament la senyoria. Sí·t faràs tu si perserveres en crueldat ni vols ab iníqua intenció deseretar-nos. Emperò aquell tornà bo e tu restaràs en ton mal prepòsit. Aquell stigué VII anys en lo desert fent vida contemplativa, penedint-se de sos defalliments, lo que tu no faràs, car vols usar de cruel senyoria, lo que no deuries fer, puix tens desig del món a conquistar.

«Digues, capità sens misericòrdia, ¿quin dret tens tu en aquesta ciutat? Hala't dexada ton pare? Per ço vull que u sàpies, que, aprés poch temps que aquest rey, pare de aquesta donzella, la hagué de moros conquistada, la tornà novament rehedificar. E tu véns, com a usurpador del dret que no és teu, fer-nos violència. E penses tu que yo no sàpia, si bé só mora, lo cavaller a què és tengut? E no sabs tu què dix nostre senyor Déu que «benaventurats seran los pacífichs, car ells seran appellats fills de Déu». E la nit de Nadal, com Jhesucrist naxqué, los àngels cantaven: «Glòria sia dada a Déu en les alteses e pau en la terra als hòmens de bona voluntat». Donchs, puix est crestià, ¿per què véns contra los seus manaments? Car lo que nosaltres desijam és pau gloriosa, la qual pau per a nosaltres, dones, és molt delitosa. Encara que nosaltres siam bé per a defendre'ns, com siam fornits de molt bella gent d'armes e de virtuosos cavallers molt disposts a fer cascun dia armes, mas no tenim voluntat de fer més dan a la tua gent del que fet havem. E si bé vols considerar, no deu hom desijar fer homey ne escampar la humana sanch, per ço com ab tan prim fil és texida nostra vida.

«Mas a mi par, segons menciones, que més stima fas de la glòria mundanal que de la spiritual, e açò és letovari compost de materials de moltes sabors, emperò la fi de aquestes coses és aconortar-se de la honor e de l'ànima. Mira què diu hun sant que vosaltres crestians teniu en gran stima, nomenat Agostí, qui és stat singular doctor: que no és stat luny de peccat qui en peccat d'altri consent. E pau e amistat és molt plasent a Déu e és loable ornament entre aquells qui bé serven amor e bona voluntat. E vull que sàpies lo que dix lo apòstol sent Jaume:

que·l cor del cavaller tostemps deu ésser inclinat a mercé ans que a crueldat. Mira què diu Sènequa: que tota senyoria civil que dignament s'i vol haver deu ésser apellada virtut de senyoria. Usa, donchs, virtuosament devers nosaltres, qui tan humilment te suplicam, e no·t moga a crueldat la tirànica cobdícia que posseheys tu e los teus, car aquesta ciutat és venguda al darrer terme de la sua desolació per causa de menyspreu, per inflamada ira ha comportades inestimables vexacions y traballs inreparables e serà orfe de tota riquea e tornada en la antiga pobretat.

«Mas, per ventura, la pròspera fortuna tant de temps t'à seguit e acompanyat! Los fats de la pròspera benaventurança, si·t lexen, perdut est, e periràs ab innumerables treballs que·t convendrà sostenir. E [per] la gran e molt ampla sperança que tens de obtenir la victòria d'esta mísera ciutat, suplich te cesse l'oy. E lo millor consell que pots haver: que ací finem la pau. E si per ventura no·t spanten los perills presents, almenys deus pensar de retraure't de la guerra pensant en los sdevenidors perills, car no és bona cosa que los cavallers guerregen ab les donzelles. E la singular fama que de ta senyoria serà divulgada per tot lo món, te retrà molt gloriós. E sí és cert que ab molt gran treball se conserva la bona fama.

E donà fi en son parlar.

No tardà Tirant en fer semblant rèplica.

Capítol CCCLIIII. Rèplica que fa Tirant a Plaerdemavida

—Donzella, a mi dóna de parer que a tu te'n pren axí com fa aquell qui furta lo bou e dóna les cames per amor de Déu, car tu est mora sens fe ne ley neguna e vols-me fer consciència del que no deus fer. ¿Com pot ésser que en la tua boca se puguen trobar al·legacions de sants com no sàpies quina cosa és Déu ni los seus beneÿts sants, ni sabs què és lo sant sagrament de l'altar? E més, ignores tots los articles de la santa fe cathòlica, que dir-te poria si volies ésser instruhïda en la nostra santa ley crestiana.

«Però dir t'é lo que dix sent Bernat: que aquell qui pecca voluntàriament, confiant de la misericòrdia de Déu, és damnat. E yo, per gran peccador que sia, tinch dolor del mal que a veguades fas. Aprés, me penit de mos peccats e deman-ne perdó a nostre senyor Déu, e serve los seus sants manaments e crech tot lo que la santa mare Sglésia creu. E per ço hauré per gràcia la vida eternal e vosaltres sereu damnats eternalment, car la sanch preciosa que Jhesucrist Déu scampà en la sua sacratíssima passió fon en redempció e salvació de tots aquells qui batejats seran. Car la crestiana fe per açò és e serà exalçada, car lo misteri de la passió de Jhesucrist, salvador nostre, fon per satisfer al peccat de nostre pare Adam. E una gota de la preciosa sanch de Jhesucrist era suficient per a rembre mil móns e en açò no y ha dubte en res, car clarament s'és vist per notòria speriència de sent Pere, qui renegà, e sent Pau, qui ab armes, fent homeys, perseguí a los crestians, e sent Matheu, qui era gran usurer, e de molts d'altres qui dir poria que eren stats grans peccadors e, aprés, per humil e discreta penitència, santament han obtesa la glòria de paradís. Sí·t faries tu si·t tornaves crestiana, puix tan sabs en la nostra ley sancta e verdadera.

«E dir t'é de Judes, qui trahí a Jhesucrist, e Lucifer, qui volia ésser egual ab Déu, e molts altres malvats peccadors, no confiant de la misericòrdia de Déu e vivint en mala vida. No retornant a Déu, aquests tals aconseguexen les ombres infernals. E yo, donzella, algun dia en l'any fas alguna beneyta almoyna en reverència de mon Déu e mon creador e confesse los meus peccats. E nostre Senyor me haurà mercé, puix me penit de aquells, lo que vosaltres no feu ni acostumau de fer. E fas mon poder de conquistar la Barberia per tornar-vos a la bona part, perquè no siau perpetualment damnats, jatsia que a la inmensa magestat divina no li és plasent que negú se damne ne la sua misericòrdia no vol damnar persona neguna sens gran rahó. E sabs per què? Per ço com rahó e justícia se convenen e, com la voluntat de Déu e la justícia sien una matexa cosa, per ço nostre Senyor no damna negú, qui batejat sia, sens culpa.

«E vosaltres mostrau molt gran tristor, no per lo mal que haveu fet, mas per lo dan qui us stà aparellat, car lo dan vostre és per la ira de les nafres del senyor d'Agramunt e per los altres qui morts són e per lo gran defalt que fet haveu. E lo trahüt per vosaltres a mi promés no·l vull, car més stime la glòria que la pecúnia. Mas, essent yo Tirant lo Blanch, del linatge de Roqua Salada, no mercader mas cavaller, ésser me recorda no deure pendre com de donar sia acostumat. Los presoners, si·ls vos plau, pus honestament en do que en preu lexaré. Denunciau als vostres cavallers que, aquelles coses que ab clemència e liberalitat recahen són de la natura mia e no sien atribuïdes a la amicícia de vosaltres. E no·m gloriege de les adversitats vostres, mas desige aterrar les forçes dels enemichs.

«No acostume yo de combatre donzelles sinó en cambra secreta. E si és perfumada e algaliada, més me plau. Però si vosaltres pau e bona fe de mi voleu haver, no·s pot per via neguna fer si donchs vosaltres a obediència del senyor de Agramunt no veniu. Car la obediència e la fi de la conquesta de aquest regne deu haver, e ja és deliberat lo dia de demà e assignat per a la batalla. Apare-llau-vos e, com vosaltres tingau gran congoxa de fer pau, la qual vinga en tota utilitat dels qui stan dins la ciutat, dich-te que la mia voluntat és que, del mal que haveu fet, no·n reporteu premi ni honor, car notori és a tots com haveu romputs pactes, convinences e juraments e tota bona sperança de bona pau. Mas aquell Déu que vosaltres menyspreau dóna penes eguals als mèrits de cascú. E bé sabeu vosaltres qual fi e quina exida hagué la primera guerra e, ab semblant fi, serà determenada la següent batalla.

No tardà Plaerdemavida, ab sforçada veu, en semblant rèplica fer principi.

Capítol CCCLV. Rèplica que fa Plaerdemavida a Tirant

—Humana cosa és haver compassió dels afligits, e majorment de aquells qui en algun temps han tenguda prosperitat, e dolre's de aquells miserables qui en lur temps han trobat alguns qui·ls han sabut donar remey en ses passions e congoxes, entre les quals, si jamés ne fon neguna, yo só stada una de aquelles. Los cavallers entesos, axí com tu, de mi te deuries dolre si pensaves en los qui en algun temps t'an servit, mas veig que com a desconexent vols acomanar a l'arbitre de hun cars afortuÿt tants grans fets e tan generosos, posant en tanta de adversitat les nostres vides e que en hun sol dia se destroexqua tanta bellea d'anys. No tens al món consell millor que és refrenar la fortuna pròspera, donant fi en los perills que l'om és posat, e no és poca saviesa servar e tenir manera e temprança en la favor molt gran de la fortuna plasent e honorosa, car si li soltes les regnes portar-te ha a l'espenyador. En moltes maneres te poria informar y amonestar de aquesta matèria, e no penses tu en tantes rahons que m'has dites yo no y pogués bé satisfer.

«Però no penses que yo sia de aquelles que en les mànegues me moque, car la mia acostumada fe ha induït a esta senyora ab les sues donzelles de venir davant la tua senyoria per ço que ab lurs premis l'ànimo teu, a protecció induhït, sia pus prest a la voluntat mia que a la del vencedor sies. E si fer no u volràs, al nostre Déu suplicaré digna gràcia me'n reta que de tan ingrata fama a tu e als teus al cel ab degudes laors no porte. Però si·l consell teu de la violència que fer-nos vols, sens virtut de cavaller, la obres, iré per lo món bandejada, donant cruels lamentacions de tu fins a les confines de Ytàlia, Spanya, França e Alamanya per donar fi al meu desig. E si aquesta ley és en vosaltres, crestians, la libertat mancar no pot ne degú de la supèrbia no serà constret a soferir, e als forts hòmens menys lo morir honestament los serà lícit. Tots los nostres majors dels regnes d'Orient ab innumerables honors han haguts triümphos de batalles e conquestes justes, no tals com tu ara vols fer.

«Mira què diu hun poeta nostre appellat Geber: com era gloriós capità Pompeu, com partí's de sa terra ab honor inestimable e ab gent d'armes molt eleta e, si·s volgués, ab honor excelsa, se'n poguera tornar en son regne, mas, com no volgués tirar les regnes de fortuna ne retenir lo seu excessiu decorriment, caygué miserablement en tan improperós abatiment que, enderrocat de la honor sua, fon gitat en menyspreu, la qual, si Pompeu hagués tenguda la mijania, no posant-se en l'estrem de fortuna, haguera apagada per a sempre la fama de misèria. Mira què diu lo profeta Ysahïes: que en la terra de Barberia la fortuna és plasent e favorable. Saviesa és lunyar-se de les faldes a poch a poch de la dita fortuna e no confiar massa d'ella ne de sos abelliments. Mira què diu Aristòtil: «¿com pots dar fe ni crehença a la fortuna com en negun temps cessa de moure entorn, ab moviment soptós, la roda instimable? La qual fortuna no solament és sega, mas encara fa cechs tots aquells qui abraça e reb dins son si e no exalça ni dóna de sos falsos dons sinó a aquells qui d'alt loch de les honors molt insignes fa caure en bassa de dolor. E Salamó diu, en hun tractat que fa, que les bevendes verinoses són cubertes ab dolçor de mel; la mort és anap del qual degú no·s pot scusar que ab ell no bega. E vós, capità senyor, vos prech, puix sou bon crestià, que ab virtuosa vida vullau comprar virtuosa mort, car la mort és cosa verdadera e la vida cosa sens veritat. Donchs, no oblideu la mort, car ella no us oblidarà, si bé·s diu Virgili: «hom deu amar la vida e no tembre la mort». E les honors, qui són coses divinals, se han procurades axí com a robadors, que com volen robar no curen de entrar per la porta, mas per la paret, amagadament, e per la paret ixen, axí com a ladres, davant tothom. Car, a qualsevulla part que tastes la mar, salada la trobaràs.

«Senyor magnànim e virtuós: per lo que·t dich pot pensar la senyoria tua que ame la tua ànima e no volria que fosses asseyt en cadira de perpètua dolor, axí com féu Èctor, Alexandre, Aníbal e altres bons capitans. E per venir al que vull dir e satisfer al que la senyoria tua me ha dit, yo bé pens que sempre volràs perseverar en la tua desconexença. E sabs què diu lo salmista? «Aquell és cavaller malvat qui no ret guardó e més malvat qui oblida les honors e serveys que li són stats fets», axí com tu has acostumat fer. ¡O quina tan grandíssima desconexença com és la de ta senyoria! E si bé lo meu cor plora gotes de sanch, ab lengua torbada parlaré davant la excel·lència de aquest rey Scariano, lo qual ha mostrat molt major amor a la reyna, sa muller, que no has fet tu a aquella excelentíssima princessa.

«Mira, capità virtuós, yo parle ab sperit de profecia. ¿Tens recort de aquell benaventurat dia que rebist la honor de cavalleria en aquella pròspera cort del rey de Englaterra e les batalles tan singulars que en aquell temps fist? E vencist ab molt gran honor sens engan negú los dos reys e los dos duchs de glòria molt memorable e matist molt virtuosament aquell famós cavaller, lo senyor de les Viles-ermes, sens frau ni engan negú, ans ab molta honor tua e càrrech seu fon portat e mès dins la sepultura. E no·t deu oblidar de Quirielayson de Muntalbà e de son germà en aquelles honrades festes. ¿Qui fon millor dels millors sinó la tua noble senyoria? Què direm de Phelip, fill del rey de França? Ab lo teu gran saber lo fist rey de Sicília e ara posseheix la filla, lo regne e la corona. No·m dech oblidar de dir com la tua senyoria socorregué la religió de Rodes, com lo dia aprés que fuÿst arribat per fam se devien tots donar e posar-se en perpètua captivitat en poder del gran soldà. Y ell, ab la sua pròpia nau, no tement los perills que seguir-se podien, fon per ell la dita religió socorreguda. O senyor Tirant! ¡Déus te aumente l'estat, vida e condició e, aprés la tua mort, la glòria de paradís poseyr pugues com a merexedor de glòria en aquest món y en l'altre! Car, havent hoÿda la tua virtuosa fama aquell benaventurat senyor, de tots los del món de major excel·lència, l'emperador de Contestinoble, qui ab ses patents letres te féu venir en la sua ciutat de Contestinoble e per sa alta magestat te fon donat lo bastó de la capitania general, mostrant als enemichs turchs lo teu sforç e poder, vencent-los una e moltes voltes ab ànimo sforçat de cavaller. Digues, capità senyor, ¿tens recort de aquella sereníssima princessa, sobre totes les donzelles del món la més bella e virtuosa, qui·s sperava succehir, aprés mort del pare, en la corona de l'imperi grech? ¿E est en recort de aquell famós cavaller, cosín germà teu, nomenat Diafebus, al qual tu graciosament li donist lo comdat de Sentàngel, aprés lo fist duch de Macedònia e li donist Stephania, neboda de l'emperador, per muller?

«O linatge de Roqua Salada, lo més digne de bondat e virtut que en lo món sia! Què és ara de vosaltres? Stau trists e desaventurats, detenguts en cruels presons en poder de infels, ab amarga captivitat, e lo vostre mestre e parent qui us solia ésser amich, Tirant lo Blanch, lo qual és ací present, de vosaltres no té cura ne recort. O cavallers del parentat del bon duch de Bretanya, tots del noble linatge de Roqua Salada! Qui us ajudarà ni us traurà de captivitat? Qui serà aquell qui en franqua libertat vos pose, car aquell per qui haveu lo dan que teniu, perduts los béns e los heretatges, vos té oblidats? Donchs, ¿qui parlarà per vosaltres sinó la mort, qui és a tots comuna? E yo, qui só mora e parle per adevinalles, lo meu cor plora gotes de sanch per dolor que tinch de tants bons e tan singulars cavallers, car ja no n'exiran sinó ab los peus primers per lo trist comport e poca sperança que tenen. Plorau, trists de vosaltres e lamentau que Tirant lo Blanch vos ha oblidats! E no tinch admiració que a vosaltres desconega, que a una senyora —no diré qui és, mas puch dir que és la major e millor de tota la crestiandat— ha desconeguda per conquistar aquesta terra malvada e per ella a tots ha oblidats.

Molt fon admirat Tirant de hoyr semblants paraules e, ab cara afable, la pregà li volgués dir com sabia ella tant en sos fets, fent-li principi a semblant demanda.

Capítol CCCLVI. Demanda que fa Tirant a Plaerdemavida

—La pensa mia stà alterada de haver hoÿt recitar en aquesta donzella paraules tals qui han nafrada la mia ànima, car no puch creure que tu, donzella, sies cors humà, que tant poguesses saber en mos fets si donchs no tenies sperit familiar o sies mal sperit qui hages presa forma humana de donzella per ginyar-me que yo no destrohexca aquesta ciutat e los habitadors de aquella, qui adoren e servexen lo diable, com la mia pura intenció sia poblar-la de crestians perquè lo nom de nostre senyor Déu Jesucrist hi sia benehit, adorat e glorificat. Per què, donzella, molt me tendria per ignorant e de poch saber que una donzella, ab ses fengides paraules e ab al·legacions de philòsofs, poetes e doctors sants, me hagés a decebre e fer-me mudar lo meu sanct e bon prepòsit. O hauràs a donar altra rahó de tu matexa que yo haja a creure que les tues paraules me donen testimoni tu qui est ni per quina via sabs lo que has recitat. En altra manera, no penses yo mudàs de altre prepòsit. E tu m'as refrescades les nafres de mos parents, les quals contínuament me turmenten, per bé que tu digues que·ls he oblidats, mas yo confie en la inmensa bondat de nostre senyor Déu que·m darà presta expedició en lo que per mi és stat principiat, que en breu temps, ab lo seu auxili, yo·ls ajudaré de tot mon poder per liberar-los de captivitat.

«Mas a present dexe de recitar la dolor que tinch de mos parents com no sia temps ni loch competent per recitar-la, ni menys los treballs que passe per ésser prest delliure, que, al parer de alguns, me sia hun gran delit. E posat cars que no mostre passar pena, gens per axò no·m lexa lo recort de aquella sereníssima senyora, no donant càrrech ni culpa a sa magestat, car la sua altesa me feya portar alegres los meus treballs. O donzella! Molta és la tua discreció, que sies tant instruhïda en la nostra santa ley crestiana: no·t resta sinó que rebesses lo sant babtisme. Per hun sol Déu te prech que ab amor e caritat te plàcia voler-me dir com sabs tant en mos fets, car la tua ombra té compresa tota la mia persona. No ab vista orrible, sinó ab amor afable, no sé d'on ara novament m'és venguda.

Plaerdemavida afranquí la cara, que·s mostrava star irada, e ab hun sonrís de semblants paraules li féu present.

Capítol CCCLVII. Resposta que féu Plaerdemavida a la demanda de Tirant

—Ay Tirant, com est coxo de la cama de misericòrdia, qui és major que la de justícia! Vés seguint los reys fugitius e vulles aconseguir aquells perquè pugues tenir en tranquil·le pau tota la Barberia e dexa a nosaltres viure en benaventurat repòs. Mira, capità valentíssim, no vulles descomplaure a Aquell qui per sola bondat, honor e dignitat te prospera e, del subiran cel, mira los peccadors e veu la tua malvestat que vols cometre per la poca fe ni caritat que has a les persones qui t'amen. E per assegurar-te de mi que no só dimoni ni tinch part alguna en ell, ni ell en mi, ans só creatura racional per nostre senyor Déu creada, la qual te desige servir. E vull que aquests que ací presents són hogen de mi les tues errors per ço que d'ací avant no haja occasió de haver guerra entre nosaltres, per bé que sia imflada en tu sobirana dolor, ni vull haver vergonya de recitar los teus gloriosos actes. O, com volria fossen plenes les orelles de les gents stranyes del parlar que faran per tot lo món! E lo teu cor sentirà la punta de la mia lengua verinosa e lo teu costat serà nafrat ab la mia ira dolorosa.

«¿E no est tu aquell príncep del linatge de Roqua Salada que entrist en batalla aquella plasent nit dins lo castell de Malvehí ab aquella sereníssima princessa, la bella Carmesina? E si del tot no só folla o no he perdut lo seny, par-me que he hoÿt dir, volent sa altesa suplir als teus graciosos prechs e suplicacions, volent ofendre a pare e a mare, menyspreant la sua honestíssima castedat, consentí a tu, a hora menyscabada, dins la sua cambra entrar e posar-te la corona de son pare, la qual és de l'Imperi Grech, en lo teu cap e pendre't per universal senyor, ab consentiment de una trista donzella la qual li deyen Plaerdemavida. De la una ni de l'altra tan poch sguart has agut envers elles com si jamés no les haguesses conegudes, la altesa de la qual per tu oblidada stà més morta que viva dins lo monestir de Senta Clara, contínuament reclamant lo benaventurat nom de Tirant, en lo qual ella té tota sa sperança.

«O Tirant! E com est restat despullat de tota bondat! Car no ignores com los turchs han subjugada tota la Grècia, que no·ls fall sinó la ciutat de Contestinoble e pendre l'emperador e sa muller e la dolorosa princessa, muller tua que has promesa ab paraules de present. Què faràs, desaventurat de cavaller? Consentiràs ta muller vinga en poder de moros? Tu conquistaràs aquesta terra, poblada de males gents, e ells conquistaran a ta muller ab tot l'imperi. E sabs tu què diu Titus Lívius? Que quatre coses deuen ésser guardades segons que desús és dit, ço és, los béns, la honor, la muller e la vida. Per la honor posar-hi la vida e los béns. Per los béns, com los volen tolre, posar-hi los béns, la muller e la vida. Per la vida posar-hi los béns. Per la muller, béns, vida e honor.

«Guarda, desaventurat, en quin punt est que moros prenguen la despulla de la sua virginitat e tot l'Imperi Grech, lo qual s'espera ésser teu, no per tos mèrits, mas per la sua gran benignitat, la qual ha dexats tants reys e tants príncеps, los quals eren de major grau e dignitat que tu, qui est hun miserable cavaller, car perdent la capitania perts tot ton stat. Si bé vols fer, mostra aquella excellència que los teus bons antecessors han fet, dexant lo poch per lo molt, la singular honor per lo poch profit. Aquella honor amaven més los antichs que tots los béns del món. Gira tu les banderes de Àfrica envers orient e veuràs la tua benaventurança quanta és. E si savi est, offerràs, davant los teus ulls de la tua consideració, la adversitat que pot venir mudant la fortuna de alegria en tristor, e de delit en dolor, e de honor e glòria en confusió. E no fas res sinó per la sperança que tens en conquistar aquesta desaventurada terra per a possehir altri, car lo teu cor és tan alt que no·s contentaria de tan petit bocí. E si per ventura la fortuna en pendre aquesta ciutat te dóna victòria, ¿quina lahor tan gran te'n seguirà? Que seràs vencedor de gent vençuda. E si a mi fos atribuïda fe, diria de tot cert tu ésser lo més desconexent cavaller del món, e la tua molt cruel desconexença. No és donzella deguna desijàs en tu delit plaer ni consolació, ne ab tu volgués habitar, ans que de males nafres fosses en lo cor nafrat e la ira de pare e de mare sobre tu vingués ab la de pharaó ensemps e, més avant, desijaríem que en fàstig de dones e de donzelles vinguesses e deguna parlar no·t volgués, e aprés ta mort, paraýs no poguesses aconseguir. Vés, trau de captivitat a tants parents com en la presó tan adolorits stan, delliura ton sogre e la mísera de Carmesina en la dolor e fam e misèria en què stan posats.

Com Tirant véu axí parlar la donzella, mogut de zel de amor, lançà hun desmoderat sospir qui fon exit del retret del seu cor ab tanta passió com fon en recort de sa senyora, que era la cosa que ell en aquest món més amava. Pres-li tan gran alteració que caygué en terra fora de tot sentiment ni recort. Com tots los que allí eren veren lur capità tan mal adobat, lur pensament fos que hagués retut l'esperit a Déu e lo cors a la terra, ab los ulls tots entelats.

Lo rey Scariano no tingué a burla aquest fet. Destil·laren dels seus ulls vives làgremes e, ab veu squinçada, quasi no podent parlar, se pres a dir semblant reprensió.

Capítol CCCLVIII. Reprensió que fa lo rey Scariano a Plaerdemavida

—O donzella! Molt és digna la tua persona de cruel punició e mala per a tu est venguda ací ab tota la tua companyia. Car yo·t fas certa que, si aquest cavaller mor per lo teu malparlar, tu e totes les altres sereu condemnades a pèssima e cruel mort e la més impiadosa que yo poré pensar. O donzella de mala gràcia e de pijors fets! Ab lengua plena de verí est entrada dins en aquesta tenda! Al diable sies tu acomanada car, axí com devies parlar paraules virtuoses e bones per inclinar lo capità en fer lo que tu volies, e has fet tot lo contrari, gloriejant-te en malparlar e pijor obrar, car ab color de pau te est mostrada cruel enemiga. E per tal que breument e molt presta hages la punició que la tua celerada persona merita, te serà dada tal pena corresponent a la injúria, car tu has usat de ta pèssima fellonia, que te'n pren axí com lo ferrer, que, si no us crema la roba, dónaus enuig ab lo fum. Digues, donzella, ¿e serà veritat que en tan gran jovent nos hajes vençuts dins les nostres tendes sens batalla ni nafres e sens colp ni ferida, sinó ab lo verí de la tua lengua, com crech sies una gran metzinera?

Los metges foren atesos e digueren:

—Sens dubte lo nostre capità stà molt mal, car bé conexem que stà en l'estrem de la sua fi.

Lo rey Scariano prestament féu pendre la donzella e manà que li ligassen bé les mans. Com Plaerdemavida se véu axí maltractar, moguda de impaciència, ab irada veu, féu principi a semblant parlar.

Capítol CCCLVIIII. Reprensió que fa Plaerdemavida al rey Scariano

—No·s pertany a la dignitat real usar de crueldat, com no sia lur ofici, ans los reys deuen ésser clements e piadosos e tu mostres que est jove de temps e pobre de virtuts, que per ésser cavaller e rey no deuries ésser cruel ni carnicer, e majorment contra donzelles, com per art de cavalleria est obligat mantenir e defendre les donzelles e haver pietat d'elles. E del maltractar que·m fas no m'i do res, car temps vendrà que lo penedir restarà en ta senyoria e no volries haver fet lo que fas. Emperò, dexam acostar al senyor capità, que primer lo nodrí yo en la mia falda d'onestat ans que tu d'ell tinguesses notícia, e dexam usar dels remeys que yo sé, puix veig que aquests poch sabents de metges remey no li saben dar. Aprés, fes de mi tot lo que a la tua senyoria sia plasent, car no tem ni stime res la mort, per cruel que la'm faces dar, per haver obtesa tanta glòria que ab les mies simples paraules haja vençut e mort aquest cavaller invencible e lo millor que en lo restant del món trobar-se pogués. E en açò poden testificar lo gran soldà e lo Turch, qui ab lo seu poderós braç los ha morts tants mil·lenars de hòmens que no tenen nombre. E la tua senyoria ignora lo que yo sé en ell, com ell sia en sobiran grau acostat a l'Imperi Grech.

E prestament se assigué en terra la donzella, squinçà's l'aljuba e la camisa que vestia fins baix als pits, mostrant les mamelles, e pres lo cors de Tirant e posà'l sobre les sues faldes e féu-li posar la cara sobre los seus pits. E ab veu piadosa e afable li féu present de semblants paraules.

Capítol CCCLX. Suplicació que féu Plaerdemavida a Tirant

—¡O invariables, inichs e implacables fats qui la varietat dels actes humans infal·liblement ordenau! Per què forçau la mia trista ànima e lo dèbil e femenil cors a tants treballs? Millor me seria dexar-me de tan dolorós viure, puix no tinch poder en restaurar lo trist poble e la senyora de aquesta afligida ciutat. Donchs, magnànim capità e cavaller invencible, Tirant senyor, obre los ulls que tens de pietat e hoges les derreres suplicacions de aquesta desaventurada donzella, la qual ab devot e humil cor suplica a la tua senyoria que sies en recort del que has acostumat de fer, car yo stime més la mort que per tu me fos donada que si per altri me era restaurada la vida.

Tirant dins la orella tenia hun sobreós lo qual li dava infinida dolor com s'i tocava. E aquest dan li havia fet lo senyor de les Viles-ermes com se combaté ab ell. E cascuna volta que ell s'esmortia ni perdia lo sentiment, tocant-lo ab lo dit dins la orella prestament ell cobrava lo natural recort. Com la donzella véu a Tirant ab los ulls uberts, lo qual lançava adolorits sospirs, alegrà-se'n molt e, ab gest e cara afable, semblants paraules li dix:

—Capità senyor, yo conech bé que la tua senyoria stà en la illa dels Pensaments e los teus desigs són tants que turmenten lo teu sperit sens plaer ni dilecció de la tua vida. E suplich-te que no pervertexques ni confones l'orde de natura ni lo teu bon costum, que és de perdonar, car gran temps ha, senyor Tirant, que·ns poses aguayts per tolre'ns la vida combatent-nos de nit e de dia. No vull que la tua senyoria passe treball tan incomportable, que ara te'n pots desexir. Comença primerament a mi, car vet-me ací, donzella indefensa, qui stich davant la tua presència, qui tens spasa ben afilada. Ara pots spletar la tua fort mà e banyar la tua espasa en la sanch de aquella qui, aprés Déu, te desija servir. Però diu Ovidi que amor no ha deguna certenitat com ella sia mutable e si·s muda tost se fa e, ab treball molt gran, retorna. E per ço diu lo poeta Tobies que més val grosseria virtuosa que subtilitat viciosa. E per quant yo só donzella poch entesa e parle algunes ignocències, lo teu ànimo sentit darà loch a la mia culpa.

Respòs Tirant ab aquella millor veu que pogué.

Capítol CCCLXI. Resposta que fa Tirant a Plaerdemavida

—Donzella, a mi dóna de parer que a tu te'n pren axí com fa a la abella, qui porta la mel en la boca e lo fibló en la coha. Coses me has dades a sentir que no poch admirat me fas star de tot lo que m'has dit. E desig molt saber com és vengut a notícia tua lo fet de aquella sereníssima princessa. Digues-m'o, yo·t clam mercé, car fas-te certa que per contemplació de la magestat sua yo faré devers vosaltres tals actes que de mi contentes partireu.

Molt se alegrà Plaerdemavida en la bona resposta del capità e, delliberant descobrir-se a ell, e ab cara afable, de semblants paraules li féu resposta.

Capítol CCCLXII. Resposta que fa Plaerdemavida a Tirant

–[C]omuna openió és, segons diu lo gran philòsof Aristòtil, que més val fer lançar dolor e sanch de son enemich que vergonya ab pròpies làgremes. E més diu sent Johan Bocador: «aquell no té verdadera amor qui no la mostra als obs». E la certenitat e conexença que tenim de ésser amats és quan vehem que de nostres mals lo amich se dol. Donchs, senyor capità, fes-nos alegres, car alegria tol e aleuja la tristor que de nostres adversitats tenim. E perquè en breu les forçes de amor comprengues, sies en recort quants han la mort eleta, encara dubtosos e incerts de la sdevenidora vida, sol per la amor qui ve ab gloriosa fama. E no solament la han eleta, mas sens tristor en les pròpies persones executada, qui·ls tolia la inefable tristor de la spantable mort, lo delit que·ls porta a la gran amor de lur fama.

«O senyor Tirant! Suplich humilment a la tua senyoria, per amor e reverència de aquell Déu que tu creus e adores, que hages pietat e compassió de aquest aflegit poble, recordant-te de tants cassos infortunats de diversos grechs damunt recitats. Sots la virtut e ajuda tua e del teu senyal són stats liberats, passant davant la faç de la tua claredat. A tu, Tirant senyor, rebem com a pare e protector nostre, qui stàs asseyt en cadira de misericòrdia e pietat, segons nos has promés per amor, honor e reverència de aquella excel·lentíssima princessa Carmesina, la qual tu contemples, fent-nos oferta que per la sua amor perdonaries a tots aquells qui devotament lo seu nom reclamarien. E com entre los bons tu sies lo millor, la nostra demanda no pot ésser denegada. Fes, donchs, senyor, segons qui est, car la molta virtut e clemència tua no poria fer sinó segons la senyoria tua ha acostumat. E sia closa e finida la narració de la tua pròspera virtut, qui per la tua molta humanitat has permés que yo sia pujada en tan alt grau, tenint a tu en los meus pits, tractant de la tua bondat excelsa, qui est edificat en loch del nostre sanct profeta Mafomet.

Estant en aquestes rahons entrà per la tenda lo senyor d'Agramunt tot torbat, ab la spasa nua en la mà, sabent com Tirant se era smortit en los braços de la donzella, qui era stat mal informat per lo rey Scariano. Com véu Tirant en les faldes de la donzella, ab la gran furor e ira que portava, no hagué notícia de la disposició en què Tirant stava e, ab cara fera e veu squinçada, se pres a dir forma de semblants paraules.

Capítol CCCLXIII. Com lo senyor d'Agramunt volgué matar a Plaerdemavida

—Què fa ací aquesta metzinera, de diables invocadora? Com la podeu comportar? E qui són aquells qui·s nomenen amichs e servidors de Tirant? Cèrtament, bé mostren que poch stimen la sua vida car, si u feyen, no comportarien que una mora enemiga de la sancta crestiana ley ab ses encantacions lo haja mort e no la degollen de peus. Quina sentència, per cruel que fos, poria ésser just premi de tan inreparable dan? E puix vosaltres fer no u voleu, yo faré lo que jamés he acostumat, encara que la honor de cavalleria hi sàpia posar en dubte.

E pres-la per los cabells de part de tras e donà-li gran tirada sens d'ella haver compassió ni pietat. E posà-li la spasa prop lo coll per asajar de tolre-li la vida. Com Tirant véu la spasa tan prop de la donzella, qui en los seus pits recolzat stava, sentí lo piadós plant que ella feya, pres la spasa ab dues mans e l'altre sentí la spasa star en loch dur. Crehent fos lo coll de la donzella, tirà tan fort com pogué e fon forçat de fer gran lesió en les mans de Tirant. E passà molt gran perill, segons la relació dels metges, que no restàs afollat de les mans.

Com Tirant véu que son cosín germà li havia guardada tan poca honor e reverència, mogut de gran ira, se pres a dir forma de semblants paraules.

Capítol CCCLXIIII. Les paraules que Tirant dix al senyor d'Agramunt com se véu nafrat

—¡O cavaller desaventurat, com est digne de ésser privat de tota honor, com per lo teu poch saber e molta ignorància has comés tan gran defalt que en lo restant de ta vida no·l veuràs smenat! Car ab la tua gran supèrbia e grossera presumpció me has greument ofés en forma tal que est merexedor de gran punició. Però, com veig que est tan cuytat de libertat atényer, suplicaré a Déu me done una poca de paciència per haver vist hun cavaller tan fora de seny, que no has tenguda vergonya del món ni menys de mi, per yo star prop de aquesta donzella y en les faldes asseyt. Nos has mostrada molt poca gentilea tenir, a ella per ésser donzella e a mi per ésser Tirant. E si no repares lo teu gran defalt, yo hauré stendre sobre tu lo manto de la mia ira, car lo major bé que en tu he conegut, segons dien los miradors, és que tens molta ignorància, car los hòmens en aquest món no poden ésser jutjats sinó segons les lurs obres, les quals sempre te condemnarien. E per no sullar-me la boca de malparlar, solament diré que maleÿt fon lo dia que tu naxquist, car tu est lo més trist de tot lo nostre linatge. Però, com les coses de mala intenció partexen, sempre resten imperfetes e, si vergonya aconseguida per molts actes fos honor, tu series lo més benaventurat cavaller del món. Per lo contrari, si honor procuràs vergonya, no series de res envergonyit.

Lo rey Scariano féu partir al senyor d'Agramunt de la presència de Tirant dient-li que se n'anàs a la sua tenda. E ell fon content: ab los ulls baxos en terra de molta vergonya, féu gran reverència al rey e a Tirant e ixqué de la tenda mostrant restar molt envergonyit, la qual humilitat e vergonya donà gran loch en mitigar la ira de Tirant e·n haver-li mercé.

Lo rey Scariano, volent-ho fer tot bo, dreçà les sues paraules a Tirant e féu principi a hun tal parlar.

Capítol CCCLXV. Com lo rey Scariano pregà a Tirant que perdonàs al senyor d'Agramunt

—La molta virtut que en tu tinch coneguda, germà senyor, me dóna atreviment de suplicar-te que no vulles haver sguart al moviment no prou savi del senyor d'Agramunt, car ab la ira gran que portava era fora de tot recort, que lo sentiment li fallí en haver notícia del gran defalt que comés ha e la strema vergonya que li'n resta li és tan gran punició que tinch crehença que de gran temps no tendrà atreviment de mirar-te en la cara. La qual culpa, per amor mia, te prech li perdones la ignocent resistència que ha feta a tu, qui tant vals. E de mi sia com a tu sia plasent, lo loch e lo temps que la mia fe merita per tal que yo, de tu entre·ls altres loant-me, aumente lo nombre dels teus súbdits. De mi més volenterosament que tot altre de açò dolre'm dech com lo teu dan e honor per mia la tinch. E la mia ànima n'està alterada vehent lo deute tan afix, que conech ésser causa necessària de perdonar.

Per complaure als prechs del rey Scariano, mitigà Tirant la sua ira mostrant la sua cara afable, donant culpa a la ignorància del senyor d'Agramunt. E fon content de perdonar-li.

Aprés, se girà Tirant devers la donzella e pregà-la ab humilitat afable li volgués dir ella si era stada cativa en Constentinoble o li plagués voler-li dir qui li havia recitades tantes coses de la senyora princessa. Plaerdemavida no tardà dar-li semblant resposta.

Capítol CCCLXVI. Com la donzella mora se manifestà a Tirant com ella era Plaerdemavida

—Lo sinestre de fortuna me ha portada a la fi de mos darrers dies e, verament, no és en mi que en neguna manera puga resistir contra les tues forces, per què pren e elegeix de mi. Si vols la mort, dar-la'm poràs e, si·m vols per cativa, en ta libertat stà. Mas, ¿per què·m cal despendre paraules supèrflues sinó contentar la tua senyoria?

E levà's prestament en peus e donà dels genolls en la dura terra e dix:

—E com, capità senyor! Axí haveu perduda totalment la natural conexença? E és bé veritat e no és cosa admirable que, lla hon amor no ha, no y pot haver recort. E com! ¿No só yo la mísera desaventurada de Plaerdemavida, la qual per la senyoria vostra he sostenguts tants treballs, dolors e misèries e, a la fi, captivitat?

Tirant prestament tingué uberts los ulls de l'enteniment e no la lexà més parlar, havent en aquell cars verdadera notícia de ella ésser Plaerdemavida. E agenollà's en terra davant ella e abraçà e besà-la moltes voltes en la boca en senyal de gran amor verdadera. E com per bon spay la hagué festejada, Tirant manà que a la porta de la tenda fos parat hun bell strado tot cubert de draps de brocat alt e, a les spatles e per terra, de bells draps de raç. E l'estrado era de fusta ab molts grahons. E Plaerdemavida fon asseyta en lo més alt grahó del strado, vestida de hun manto de brocat carmesí forrat d'erminis que Tirant li féu traure dels seus per ço com tota l'aljuba se havia squinçada. E la senyora de la ciutat feren seure en lo darrer scaló e les donzelles baix, sobre los draps de raç. Bé·s mostrava en aquell cars Plaerdemavida ésser reyna segons l'estat en què era posada. Tirant li havia levat l'alquinal e era restada en cabells.

Tota la gent se pensava que Tirant la volgués pendre per muller, tan grandíssima era la honor que li feya. E féu fer crida per tot lo camp que tots vinguessen a besar la mà a Plaerdemavida, sots pena de mort. Aprés, féu fer altra crida que tots los de la ciutat, axí hòmens com dones, fossen perdonats e cascú d'ells pogués viure en la ley que·s volgués. E no fos negú del camp, en la pena ja dita, de fer mal ni dan en persona ni en béns a negú qui fos de la ciutat. Aprés, féu aparellar moltes viandes e féu hun convit general a tots los que menjar hi volguessen. E tots los ministrés e trompetes del camp e de la ciutat manà que fossen aquí. E fon feta la més singular festa que jamés sia stada feta en hun camp, que durà huyt dies.

Estant en aquestes festes, lo senyor d'Agramunt sabé com aquella que ell havia volguda matar era Plaerdemavida: font molt més agreujat per lo gran defalt que comés havia. E per causa de açò ell parlà ab lo rey Scariano e ab la reyna, qui jamés se partia del costat de Plaerdemavida, e suplicà'ls que fossen bons en lo perdó que volia demanar a Tirant. E ells digueren que eren molt contents. E acompanyat lo senyor d'Agramunt del rey e de la reyna, com fon davant Tirant, ab humil gest e piadosa veu, de tals paraules li féu present.

Capítol CCCLXVII. Com lo senyor d'Agramunt demanà perdó a Tirant

—Si a Déu fos plasent, a mi fóra més en grat lo morir que·l més viure, pensant que la fortuna me ha portat en part hon de la pròpia virtut me cové fer prova e, aquella, ab grandíssima vergonya porte per haver ofesa la senyoria vostra. E de tal cars yo·n spere prest lo mèrit que a la mia persona cové, ço és, la mort, la qual serà a mi més cara que viure ab recort de la mia viltat. E perquè la senyoria vostra me vol axí maltractar, licència e perdó ensemps vos demane. E per quant a la mercé vostra no puch ni dech cosa alguna celar, no sens gran vergonya la us manifestaré, com, per no conéxer que aquella fos Plaerdemavida, cometé la mia mà tan strem insult, que só merexedor per la mia ignorància de gran punició. E la fi de la mia victòria és stada dolor, pena e tristícia, la qual no·m fallirà, car yo us manifeste que si la senyoria vostra me denega lo perdó, lo meu propòsit és de passar en lo ponent acompanyant-me la mort, com aquí pens que prestament finiran los meus darrers dies e aquí serà la mia trista sepultura venguda al terme de la sua desijada fi. Emperò, suplich a la senyoria vostra que la estrema amor que de present vos porte no sia delida de la memòria vostra, car, tant com més me penit e tinch dolor del meu peccat, tant mostre portar-vos major amor. E de açò n'és causa lo vincle de la sanch, qui no·s pot tornar aygua. Donchs, sia de vostra mercé voler-me perdonar o dar licència.

Com Tirant lo hoý axí parlar, no féu de si mudament negú, sinó ab cara molt afable se mostrà en aquell cars més cavaller virtuós que maliciós, car mogut de compassió li respòs ab humil gest, per ço com soptosament la amor natural lo inclinà en haver-li mercé. E ab grandíssima congoxa féu principi a semblants paraules.

Capítol CCCLXVIII. Com Tirant e lo senyor de Agramunt feren la pau

—No vol la inmensa bondat de nostre senyor Déu que negú, per gran peccador que sia, que, si·s penit de les offenses que ha comeses contra ell e li demana perdó, que liberalment no li perdone. Quant més dech fer yo, qui só hun gran peccador que, si no perdone, Déu no·m perdonarà! Per què·t dich, cosín germà, tu deus viure e yo morir. E si la tua benignitat vol hoyr les mies pregàries, plàcia't que la tua bondat excel·lesca la mia ira. E si tu no fosses en necessitat de confort tant com est, yo me'n dolria axí com de home qui la nostra amistat e deute havies guastat. Emperò, no vull que tu ni negú en aquest cars puga dir que per lo teu defalt la mia molta amor que·t porte sia gens desminuïda, ans per obres manifestaré molt prest que la mia amor aumentarà en tu en tanta quantitat que serà plaer a tu e a tots los que desijen lo teu bé e honor. Per què, obre los ulls de l'intel·lecte e regonex-te, dóna loch a la rahó, desvia e refrena lo desijós apetit de anar en terra stranya e vulles despendre lo temps en tals cavalleries qui aumentaran lo teu stat, honor e fama. E a tu no és cosa convenient ni honesta que en anar-te'n te dispongues, encara que fosses cert de atényer hun gran heretatge, car tu fugir-ne deuries si guardes lo que la vera amicícia requir. E si fas lo contrari, te fas cert que serà causa de la tua gran perdició.

En açò, lo rey e la reyna pregaren molt a Tirant e al senyor d'Agramunt que la pau fos feta e entre ells hagués bona amor e concòrdia. E axí fon fet. E partint tots de allí ensemps, anaren al strado hon stava Plaerdemavida ab gran triümpho e lo senyor d'Agramunt li féu present de tals paraules.

Capítol CCCLXIX. Com lo senyor d'Agramunt demanà perdó a Plaerdemavida

—Si lo inmens Déu ab ulls de justícia los humans actes sguarda, mal impunit ni virtuós acte sens remuneració és impossible reste. Encara que les penes dels mals se allarguen, no per ço dexen de venir al qui merexen retraure. Emperò si la adversa fortuna mogué la mia ira que perdí lo seny, levant-me la natural conexença de vostra gentilea, en gran part lo meu defalt té causa justa de perdó per no haver-vos coneguda. E si la vostra molta virtut no·m vol perdonar, lo que no puch creure, iré per lo món vagabunt cridant tostemps merçè e, si sobres gran amor me fa report d'estrema pena o de presta mort, no m'assegura lo perill de ma vida. Mas siau certa que no·m plau per mi, a qui nunqua haveu ofés, atengau nom de homicida. E si, per lo poch que de vós fins ara merexch, mes paraules de fe no us paren dignes de perdó, me serà forçat ma presta mort —obligant-vos a tart penediment— vos sia testimoni de veritat.

«E si a la fortuna ha plagut que de vós no haja atesa conexença, só de parer que, penedint-me, de perdó só merexedor. E no solament de vós lo merexch, perquè tant valeu, mas encara per sguart de la smena qui en l'esdevenidor vos n'espera. Desijant-vos servir, ab tot que, si la fi de mes obres teniu vistes, me estimareu de culpa delliure encara que en nom de enemich vos haja volguda ofendre. Mon voler no ha pres terme en voler-vos més enujar sinó complaure, mas seguint les cruels leys de Març he ofert la mia persona a sangonoses batalles, tenyint, en aument de la stima de ma honor, los verts camps africans de la mia sanch com a cavaller, seguint los militars costums. Ne ab cauteles no he pensat enujar a negú, axí com han fet los habitadors de aquesta ciutat, de hon les lurs sperançes eren del tot fallides.

«E si per justes escuses no us dolreu de mi, almenys mostrau-vos-en dolre, puix tant haveu treballat en liberar aquesta ciutat ab tots los habitadors de aquella, la qual, tenint-se per destroïda, de vós sola repar spera. Puix sobre mi tant poder teniu que, si m'és pres en compte, só content per la amor vostra de no més ofendre la dita ciutat ni los habitadors de aquella, car tots los qui de vostra virtut atenyeran conexença me hauran per quiti de tal infàmia. E no·m desplau, per fer majors mos mèrits, que, aquella qui ha vençut les forçes de aquell invencible capità sens armes, de la vostra molta gràcia yo sia vençut.

No tardà Plaerdemavida hun poch spay en fer principi a semblant parlar.

Capítol CCCLXX. Resposta que féu Plaerdemavida al senyor d'Agramunt

—No és costum de les dones de honor qui s'estimen d'ésser cruels ni desijoses de venjança e no plàcia a la divina Potència que·n sperit de dona grega tal defalt fos trobat, car, encara que vostra mercé me volgués ofendre, en gran part sou stalvi de culpa per no tenir de mi conexença. Sol la ofensa és stada feta al senyor capità, sots la fe del qual ma vida reposava, e, per bé que al terme de ma fi fos atesa, no·m dolguera la mort, puix per les mans de tan valentíssim cavaller fos morta, sperant-ne en l'altre món per premi corona de martiri, atesa la fi per què yo suplicava, qui era en aument de la santa fe cathòlica, segons que per speriència clarament e manifesta se demostrarà.

«E no fretura demanar-me perdó, com no·m tinga per offesa de vostra mercé. E encara que u fos, seria molt contenta de perdonar-vos, car de vostra mercé spere yo la gràcia e lo perdó, segons que per vostra molta virtut me és stat ofert de perdonar per amor mia a la senyora d'esta ciutat e a tots sos vasalls. E si neguna cosa poden los prechs meus prevaler, vos suplich que aquesta aflicció que voleu dar aparteu de vós per aconsolar a mi e, ab bona sperança vivint, vos dispongau en pendre alegria perquè nostre senyor Déu vos faça obtenir la amor que de la cosa amada desijau. E encara yo no sé quina rahó done del que dech fer: o seguir lo meu plaer o lo vostre, fent lo que dieu que tant vos contenta. E puix que la vostra liberalitat és tanta que, vehent la mia deguda vergonya de la empresa per mi feta, que vullau consentir a les mies justes pregàries, segons per vostra mercé me és stada feta oferta.

E no dix més per ço com lo rey Scariano e Tirant venien. E de continent foren fetes moltes dances e balls morischs.

Passat lo dehén dia de les singulars festes, los de la ciutat, ab la senyora ensemps, prengueren les claus de la dita ciutat e donaren-les a Tirant e que fes de tots ells lo que a la senyoria sua fos plasent. Tirant pres les claus e donà-les a Plaerdemavida, fent-la senyora de la ciutat. E ab triümpho de molta gent qui la acompanyava ab diversos struments, la portaren a cavall dins la ciutat e la meteren dins lo palau real com a senyora. E la senyora primera tragueren de la ciutat ab tots aquells qui ab ella solien star. E Tirant donà a Plaerdemavida servidors, dones e donzelles qui la servissen, e fon huyt dies senyora de tota la ciutat e de molts castells e viles qui eren sots lo seu domini e senyoria.

Complits los huyt dies, Plaerdemavida féu venir la senyora que de la ciutat solia ésser e, ab cara molt afable e ab graciós gest, li féu la següent restitució en stil de semblants paraul[e]s.

Capítol CCCLXXI. Com Plaerdemavida restituhí a sa senyora la ciutat ab totes les altres coses

—La molta virtut que de tu tinch coneguda, senyora mia, me dóna causa que yo·t reta lo premi de la molta amor e gentilea que en lo temps de mon cativeri en tu he coneguda, ab què·m tens obligada de fer per ta mercé tot lo que a mi possible sia, car per speriència ta senyoria ha pogut conéxer quant he treballat en liberar ta mercé e los habitadors de la tua ciutat de la cruel execució que s'esperava de fer sens deguna mercé, la qual gràcia ab lo divinal adjutori s'és obtesa, mijançant les mies porfidioses pregàries, ab gran perill de la mia vida. E no m'o tinch a vergonya deguna, ans a molta glòria de ésser stada cativa de ta senyoria per la tua molta noblea, que sé quant vals, com sia certa que est merexedora de molta honor. E no·t penses que·m sia mol[t] alegrada per ésser pujada de cativa que era en aquesta gran senyoria, com veja que són béns de fortuna que·ls ha tolts a tu e donats a mi, com aquest sia son ofici. Sols la causa perquè me n'alegre és que m'ha atorgat que per mà mia los cobres de mi ab molta amor. Donchs, ta senyoria obra les mans e dar t'é les claus de la ciutat, de viles e castells e tot lo que possehïes, e vull-te restituhir tot lo teu heretatge e senyoria. E encara que sia stada cativa tua e per mos peccats la divina Potènci[a] haja permés que sia venguda en ton poder, no penses que la mia condició sia menor que la tua, mas vull veure, per tu ésser mora molt generosa e de real casa e yo crestiana, qui só stada cativa, qual usarà de més virtut: o yo de restituhir-te los teus béns que perduts tenies o tu, ab los teus, tornar-vos crestians, car sol la sperança que tinch de veure ta mercé crestiana tindré en major stima que si de tota la Barberia era feta senyora.

E posà-li les claus en la mà. La senyora, vista la molta cortesia e liberalitat de Plaerdemavida, se agenollà als seus peus e, ab los ulls destil·lant vives làgremes de sobreabundant alegria, li volgué besar los peus. E Plaerdemavida no u comportà, sinó que s'agenollà davant ella. La senyora, que véu tanta gentilea, ab humil veu se pres a dir:

—No fretura a negú provar sa condició, que les obres seues lo manifesten. E com per speriència hajes mostrat la tua molta gentilea e liberalitat, tinch conegut quant pots ne vals. Per què, la mia senyora, yo·t regracie tant com puch ni sé la tua molta amor, com yo per cosa en lo món no acceptaria les claus ni menys la senyoria, car tu com a més digna de mi ne sies merexedora. Car tanta és la obligació que·t tinch sol en liberar-me la vida que altre tant temps com me has servida te vull servir. E tindré a bona sort que en tota ma vida te puga servir. E com me dius que·m torne crestiana? Açò remet a ta libertat, que, tota hora e quant me vulles fer dar lo sant babtisme, seré presta de rebre'l ab molta amor e devoció.

No tardà Plaerdemavida en dar-li semblant resposta:

—La mia senyora, a tu és forçat pendre les claus e la senyoria com aquella qui n'est merexedora. E puix ta mercé me fa tanta gràcia de fer-te crestiana, vull d'ací avant tenir-te en stima de una germana. E prech-te que no·m faces més rahons en cobrar lo que és teu, que seria la cosa que més me pories enujar e a la fi te seria forçat de fer-ho.

E la senyora, ab molta humilitat, les rebé per contentar-la. E tornada en sa possessió, Plaerdemavida ixqué de la ciutat e tornà-se'n al camp, hon fon rebuda per Tirant e per tots los altres ab molta honor. E recità Plaerdemavida a Tirant com havia restituïda la ciutat e la senyoria a sa senyora per haver coneguda en ella tanta virtut. E Tirant ne fon content puix ella n'era stada contenta.

Parlà lo senyor d'Agramunt e dix:

—No fóra stat bo que en aquestes coses yo y fos stat demanat? Com reste yo del vot que he fet?

No tardà Plaerdemavida en fer-li semblant resposta.

Capítol CCCLXXII. Resposta que fa Plaerdemavida al senyor d'Agramunt

—O engan manifest de la fortuna! Les batalles que començà en França lo teu pare contra los crudelíssims anglesos, de què obtingué singular victòria, ha reservada a tu, fill seu, les quals te plàcia finir e determenar gloriosament ab la sola temor que les gents tenen de tu. Mas condició e natura és de les coses passades que les poden rependre e inculpar, no pas corregir ni mudar, e lo mal que volies fer en aquesta ciutat, si bé·t recorda, has ja remés e perdonat. Donchs, què demanes? Que aprés de tanta prosperitat de singular alegria sobrevengu[é] s ara tanta persecució? No·m par que sia obra de tal cavaller com les gents t'estimen, car major defalt serà aquest que no lo que primer cometist.

«Mira què diu Aristòtil: que vincle de caritat e d'amor és molt singular, retent deguda honor a la magestat de l'hom e a la bonesa de les dones, per què posa scilenci en la ira tua. E tots quants són en aquesta ciutat te són amichs e servidors. Mira què dix lo rey David: «aquell és malvat qui no ret guardó e més malvat qui l'oblida, car bon amich és axí com l'especier: encara que no us done de les spècies, vos dóna de la bona olor». Açò no munta res, puix liberalment perdonist. Honestament e clara vull viure si a ta senyoria serà plasent. No·m tolgues la honor puix virtuosament he obrat perquè puga fer quítia la mia consciència. Parle qui parlar vulla en contrari, puix la veritat parle per mi.

«E per venir al que vull dir, ¿dius que has fet vot que tots los de la ciutat passen sots la tua spasa? Ab molta voluntat seran contents complaure't per mitigar la tua ira e contentar la tua voluntat perquè sies quiti del teu miserable vot. E fer s'à en aquesta forma: que la magestat del senyor rey prenga la spasa per lo pom e lo egregi capità per la punta e tots los de la ciutat passaran sots ella. En tal manera, serà lo vostre vot absolt a pena y a culpa. E yo daré la benedicció com cantaré missa.

En açò tots se prengueren a riure. E axí fon fet, que tots quants foren en la ciutat passaren dejús la spasa segons lo vot que ell fet havia. Com tots foren passats, Plaerdemavida pregà a la senyora de la ciutat que·s volgués batejar, segons li havia offert, e ella respòs que era contenta e que u faria de molt bona voluntat. E de continent li fon donat lo sant babtisme, lo qual rebé ab molt gran devoció. E aprés d'ella foren batejades mil e trecentes persones. Aprés foren convertits tots los de aquella província, e lo frare qui allí era vengut per traure catius, Tirant li hagué del papa que fos legat en la Barberia. Lavors, los crestians qui novament se eren batejats e los moros no li deyen sinó «pare dels cre[s]tians».

Tirant, ans que partís de allí, pregà a la senyora de la ciutat que·s volgués casar ab Melchisedech. Aquesta senyora com era mora se nomenava Justa, e en lo babtisme no volgué que li mudassen lo nom. Tirant pregà a Plaerdemavida que la conduís que atorgàs aquell matrimoni. E tant la pregaren tots que ella fon contenta de fer lo matrimoni. Lavors Tirant ordenà que fossen fetes festes molt singulars, de aquelles que en semblant cars fer-se podien. Aquesta Justa, senyora de la ciutat, fon de perfectíssima vida, axí en obres com en paraules discretes, ab molta honestat e molt devota de la sacratíssima Mare de Déu. Aquesta, per sa devoció, edificà molts monestirs en la sua terra, axí de hòmens com de dones, dona molt caritativa, ajudant als desemparats e cobria los despullats.

Aprés que les bodes ab gran festa foren solemnizades, Tirant e lo rey Scariano, ab tota la gent d'armes, se partiren de aquella ciutat e portaren-se'n a Plaerdemavida. E anaren per conquistar una província que y havia, qui era del germà del rey de Tremicén. Aprés que la hagueren conquista[da], Tirant ne féu governador e capità a hun valentíssim cavaller qui·s nomenava lo Senyor de Antiocha, lo qual en la guerra havia feta grandíssima prova. E aquest era gran amich de Melchisedech, senyor de la ciutat dessús dita, e staven-se vehïns a tres legües e visitaven-se sovint per la gran amicícia que havien tenguda en la guerra, e axí l'amicícia aumentà per ésser veÿns.

Tirant, per pendre plaer, parlava sovint ab Plaerdemavida. E hun dia entre los altres, parlant de la princessa e del stat de l'emperador, Plaerdemavida lo représ dient-li com no dexava la conquesta de la Barberia per socórrer a l'emperador e a sa filla. E Tirant li respòs que primer volia saber noves certes en quin punt stava l'imperi ans que ell se mogués. E pregà a Plaerdemavida que li volgués recitar tota la sua fortuna aprés que fon exida de la galera e la fi de la sua desaventura. Plaerdemavida, venint en recort dels treballs e dolors que sofertes havia, hagué compassió de si matexa e destil·laren dels seus ulls vives làgremes. E aprés hun poch spay, exugant-se les làgremes, de semblants paraul[e]s li féu present.

Capítol CCCLXXIII. Com Plaerdemavida recità a Tirant la sua fortuna

—A mi no basta stil de conformes paraul[e]s en recitar les dolors e dubtosos pensaments que a la mia fatigada pensa combatien com me trobí nua en la vora de la cruel e tempestuosa mar, compresa de inestimable fret e fatigada del treball que sostengut havia de venir de la galera fins en terra, d'on restí molt torbada, emperò no oblidant-me de contínuament reclamar aquella sacratíssima e misericorde Mare de Déu, qui jamés fall a negú qui devotament la reclame. Car en aquell cars la mia ànima stava tan adolorida com pensava que la mia trista sepultura seria que voltors e corps e altres ausells de rapina la mia trista carn axí haguessen a menjar. E sinó que la nit scura —és cobrellit de dones e de donzelles— me socorregué, doble pena fóra stada la mia.

«E trobant-me tan aflegida e vehent-me sens degun consell, mirava a totes parts si veuria algun loch hon per ma honestat retraure'm pogués. E per sort, encara que la nit fos molt escura, viu una barca qui·m paregué que de pexcar degués ésser e, entrant dins la barca per amagar-me, trobí dues pells de moltó, les quals ab una corda liguí la una ab l'altra e fiu-me'n una sobrevesta que m'aleujà gran part del mortal fret que tenia. E axí passí gran part de la nit, sens dormir, lamentant la mia gran desaventura.

«Suplich-vos, senyor Tirant, no·m façau més parlar de passions, car, com tinch recort del que he passat per causa de vostra senyoria, stimaria més cent voltes la mort que no més viure. E sapiau que la ira tira totes coses a crueldat, e amor inclina a pietat, e paciència tempra la ira. E més val que calle, que mal recordar-se fa dels passats mals, que no és dubte que l'ànima e lo cors no·n resten agreujats.

Com Tirant la hohí tan adoloridament parlar, pres-li gran dolor e no li consentí de més dir, sinó que ab amor afable la posà en altres rahons d'alegria, per ço com tenia d'ella molta compassió e los mals e treballs que havia passats li eren venguts per causa sua. E com la hagué hun poch aconsolada, de semblants paraules li féu principi.

Capítol CCCLXXIIII. Consolació que fa Tirant a Plaerdemavida

—Si la fortuna ingrata ab impietat dóna treballs a la tua pensa, aquella sotsmetent a doloroses angústies, e los trists e incogitats infortunis exercexen les forces impetuoses en les humanes condicions e reposats estaments, los quals dura impulció poria fàcilment repel·lir si humana saviesa ab caliditat aquells pogués preveure, virtut de ànimo viril prudentment dicerneix deure cessar la amargosa anxietat, si spera aquells reparables per contraris efectes de egualtat o millor comutació. Mas la vana sperança, aprés que serà coneguda, dobla incessantment la tristor e misèria, portant intrínseca desesperació e comovent actes impiadosos, los quals deduïts en efecte és procurada perpètua e orrible damnació. Guarda, donchs, la tua ànima no sia ofuscada per ira, engendrant oy ab insaciable apetit de venjança, mas refrena les crueldats de les desenfrenades cogitacions, car no solament fatiguen la tua ànima, mas encara porten falles enceses de foch cremant les potències de natura e les libertats del superior e noble intel·lecte e lo ver juhí de aquell.

«La causa de hon promou aquesta vana e folla ira és cobdícia e desordenat apetit de les coses que són en senyoria e arbitre de fortuna e del tot separades de la nostra facultat. D'on se segueix la possessió de aquelles ésser molt perillosa e temerosa com no puxa viure sens temor aquell qui ab dubte posseheix les sues coses. Los posseïdors de aquelles han perduda la libertat de lurs penses e cogitacions e han constituït e sotsmés aquella a captivitat e servitut de temor. Los antichs philòsofs recusaren possehir béns de fortuna, perquè lurs pensaments fossen en plena e perfeta libertat, e digueren que incomparable vanitat era voler contendre ab fortuna de les coses que no poden ésser separades del domini de aquella. Dix hun philòsof que gran follia era pendre armes contra l'enemich del qual no és sperada victòria.

«Mostra la fortuna a molts la cara rient ab afalachs enganosos, preparant aguayts amagats en la tempestuosa mar de adversitats, apartada tota sperança de seguretat. No·s lig que fortuna jamés haja donat ne atorgat privilegi de fermetat e possessió quieta. Vehem que natura ha ordenat los hòmens exir nuus dels ventres de lurs mares e los altres animals ixen ab naturals vestits, e de les vestidures de aquells cobrim les nostres carns nues e miserables. Dóna a nosaltres natura béns interiors de l'ànima, los béns exteriors són donats e atorgats per fortuna. Aquells regeix fortuna líberament ab prosperosa inconstància, sens empediment algú. E aquell savi Sèneca diu, en les sues epístoles, que totes aquelles coses són a nosaltres stranyes que desijant són adquerides, de què·s mostra clarament aquelles no ésser de nostra natura, ne de longa duració e fermetat, com no sien atorgades per natura. Lo port de seguretat és stat atrobat en les virtuts theologals, morals e polítiques, quant aquelles per exercici se són abituades en la nostra ànima. E per aquestes atenyem la vera felicitat, la qual és la fruÿció divina, aprés que som fora de les misèries e dolors de la nostra vida.

«Boeci diu en lo libre que féu *De Consolació* que felicitat no podia ésser atrobada en les coses a nosaltres aparents ésser de benaventurança, com felicitat solament sia en la divinal fruÿció, la qual speram atényer per virtuts meritòries axí com han obtés per lurs mèrits los hòmens justs sens temor de perdre aquella. Totes les coses atorgades per fortuna són vanes com no hajen constància ne fermetat alguna, segons diu lo savi en lo libre apellat *Eclesiastés*. Prech-te, donchs, cara germana mia, que vulles donar loch a ira e furor de impaciència, com les coses que dius haver perdudes, si has bé entés ço que t'é dit, conexeràs que fortuna no ha fet injúria alguna exercint son offici, cobrant de tu les coses que eren sues e acomanant aquelles a altres que les tinguen, axí com tu les has tengudes. E no cregues que done major seguretat a aquells de aquella que ha donat a tu, com no sia algú, savi o foll, scient o ignorant, puixa possehir béns de fortuna sens beneplàcit de aquella.

«E si la tua ira és en tal extrem que no puxes bonament mitigar aquella, hajes de mi aquest consell de salut, ço és, que oblivió sia la medecina. E axí donaràs gran remey a la turbació de l'enteniment e a la tristor que ha comprés lo teu ànimo e té aquell empedit, que no pot decernir la veritat, segons diu aquell savi Cató en les sues doctrines. Dóna fi als plors e gemechs. Sia la vera rahó constant a cobrar ço que has perdut, ço és, tu matexa. Venç la malícia ab paciència e la ira ab benignitat. Guarda de venir en desesperació perquè no perdes la tua ànima, la qual no pories cobrar ab infinit tresor. Hages sperança de bé ab temor de Déu e seràs vencedora de tota ira e desesperació, e conforma la tua voluntat ab amor de caritat e bona paciència, car diu l'abat Simeon que cascú se deu studiar en haver paciència e estar aparellat a la fortuna per ço que, si ve algun mal cars, tristor no·l puxa vexar tant que·l porte a desesperació. Diu sent Gregori que aquell no és bo qui no sab soferir ni comportar los mals, ans ensenya que no ha bondat alguna, puix és sobrat per impaciència. Mira què diu David: «que, segons la granea de les dolors que Déu dóna a l'home en temps de fortuna, li dóna aprés grans consolacions e plaers si les porta ab paciència». Pensa que no ha persona al món que sovint no sofira grans mals e tribulacions, axí reys com papes e grans hòmens e dones. Sies, donchs, constant e ab virtuosa paciència, car jatsia la mísera humana condició porta ab impaciència les dures e congoxoses adversitats de fortuna, emperò, lo ànimo virtuós basta aterrar la fragilitat e inconstància de temor.

«E si dius que natura ha constituhït la tua noble persona en stat femení, pusillànim e temerós, sia lo teu ànimo constant e viril, imitant la noblea d'aquells dels quals has presa la tua naxença e nodriment. La tribulació de fortuna demostra la valor de l'hom e, qui no n'ha sentit, no és provat ni val res, segons diu lo savi. Car, segons diu hun poeta, és molt favorable als constants e animosos e odiosa e desfavorable als pusil·lànims e temerosos. La nostra vida és una milícia, ço és, contínua batalla, segons dix aquell sanct Job. No és home nat qui puxa scapar dels perills de fortuna. Dix lo gloriós sent Pau, apòstol: «veig los perills de la vida present: perill en mar, perill en terra e perill en los falsos frares». Si la tempestuosa mar ha posat en tants treballs e mals la tua persona, no só yo stat scusat de aquells, qui só stat pres e ferrat e, aprés, ab innumerables perills, molt propinch a la mort. Mira, yo·t prech, quants colps e nafres mortals ha portat la mia persona. No seria possible recitar pogués complidament les mies tristes desaventures. E tots aquests mals són a mi més tol·lerables que la absència de aquella excel·lentíssima senyora per mi amada més que totes les coses de aquest món. ¡Aquest és lo meu dolorós entrenyor, aquesta és la mia intol·lerable pena! E si yo podia veure e contemplar la sua magestat e inestimable bellea, tots aquests mals tornarien a no res.

«No menys pena porta la mia pensa com per causa mia est venguda en les amargoses anxietats de la tua ànima, mas prudència, la qual no és sotsmesa a la cega fortuna, sab reparar los dans passats e provehir a aquells qui·s porien seguir. Per què a fe de cavaller promet e jur per lo Déu eternal e gloriós Jesucrist, e per la creu a mi donada quant fuy creat novell cavaller, de satisfer-te en doble e més que no has perdut. E ab suma diligència e cura hi entendré, com me tinga per molt obligat, e cometria gran ingratitut si feya lo contrari, la qual en mi no serà jamés trobada. E aquella cordial amor, la qual has en mi obtesa, donant promptitut a la promissió, portant aquella a la desijada fi. E amor ab treball venç les iniquitats e impietats de fortuna e saviesa senyoreja los enganosos aguayts de aquella e, ab confiança segura, aparta de l'enteniment tota ira e tristes cogitacions e folles e inútils fantasies e dóna repòs a aquell.

Plaerdemavida, ab los hulls encara humits del plorar que fet havia, ab baixa veu se pres a dir forma de semblants paraules.

Capítol CCCLXXV. Resposta que féu Plaerdemavida a Tirant

—O incomparable desaventura, que los meus trists e miserables fats han subjugat la mia persona ab plors, gemechs e dolorosos pensaments! E ja aquell cruel e impiadós Plutó, déu de les perpetuals e orribles tenebres, e Megera e Proserpina ab les altres fúries infernals, no hagueren suposat la mia ànima a tan cruels e incomportables penes e turments com fa a mi la desconexent fortuna. Ja no sé davant qui puixa posar la mia justa clamor, servint yo a aquella ab tanta constància e fidelitat, ab tan gran honor e reverència, sperant de aquella lo just premi de mos treballs e dels meus bons serveys condigna remuneració.

No solament és feta a mi ingrata, mas molt dura e capital enemiga. No fóra a mi la mort tan odiosa com trobar-me destruhïda de tota honor e senyoria. Aquesta és la major e pus intol·lerable desolació que als mortals dóna la irada fortuna, aquesta és portada ab irremeyable impaciència. Veig-me en exili entre gents bàrberes e de la mia pròpia pàtria e dels conjuncts a mi en afinitat e amicícia separada. Les mies viles e castells e tot lo meu patrimoni són stats occupats per infels crudelíssims ab insaciable ferocitat. O mort, jatsia la memòria tua aterra les penses humanes, prech-te no·m sies ara piadosa! Tu qui est fi de tots los mals de la trista e miserable vida, dóna terme a la mia incomportable dolor e intol·lerable agonia! Qui és aquell tan inhumà e ab tanta impietat que no·s dolga de la mia trista joventut?

E dient aquestes paraules los seus ulls destil·laren vives làgremes mesclades ab gemechs e sospirs, mostrant que lo cor li fallia. E com Tirant véu aquella en tan perillós strem de la sua vida, cuytadament abraçà aquella, e lançaren-li aygua en la cara e fregaren-li los braços fins que fon retornada. E ella inclinà lo cap sobre los pits de Tirant ab gest molt trist e ab la cara tota demudada e descolorida. E Tirant no·s pogué tenir que los seus ulls no destil·lassen doloroses làgremes. E ab veu piadosa a semblants paraules féu principi.

Capítol CCCLXXVI. Rèplica que fa Tirant a Plaerdemavida

—Les paraules doloroses dels miserables inclinen lo cor dels hoynts a tota pietat com sia cosa condecent a natura humana plorar ab aquells qui ploren e haver compassió de aquells qui·s dolen. Quant la intrínseca dolor és manifesta mitiga les congoxes e fantasies del sperit, la nostra fragilitat debilita la elecció e no obra tant lo arbitre de la nostra voluntat, que los primitius moviments sien en potestat de aquella, d'on se promouen il·lusions perturbants lo juhí recte, com sien causades en la inferior part de la humana composició. E fan malalta la pensa e dissipen les nostres cogitacions, ab fantasies turmenten lo nostre cor. E no sabem elegir coses honestes e útils e cahem en errors de les quals no·ns podem defendre sens divinal adjutori, per què la necessitat requer que la superior part intel·lectiva predomine ab sapiència les vanes e folles cogitacions de aquella, sotsmeses per natural orde, e ab prudència refrene aquelles perquè no facen impressió de àbit en la nostra ànima, e lo regne inferior de l'home sia reglat per lo superior regne e les potències inferiors sien sotsmeses a les superiors.

«Gran desorde és quant la serventa mana e la senyora serveix! Si les potències de la nostra ànima rectament eren ordenades, conexerien que la fortuna no ha en la humana condició potestat alguna. E si negunes coses desplasents seguexen en nosaltres per culpa o negligència nostra, no regint ne administrant les nostres coses prudentment, no deu ésser donat càrrech algú a la fortuna cega, segons diu aquell savi Cató en les sues doctrines. E si ordena aquelles la divina sapiència, justa cosa és e de gran salut que la nostra voluntat sia conforme ab la ordinació e voluntat divina e no ofusca lo nostre enteniment les potències de fortuna los inconvenients al nostre juhí e voluntat contraris, per punició de peccats o per exercici de bé. No és, donchs, mala la operació de fortuna, puix obra per divina disposició, encara que sia desplasent, com la divina Providència justament dispon totes coses. O gran follia e vanitat! O gran defalliment de prudència pendre los infortunis ab ira odiosa e impaciència desenfrenada! Si consideram les nostres fortunes, no són altra cosa sinó operacions fetes per nosaltres per costil·lacions de planetes e cossos celestials, influhints en diverses maneres e temps, segons los moviments circulars, la hu natural e l'altre contrari. Lo moviment del primer moble se fan diverses conjunccions e operacions: axí senyoregen los nostres staments. E les mutacions dels temps, ab les superiors influències, muden les nostres fortunes.

«Mas lo franch arbitre, regit e reglat ab saviesa per les potències intel·lectuals, com no sia sotsmés a les costil·lacions dels cossos celestials, refrena les vanes e folles cogitacions e fantasies de les nostres penses e, ab prudència, senyoreja les adversitats de la trista fortuna. E si aquella és stada a tu desconexent e adversa, no sies tu ingrata a aquella: pren tot ço que·t vulla donar. Dix aquell gran emperador Alexandre que jamés no fon ingrat a fortuna: tot ço que aquella li havia volgut donar, havia pres ab bona voluntat. E axí conquistà tota la part de Àsia e molts altres regnes e províncies. Lo ànimo prudent ab sforç basta adquerir bona fortuna e lo jugador aperduat diverses vegades se muda la sort e recobra molt més que no ha perdut.

«Lo teu exili congoxós ha permés lo inmutable Déu, perquè los fats han ordenat de tu que sies reyna de dos regnes, sens perdre la sperança de cobrar les tues viles e castells, e tot lo teu heretatge pres e ocupat per infels, car seràs col·locada en matrimoni ab rey virtuós e valentíssim cavaller e a mi molt afix en afinitat e grau de parentela, del linatge de Roca Salada e de la casa de Bretanya.

Aquest és axí animós que aterra les forces e ferocitats dels enemichs infels e cobrarà les tues viles, castells e tot lo restant del teu patrimoni. E yo·t promet de valer a aquell, axí en béns com en persona, e ab totes mes gents, tant e tan longament fins haja cobrat aquelles. E seràs feta parenta mia. Yo ame aquell e a tu com germana. Lexa, donchs, los plors e sospirs, dóna repòs a la tua fatigada pensa e aparta del teu cor tota ira, car aprés dels temerosos perills de la iníqua fortuna és feta gran tranquil·litat e segur viatge.»

Hoÿdes per Plaerdemavida aquestes paraules, no tardà en fer-li semblant rèplica.

Capítol CCCLXXVII. Rèplica que fa P[l]aerdemavida a Tirant

—Los desigs del cor ocupen la pensa e donen gran empediment al repòs de aquella. Los insaciables apetits causen desorde en lo nostre enteniment e, quant la elecció és lesa per passió o ira, engendra error en les potències de l'ànima, e desija lo cor coses nocives e avorreix coses útils, decebut per desordenats apetits als quals som inclinats del principi de la nostra adolescència, e no decerneix lo ver del fals e és fet servent de peccat e conceb tristícia e dolor. Per ço com no fa juhí, no li plaen les coses no objectades als corporals senys. Defalliment de saviesa és la causa de aquests mals e, si aquestes errors e altres innumerables recahen en los hòmens, los quals són pus forts e constants que les fembres, pus fàcilment han recaygut en mi, com lo linatge femení sia dèbil e de poca constància. Mas la intrínseca dolor no pot ésser retenguda que per alguns actes exteriors no sia manifestada, e los dolorosos suspirs e plors manifesten la amargor de l'ànima. E si yo done fi als meus plants e sospirs seré vencedora de la inconstància femenil, no per virtut, mas per la confiança de la liberal promissió dels dons graciosos de vostra senyoria. Aquell donatiu és de gran liberalitat e de noble e virtuós ànimo, lo qual no és stat demanat. E yo, apartant de mi tota ingratitut, accepte aquells e retribuexch a la mercé vostra tantes gràcies com per mi se poden referir. Gran injúria és feta al donador quant lo do és recusat.

E dites aquestes paraules, Plaerdemavida se agenollà als peus de Tirant e volgué-li besar la mà. E Tirant no u consentí, mas alçà-la de terra e besà-la en la boca. E aprés féu-la seure al seu costat, replicant-li semblants paraules.

Capítol CCCLXXVIII. Rèplica que féu Tirant a Plaerdemavida

—Amor pot les coses difícils reduyr a tota facilitat. Virtut no pot ésser adquerida ne l'ome pot ésser virtuós sens amor. Aquesta és filla de l'enteniment, aprés que lo juhí de aquell ha engendrat aquella e és concebuda en lo nostre cor. E per ço les coses no conegudes no poden ésser amades. Aquella és vera amor que és fundada en caritat, per la qual Déu és amat sobre totes les coses e lo proïsme per amor de Déu. Amicícia bona és causa de amor. Qui troba ver amich, troba tresor. Res no deu ésser denegat a l'amich. Hun mateix voler de amichs és vera amicícia. Lo do graciós declara amistat e la promptitut del do manifesta la voluntat del donador. Aquell és amat per nostre senyor Déu qui dóna liberalment e ab plaer. La experiència mostra la intrínsequa amor o inimicícia. Diu sent Pau *Ad Romanos* que amor és més fort que la mort, car fa sostenir benignament totes coses, per forts que sien, sens tot treball. Tota virtut és sotsmesa a amor e, sens aquella, algú no pot obrar virtuosament. La intrínsequa volentat e cordial amor és declarada per efectes exteriors.

«O virtuosa donzella! Molt és difícil a mi la remuneració de tants mals e treballs, angústies e dolors, que per causa mia a tu ha convengut sostenir, car molt més merites que a mi no és possible donar. Prech-te que vulles acceptar graciosament los dons que de present te ofir, ço és, lo regne de Feç e de Bogia. Mas no poràs posseyr aquells pacíficament e quieta com sien stats novament conquistats. E seria dèbil la tua defensió si aquells qui pretenen haver dret en los dits regnes los volien ab violència recobrar. És, donchs, expedient e necessari que sies col·locada en matrimoni, segons he dit, ab cavaller valentíssim e virtuós, perquè puxes aquells tutament retenir. Mira la roda de fortuna: no podia devallar la tua noble persona en pus inferior loch que sotsmetre aquella a captivitat e servitut, en la qual est stada per tres anys. E ara ha rodat lo teu stat en loch molt alt e de gran excel·lència e dignitat. Ja t'é dit que no li sies ingrata. Pren alegrament los dons de aquella perquè no conceba ira contra tu. Diu lo savi que cascuna cosa ha son temps. E si ara los fats te volen exalçar, no recuses los dons de fortuna, car aprés no·ls pories cobrar.

E donà fi en son parlar.

Acabant Tirant les sues gracioses paraules, quant Plaerdemavida se lançà davant los seus peus per voler-los-hi besar. E Tirant no u comportà e pres aquella en los braços, levant-la de terra, e dix-li moltes paraules de consolació. E molt més li dolia lo poch donatiu que li feya atés lo seu molt meréxer, per ço com de present no li podia més donar, proferint a aquella fer-li molt majors gràcies e donatius e no fallir-li jamés en tots los dies de la sua vida per la gran e singular amor que li portava.

No tardà Plaerdemavida fer rèplica en stil de semblants paraules.

Capítol CCCLXXIX. Rèplica que fa Plaerdemavida a Tirant

—Lo cor magnànim aterra les forces de la poderosa fortuna e los accessius dons excel·lexen la magnificència del cor valerós. Magnanimitat és la més noble virtut que pot ésser atrobada en los prínceps. Aquesta predomina sobre los cruels infortunis e és vencedora de tota pusil·lanimitat e temor, com lo cor virtuós no puixa ésser sobrat per fortuna. Senyor Tirant, la mia lengua indocte no poria jamés splicar ne dir les magnificències del vostre ànimo virtuós. No menys és la saviesa per special gràcia divina en vós infusa. Aquesta ha dissipat les mies vanes e inútils cogitacions e ha posat fre als meus inefrenats pensaments. Scrit és en lo sagrat *Evangeli* que «l'arbre bo produeix bons fruyts»: no pot lo mal arbre donar bon fruyt e l'arbre bo mal fruyt. Les bones operacions declaren la bondat intrínseca de l'ànima, les paraules de doctrina dels hòmens savis il·luminen les tenebroses ignoràncies de les penses dels hoints. Acte de saviesa és discutir les coses dubtoses e provehir en aquelles que per temps no puxen noure. L'ome savi no fa coses de les quals la penitència és certa. Clam-vos mercé, senyor, vostra egrègia persona no prenga en greuge si les mies paraules han enujada la senyoria vostra, car altre desig no tinch en aquest món sinó que us puga obeyr e servir.

No tardà Tirant en donar-li tal resposta.

Capítol CCCLXXX. Rèplica que fa Tirant a Pla[e]rdemavida

—Les penes de l'infern no bastarien egualar-se ab aquelles de amor quant la intrínsequa fortuna hi dispensa, mas sobrepugen sol per la eternitat com aquelles sien sens fi e aquestes finides e, ab sperança de mudar-se en desijada glòria se mostren. Qui·s deu desesperar en les adversitats ni creure los remeys ésser impossibles? Tu, Plaerdemavida, pensaves no·t restava major benaventurança que morir y creyes que la vida per pus no t'acompanyava, sinó que en major grau sentisses lo multiplicar dels mals que recites, dels quals encara no·t deus recordar fins que, arribada als sdevenidors desigs, per fer majors los teus delits, te'n recordes. Viu és Tirant perquè Déu no permet los mèrits resten sens guardó ni los treballs sens repòs, ni les penes sens delits. E axí permetrà lo meu prosperar perquè la nostra tristícia en sobreabundant goig mudar puga. Aprés la nit ve lo dia e, aprés lo núvol, lo bell sol. E axí, aprés de tres anys de ton captiveri, és venguda la stimada libertat. No·t dolga la pèrdua de béns, com ja pogueres ésser senyora de la ciutat de Montàgata, la qual ciutat, per molta liberalitat, has tornat a aquella de qui fuÿst cativa, essent tu digna de major senyoria. E axí, per aumentar la cathòlica religió, aumentes ensemps lo renom de la tua virtuosa fama. Parents has perdut, los quals, aquella matexa fortuna qui·ls dóna, los te ha levats. Aquells viuen morint en vives armes per defensió de nostra viva fe, lo famós nom dels quals, en algun temps, de oblit no serà damnificat. Alegra't, donchs, sforçada donzella, e no dubtes algun altre sdevenidor perill, car yo·t promet, per qui tals desaventures te són seguides, te seré retribució, en obligació infinida de amor, en béns y en senyories y en parentesch. Faré afixa la tua sanch a la de Roca Salada y seràs comptada ab les dones de Bretanya, entre les quals no·t pot fallir títol de reyna. E aprés, sies certa, acompanyant-me, la vida, los béns, la força, l'ànima, la honor e quant tinch te acompanyaran com aquella qui m'has acompanyat en lo major strem de les mies tribulacions.

No acabava Tirant la fi de aquestes paraules, [com Plaerdemavida], per regraciar tanta gentilea, féu continent voler-li besar la mà, inclinant los genolls e lo cap envers aquell. Primeres foren les làgrimes als ulls que la veu de semblants paraul[e]s en la boca.

Capítol CCCLXXXI. Rèplica que fa Plaerdemavida a Tirant

—Lo desig de tostemps servir-te ab la speriència de tanta gentilea e la suavitat de les tues paraules, me han conduÿda en tan alt grau de amor que afectadament vull encara major mal que morir per tu, senyor Tirant, merexedor, no de hun regne o imperi, mas de senyorejar lo món, obeynt-te, ensemps ab los mortals, la mar, los vents y la fortuna. Ara só alegra dels meus passats mals e dans, puix la tua gratitut los accepta: em semblen pochs a sguart dels que per tu passar se deuen. Mas no és novella cosa al teu noble costum, perquè tostemps vers mi he coneguda molta virtut e amor. Dexa'm, senyor, besar-te los peus, que no sé per hon comence a regraciar-te les honors e gràcies que a mi, poch merexedora, liberalment atorgues. Dius que·m faràs parenta afixa a la casa de Bretanya, mesclant la mia sanch ab la de Roca Salada. A mi, senyor, és infinida gràcia que serventa o cativa tua y dels teus lo restant de ma vida me atorgues despendre. Gran socors lo meu trist cor ha rebut de les tues gracioses paraules, mas no·t desplàcia de matrimoni fer-me deliura, perquè contrasta la subjugació de nosaltres, dones, a la libertat que, per a plaure e servir-te, infinidament stime.

Larga disputa fon de Tirant ab aquesta donzella per lo matrimoni que de aquella ab lo senyor d'Agramunt deliberava, assi[g]nant-li diverses rahons, allegant moltes santes autoritats per les quals Pla[e]rdemavida, aprés de honestíssimes defenses, consentint a la voluntat de Tirant, en poques paraules hun poch spay tardà respondre.

Capítol CCCLXXXII. Com lo matrimoni fon atorgat a Tirant per Plaerdemavida e per lo senyor d'Agramunt

—¡Fogiu de mi, castedat, honesta vergonya e temerosos pensaments, perquè les mies orelles, acostumades de ésser ubertes a les paraules de Tirant y lo meu cor de obeyr los manaments de aquell, és impossible li deneguen cosa que a Plaerdemavida honor y bé singular li procura! Presta és, senyor Tirant, la tua serventa: sia fet de mi segons la tua voluntat.

E encara parlava Plaerdemavida quant Tirant se levà del coll una rica cadena e la mès al coll de Plaerdemavida per senyal d'esdevenidor matrimoni. Aprés, féu portar peçes de brocat e vestí-la com a reyna. Aprés, Tirant tramés per lo senyor d'Agramunt e pregà'l molt no li digués de no del que ell li diria, com ell ho tingués ja promés. E lo senyor d'Agramunt li respòs en semblant stil:

—Senyor Tirant, molt stich admirat que vostra senyoria pregue a mi de neguna cosa, car sols lo manar és a mi molta gràcia e no y freturen prechs, car yo ab molta voluntat faré tot lo que·m maneu.

Dix Tirant:

—Cosín germà, yo tinch deliberat de fer-vos rey de Feç e de Bogia e dar-vos per muller a Plaerdemavida, car sabeu bé com tots los del nostre linatge li som molt obligats per los treballs que ha passats per nosaltres e per la molta amor que·ns porta, com sia donzella de grandíssima discreció e de honestíssima vida. A vós vendrà molt bé, e a ella, per la gran amistat que haguda haveu.

Respòs lo senyor d'Agramunt:

—Cosín germà, senyor, lo meu delliber no era de pendre muller, emperò a mi és massa gràcia e honor que vostra senyoria me pregue de cosa que yo us dech suplicar, he us ne bese peus e mans.

E Tirant no u volgué comportar, mas pres-lo per lo braç e levà'l e besà'l en la boca. E aprés, li féu infinides gràcies axí dels regnes com de la novella muller.

Capítol CCCLXXXIII. De les esposalles que foren fetes de Plaerdemavida ab lo senyor d'Agramunt

No fon de poca stima la contentació que Tirant pres en haver conduÿt aquest matrimoni, que més se n'alegrà que de tota la conquesta de la Barberia. E féu molt prestament emparamentar lo palau de la senyora de Montàgata de molts bells draps d'or y de seda e féu-se venir tots los músichs de tota aquella terra, de tota natura d'estruments que trobar-se pogueren. E hagué fet provesió de molts confits e d'especials vins per triümphar la festa. E Plaerdemavida fon molt ben abillada, que la sua presència e gest demostrava bé ésser reyna. Fon portada en la gran sala hon era lo rey Scariano e Tirant e molts altres barons e cavallers, e la reyna, muller del rey Scariano, qui vingué en companyia de Plaerdemavida ab moltes altres dones d'estat. E feren les sposalles ab grandíssima festa e dances de diverses maneres e molt singulars col·lacions que y foren fetes. Aquells dies que les festes duraren, Tirant tingué tinell a tots los qui menjar hi volgueren. Duraren aquestes festes huyt dies, en gran abundància de totes coses.

Com totes les festes foren passades, Tirant féu armar una grossa nau e metre molt bé en orde e féu-la carregar de forment per trametre en Contestinoble per socórrer a l'emperador. E féu-se venir davant Melchisedech, senyor que era de Montàgata, e dix-li com ell tenia de anar ab aquella nau en Contestinoble per missager a l'emperador e pregà'l que·s volgués molt ben informar del stament de l'emperador e de l'imperi en quin punt stava, e del stament de la princessa. E donà-li les instruccions e les letres de crehença e féu-lo recullir molt ben abillat e acompanyat. E donada vela partiren ab molt bell temps per complir son viatge.

Capítol CCCLXXXIIII. Com Tirant, ab tota la gent d'armes, anà per posar siti a una ciutat hon eren recullits tres reys

Donada expedició a la nau per lo valerós Tirant, féu levar lo camp e posar tota la cavalleria en orde, e la gent de peu, e féu carregar molts carros de vitualles e moltes altres coses necessàries a la ost e tota la artelleria per a combatre les ciutats, viles e castells, car ell ne tenia molta en gran quantitat qui li era restada dels reys qui eren fugits e molta que lo rey Scariano ne havia portada. E açò féu ell perquè pogués prestament pendre e subjugar tota aquella terra. E partí e féu la via de una ciutat que havia nom Caramén, qui és en la fi de la Barberia, qui afronta ab los negrins, ço és, ab lo rey de Borno, car en aquella ciutat se eren recullits tres reys dels qui fugiren de la batalla, vençuts per Tirant. Los altres se n'eren tornats en lurs terres.

E anà ab gran multitut de gent de peu e de cavall per aquella terra, conquistant castells, viles e ciutats, qui per força, qui per grat, car molts venien a fer obediència e donaven les claus al rey Scariano e a Tirant, clamant-los mercé. E aquells los receptaven ab molt bona voluntat e·ls asseguraven que no·ls seria fet dan ni violència en los béns ni en la persona, e feyen-los moltes franqueses. E per aquesta rahó moltes gents de peu e de cavall lo seguien. E per la gran liberalitat que veyen en Tirant, molts se feyen crestians. Los altres restaven en lur secta sens que no·ls era feta violència alguna ni empediment. E deyen los pobles que aquest era lo més magnànim senyor que en tot l'univers món trobar-se pogués.

E tant anaren per lurs jornades fins que foren a la dita ciutat hon los reys eren recollits. Com foren atesos a la ciutat, atendaren-se aquí e posaren siti entorn de la ciutat, mol[t] prop, a dos tirs de ballesta. La qual ciutat era molt gran e fortíssima, ben murada e vallejada e molt ben fornida axí de vitualles com de bona cavalleria.

E com tot lo camp fon aleujat, Tirant féu venir a la sua tenda lo rey Scariano e lo senyor d'Agramunt, lo marqués de Liçana e lo vezcomte de Branches e molts altres barons e cavallers qui en lo camp eren. Com foren tots ajustats, tingueren consell què era de fer e fon delliberat, ab concòrdia de tots, que trametessen hun embaxador als reys qui dins la ciutat eren. E aquí en lo consell elegiren per embaxador hun spanyol, natural de la vila de Oriola, qui·s nomenava mossén Roquafort, qui era stat pres e cativat en una galiota per moros de Orà e aprés, per Tirant fon mès en libertat. Aquest cavaller era molt savi e ginyós per ço com era stat cossari gran temps. E digueren-li que·s prengués guarda quina gent podia haver en la ciutat ni com staven en orde. E instruÿren-lo largament de tot lo que tenia de fer ne de dir.

Capítol CCCLXXXV. Com l'embaxador de Tirant splicà sa embaxada als reys

Tengut lo consell, l'embaxador se mès en orde e, molt ben acompanyat, féu la via de la ciutat tot desarmat, e tota la sua gent, mas ben abillat. E trameteren, ans que partís, hun trompeta per demanar salconduyt e de continent li fon atorgat. E tornada resposta per lo trompeta, l'embaxador entrà dins la ciutat ab tota la sua gent e féu la via del castell hon los reys eren, los quals eren aquests: lo rey de Feç, lo rey Menador de Pèrsia e lo rey de Tremicén que havien elet per mort de l'altre que lo rey Scariano havia mort, e era nebot de aquell. Los altres reys eren morts en les batalles que havien hagudes.

Com l'embaxador fon davant los reys, los quals se eren tots ajustats per hoyr l'ambaxada, e sens saludar e fer reverència alguna, l'embaxador los dix:

—A vosaltres qui poderosos reys ésser solíeu, de part del sereníssimo e crestianíssim rey Scariano e del magnànim capità, vençedor de batalles, Tirant lo Blanch, vinch yo embaxador per notificar a la vostra presència la voluntat de lurs senyories, dient-vos que dins tres dies hajau buydat la ciutat de Caramén e tota la Barberia. Altrament, passats los tres dies, vos aparelleu a la batalla, la qual sens dubte serà en total destrucció vostra e exelçament de la fe crestiana. Per què, si de savis reys volreu stendre vostra fama, ensiguiu lur consell, recordant lo nom de Tirant, spantable a les vostres orelles, y les mans de aquell, odioses als enemichs de nostra ley. No us oblideu la prosperitat y exalçament del rey perquè, obeynt lo que us recite, siau stalvis de vost[r]es vides y piadosos de vostres pobles.

Capítol CCCLXXXVI. La resposta que per los reys fon feta a l'embaxador

Com l'embaxador hagué splicada la sua embaxada, lo rey Menador de Pèrsia reté la resposta per tots los altres reys e dix:

—No·t penses, cavaller, que la pèrdua de tanta terra e pobles haja amollit lo nostre fort ànimo ne dominat la nostra força. Açò per la certa sperança que de nostre profeta Mofomet la sua gran potència nos ha de socórrer e de ajudar. E si fins açí nos és detardada, és causa com en aquesta major necessitat se mostrarà gran la santedat de aquell y misericòrdia. E per lo contrari, en vossaltres serà terrible la ira, punició o càstich de tan injusta batalla com siguiu en terres e regnes que gens no us pertanyen. Donchs, cavaller, diràs al traÿdor e renegat del rey Scariano, enemich de Mafomet e nostre, e a Tirant lo Blanch, son companyó, que nosaltres per ells no lexarem la ciutat ni menys la Barberia, ans la defendrem bé d'ells e de tots aquells qui·ns contradiran. E facen tot lo que puguen, car nosaltres, ab ajuda del nostre sant profeta Mafomet, lo pagarem de la gran maldat que fet nos han de tolre'ns los regnes e aquests senyors que ací són lansar de lurs terres tirànicament, sens degun dret ni justícia que no y tenen. E som prestes de la batalla tota hora que volran. E perquè coneguem lo nostre poder quin és, demà sien prests a la batalla, car nosaltres exirem de la ciutat per dar-los la malaventura.

E acabat que hagué lo rei Menador, l'embaxador de Tirant girà les spatles e partí-se'n sens demanar comiat, e féu la via del camp. Com fon davant lo rey Scariano e Tirant, recità'ls largament la resposta que lo rey Menador de Pèrsia li havia feta. E de continent Tirant féu ajustar tots los barons e cavallers e capitans, axí de hòmens de cavall com de peu. Com tots foren ajustats dix-los que tots se metessen en punt, que los moros los devien dar la batalla e que gran matí tothom fos armat e a cavall. Axí mateix, aquella nit Tirant féu que dos mília hòmens a cavall voltejassen lo camp fins a mijanit e altres dos mília de mijanit amunt per ço que en la nit no poguessen ésser decebuts per los enemichs.

L'endemà, gran matí, Tirant féu refrescar tota la gent e donar civada als cavalls e ordenar sos capitans. E féu capità de la davantguarda lo bon cavaller mossén Roquafort, ab sis mília hòmens d'armes. De la segona batalla féu capità Almedíxer, lo virtuós cavaller, e donà-li huyt mília hòmens d'armes. De la terça fon capità lo marqués de Liçana, e donà-li deu mília hòmens d'armes. De la quarta fon capità lo senyor d'Agramunt, e donà-li deu mília hòmens d'armes. De la cinquena fon capità lo vezcomte de Branches, e donà-li deu mília hòmens d'armes. De la sisena fon capità lo rey Scariano, e portà quinze mília hòmens d'armes. De la setena e derrera fon capità Tirant, per ço com era del socors, e mès-hi XX mília hòmens d'armes. E axí ordenadament stigueren tots aparellats, sperant quan vendrien los moros per dar la batalla.

E axí mateix Tirant féu ordenar totes les capitanies de la gent de peu e féu posar cascuna capitania a la part que devia ferir. E stant axí sperant quan los moros vendrien, Tirant féu a la gent d'armes una semblant oració.

Capítol CCCLXXXVII. La oració que Tirant féu a la sua gent d'armes

—Aparellades stan les corones del triümpho nostre, fullades de llor en senyal de la certa victòria que de nostres enemics s'espera. Cavallers valerosos, armats primer de gran sforç en lo noble coratge, aprés de armes tan ofensives que·n la vista sol de aquelles los enemics aterren, ¡quant deu ésser gran la alegria de tots nosaltres, puix ajustats per una matexa intenció, ab hun mateix sforç e ànimo combatent, atengam la fi de aquella cosa per la qual morir no·s deu refusar! Recordau, cavallers, los vostres passats y de vosaltres, per lo semblant, recordau actes maravellosos e acabau de foragitar la temor de vostres pits si alguna n'i atura, car sens dubte la divina Providència no u consent ni és permés lo smayar a vostres nobles ànimos. Què tenim de aquesta miserable vida sinó lo temps que vivim? Aquell se despenga en semblants actes que més honorosos ésser no poden. En altra manera, engolfats en la mar de covardia, en negun port de honor arribaria nostra fama. Alsau, cavallers, vostres enteniments, pensant que combateu per la honor, més cara que cosa d'esta vida. Aprés, per los béns y prosperitats de nosaltres. Per la libertat, per la glòria y, lo millor, per la santíssima fe crestiana, la qual exalça als qui la exalcen, defensa als qui la defensen y conserva als qui la mantenen en honor e pacífica vida. Donchs, sia-us feta larga aquesta chiqua nit ab lo desig e ardiment de vençre los enemichs e exercitant les vostres persones en lo treball delitós de les armes, perquè la cuÿçor y fatiga que de aquelles nostres contraris senten a nosaltres poch delita.

L'endemà per lo matí los moros se levaren e ordenaren ses batalles y ses capitanies. E posaren primerament per capità lo rey de Tremicén, qui era animós cavaller e valentíssim capità, e donaren-li X mília ginets. Aprés feren VII squadres e, en cascuna de aquelles, posaren hun valent cavaller moro ab X mília ginets cascú. La darrera batalla de socors regia lo rey Menador de Pèrsia ab XX mília combatents. E axí cascuna de les parts ordenaren tota la gent de peu e feren ses capitanies e caps de centenars e de dehenes. Com los moros hagueren ordenades totes ses batalles fora de la ciutat en hun bell pla que y havia e axí ordenadament feren la via del camp de Tirant, la spia que Tirant tenia prop de la ciutat véu que los moros anaven devers lo camp: cuytà per avisar-ne a Tirant. Com Tirant sabé que los moros venien, ja tenia tota la sua cavalleria a cavall e en punt e tota la gent de peu en orde e, axí ordenadament e ab gran ànimo, partiren del camp e feren la via dels moros perquè no haguessen aquella honor que vinguessen al lur camp.

Com les batalles foren prop, que·s veren, començaren d'esclafir les trompetes e anafils e los crits foren tan grans de abdues les parts que paria que cel e terra se'n degués entrar. Lavors, Tirant manà a la primera batalla que ferís e lo bon capità mossén Rocafort ferí ab la sua gent tan poderosament que açò era una admirable cosa de veure.

E lo rey de Tremicén, qui era capità de la primera batalla dels moros, ferí axí mateix tan virtuosament que cavaller al món no poguera més fer, que tan bravament combatien als crestians que ja·ls tenien en vençó. E lo rey de Tremicén, qui donava de tan mortals colps que no era degú qui a l'encontre li gosàs star, e encontrà's ab lo capità Roquafort e donà-li tan gran colp de la spasa per lo cap que·l féu caure del cavall e passà avant. E los seus hagueren prou a fer de levar-lo e de pujar a cavall, tanta era la pressa que los moros los daven, car certament lo cavaller Rocafort fóra mort sinó fos per lo socors de la segona batalla, que com Tirant véu que la sua gent anava a mal, féu ferir Almedíxer ab la sua gent. E feriren tan poderosament que los moros feren retraure un gran troç. Lavors ferí l'altra squadra dels moros molt bravament. E véreu rompre lançes e derrocar cavallers e cavalls e jaure per terra molta gent morta, axí dels crestians com dels moros, car verdaderament aquests dos reys, ço és, lo rey de Tremicén e de Feç, eren molt valentíssims cavallers e feyen tantes armes que degú no·ls gosava star davant, e mataren molts crestians.

Lavors Tirant, qui véu la batalla anar a mal, que aquests dos cavallers li destruÿen la gent, féu ferir totes les quatre squadres plegades, que no restà sinó la sua. Feriren tan poderosament que, en poca hora, ans que los altres se fossen regoneguts, hagueren morta molta morisma. E lo rey Scariano s'encontrà ab lo rey de Feç e feriren-se tan bravament ab pits de cavall que les lançes ja les havien rompudes, que los dos ne anaren per terra, e foren-se levats e ab les spases se combateren molt ferament, que semblaven dos leons. E com cascuna de les parts veren lur rey en terra, cuytaren-hi per socórrer-los e veren allí una aspra batalla, hon hi morí molta gent. Car aquí·s trobà lo senyor d'Agramunt e lo marqués de Liçana, qui eren valentíssims cavallers e, a despit dels moros, pujaren lo rei Scariano a cavall e los moros se'n portaren tanbé lo rey de Feç.

E los moros, qui veren que la lur part anava a mal, feriren totes les squadres plegades. Lavors ferí Tirant també ab la sua gent. E véreu la gran mescla e los grans crits que los moros feyen, que no podien durar contra los crestians. E lo rey Menador de Pèrsia, qui era entrat en la batalla com a ca rabiós ab l aljuba d'or molt luent e véu a Tirant, dexà's anar devers ell e donà-li tan gran colp de la spasa sobre lo cap que per poch no·l lançà del cavall, que del cap li féu dar al coll del cavall. E Tirant se fon dreçat e dix:

—Si no fos per mon bon elm tu m'hagueres mort, mas jure per mon Déu que, si yo puch, jamés no daràs pus colp.

Alçà la spasa e donà-li tan gran coltellada al muscle dret que tot lo braç li levà en redó, e lo rey prestament caygué en terra mort. Los moros, qui veren lo rey de Pèrsia mort, com a desesperats reforçaren la batalla molt bravament, que en poca hora veren la terra cuberta de cossos morts, car Tirant, ab la sua mà, feya morir tanta gent que no encontrava negú que del primer colp no·l metés per terra mort o al·lesiat.

E axí, durant la batalla, fon sort que Tirant s'encontrà ab lo rey de Tremicén e donà-li tan gran colp de la spasa sobre lo cap que plegat lo mès per terra e, si no fos per lo bon bacinet que portava, mort fóra lo rey. Com fon en terra, Tirant passà avant. E los moros levaren lo rey e trobaren-lo encara viu: pujaren-lo en hun ginet ab hun moro a les anques e, corrent, féu la via de la ciutat per restaurar la vida.

Com molt hagué durat la batalla, los moros no pogueren tenir contra los crestians, ans forçadament se hagueren a posar en fuyta, car los crestians los eren molt soberchs. Com Tirant véu que los moros fugien, dix:

—Ara és hora, valentíssims cavallers, que la jornada és nostra! Muyren tots!

E tothom se mès a l'encalç. E los moros cuytaven per recullir-se dins la ciutat e tant no feren, que no pogueren de la mort ésser stalvis passats quaranta mília moros aquella jornada. Com los qui eren restats foren recullits, Tirant féu voltar tota sa gent perquè de la ciutat ab bombardes no·ls poguessen damnificar.

Aprés que la batalla fon finida, Tirant replegà tota sa gent. E levaren lo camp en què guanyaren molt e tornaren a lurs tendes ab gran alegria, fahent laors e gràcies a nostre senyor Déu de la victòria que·ls havia donada. E feren bones guaytes de nit e de dia per ço que los de la ciutat no·ls vinguessen damunt descuydats e, d'altra part, tenien sment als de la ciutat que degú no pogués exir que no fos vist. E los de la ciutat tenien barreres defora de la ciutat e, aquí ells feyen tots dies de grans cavalleries. E Tirant féu bastir molts ginys e asitiar moltes bombardes grosses qui tiraven contínuament a la ciutat.

E de continent que Tirant hagué vençuda la batalla, féu armar una galera al port de One e posà-y per capità hun cavaller, lo qual havia nom Spèrsius, qui era natural de Tremicén e era bon crestià e home molt diligent e de grans negocis, al qual Tirant donà càrrech que anàs en Jènova, en Venècia, en Pisa, en Mallorqua —qui en aquell temps era cap de mercaderia— e que noliejàs tantes naus, galeres e lenys e tota manera de fustes qui poguessen portar molta gent e que·ls prometés sou per a hun any e que de continent los trametés al port de Contestina, qui és en lo regne de Tuniç. E prestament lo dit Spèrsius, ben informat de tot lo que tenia de fer e negociar, se reculli e féu son viatge.

Ací se lexa lo libre de recitar de Tirant los singulars actes que los del seu camp feyen tots dies ab los de la ciutat e torna a recitar de l'embaxador Melchisedech, que Tirant trametia a Contestinoble.

Capítol CCCLXXXVIII. Com l'embaxador de Tirant arribà a Contestinoble

Essent partit l'embaxador Melchisedech de la Barberia, hagué lo temps tan pròsper e favorable que en breus dies arribà en Contestinoble. Com la nau fon en lo port surta, digueren-ho a l'emperador e ell prestament hi tramés hun cavaller per saber quina nau era aquella ni què portava, ne per quins afers era allí venguda. Lo cavaller anà al port e, entrat dins la nau, parlà ab l'embaxador e, ben informat, ell se'n tornà al palau hon l'emperador era e féu-li sa relació molt diligentment, dient-li com aquesta nau venia de la Barberia, la qual trametia Tirant, carregada de forment, a sa magestat, y com hi venia un cavaller per embaxador, lo qual li trametia Tirant. Com l'emperador hohí aquesta nova, fon molt aconsolat per la molta necessitat en què posats eren e féu laors e gràcies a nostre senyor Déu com no l'havia oblidat. E de continent l'emperador manà a tots los cavallers de la sua cort e a tots los officials e regidors de la ciutat que anassen acompanyar a l'embaxador que Tirant trametia. E prestament anaren tots al port e feren-lo exir de la nau.

L'embaxador ixqué molt ben abillat ab roba de brocat sobre brocat, forrada de marts gibilins, e gipó de brocat, e ab una grossa cadena d'or al coll, acompanyat de molt bona gent que portava, tots molt ben abillats. E com foren exits en terra, foren rebuts per los cavallers de l'emperador. E feren molta honor a l'embaxador per lo desig gran que tenien que Tirant vingués. E axí, tots ensemps, lo portaren davant l'emperador e la emperadriu, qui era en la cambra ab l'emperador. L'embaxador féu sa reverència a l'emperador e besà-li lo peu e la mà e, axí mateix, la mà a la emperadriu e ells lo reberen ab cara molt afable, mostrant haver molt gran plaer de la sua venguda. E l'embaxador Melchisedech donà la letra de crehença a l'emperador, lo qual la donà al seu secretari per legir. Era del tenor següent.

Capítol CCCLXXXIX. Letra de crehença que tramés Tirant a l'emperador

Sacra magestat: l'embaxador qui la present porta suplirà a la breu scriptura mia. Sia plasent a la vostra altesa donar fe e crehença a aquell, com de açò sia digne, essent cavaller de molta honor, sperimentat de no menys virtut e fama.

E lesta la letra, l'emperador féu donar bona posada a l'embaxador e li tramés tot lo que necessari hagué, e manà que fos ben servit. E l'endemà, l'emperador féu ajustar tot son consell e tots los regidors e ciutadans honrats de la ciutat e, en la gran sala del palau, ell los féu [t]ots ajustar. E com tots foren aquí, l'emperador tramés per l'embaxador, lo qual vench molt altament abillat e ab altra manera de robes de brocat de altra color, forrat d'erminis e ab un collar d'espatles, d'or, molt ample, ab singulars smalts. Aquest embaxador era home de gran eloqüència, molt savi, e sabia parlar de tots los lenguatges. Com fon davant l'emperador, féu sa reverència e l'emperador manà que sigués davant ell perqué·l pogués millor hoyr. E posat scilenci en lo consell, l'emperador manà a l'embaxador que splicàs sa embaxada. E aquell levà's e féu sa reverència. E pres-se a dir forma de semblants paraules.

Capítol CCCXC. Com l'embaxador de Tirant splicà la sua embaxada

—Senyor molt sereníssim: bé deu ésser en recort la magestat vostra com Tirant se era mès e recullit en les galeres, ab licència de vostra altesa, per anar al camp per liberar los cavallers que lo soldà e lo Gran Turch tenen presos e com fortuna no fon contenta que·s complís lo desig de la magestat vostra e de Tirant. E aprés véu vostra altesa com les galeres se hagueren a partir ans d'ora per la gran tempesta e fortuna que en la mar havia. E ab aquella fortuna corregueren sis dies e sis nits, en tal manera, que totes les galeres se separaren les unes de les altres e perderen-se totes, sinó la del capità Tirant, axí com fon permissió divina que atés a la costa de Barberia, ço és, en la terra del rey de Túniç, e donà aquí a través, hon se perdé de la més gent. Los que scaparen foren catius.

«Lo capità Tirant fon sort que fon pres per hun cavaller qui·s nomenava Capdillo-sobre-los-capdillos, embaxador del rey de Tremicén, qui era vengut al rey de Túniç per embaxador. E anant caçant per lo camí, trobaren a Tirant en una cova e, vehent la sua bellíssima disposició, féu-li molt bona companyia e pres-lo en tanta amor que·l feya anar ab ell en la guerra que havia lo rey de Tremicén ab lo rey Scariano. E per les grandíssimes cavalleries de Tirant ell fon mès en libertat e fon fet capità, lo qual pres ab son bon enginy lo rey Scariano e féu-lo fer crestià, e fon companyó e jermà d'armes ab ell. E Tirant ha-li dat per muller la filla del rey de Tremicén e ha'l fet fer crestià. E aquest rey Scariano és ara rey de Túniç e de Tremicén.

«E la magestat vostra deu saber com ha conquistada tota la Barberia, que no li restava a pendre, com yo partí, sinó una ciutat e, aprés que haurà aquesta, de continent, senyor, té delliberat de venir ací ab tot aquell poder que haver porà, car Tirant pot traure de la Barberia CCL mília combatents e, d'altra part, amprarà lo rey de Sicília, que y vendrà ab tot son poder, e ja fa fer gran provesió de naus per portar vitualles per socórrer a la magestat vostra. Per què, senyor, suplich a la excel·lència vostra que li vullau perdonar com tant ha tardat lo socors, com no sia stada culpa sua, e que la altesa vostra se vulla confortar e alegrar, car ab la ajuda de la divina Clemència ell farà tals actes que complirà molt prestament lo que la magestat vostra ha tant desijat.

Capítol CCCXCI. Com l'embaxador obtingué licència de l'emperador que pogués anar a fer reverència a la princessa

Esplicada que fon la embaxada, l'emperador ab tots los del consell foren molt admirats e aconsolats de la gran prosperitat de Tirant, com de catiu era pujat a senyor de tota la Barberia, e loaren molt la sua gran cavalleria e digueren que en tot l'univers món no·s trobaria hun tal cavaller ab compliment de tantes virtuts e actes insignes. E foren molt confortats del gran dubte que tenien dels turchs.

E fet tot açò, l'embaxador se agenollà davant l'emperador e demanà-li licència que pogués anar a fer reverència a la princessa. E l'emperador dix que era content. E manà a Ypòlit que anàs ab ell al monestir hon stava la princessa, la qual, de dolor que tenia de Tirant com jamés ne havia sabut nova si era mort o viu, se era mesa en hun monestir de senta Clara, de la observança. No que hagués pres lo àbit, mas tota vestida de burell, tenint la regla de les altres monges.

Com l'embaxador e Ypòlit foren a la porta del monestir, demanaren de la princessa. Anaren-lo-y a dir de continent com un embaxador de Tirant era vengut e que era viu. Levà's lo vel que portava davant la cara e prestament anà a la porta. E l'embaxador li féu molt gran reverència e li besà la mà e la princessa lo abraçà e li féu molt gran festa. E tanta fon la alegria que hagué de la venguda de l'embaxador que li vingueren los ulls en aygua e estigué per bon spay que no pogué parlar.

E com la princessa fon tornada en son recort, demanà a l'embaxador del stament de Tirant. L'embaxador li respòs com se recomanava en gràcia e mercé de sa altesa e que era ben sa e molt desijós de veure sa magestat.

—E tramet-vos aquesta letra.

E la princessa pres la letra e legí-la, que contenia paraules de semblant stil.

Capítol CCCXCII. Letra tramesa per Tirant a la princessa

Absència, enemiga de enamorats pensaments, és aquella qui, entre tants enemichs meus, major combat s'estudia donar-me. Aprés que de vostra altesa perdí la desijada vista, tantes advercitats lo vostre Tirant ha trobades que és impossible alre que vostres contínues oracions hajen sostengut la mia desaventurada persona. Y per ço, regraciant a vós lo que de honor e prosperitat he atés, no merexedor, mas per vostres mèrits, com a cosa que·m ve de vós ho stime, malaynt la fortuna per desenculpar a mi si, per ésser absent, vos he feta offensa, ab tot que ab sobergues tribulacions, de nit e de dia present al meu enteniment, no us dexava ni alre que·l vostre nom podia pronunciar la mia lengua. ¡Quants dubtosos perills circuhïen la mia combatuda vista! D'on, restant vencedor, sol vençut de vostra benvolença, és la present scusadora, que les altres ans de aquesta no us són scrites perquè jamés libertat me ha consentit fer lo que devia, mas no desconfie que les vostres justes pregàries, per los meus limitats desigs, seran satisfet[e]s segons lo vostre molt valer ho merita.

Aprés que la princessa hagué lesta la letra, fon molt aconsolada de les rahons de aquella e interrogà a l'embaxador en quin punt stava Tirant de la conquesta de la Barberia. E aquest recità-li largament tota la embaxada en la forma desús dita davant l'emperador.

Com la princessa hagué hoÿda l'embaxada recitar, fon posada en gran admiració de les coses que havia hoïdes referir de Tirant e de les sues singulars cavalleries, crehent fermament que, sinó aquest, no era bastant a reparar l'Imperi Grech e traure'ls de tanta impressió e congoxa com tenien y speraven haver. E com fon certa que prestament havia de venir, fon-ne molt aconsolada. E demanà a l'embaxador que li digués què era de Plaerdemavida, si era morta o viva, e aquest li recità largament tota la sua ventura. E dix-li com era viva e com era muller del senyor d'Agramunt, e com Tirant li havia feta molt grandíssima honor e com li havia promés de fer-la coronar reyna.

E açò fon molt plasent a la princessa, e dix que Tirant no podia fer sinó segons qui era, car les virtuts sues eren tantes que en lo món no tenia par. E més, li dix com Plaerdemavida era stada cativa de sa muller e com, a pregàries de Plaerdemavida, Tirant havia perdonat a sa muller e a tots los habitadors de la ciutat de Montàgata, qui era sua, per ço com lo senyor d'Agramunt los volia tots tallar a peces, per què ella, ab son bon enginy e gran discreció, los restaurà.

E havent finit son parlament, l'embaxador pres comiat de la princessa e anà-se'n a la sua posada.

Capítol CCCXCIII. Com l'embaxador de Tirant se'n tornà ab la resposta de l'emperador e de la princessa

Aprés pocs dies que l'embaxador hagué splicada l'embaxada, l'emperador delliberà que prestament deliuràs l'embaxador de Tirant. E féu fer resposta a la letra e embaxada de Tirant, narrant a la dita letra largament lo punt e la disposició en què stava, e tot lo seu imperi.

E féu-se venir l'embaxador davant e donà-li la letra e, aprés, lo pregà molt afectadament que ell volgués molt sovint solicitar a Tirant que fos en record d'ell e que hagués compassió de la sua senectut e de tants pobles qui staven en perill de renegar la fe de Jhesucrist e de tantes dones e donzelles qui s'esperaven ésser desonrades si donchs lo divinal auxili e lo seu no havien. E molt ben instruït l'embaxador per la imperial magestat, licència pres d'ell besant-li lo peu e la mà, e per semblant de la emperadriu.

Aprés, l'embaxador anà al monestir on era la princessa e dix-li com tenia licència de la magestat de l'emperador e venia a sa altesa si li plahïa manar alguna cosa. Respòs la princessa e dix que tenia molt singular plaer de la sua presta partida, car confiava tant de la sua bondat e gentilea que faria son poder de fer venir prestament a Tirant per liberar-los de la gran necessitat e perill en què staven. E pregà'l molt que açò fes ab summa diligència, com per art de cavalleria hi fos obligat. E donà-li la letra que trametia a Tirant.

E finit lo parlament, l'embaxador besà la mà a la princessa e pres son comiat, e la princessa lo abraçà e li féu molta honor. E molt ben certificat l'embaxador de totes les coses de què Tirant li havia dat càrrech, recullí's en la nau e féu dar vela per complir son viatge.

Ací·s lexa lo libre parlar de l'emperador e torna a Tirant.

Capítol CCCXCIIII. Com Tirant pres la ciutat de Caramén per força d'armes

Aprés que Tirant hagué tramés l'embaxador Melchisedech en Contestinoble, ell treballà ab continu studi com poria pendre la ciutat que tenia assetjada, per què tots dies feya tirar ab trabuchs e ab bombardes grosses a la muralla e, tant com ne derrocava, tan prestament los de dins ho havien adobat. E donà molts e diversos combats de nit e de dia e per res no la podia entrar, car los reys qui eren dins la ciutat eren molt savis e valentíssims e molt pràtichs en la guerra. E tenien molt bona cavalleria, car contínuament, a tantes hores com volien, los exien defora a guerrejar e havien de grans scaramuces, que y morien molts de una part y d'altra. Emperò, ells no gosaven exir a batalla ab Tirant per ço com Tirant tenia al doble més gent de cavall e de peu que ells no feyen. E tingueren-se axí per spay de hun any.

Seguí's que un dia Tirant ajustà consell de cavallers e fon-hi lo rey Scariano, lo senyor d'Agramunt e molts altres capitans e cavallers. Començà a parlar Tirant e dix:

—Senyors e germans meus, gran vergonya és a nosaltres e mostram gran flaquea, que hun any ha que tenim assetjada aquesta ciutat, que no la havem poguda pendre, per què só de parer que tots devem morir o pendre-la.

E tots foren de aquell acort, car Tirant ne tenia molta malenconia per ço com desijava haver finida la conquesta perquè pogués anar a socórrer l'emperador e a la sua princessa. E de açò era causa Plaerdemavida, qui contínuament lo atribulava e li dava pena inculpant-lo de poca amor que portava a la princessa. Per què Tirant, en aquest temps, durant lo siti, féu fer una mina molt secretament e, per tant com la ciutat aquella era edificada sobre roques —si bé stigués en terra plana—, hagueren molt gran treball de cavar-la. E per aquesta rahó tardà tant de pendre-la. Acabada que fon la mina, Tirant trià mil hòmens d'armes, los millors qui foren en lo camp, e féu-ne capità mossén Roquafort per ço com era molt bon caváller e animós e molt destre en totes coses. E partí la gent del camp de X parts e, en cascuna part, féu son capità.

Ordenades que foren totes les batalles, Tirant manà que una hora ans del dia donassen lo combat a deu parts de la ciutat. E axí fon fet, perquè ells donaren son combat e arboraren scales per la muralla e los de dins se defenien molt bravament, que mataven molta gent dels crestians. E durant axí la batalla, lo capità Roquafort entrà en la mina ab los mil hòmens d'armens, que no foren sentits, e cuytaren a hun portal qui era molt prop de allí hon eren exits e obriren les portes. E Tirant stava en aquell portal ab la sua batalla que combatia. Com véu lo portal ubert, entrà prestament ab tota la sua gent dins la ciutat. E los mil hòmens cuytaren a l'altre portal e obriren les portes, e entrà lo rey Scariano ab la sua gent. E aquí foren los crits molt grans dins la ciutat. E los mil hòmens cuytaren a l'altre portal e obriren-lo, e entrà la gent dins. La gran mescla fon de aquells de la ciutat ab los del camp. Los dos reys pujaren a cavall ab molts altres cavallers e mesclaren-se ab los altres. Los mil hòmens d'armes anaren axí de portal en portal fins que totes les X batalles foren dins la ciutat.

Lo animós rey de Tremicén, mirant la sua gent qui anava a total destrucció, com a desesperat corria en aquella part hon los crestians destrohïen lurs enemichs, no per socórrer, mas, perquè morint de tal strem de misèria e tribulació, fos fet deliure, ferint aquells dels quals pus cruel la mort devia pendre. E axí, molt voluntari, no pas fugitiu, fon pres per lo gran cavaller Almedíxer, del cap del qual, levada la corona, ornà la punta de la sua spasa. No cessaren per açò los moros procehir dins la ciutat lurs armes contra aquells dels quals ans la mort que la vida rebre stimaven, puix de vencedors los era fugida la sperança. E axí, no per defendre's, mas per ofendre quant podien y perquè finint no finís lur nomenada, com a feroces leons batallant-los, restava de cavallers la man dreta armada, per lo doble ànimo dels quals, no sens dubte, moriren molts crestians e no menys nafrats per semblant causa. Com desbaratades per los carrers de la ciutat les squadres de Tirant correguessen, de les torres e terrats, ab canteres, reberen gran offensa.

Lo cavaller Roquafort fon pujat en una torre per una part del mur qui derroquada stava per los passats combats, lo qual posà bandera del rey Scariano mijanada en armes del victoriós capità Tirant, la qual, vista per lo rey de Feç acompanyat de molts, animosament vench per defendre la sua vista de tant improperi. E axí, pujant per la matexa part, volent ab sa gent levar la novella bandera, fon per lo marqués de Liçana derrocat de la torre. E axí finí lo dit rey de Feç la sua trista vida, a la mort del qual se seguí hun tan gran crit dels moros qui presents eren que, ajustats molts dels altres en aquella matexa part, desordenadament e poderosa feren armes, volent quasi honrar o venjar la real offensa.

Mas no tardà Tirant, ab lo rey Scariano, acompanyats de soberga companyia, ferir enmig la comfusa morisma, matant sens alguna mercé aquells dels quals fins al derrer may les armes cessaren.

Lo vezcomte de Branxes, no fatigat per la victòria ni per apartar-se de perills, mas per fornir les forces de la ciutat presa, dexà aquesta cruel e vencedora brega e, seguint-lo alguns, ab lur discreta deliberació prengueren les torres e cases forts de tota la ciutat, compartint-se per aquelles, fent grans alimares desplegant penons e banderes de diverses crestianes invencions e armes, no cessant ab alta veu cridar: «¡Vixqua lo famós capità e vixqua lo venturós rey! ¡E vixquen los nobles coratges e vixqua e aumente la crestiandat qui a honor e laor de Déu, exalçant la sancta fe, maravellossament prosperant vencedors se demostren!»

Capítol CCCXCV. Com l'embaxador que Tirant havia tramés a Contestinoble se presentà davant Tirant

Com Tirant hagué presa la ciutat e morts tots los reys qui contraris li eren, fon lo més content home del món, pensant com havia dada fi al que tant havia desijat, e estant en aquella grandíssima contentació, retent laors e gràcies a nostre senyor Déu de la gran victòria que havia obtesa e com lo havia liberat de tants perills, e posà en orde la ciutat e tots los del camp reculliren-se dins. E staven aquí ab gran plaer e delit molt abundosos de totes coses, per tant com la ciutat era molt gran e ben fornida de viures. E tots los castells, lochs e viles entorn la ciutat portaren les claus a Tirant e cridaren-li mercé, com tots eren prests de fer-se crestians e fer tot lo que ell manàs. E ell los receptà ab gran amor e benignitat e féu fer crestians tots aquells qui de bona voluntat se volgueren batejar e donà'ls moltes libertats e franqueses. E tots generalment amaven a Tirant per la molta humanitat que li veyen possehir.

E stant en aquest delit e repòs, Tirant hagué nova com l'embaxador que tramés havia a Contestinoble era arribat al port de la Stora ab bon salvament, de la qual nova Tirant fon molt alegre. E a pochs dies ell aplegà a la ciutat hon Tirant era, lo qual ell rebé ab molta alegria. E feta sa reverència, donà-li la letra que l'emperador li trametia e de continent Tirant la legí. E contenia lo que·s segueix.

Capítol CCCXCVI. Letra que tramés l'emperador de Contestinoble a Tirant

No és poca la admiració e dubtosa temor que, fins la certenitat sabuda per vostra gloriosa e alegre embaxada, lo nostre trist cor ha tengut circuït, dreçant pus tost lo pensament als infortunis e dans de vostra gran cavalleria que als mals e pèrdues nostres e de aquesta terra nostra, remuda o remedora per la magnanimitat de vostre coratge. La absència vostra és stada guiatge segur als enemichs e la mort qui sdevenir-vos podia era passatge segur que prestament en la eterna vida nos trespostava. Mas no ha plagut a la divina Providència tan gran dan permetre, encara que per los nostres peccats los evidents perills no s'amansen, perdent de cada dia y enrequint-se los turchs del que sols pertany a nostre imperi, essent ja desmenuïda la nostra excel·lent corona a senyorejar sols la ciutat de Contestinoble e la ciutat de Pera y alguns pochs castells, qui per ésser deçà lo riu del pont de Pera stalvis resten. Mas és tan gran la stretura de provisió y la del siti de nostres enemichs que sens dubte som breument peridors si la misericòrdia de Déu a nostra vista la presència vostra no·ns porta, en qui resta nostra perduda sperança.

Larga cosa seria recitar la molta gent y stimada que és perduda y la que resta de fort smay mig vençuda, alegrant-se almenys de ésser catius lo restant de lur trista vida en poder de infels, per los quals a confondre y los nostres morts venjar, ab los vius restaurant vivificar, suplicam a vós, gran capità de Déu y nostre com a fill, quant a la amor e honor en què sou contínuament vos desijam, que en reverència de Jhesucrist crucificat vullau recordar la nostra pressura grandíssima e tristícia, ensemps ab la de nostra caríssima filla, de la boca de la qual y de tot lo poble, lo nom de Tirant nunca se aparta, com aprés Déu, no tingam major spe-

rança. Per la qual rahó, com a molt enujats o torbats per tanta causa, no sabem què reduir a vostra memòria per inclinar aquella a fer-vos prest venir. Lo cativeri de molts parents e amichs vostres crida la vostra presta venguda. E altres que per socórrer, tramesos per lo mestre de Rodes y del rey de Sicília, eren ací venguts, dels quals, essent ja catius, la libertat, si s'atenyia, seria grandíssima alegria. La Àfrica, ja tota subjugada, consentirà que vós, subjugador, pugau recobrar aquest perdut imperi, car no és menor empresa la speriència feta de aquesta necessàriament fahedora; e per a vós, Tirant, conquistar lo món és chica paraula per lo gran effecte de vostres obres. Lo Gran Turch tremola e lo soldà temoreja que Tirant encara sia sobre la terra. Donchs, enseguint lo vostre natural, no cesseu de venir si la amor que mostrau en vostres pits reposa.

Capítol CCCXCVII. La relació que féu l'embaxador a Tirant

Com Tirant hagué lesta la letra de l'emperador, hagué molt grandíssima compassió d'ell. Los ulls li vengueren en aygua com pensà en la fort congoxa en què stava e recordà-li del duch de Macedònia e dels altres parents seus e amichs qui per causa sua staven detenguts, catius en poder de infels, e que altra sperança no tenien de exir-ne jamés sinó per ell. E com pensà, més, tot lo que havia conquistat en lo Imperi Grech en tot lo temps que y era stat, que en fort breu temps era stat perdut, e mol[t] més encara.

E demanà molt largament a l'embaxador del que havia vist e aquest lo y recità tot. E, més, li demanà de la senyora princessa com stava e ell li recità com la havia trobada en hun monestir de senta Clara, que per la sua absència se era dada al servey de Déu, e com stava contínuament ab lo vel davant la cara, en santíssima vida, e com lo rebé ab gran alegria.

—E com me demanà de tot lo vostre stat e de la prosperitat en què vostra senyoria stava. E prega'm molt que us suplicàs, una e diverses voltes, que la mercé vostra no la hagués per oblidada, e majorment ara que staven en perill de ésser presos e subjugats per los moros. E si jamés havia enujada la senyoria vostra, que us demanava mercé que en tal cars no lo y volguésseu mostrar, que, axí com éreu piadós e misericordiós als enemichs, que a ella, que era vostra, volguésseu usar segons havíeu acostumat, car lo contrari no podia creure de vós, per bé ella no us ho merexqués, mas que devíeu pensar que era la vostra pròpia carn a qui no podeu fallir. E si açò feya prestament la senyoria vostra, que ella e totes les coses sues vos obeirien com a senyor.

E moltes altres rahons que li dix que lo libre no u recita. E l'embaxador donà-li la letra que la princessa li trametia, la qual pres Tirant e legí-la, manifestant-li forma de semblants paraules.

Capítol CCCXCVIII. Letra tramesa per la princessa a Tirant lo Blanch

Infinit goig e soberga alegria amolliren tant lo meu trist cor que fon impossible aprés de vista e hoïda vostra letra, resuscitadora de la mia vida, yo fos de mi mateixa. Per un strem de consolació torbat lo meu entendre, abundaren les làgremes als ulls, tant que més trista que alegre me demostrava, e, per socórrer la mia llaugera sanch al defalliment del cor, falliren de virtut los membres tots de la mia persona, restant a stima dels presents quasi defunta. Gran spay passà que per molts socorriments poguí cobrar la primera força, scrivint-vos ara primer aquell sospir que lavors féu testimoni de ma recobrada vida, aprés del qual, fallint-me rahons per defensar [als] miradors la causa de tal desastre, me fiu portar a un retret del monestir en lo qual, per les erres que us tinch fetes, penitència no condigna reportava.

Lo major descans, spay e delit que aprés perduda vostra presència he atés, fon aquest present de mes torbades paraules tornar a vostra mercé, de qui só stada, só e seré secreta cativa, regraciant-vos quant puch ni sé los treballs que per mi haveu sofert, dels quals, no les mies indignes pregàries, mas vostre meréxer y ànimo, victoriosament vos han relevat. No és de maleir, mas de exalçar o loar la fortuna qui a la fi prosperitat reporta. Y bons són los mals qui benaventurada fi procuren. Lo menor bé que vós, gloriós Tirant posseïu és lo meu nom, perquè de aquell no crech vos recordàsseu sinó com a ocasió de tants afanys com vostra letra recita. E si, donchs, amor o strem de benvolença és vençut, vencedor vos subjuga.

Yo us remet la culpa que de vostres falses openions en mi comença, ab aquesta sola condició: que prestament la africana terra de vostra presència sia feta vídua perquè aquesta deserta població, ensemps ab mi, siam fets abundosos de vostra desijada vista, reduint-vos a memòria la corona de l'Imperi Grech, qui vostra s'espera, la virginitat mia, per vós tan desijada e ara perillosa per algun infel ésser robada, e yo, sposa vostra, cativa de semblants haja ésser detenguda. E no és menys de recordar la molta honor que de l'imperi teniu rebuda, de l'emperador e de mi, per los quals restaríeu difamat de ingratitut si diligentment no satisféyeu quanta crestiandat spera ésser defesa de captivitat ab lo preu de vostres armes.

«Moguen-se, Tirant, les vostres entràmenes, car vostres són pietat e clemència en les coses de honor e de amor! Veniu a delliurar los qui en total perdició perillen renegar la fe de Jhesucrist! Lo valerós cavaller Diafebus, duch de Macedònia, e altres parents e amichs vostres no us sien en oblit, los quals per ésser venguts en ajuda vostra són en presó cruel detenguts. ¡No sé què diga, no sé què presente a la vostra vista! Los engans que a la mia pensa fins ara han detengut són stats mirar, besar e adorar algunes joyes e coses que vostres són stades, aconsolant-me ab aquelles. Aprés, visitant les portes de la mia habitació, dient: «Açí seya lo meu Tirant. Açí reposava. Ací·m prengué. Açí·m besà. Açí, en aquest lit, me tingué nua». E axí, discorrent gran part de la nit e del dia, remeyava part de mos acostumats treballs. Donchs, cessen ja aquestes contemplacions que molt poch me aprofiten e vinga Tirant, qui serà vera consolació, fi, remey e descans dels meus mals e redempció del poble crestià.

Capítol CCCXCIX. Com Tirant s'esmortí de sobres de amor e dolor

Com Tirant hagué lesta la letra de la princessa, ell fon posat en tan gran agonia que s'esmortí per la molta dolor e compassió que hagué de l'emperador e de la sua princessa e de les lamentacions de aquella, car en aquell instant li fon presentat en lo conspecte seu los grans e amarchs infortunis en què eren posats, e de la captivitat del duch de Macedònia, cosín germà seu, e dels altres parents e amichs seus, per què caygué en terra com a mort.

La gran remor se mogué en lo palau per l'esmortiment de Tirant. Plaerdemavida, que hoí açò, cuytà fortment e trobà'l que l'havien posat en hun lit. E aquesta li lançà ayguaròs sobre la cara e posà-li lo dit en la orella, tocant-li la nafra que y tenia, e Tirant obrí prestament los ulls e per bon spay no pogué parlar, per la molta amor e dolor que tenia ensemps, car en aquell punt los dos contraris feren conjuncció e feren aquell cars, car verdaderament ell amava la princessa de grandíssima amor e no menys los parents e amichs. E com fon tornat en son recort, pres-se a dir semblant sclamació.

Capítol CCCC. Sclamació que fa Tirant

—O vosaltres qui passau per la via de amor sentint afanys e tribulacions! Ateneu e mirau si semblant dolor en vosaltres pot ésser de la que recite! Està lo meu trist cor nafrat de mortal ferida, lo metge e medecina del qual és aquella que és sobre totes les altres, no sols ara de mi absenta per larga distància, mas posada en grandíssima tribulació e perills evidents. La vida de aquella y la mia ensemps perillen. No ha bastat a fortuna separar-me de tanta glòria, mas encara, continuant lur mal costum, asajar combatre y envestigar lo refugi de ma vida.

«O emperador, lo qui yo com a Déu ame, honre e adore! O emperadriu, qui has portat en lo teu ventre lo fruyt de la mia vida! O princessa, ymatge en la qual la divina sciència se representa! O angèlica figura posseïdora de ma libertat, habitació excelssa en la qual lo meu repòs se reposa! Tu eres sola remuneració que·ls meus grans treballs anichilaves, ¿qui·t defensa en ma absència de oppressió e angústia? E a tu, Tirant, ¿qui·t prestarà laugeres ales ab les quals, volant, se pogués caminar hon la sua desconsolada ànima ymaginativament se rahona? Devallau, donchs, celestials núvols! Prenint lo meu fexuch cors, portau-me a finir ab aquella qui té la fi de ma vida. E vosaltres, inmortals déus, los quals poèticament acostumau ésser invocats, favoriu e ajudau, endreçau e donau camí al meu despoblat entendre per hon ma voluntat haja son desijat efecte.

«E a tu, Senyor, ab tota veritat creador e redemptor de humana natura, los genolls en terra, los ulls e mans als cels dreçant, humilment invoque lo teu eternal e infinit poder detinga los enemichs de la tua glòria, fins a tant que, disponent la tua magestat, yo, servent teu, guiat per la tua acostumada misericòrdia, socorregut de ta contínua potència, lo teu nom invocant, puga socórrer l'emperial stat e la crestiana unió a fi que, indigne, no merexedor de tanta gràcia, ensemps ab los remuts per ta clemència, puga regraciar y per obres perfetament donar a la tua santa paternitat lo fruyt que speres de nostres despullades ànimes.

Capítol CCCCI. Com Tirant donà lo regne de Feç e de Bogia al senyor d'Agramunt e a Plaerdemavida

Com Tirant hagué finida sa lamentació, ell dix al rey Scariano que partissen d'allí e que fessen la via de Túniç per haver en sa mà lo regne de Túniç. E ans que partís de aquí, donà lo regne de Feç e de Bogia al senyor d'Agramunt e a

Plaerdemavida. E aprés féu posar en orde tota la gent e, ab gran cavalleria, ell féu la via de la ciutat de Túniç.

E com los del regne de Túniç saberen que lo rey Scariano e lo capità Tirant venien ab tan gran poder, trameteren-li a dir com los suplicaven que no·ls volguessen fer dan negú, car ells eren contents que, puix lur senyor era mort, de obeir-los per senyors e fer tot lo que ells manassen. E ells los receptaren de bona voluntat. E entraren en la ciutat de Túniç molt pacíficament e ab grandíssima honor que·ls fon feta. E Tirant féu jurar al rey Scariano per senyor lur e totes les ciutats, viles e castells se donaren a ell.

E stant axí, ab aquell plaer, vench nova a Tirant com en lo port de Contestina havia arribades sis naus de genovesos molt grosses, per què de continent hi tramés Melchisedech e donà-li prou dobles, manant-li que carregàs totes les sis naus de forment e que·ls pagàs lo nòlit e que les trametés de continent en Contestinoble.

Partí Melchisedech e donà prestament compliment al que Tirant li havia manat. E dins breus dies foren carregades e desempachades e feren vela per complir son bon viatge. Aprés que Tirant hagué dat orde que les sis naus foren partides, que trametia en Contestinoble carregades de forment, a l'emperador, per fornir la ciutat de Contestinoble, en aquest temps ell féu pendre la possessió del regne de Túniç al rey Scariano e juraren-lo per rey e per senyor. E semblantment havia fet del regne de Tremicén.

E fetes totes aquestes coses, ell fon lo més content home del món. Lavors ell emprà al rey Scariano que ab tot son poder ell volgués passar ab ell en Contestinoble per recobrar l'Imperi Grech que lo soldà e lo Gran Turch havien pres e ocupat. E aquest dix que era molt content de complir tot lo que li manàs e molt més avant.

Axí mateix, dix al senyor d'Agramunt, rey de Feç e de Bogia, que anàs a sos regnes e que ajustàs tanta gent com pogués per anar ab ell. E aquest fon molt content, com ja tingués la possessió e senyoria, e partí de continent. Aprés lo rey Scariano scriví letres per tot lo regne de Tremicén e de Túniç a tots los capitans e cavallers que, a cert dia, que tots fossen a la ciutat de Contestina ab totes lurs armes e lo necessari per a la guerra, com ell los hagués mester. Per què, de continent que hagueren rebudes les letres, tots se meteren en punt lo mils que pogueren e, dins spay de tres mesos, tots foren en la ciutat de Contestina. E foren los del regne de Tremicén e de Túniç XLIIII mília hòmens a cavall e C mília de peu. Aprés, vench lo rey de Feç e de Bogia, ço és, lo senyor d'Agramunt, ab XX mília hòmens de cavall e ab L mília de peu, tots molt bé en orde.

E en aquest instant que aquests se ajustaven, vench la galera del cavaller Spèrcius ab moltes naus e galeres e lenys que havia noliejats, axí de genovesos com d'espanyols, de venecians e pisans. Emperò encara ne restaven a venir moltes més. E lo dit Spèrcius, exint de la galera, anà a fer reverència a Tirant e dix-li com tenia bon recapte de tot quant li havia dat càrrech, car ell li havia noliejades CCC naus grosses e CC galeres e molts altres lenys de diverses maneres. E de açò fon Tirant molt alegre.

De continent féu fornir la galera. E dix a Spèrcius que ell volia que anàs per embaxador al rey de Sicília e aquest li dix que era molt content. E Tirant li donà les instruccions del que tenia de dir al rey de Sicília. E lo cavaller Spèrcius se recullí en la sua galera e féu la via de Sicília.

Aprés pochs dies que l'embaxador fon partit, totes les fustes foren juntes al port de Contestina. E com Tirant véu que tenia prou compliment de fustes e més que no n'havia mester, ell se féu venir tots los patrons e pagà'ls a tots los nòlits per a hun any. E féu carregar de continent trenta naus de forment e de vituall[e]s en la costa de Barberia. E carregant-se les naus, ell féu ajustar hun dia tota la gent d'armes, axí de cavall com de peu, e tot lo poble de la ciutat, e molta altra gent de la terra que y eren venguts per lur plaer, en hun bell pla que y havia davant la ciutat de Contestina. E aquí havia fet fer Tirant hun gran cadafal molt alt e tota la gent podia star entorn. E Tirant e lo rey Scariano, e lo rey de Feç e molts altres barons e cavallers pujaren en lo cadafal fins que fon ple. Los altres stigueren baix e posat scilenci a la gent, Tirant se pres a dir la oració següent.

Capítol CCCCII. La oració que fa Tirant a la gent d'armes

—Stà de continu dreçada la proa del meu desig al perillós port de honor, navegant per la tempestuosa mar de amor per la qual, no sols lo treballar, mas lo morir, és glòria tal que en les penes dels mortals oblidar no·s leixa. ¡Quant més vosaltres, potentíssims reys, strenus cavallers e virtuosíssim poble, qui ja per lur noble costum o naturalea sou obligats a semblants actes! Levades les àncores al delitós navegar, per hon vostres corones e fama relluint dareu major la claror del vostre il·lustre valer e linatge, ja ormejats de vostres moltes singulars speriències, portareu per bandera la sperança de certa sdevenidora victòria, perquè ni les vostres acostumades mans de ferir poden sinó vençre, ni los vostres ulls, havent perduda la ferea de tant temerosos actes, se poden cansar. E axí menys lo vostre gran coratge, semblant a roca de forts diamants, porà consentir flaquejar ni girar les spatles. Sia-us, donchs, conhort e confortem-nos fent tots hun mateix ànimo e voluntat, que semblants coses pròspera fi, segur port e gloriós exalçament prometen. És la fi de mes paraules pregar, solicitar e amonestar tots vosaltres, lo bé e honor de qui com a propi stime, vullau atendre e sovint pensar quanta necessitat aquest singular negoci nos presenta, presentant-vos lo perill de crestiandat, per la qual defendre y aumentar som tenguts. E quant infinit o sobirà és lo premi que se n'adquereix, per lo reverent religiós qui preÿcar-vos s aparella, manifestament e piadosa poreu entendre.

E finida Tirant la oració, féu pujar en una trona que hagueren posada sobre lo cadafal a hun frare de la Mercé, cathalà, natural de la ciutat de Leyda, lo qual havia nom frare Johan Ferrer, qui era aquí legat per lo sant Pare e sabia molt bé parlar la lengua morisca, qui a suplicació de Tirant era vengut, e era gran mestre en la sacra theologia, lo qual féu hun sermó molt singular segons hoireu.

Capítol CCCCIII. Lo sermó que T[i]rant féu fer als moros

—Considerant e ab molta diligència pensant, molt alts i excel·lents senyors reys e vosaltres, nobles e generosos barons, e tots los qui ací sou al present convenguts, en la dignitat de la fe crestiana, veig e conech aquella ésser de tanta excel·lència e necessitat a cascuna creatura racional que, com Déu no haja creat l'ome sinó per posseir e fruir lo sobiran bé de la glòria de paradís, aquell no pot tal bé fruir ni posseir si de la vestidura nubcial de la fe crestiana no és vestit. Car per res l'ome de la contagió de la mort e obligació de peccat que incorre en la sua primera nativitat pot ésser delliurat, sinó per fe. Açò mostra lo gran doctor Aureli Agustí en una epístola que fa *Ad Obtatum*, dient: *Nemo, inquit, liberatur a damnacione que facta est per Adam, nisi per fidem Jhesu Christi*, que vol dir: «no pot ésser algú deliurat de la damnació en què és caygut per lo peccat de Adam, sinó per la fe de Jhesuchrist». Y en aquesta sola axí los antichs com los moderns se salvaven, car la ley antiga de si no portava algú a la vida eterna, mas crehent aquells del testament antich que Jhesús se devia encarnar e per humana natura morir, al terç dia ressuscitar. E en fe de aquests e molts altres articles que lavors eren encara per venir —e nosaltres, moderns, crehem ja ésser stats— se salv[ar] en. E per no perdre tan gran bé com és la glòria de paradís, la qual ulls no basten a veure ni orelles a hoir ni enteniment a entendre, deveu bé tots vosaltres qui de tal vestidura sou vestits mirar que aquella no perdau.

«E vosaltres qui de la secta mafomètica stau abeurats, aquella de tot renunciant, dispondre-us a rebre la fe cathòlica perquè, aquella rebuda, en lo número dels sants siau posats. E a renunciar la secta mafomètica vos deuen induir, e les suzietats e desonestats que en aquella teniu. Pot ésser més vituperosa e vergonyosa cosa a l'home que posar la sua felicitat en actes de gola e luxúria? E açò vos atorga per felicitat aquell vilíssim porch, vostre cap Mafomet, que és contra tot juhí de rahó, de la qual los hòmens deuen usar, car los actes de gola e de luxúria als animals bruts e no rahonables són propis. E la felicitat humana axí deu ésser posada en acte propi de l'home segons vol lo philòsof, *Primo et decimo Eticorum*, e Lactanci, *Libro tercio Divinarum Institucionum, capitulo decimo,* que en aquell no sia comú ab los animals bruts. E com en los actes de gola e luxúria los hòmens convinguen ab les bèsties, segueix-se en aquells no star la filicitat humana, e per conseqüent Mafomet, qui a tanta desonestat vos induheix, clarament se mostra que us engana, e per ço no·l deveu tenir sinó per cap de falsia y engan.

«Mas la fe cathòlica, de la qual lo capità és Jhesuchrist, rey sobre tots los reys e senyor sobre tots los senyors, tals actes e abominacions avorrint, indueix los crestians a la observància dels manaments de Déu. E per ço ella sola pot ésser dita via de Déu, segons diu David: *Viam mandatorum tuorum cucurri*, que vol dir: «Yo, Senyor, he corregut y caminat per la fe cathòlica, la qual me ha de salvar, que és via dels teus manaments». E per ço legim, *Ecclesistici, vicesimo tercio, Nichil dulcius quam respicere in mandata Domini*, que vol dir: «No és al món cosa més dolça e suau que mirar en los manaments de Déu».

«O ànima! Pensa quina cosa pot ésser més dolça ni suau de aquestes paraules scrites en la ley crestiana: «Amaràs lo senyor Déu teu de tot lo teu cor, etcètera, y lo proïsme». Se conté tota la perfecció de la fe crestiana. E per ço ella sola és tota fundada en caritat, la qual en los crestians deu cremar com a foch, segons dix Jhesús, *Johannem XII, Ignem veni mitere in terram et quod volo nisi ut ardeat*, que vol dir: «Yo só vengut a donar foch en la terra e vull que creme», ço és, que lo crestià tostemps deu ésser cremant e ardent en amar Déu y lo proïsme. E com la secta mafomètica no haja cura de observar los manaments de Déu, als quals tothom més que alguna cosa altra és obligat, segueix-se que aquells qui aquella observen ab ulls closos e tancats van a infern e solament los crestians, per la fe cathòlica il·luminats, van a la glòria de paradís.

«E per ço, rahonablement, la fe cathòlica per tres rahons és dita lum de l'enteniment humà. Primerament, que ella naix del gran sol que és Déu, car, axí com la lum material naix del sol, axí la fe proceheix de Jhesucrist, que és Déu, segons diu sent Pau, I Corinthios, II, *Fides nostra non est in sapiencia hominum, sed in virtute Dei*, que vol dir: «La fe nostra no és en la saviesa dels hòmens, mas en virtut de Déu». Segonament, la fe cathòlica és lum de l'enteniment humà per quant expel·leix les tenebres dels peccats, segons diu lo savi, *Proverbiorum, capitulo VI, Per fidem et penitenciam purgantur peccata*, que vol dir: «Per fe e penitència se denegen e·s lancen los peccats». E si aquella vosaltres, moros, pendreu, siau certs que en aquella hora ab l'aygua del sant babtisme sereu en lo cors lavats. En la vostra consciència, de tots los peccats que fins en la present jornada haveu comés, sereu de tots netejats.

«E si de tal vestidura ornats, en aquest sant viatge de Contestinoble que mon senyor Tirant, en adjutori de l'emperador e de la princessa vol fer, lo acompanyareu, siau certs que de dos coses la una no us pot fallir. La primera, que, si en batalles que contra lo Turch o soldà haureu moríeu, paraís no us pot mancar. L'altra, que, si en aquelles haveu victòria y scapau, la vostra fama per tot lo món s'estendrà.

«Tercerament, la fe cathòlica és lum de l'enteniment per quant manifesta les coses amagades, car manifesta als crestians tots los articles de la fe e molts altres secrets de Déu, los quals a tota altra secta són amagats. E per ço tots los que ací som ajustats per fer aquest sant viatge, pensant que lo instituïdor de la fe cathòlica, qui és Jhesús, és nostre capità, devem aquell ab ànimo gran e viril compendre, car sots lo standart e penó de aquell qui no acostuma de perdre batalles anam, lo qual sens dubte nos darà victòria contra lo gran soldà e Turch. E recobrarem l'Imperi Grech, lo qual ells tirànicament se han ocupat, axí com havem conquistats los regnes de Túniç, de Tremicén, de Feç e de Bogia. E no solament per Déu alt en paradís serem premiats, mas encara, per tots aquells qui aquesta nostra conquesta hoiran, grandíssimament serem loats.

E complides les dites paraules, lo sobredit frare Johan Ferrer donà fi a son sermó.

Capítol CCCCIIII. Com foren batejats CCCXXXIIII mília infels

Aprés que lo sermó fon finit, tots los moros qui no eren batejats ab grans crits demanaren lo sant babtisme. E de continent, Tirant, en la dita plaça féu portar vexelles grans plenes d'aygua, axí com conques, cocis e librells, e hagué tants frares e capellans com se trobaren allí, car Tirant havia fets edificar molts monestirs en les ciutats que havia preses, e moltes altres sglésies, e havia-y fet venir molts capellans e frares de altres parts de la crestiandat. E aquí tots se batejaren, axí los que havien de anar com los qui restaren, e dins tres dies foren batejats CCCXXXIIII mília, entre moros e mores e infants.

Aprés que tots los moros foren batejats, Tirant anà a parlar ab lo rey Scariano e dix-li:

—Senyor e germà meu, yo he pensat, si a vós serà plasent, que vós no aneu ab nosaltres per mar, mas que us ne torneu en lo vostre realme de Ethiòpia. E com sereu allà, ajustareu tanta gent com poreu de peu e de cavall, e per terra fareu la via de Contestinoble. E yo per mar iré ab aquesta gent e, vós de una part e yo de l'altra, pendrem lo soldà e lo turch enmig e dar-los em la mala ventura.

E lo rey Scariano dix que lo plaer seu fóra de anar ab ell, emperò, perquè conexia lo grandíssim socors que fer-li podia de molta gent, dix que era molt content.

Recita lo libre que aquest rey Scariano era molt gran de cors e de molt bella disposició, molt fort e valentíssim cavaller, e era tot negre, car era senyor dels negrins de Ethiòpia e era nomenat lo rei Jamjam. Tenia molt gran senyoria e era molt poderós, axí de molta cavalleria com de molt tresor, e per sos vassalls era molt amat de grandíssima amor. E e lo seu regne era tan gran que fronterejava ab la Barberia en lo regne de Tremicén e, de l'altra part, ab les Índies e ab lo Preste Johan, e per la terra de aquest passa o corre lo riu Tigris.

Com lo rey Scariano véu la voluntat de Tirant, mès-se en orde per partir ab cinch-cents rocins e pres comiat de Tirant, ell e la reyna, e del rey de Feç e de la reyna e de tots los altres barons e cavallers, e tingué sa via. Tirant lo acompanyà bé una legua e aprés tornà-se'n en la ciutat de Contestina per donar orde a la gent que·s recullissen ab los cavalls e ab tot lur exèrcit.

Ací·s dexa de parlar la istòria de Tirant, que fa recullir tota sa gent e son forniment, e torna a parlar de l'embaxador Spèrcius, qui anava a la illa de Sicília.

Capítol CCCCV. Com l'embaxador Spèrcius arribà en la illa de Sicília

Aprés que l'embaxador Spèrcius fon partit del port de Contestina, hagué lo temps tan favorable que en breus dies arribà en la illa de Sicília. E sabé que lo rey de Sicília era en la ciutat de Mecina e féu aquella via. Com fon junt en lo port, ell se mès en orde molt bé abillat ab roba de brocat e ab grossa cadena d'or al coll. E tota la sua gent molt ben abillada. E ixqué en terra molt ben acompanyat, fent la via del palau del rey.

Com fon davant lo rey, li féu deguda reverència, e lo rey lo rebé ab cara molt afable e féu-li molta honor, demanant-li la causa de la sua venguda. Respòs-li l'embaxador e dix:

—Senyor molt excel·lent: Tirant lo Blanch me tramet a vostra senyoria per embaxador.

E donà-li la letra de crehença. Lo rey la féu de continent legir e, lesta, lo rey féu donar bona posada a l'embaxador e li tramés en gran abundància tot lo que mester hagués. E axí mateix tramés carn de bou e de porch e molt pa fresch a la galera per refrescament a la gent.

L'endemà per lo matí, aprés que lo rey hagué hoïda missa, lo rey féu ajustar tots los de son consell e, en una gran sala asseyts, lo rey dix a l'embaxador que splicàs sa embaxada. L'embaxador se levà e féu sa reverència. E lo rey lo féu tornar a seure e pres-se a dir en la següent forma.

Capítol CCCCVI. Com l'embaxador de Tirant splicà la sua embaxada

—Senyor molt excel·lent, no ignora vostra excel·lència com Tirant lo Blanch feya la guerra per l'emperador de Contestinoble contra lo soldà e lo Gran Turch. E vostra altesa deu saber com Tirant se recullí en mar ab X galeres per anar la via del camp que los seus capitans tenien vers la ciutat de Sent Jordi. E fon sort e ventura que en la mar se mès tan gran tempesta que les galeres hagueren a partir ans d'ora e hagueren lo vent al contrari e corregueren la via de la Barberia. E en poca hora les galeres foren lunyades les unes de les altres, que·s perderen totes, e la galera de Tirant donà a través prop la ciutat de Túniç. E aquí Tirant fon pres e catiu en poder de hun capità del rey de Tremicén e, aprés, per les grans cavalleries de Tirant, fon posat en libertat per lo rey de Tremicén e féu la guerra per ell. Ha subjugada e conquistada tota la Barberia per a si, ha morts en les batalles VIII reys moros e han pres hu, lo major de tots, ço és lo rey Scariano, senyor de la gran província dels negrins, qui·s nomena Ethiòpia, e ha'l fet fer crestià e companyó seu d'armes e ha-li dat lo regne de Túniç e de Tremicén. Aprés és stat certificat com lo soldà e lo Gran Turch han levades a l'emperador totes les terres, les quals Tirant havia conquistades, per què té deliberat, ab tot lo major poder que porà, de anar e passar en Contestinoble. Té ajustada tota la Barberia e, ab moltes fustes que té, treballa de recullir-se. Suplica a vostra altesa que ab tot vostre poder vullau passar ab ell en persona per ajudar-li a complir la conquesta de l'Imperi Grech. E açò us haurà a molta gràcia e mercé com tal confiança tinga de vostra senyoria, car ell serà ací molt prestament.

L'embaxador no dix més avant. No tardà lo rey en fer semblant resposta:

—Cavaller, yo tinch molt gran consolació de la gran prosperitat del meu germà Tirant, per què yo só content ab molta amor de valer-li dels béns e de la mia persona en tot lo que sia aument de son bé e honor.

E l'embaxador se levà a féu al rey infinides gràcies. E exits del parlament, lo rey féu fer letres a tots los barons e cavallers de Sicília e a totes les ciutats e viles reals que, a cert dia, trametessen lurs síndichs en la ciutat de Palerm, com ell tingués delliberat de tenir parlament general.

E al dia assignat, lo rey e tots los convocats foren en Palerm. E ajustat lo parlament, lo rey amprà a tot lo regne en general, e aprés en particular, e tots foren contents de dar-li, e los qui disposts eren de anar ab ell. E clos lo parlament tots los qui delliberaven de anar prestament se posaren en orde. E lo rey ajustà en poch temps IIII mília cavalls molt bells encubertats e féu gran provesió de fustes e de vitualles.

Ací·s lexa lo libre de parlar del rey de Sicília, que posa en orde totes les sues fustes e fa recullir totes les vitualles e los cavalls e arnesos, e torna a recitar de les VI naus que Tirant havia trameses a Contestinoble carregades de forment.

Capítol CCCCVII. Com les VI naus que Tirant trametia a Contestinoble carregades de forment arribaren al port de Valona ab salvament

Aprés que les VI naus foren partides del port de Contestina, hagueren tan pròsper vent que en pochs dies foren al port de Valona arribades, lo qual port és en Grècia, prop de Contestinoble. E aquí hagueren nova com lo soldà e lo Turch havien passat lo braç de Sent Jordi ab moltes naus e galeres que havien fetes venir de Alexandria e de la Turquia e havien posat siti a la ciutat de Contestinoble. E tenien lo siti molt prop de la ciutat e les fustes per mar, en tal forma que l'emperador stava ab molt gran congoxa, que tots los qui dins la ciutat eren suplicaven contínuament a Jhesucrist que·ls trametés a Tirant per liberar-los de captivitat. E staven ab molt gran confiança per quant eren certificats com Tirant venia ab molt gran poder.

E la princessa se'n tornà al palau de l'emperador per confortar lo pare. E li deya que stigués ab bon cor, que nostre Senyor los ajudaria. E defensaven-se lo millor que podien.

L'emperador havia fet capità seu major a Ypòlit, lo qual feya cascun dia de molt grans cavalleries. E si no fos per ell, lo soldà haguera presa la ciutat ans que Tirant fos aplegat.

Com los patrons de les VI naus saberen com l'estol del soldà era sobre Contestinoble, no gosaren passar, mas feren hun correu per terra a l'emperador com ells eren aquí en lo port de Valona, mas que no gosaven passar per socórrer a sa magestat per dubte del stol dels moros qui era davant la ciutat, mas que avisaven a sa magestat com Tirant era ja partit de la ciutat de Contestina e que venia ab molt gran cuyta per socórrer-lo. E que confiàs de la misericòrdia de Déu, que molt prestament Tirant seria ab ell. E d'altra part, armaren un bergantí, lo qual trameteren a Tirant per avisar-lo com lo soldà e lo Turch havien posat siti en la ciutat de Contestinoble.

Lo bergantí partí molt cuytadament e féu la via de Sicília, e hagué tan bon temps que en breus dies fon junt en la illa de Sicília, en lo port de Palerm.

Capítol CCCCVIII. Com Tirant partí ab tot lo seu stol de la ciutat de Contestina

De continent que lo rey Scariano partit fon de Contestina, Tirant féu recullir tots los cavalls, arnesos e vitualles e tota la gent e les trenta naus foren ateses que havien carregat de forment, e féu-les fornir de molta gent. E com tots foren recullits, se recullí Tirant e lo rey de Feç e la reyna Plaerdemavida e tots los cavallers qui eren en terra ab Tirant. Com tot fon fet, Tirant manà fer vela e que fessen la via de Sicília, e navegaren ab pròsper vent tant fins que foren en la illa de Sicília.

Com lo bergantí qui era vengut del port de Valona véu l'estol de Tirant, ixqué del port e cuytà devers aquella part e demanà la nau del capità. E fon-li mostrada. E com lo bergantí fon junt a la nau, lo patró pujà alt en la nau de Tirant e dix-li com les sis naus eren al port de Valona, que no eren pogudes passar per l'estol del soldà, qui era sobre Contestinoble, e siti que tenien sobre la ciutat. De açò hagué Tirant molt gran enuig e féu la via del port de Palerm. E véu aquí les fustes del rei de Sicília qui començaren a fer gran festa de trompetes e de bombardes, e les de Tirant per lo semblant. E feren tan gran remor que paria que lo món deguessen abisar.

E tan prest com l'estol de Tirant fon dins lo port, que hagueren surgit, lo rey de Sicília entrà dins la nau de Tirant e aquí se abraçaren e·s besaren e·s feren molt gran festa la hu a l'altre. E axí mateix lo rey de Sicília féu molt gran honor a tots los barons e cavallers que eren en la nau de Tirant. E besà e abraçà al rey de Feç e tots ensemps ixqueren en terra. E Tirant manà que negú de totes les fustes no ixqués en terra, car l'endemà ell volia partir. Era hora de tèrcia com foren dins lo port. Lo rey de Sicília hagué feta venir la reyna a la vora de la mar, la qual féu molt grandíssima festa a Tirant e al rey de Feç e a la reyna, majorment com sabé que era criada de tan virtuosa senyora com era la princessa. E axí, tots ensemps, se n'anaren al palau ab gran multitut de dones e donzelles e de poble qui·ls seguien.

Com foren en lo palau, lo gran dinar fon aparellat. Lo rey pres a Tirant per la una mà e al rey de Feç per l'altra, e la reyna de Sicília a la reyna de Feç, e axí anaren a una gran sala, la qual era molt bé emparamentada de draps d'or e de seda e, per terra, de molt bella tapiceria. E al cap de la sala havia hun bell tinell tot ple de vexella d'or e d'argent, car aquest rey Phelip de Sicília era home un poch avar e havia ajustat molt tresor ab la molta diligència que tenia en fer-se molt rich. Com foren en la sala, lo rey de Sicília volgué fer seure primer en la taula a Tirant, emperò ell no u permés, mas feren seure primer al rey de Feç, aprés al rey de Sicília e Tirant davant lo rey de Sicília. E la reyna de Feç aprés del rey de Sicília e la reyna de Sicília aprés de la reyna de Feç. E ab gran magnitut de trompetes e de ministrés ells se dinaren ab gran plaer e ab gran abundància de totes maneres de viandes pertanyents a semblant convit.

Com foren levades les taules, Tirant e lo rey de Sicília se n'entraren en una cambra e la reyna de Sicília e lo rey de Feç e la reyna, muller sua, restaren en la sala ab gran multitut de dames e de cavallers e prengueren-se a dançar e fer molt gran gala. E Tirant e lo rey de Sicília començaren a parlar de lurs afers.

Tirant recità al rey de Sicília totes les desaventures que li eren seguides e com, aprés, Nostre Senyor lo havia molt prosperat e li havia dat de grans victòries, e com havia conquistada tota la Barberia. Aprés li recità l'estament en què l'emperador stava, per què era de gran necessitat que prestament lo socorreguessen.

Lo rey de Sicília li respòs:

—Jermà senyor, yo stich ja en orde de tot lo que he mester, ja recullits los cavalls e los arnesos e tota la més gent. No resta sinó recullir la cavalleria, que en dos hores seran recullits tots.

Respòs Tirant:

—Jermà senyor, suplich-vos que de continent façau anar la crida per la ciutat que tothom, sots pena de la vida, sien recullits a la oració, que vós voleu partir sta nit.

E de continent lo rey de Sicília tramés un cambrer seu e los trompetes anaren per la ciutat manant a tots los qui tenien de anar que·s recullissen. E prestament fon fet. Tirant e lo rey de Sicília tornaren a la reyna a la sala e aquí prengueren hun poch de plaer.

E la reyna de Sicília se apartà hun poch ab la reyna de Feç, fahent-li moltes carícies, e demanà-li molt de la princessa e de la sua bellea y de les sues condicions y de les amors de Tirant y de la princessa. E la reyna de Feç li dix moltes lahors de la princessa e que jamés no acabaria de dir les singularitats que en aquella senyora eren. De les amors se'n passà molt laugerament ab molt gentil manera e discreció. Aprés la començà a lagotejar, axí com aquella qui n'era maestra, dient-li que aprés sa senyora la princessa, que al món no tenia par, no havia vista ni coneguda dona de tan gentil saber ni de tanta bellea com era sa senyoria e que stava molt enamorada d'ella e de la sua singular condició. E moltes altres rahons que li dix, en què la reyna de Sicília pres molt gran plaer.

Aprés que les festes e gales foren fetes, fon hora de sopar, e soparen ab gran plaer e consolació. Com foren levats de taula, Tirant pregà al rey de Sicília que·s recullissen dejorn e ell dix que era molt content. E prengueren comiat de la reyna de Sicília e de tots los qui restaven ab ella. Lo rey de Sicília comanà lo regiment del regne a hun cosín germà de la reyna qui era duch de Mecina, qui era cavaller bo e virtuós. E féu-lo visrey e comanà-li la reyna e tota la casa. E fet tot lo que a fer tenia, lo rey e Tirant ab tota la companyia se reculliren. E a la primera guayta tot l'estol, axí lo de Tirant com lo del rey de Sicília, feren vela e ixqueren del port. E nostre Senyor donà'ls tan bon temps que dins breu temps foren davant lo port de Valona, hon les VI naus eren, carregades de forment, les quals hagueren molt grandíssim plaer com veren l'estol de Tirant.

Com Tirant véu les naus, tramés-hi lo bergantí manant als patrons que fessen vela, que ixquessen del port e seguissen l'estol de Tirant. E prestament feren son manament.

Ací·s leixa lo libre de recitar del stol de Tirant e torna a recitar del rey Scariano.

Capítol CCCCIX. Com lo rey Scariano féu batejar tota la gent del seu regne

Aprés que fon partit lo rey Scariano de Tirant, cavalcà tant ab la reyna, muller sua, que per ses jornades ell arribà en la sua terra, ço és, en lo regne d Ethiòpia. E com sos vassalls lo veren, feren-li la major festa del món e reberen la reyna ab honor grandíssima e feren-li de grans donatius. E tenien gran consolació com lo lur rey venia senyor e vencedor de tanta terra que havia conquistada.

Com hagué reposat per alguns dies, lo rey Scariano féu ajustar tots los barons e cavallers de son regne en la ciutat de Trogodita, qui era una molt grandíssima ciutat e la major de tota Ethiòpia. E com tots foren ajustats, ells tingueren lur parlament general. E lo rey Scariano los preposà lo qui·s segueix:

—Barons, io us he fets ajustar per recitar-vos tots los meus fets com sia cert que de la nostra prosperitat vos alegrareu. No ignora la saviesa de vosaltres com yo, per ma desaventura, fuy pres per lo gran capità dels crestians, ço és, Tirant lo Blanch, cavaller de molt gran virtut e magnificència, lo millor e més valentíssim cavaller que vixca dejús lo cel, com per la sua gran noblesa e liberalitat nos ha mès en libertat e fet companyó e germà seu d'armes e, més, me ha dat per muller la filla del rey de Tremicén, ab lo regne, la qual cosa yo stime més que si m'hagués fet senyor de tot lo món. E d'altra part me ha dat lo regne de Túniç, per què yo só molt obligat a ell. E com ell tinga a fer la conquesta de l'Imperi Grech per l'emperador de Contestinoble, al qual lo soldà e lo Gran Turch han despossehït de tot l'imperi, ha amprat a mi, com a germà e servidor seu, que yo ab tot mon poder li vulla ajudar, pregant-vos que tots los qui seran disposts vullau anar ab mi en Contestinoble a mon sou e despesa.

E tots, de hu en hu, respongueren que ells lo amaven de grandíssima amor per les sues virtuts insignes e que volien morir per la sua amor e honor, e no solament en Contestinoble, mas encara fins al cap del món. E lo rey Scariano los regracià molt la lur bona voluntat e manà'ls que se'n tornassen cascuns en ses terres e que·s metessen en orde, que a dia cert tots fossen en la dita ciutat per rebre lo pagament del sou. E d'altra part, tramés correus per totes les ciutats e viles de son regne que fossen fetes crides que tots los qui volguessen pendre sou, axí de cavall com de peu, axí stranys com del regne, que vinguessen en la ciutat de Trogodita, que allí los seria dat bon sou.

E en aquest instant de temps que la gent se ajustava, la reyna hagué pensat de fer son poder de créxer e aumentar la crestiandat, car era molt bona crestiana e dotada de moltes virtuts. Car, com partí de Contestina, se'n portà ab si molts frares e capellans e dos bisbes per intenció de edificar sglésies e monestirs. Per què, de continent que fon en la ciutat de Trogodita, féu preÿcar al poble que·s fessen crestians. E molts, per amor del rey e de la reyna, que eren crestians, e altres per devoció, se batejaren. E lavors la reyna féu edificar molts monestirs e sglésies e fer-los consignar al rey molta renda. E axí, en aquella ciutat com en les altres del regne, foren edificades sglésies e monestirs e per los bisbes foren consagrades. E posaven-s'i en los monestirs molts de la terra ab gran devoció, e foren majorals los frares e capellans e als bisbes donaren bons bisbats ab bona renda. E manà a tots los qui tenien disposició que anassen preÿcant per tot lo seu regne e que batejassen a tots aquells qui demanarien lo sant babtisme. E en aquell temps, en lo regne de Ethiòpia no sabien què era matrimoni, ans eren entre ells les fembres comunes. E per ço les gents no coneixien pare, sinó mare, per què eren la menys noble gent del món. E aprés que la reyna, muller del rey Scariano, hi fon, e·ls hagué fets fer crestians, los féu fer matrimonis e, d'aquí avant, foren legítims.

En aquest regne del rey Scariano, sobre la mar, vers migjorn, ha una gran muntanya qui lança gran quantitat de foch cremant sens cessar jamés. E en aquest regne de Ethiòpia ha molt grans deserts hon no habita negú fins en Aràbia, e afronta ab la mar occeana.

Com tota la gent fon ajustada, lo rey féu donar sou a tots aquells qui pendre'l volien e molts hi anaren sens sou. Aquest rey Scariano era molt rich de tresor, per tant com se'n cullia molt en sa terra per algunes menes que s'i troben qui són del rey. E molt rich de cavalleria, car era hu dels grans senyors del món, exceptat lo Gran Chan. E trobà que tenia per compte CCXX mília hòmens a cavall, forts e molt destres en les armes.

Com lo rey Scariano hagué dat orde en tots sos afers, axí com aquell qui era home de gran prudència, e hagué ordenat son regne de bons regidors, ell ordenà sos capitans e ses capitanies, axí de la gent de cavall com de la de peu, qui era molta, si bé dessús no se'n fa menció, e assignà dia cert que tothom fos prest per partir. E més avant ordenà molt gran carruatge e molt gran multitut de cavalls e orifanys per portar vitualles, tendes e artelleries e totes coses necessàries per al mester de la guerra. E d'altra part, gran mu[l]titut de bous e d'altres bestiars per a forniment de la ost. E per semblant, la reyna, qui·s fon mesa molt en punt ab molt grans abillaments e obratges de perles e de pedres fines que tenia en molt gran abundància e d'altres robes de chaperia. E ab moltes dones e donzelles, de blanques e de negres, car les blanques eren del regne de Túniç e les negres de Ethiòpia. E per ço la reyna se féu tants abillaments, perquè havia promés a Tirant que ella iria a les sues bodes e de la princessa, e a les de Plaerdemavida e del senyor d'Agramunt, rey de Feç, qui·s devien fer en Contestinoble lo dia que Tirant faria bodes ab la princessa.

Com tota la gent fon en orde, lo rey Scariano partí de la ciutat de Trogodita ab tota la sua ost e caminà tant per ses jornades per son regne fins que fon a la fi de son regne, en una ciutat que és nomenada Seras, qui frontereja ab terra de Preste Johan, e aquí reposà alguns dies e li fon feta molt gran festa perquè jamés lo havien vist, car de la ciutat de Trogodita fins a la ciutat de Seras havia cinquanta jornades.

Ací·s lexa lo libre de parlar del rey Scariano, qui va ab la sua ost la via de Contestinoble, e torna a recitar del cavaller Spèrcius, que Tirant havia tramés per embaxador al rey de Sicília.

Capítol CCCCX. De la bona ventura que hague lo cavaller Spèrcius

Rebuda resposta lo cavaller Spèrcius del rey de Sicília de la splicada embaxada e vist lo gran aparell que lo rey feya fer, pres licència e comiat del rey de Sicília e reculli's en la galera per tornar a Contestina.

E aprés pochs dies que fon partit del port de Palerm, Tirant hi arribà ab tot lo seu stol. E per sort la galera d'Espèrcius no s'encontrà ab l'estol de Tirant, ans passà avant fins a Contestina e aquí li digueren com bons dies havia que Tirant era partit ab l'estol, que ja devia ésser en Sicília. De açò hagué gran enuig Spèrcius, com no s'era encontrat ab l'estol, e pres refrescament per a la galera e tornà la via de Sicília. Com fon en lo port de Palerm no y trobà negú, car ja havia XV dies que tot l'estol era partit. E presa aquí lengua, tirà la via de Contestinoble e, per sos dies, ell aplegà al port de Valona e trobà que ja n'era fora l'estol.

E d'aquí ell tirà la via de la canal de Romania, e pres-lo fortuna e lançà'l en la illa del Lango. E aquí la galera donà a través e perdé's tota la gent, exceptat lo cavaller Spèrcius ab X hòmens. E posaren-se per la illa per veure si trobarien loch poblat que poguessen restaurar la vida.

E anant axí trobaren un home vell qui guardava hun poch de bestiar e demanaren-li si havia negun loch poblat en la illa. E lo pastor los dix que en tota la illa no y havia població sinó hun petit casal en què staven quatre casats qui per lur desaventura eren venguts aquí habitar perquè eren stats excel·lats de la illa de Rodes. E vivien aquí en molt gran misèria per quant aquella illa era encantada e deguna cosa no y podia profitar. Lo cavaller Spèrcius lo pregà que, per reverència de Déu los volgués dar a menjar, que de tot lo dia passat e aquell, qui passava migjorn, no havien menjat, car ells li ajudarien de tot lo que porien. E lo pastor hagué compassió d'ells e dix-los que de sa misèria ell los faria part. E tocà son bestiar e portà'ls al casal e, com hi foren, donà'ls a menjar del que tenia. Com hagueren menjat, lo cavaller Spèrcius enterrogà son hoste que li volgués dir qui havia encantada aquesta illa, que paria tan bona e que axí fos desabitada.

E ell li dix que, per ço com li paria ell ésser home de bé, lo y volia tot recitar:

—Senyor, vós deveu saber que antigament era príncep e senyor de aquesta illa del Lango e de Cretes Ypocràs, lo qual tenia una filla molt bellíssima que és huy en dia en aquesta illa en forma de hun drach que té bé VII colzes de lonch, car yo la he vista moltes vegades, e nomena's la Senyora de les Illes. E jau e habita en les voltes o coves de hun castell antich qui és en aquell puig que podeu veure de ací. E mostra's dos o tres voltes en l'any e no fa mal ni dan a negú si donchs no li fan enuig. E fon mudada de forma —de una donzella noble e bella en aquella figura de drach— per una encantació de una deessa qui havia nom Diana. E devia ésser desencantada e tornaria en sa pròpia figura e en son stament quant trobaria hun cavaller tan animós que la gosàs anar a besar en la boca. E una volta hi vench hun cavaller del Spital de Rodes, qui era un valentíssim cavaller, e dix que ell iria per besar-la. E pujà sobre un cavall e anà al castell e entrà en la cova. E lo drach començà de levar la testa devers ell e, quant lo cavaller la véu axí orrible, comencà a fogir e lo drach lo seguí, e lo cavall portà lo cavaller, mal son grat, sobre una roca e saltà en la mar e, axí, lo cavaller fón perdut.

«Aprés se seguí que, passat algun temps, hun jove que res no sentia de aquesta ventura exí de una nau per deportar-se e, anant axí per la illa, se trobà a la porta de aquell castell e, entrant en la cova tan dedins fins que fon en una cambra, e aquí véu una donzella qui·s pentinava e stava mirant en l'espill. E ell véu molt tresor entorn d'ella. Lo jove se pensà que fos qualque folla fembra o comuna qui stigués aquí per fer bona companyia als hòmens qui passaven per aquí. Stigué aquí tant fins que la donzella véu la ombra del dit home e acostà's devers ell e demanà-li què volia. E ell respòs: «Senyora, si a vós era plasent, que·m volguésseu pendre per servidor». E la donzella li demanà si era cavaller e lo jove respòs que no. «Donchs —dix la donzella—, si cavaller no sou, no podeu ésser senyor de mi, mas tornau-vos-ne a vostres companyons e feu-vos cavaller. E yo, demà de matí, staré ací fora de la cova e iré-us a l'encontre. E vós veniu-me a besar en la boca e no tingau dubte negú, que yo no us faré negun mal, jatsia que a vós yo·em demostraré molt fera de veure, car yo só tala com me veu, mas per encantació yo·m demostre drach. E si vós me besau, vós haureu tot aquest tresor e sereu mon marit e senyor de aquestes illes». E, així, lo jove se partí de la cova e anà-se'n a sos companyons a la nau e féu-se cavaller. E aprés, l'endemà, e[l]l anà allà hon era la donzella per besar-la. E com ell la véu exir de la cova de tan leja e spantosa figura, ell hagué tan gran temor que fugí vers la nau e ella lo seguí fins a la mar. E quant ella véu que ell no tornava devers ella, començà a cridar grans crits com a una persona dolorosa e tornà-se'n a son loch. E lo cavaller morí de continent. E aprés no y ha vengut cavaller algú que no morís tantost. Mas si y venia cavaller algú qui la gosàs besar, ell no morria, ans seria senyor de tota aquesta terra.

Com lo valentíssim cavaller Spércius hagué hoïdes les rahons del vell, ell stigué hun poc pensant. Aprés, dix al vell:

—Digau-me, bon home, ¿és ver lo que·m dieu?

Respòs lo vell:

—Senyor, no y poseu dubte negú, car yo us parle ab tota veritat, car tot açò e lo més del que us he recitat és stat en mon temps, e no us volria haver mentit per cosa en lo món.

En aquell punt, lo cavaller Spèrcius fon posat en gran pensament e no replicà més al vell, mas dix entre si mateix que ell volia sperimentar aquesta ventura, car puix ostre Senyor lo havia fet venir allí no sens causa e, d'altra part, se veya desesperat com se trobava en aquella illa deserta e no tenia manera deguna de tornar a Tirant, per què preposà secretament, sens sentida de sos companyons, de ell anar tot sol a la cova hon era lo drach, perquè sos companyons no volguessen anar ab ell e desviar-lo ab rahons del seu prepòsit. E per ço com era cavaller de molt gran ànimo, delliberà de morir o de complir la ventura. E de açò ell no féu deguna demostració a sos companyons ni al vell, mas pres informació certa devers qual part era lo castell a fi que no·l pogués errar. E axí, aquella nit ells reposaren en la casa del vell.

Aquella nit lo bon Spèrcius no dormí molt e, bon matí, ans del dia, ell se levà fengint a sos companyons que anava per scampar aygua e aquests no curaren d'ell, sinó que·s tornaren a dormir. Com aquest fon fora del casal, pres hun bastó en la mà, que altres armes no tenia, e molt cuytadament ell féu la via del castell per ço com ell tenia dubte que si sos companyons se levaven que no·l vessen. E anà tant fins que fon al peu del castell. Era ja lo sol ben exit e lo dia clar e net e véu la boca de la cova. E aquí ell se agenollà ab grandíssima devoció a la inmensa bondat de nostre Senyor que, per la sua infinida misericòrdia e pietat, lo volgués guardar de tot mal e·l volgués liberar e donar ànimo que no tingués temor del drach perquè pogués traure aquella ànima de pena e fer-la venir a la santa e vera fe cathòlica.

E com hagué finida sa oració, ell se senyà e comanà's a Déu e entrà dins la cova tant com la claror li durà. E aquí ell lançà un gran crit perquè lo drach lo hoís. Com lo drach sentí la veu de l'home, ixqué ab molt gran brogit. Lo cavaller, qui sentí la gran remor que lo drach portava, hagué grandíssima temor e agenollà's en terra dient moltes bones oracions. E com lo drach li fon de prop e ell lo véu de tan leja figura, stigué fora de si mateix e tancà los ulls per ço que la vista no li pogué comportar de veure. E no·s mogué poch ni molt, car en tal punt era que més era mort que viu. E lo drach que véu que l'home no·s movia, ans stava sperant, e molt gentilment e suau se acostà a ell e besà'l en la boca, e lo cavaller caygué en terra smortit. E lo drach de continent se tornà una bellíssima donzella, qui·l pres en la sua falda e començà-li a fregar los polsos, e dix-li semblants paraules:

—Cavaller virtuós, no hajau temor de res e obriu los ulls e veureu quant bé vos stà aparellat.

E lo cavaller Spèrcius stech per spay de una hora smortit e fora de tot recort. E la gentil dama, incessantment fregant-li los polsos e besant-lo per fer-lo retornar. Aprés, passada la hora, ell cobrà l'esperit e obrí los ulls e véu la donzella de tan grandíssima bellea que·l besava molt sovint. Pres molt gran esforç en si e dreçà's. E ab esforçada veu dix paraules de semblant stil.

Capítol CCCCXI. Requesta de amor que fa lo cavaller Spèrcius a la donzella

—Tanta és la gràcia e perfecció que en la vostra galant persona ab saber infinit reposa que jamés la mia lengua bastaria recitar la menor part de aquella, com la mia ànima sia totalment sotsmesa a la vostra voluntat e lo bell sguart vostre me dóna beatitut. Mas flames de leal amor que a mon sperit contínuament han combatut des que só en aquesta illa e fuy informat de vostra gran bellea, la qual me dóna animosa força aumentada de virtuts e béns que en vós reposen, me han donat atreviment de venir ací e posar per obra lo que fins ací haveu vist. Car en aquella hora que us hoí nomenar, amor me féu veure a vós en sperit e deliberí morir per deliurar a vós de la pena que passàveu. Molt més ara, que tinch notícia de vostra gentilesa, he deliberat, ab verdadera elecció, ésser tot vostre per les tantes singularitats e perfeccions que tinch conegudes en vós, que jamés en altra no coneguí. Car yo a vós per a sempre vull servir com a senyora que sou de mi e de les coses mies, suplicant-vos de molta gràcia conega en vostra gentilesa que sou contenta del que he fet per vós. Emperò, aquell delit que vostra gran bellea a mi representa, entre los altres me farà gloriós viure e, si tanta glòria Déu per sola mercé me atorga, ¿qual home en lo món ab mi egual pot ésser? E per ço no fretura que us mostre ab paraules la mia amor ésser stada la major e més fervent que jamés home a neguna dona portàs per sola fama. E axí serà sens fallir, tant quant la mia mísera vida sostendrà aquest cors e més encara si, dellà com deçà se ama perpetualment, podeu ésser segura en vostres manaments fer quant ordenareu. E per quant sé que teniu tanta abtesa que bastau conéxer en l'esguart e continença mia del bé que us vull, més que dir no us poria, reste en sperança de vostra piadosa persona atényer infinida glòria.

Acabava Spèrcius lo darrer so de les sues enamorades paraules quant la donzella féu tal principi.

Capítol CCCCXII. Resposta feta per la donzella al cavaller Spèrcius

—Cavaller virtuós, negun terme no és de tanta longitut que·m bastàs a poder-vos regraciar com yo volria lo que fet haveu per mi, e per ço reste en la vostra discreta consideració lo que ab paraules no puch mostrar. M'esforçaré al meu poder per serveys, los majors que per mi·s poran fer, retre premi dels vostres singulars actes e constància de ànimo viril, car haveu posada en perill la vida vostra per traure e liberar a mi de tanta pena inestimable. E perquè tinch conegut l'estrem de vostre valer e la tanta virtut que de vós puc atényer, me ofir tota vostra e regracie a Déu de haver-me atorgat gràcia de venir en mans de persona tal que en virtuts no ha par. E siau cert que la molta amor que us porte és tanta que passa del que ordena ma vida humana. E en açò me obliga la condició de gentilesa que en vós tinch coneguda. E confiau de mi, car yo us faré benaventuradament viure.

E pres-lo per la mà e posà'l dins la cova en una bellíssima cambra que la donzella tenia a servitut sua, la qual era molt ben abillada, e mostrà-li gran quantitat de tresor, lo qual li presentà ensemps ab la sua persona.

E lo cavaller Spèrcius li regracià molt la sua proferta, acceptant aquella ab grandíssimes gràcies que li féu, abraçant e besant-la més de mil voltes. E sens no voler perdre temps en paraules, pres-la en braços e posà-la sobre lo lit, e aquí conegueren los últims termes dels senyals de amor.

Capítol CCCCXIII. Com lo cavaller Spèrcius ab la gentil dama que havia conquistada, tornà a sos companyons

No fon de poca stima la contentació que lo cavaller venturós tingué de la conquistada senyora. E al matí, com foren levats, mà per mà, ixqueren de la cova e feren la via del casal on lo cavaller Spèrcius havia lexats sos companyons, los quals, admirats com lo veren axí venir ab tan bella companyia, foren posats en gran alegria, car dubtaven que no fos mort o que li hagués seguit algun inconvenient. E molt més foren aconsolats com li veren portar per la mà tan bellíssima donzella. Acostaren-se a ella e feren-li molt gran reverència, car lo seu gest e continença demostrava ésser senyora de gran stat e de molta stima. E feren laors e gràcies a la divina Clemència de la molta gràcia que obtesa havia. E la gentil dama los abraçà e féu-los molta honor.

E entraren en casa del pastor. E aquí la donzella féu molta honor al pastor e a sa muller e proferí'ls de fer-los molt de bé. E stigueren aquí ab gran plaer e consolació. E stant aquí feren portar la roba que la donzella tenia en la cova, e la moneda, e abillaren molt bé lo casal del pastor.

Aprés, per temps, vingueren aquí fustes, les quals noliejaren e feren venir gent de altres parts per poblar la illa, la qual, en breu temps, fon molt bé poblada. E edificaren aquí una ciutat molt noble qui Spertina fón nomenada, la Venturosa. E molts altres lochs, viles e castells hi foren edificats e poblats. E moltes sglésies e cases de religiosos, que y foren edificades a honor, laor e glòria de nostre senyor Déu e de la sua sacratíssima Mare, e y donaren molta renda per sustentació dels servidors de Déu. E vixqué aquest cavaller Spèrcius, ab la sua senyora, per lonch temps, senyors de la illa e de alguns altres entorn, e hagueren fills e filles que heretaren aprés ells. E vixqueren pròsperament e quieta.

Ací·s lexa lo libre a parlar del cavaller Spèrcius, per no tenir prolixitat, e torna a recitar del stol de Tirant lo Blanch qui anava a Contestinoble.

Capítol CCCCXIIII. Com Tirant tramés un embaxador a l'emperador com ab tot lo seu stol era al port de Troya

Com Tirant fon davant lo port de Valona tramés una galera dins lo port e manà als patrons de les VI naus qui eren carregades de forment que ixquessen del port e seguissen l'estol. E aquests donaren vela, ixqueren del port e seguiren l'estol. Com l'estol fon en lo canal de Romania, féu la via del port de Gigeo, qui és lo port de Troya, e aquí surgiren e speraren tot l'estol que fos ajustat.

Tirant tingué consell ab lo rey de Sicília e lo rey de Feç e ab tots los altres barons e cavallers ja què era de fer, car ell tenia nova que tot l'estol del soldà era en lo port de Contestinoble, qui eren més de CCC fustes entre naus e galeres e altres fustes. E fon deliberat que lançassen hun home en terra qui sabés la lengua morisca e que, en la nit, entràs en Contestinoble per avisar a l'emperador com Tirant, ab tot lo seu stol, era al port de Troya, qui és dins lo braç de Sent Jordi e a cent milles e a poch més de Contestinoble. E no li volgueren dar letra deguna a fi que si era pres per los moros que no fossen avisats. E aquell instruí-sse'n molt bé de tot lo que havia de dir a l'emperador. E tengut lo consell, Tirant cridà un cavaller natural del regne de Túniç qui era stat moro y era de casa real, lo qual havia nom Sinegerus, home molt spert, ginyós, eloqüent e valentíssim cavaller, qui era stat catiu en Contestinoble e sabia tots los passos, e dix-li tot lo que tenia de dir a l'emperador e a la princessa e donà-li lo segell seu perquè l'emperador li donàs fe crehença.

E lo dit cavaller se mès en orde a la morisca en so de alacayo. E pres-lo hun bergantí e de nit posaren-lo en la terra ferma a una legua luny del camp dels moros qui tenien lo siti en la ciutat de Contestinoble. E aquest cavaller, cautelosament desviant-se del camp dels moros, féu la via de la ciutat. E encara no pogué scapar que no donàs en mans d'espies del camp dels moros, emperò, ell parlant-los en lur lenguatge molt discretament, dient-los com era de lur companyia, lexaren-lo passar. E com fon aplegat a hun portal de la ciutat, los qui guardaven lo portal, qui·l veren, prengueren-lo, pensant que fos dels moros del camp. E aquest los dix que no li fessen mal com ell era embaxador de Tirant, que venia a parlar ab l'emperador. E les guardes, de continent, bé acompanyat lo portaren davant l'emperador, qui en aquella hora se levava de sopar.

Com lo cavaller Sinegerus fon davant l'emperador, ell se agenollà als seus peus e besà-li la mà e lo peu, e donà-li lo segell de Tirant. E l'emperador mirà'l e conech les armes de Tirant. Lavors l'emperador lo abraçà e féu-li molt gran festa, dient-li que ell fos lo benvengut per cent mília vegades. E lo cavaller Sinegerus féu principi a semblants paraules:

—Senyor molt excel·lent, yo só tramés ací per aquell gran capità Tirant lo Blanch, lo qual se comana en gràcia e mercé de la magestat vostra e suplica a vostra altesa que stigau ab bon cor, car prestament, ab la ajuda de nostre senyor Déu, ell vos liberarà de tots vostres enemichs. E més, vos suplica que façau posar en orde tota la vostra cavalleria e fer guardar molt bé la ciutat, car demà de matí ell deu ferir en l'estol dels moros e ha dubte que los moros, com veuran perdut l'estol, no donassen poderós combat a la ciutat per pendre-la perquè·s poguessen aquí fer forts. Car sab la magestat vostra que si les fustes lurs són preses e levat lo pas, que ells són tots perduts, que negú no se'n porà tornar, car Tirant ve ab tan gran poder que és bastant de pendre'ls e fer-los morir a tots. E de açò, senyor, la magestat vostra no dubte en res.

—Amich —dix l'emperador—, gran consolació tenim del que·ns haveu dit. E nostre Senyor, per la sua mercé e pietat, nos faça gràcia que sia axí com tu dius, car nós confiam tant de la gran virtut e cavalleria de Tirant que, ab la ajuda de l'inmens Déu, ell complirà lo nostre bon desig e seu.

E de continent l'emperador tramés cridar a Ypòlit, qui era capità major seu, e com li fon davant li dix:

—Nostre capità, ja sabeu com lo virtuós Tirant és al port de Troya ab molt gran estol. Té deliberat demà per lo matí de ferir en l'estol dels moros, per què és de gran necessitat que prestament ajusteu tota la cavalleria qui és dins la ciutat, e tots los conestables e caps dels hòmens de peu, e ordenau vostres batalles e posau cascuna en lo loch que deu star per ço que, si cars era que los moros volien combatre la ciutat, que tothom sia avisat e preparat.

Respòs Ypòlit:

—Senyor, no és poca la consolació que yo tinch de la venguda de mon mestre Tirant, e devem fer moltes gràcies e laors a la divina Providència de la sua venguda, car pot star la magestat vostra ab cor segur d'ésser delliurat de les mans dels enemics, car tot l'Imperi Grech serà recuperat per aquest e reduït a vostra magestat. E traurà de captivitat tanta cavalleria qui està en poder dels infels e tant poble crestià qui està en perill de renegar la fe de Jhesucrist. Per què, senyor, de continent serà complit lo que·m mana la magestat vostra. E presa licència de l'emperador, Ypòlit anà a la gran plaça de la ciutat e secretament tramés per tota la cavalleria e per los conestables e capitans de la gent de peu. E com foren ajustats, dix-los semblants paraules:

—Senyors, a nostre Senyor és stat plasent, per la sua infinida bondat e clemència, de voler-nos deliurar de captivitat e del poder de nostres enemichs, car yo us fas certs com mon mestre e senyor Tirant és vengut ab molt gran stol e és al port de Troya. E té deliberat, demà de matí, de férir en les fustes dels moros, per què és de necessitat que tots vos poseu en orde e, cascun capità ab la sua gent, se pose en la muralla, en lo loch que li és stat assignat, e que stigau molt reposats e sens fer remor neguna perquè los moros no puguen haver negun sentiment.

De tal nova tots foren aconsolats e loaren e beneïren a nostre senyor Déu de la singular gràcia que·ls atorgava. Partiren de aquí e cascú aplegà la sua gent. E posaren-se cascuns en son trast e stigueren aquí tota la nit ab molt gran alegria, fins al matí, molt sàviament e discreta.

Capítol CCCCXV. Com l'embaxador Sinegerus anà a fer reverència a la emperadriu e a la princessa

Aprés que l'embaxador Sinegerus hagué splicada l'ambaxada, demanà licència a l'emperador que pogués anar a fer reverència a la emperadriu e a la princessa, e l'emperador ne fon molt content. E obtesa licència, anà a la cambra de la emperadriu, hon trobà sa filla ab totes les dames, e lo cavaller féu sa reverència a la emperadriu e besà-li la mà. E besà la mà a la princessa e, ab lo genoll en terra, féu principi a semblants paraules:

—Senyores, mon capità e senyor, Tirant lo Blanch, se comana en gràcia e mercé de vostres excel·lències e besa-us les mans, oferint-se molt prest de venir ací per fer-vos reverència.

Com la princessa hoí que Tirant venia e que era tan prop, pres tanta alegria que per poch restà que no·s smortís. Emperò, encara stigué per bon spay fora de tot recort per sobreabundant alegria. E tornada en son recort, la emperadriu e la princessa feren molt gran festa a l'embaxador, abraçant-lo e fent-li moltes carícies, e interrogaren-lo de moltes coses, en special li demanaren quines gents venien en companyia de Tirant.

Respòs l'embaxador e dix com aquí venia lo rey de Sicília ab tot son poder e lo rey de Feç ab tot son poder, e ab la reyna, muller sua, qui·s nomena Plaerdemavida. E aquí venien tots los barons del regne de Túniç e de Tremicén e molta altra cavalleria que y eren passats per pendre sou, car aquí venien gents d'Espanya, de França, de Ytàlia, per lo gran renom e fama de Tirant. Axí mateix, com, per terra, venia aquell magnànim rey Scariano, senyor de la Etiòpia, qui era molt virtuós cavaller e animós companyó d'armes de Tirant.

—Lo qual ve ab molt gran poder de gent de cavall e de peu. E porta ab si la reyna, sa muller, per ço com té molt gran desig de veure la excel·lència de vós, senyora princessa, per la molta bellea que de vós ha hoïda mencionar, car aquesta reyna és una de les bellíssimes dones del món e complida de totes virtuts.

E més, los dix com Plaerdemavida era sposada del senyor d'Agramunt e venia allí per ço que la magestat de l'emperador y d'elles li fessen honor a les sues bodes. E recità'ls largament la manera de la conquesta que Tirant havia fet de la Barberia e com, tot quant havia conquistat ne guanyat, tot ho havia repartit, que no s'havia res aturat, e que, totes les gents del món qui·l veyen ni l'hoÿen nomenar, l'adoraven en la terra. E moltes altres virtuts e laors los recità de Tirant, les quals tinta ni paper no bastaria a descriure.

Com la emperadriu e la princessa hagueren hoïdes recitar de Tirant tantes virtuts e singulars act[e]s, staven admirades de la molta gràcia que nostre senyor Déu li havia feta. E era amat e volgut de tot lo món. E de sobres de consolació e de alegria lançaren dels ulls vives làgremes com pensaven que aquest seria reparador e defenedor de la corona de l'Imperi Grech, car ja eren fora de tota sperança de salut y de repòs, sperant cascun dia ésser cativades e deshonrades e vituperades per los enemichs de la fe. E hagueren molt gran plaer com los dix de la venguda de la reyna de Ethiòpia, e majorment la princessa, per ço com li havien dit que era molt bella e virtuosa, per què desijava haver molt sa amistat. E tant duraren les rahons que fon gran hora de nit, per lo molt plaer que trobaven en les paraules de l'embaxador, e donaren part a la nit.

La emperadriu restà en la sua cambra e la princessa se n'anà a la sua. E l'embaxador la pres del braç e, acompanyant-la, anant axí, la princessa li demanà per què li havia besada la mà tres voltes. E aquest li respòs com ne tenia manament de son senyor Tirant, lo qual la suplicava fos de sa mercé li volgués perdonar, car altrament jamés li gosaria venir davant per lo gran defalt que fet li havia, de què·s tenia molt per culpable.

Respòs la princessa:

—Cavaller, digau a mon senyor Tirant que, allà hon no ha culpa, no y fretura perdó, car demesiat seria. Emperò, si ell creu haver fallit vers mi, yo·l suplich que per smena yo haja prestament la sua vista, que és la cosa que més desige en aquest món. E no·m vulla tardar la salut, la qual tan longament he desijada ab desig insaciable, e confie de mi, car yo·l faré benaventuradament viure ab complit repòs del que tant ha desijat.

E pres comiat l'embaxador de la princessa e anà-se'n a la posada que l'emperador li havia feta aparellar ab compliment de tot lo que mester havia. E aquella nit lo capità Ypòlit féu fer molt bella guayta per la ciutat e féu star molt ben fornida la muralla entorn de la ciutat, que negú, de tota aquella nit, no·s posà a dormir per la molta temor que tenien dels moros e, d'altra part, molt gran alegria per veure la batalla que Tirant daria al stol dels moros.

Ací·s lexa lo libre de parlar de l'emperador, qui fa guardar molt bé la ciutat, e torna a recitar de hun cas que féu la Viuda Reposada, alias Endiablada.

Capítol CCCCXVI. Com la Viuda Reposada se matà per temor de Tirant

Hoint dir la Viuda Reposada que Tirant venia e era ja tan prop, tanta fon la temor que pres que·s pensava spasmar, e dix que li havia vengut gran mal al cor. Entrà-se'n en la sua cambra e aquí ella féu molt grans lamentacions plorant, batent-se lo cap e la cara, car en aquella hora ella se tingué per morta. E cregué verdaderament que Tirant faria fer d'ella una cruel sentència per ço com sabia que era stat assabentat per Plaerdemavida y per la cara contrafeta del negre que havien mesa en la galera. E per la grandíssima crueldat que havia comesa, pensava que, si la princessa sabia lo nefandíssim crim que li havia imposat, ab quina cara li poria venir davant. E d'altra part, la combatia la molta amor que ella portava a Tirant, que de tot seny la feya exir.

E axí passà tota la nit, fantasiant e combatent-se ab si mateixa, que no sabia quin consell pogués pendre ne era cosa que gosàs descobrir a negú ne demanar consell, car en aquell cars tots li foren stats enemichs. Açò és cosa acostumada, que la natura femenil, frèvol e variable, elegeix lo més inútil consell, si molt hi pensa, en la major necessitat.

A la fi, no trobant altre remey e forçada per lo poch ànimo que tenia, delliberà de matar-se ella mateixa cautelosament ab metzines, a fi que la sua maldat no fos palesa ne vingués a notícia de les gents e que lo seu cors no fos cremat o donat a menjar als cans. Per què de continent ella pres orpiment que tenia per a fer tanquia e posà'l en una taça d'aygua e begué'l-se, e lexà uberta la porta de la cambra sua e despullà's e mès-se al lit. Com fon en lo lit, lançà grans crits dient que·s moria. Les donzelles qui li dormien de prop, qui sentiren los grans crits, levaren-se cuytadament e anaren a la cambra de la Viuda, e trobaren-la ab la basca de la mort e contínuament cridant.

Levà's la emperadriu e la princessa. E lo gran avolot fon en lo palau e negú no sabia per què. L'emperador se levà cuytadament pensant-se que los moros haguessen entrada la ciutat per força d'armes e, d'altra part, dubtava que a sa filla no hagués vengut algun mal soptosament: s'esmortí e trameteren per los metges. E la emperadriu e la princessa, qui saberen que l'emperador se era smortit, lexaren la Viuda Reposada e cuytaren a la cambra de l'emperador, e trobaren-lo més mort que viu. Aquí fon lo gran dol de la princessa, que era una gran pietat de veure lo trist comport que de si mateixa feya. E prestament vingueren los metges e donaren-li remey de continent. Aprés que fon tornat en son recort, demanà quina era stada la causa de tanta remor que sentida havia, si eren entrats los moros en la ciutat. E digueren-li que no, mas que la Viuda Reposada tenia grans basques de cor e cridava grans crits, que stava veïna a la mort. L'emperador manà als metges que y anassen e que y fessen tot lo que fer s'i pogués per restaurar-la. E los metges hi anaren de continent e, com foren en la cambra, en aquell punt, ella trametia la sua ànima al regne de Plutó.

Com la princessa sabé que la Viuda Reposada era morta, féu-ne molt gran dol per la molta amor que li portava per ço com la havia criada de let. E manà que la posassen en una bella caxa, car ella li volia fer molt honrada sepultura. Al matí, l'emperador ab tota la sua cort, e la emperadriu e la princessa e tots los regidors e honrats hòmens de la ciutat, acompanyaren lo cos de la Viuda a la gran sglésia de Senta Sofia e aquí li feren les obsèquies ab gran solemnitat. E, aprés, l'emperador ab tota la gent se'n tornaren al palau.

Ací·s lexa lo libre de parlar de la Viuda Reposada e torna a recitar de la oració que Tirant fa a la sua cavalleria.

Capítol CCCCXVII. L'oració que Tirant fa a la sua gent

—No és de menor stima y honor la persecució de semblants magnànimes empreses, mas de menys treball, com sient certs vostres alts e nobles coratges de la causa sanctíssima per la qual ajustats som en aquest ornat port de tanta cavalleria. La tarda a nostra honor és enemiga. Sus, donchs, cavallers strenuus! Despertau la adormida sanch! Per dormir e fortificar la enemiga nació que prospera, alçau les armes e ànimos vostres per abaxar e aterrar aquest confús e perdut poble, lo qual, essent molt en respecte de si, no és dubte, a sguart de nostres doblats ànimos, no són cosa alguna. Cuytem, acostumats de encalçar, e fugiran los qui de mortal glay ja tremolen! Exalcem la nostra sancta fe e confondrà's la erètica pravitat! Matem les mortes ànimes y viuran les nostres en la eterna glòria! Viurà la nostra fama, honor e glòria, que a inmortal se acosta. Naveguem aquesta pròspera mar fins que la tempestuosa aygua aumente per la infesta sanch de nostres enemichs. E a vosaltres, excel·lents reys, dreçant la major intenció de mes paraules, suplicant afectadament tant com puch, ni sé desestimeu la vida per stimar la honor e aquella no us sia gens cara havent-la a despendre per exemple a aquells qui, seguint nostres sforçades armes, ensemps la gloriosa mort o victoriosa vida egualment stimaran, d'on benaventuradament seguint a les obres, la fi serà desijada glòria.

Capítol CCCCXVIII. Com Tirant pres l'estol dels moros

Aprés que Tirant hagué fet posar lo cavaller Sinegerus en terra per anar avisar l'emperador, ell féu posar en punt tot l'estol e ordenà ses batalles. E manà quals fustes devien ferir primer a les naus, e les galeres a les galeres. E axí mateix, manà a tots los patrons que, com ferrien en l'estol dels moros, que fessen molt gran sclafit de trompetes e anafils e de botzines, de les quals Tirant havia fet fer molt gran forniment, e los altres ab bombardes e crits molt espantosos, a fi que·ls posassen lo diable al cors.

E com tot fon ordenat manà fer vela, e exiren totes les fustes del port molt quedament e sens remor deguna. E partiren del port de Troya alba de matí e navegaren tot lo dia e tota la nit aprés. E nostre Senyor féu-los tanta de gràcia que tot aquell dia fon nuvolós e bromós, que jamés los moros, ni menys de la ciutat, no·n pogueren haver vista. E foren davant l'estol dels moros dues hores ans del dia, que l'estol dels moros no n'hagueren gens de sentiment, e ab molta gran fúria ells feriren en l'estol dels moros, ab l'esclafit tan gran de les trompetes e anafils e botzines e crits molt grans, e moltes bombardes que despararen al colp. E fon tanta la remor que feren que paria que cel e terra ne degués venir. E ensengueren deu falles en cascuna fusta, que portaven fetes, que feren molt gran luminària. Los moros, que sentiren la remor tan gran e la luminària que veren, e les fustes que·s veren damunt, stigueren tant spantats que no sabien què·s fessen, car trobaren-los dormint e desarmats. Ab poch treball prengueren totes les fustes, que no feren defensió neguna, tant staven fora de seny. E feren-ne tan gran matança que era cosa admirable de veure, car, tants com ne trobaren en les fustes, tots los degollaren, que no·n dexaren degú a vida.

Los qui·s lançaren en mar e ixqueren en terra portaren la mala nova al soldà e al Turch. Com los moros del camp saberen que totes les fustes eren preses e morta la gent, ab la remor que sentida havien e la gran luminària que veren —e no sabien quines gents eren—, foren molt spantats. E armaren-se tots e pujaren a cavall e ordenaren ses batalles, car tenien dubte que no·ls fessen lo joch que havien fet a les fustes. E acostaren-se a la vora de la mar per ço que degú no pogués exir en terra.

Com Tirant véu que totes les fustes dels moros eren preses, fon lo més content home del món. E agenollà's ab grandíssima devoció e dix:

—Senyor inmens Déu e ple de infinida pietat e misericòrdia, infinides gràcies fas a la tua inmensa bondat de la singular gràcia que m'has feta, que, sens perdre negú a la mia ost, me has fetes pendre CCC fustes, en les quals trobarem molt de bé.

Aquesta victòria fon tan presta que, com hagueren acabades de pendre totes les fustes, scassament començava de aclarir lo dia. Com los qui staven en la muralla de la ciutat hoïren la gran remor de bombardes e de trompetes e de crits devers lo port e veren tantes lums, stigueren-ne molt admirats, car paria que tot lo poder del món fos allí. E conegueren que allò era l'estol de Tirant, qui havia ferit en l'estol dels moros: hagueren-ne molt gran alegria. E, d'altra part, staven molt redubtant que en aquella hora los moros del camp no combatessen la ciutat. E tots los de la ciutat prengueren gran ànimo com conegueren que Tirant combatia les fustes dels moros.

E l'emperador, qui sentí la gran remor, levà's del lit cuytadament e cavalcà ab molts pochs qui·s trobaren en lo palau en aquella hora. E anava per la ciutat solicitant la gent que tothom stigués en orde per defendre la ciutat si mester era. E d'altra part, anava confortant la gent de la ciutat, dient-los que s'alegrassen, que ara serien desassetjats e cascú cobraria sa heretat e tot lo que perdut havia.

E los moros de res no hagueren menys cura, car ells staven ab tant de dol de les fustes que perdudes havien, e lo dubte que tenien que no ixquessen en terra, que no tenien gran cura de la ciutat, car restaven closos, que no se'n podien tornar, e tenien-se tots per morts e per catius, e guardaven ab gran diligència la vora de la mar perquè negú del stol de Tirant no pogués exir en terra.

Com lo dia fon bell e clar e Tirant hagué fetes amarinar totes les fustes que havia preses dels moros, féu fer vela e, ab tot l'estol, ixqueren del port de Contestinoble e feren la via de la mar Major, per lo braç de Sent Jordi avant, car Tirant havia pensat que, si ell los levava lo pas de la terra ferma ans que ells hi proveïssen, ell faria a son voler d'ells. E per ço ell fengí que se n'anava ab la presa, portant-se'n totes les fustes dels moros. Com los moros veren que l'estol de Tirant ixqué del port ab totes lurs fustes que se'n portaven, tingueren-se per dit que se n'anaven ab lo guany, perquè havien molt guanyat.

E Tirant navegà aquell dia fent la via de la mar Major fins que, per la nit, los moros perderen de vista les fustes. E açò féu Tirant perquè los moros se pensassen que se n'anava, perquè no li empedissen la exida de la terra. E com fon nit scura, Tirant féu girar tot l'estol devers terra.

E deveu saber que la ciutat de Contestinoble és molt bellíssima ciutat e molt ben murada, e és feta a tres angles. E ha-y un braç de mar qui·s nomena lo braç de Sent Jordi, e aquell braç de mar clou les dues parts de la ciutat. E la una part resta inclosa, e la una part closa és devers la mar, e l'altra és devers la Turquia. E l'altra, qui no és closa, és devers lo realme de Tàrcia. Per què Tirant féu la via de la part que no era closa. E en la nit ell pres terra a quatre legües luny del camp dels moros e aquí desembarquaren tots los cavalls e tota la gent, e l'artelleria que havien necessària e vitualles per a forniment de lur camp, que no foren vists ne sentits per los moros. E lexaren les fustes fornides.

Com tota la gent fon en orde e a cavall, ab moltes adzembles que portaven davant, lunyaren-se de les fustes bé mija legua per la vora de hun gran riu amunt fins que foren en hun gran pont de pedra per hon passava lo riu. E aquí Tirant féu atendar tota la gent al cap del pont vora lo riu e lo riu restà enmig d'ells e dels enemichs, perquè los moros no·ls vinguessen damunt en la nit ni·ls poguessen enujar. E Tirant féu posar la sua tenda dins lo pont, per guardar que negú no pogués passar sens voluntat sua, e féu parar moltes bombardes en lo pont perquè, si los enemichs venien, que fossen servits. E axí mateix posà ses spies devers lo camp dels moros perquè los avisat si negú venia.

E de continent que foren atendats, Tirant pres hun home de peu e, vestit com a moro, tramés-lo a la ciutat de Contestinoble ab una letra que contenia paraules de semblant stil.

Capítol CCCCXIX. Letra tramesa per Tirant a l'emperador de Contestinoble

Ara tinch causa ab molta alegria d'escriure a la magestat vostra, sereníssim senyor, puix la fortuna pròspera vos vol ésser favorable, significant a vostra altesa com per mijà de la divina gràcia, victòria havem obtesa de vostres enemichs, car havem preses totes les fustes qui eren del soldà e del Turch, qui staven en lo siti davant Contestinoble, qui eren CCC, totes carregades de vitualles, que no havien gens descarregat, e són stats morts tots los moros qui dins eren sens mercé alguna.

Vull saber de la magestat vostra hon manarà que sien descarregades totes les vitualles que havem preses e les que portam, car yo tinch delliberat, si la magestat vostra ho volrà, de licenciar totes les fustes que tinch noliejades, car prou basta de tenir les que tenim preses, ab algunes altres qui són del rey de Sicília e de altres amichs e valedors meus. Car, puix los moros no tenen fustes, me dóna de parer que haurem prou de CCCC fustes ben armades per guardar que los moros no puguen haver vitualles ni socors negú, ni poder-se'n anar.

E més, significh a vostra magestat com he presa terra al cap del riu e he posat lo meu camp al cap del pont de pedra e la mia tenda dins lo pont, a fi que los moros sien closos a totes parts, per mar y per terra. E só cert que ans que los moros puguen exir del siti que tenen a la ciutat, que s'hauran a rahonar ab mi. E suplich a la magestat vostra que vullau fer guardar molt diligentment la ciutat e star en contínua vigilació, car forçadament los moros hauran a fer lo desesperat o donar-se a presó per quant les vitualles que tenen no·ls poden molt durar ni·n poden haver, car yo·ls tinch closos a totes parts, per mar y per terra.

E més, suplich a vostra altesa de avisar-me com stà fornida la ciutat de vitualles y per a quant, car yo n'é portades per a fornir-la per a deu anys. E de continent que haja la resposta, vos trametré totes les fustes carregades. E de açò suplich a la magestat vostra que·m mane què vol que faça, axí de licenciar les fustes com de descarregar les vitualles, e de totes les altres coses que la magestat vostra conega que facen a fer, que tot lo que·m manareu se complirà prestament. E si la ma-

gestat vostra volrà que us trameta gent d'armes per defendre la ciutat si dubtau en res, sia yo avisat, car tinch delliberat, si a la magestat vostra serà plasent, que, de continent que les fustes hagen descarregat, de fer-les star ben armades davant lo camp dels moros perquè no puguen de res ésser socorreguts ne trametre fusta deguna per avisar ne haver socors, e per enujar-los tant com poren. E açò fet, crech que nostre Senyor nos ajudarà, que farem tot lo que volrem. E de açò dessús dit haja presta resposta de la magestat vostra.

Capítol CCCCXX. Com lo bon cavaller Sinegerus tornà al camp de Tirant

Com Tirant hagué feta la letra, donà-la a l'home que havia elet per anar a la ciutat de Contestinoble, qui havia nom Carillo, qui era grech e natural de la ciutat de Contestinoble, per ço com sabia molt bé los passos. E aquest, de nit, per camins aparta[t]s, féu la via de la ciutat, que gens per los moros del camp no fon vist ne sentit. E com fon al portal, les guardes lo prengueren e portaren-lo davant l'emperador. E aquest féu sa reverència e besà-li la mà e lo peu e donà-li la letra de Tirant. E l'emperador ab molt gran plaer la rebé e legí-la de continent. E vist lo contengut en aquella, fon lo més content home del món e féu laors e gràcies a nostre senyor Déu de la molta gràcia que feta li havia. E tramés per la emperadriu e per la princessa, sa filla, e mostrà'ls la letra de Tirant. E ells hagueren molt gran consolació de la presa que Tirant havia feta de les fustes dels moros.

E l'emperador tramés per lo capità Ypòlit e, com li fon davant, mostrà-li la letra de Tirant. E com la hagué lesta, dix Ypòlit a l'emperador:

—Senyor, no ignora la magestat vostra com diverses voltes vos he dit que la altesa vostra confiàs en Déu e en la molta amor e voluntat que mon mestre Tirant portava a la magestat vostra. E que si ell era viu, que no us oblidaria. Per què, senyor, stau ab bona confiança, que ab lo divinal auxili ell vos darà victòria de vostres enemichs e us farà recobrar tot l'Imperi Grech.

Respòs l'emperador:

—Per mon Déu, capità, nós stam admirats dels actes que Tirant ha fets e fa e nós li som molt obligats. E jur-vos per la mia corona que yo li'n retré tal premi que ell e los del seu parentat ne seran contents. E prech-vos, capità, que prestament aneu a regonéxer totes les vitualles qui són en lo nostre palau y en la ciutat perquè pugam avisar a Tirant del que·ns demana.

E de continent Ypòlit se partí de l'emperador e féu la cerqua molt diligentment ab altres homes experts en tal negoci. E trobaren que encara tenien forniment per a tres mesos complidament. E Ypòlit, molt alegre, se'n tornà a l'emperador e dix-li semblants paraules:

—Senyor, la magestat vostra deu saber com tenim forniment en la ciutat per a tres mesos y, encara, per a quatre si mester era. Per què, senyor, no dubte la magestat vostra que, ans que aquestes vitualles sien despeses, Tirant haurà dat orde, que n'haurem més e haurà desassetjada la ciutat. E dexau-ho a son càrrech.

E l'emperador féu cridar lo seu secretari e féu-li fer una letra a Tirant, mencionant-li largament tot lo que per ell e per tot lo consell era estat delliberat. E féu cridar a Sinegerus e dix-li:

—Cavaller, prech-vos que aneu a Tirant e que li doneu aquesta letra. E, d'altra part, lo avisareu de paraula de tot lo que vist haveu.

E ell dix que faria son manament.

Com l'embaxador Sinegerus hagué presa la letra de l'emperador, besà-li la mà e lo peu e pres licència d'ell. E aprés, anà a pendre comiat de la emperadriu e de la princessa, la qual era en la sua cambra e pregà'l que la recomanàs molt a son senyor Tirant, e que ella lo suplicava la tingués en son recort e que volgués pensar quants enuigs e treballs havia passats des que no l'havia vist. E que, en tot cars del món, ell donàs orde que ella lo pogués veure lo més prest que pogués, car si no u feya, era certa de morir ab aquell desig. E lo cavaller respòs que ell era prest de complir tot lo que per sa senyoria li era manat, e besà-li la mà. E la princessa lo abraçà. E feta sa reverència partí's del palau e vestí's com a moro, e pres per companyó a Carillo, qui havia portada la letra a l'emperador. E partiren de la ciutat a les dotze hores de la nit e, per aquells passos que Carillo vengut era molt secretament, ells passaren que no foren sentits per negú del camp dels moros. E alba de matí, arribaren al pont hon Tirant tenia lo camp e, coneguts per los guardes, lexaren-los passar e anaren dretament a la tenda de Tirant, lo qual trobaren ja levat.

Com Tirant los véu, hagué lo major plaer del món de la lur venguda, e demanà al cavaller Sinegerus de noves e del stament de l'emperador e de la emperadriu, e de la sua ànima, la princessa. E aquest li recità largament tot lo que havia vist e hoït, ne lo que l'emperador li havia dit de paraula. E més, li dix totes les recomandacions de la princessa e totes les rahons que damunt són recitades. Com Tirant hagué hoïdes les rahons que la princessa li trametia a dir, dels ulls li corregueren vives làgremes e alterà's la sua cara de amor strema e de compassió que tenia de la princessa, e stigué per bon spay que no parlà, pensant en la molta amor que la princessa li portava. E tenia gran dubte que, per lo gran desig que tenia de veure'l, no prengués algun regirament. E aprés que Tirant fon tornat en sa color natural, Sinegerus li donà la letra de l'emperador e Tirant la pres a legir. E contenia stil de semblants paraules.

Capítol CCCCXXI. Letra tramesa per l'emperador a Tirant lo Blanch

Tirant, fill, no és stada poca la consolació que nós tenim de la vostra venguda. ¡E quant reste obligat a la inmensa bondat de nostre senyor Déu e a vós, com me haveu volgut socórrer e deliurar, en temps de tanta necessitat, de tant de mal qui·m stava aparellat! E suplich al meu senyor Jhesucrist que us faça tanta de gràcia que us lexe complir lo vostre bon desig, qui és de verdadera caritat, e lo meu en poder-vos premiar lo que per mi tant haveu treballat. E notificant-vos de la gran custòdia que fa fer de la ciutat lo vostre bon criat e capità meu Ypòlit, que no crech que, aprés de la persona vostra, millor cavaller ni ab major ànimo sia stat en tot lo món ni serà, e que, si no fos per les grans cavalleries de aquest, dies ha que la ciutat fóra stada presa, e tot lo restant de l'Imperi Grech. E no·s poria numerar la morisma que, per mans de aquest virtuós cavaller, és stada morta.

E més, vos avisam com, per gràcia de nostre senyor Déu, la ciutat stà fornida molt bé per a tres mesos de vitualles e de totes coses necessàries, e de cavalleria prou suficientment per a defendre'ns dels enemichs, car lo més dubte que teníem era que les vitualles no·ns fallissen, per què·ns haguéssem a dar per fam, e de aquest dubte stam en segur, Déu mijançant, que aquest temps nos podem bé tenir. E no vullau posar la virtuosa persona vostra en perill, sinó que façau la guerra a tot útil vostre, puix en la libertat vostra stà de pendre e de lexar, que no us poden forçar de batalla si bé no us ve.

Axí matex, vos avisam com tenim delliberat que façau descarregar les vitualles. La una partida feu posar en lo castell de Sinòpoli, qui és molt fort e starà aquí molt bé guardada per fornir lo vostre camp e les forces que pendreu, e allà hon necessari serà. E l'altra partida fareu descarregar en la ciutat de Pera, perquè sia prop per a fornir la ciutat. E feu posar per guardar-la cinch-cents hòmens d'armes.

E lo restant poreu fer portar ací en la ciutat, car segurament podeu descarregar, e aprés poreu licenciar les fustes que volreu. E sia remés tot a vostra bona discreció. E tinch per bon consell que les CCCC fustes vinguen davant la ciutat molt bé en orde e daran als enemics molt gran treball, car contínuament hauran a guardar que negú de les fustes no ixqua en terra, e y hauran a vetlar de nit e de dia gran gent d'armes. E d'altra part, se hauran a recelar de la ciutat e del vostre camp, e ab aquesta pena hauran d'estar contínuament.

No resta més a dir sinó que, si haureu mester del nostre tresor per a pagar les fustes que haveu noliejades, trameteu-me una galera o dues, o les que volreu, e nós trametrem-vos tanta moneda com volreu.

Capítol CCCCXXII. Com los moros tingueren consell e delliberaren de trametre embaxada a Tirant

Com lo soldà e lo Turch saberen que Tirant havia desembarcat e que havia posat lo camp al pont de pedra, aquests foren los més torbats hòmens del món. E tingueren-se per perduts, car veren que per neguna via ells no podien de allí exir, ni per mar ni per terra, que no haguessen a venir en les mans de Tirant. Axí mateix, si molt aturaven aquí, perrien de fam, car no tenien vitualles per a dos mesos, per ço com les fustes no havien pogut descarregar. E com veren lo mal qui·ls stava preparat, ab ànimo sforçat de cavallers, no mostrant gens ésser smayats, ajustaren consell per veure quin expedient pendrien que no perissen, en lo qual consell foren los reys següents: primerament, lo rey d'Alape, lo rey de Súria, lo rey de Tratho, lo rey de Asíria, lo rey de Irchània, lo rey de Rastén e lo fill del Gran Caramany e lo príncep de Sixa, e molts altres grans senyors los quals la istòria no recita per no tenir prolixitat.

E aquí hagueren de grans altercacions. Los huns consellaven que combatessen la ciutat, car, si la podien pendre, aquí·s porien fer forts hun gran temps fins que haguessen socors, car no podien pensar que la ciutat no fos ben fornida. Los altres deyen que·ls parassen batalla davant lo camp de Tirant, car aquest era tan animós cavaller que no seria menys que ell no·ls ixqués a la batalla, com ells tinguessen molta cavalleria e bona, e no seria menys que no·l rompessen per la gran morisma que ells tenien. E, hon no, que valia més morir com a cavallers que no dexar-se pendre com a moltons. E que, si la fortuna los era tan favorable que·ls dexàs vençre la batalla, porien passar segurament o restar en lo siti fins que haguessen presa la ciutat.

Los altres foren de opinió que valia més que fessen una embaxada a Tirant que·ls donàs pau e treva e que·ls dexàs passar, car ells se'n tornarien en lur terra tots e li buydarien tot l'Imperi Grech e, noresmenys, li restituirien totes les forces que preses havien e tots los presoners e catius.

E a la conclusió del consell, tots determenaren e tingueren per bon consell que l'ambaxada fos tramesa a Tirant e que, si ell no·ls volia lexar passar, que lavors porien pendre los altres partits, ço és, que combatessen primer la ciutat molt bravament e, si no la podien pendre, que lavors lo darrer remey seria que morissen ab la spasa en la mà com a cavallers.

E axí fon determenat lo consell. E elegiren per embaxadors lo fill del Gran Caramany e lo príncep de Sixa, qui eren cavallers molt savis e de gran eloqüència e molt destres e avisats en la guerra, e digueren-los que prenguessen guarda, stimant quanta gent podia tenir Tirant ni quant en orde staven, e donaren-los les instruccions de tot lo que tenien de dir e de fer. Posaren-se molt en punt los embaxadors, molt ben abillats ab aljubes de brocat e molt bé acompanyats simplament, sens armes, ab CC de cavall. E ans que partissen, trameteren al camp de Tirant hun trompeta per demanar salconduyt, lo qual los fon atorgat. Partiren los embaxadors e feren la via del camp.

Capítol CCCCXXIII. Com Tirant féu descarregar les vitualles e donà comiat a totes les fustes noliejades

Com Tirant hagué lesta la letra de l'emperador ell, cridà lo marqués de Liçana, almirall seu, e manà-li que comptàs ab tots los patrons de les fustes que tenia noliejades e, si res los restava a pagar del sou, que fossen pagats molt liberal ment. E aprés li manà que partís les vitualles en tres parts, que portaven a son arbitre, e que fes descarregar la una part al castell de Sinòpoli e l'altra part al castell de Pera, e que prengués cinch-cents hòmens d'armes del camp e que·ls trametés ab les vitualles a la ciutat de Pera, e d'aquí avant les fustes se'n podien anar. E axí mateix, li manà que armàs bé les fustes que havien preses dels moros e totes les altres que noliejades no eren e, ben fornides del que mester haguessen, ab totes les vitualles que portaven, que anassen a descarregar a la ciutat de Contestinoble.

—E com hauran descarregat, que stiguen contínuament davant lo camp dels moros bombardejant e fent-los tant de enuig e dan com poran.

E de continent que Tirant ho hagué manat, l'almirall se n'anà allà hon eren les fustes e comptà ab tots los patrons, e pagà'ls tot lo que·ls era degut. E encara, Tirant los féu dar de gràcia mil ducats a cascun patró ultra lo que havien pres de les fustes que preses havien. E aprés, manaren a cascú que anassen allà hon havien a descarregar. Aprés que hagueren descarregat, que se'n podien anar e tornar cascú en sa terra.

E feren recullir los cinc-cents hòmens d'armes qui tenien de anar a la ciutat de Pera e donaren vela totes les fustes noliejades, e cascuns feren la via de hon los era manat. Les unes anaren al castell de Sinòpoli, qui distava de la ciutat de Contestinoble cinquanta milles devers la mar Major, anant per lo braç de Sent Jordi, e aquí descarregaren e anaren-se'n per la via hon eren venguts. E les altres feren la via de la ciutat de Pera e aquí foren molt ben acullits, e exiren los cinch-cents hòmens d'armes en terra.

—E lo capità de la ciutat, qui era hun valentíssim cavaller, com hohí que Tirant los trametia, rebé'ls molt bé e donà'ls bones posades. E descarregaren totes les fustes e reculliren totes les vitualles dins la ciutat, ab molt gran alegria que tenien los de la ciutat per la gran necessitat en què eren posats. E feren laors e gràcies a nostre senyor Déu com los havia volguts socórrer en tan gran necessitat.

Com les fustes hagueren descarregat, partiren de aquí e cascuna se'n tornà en sa terra.

Capítol CCCCXXIIII. Com Tirant tramés la reyna de Feç a Contestinoble ab tot l'estol de les fustes que s'havia aturades

Aprés que·l marqués de Liçana, almirall de Tirant, hagué fetes partir totes les fustes noliejades, ell féu armar totes les fustes qui eren restades, lo nombre de les quals eren CCCCXXXV fustes entre naus e galeres e galiotes e lenys. E lexaren lo camp molt ben fornit de vitualles. E axí mateix, ordenà que restassen aquí en lo riu, prop del camp de Tirant, dues galeres ben armades per ço que, si Tirant les havia mester per trametre en qualque part, que fossen prestes.

E com totes les fustes foren en punt per partir, l'almirall se n'anà al camp de Tirant e dix-li com ell havia complit tot lo que per sa senyoria li era stat manat. Lavors, Tirant se n'anà a la tenda de la reyna de Feç e dix-li:

—Germana senyora, suplich-vos que·m façau tanta mercé que vós vullau anar ab aquestes fustes a la ciutat de Contestinoble per aconsolar e aconortar aquella qui té la mia ànima encativada, car dubte·m fa que, en aquest temps que yo no puch anar a fer-li reverència, no prengués algun dan inreparable, qui seria a mi pijor que la mort. Car sabeu bé que, si yo·m partia de ací per anar a veure sa excel·lència, posaria en gran perill tot lo camp e molts altres inconvenients que seguir-se porien per la mia absència. E vós stareu allí molt millor e ab més plaer e delit. E suplich-vos que, ab lo vostre angèlich saber, vullau usar devers mi de aquelles suplicacions acostumades que en lo passat temps de ma enamorada vida vós solíeu solicitar ma senyora. E posau-la en sperança de ma presta vista, qui serà lo més prest que yo poré, que és la cosa que yo més desige en aquest món, car la tarda me par una hora un any, car, aprés Déu, altri no desige tant veure, obeir e servir com a sa altesa.

No comportà més la graciosa reyna que Tirant parlàs, sinó que, ab cara afable e ab baxa veu, se pres a dir:

—Jermà senyor, les suplicacions vostres són a mi manaments per la molta obligació que tinch a vostra senyoria per los grans beneficis e honors que per la mercé vostra he rebuts, yo no essent merexedora, mas per la vostra molta virtut e grandíssima liberalitat. E no confie de mi tan poch la senyoria vostra que possehesca tanta ingratitut que m'oblide la causa per què só tan obligada, e per lo molt meréxer vostre. E pensau, senyor e germà que, si en lo passat temps tenguí voluntat de servir la mercé vostra, ara mil voltes més per la molta virtut que conech que posseheix la vostra virtuosa persona. E conech verdaderament que hun cors ab tanta perfecció com és de ma senyora no deu ésser posseït sinó per la vostra molta virtut, qui sou font de bondat e de tota cavalleria. Per què, jermà e senyor de mi, digau-me si la senyoria vostra volrà manar algunes altres coses, que, aquexes e totes altres que dir e fer-se poguessen per neguna persona humana, só presta de fer e posar-hi cent vides si tantes ne tingués.

Lavors Tirant la abraçà e besà-la en la galta, e dix-li semblants paraules:

—Senyora jermana, no us poria regraciar la molta amor que en vós tinch coneguda. E tal confiança tinch en vós que dareu fi a tots los meus treballs. E nostre senyor Déu me done gràcia que us puga retre lo premi que la molta amor e virtut vostra és merexedora, que us puga donar molt més, al doble, que no he fet.

E la reyna li volgué besar les mans e Tirant no u permés, sinó que li dix que·s posàs en orde de tot lo que mester hagués e que·s recullís. E la reyna dix que faria lo que li manava. Tirant pres comiat de la reyna e tornà-se'n a la sua tenda. E tramés per l'almirall e, com li fon davant, dix-li:

—Almirall, man-vos recullir e prech-vos que doneu bon orde en totes les coses que us he dites. E com la reyna serà recullida, feu fer de continent vela e compliu prest vostre viatge.

E l'almirall dix que tot era prest. E pres comiat de Tirant e anà's a recullir. E aprés, l'endemà de matí, la reyna se anà a recullir ab totes les sues donzelles. E acompanyaren-la fins a la mar lo rey de Sicília e Tirant ab cinch-cents hòmens d'armes. Com la reyna fon recullida en una nau, prengueren comiat d'ella e tornaren-se'n al camp. E l'almirall féu fer vela a totes les fustes e féu la via de Contestinoble.

Capítol CCCCXXV. Com los embaxadors del soldà e del Turch arribaren al camp de Tirant

Com los embaxadors del soldà foren davant lo pont de pedra hon Tirant tenia lo camp, Tirant los féu exir hun capità a rebre, ab cinch-cents hòmens d'armes, tots ab arnesos molt luents e ab cavalls sicilians molt grans, tots encubertats, los quals los reberen ab grandíssima honor e·ls acompanyaren fins que foren a la tenda de Tirant, lo qual havia feta parar una tenda tota de brocat carmesí, la més rica e singular que jamés en lo món fos stada feta en aquell temps, la qual era stada feta en la ciutat de París.

Com los embaxadors foren descavalcats, entraren dins la tenda e trobaren aquí lo rey de Sicília, lo rey de Feç e Tirant, e molts altres barons, nobles e cavallers. E per Tirant e per los altres foren rebuts molt graciosament e·ls feren grandíssima honor, per ço com eren grans senyors. E Tirant no volgué que tan prest splicassen l'embaxada, mas féu-los aposentar molt bé en belles tendes que·ls havia fetes aparellar e féu-los servir de moltes viandes e molta volateria en gran abundància, e vins de diverses natures.

Com los embaxadors hagueren vists los cinch-cents hòmens d'armes ab los cavalls tan grans e los hòmens d'armes ab los pennachos a modo de Itàlia, foren posats en gran admiració. E d'altra part, veren quatre mília cavalls altres, tots encubertats, qui contínuament vogien lo camp axí armats com si haguessen entrar en batalla. E d'altra part, veren la molta cavalleria que en lo camp de Tirant era: digueren entre ells que tot lo poder de la morisma del món no serien bastants a resistir a la gent crestiana per lo grandíssim orde e bella cavalleria que tenien. E tingueren crehença en va ésser venguts, que jamés Tirant los atorgaria pau ni treva ne partit negú que de la mort fossen estalvis. E tals paraules entre ells rahonaven: que atés lo loch que lo virtuós capità Tirant lo camp seu tenia, era impossible negun cors mortal pogués exir sens mort o ésser pres. E més, consideraven com per ells no podia ésser feta violència neguna en lo camp de Tirant ne dar-los batalla sens lur voluntat, ans los crestians tenien facultat de fer-los perir de crudelíssima fam.

Passaren los animosos embaxadors tot aquell dia e la nit següent ab dolorosos pensaments, e lo dia aprés, lo virtuós Tirant ajustar féu en la sua triümphal tenda los il·lustríssims reys e la noble cavalleria del camp per a hoir missa. Aprés la missa per ells devotament hoïda, lo virtuós Tirant tramés per los embaxadors volguessen venir per splicar lur embaxada. De tal nova los animosos embaxadors molt contents e ab gran gravitat de gran senyoria, passaren a la tenda del virtuós capità, que·ls rebé ab aquella honor que ell conegué que merexedors eren. E fent-los seure Tirant davant ell, manà que splicassen lur embaxada.

Convidant-se los embaxadors qual primer parlaria, levà's lo fill del Gran Caramany, per ésser lo major senyor de tots, e, feta reverència al virtuós capità, splicà la sua embaxada en stil de semblants paraules.

Capítol CCCCXXVI. La forma de la embaxada

—Certa cosa és a la tua molta saviesa, gran capità, cavaller e senyor, e deu-se benignament considerar, en les semblants batalles o exèrcits, la perdició sdevenidora de innumerables persones. E ja molt més se deu presumir en lo present camp, que és aparellar fossar per a molta cavalleria. Si segons la nostra humanitat volràs obrir los ulls de ta gran senyoria, veuràs contemplativament aquest gran riu, mudat de color, sobrepujar del pont les altes arcades lo corriment de la humana sanch que sens dubte en cascuna de les parts scampar s'espera. E si scoltes atentament, sens brogit de crueldat, poràs hoir los gemechs, plants e crits de les mortals ferides del vençuts combatents que, pujant als cels, als inmutables planets presenten novella pietat. Tals pensaments y paraules no fan ofensa a nostres forts e bel·licosos coratges, mas ennoblexen los virtuosos ànimos de, semblants a tu, magnànims cavallers.

«Donchs, per scusar tanta inhumanitat, nosaltres, embaxadors de nostre senyor lo soldà y del Gran Turch, venim de part de aquells a la tua bella presència per saber la deliberada intenció de ta senyoria en aquest negoci, demanant-se, si plasent te serà, pau e treva per a temps de tres mesos o més. E si volrà la tua liberal e gentil condició pau final a cent e hun any, seran molt contents ésser amichs dels teus amichs e enemichs dels teus enemichs, ab tota bona germandat, pau e confederació e liga. E fet açò, buydaran l'Imperi Grech, restituint a la tua subjugació o capitania totes les ciutats, castells, viles, forces e terres qui són dins los térmens de la Grècia. Encara, restituiran en sa desijada libertat tots los presoners crestians detenguts en nostre domini e faran qualsevol altra rahonable sotsmissió sens molt prejudicar la honor de lurs grans senyories, ab les quals discordar o desavenir, si t'aparelles, sia certa la tua industriosa ventura que, sens tarda, de cruels y animoses armes li serà feta enujosa experiència.

E donà fi a son parlar.

Capítol CCCCXXVII. Lo consell que Tirant tingué sobre la resposta de la splicada embaxada

No fon de poca stima en l'ànimo del virtuós Tirant la novella splicació, considerada promptament ab los hulls de la sua pensa ésser atesa la fi de la sua desijada beatitut e delitosa glòria. Emperò, per mostrar la molta discreció que possehïa, aturà's acort, dient-los que reposassen, que molt prest los daria resposta. E presa licència, los embaxadors, molt bé acompanyats dels cavallers de Tirant, ab molta honor, en la lur tenda los tornaren. Tirant, com a virtuós capità, lo següent dia tramés per los il·lustríssims reys e duchs e noble cavalleria que a la sua tenda vinguessen, que aprés la missa volia tenir consell sobre lo fet de la splicada embaxada. E tots, com de infinida amor amaven lo virtuós Tirant, prestament foren tots a la sua real tenda.

E hoïda la missa, cascú asseyt segons son grau, posat silenci en lo consell, lo virtuós Tirant féu principi de semblants paraules:

—No ignoren les senyories de vosaltres, molt il·lustres e magnífichs senyors e germans meus, la embaxada tramesa per lo soldà e Gran Turch demanant-nos pau e treva. Se deu considerar, no sens gran causa, per la molta oppressió e necessitat en què posats són, com siam certs que·ls tenim en gran stretura, axí de viandes com de altres coses necessàries a la humanal vida. E més, se deu considerar la molta glòria que obtendrem de ésser vencedors e lo gran premi que s'espera de nostre senyor Déu de posar en libertat tant poble crestià en captivitat posat e en perill de renegar la nostra sancta e verdadera fe, qui seran restituhïts en la primera libertat. E més, se deu considerar lo gran spant que serà en la morisma, hoint dir com tots són morts o presos, e la grandíssima venjança que obtendrà per mijà de nosaltres la corona imperial, per les moltes ofenses y afliccions per ells donades, e serà venjança de la molta cavalleria que, per causa lur, en l'Imperi Grech s'és perduda. E noresmenys, morint tots aquests, haurem la pau més segura, e aterrament de tots los altres e repòs tranquil·le a la corona del Grech Imperi e de nosaltres tots.

«E com lo meu parer sia que major servey no podem fer a la magestat del senyor emperador com serà de no atorgar-los pau ni treva ne concòrdia alguna, sinó que·s posen en poder nostre sens seguretat alguna dels béns ne de la vida. E si açò fer no volran, que facen tot lo mal que fer puguen, com siam certs que·ls podem fer perir de pura fam e, d'altra part, si batalla los volrem dar, stà en la libertat nostra, com siam molt més poderosos que no ells, ab tot que seria de parer faríem grandíssima follia dar-los batalla com, per la gran necessitat, stan desesperats e poríem perdre molta de la gent nostra e posar en perill tot lo nostre stat, lo que·s pot molt bé scusar guardant-los molt bé lo pas. E més avant, podeu contemplar lo gran guany que serà per a tots de haver tota la lur desferra, la qual se perdria lexant-los anar. Emperò, senyors e germans meus, lo parer meu és aquest: que no és expedient algú a nosaltres fer resposta alguna sens que no sia feta consulta a la magestat del senyor emperador, perquè per sdevenidor, si altre cas se seguia, no fossem dignes de gran reprensió. Per què suplich a les senyories de tots, que us tinch com a germans, que·m vullau consellar la resposta que fer-se deu, axí com de la molta virtut vostra confie, ne si conexeu que la magestat del senyor emperador ne sia consultada, car axí en la honor com en lo guany cascú será participant.

E donà fi en son parlar.

Capítol CCCCXXVIII. Lo vot que donà lo rey de Sicília en lo consell

No hagué acabat lo virtuós Tirant lo seu rahonament que, per un poch spay, lo rey de Sicília no·s giràs devers lo rey de Feç, convidant-lo que primer parlàs. E lo rey de Feç li dix que per res no u faria. Aprés, ne convidà als altres príncceps e barons, e tots li donaren les veus, que primer parlàs. E levant-se lo bonet del cap, lo rey de Sicília dix paraules de semblant stil:

–Spill en lo qual lo saber divinal se representa. Stela novament creada per a guiar, no solament a nosaltres, mas a tots los qui de vostra virtut atenyeran clara vista, mostrant-los camí luminós, que, seguint aquell, arribaran a la posada hon tranquil·le pau e justícia reposa. Altre Salamó o ell mateix. E per ço, capità virtuós, no fretura a nosaltres consellar-vos, com lo vostre avisat entendre haja manifestat la fi de tot lo que·s poria veure. Mas perquè la senyoria vostra més content reste, tinch deliberat dir mon parer, no discrepant del vostre, com tinga per ben fet que la magestat del senyor emperador ne sia consultada, per major scusació de vostra mercé e nostra. E que, ab lo seu sacre consell, delibere la magestat sua lo que li sia plasent, com aquest fet toque més a la honor sua que de tots los altres, crehent yo sens dubitació alguna que ell eligirà la part per vós mencionada, com aquella sia més útil e més honorosa e de major seguretat, repòs e tranquil·litat a la corona del Grech Imperi. Havent notícia que les coses preposades per la virtut vostra són totes molt rahonables e tan conformes a la militar art que negú per art de cavalleria en aquelles no poria contradir, com de capità virtuós se pertany de guardar de perill la sua gent e fer la guerra a tot útil seu e a dan dels enemichs, segons vós feu. E haveu acostumat de donar premi e honor a tots aquells qui sots la vostra bandera van. No vull més dir sinó, lo que per mi és stat obmés, remet a les senyories de aquests altres senyors.

Capítol CCCCXXIX. Lo vot que féu lo rey de Feç per ell e per tots los altres barons

Acabant de parlar lo rey de Sicília, tots los altres príncceps e barons dreçaren les paraules lurs al rey de Feç, suplicant-lo volgués per tots parlar, confermant e aprovant tot lo que per lo rey de Sicília era stat dit. E posat silenci en lo consell, aprés un poch espay se levà lo rey de Feç e dix tals paraules en semblant stil:

–Contínua speriència de greus mals e treballs moltes voltes demostren com se deu hom guardar de aquelles coses que rahonablement noure porien e, de les coses ben fetes e ab deliberació, tart ve lo penediment. E per ço, capità virtuós e senyor, a mi no fretura replicar en les coses que per vostra senyoria són stades ben vistes e ben dites, mas, per tant com per les senyories de aquests magnànims senyors, per lur molta virtut, me han volgut dar càrrech que fes la resposta per tots, considerada la brevitat del temps que·s mereix en retre la resposta als embaxadors, no vull més dir per no tenir prolixitat sinó que loe e aprove la resposta feta per la senyoria del rey de Sicília qui és, que serà molt ben fet que la magestat del senyor emperador ne sia consultada a fi que vostra senyoria reste sens càrrech e nosaltres, per ço com los fets són de gran importància e és la fi de tot son bé o mal, en lo qual tots nosaltres havem a participar, e vostra mercé no restaria sens culpa. E yo, ab veu de tots aquests senyors e germans meus, vos conselle que prestament hi trametau vostra embaxada, perquè pus prest se puga retre resposta als embaxadors del soldà e del Turch.

E féu fi a son parlar.

E lo virtuós Tirant dix que u posaria en execució. E axí·s partiren e tornà cascú en son aleujament.

Capítol CCCCXXX. Com tot l'estol de Tirant arribà al port de Contestinoble, qui portaven la reyna de Feç

Partint-se l'estol del camp del virtuós Tirant per anar a la insigne ciutat de Contestinoble, lo vent e lo temps los fon tan favorable que, en lo mateix dia, dues hores ans que Febo hagués complit son viatge, fon atés davant la ciutat benaventurada. E fahent grandíssima alegria —segons se acostuma e solen fer los qui ab triümphant victòria donen socors als qui són posats en grandíssima necessitat—, lançant bombardes e sonant trompetes, clarons e anafils, ab multiplicades veus saludaren la insigne ciutat.

Los nobles ciutadans e la popular gent, sentint veus de tanta alegria, corrien a la muralla per veure en lo port entrar lo tan desijat socors, qui entrava ab les banderes altes de la magestat imperial e del valerós capità Tirant. No fon menor alegria dins la ciutat, tocant totes les campanes e donant laor e glòria a la divinal providència com li era stat plasent de socórrer los afligits, car totes les fustes venien carregades de moltes vitualles.

L'antich emperador cavalcà devers la mar e fon avisada la magestat sua com en les fustes venia la reyna de Feç, e ell prestament ho tramés a dir a la princessa e a la emperadriu. E la princessa, lo més prest que pogué, cavalcà ab Ypòlit e ab molts altres cavallers e gentilshòmens, ab totes les dames de la cort sua. Anà hon era l'emperador. Manà l'excelsa senyora a Ypòlit que dins la nau entràs hon era la tan desijada reyna per fer-la exir en terra.

Entrant Ypòlit en la nau, trobà la ínclita reyna molt ben abillada, qui·l rebé ab amor afable, fahent-se la hu a l'altre molta honor per la molta amor e amistat que en lo passat temps tenguda havien. Demanà-li la reyna de sa senyora, la princessa. Ypòlit li respòs com en la vora de la mar lexada la havia sperant la sua desijada vista.

Fon posada en orde una barca de draps de brocat hon devallà la ínclita reyna e Ypòlit e dos galants ben abillats. Ab los rems batent l'aygua, en poch spay foren en terra molt ben acompanyats de noble cavalleria e de gentils dames.

Com la princessa véu a Plaerdemavida, criada sua, venir ab tan gran triümpho com a reyna, per fer-li major honor, descavalcà; la reyna lançant-se al seus peus per voler-los-hi besar. E la excelssa senyora no u permés, mas besà-la en la boca moltes vegades en senyal d'estrema amor. Après, la reyna li besà la mà, elevant la princessa la reyna de terra. Per la mà la pres e portà-la hon era l'emperador. La reyna li besà lo peu e la mà, e l'emperador ab gran afabilitat rebé la reyna, fent-li molta honor, e a l'almirall e als altres cavallers qui en companyia de la reyna venguts eren. E partint-se tots del port, feren la via de l'imperial palau, hon trobaren la emperadriu, qui rebé la reyna ab graciosa e benigna cara e a tots los qui de sa companyia eren, la reyna besant-li peus e mans com a vassalla e criada sua, e fon per ella molt festejada.

Lo antich emperador a Ypòlit manà les fustes descarregades fossen perquè pus prest tornassen al camp. E Ypòlit dix que sa magestat seria servida, com ja hi haguessen començat. E tornant al port lo virtuós Ypòlit ab moltes barques que féu pendre de la terra e aquelles de les naus, de continu descarregaren tota la nit, que al matí, ans que lo sol se demostràs, totes les fustes descarregades foren e recullit tot lo blat dins la ciutat, per botigues, e molts vins e olis, carns salades, mels e legums e totes aquelles coses que a ciutat assetjada se pertanyen.

Al matí, l'emperador tramés a convidar a l'almirall que·s vingués a dinar ab ell, ab tots los nobles e cavallers qui en companyia de la reyna venguts eren. L'almirall fon molt content. E ixqueren tots ab l'almirall molt ben abillats e ab grosses cadenes d'or e ab robes de brocat e de chaperia. La festa singular que l'emperador féu a l'almirall e als seus fon cosa d'admiració, que, atés la lur necessitat, foren molt ben servits de molta volateria en abundància singular e d'especials vins qui la festa feyen magnificar. E ab delitòs repòs passaren tot aquell dia festejant les dames de la emperadriu e de la princessa, ab moltes dances e jochs qui ennoblien la festa.

Venint la nit, l'almirall demanà licència a l'emperador per recullir-se en les fustes, dient a sa magestat com de matí sa voluntat era de partir e posar-se ab l'estol davant lo camp dels moros per donar-los més fatiga. L'emperador li dix:

—Almirall, no és cosa en lo món de què·m pugau més servir. E donà-li licència. E l'almirall li besà la mà e lo peu, e tots los altres cavallers e gentilshòmens. E feta lur reverència, anaren a pendre comiat de la emperadriu e de la virtuosa princessa, e de la reyna e de totes les dames. E fent la via de la mar, se reculliren en les fustes.

E en la nit, a la primera guayta, tot l'estol partí davant la noble ciutat e feren la via del camp dels moros. E com foren arribats davant lo camp dels moros, despararen al colp moltes bombardes devers lo camp, que tots los moros feren arremorar e cuytaren a les armes pensant que·ls volien combatre. E axí, staven los moros atribulats e ab gran recel.

Capítol CCCCXXXI. Les rahons que passaren entre la princessa e la reyna de Feç

La nit que la virtuosa reyna de Feç arribà en Contestinoble, la princessa volgué que dormís ab ella perquè poguessen parlar a lur plaer. Com se foren meses en lo lit, la princessa féu principi a tals paraules:

—V[i]rtuosa germana e senyora mia, molt és stada la mia ànima en tot aquest temps de la vostra absència atribulada, e açò per moltes rahons, les quals per scriptura expremir no·s porien. E en special per vós, a qui amava sobre totes les dones e donzelles del món, com viure sens vós me era impossible. E majorment com pensava que, per causa mia e per servir-me, tenia crehença que éreu morta en la cruel mar de mort tan spantable. E considerant la causa per què ço és: per la gran crueldat de Tirant, qui se era partit de mi sens dir-me res, ignorant yo la causa del seu desdeny. E com cascuna hora del dia en la mia fantasia se representàs la sua fingida amor ésser tal, venia en l'estrem de la mort, desijant més morir que viure en tan penosa vida, puix me veya separada de aquelles persones qui eren restauració de ma vida e repòs del meu delit. Los meus ulls daven abundants làgremes, ab dolorosos sanglots e sospirs, lamentant la mia desaventura. E planyent deplorava lo gran dan e perdició que·s seguiria, per l'absència de Tirant, de la magestat de l'emperador, pare meu, e de tot l'imperi. E de mi, desaventurada, que fos posada en captivitat en poder de infels e per ells desonrada e ésser atesa als derrers tèrmens de ma desolació. Majorment, com pensava que yo hagués fallit contra lo valerós Tirant ni haver-lo tant agreujat ni ofés en alguna cosa que fos suficient premi de tant de mal que se'n podia seguir. Açò feya aumentar la mia dolor, pensant quant era gran la desaventura mia e la mia ignoscència.

«Emperò, tostemps recorrent a la magestat de aquella qui és Mare de pietat misericorde, qui jamés fall als qui devotament la invoquen, me posí en lo monestir de les devotes menoretes, stant en contemplació contínua, suplicant a la Mare de Déu, senyora nostra, me trametés l'ángel de consolació, qui l'ànima e lo cors me aconsolàs, e hagués pietat del vell emperador, que en sos darrers dies no·s ves catiu ni despossehït de l'imperi. E la misericorde senyora, havent compassió de la nostra afligida vida, ha'ns tramés la superabundant gràcia del seu inmens Fill, més copiosa que lengua humana no sabera demanar.

«E tinch molt gran consolació com a vós, germana mia, ha volgut tant prosperar, que és la cosa que la mia alegria més aumenta. E reste molt obligada a la molta virtut del valerós Tirant, que en absència mia sia stat en recort dels servidors meus. E suplich-vos, germana e senyora de mi, fer-me gràcia significar-me quina fon la afortunada causa que yo tant hagués ofés al virtuós Tirant, que ab tanta crueldat se partís de aquella qui l'amava més que a la sua vida, com sabeu que jamés pensí en cosa que fos contra voluntat sua ni menys de paraula li diguí sinó paraules de amor e consolació, com aquell qui tenia la mia ànima cativa e l'amava en strem com a persona digna de possehir la mia delicada persona, car tenia verdadera crehença que lo seu amor no fos menys envers mi que causa neguna bastàs voler-me axí enujar. E crech que u manlevà, que de hun tan magnànim e virtuós cavaller, passant e excel·lint a tots los altres de bondat e gentilesa, no és de presumir que en ell se pogués causar tanta ingratitut.

«Emperò, la sperança que en vós, germana e senyora mia, tinch coneguda, me aconsola, com pens que en lo passat temps éreu sustentació e aument de ma vida. Ara molt més tinch confiança de la vostra molta virtut, per mi ja sperimentada, que dareu fi a la mia atribulada pensa foragitant de mi les passades temors e atényer seguretat manifesta de amor verdadera. E no penseu que sia en lo punt que era com me dexàs, que amor me ha tant subjugada que no stich en degun recort, e tinch fantasia que si prestament yo no veig lo meu Tirant, molt poca serà la mia vida.

E donant fi la excelsa senyora a les sues piadoses paraules, donant dels seus ulls abundoses làgremes, gemechs e sospirs, fahent de si hun desmoderat comport. La virtuosa reyna la confortà ab les sues agraciades paraules de consolació. E com la princessa fon tornada en son recort, la reyna féu principi a semblants paraules.

Capítol CCCCXXXII. Resposta que fa la reyna a les doloroses paraules de la princessa

—Fatiga seria de prolixitat enujosa recitar paraules que agreujarien les orelles de la magestat vostra, car sol en yo pensar aquelles la mia ànima n'està alterada; per què suplich a la celsitut vostra no les me faça dir sta nit, car dubte·m fa que no posàssem en agonia tots los del vostre imperial palau, e daríem mala nit e treball a la magestat del senyor emperador, pare vostre. Mas demà en la hora que a vostra altesa serà plasent, yo us ho diré, e no gens a mon grat, car temor tinch que l'ànima de vostra altesa no s'altere de hoir paraules tan nefandíssimes.

«Emperò, senyora, la altesa vostra se pot alegrar de una cosa: que en res no teniu culpa. E per mi és stat lo virtuós Tirant molt bé informat. E sabuda la veritat per ell, ne restà molt confús e ab grandíssima vergonya, e per mi suplica a la magestat vostra que lo perdó no li sia denegat, car ell confessa lo seu gran defalt. E vostra altesa, senyora, li deu perdonar per ço com ell és stat decebut per persona tal a qui gran fe era atribuïda, la maldat de la qual la magestat vostra ignora. De aquestes rahons de passió no vull més dir al present, sinó que us suplich vostra altesa se alegre, car, si plasent serà a la divina Providència, totes les vostres tribulacions e de la magestat del senyor emperador seran ja passades per la venguda de l'animós Tirant.

«E si vostra altesa sabia quanta és l'amor que us porta, n'estaríeu admirada, car contínuament, quan present li era, no·m parlava sinó de la sua princessa, ab aquells suspirs e gemechs que los verdaders enamorats solen lançar, que l'ànima li travessaven. Per què, senyora, molta rahó té vostra magestat de amar-lo en lo superlatiu grau, que no crech jamés sia stat, ni menys serà en lo sdevenidor temps, hun cavaller amar una donzella de amor tan strema com aquest ha fet a vostra mercé, considerant los actes de inmortal recordació que ha fets en la Barberia des que partí de ací, aprés que de catiu ton posat en libertat.

«Tots aquests actes de singular virtut ha fets a fi que tingués possibilitat de poder socórrer e ajudar a la magestat del senyor emperador e vostra, e los grans perills que ha volguts passar perquè pogués possehir lo vostre delitós lit ab repòs benaventurat. ¿E ara que tots los mals e treballs de vostra altesa prenen terme e fi, vos defall lo ànimo que teniu, tan magnànim e tan sforçat? E comfiau de mi, senyora, que jamés vos fallí en les majors necessitats, que prestament yo·l vos faré venir ací per fer-vos reverència, com sé verdaderament que altre desig en aquest món no té sinó com poria fer honors e serveys a la magestat vostra.

«Açò sé yo verdaderament e n'é vista speriència, car, si no fos per la amor vostra, no li freturava ell de venir ací per conquistar l'Imperi Grech, com en sa libertat era de pendre per muller la filla del rey de Tremicén e fer-se rey e senyor de tota la Barberia, la qual donzella era de inestimable bellea e complida de virtuts singulars. E aquesta veurà vostra altesa no passaran molts dies, que ve ací sol per fer-vos reverència per ço com Tirant ha molt loada la bellea vostra. E per los grans serveys e honors que Tirant li ha fets, se té per molt obligada a ell, e ha-li promés de ésser a la solemnitat de les vostres bodes ab Tirant.

«E donchs, senyora, hun cavaller de tanta virtut, qui ha lexat una tal donzella ab tants regnes, ¿no és bé rahó que sia merexedor de possehir la vostra excellent persona? Certes, sí. ¿E qual rey ne gran senyor és stat en lo món qui haja conquistades tantes terres com aquest, que no les ha volgudes retenir per a si? E Tirant ho ha tot repartit entre sos parents e amichs e servidors, e, com més dóna, més té, car jamés res li fall per la gran liberalitat sua.

«Per què, senyora, suplich a la magestat vostra que no vulla pensar en res qui de passió sia e sotsmeteu tot lo passat a oblivió si amau la vostra persona, car les coses de passió agreugen l'ànima e donen aflicció al cors, com les dones e donzelles per la flaquea perden gran part de lur bellea; com la de vostra altesa sia tan mencionada per tot l'univers món, que és de gran necessitat que ara vos mostreu més bella que jamés, per les moltes gents e de moltes condicions e stats que ara vénen a veure a vostra altesa, com en la companyia de Tirant han venguts molts reys, duchs e grans senyors per valer-li, e seran tots a les vostres bodes. E molts reys, duchs e grans senyors que vénen ab lo rey Scariano, qui seran tots en aquesta festa. E no volria, per quant tinch ne sper haver, que lo contrari de vostra altesa fos presumit, com en lo restant del món no és dona ni donzella de negun stament qui ab vós egual se trobe, axí de linatge com de bellea, ni en totes les altres virtuts. E per vostra altesa ésser stada senyora mia, stimaria més morir que hoir lo contrari.

E donà fi a son rahonament.

Capítol CCCCXXXIII. Rèplica que fa la princessa a la reyna

—Molt és a mi enujosa cosa, avisada reyna, en pensar lo que·m dieu —respòs la princessa—, com açò sia cosa que, qui lo seu desig a una cosa desijada ha hagut molt se deja més en l'ànimo contentar que qui desija e no pot lo seu desig atényer. E aprés, neguna cosa és pus laugera a perdre que aquella la qual sperança per avant no promet pus de tornar. Allí deu ésser la gran dolor: hon lo egual voler, lo no poder portar a fi. Car aquí han loch ira e enuig, aquí és lo pensament e l'afany, perquè, si les voluntats no són eguals, per força mancarien los desigs. Mas quant los ànimos se volten, anant desijar algunes coses, e aquelles pervenir no puguen, lavors se encenen e·s dolen més que si dels seus volers fossen luny. E per ço, germana mia, ara tinch notícia que en lo passat temps, com stàveu en la servitut mia, me dàveu bons consells e yo no·ls conexia, per què d'ací avant yo vull star a consell e ordinació vostra.

La fi de les paraules de la princessa fon principi del parlar de la reyna, qui dix:

—Senyora, si axò fa la altesa vostra, yo us promet molt prest dar goig complit, més que no desijau.

E axí, ab aquestes rahons e semblants, passaren gran part de la nit, car la princessa prenia molt gran plaer en les rahons de la reyna perquè gran temps havia passat que no se eren vistes e tenien molt de què parlar. Dix la reyna:

—Senyora, donem part a la nit perquè vostra altesa no s'enuge.

E axí u feren.

Capítol CCCCXXXIIII. Com Tirant anà a Contestinoble per parlar ab l'emperador

Tengut lo consell per lo virtuós Tirant ab los magnànims reys, duchs, comtes e barons, sobre la resposta fahedora als embaxadors del soldà e del Turch, per tot lo consell fon delliberat que la magestat de l'emperador ne fos consultada. Pensà lo valeros Tirant ésser atés al terme que desitjava, ço és tenir justa causa d'escusació per anar a veure e fer reverència a aquella per la qual tenia la sua ànima cativa. E pensant com aquest negoci era de gran importància e era cosa que tocava més a la honor sua que de tots los altres, delliberà que secretament, sol, anàs a la noble ciutat desijada per parlar ab la magestat de l'emperador e saber la voluntat e deliberació sua, de què·s poria seguir molt gran benefici de pau e tranquil·litat en l'Imperi Grech e, a ell, tranquil·le repòs en los braços de sa senyora. E venint la nit scura, parlà ab lo rey de Sicília e lo rey de Feç e comanà'ls lo camp. E recullí's en una galera e feren la via de Contestinoble, qui distava vint milles del camp de Tirant.

Com lo virtuós Tirant fon al port e la galera fon surta, eren deu hores de la nit. Desfressà's e sol, ab hun altre, ixqué en terra. Manà al patró de la galera que no·s partís de allí e, com fon al portal de la ciutat, dix a les guardes que li obrissen, com era hun servidor de Tirant qui venia a parlar ab la magestat del senyor emperador. Les guardes prestament li obriren e féu la vida del palau de l'emperador. Com fon dins, li digueren com l'emperador s'era mès al lit. Tirant anà a la cambra de la reyna de Feç e trobà-la dins hun retret, que feya oració. Com la reyna lo véu, prestament lo conegué e corregué'l abraçar e besar e dix-li:

—Senyor Tirant, inestimable és lo plaer e soberga alegria que tinch de la vostra desijada venguda. E ara, ab mayor afecció, tinch causa de regraciar a Déu que de mi, indigna, vol hoir les justes pregàries. No us puch dir quant és gloriosa la mia ànima per la consolació de vostra vista, pensant que a la fi de les mies devotes oracions haja obtés lo major bé que desijava, ço és, la vostra presència, enemiga de tota tristor. No crech yo que los meus mèrits, mas los vostres, han inclinada la divina Bondat que, dient yo les derreres paraules de les mies piadoses pregàries, no sé si mans d'àngel o celestials moviments han girat la mia fexuga e trista persona vers la porta del meu desaconsolat retret, hon he pogut veure a vós, senyor, qui sou la més alta persona en virtuts y meréxer qu-entre tots los mortals contemplar-se puga. Veniu, senyor, digne de tota glòria! Hora és ja que prengau la paga e satisfacció de vostres honorosos treballs ab delitòs repòs en los braços de aquella on és lo terme de vostra felicitat e occasió de vostres magnànimes empreses, car yo crec que, si vós voleu, yo daré compliment al que tant haveu desijat. E si ara no feu la voluntat mia, creheu ab jurament que jamés façau compte de mi, ans, lo més prest que a mi serà possible, me'n tornaré en les mies terres.

No lexà més parlar lo valerós Tirant a la reyna, mas féu principi a semblants paraules:

—Germana senyora, si en algun temps vos só stat inobedient, suplich-vos per mercé que·m perdoneu, car yo us promet e us jur, per l'orde que de cavalleria tinch, que no serà cosa en lo món que per vós me sia manat que yo no us sia obedient, encara que fos cert la mort ne hagués a pendre, car só ben cert que sempre me donàs bons consells, si yo los hagués sabuts pendre.

—Ara, donchs —dix la reyna— veurem què sabreu fer, que l'esperiment se'n veurà, que en liça de camp clos teniu de entrar e no us tindré per cavaller si donchs no us veig vencedor de la delitosa batalla. Aturau ací en lo retret, que yo iré a parlar ab la princessa e suplicar-la he que vinga ací a dormir esta nit ab mi. Prestament se partí la reyna de Tirant e anà a la cambra de la princessa, e trobà-la que·s volia posar al lit. Com la princessa véu a la reyna, dix-li:

—Què és açò, germana, que tan cuytada veniu?

La reyna fengí molt gran alegria e, acostant-se a la orella de la princessa, dix-li:

—Senyora, feu-me tanta mercé que sta nit vingau a dormir ab mi a la mia cambra, car de moltes coses tinch a parlar ab la magestat vostra, que una galera és venguda del camp de Tirant e és exit hun home en terra que ha parlat ab mi.

E la princessa, molt alegra, li dix que era contenta, car ja de altres voltes hi havia acostumat de dormir, e la reyna per semblant, a la sua cambra. E açò elles feyen com volien parlar a lur plaer per no causar sospita a la emperadriu e a les donzelles.

La princessa pres per la mà a la reyna e axi anaren a la sua cambra, la qual trobaren molt bé en orde e ben perfumada, que la reyna hi havia fet ja provehir. La princessa se posà molt prestament al lit per la gran voluntat que tenia de saber noves de Tirant, e les sues donzelles la ajudaren a despullar. Com fon en lo lit la princessa, donaren-li la bona nit, la qual aparellada stava incogitadament.

Com les donzelles foren fora de la cambra, la reyna posà la balda en la porta e dix a les sues donzelles que anassen a dormir, que ella tenia de dir una poca de oració e que, aprés, ella se posaria al lit, que no volia negú. Les donzelles se n'entraren totes en un·altra cambra en què dormien. Com la reyna hagué dat comiat a totes, entrà-se'n en lo retret e dix al virtuós Tirant:

—Cavaller gloriós, despullau-vos en camisa e descalç anau-vos a posar al costat de aquella qui us ama més que a la sua vida. E feriu fort dels sperons, car axí·s pertany de cavaller, tota pietat apart posada. E en açò no·m façau rahons, que no les vos admetria, ni poseu dilació, car yo us jur, a fe de reyna, que, si no feu lo que us he dit, que jamés a tota vostra vida tal gràcia aconseguireu.

Tirant, hoint les tan afables paraules de la reyna, ficà los genolls en la dura terra e volgué besar los peus e les mans a la reyna. E dix-li stil de semblants paraules.

Capítol CCCCXXXV. Gràcies de amor que fa Tirant a la reyna

—Senyora e germana, de forts cadenes apresonau ma libertat. Cosa feu per mi per la qual, restant-vos catiu e servint-vos los dies de ma vida, és impossible fer-vos yo satisfacció que a la molta obligació que us tinch acomparar-se puga. Vós me donau la vida, vós me donau la glòria, vós lo bé, vós lo delit, vós paraís en cors mortal feu posseir a la mia cansada ànima. Quant me resta del viure ni quant poria conquistar, que, ensemps ab lo que fortuna me ha donat, donant-ho yo a vós, no seríeu premiada. Sols amor vos ha de pagar, amant-vos yo de aquell verdader amor que us ha acompanyat en fer per mi tan senyalada gràcia. E no muyra yo fins que de mi vejau semblant speriència de la voluntat que en vós axí manifestament tinch coneguda.

—Senyor Tirant —dix la reyna—, no tingau temps, que lo temps perdut no·s pot cobrar. Despullau-vos prestament.

Lo virtuós Tirant lançà roba en mar, que en un moment fon despullat, descalç e en camisa. La reyna lo pres per la mà e portà'l al lit hon era la princessa.

La reyna dix a la princessa:

—Senyora, veus ací lo cavaller vostre benaventurat que la magestat vostra tant desija. Axí sia de vostra mercé que li façau bona companyia, tal com de vostra excel·lència s'espera, car no ignorau quants mals e treballs ha passats per atényer la felicitat de la amor vostra. Usau sàviament, puix sou la discreció del món, que vostre marit és. E no pense la magestat vostra sinó en lo present, que l'esdevenidor s'ignora quin serà.

Respòs la princessa:

—Germana falsa, no pensava yo jamés de vós axí fos traïda. Mas tinch confiança de la molta virtut de mon senyor Tirant, que suplirà al vostre gran defalt.

E no penseu que durant aquest parlament Tirant no stava ociós, ans les sues mans usaven de lur ofici. La reyna los lexà star e anà-se'n a dormir en hun lit de repòs que havia en la cambra. Com la reyna se'n fon anada, la princessa dreçà les noves a Tirant, qui lo combat li strenyia, e féu-li principi de tals paraules.

Capítol CCCCXXXVI. Com Tirant vencé la batalla e per força d'armes entrà lo castell

—Mon senyor Tirant, no canvieu en treballosa pena la sperança de tanta glòria com és atényer la vostra desijada vista. Reposau-vos, senyor, e no vullau usar de vostra bel·licosa força, que les forces de una delicada donzella no són per a resistir a tal cavaller. No·m tracteu, per vostra gentilea, de tal manera. Los combats de amor no·s volen molt strényer. No ab força, mas ab ginyosos afalachs e dolços engans se atenyen. Dexau porfídia, senyor, no siau cruel. No penseu açò ésser camp ni liça de infels. No vullau vençre la qu·és vençuda de vostra benvolença: cavaller vos mostrareu damunt la abandonada donzella? Feu-me part de la vostra homenia perquè us puga resistir. Ay senyor! Y com vos pot delitar cosa forçada? Ay! E amor vos pot consentir que façau mal a la cosa amada? Senyor, deteniu-vos, per vostra virtut e acostumada noblea. ¡Guardau, mesquina, que no deuen tallar les armes de amor, no han de rompre, no deu nafrar la enamorada lança! Hajau pietat, hajau compassió de aquesta sola donzella! Ay cruel, fals cavaller! Cridaré! Guardau, que vull cridar! Senyor Tirant, ¿no haureu mercé de mi? No sou Tirant! Trista de mi! ¿Açò és lo que yo tant desitjava? ¡O sperança de la mia vida, vet la tua princessa morta!

E no us penseu que per les piadoses paraules de la princessa Tirant stigués de fer son lavor, car en poca hora Tirant hagué vençuda la batalla delitosa e la princessa reté les armes e abandonà's, mostrant-se smortida. Tirant se levà cuytadament del lit pensant que la hagués morta e anà cridar la reyna que li vengués ajudar. La reyna se levà prestament, pres una ampolla de ayguaròs e donà-li'n per la cara e fregà-li los polsos, e axí recobrà l'esperit. E lançant un gran sospir dix.

Capítol CCCCXXXVII. Reprensió de amor que fa la princessa a Tirant

—Encara que aquests sien los senyals de amor, emperò no ab tanta força e crueldat se deuen pendre. Ara, senyor Tirant, vinch a creure que no de virtuosa amor me amàveu. La brevitat de tan poch delit, ¿ha pogut empedir a la virtut, consentint que hajau tan maltractada la vostra princessa? Almenys haguésseu sperat lo dia de la solemnitat e serimonial festa perquè lícitament fósseu entrat en los ports de la mia honesta pudicícia. Ni vós haveu fet com a cavaller ni yo só reverida com a princessa, per la qual rahó só axí verdaderament agreujada, que de aquesta rahonable ira, ensemps ab la pèrdua per scampament dels meus carmesins strados, roman tan debilitada la mia agreujada delicadura que tinch crehença primer yo vençuda entraré en los regnes de Plutó que vós, vencedor, dels perduts temerosos infels hajau robades les tendes. Axí que la festa de goig per mi celebradora poreu mudar en tristes, doloroses obsèquies.

No sperà la reyna que més digués la aflegida princessa, sinó que ab cara alegra li dix:

—Ay na beneyta! Com sabeu fer lo piadós, que armes de cavaller no fan mal a donzella! E Déu me lexe morir a tan dolça mort com vós fengiu que éreu morta! Lo mal que·m direu me vinga si no sou guarida al matí.

La princessa, no prou aconortada de la perduda honestat, no volgué satisfer a les folles paraules de la reyna, ans callà. Tirant se tornà al lit e la reyna se n'anà a dormir. Los dos amants stigueren tota la nit en aquell benaventurat deport que solen fer los enamorats.

Capítol CCCCXXXVIII. Com, aprés feta la pau, Tirant recità a la princessa tots los seus treballs e, aprés les grans prosperitats que havia hagudes

En la nit recità Tirant a la princessa stesament tots los infortunis e persecucions que havia passades per causa de la sua amor. En aprés, li recità ab grandíssim plaer la prosperitat e victòria sua, axí per orde com li eren seguides les adversitats, e axí ordenadament, les conquestes e triümphos. Mas, a la fi, li significà que de res tant no·s tenia per molt gloriós com de haver conquistada la sua il·lustríssima persona.

Noresmenys, la princessa, quasi resuscitada e tornada en sos primers sentiments, cobrat lo sforç e passada la dolça fellonia, recità a Tirant lo discurs, vida y stil que tengut havia durant la absència sua e com jamés, durant aquest temps, fon vista riure ne alegrar-se de cosa deguna. Apartada de tots delits, retreta en contínua oració, per la sua amor en religió posada, sols subjugada a la sua ordinació, havia pogut sostenir lo seu ésser fins que la sua venguda li portaren alegra y novella embaxada. Moltes altres rahons y delicades paraules fornides de enamorats sospirs passaren y, ensemps parlant, moltes vegades conegueren de libidinosa amor los efectes.

La reyna, qui portava lo pes de aquest negoci, vehent que lo dia s'acostava, pensà que los qui se amen, com aconseguexen algun delit, no pensen en res qui·ls puixa noure. Levà's cuytadament del lit e anà hon eren los dos amants e dix-los que, puix la nit era stada bona, que Déu los donàs lo bon jorn. E ells lo y reteren molt graciosament. E trobà'ls que jugaven ab alegria molt gran, mostrant tenir molt gran contentació la hu de l'altre. La reyna dix a Tirant:

—Senyor de l'Imperi Grech, levau de aquí que ja·s fa dia. Perquè no sia vista vostra mercé és mester que us ne aneu lo més secretament que pugau.

Al virtuós Tirant fóra stat plasent que aquella nit hagués durat hun any. E moltes voltes besant a la princessa, la suplicà que fos de sa mercé li volgués perdonar.

Respòs la princessa:

—Mon senyor Tirant, amor me força de perdonar-vos ab condició tal que no·m sia tarda la vostra tornada, car viure sens vós me és impossible, que ara sé què és amor, que de primer no u sabia. E puix a força d'armes me haveu feta cativa, no·m denegueu lo socors, car ma vida, ma libertat e la mia persona d'ací avant no tinch per mia, puix, havent-la perduda, de vós la he cobrada. E ara la prench en comanda ensemps ab la glòria de la sdevenidora victòria, per la qual yo sola me alegre perquè més honrada e major sia la senyoria vostra, que de cosa que més stime vos he fet senyor.

Capítol CCCCXXXIX. Resposta que fa Tirant a les rahons de la princessa

Acabava la excelssa senyora la derrera síl·laba de ses enamorades paraules quan lo virtuós Tirant se pres a dir:

—Sperança de mon bé e contentació de ma vida! No us poria fer les infinides gràcies que la celsitut vostra mereix en haver-me atorgat perdó de la dolça ofensa per mi feta a la magestat vostra per haver obtés lo premi de mos treballs. E stime tant ab violència haver-ho obtés com si de líbera voluntat atorgat me fos, de què·n reste presoner e catiu de vostra excel·lència. E molt major plaer e consolació fóra per a mi d'estar en benaventurat repòs en los braços de vostra magestat que, absent, morint en penada vida. A mi no fretura pregar-me del que les forces de amor me costrenyen. E per speriència veurà la altesa vostra quant se abreujarà la guerra perquè yo, catiu vostre, ab amorosos serveys vos puga servir.

E ab hun besar de amor strema se partiren. La reyna lo pres per la mà e devallà'l per una porta falsa en l'ort. E devallant, lo virtuós Tirant volgué besar les mans a la reyna e la reyna no u consentí, que les hi besàs, mas dix-li semblants paraules:

—Tirant, senyor, ¿com és contenta la senyoria vostra del que tant ha desijat?

Respòs Tirant:

—Germana senyora, la mia lengua no bastaria a dir la gran contentació que tinch de ma senyora, e de vós per la molta virtut vostra, que crech jamés poré satisfer la gràcia singular que de vós he obtesa. E si la divina Potència me fa gràcia que puga atényer la fi del que tinch començat, stau ab confiança segura que yo smenaré lo que en vós he fallit.

La reyna, ab una agraciada reverència, li dix:

—Senyor Tirant, tantes honors e beneficis la senyoria vostra ha envers mi fets, no essent yo merexedora que en tots los dies de la mia vida a mi serà cosa impossible que us ho pogués servir. E suplique la divina Magestat vos vulla prosperar en honor tan excelsa com la senyoria vostra mereix ni desija. E fent-se gran reverència lo hu a l'altre, dient-se moltes cortesies, se partiren. Tirant se n'anà a la posada de Ypòlit e la reyna se'n tornà a la princessa e posà's al lit al loch de Tirant e, ab repòs, dormiren fins que fon gran dia.

Capítol CCCCXL. Com Tirant anà a parlar ab l'emperador

No fon de poca stima la alegria que Ypòlit hagué com véu a son mestre e senyor Tirant, que de infinida amor que li tenia se lançà als peus per voler-los-hi besar. E lo valerós Tirant no u consentí, mas levà'l de terra e abraçà'l e besà'l e feren-se grandíssima festa, car no se eren vists des que Tirant se n'anà ab la fortuna. Com se foren molt festejats, Tirant dix a Ypòlit que anàs al palau e digués a l'emperador com Tirant era vengut, e que volia parlar ab sa magestat secretament.

Anà prestament Ypòlit a l'emperador e dix-li la embaxada de Tirant. E l'emperador li dix que vingués en la manera que pendria plaer, que molt se alegraria de la sua vista. Bé·s pensà l'emperador que la venguda de Tirant no era sens gran causa de negocis de gran importància e desijava-u molt saber. E dix a Ypòlit que digués a Tirant que de continent vingués, que ell era prest de hoir-lo.

Ypòlit se'n tornà a la sua posada e manifestà a Tirant la voluntat de l'emperador. Los dos parents, desfreçats, partiren de la posada de Ypòlit e, ab suaus passos, caminaren la via del palau. E trobaren l'emperador en la cambra, que en aquella hora se acabava de vestir.

E arribat Tirant davant la magestat sua, als seus peus se lançà per voler-los-hi besar. E lo magnànim senyor no u comportà, mas, prenent a Tirant per lo braç, alçà'l de terra e besà'l en la boca, e Tirant li besà la mà. E prenent-lo per la mà, l'emperador lo passà en una altra cambra e féu-lo seure al seu costat. E corrent los seus ulls vives làgremes, tant per sobres de alegria com encara per lo recort de tanta pèrdua com havia feta la qual sabia molt bé, si Tirant fóra stat present, perdut no hauria, dix ab gravitat real e humana entonació les següents paraules.

Capítol CXLI. Les paraules que diu l'emperador a Tirant per contemplació de la venguda sua

—Magnànim capità e dilectíssim fill nostre, a infinit se acosta lo strem de tanta alegria com la vostra desijada vista nos presenta per la gran amor e afecció que us portam, atenent lo meréxer vostre y los grans serveys que de vós tenim rebuts y la sperança certa que tenim, sols per vostra venguda, ésser prestament deliurats e defesos, exalçant vós la nostra corona, aumentant nostra prosperitat y honor. Per què, considerant haver dexat lo camp, aquesta vostra secreta venguda no deu ésser sens alguna causa o necessitat de imperial consulta o consentiment, remetent per a major disposició les reposades e amigables rahons. Per donar-vos audiència e saber la causa de aquesta vostra venguda, cesse de més avant parlar-vos, dexant per a les sdevenidores obres lo «bé siau vengut» e contentament que tinch de vostra gloriosa venguda.

Acaban[t] de parlar l'emperador, Tirant no tardà de respondre en forma de les següents paraules.

Capítol CCCCXLII. La resposta que fa Tirant a l'emperador

—Senyor de gran excel·lència, la magestat vostra deu saber com la causa de la mia venguda és per significar a vostra altesa com lo soldà e lo Gran Turch me han tramés embaxada, la qual té, en efecte, moltes condicions tocants a vostra sacra magestat. E per quant a mi fóra gran presumpció e atreviment de fer deliberació alguna ne retre resposta sens licència ne exprés manament de la magestat vostra, per què us suplich que sia de vostra mercé que en lo sacre consell vostre sia ben vist e determenat lo que fer-se deu a fi que en sdevenidor, si altre cars se'n seguia, a càrrech meu no pogués ésser imputat.

«La qual embaxada conté com lo soldà e lo Gran Turch demanen a la magestat vostra pau e treva per a tres mesos o per a més, tant com la vostra excel·lència volrà. E si volrà pau final per a cent e hun any, que ells seran contents. E fer liga e germandat ab la magestat vostra, amichs dels amichs e enemichs dels enemichs. E si açò volrà fer la magestat vostra, que ells se'n tornaran en llurs terres e us buydaran tot l'imperi e restituiran-vos totes les ciutats e viles que us han preses en tot l'imperi, que·s mostraran per vostra magestat ésser jamés posseïdes. E més, vos daran e restituiran tots los presoners e catius crestians qui seran trobats en totes les terres, axí del soldà com del Turch. E si açò la magestat vostra no volrà fer, que m'aparelle de la batalla, que, cobrada per ells la resposta de mi, ells seran davant lo meu camp lo més prest que poran per dar-me batalla.

Respòs l'emperador en la forma següent:

—Virtuós capità nostre e fill, nós vos tenim en stima tal que confiam de la vostra molta discreció e virtut, que en majors coses que aquestes daríeu rahó e pendríeu lo partit més útil e de major honor a la corona de l'Imperi Grech. E nós haguerem per acceptable tot lo que per vós fos stat deliberat e mès en execució. Mas, per tant que lo voler vostre sia més content, ne faré tenir consell.

Lo magnànim emperador manà que prestament lo consell fos ajustat perquè Tirant se'n pogués tornar al camp. E Tirant, presa licència de l'emperador, se n'anà a fer reverència a la emperadriu e a la virtuosa princessa. E trobà-les ensemps en la cambra de la princessa, per ço que la princessa fengia ésser malalta e la emperadriu era venguda per visitar-la.

E la emperadriu féu grandíssima festa a Tirant e rebé'l ab cara molt afable, fent-li moltes carícies per ço com lo havien mester. E la virtuosa princessa fengí la festa molt freda per dissimular lo que era stat en la nit passada. Aquí parlaren de moltes coses, en special la princessa demanà a Tirant si sabia ni sentia certenitat alguna de la venguda de la reyna de Ethiòpia.

Respòs Tirant:

—Senyora de preclara virtut, tres dies ha que per hun correu del rey Scariano fuy avisat per letra sua, mencionant-me que li fes tanta gràcia que no volgués dar la batalla als moros fins a tant que ell s'i pogués trobar, que altra cosa més en lo món no desijava, que ell me feya cert que dins XV dies seria ab mi.

La princessa dix:

—Capità senyor, cosa en lo món no desige tant com de veure aquexa reyna, car he hoït dir que és dotada de bellea que en lo món no·s trobaria tal.

Respòs Tirant:

—Senyora, dit-vos han veritat, que aprés la magestat vostra, no crech més bella dona sia, ne més virtuosa en lo món no poria ésser trobada. E aqueix mateix desig té ella de veure vostra altesa. E per pus no ve ací sinó per les tantes perfeccions que ha de vós hoïdes mencionar.

E parlant axí Tirant a la emperadriu e ab la princessa, e departint e solaçant de coses de plaer, entrà per la cambra la dolorosa Stephania, duquessa de Macedònia, vestida de burell o àbit de les virtuoses de alta religió menoretes, car, per l'absència de l'il·lustre e de preclara virtut Diafebus, duch de Macedònia e marit seu, se ere posada en religió e no n'era volguda exir fins aquell benaventurat dia per hon pensava atényer la fi de sos mals.

E lançant-se als peus de Tirant, ab veus doloroses cridà, decorrent los seus ulls abundants làgremes, fent principi a la següent lamentació.

Capítol CCCCXLIII. Lamentació que fa la duquessa de Macedònia als peus de Tirant

—Veniu, honestíssimes senyores e castes viudes! Acompanyau la desolada duquessa! Cobriu ab ruades sàvenes e negre mantell lo meu cap abundós d'amaríssimes làgremes! Sosteniu lo fexuch cos de la deserta Stephania, carregada ab cadenes de tanta captivitat! Ajudau-me, senyores! ¡Prestau-me piadoses paraules, donau-me tristes sclamacions, feu acorts ab squinçada veu a l'aspredat de tan dolorosa lamentació! Cridau ab mi davant lo vencedor capità! Cridau misericòrdia a Tirant, que és sols, aprés Déu, redemptor e defenedor de nosaltres! Misericòrdia, senyor Tirant, misericòrdia vos demane! Hajau compassió, hajau dolor, no de mi, desaventurada y perduda, mas de aquell en qui és la mia libertat e benaventurança! Moga's, senyor, la vostra sanch! Lo vostre cosín germà, catiu, presoner de infels, lo ducat de Macedònia e a mi ha lexat en mortal desolació e pressura. La necessitat e captivitat de aquell a vós, senyor, és vergonyosa injúria. Les pesades cadenes y ferros a vós, senyor, deuen ésser causa de laugeres ales. Venjau, Tirant senyor, la vostra ofensa, e fent libert lo vostre Diafebus, fareu cativa la sua y vostra Stephania, stimant tostemps com a vostra la mia cobrada libertat, per vostres mans resuscitadora.

Lo virtuós Tirant no comportà que la duquessa stigués agenollada: pres-la del braç e levà-la de terra, e abraçà e besà aquella dient-li paraules de consolació en semblant stil.

Capítol CCCCXLIIII. Consolació que fa Tirant a la duquessa de Macedònia

—Contínua speriència de greus mals e dolors me ha mostrat, complanyent, als dolorits socórrer, e més de aquelles coses que rahonablement deuen ésser comunes. E per ço, germana e senyora, respondré a vostra justificada demanda, ço és, que us deman de gràcia que no ploreu ni doneu turment a la vostra virtuosa persona, car los mals e aflicions que rahonau no són stats per mi oblidats, segons clara speriència demostra e molt prest molt més se demostrarà, car yo us promet, per l'orde que tinch de cavalleria, que, mitjançant lo adjutori divinal, no passarà hun mes que lo duch de Macedònia, ab tots los altres, seran fora de la presó e vendran ací perquè vostra gentilesa sia contenta. E per altra cosa no só vengut ací.

Vehent la virtuosa duquessa de Macedònia les humils e afables paraules del valerós Tirant, lançà's als seus peus per voler-los-hi besar. La molta virtut de Tirant no u comportà, mas, levant-la de terra, la tornà a besar altra volta. E prenent-se per les mans se assigueren, recitant cascú a l'altre tots los passats mals.

En aquell instant que lo virtuós capità stech festejant les dames e féu lo parlament de consolació a la duquessa de Macedònia, l'emperador féu tenir lo consell. E preposà'ls la embaxada que lo soldà e lo Turch tramesa havien a Tirant, segons que per Tirant era stat recitat.

E sabuda per tots los del consell la bona nova, foren entre ells de grans altercacions e diferències. Los huns deyen que Tirant los donàs batalla perquè morissen tots, car Tirant tenia tanta potència que hu no se'n tornaria e que jamés d'aquí avant no tendria negú atreviment de tornar-hi. Los altres deyen que no era de necessitat dar-los batalla ne posar en perill tanta gent, com los moros eren molts e bons cavallers e, considerant que es tenien tots per morts, posarien en gran perill los crestians, mas que·ls tinguessen a noves, que, com haurien acabades les vitualles, los pendrien tots per fam o se haurien a donar tots per catius. Los altres consellaven que més valia fer pau ab ells e lexar-los anar, e detenir-se lo soldà e lo Turch e tots los reys e grans senyors en rahenes fins a tant haguessen restituïdes totes les terres que havien preses e los presoners, car, si ells los mataven a tots, prestament farien altres senyors, los quals contínuament farien lur poder en defendre e sostenir totes les forces que tenien preses e seria causa de major guerra, que jamés se'n poria veure la fi.

E vist per lo consell totes les diferències, deliberaren del que era faedor. Trameteren per l'emperador, puix hagueren clos lo consell, e digueren-li les següents paraules:

—Sacra magestat, tot lo consell és de acort que, per dar repòs tranquil·le a la senectut vostra e de tots los vassalls e servidors de tot l'imperi, havem deliberat que, per scusar la pèrdua de tanta multitut de gent que en la guerra morrien ans que fos cobrat tot l'Imperi Grech, que consellam a la magestat vostra faça pau final ab lo gran soldà e ab lo Turch, e ab tots los altres grans senyors qui són en lur companyia, ab pacte e condició tal que·s posen en poder de vostra excel·lència com a presoners e que jamés exiran de presó fins a tant que complit hagen tot lo que han ofert. E los altres moros que se'n vagen tots a peu e sens armes.

De aquest deliber fon l'emperador molt content, com tan bé consellat lo havien. E ixqueren tots del consell. E l'emperador se n'anà a la cambra de la princessa, hon trobà lo virtuós Tirant, e pres-lo per la mà e féu-lo seure al seu costat ab molt gran amor. E dix-li lo voler seu en stil de semblants paraules.

Capítol CCCCXLV. Com l'emperador manifestà a Tirant lo que en lo seu consell era stat deliberat

—Per la speriència manifesta que tinch de vostra molta virtut, Tirant, capità e fill meu, volria e desige que per aleujar part de vostres treballs fos feta la concòrdia, significant-vos com per lo nostre consell és stat fet delliber segons la forma dessús mencionada. E a major cautela, yo confiant de la molta discreció e virtut vostra per moltes voltes ja sperimentada, me faríeu singular gràcia que sabés de vós la intenció vostra, car, si lo contrari consellau, yo vull seguir tot lo que per vós serà delliberat.

Acabant l'emperador, Tirant féu principi a semblants paraules:

—La celsitut de vostra magestat deu saber com yo he fet tenir consell en lo meu camp, hon ha de molts savis prínceps e cavallers, pregant-los que per lur virtut volguessen consellar-me, segons d'ells confiava, sobre la resposta que tenia de fer als embaxadors. E per tot lo consell fon delliberat ésser lo millor partit lo que la magestat vostra me ha dit que negun altre. Per què, ma crehença és tal que la Providència divina ne vol a axí dispondre en confermar de tots la voluntat. No resta sinó que vostra altesa me mane lo que plasent li sia.

La fi de les paraules de Tirant foren principi al parlar de l'emperador, qui dix:

—Puix a la divina Clemència plau que la nostra fortuna gloriosa fi atenga, prech a la vostra molta virtut que la vostra partida sia molt presta per dar resposta a la embaxada, car és la cosa de què més nos podeu servir.

Tirant dix que compliria lo manament seu. E pres comiat e licència de l'emperador e anà a la emperadriu e a la princessa e demanà'ls licència. E elles la y donaren ab moltes suplicacions que li feren que volgués entendre ab summa diligència en la liberació de l'Imperi Grech.

Respòs lo virtuós Tirant e dix:

—Senyores, Nostre Senyor me faça gràcia que sia tan prest com les excel·lències vostres volrien ne desigen.

E pres comiat de totes les dames. E la reyna lo volgué acompanyar fins a la porta de la cambra per dir-li que, tan prest com fos scur, que per la porta de l'ort entràs e vingués a la sua cambra, e parlaria ab la princessa. Dix Tirant que faria son delitós manament.

Partit lo virtuós Tirant de les dames, se n'anà a la posada de Ypòlit, sperant la nit scura perquè pogués lo seu delit atényer. E sol, desfreçat, en la hora més disposta, ab suaus passos per lo acostumat ort entrant, lo seu camí dreçà a la cambra de la ínclita reyna. E trobà aquí la princessa en companyia de la reyna, qui·l sperava. E rebut per la princessa ab alegria inestimable, se n'entraren los tres en lo retret de la reyna.

Tirant jugant ab la princessa e stant en amorosos solaços e delitosos parlaments, passaren lo temps fins fon hora de dormir. La princessa se posà al lit primera e la reyna donà comiat a totes les donzelles e féu lo valerós Tirant posar al costat de sa senyora, lo qual fon rebut ab major amor que la passada nit. E la reyna, aprés que·ls hagué posats dins la liça, concordes de la delitosa batalla, se n'anà a dormir, confiant que·s concordarien, que jamés la batalla no vendria a fi.

Tirant no dormí en tota aquella nit, com a cavaller valerós, car contemplar-se deu que qui és valerós en lo camp deu ésser valerós en lo lit. E acostant-se lo dia, Tirant dix a la princessa:

—Senyora e ma vida, a mi és forçat que me'n vaja, car promés tinch a la magestat del senyor emperador que demà, al sol exit, seré al meu camp.

Respòs la princessa:

—Mon senyor e lo meu bé, molt me enuja la vostra partida, car, si possible fos, no volguera jamés partísseu davant los meus ulls, que, de una pena que sentia, ara ne sent mil. Feu-me gràcia, senyor, no sia tarda la vostra venguda, si no voleu abreujar ma vida, car viure sens vós me és impossible e, si no fos lo gran benefici que se'n té a seguir, e repòs a la corona de l'Imperi Grech, de la vostra partida, no permetera la vostra absència, car amor me ha tant subjugada, que·m té morta en vida. E perquè m'és forçat, la licència vos atorgue, que a ma voluntat jamés se fera.

Puix Tirant la licència hagué obtesa, levà's prestament del lit e vestí's. E ab besars de amor strema mesclats ab abundants làgremes, pres comiat de la princessa e de la reyna. E devallant per la porta falsa en l'ort, féu son camí a la posada de Ypòlit.

Levant-se Ypòlit, prestament acompanyà lo virtuós Tirant fins al portal de la ciutat per fer-li obrir. Tirant féu la via de la mar e recullí's en la galera. Ixqué del port secretament, per no ésser sentit, e féu la via del camp seu.

Com la galera fon davant lo camp de Tirant, no havia una hora que lo sol se demostrava. Tots los del camp sabent lo capità ésser tornat, cavalcà lo rey de Sicília e lo rey de Feç ab molta cavalleria per acompanyar al virtuós Tirant e, ab honor excelsa, lo portaren a la sua triümphal tenda. Passaren aquell dia ab gran delit, recitant-los Tirant tot lo que per la magestat del senyor emperador era stat deliberat, d'on restaren tots molt alegres e contents.

Capítol CCCCXLVI. La resposta que Tirant féu als embaxadors del soldà e del Turch

Lo següent dia lo virtuós capità, de matí, tramés per los reys e grans senyors que vinguessen a la missa e tots foren prestament en la sua tenda ab molta cavalleria. Dita la missa, Tirant tramés per los embaxadors del soldà e del Turch que vinguessen per cobrar la resposta que fer-los volia.

Los embaxadors de tal nova foren molt contents. E molt ben abillats a la morisca, ab gran orde e gravitat de grans senyors, ben acompanyats de molts nobles cavallers del camp de Tirant, ab suaus passos anaren a la tenda del valerós capità. Los embaxadors, ans que partissen de la lur tenda, feren posar en orde lurs cavalcadures e servidors a fi que, cobrada resposta del virtuós Tirant, se'n poguessen tornar en lo lur camp.

Aplegats que foren los animosos embaxadors davant la presència del valerós capità, feren-li molt gran reverència. E Tirant ab cara afable los rebé e féu-los aquella honor que conegué que eren merexedors. E asseyts davant ell, aprés hun poch spay, Tirant féu la resposta següent:

—Als prudents qui viuen en benaventurada vida s'esguarda que en la execució de les obres virtuoses subtilment miren, car a ells covó que seguint les regles de cavalleria, ab grandíssims perills gloriosa fama atenguen. E del prudent savi s'espera millor pensar lo que ans pensat no havia, seguint lo consell de prudència humana. Per què, virtuosos barons, no siau admirats si la resposta vos ha tant tardat, car yo he volgut consultar la magestat del senyor emperador de la vostra embaxada e ell, per la sua gran benignitat e clemència, ha hagut compassió misericorde de vosaltres, car com sabeu bé que la vida vostra e mort stà en les mans nostres e en nostra libertat és de fer tot lo que vullam de vosaltres. E som certs de la molta crueldat que haveu tenguda e tendríeu devers la magestat del senyor emperador e de servidors e vassalls seus, mas, perquè conegau quanta és la humanitat e clemència del senyor emperador, és content de salvar-vos la vida e pendre-us a mercé en la forma següent, ço és, que lo soldà e lo Turch, ab tots los reys e grans senyors qui són en lo vostre camp, se posaran en poder de l'emperador com a presoners e staran aquí tant e tan longament fins que li hagen tornat e restituït totes les terres que li tenen de l'imperi, segons haveu ofert. E axí mateix, li faran portar tots los presoners e catius crestians que seran trobats axí en les terres del soldà com del Turch. E la magestat del senyor emperador és contenta de lexar anar salva e segura tota la morisma qui és en lo vostre camp, emperò tots a peu e sens armes. E més, és content de fer pau e treva a cent e hun any e liga e germandat ab lo soldà e ab lo Turch, e valer-los sempre contra moros, mas no contra crestians. E açò serà prest de fer de continent que serà complit tot lo que dit és dessús. E si de la gràcia que lo senyor emperador los fa no·s contenten, aparellau-vos tots a morir, car yo us promet, per l'orde que tinch de cavalleria, que degú no serà pres a mercé.

Los embaxadors molt regraciaren al virtuós Tirant la resposta singular que·ls havia feta e suplicaren-lo que fos de sa mercé los donàs III dies d'espay, que ells li retrien resposta tal que la sua senyoria ne seria contenta. E Tirant fon content atorgar-los lo que demanaven. Prengueren licència los animosos embaxadors de Tirant e de tots los grans senyors e, pujats a cavall, feren la via del lur camp ab grandíssima alegria, com havien obtés lo que desijaven, com no tinguessen altra sperança sinó de morir.

E plegant los embaxadors al lur camp, anaren davant lo soldà e lo Turch e splicaren-los largament la bona resposta que Tirant los havia feta. Lo soldà e lo Turch restaren molt contents e demostraren molt gran alegria de la gràcia que obtesa havien. E més, los recitaren la gran magnificència de Tirant e del gran poder que tenia, hon havia la millor cavalleria del món e de les grans festes, honors e cortesies que·ls eren stades fetes en lo camp de Tirant, axí per ell com per tots los altres, que no u podien acabar de recitar. Tots los moros staven spantats de les coses que havien hoïdes recitar de Tirant e staven molt aconsolats com havien tret tan bon partit.

Lo dia següent, de matí, los moros tingueren consell sobre la resposta que tenien a tornar a Tirant. E per tot lo consell fon deliberat que complissen tot lo que Tirant demanava, e no restava més a dir sinó que ell ordenàs tot lo que volia que fessen, que ells eren prests de obeir-lo. Los embaxadors tornaren al camp de Tirant, hon foren rebuts ab molta honor per ço com cascuna de les parts desijaven repòs e tenien gran plaer de la pau, axí los vençuts com los vencedors.

Los embaxadors tornaren la resposta a Tirant dient-li com lo soldà e lo Turch, ab consell e voluntat de tots los altres, eren contents de fer e posar en execució tot lo que per sa senyoria era stat demanat e que manàs lo que volia que fessen. Respòs Tirant als embaxadors.

—Lo que yo vull és que lo soldà e lo Turch, ab tots los reys e grans senyors, se vinguen a posar en mon poder. E aprés yo daré segur passatge a tota l'altra gent. E promet-vos, a fe de cavaller, de salvar-los vida e membres e posar-los en segura libertat.

Los embaxadors, ab gran reverència, ho acceptaren e tornaren-se'n al lur camp. E feta fidelíssima resposta del que lo virtuós Tirant los havia dit, prestament cavalcaren tots los qui havien a restar en rehenes —e foren per compte XXII, tots hòmens de títol e de gran senyoria, los noms dels quals me obmet per no causar prolixitat, mas sé-us dir que per la molta necessitat que tenien de fam, no stigueren molt en lo camí— e, presentant-se tots davant lo virtuós Tirant, li feren molt gran reverència. E Tirant los rebé ab cara molt afable fent-los molta honor. E féu-los hun molt bell convit, en lo qual foren molt ben servits abundantment de totes aquelles coses pertanyents a tan grans senyors, que més no poguera haver fet que fos dins una gran ciutat. E fet lo convit, Tirant féu recullir los presoners en dues galeres e ell se recullí aprés per acompanyar-los.

Les dues galeres partiren del camp e foren molt prest en Contestinoble. Com l'emperador sabé que lo seu capità Tirant era arribat al port ab tots los presoners ab tan gran victòria tingué en si alegria inestimable e, regraciant a la divina Clemència de la singular gràcia que feta li havia, posà los genolls en la dura terra e féu principi a semblant oració.

Capítol CCCCXLVII. La oració que féu l'emperador

—Senyor inmens e incomprensible, Déu creador de humana natura, rey dels reys e senyor dels senyorejants, a la omnipotència del qual alguna cosa no és impossible. A tu, Senyor, humilment regracie, adore, loe, benehesch y confesse la tanta gràcia que piadosament me atorgues, vist, Senyor, que los meus peccats lo contrari merexen y la tua infinida bondat y clemència benignament de tanta prosperitat me prospera, que no sols libert y defés de tanta opressió e captivitat me delliures, mas encara, tornant en lo meu primer stament, lo meu ceptre e imperial comanda axí gran com ésser solia me restituexes. De què, Senyor, encara que les mies culpes mortificassen la mia poca sperança, lo gran recort e confiança que he tengut en la tua infinida misericòrdia no m'ha consentit perdre aquella. E axí, los amadors de la tua ley e los qui honren lo teu divinal nom, confonent e destroint la mala secta y herètica pravitat, seran per tu, Senyor, defensats, ajudats e mantenguts fins per venir a la tua desijada glòria.

Acabada sa oració, l'emperador se levà e tramés a dir a la emperadriu e a la princessa que·s posassen en punt com Tirant venia e portava presos lo soldà e lo Turch ab vint altres grans senyors. No fon de poca stima la glòria que sentí la excelsa princessa com sabé que lo seu Tirant venia ab tan gran triümpho e victòria, que vingué quasi a esmortir-se de sobres de alegria. E recobrats los primers sentiments, ella se abillà molt bellament, considerant que havia de ésser vista per molta noble gent.

E l'emperador manà a Ypòlit que fes emparamentar la plaça qui és dins lo palau de l'emperador, qui era molt bella e gran, e que la fes tota emparamentar de draps de raç e cobrir d'alt de draps de colors. E axí mateix, que fes a la hun cap de la plaça hun bell cadafal molt alt e gran per a ell e molt ben en punt, tot cubert de draps d'or. E aprés de aquells, ne fes fer hun altre més baix tot cubert de draps de seda. E davant aquells dos ne fes hun altre en què stigués lo tinell ab tota la vexella d'or e d'argent, la qual l'emperador tenia en molt gran quantitat. E prestament fon fet.

Capítol CXLVIII. Com Tirant arribà en la ciutat de Contestinoble ab los presoners e fon rebut per l'emperador ab honor excelsa

Com lo virtuós e magnànim capità fon junt en lo port de Contestinoble e la popular gent saberen que Tirant venia ab tan gran triümpho portant presos los majors senyors qui eren de tot lo poble morisch, foren los més contents hòmens del món e donaren infinides laors e gràcies a la divina Clemència, qui·ls havia liberats de tant de mal que passat havien e de molt més que·n speraven en l'esdevenidor. E tot lo poble corria a la mar per veure los presoners. Foren aquí ajustades infinides gents, axí hòmens com dones, e cridaven ab multiplicades veus:

—Vixca lo benaventurat capità, Déu lo prospere e li aumente la vida, qui ens ha libertats de tanta captivitat e misèria!

Tirant no volgué exir de les galeres fins que l'emperador hi tramés Ypòlit acompanyat de molts cavallers. Com Ypòlit fon dins la galera hon Tirant era, dix-li semblants paraules:

—Mon senyor, la magestat del senyor emperador me tramet a vostra senyoria e prega-us que vullau exir en terra.

Dix Tirant que era content de complir lo que li manava. Prestament, lo virtuós capità féu acostar les galeres en terra e lançaren les scales. E Tirant féu exir tots los presoners ab ell. Com foren en terra, trobaren aquí tots los oficials e regidors de la ciutat, qui·ls reberen ab grandíssima honor e reverència que feren a Tirant, e ell féu molta honor a tots. Partiren tots ensemps de la mar e anaren al palau de l'emperador, e tota la popular gent qui·ls seguia.

Com foren en la gran plaça del palau, veren l'emperador alt en lo cadafal, asseyt en la imperial cadira, ab la emperadriu a la part sinestra, asseyta en son siti, e la princessa asseyta a la dreta de l'emperador, emperò pus baix, hun poch, en senyal de succeïdora de l'imperi, la qual se era devisada en semblant forma: de un brial de domàs groch, les obres del qual eren perfilades per art de molt subtil artifici de robins, diamants, safirs e maragdes qui lançaven molt gran resplandor, e la ampla cortapisa stava sembrada de perles orientals, molt grosses, de fulles e flors de verts esmalts qui admirar feyen als miradors. En lo seu cap no portava res, sinó los seus daurats cabells ligats detràs e solts e scampats per les spatles, ab hun fermall al front, ab una taula de diamà tan gran e de tanta resplandor que la sua cara se demostrava més angèlica que humana. E portava en los pits, la excelsa princessa, hun reluent robí de inestimable vàlua, lo qual del seu coll hun fil de molt grosses perles sostenia. E sobre lo devisat brial, una mantilla a través lançada de vellut negre, tota sembrada de perles molt grosses, qui·s mostraven en molt artificiosa obra.

Com lo virtuós Tirant ab los presoners foren en vista de l'emperador, tots donaren dels genolls en terra. Aprés feren la via del cadafal hon era l'emperador. Com foren d'alt, feren altra molt gran reverència e Tirant se posà primer.

Com fon davant l'emperador, lançà's als seus peus per voler-los-hi besar e l'emperador no u consentí, mas pres-lo del braç, levà'l de terra e besà'l en la boca, e Tirant li besà la mà. Aprés, lo soldà se agenollà davant l'emperador e besà-li lo peu e la mà. E lo Turch e los altres grans senyors feren per semblant. L'emperador los rebé ab molt gran humanitat mostrant-los la cara molt afable e manà que·ls fessen passar en l'altre cadafal. E axí fon fet.

Posaren de continent les taules e feren seure cascú per orde, segons son grau. L'emperador volgué que Tirant menjàs en la sua taula e menjaren tots cinch: lo emperador e la emperadriu, la princessa e Tirant e la reyna de Feç. E cascú en son plat e ab son trinchant davant cascú. E féu seure Tirant davant la princessa. Servia de majordom Ypòlit. L'emperador manà que los presoners fossen servits ab gran honor y molt reverits: per bé que fossen infels, eren hòmens de gran dignitat e senyoria. E fon fet molt bé e ab gran abundància de viandes precioses e vins de diverses natures, que ells n'estaven admirats e deyen que millor pràtica tenien los crestians en lo menjar que no los moros.

Com foren dinats, Tirant demanà licència a l'emperador per anar al camp dels moros per fer-los passar en la Turquia, e l'emperador fon content. E obtesa la licència, Tirant pres comiat de la emperadriu e de la princessa e anà's recullir en les galeres. E féu la via del stol, qui stava davant lo camp dels moros.

Com l'almirall véu venir a Tirant, féu tocar les trompetes e anafils e clarons e, ab grans crits, saludaren al capità. E l'almirall passà a la galera del capità e dix-li:

—Senyor, què mana la senyoria vostra?

Respòs Tirant:

—Feu acostar totes les fustes a terra e passaran tota la morisma en la Turquia.

E l'almirall dix que faria son manament. Tornà-se'n l'almirall a la sua galera e féu senyal a totes les fustes que s'acostassen en terra, e fon fet molt prest. Tirant féu posar en terra hun cavaller que portava del soldà e aquest dix als moros que pujassen segurament en les fustes e passarien en la Turquia. Los moros, com aquells qui altra cosa no desijaven per la molta fam que tenien, ab gran cuyta se reculliren, e lexaren los rocins e los arnesos ab les tendes parades ab tota la roba. Com les fustes foren carregades de moros, posaren-los en terra, car era molt prop, que no havien a travessar sinó lo braç de Sent Jordi, e tornaren per més. E podeu pensar quanta gent podia ésser, que quatrecentes e tantes fustes, entre naus e galeres e altres fustes, ne feren deu viatges.

Com los del camp de Tirant saberen que tots los moros eren fora, cuytaren qui més podia per haver part de la roba. Los de les fustes, qui hagueren acabat de passar los moros, ixqueren en terra e encara foren a temps de haver part de la roba, car se podia dir ab veritat que aquell camp era lo més rich que per ventura en lo món sia stat jamés, car havien pres tot l'Imperi Grech, e robat, e tot ho tenien aquí. E féu-los mal profit. E aquells qui·s trobaren en aquell robo foren richs per tota lur vida.

Com lo camp dels moros fon robat, Tirant manà a tota la gent que se'n tornassen al seu camp. E axí u feren. Sol se aturà lo rey de Sicília e lo rey de Feç ab alguns altres barons qui volien fer reverència a l'emperador. E partiren del camp dels moros e per terra anaren a la insigne ciutat de Contestinoble. E les fustes, navegant, vingueren al port de la ciutat ja dita.

Capítol CCCCXLIX. Com l'emperador féu posar los presoners en loch segur e ab bones guardes

Aprés que l'emperador se fon levat de taula e los presoners se foren dinats a tot lur plaer, manà a Ypòlit que prengués tots los presos e que·ls pujàs alt en les torres del palau qui aparellades eren per posar-los. Ypòlit anà al cadafal hon eren los presoners e dix-los que·l seguissen. E ells feren de genoll gran reverència a l'emperador e devallaren del cadafal e seguiren a Ypòlit, qui·ls pujà alt en les torres. E posà Ypòlit lo soldà e lo Gran Turch en una bella cambra, molt ben emparamentada de draps de seda e de raç, ab un lit molt bell e molt bé en orde.

E Ypòlit los dix:

—Senyors, la magestat del senyor emperador mana que ací reposeu e prega-us que les senyories vostres vullen pendre una poca de paciència si no sou contractats segons lo molt meréxer vostre.

Respòs lo soldà en semblant stil:

—Cavaller virtuós, nosaltres regraciam molt a la magestat del senyor emperador la molta honor que·ns ha feta e fa, car sa magestat no ens tracta ni revereix com a presoners, mas com a germans. E de açò li restam molt obligats e li prometem que, tornats en nostra libertat e acostumada senyoria, de servir-lo en tot lo que·ns manarà. E perquè havem coneguda la molta virtut e humanitat de sa excel·lència, li volem ésser vassalls e servidors.

Aprés, Ypòlit manà a quatre patges que jamés no·s partissen de la cambra e que, ab molta reverència, los servissen de tot lo que·ls fos manat. E ells ho feren. Aprés ordenà bones guardes qui la torre guardassen.

Ypòlit pres los altres presoners e reparti'ls per les altres torres on foren aleujats en molt belles cambres qui eren emparamentades de draps de raç e de seda, ab sos lits de paraments y ab bons servidors qui·ls servissen, que ells ne restaven molt contents. E ordenà'ls bones guardes en manera que ells staven ben servits e ben guardats. E ells tenien gran contentació de la bona companyia que l'emperador los feya fer.

L'emperador se'n pujà alt al palau ab totes les dames e manà que no tocassen en res de la plaça per ço com Tirant era stat avisat com lo rey de Sicília e lo rey de Feç, ab molts altres grans senyors, li devien venir per fer reverència. E més, manà al seu majordom que fes bona provisió de volateries de diverses natures com aquí s'esperava lo rey de Sicília e lo rey de Feç ab moltes altres gents. E d'altra part, manà a Ypòlit que fes aparellar bones posades en la ciutat e que les fes posar molt en orde per al rey de Sicília e al rey de Feç, e per als altres qui venien ab ells. E Ypòlit, com a virtuós e discret, complí molt bé tot lo que per l'emperad[o]r li fon manat.

Capítol CCCCL. Com lo rey de Sicília e lo rey de Feç vingueren a fer reverència a l'emperador

No passaren molts dies que digueren a l'emperador com Tirant venia ab lo rey de Sicília e altres senyors, qui ja eren a una legua de la ciutat. L'emperador féu exir lo virtuós Ypòlit ab tots los oficials e regidors de la ciutat, e ab tots los nobles e cavallers qui dins la ciutat eren, per rebre aquells. E sa magestat cavalcà ab molt pochs e féu la via del portal de la ciutat ab deliber de aquí sperar-los. La emperadriu ab la excelsa princessa e la reyna de Feç ab totes les altres dames, se posaren molt bé en orde ab singulars abillaments per fer honor als novells hostes, e, devallades en la gran plaça del palau, speraren la lur alegra venguda. E a poch instant, los il·lustríssims reys ab lo virtuós Tirant, foren prop del portal de la ciutat.

Com l'emperador los véu ja prop de si, passejant ab son cavall anà devers ells ab suaus passos. Lo rey de Sicília, vent-se molt prop de l'emperador, descavalcà ab tots los altres. Com l'emperador los véu a peu, que venien devers ell, devallà del cavall. Lo valerós Tirant donà la honor al rey de Sicília, lo qual, abraçant a l'emperador, donà del genoll en la dura terra per voler-li besar la mà. E la magestat del benigne senyor no u permés, ans prenent-lo del braç levà'l de terra: besà'l tres voltes en la boca mostrant-li amor infinida. Aprés, fon lo segon lo virtuós Tirant, qui, donant del genoll en terra, besà la mà a l'emperador. E l'emperador lo levà de terra e besà'l en la boca. E lo rey de Feç féu lo que havia fet Tirant e l'emperador lo besà axí com havia fet a Tirant. Aprés, li besaren la mà tots los altres barons e cavallers e l'emperador los abraçà a tots e féu-los molta honor.

E tornats tots a cavall, Tirant se mès primer e aprés venia l'emperador, qui se havia posat lo rey de Sicília a la part dreta e lo rey de Feç a la sinestra, e ell enmig. En tal forma anaren fins que foren a la porta del palau. Aquí l'emperador se aturà e digueren al virtuós Tirant com la emperadriu e la excelsa princessa, la reyna ab totes les abillades dames, eren devallades a la plaça del palau per rebre'ls e fer-los molta honor.

Entrats dins lo palau, Tirant descavalcà, lo rey de Sicília e tots los altres. E l'emperador voltà a cavall e entrà per altra porta. Com fon en la gran plaça, pujà alt en lo cadafal imperial. Com los reys ab lo virtuós Tirant descavalcats foren ab tota la companyia lur, entrant dins lo palau trobaren a l'entrant de la plaça la emperadriu e la excelsa princessa ab totes les dames.

Tirant, per fer major honor al rey de Sicília, lo posà primer e aprés lo rey de Feç. E anaren a fer reverència a la emperadriu e a la princessa, e elles lo[s] reberen ab cara afable e feren-los molta honor. Aprés, abraçaren totes les dames e Tirant ab tots los altres seguiren aquell mateix orde. Lo rey de Sicília pres de braç a la emperadriu e lo rey de Feç a la princessa, e Tirant a la reyna de Feç. E cascun cavaller dels altres pres sa dama de braç e, caminant ab suaus passos, pujaren en lo cadafal hon era l'antich emperador. E feta per tots humil reverència, l'emperador se levà e féu molta honor a tots, fent seure cascú segons son grau, e axí stigueren parlant e solaçant ab les dames per bon spay.

Los novells hostes staven admirats de la molta bellea de les dames e, en special, en aquell spill transcendent e de preclara virtut, la excelsa princessa, qui se era devisada en la següent forma, ço és, de gonella de brocat carmesí de fil d'or tirat, ab la cortapisa lavorada per subtil artefici de perles orientals molt grosses, mesclades ab robins, safirs e maragdes ab diversos smalts que·s demostraven fulles e flors de gesmir. E sobre la gonella portava una roba francesa de cetí negre de molt resplandent luor, uberta a quatre parts e totes les ubertures perfilades de amples randes de orfebreria ab diversos smalts, ab mànega mantellina la dita roba, e per l'orde mateix, perfilades de les dites randes, e era tota forrada de cetí carmesí. E, sobre la roba, portava la devisada senyora cenyit hun cint de fil d'or tirat, tot sembrat de diamants, robins, balaxos, safirs e maragdes molt grossos qui lançaven molt gran resplandor. En los seus pits portava hun reluent carvoncle, del qual, del seu coll, una madexa d'or de fil tirat sostenia, e ligada a la francesa. Sobre los seus daurats cabells, una manyosa tota plena de batents d'or e smaltats, que paria la sua cara que fos de una deessa.

Havent prou festejades les dames, fon hora que digueren a l'emperador com lo dinar era prest. Les taules foren parades e l'emperador se posà en taula e féu seure lo rey de Sicília aprés de la emperadriu. Aprés, la princessa e lo rey de Feç al seu costat, e la reyna, sa muller, aprés d'ell.

Aquell dia Tirant volgué servir de majordom, si bé l'emperador lo pregà molt que·s volgués seure e ell jamés ho volgué fer. Tots los altres barons e cavallers en hun altre cadafal feren passar, hon foren molt noblement servits. E ab molt singular música de ministrés e de altres innumerables sturments, se dinaren ab gran triümpho.

Levades les taules, les dances començaren molt grans. Lo rey de Sicília suplicà a la emperadriu que li fes gràcia de dançar ab ell e la virtuosa senyora li respòs que gran temps havia que dexada se n'era, mas que u faria per contentar-lo. E dançaren los dos moltes dances, car la emperadriu era stada en son temps molt agraciada e dançadora singular. Dançà aprés la excelsa princessa ab Tirant e ab lo rey de Feç, e lo rey de Sicília dançà ab la ínclita reyna de Feç. Aprés, dançaren tots los altres nobles e cavallers ab les dames.

E la plaça era plena de la popular gent de la ciutat, qui miraven la tan graciosa festa, e altres qui ballaven de diversos balls, que era una admirable cosa de veure festa de tanta solemnitat per la molta alegria que tenien de la pau e gloriosa victòria que obtesa havien. E d'altra part, per la ciutat se feyen de altres maneres de solaços, de balls e de jochs de gran alegria, per ço com la magestat de l'emperador havia manat que fos la festa celebrada per VIII dies. De matí anaven a la sglésia, hon se feyen solemnes professons e oficis e, aprés dinar, dances e gales e coses de alegria.

A la nit, finides les dances, lo sopar fon prest. Menjaren en lo mateix loch ab multitut de antorches e per l'orde mateix. Aprés lo sopar, donaren part a la nit, prengueren licència de l'emperador e de les dames e anaren a les posades, qui ab gran magnificència aparellades eren segons tals senyors eren merexedors. E lo virtuós Tirant no volgué partir-se jamés del rey de Sicília en totes aquestes festes, ans de continu menjaven e dormien ensemps per cobrir la música que era passada entre ell e la princessa. Los altres, cascuns en ses posades e en l'orde ja mencionat, passaren tots los VIII dies festejant. E Tirant cascun dia solicitava ses amors, tenint molts parlaments ab la princessa, suplicant a sa altesa donàs orde que lo lur matrimoni vingués a lur desijada fi perquè la temor fos apartada, que ab repòs aconseguissen virtuosos delits.

Respòs la princessa en semblant stil.

Capítol CCCCLI. Resposta que fa la princessa a Tirant

—De aquells qui ab gratitut als beneficis rebuts satisfer volen s'espera que, no cercant la intenció de qui·ls benifica, ab grandíssima obligació se'n recorden, pensant quant és gran la cosa que reben, no solament de vós sobre tots sabent la corporal vida, mas l'altra per la qual treballam eternament, sempre vivint en gloriosa fama. O, més virtuós que tots los mortals! No·m supliqueu de cosa que yo més desige en aquest món ni·m tingau per tan ingrata que notícia no tinga dels beneficis rebuts de vostra gran noblesa. Feu-me gràcia, senyor, no s'enuge la vostra virtuosa persona d'esperar lo terme de nostra felicitat atényer, puix haveu obtés de mi gloriosa victòria. E considerau ab quanta glòria, de vostra senyoria e dels vostres, recobrat haveu tot l'imperi e vençuts e morts tants reys e senyors grans del poble morisch. E ara que a la senyoria vostra no resta sinó de rebre la possessió e domini de tot l'imperi com a patrimoni vostre, e retornat a mi, que sou sustentació de ma vida, vos promet de fer renunciar-vos la corona de l'imperi e dar compliment al nostre desijat matrimoni, restant vós emperador, car la magestat del senyor mon pare m'o ha promés per ço com la sua edat no és suficient per a regir l'imperi.

No comportà lo virtuós Tirant que més parlàs la excelsa senyora, sinó que la sua condició afable a tal parlar féu principi:

—De la celsitud de vostra magestat, excelsa senyora, stà la mia pensa axí ab la lengua alterada que egualment stime difícil acceptar yo pogués vostra graciosa e liberal oferta. E no sia plasent a la divina Potència que permetés lexar-me fer tan gran defalt que en vida de la magestat del senyor emperador yo rebés la corona de l'imperi ni tal defalt de mi se pogués presumir, car hun senyor de tanta virtut e excel·lència e complit de tantes perfeccions insignes no és merexedor de ésser desposseït en sa vida de tal senyoria. Sol suplich a la magestat sua que·m tinga per fill e servidor e catiu de sa filla. Altra cosa més en aquest món no desige posseir.

Acabant lo virtuós Tirant les darreres paraules de tanta afabilitat, a la excelsa senyora corregueren dels seus ulls vives làgremes de verdader amor, e lançant los seus braços sobre lo coll de Tirant, besà aquell moltes voltes. Aprés hun poc spay dix:

—Lo meu senyor e lo meu bé, no és lengua mortal pogués explicar les perfeccions e virtuts que la vostra noble persona posseheix. E ara verdaderament tinch conegut que sol e singular sou en lo món entre los vivents. E suplich a la divina virtut, qui tal gràcia vos ha feta aconseguir, que us guart e us defena de tots perills e us done longa vida perquè·l pugau honrar e servir e fer tals obres que a la sua clemència plasents sien, e us lexe posseir per lonch temps la corona de l'Imperi Grech, lo qual, ab ajuda sua e ab vostres honorosos treballs, haveu guanyada. E a mi, que us puga servir en tota la vida vostra ab repòs benaventurat, axí com lo vostre cor e lo meu desigen.

E axí·s partiren ab moltes rahons de consolació.

Capítol CCCCLII. Com Tirant demanà licència a l'emperador que pogués anar a recobrar les terres de l'imperi e com l'emperador, ans que partís, l'esposà ab sa filla Carmesina

La tenebrosa nit passà lo virtuós Tirant en amorosos pensaments, desijant que Phebo fos atés a les parts orientals demostrant los seus luminosos raigs sobre lo nostre orizon. E vista la hora disposta, lo valerós capità, passejant ab suaus passos, anà davant l'emperador e ab humil veu li féu principi a semblants paraules:

—Senyor de gran providència, no ignora la magestat vostra la promesa fe que és stada dada per lo soldà e lo Turch a vostra excelència, ço és, de restituir e posar en domini vostre totes les terres per ells ocupades e detengudes en tot l'Imperi Grech. Per què, magnànim senyor, si a la magestat vostra serà plasent dar-me licència, yo partiré molt prest per rebre la possessió per la magestat vostra e recobraré, per força o ab grat, tot lo qui·s pertany a l'imperi. E més encara, si la fortuna nos és favorable, se tendrà tal orde, senyor, que la excel·lència vostra, benaventuradament vivint, senyorege les terres, totes les quals possehïa l'emperador Justinià, predecessor vostre.

E donà fi a son parlar.

Respòs l'emperador en la següent forma:

—Clarament veig, virtuós capità e fill meu, lo inflamat ánimo que teniu de aumentar e·xalçar la nostra imperial corona. E tenim coneguts los molts serveys e honors que fets haveu a nós e a tot l'imperi, de què·n restam molt obligats a la molta virtut vostra, car nós stimam que, encara que dat-vos haguéssem tot l'imperi, fos suficient premi al meréxer vostre ne en lo que nos haveu servit. Per què nós, de present, vos volem fer donació de tot l'imperi en nostra vida, a vós e als vostres. E per tornes, vos volem dar nostra filla Carmesina per muller, si vostra virtut la volrà, car nós som ja en tal edat posat que no som per a regir ni menys defendre l'imperi e tenim de la vostra virtut e cavalleria tal confiança que·ns sereu més que fill, car los actes que fets haveu manifesten la glòria e lo premi que sou merexedor. E prech-vos que en açò nos siau obedient, car fent lo contrari nos enujaríeu molt.

Hoint lo virtuós Tirant les benignes paraules de l'emperador, lançà's als seus peus e besà aquells ab molta humilitat e amor strema. E féu principi a semblants paraules:

—Mon senyor, no sia plasent a la divina Potència comportar que Tirant lo Blanch, humil servidor de la magestat vostra, fes tan gran defalt que consentís ne permetés que la altesa vostra fos desposseïda de la senyoria de l'imperi en la vida vostra. Ans permetria pendre la mort. Emperò, senyor, si la benignitat de vostra altesa me volrà fer tanta gràcia e mercé de voler-me dar les tornes, segons vostra magestat ha ofert, stimaria més que si·m daven X imperis. E més avant de açò, no vull al present ni tinch creença que en tota ma vida, servint yo a la magestat vostra, fos merexedor de tan gran premi.

L'emperador lo pres del braç, vista la sua molta gentilesa, alçà'l de terra e besà'l en la boca, e Tirant li besà la mà. E l'emperador pres a Tirant per la mà e portà'l a la cambra de la excelsa princessa, qui stava en lo seu acostumat strado ab totes les sues dames davant ella e festejant al rey de Sicília. Entrant lo magnànim emperador, tots se levaren e feren-li molt gran reverència. E asseyt l'emperador en lo reposat strado, féu seure a la sua part dreta la excelsa princessa e lo virtuós Tirant a la sinestra, e lo rey de Sicília davant ells. L'emperador, la cara girant devers sa filla, ab gest afable pronuncià forma de tals paraules:

—Ma filla, no ignorau los asenyalats servirs e honors excelses que lo virtuós Tirant, que ací és, nos ha fetes, e de quants dans e treballs e afliccions nos ha preservats, y a tot l'imperi que ha liberat de tant de mal e de tantes impressions que·ns eren fetes per la gent morisca. E com nós conegam que al seu tant meréxer nós no tingam tant que siam suficients a premiar-lo, havem deliberat que nós no tenim res més car ne de major stima ne que més amem que la vostra persona. Li havem feta oferta de aquella e us prech e us man, ma cara filla, que el vullau pendre per marit e senyor. E serà la cosa de què més me poreu servir.

E donà fi a son parlar. Respòs la excelsa senyora ab graciosa, afable, modesta continença e dix ab gran suavitat:

—Senyor de gran clemència e benignitat, molta glòria és per a mi que la magestat vostra me haja posada en tanta stima que la mia persona sia suficient premi als innumerables serveys e honors que lo valerós Tirant ha fets a la magestat vostra e a tots los de l'imperi, com yo no sia merexedora descalçar-li la çabata, ateses les tantes singularitats e virtuts sperimentades que per ell són posseïdes, mas suplich-lo que·m vulla acceptar com a serventa e cativa sua, car yo só presta de complir tot lo que per la magestat vostra e per sa virtut me serà manat.

Acabant la excelsa senyora lo seu parlar, l'emperador tramés per l'arquebisbe de la ciutat per sposar-los de continent. E pot-se considerar que no fon de poca consolació e alegria aquesta graciosa concòrdia, que per bon spay stigueren Tirant e la princessa que no·s pogue[r]en parlar, tant staven de amor verdaderament inflamats. E vengut lo sant arquebisbe, l'emperador li manà que sposàs sa filla ab Tirant e ell féu son manament.

Fetes les sposalles, grandíssima festa e alegria fon feta en lo palau e en la ciutat, hon foren presents l'emperador e la emperadriu; lo rey Phelip de Sicília; lo rey de Feç e de Bogia, senyor d'Agramunt, e la reyna Plaerdemavida, muller sua; l'almirall de Tirant, marqués de Liçana; lo vezcomte de Branches; Ypòlit, criat de Tirant; lo cavaller Almedíxer; lo cavaller Spèrcius, capità de l'armada, senyor de la illa d'Espertina; Melchisedech, senyor de la ciutat de Montàgata, e mots altres gran senyors e dames e infinit poble, on se donà maravellosa col·lació e real gast, axí abundós com se pertanyia a tal sposalici, de pasta real e marçapans e altres comfits de molta stima. L'orde, lo servir y los servidors, de molt triümphant e discreta manera. La vexella d'or y la d'argent, molt ben obrada d'esmalts e delicada forja. La tapiceria, tapits, tàlems, strados y cortines ab tanta riquea y pompa com jamés se sia vista. La música, partida en diverses parts per les torres e finestres de les grans sales: trompetes, anafils, clarons, tamborinos, charamites e musetes e tabals, ab tanta remor e magnificència que no·s podien defendre los trists de molta alegria. En les cambres y retrets, símbols, flautes, miges viules e concordades veus humanes que angelicals s'estimaven. En les grans sales, laüts, arpes e altres sturments qui donaven sentiment e mesura a les dances que graciosament per les dames y cortesans se ballaven.

Finalment, tanta pompa, tan gran triümpho, tanta excel·lència jamés fon vista als de la terra. E als stranys e a tots generalment fon plasent molt aquest matrimoni, per tant com tenien singular confiança en lo sforçat ànimo de cavalleria del virtuós Tirant, que·ls faria viure ab repòs benaventurat. E les grans festes, axí en lo palau com en la ciutat, qui duraren altres VIII dies.

E l'emperador cridar féu per tota la ciutat, ab moltes trompetes e tabals, que tots tinguessen a Tirant per primogènit seu e cèsar de l'imperi. E féu-lo jurar que, aprés son òbit, lo tinguessen per emperador e senyor lur·e axí fon fet, que d'aquí avant lo novell príncep Tirant fon nomenat cèsar de l'Imperi Grech. La crida fon del tenor següent.

Capítol CCCCLIII. La crida que l'emperador féu fer aprés que hagué sposada sa filla Carmesina

Ara hojats què us fan a saber de part de la sacra magestat de nostre senyor l'emperador. Com sia cosa manifesta a tots los súbdits de la imperial corona les grans cavalleries e actes dignes de memòria de l'animós capità e estrenu cavaller Tirant lo Blanch, de Roqua Salada, per lo qual tot l'Imperi Grech ha rebut, no solament subvenció, socors, favor y contínua defensió y adjutori, mas encara liberació e deliurament de tanta opressió, perill evident e certa captivitat. Ha rebut, encara, aument y ampliació la corona, honor y exalçament e grandíssim repòs, pau, abundància, riqueses e, finalment, inestimable goig e desijada glòria. Per les quals coses, fetes a honor de Déu e a útil molt gran de la imperial senyoria, com los treballs e forces de cos e d'ànima sien stats grandíssims sens comparació e les coses de virtut no deuen passar sens deguda remuneració, havia delliberat la imperial bondat e liberal senyoria, de vida sua, renunciar al sobredit famós capità e magnànim cavaller l'imperi e deguda senyoria, remuda per la sua presència e stuciosa cavalleria, lo qual, no volent-ho acceptar en desert de la benignitat del senyor emperador, per honor de la antiga vellea y meréxer de la sua gran senyoria, és stat content acceptar sols la successió, com és notori a vosaltres, pobles benaventurats, a l'esposalici de la il·lustríssima e crestianíssima princessa ab aquell qui és certa sperança de tota prosperitat y glòria nostra.

E axí, ha deliberat e notifica, mana, intima l'altesa de nostre gran senyor l'emperador, a tots en general e a cascú en special, que de present hajau, tingau, honreu e reputeu per digníssim succeïdor e cèsar de l'Imperi Grech y sdevenidor emperador de vosaltres al present claríssim príncep y excel·lent capità Tirant, aprés los benaventurats dies de la sua antiga senyoria.

E perquè de açò és certa la sua predita grandíssima senyoria vos alegrareu e a la divinal Magestat fareu infinides laors e gràcies, ab veu de pública crida ne fa present a les vostres generals audiències, a fi que negú no puga ignorància allegar e aprés no digau que no us ho han notificat.

Respongueren tots a una veu:

—Vixca la celestial e angèlica bondat de l'emperador e vixca cèsar de l'Imperi Grech! Honor, manteniment y glòria!

Capítol CCCCLIIII. Com Tirant partí de Contestinoble e ab tot son exèrcit anà per rebre lo rey Scariano

Publicat lo virtuós Tirant novell cèsar de la imperial senyoria, la magestat de l'emperador se retragué en son triümphal palau ab totes, acompanyat de tots los reys e senyors grans, e ab lo novell cèsar, qui multiplicada pena sentia en la sua atribulada pensa com pensava en los contraris qui·l lunyaven de la vista de aquella on reposava son delit. E per atényer més prest lo que desijava, volguera partir per anar a cobrar tot l'Imperi Grech e posar en domini de l'emperador, per hon pogués obtenir gloriosa fi en lo seu desijat matrimoni. E d'altra part, lo combatia inestimable pena pensant en la absència de la sua vida, la princessa, car viure sens ella li era impossible. E noresmenys, fatigat de la guerra, desijava tranquil·le repòs, dubtant-se de la fortuna, que algunes vegades no permet que hom puga atényer la fi de les coses desijades. E d'altra part, tenia nova com lo magnànim rey Scariano venia ab gent innumerable, que ja era en la terra dels Pinchenays, qui afronta ab la Grècia, qui és a X jornades de Contestinoble.

Deliberà lo virtuós cèsar de exir a rebre'l ans que més prop se acostàs a Contestinoble perquè no tingués causa de venir fer reverència a l'emperador, ans lo fes anar ab ell al recobrament de l'imperi, car si aplegava a la ciutat, ab les grans festes que li haurien de fer, passaria gran temps.

E clos son deliber, lo virtuós cèsar, ensemps ab los reys e grans senyors, obtingueren licència de la magestat del senyor emperador e prengueren comiat de la emperadriu e de la excelsa princessa e de totes les dames, e tornaren a lurs posades per reposar. E en la nit, lo virtuós cèsar féu fer les letres de creença al soldà e al Gran Turch. E splanades en lo nostre vulgar, són del tenor següent.

Capítol CCCCLV. La letra de crehença del soldà

Baralinda, en la fe de Mafomet sobiran príncep, qui de nostres béns, tresors e senyoria no som avars, mas en la potència nos gloriejam, a tots los alcayts, batles, alcadís, oficials, feels nostres, als quals les presents pervendran, vos dehïm, nofificam e manam que, com per a la libertat nostra e per al bé de nostres súbdits axí fer-se deja, al venturós e prósper capità Tirant, novell cèsar de l'Imperi Grech, degau honrar e obeir segons que per lo nostre feel cavaller e fill del Gran Caramany, missatger e nostre procurador, vos serà manat. E presta execució. Dada en los palaus e presó de Contestinoble, en lo mes de Ramandà, lo any set del nostre regiment.

Tal o semblant letra de la preinserta féu lo Gran Turch, en la qual se intitulava subjudador de la Turquia e venjador de la troyana sanch, la qual, contenent en crehença al portador, qui era lo valerós cavaller e príncep de Sixa, manava la restitució e honor del Grech Imperi faedora al cèsar e benaventurat succeïdor Tirant.

Ab los quals dos cavallers, partint de la noble ciutat Contestina, havent pres alegre y dolorós comiat de l'emperador, de la emperadriu y de la sua princessa y sposa, féu la via del seu camp acompanyat de grans senyors e noble companyia. E plegant lo cèsar al seu camp, féu tocar les trompetes e manà levar lo camp, e tota la gent se posaren en orde, que al matí següent partiren del pont e feren aquella via de aquella part hon sabien que venia lo rey Scariano, suplicant-lo que·l volgués sperar en aquella part on rebria la sua letra, que ell seria molt prest ab ell. Eren les paraules que contenia la letra del següent stil.

Capítol CCCCLVI. Letra tramesa per lo virtuós Tirant al rey Scariano

A l'excel·lent rey y car germà nostre d'armes lo rey de Túniç e de Tremicén, príncep e senyor de tota la Ethiòpia. Tirant lo Blanch de Roca Salada, capità, cèsar y succeïdor en tota la Grècia, al nostre stimat germà e companyó d'armes lo rey Scariano, saluts, amor y prosperitat.

Alegrant-nos molt de vostra venguda, tant com si per aquella la victòria nos fos donada, per fer-vos aquella honor y recebiment que a tan gran rey y senyor com vós s'esguarda, vos pregam carament que, honsevulla lo vostre real stat sia com la present vos pervendrà, maneu atendar e aturar lo camp e cort vostra e donar aposentament a la excel·lentíssima persona vostra, com lo repòs, honor e victòria dels turchs e infels sia en nostra mà y pacífica senyoria. E remetent per a la vista les altres paraules, plaer e consolació que de nostre matrimoni e pròspera benaventurança sentreu, com aquell qui de amor e voluntat me portau virtuosa afecció.

Rebuda per lo magnànim rey Scariano la letra del cèsar, no fon poca la sua consolació e admiràs de la molta virtut e favorable fortuna del gloriós cavaller Tirant, com per la sua grandíssima indústria e alta cavalleria havia obtesa triümphal victòria de tants senyors grans del poble morisch. E trobant-se lo magnànim rey prop de una gran e noble ciutat nomenada Strenes, féu aturar tota la gent sua e aquí se atendaren, la qual ciutat és molt delitosa, prop de hun gran riu qui per lo costat li passa, la qual era a V jornades de Contestinoble. Lo correu, vist atendat lo camp, se'n tornà prestament a Tirant portant-li plasent nova com lo rey Scariano se era aturat, vista la sua letra, e havia parat son real camp davant la ciutat de Estrenes.

Partint lo virtuós Tirant del seu camp ab tota la gent sua, féu la via de una bellísima ciutat nomenada Sinòpoli e, atendat davant la predita ciutat, los dos embaxadors moros parlaren ab lo capità de la ciutat e manaren-li, de part del soldà e del Gran Turch, que liuràs la ciutat e lo domini de aquella al cèsar de l'Imperi Grech, e mostraren-li la letra de crehença. Lo capità pres la letra, besà-la e ab molta reverència féu-la legir. Com fon lesta, dix que era molt content de obeir e complir los manaments de son senyor.

E tornada resposta al cèsar, ell entrà dins la ciutat acompanyat de tots los reys e grans senyors e pres la possessió de aquella, e los homenatges rebé de aquells qui eren crestians o eren stats, e los qui renegat havien, féu reduir a la santa fe catòlica. Los moros féu exir tots de la ciutat e posà-y hun bon capità crestià. E stant lo virtuós capità Tirant en la dita ciutat, li portaren les claus de X castells ab ses viles, donant-se a ell. E Tirant los acceptà ab cara molt afable e ab gran benignitat e tramés-hi sos capitans e lochtinents per pendre los homenatges, e féu-ne lançar tots los moros.

Partint lo cèsar de aquella ciutat, féu la via de un·altra noble ciutat nomenada Andrinòpol, abundosa de delits innumerables, la qual li fon liurada per l'orde de l'altra damunt dita, ab molts castells e viles que veïnes li eren, e feren de grans donatius al virtuós capità Tirant. E axí, caminant lo poderós exèrcit devers aquella part hon sabien que lo magnànim rey Scariano stava atendat, mol[t]s castells e viles se donaren al cèsar, los noms de les quals me obmet per no causar prolixitat. E tant per ses contínues jornades caminaren que pervengueren a mija legua prop la ciutat d'Estrenes, hon la ost del rey Scariano reposava.

Sabent lo rey Scariano la venguda del seu car amich e germà d'armes e que era tan prop, cavalcà cuytadament ab tots los grans senyors de la sua ost e féu la sua via. E a mig camí s'encontraren. Descavalcaren molt prest los dos germans d'armes e los reys e abraçaren-se de grandíssima amor e·s besaren, fent-se la major festa que·s pogueren fer.

Com se foren festejats, Tirant dix al rey Scariano com en companyia sua era lo rey de Sicília, lo qual ell tenia en compte de germà, e lo rey de Feç, que·s fes ab ells. Lo rey Scariano anà devers lo rey de Sicília e lo rey de Feç e abraçà'ls e besà'ls ab molta amor, e feren-se moltes carícies. Aprés, tornaren tots a cavall e ensemps feren la via de la ciutat. Com foren a les tendes del rey Scariano, lo príncep Tirant e los reys descavalcaren a la tenda de la ínclita reyna de Ethiòpia, la qual los rebé ab cara molt afable e·ls abraçà e besà a tots e féu-los grandíssima festa.

Lo virtuós príncep Tirant, aprés haver festejada la tan bella reyna, tramés los animosos barons moros embaxadors del soldà e del Gran Turch a la ciutat e manà'ls que·ls diguessen de part sua que, si no·s volien dar benignament, que a la batalla se aparellassen, ab vot que, si batalla ni combat speraven, de no pendre a mercé negun moro, axí gran com poch que dins la ciutat se trobàs.

Aplegant los embaxadors al portal de la ciutat, demanaren del capità, que volien parlar ab ell. Les guardes del portal feren venir lo capità a la porta e, ubertes les portes, los moros embaxadors li presentaren les letres de crehença del soldà e del Turch. E lo capità les rebé ab aquella deguda reverència que s'i pertanyia. E lestes aquelles —que manaven que ell era prest de complir tot lo que per lo soldà e lo Gran Turch li fos manat com ell tingués aquella ciutat per les senyories lurs—, parlà lo fill del Gran Caramany e dix:

—Capità, yo us man, per part de la gran senyoria, que vós retau la ciutat e los homenatges al gran cèsar de l'Imperi Grech. E més, vos dich, per part del cèsar e capità Tirant, que, si benignament no li reteu la ciutat, que no spereu d'ell alguna mercé aconseguir.

Respòs lo capità e dix:

—Nobles e virtuosos embaxadors, direu a la senyoria del cèsar com yo só content de enseguir los manaments de mos redubtables senyors e só prest de obeir al cèsar axí com a persona própia de la magestat del senyor emperador.

E manà de continent, lo capità de la ciutat, present los embaxadors, que totes les portes de la ciutat fossen ubertes. E cobrada la resposta, lo virtuós capità Tirant cavalcà ab lo rey Scariano e ab los altres reys e grans senyors dels dos camps e, ab gran triümpho, ab multitut de tabals, trompetes, clarons e tambo-rinos, entraren dins la ciutat, hon los fon feta honor grandíssima e foren repartits en molt ben abillades posades. E molts presents e donatius que foren fets al cèsar. E aposentats los grans senyors dins la ciutat, lo príncep Tirant féu atendar lo seu camp davant lo del rey Scariano. E tantes gents eren de cascun camp que la tercera part no cabera dins la ciutat, si bé era molt gran e ben ordenada. E foren aquí tan ben rebuts que, axí los de dins com los de fora, foren molt ben servits e proveïts abundosament de totes lurs necessitats.

E lo cèsar volgué que lo rey Scariano, ab la reyna, reposassen aquí VIII dies per lo lonch camí que fet havien, car de la terra del rey Scariano fins allí havia més de C jornades. E per ço com lo rey Scariano tenia grandíssim desig de trobar-se en la batalla que Tirant tenia de haver ab lo soldà e ab lo Turch, caminava jornades tirades e trametia correus tots dies a Tirant suplicant-lo que no donàs la batalla fins a tant que ell hi fos. E per aquesta causa lo rey Scariano tenia la gent e los cavalls molt fatigats e havien mester repòs. E stant ab gran delit lo príncep Tirant en la ciutat d'Estrenes festejant lo magnànim e virtuós rey Scariano e la reyna, passaren entre ells moltes delitoses paraules, entre les quals lo virtuós Tirant los recità tots los gloriosos actes per ell fets, aprés que ells foren partits de la Barberia e de les grans victòries que havia obteses dels moros. E com l'emperador, per la sua grandíssima benignitat, li havia sposada sa filla Carmesina e fet jurar príncep e cèsar de l'imperi, e emperador aprés mort sua, e los pactes e convinences que tenia fets ab lo soldà e ab lo Turch e com li havien promés e jurat de restituir tot l'imperi. E restaven presos ab tots los grans senyors del poble morisch, e per aquesta causa, partit era de la insigne ciutat de Contestinoble per recobrar e pendre la possessió de totes les terres, ciutats, castells e viles que per lo soldà e per lo Turch eren detengudes de tot l'Imperi Grech.

—E per ço, senyor e gemà meu, suplich a la vostra molta virtut e acostumada liberalitat, de la qual molt confie, que vullau anar ab mi en la fi de aquesta conquesta e dels meus treballs, car yo confie que, ab lo adjutori de la divina Providència e ab lo poder gran que vós e yo tenim, lo món tot no·ns porà resistir. E d'altra part, vos hauré a molta gràcia que trametre vullau la senyora reyna a la ciutat de Contestinoble, perquè só cert que la mia princessa no té altre desig en aquest món sinó de veure la sua molta gentilea e ab molt repòs starà allí fins siam tornats de la conquesta.

Respòs lo rey Scariano ab paraules de semblant stil.

Capítol CCCCLVII. Com lo rey Scariano fon content que la reyna anàs a Contestinoble

—Senyor de l'Imperi Grech e germà meu, la mia lengua no us poria splicar quanta és la consolació que té la mia ànima de la vostra pròspera fortuna. E podeu ésser cert que a mi la senyoria vostra no·m cal suplicar, sinó com a súbdit, vassall e servidor vostre me maneu, car si en los tenebrosos lochs dels inferns volreu devallar, vos seguiré, com vos sia més obligat que a totes les persones del món, ni al pare qui m'ha engendrat. ¡Quant més ara en les coses tocants a la honor e excel·lència de la vostra virtuosa persona! E d'ací avant vull que maneu de mi e de la reyna tot lo que plasent vos sia, car no tenim a fer sinó obeir e servir-vos.

Lo virtuós Tirant, havent hoïdes les cortesies grans del rey Scariano, li regracià la sua molta amor. E deliberaren de trametre la bella reyna a la ciutat de Contestinoble. E foren posats en orde cinch-cents hòmens d'armes e molts nobles e cavallers molt ben abillats qui la acompanyassen. Pres comiat la ínclita reyna de son senyor lo rey Scariano. De Tirant, dels altres reys e senyors, fon acompanyada una legua. E Tirant e los altres, de la reyna, prengueren comiat e ella féu son camí devers Contestinoble. E Tirant ab los altres senyors se'n tornaren a la ciutat.

Capítol CCCCLVIII. Com Tirant ab tota la ost partí de la ciutat de Estrenes

Partida la ínclita reyna de Ethiòpia de la ciutat d'Estrenes, lo virtuós Tirant dix al rey Scariano:

—Senyor e germà, hora és de partir de ací, car la gent vostra ja serà prou reposada, car la mia ànima contínuament pena pensant en l'absència de la vista de aquella qui sosté ma vida e desige ésser ja tornat per dar repòs e remey a la mia fatigada pensa. No sé fortuna si·m comportarà a conseguir tanta glòria.

Respòs lo rey Scariano e dix:

—Senyor germà, plàcia a la Magestat divina vos faça gràcia de complir vós lo vostre bon desig segons és stat per vostra mercé ben treballat e merexcut. E yo só molt content que la execució sia presta.

Manaren de continent los magnànims dos senyors que los camps fossen levats. E cascú posà en orde la sua gent. Partiren de aquesta ciutat e feren la via de la provincia de Tràcia, e foren en una ciutat qui·s nomena Stranges, la qual era circuïda de noble mur ornat de molt belles torres ben altes ab deguda proporció, que era hun gran delit mirar-la. Aplegant lo cèsar davant aquesta ciutat, tramés los embaxadors del soldà e del Turch al capità de la ciutat si·s volia donar o si volia sperar combat. Com lo capità véu venir los embaxadors, pujà prestament a cavall e ixquè fora la ciutat per rebre'ls. E encontrant-se ab ells, se feren molta honor.

Splicada per los embaxadors la novella embaxada, lo capità los dix que ell no volia qüestió ab lo cèsar, ans lo volia obeir e servir, e de continent li serien uberts tots los portals de la ciutat. Lo capità tramés a la ciutat e manà que tots los portals fossen uberts. E lo capità se n'anà ab los embaxadors al camp de Tirant e, presentant-se davant ells, davallà del cavall e besà-li la mà e lo peu. E dix-li paraules de semblant stil.

Capítol CCCCLIX. Com lo capità de la ciutat d'Estranges reté les claus e la ciutat al cèsar

—La glòria de la tua virtuosa fama, claríssim príncep y excel·lent capità, aumenta los ànimos dels cavallers en voler-te amar e servir, car la virtut del gran Déu, lo qual tu la sua santa fe creus e defenses, te ha tant prosperat que en lo món de cavalleria e de virtuts tots los altres cavallers e senyors avances. Yo só vassall e servidor del Gran Turch, lo qual per sa gran bondat e virtut me féu cavaller indigne e féu-me capità de aquesta ciutat, la qual li he sostenguda en tranquil·le pau fins en lo present dia. Ara, la sua senyoria me mana que yo·t reta la ciutat en pròpia persona de la magestat imperial e·m té per quiti de la promesa fe e homenatge que de mi tenia. Per què, ara de prescent, te ret e·t liure les claus e suplich a la tua gran senyoria que·m vulla acceptar per vassall e servidor, car, aprés Déu, altre millor senyor no poria servir. E que·m vullau dar lo sant babtisme, car yo·m vull batejar ab ma muller e fills e vull ésser fidelíssim vassall de la imperial corona.

Respòs Tirant en semblant forma:

—Dels savis hòmens s'esguarda que ab lur gran discreció vénen a obtenir lo que desigen e reparen los infortunis de la adversa fortuna, mudant lo mal en major bé que no posseïen. E per ço, capità, perquè tinch coneguda la tua molta virtut e discreció, accepte les claus de la ciutat e a tu per vassall e servidor afectat e, de present, te conferme la capitania de la ciutat, que la tingues per la magestat del senyor emperador e dels seus succeïdors. E promet-te que, si la fortuna me és favorable, te faré gran senyor.

Acabant lo cèsar les darreres paraules, lo moro capità, qui agenollat stava davant Tirant, tornà-li a besar lo peu e la mà, e dix ab sforçada veu:

—Mon senyor, infinides gràcies faç a la tua gran senyoria de la mercé que m'atorgues per la tua gran liberalitat, no essent yo merexedor, mas suplich al gran Déu que ta virtut defensa que·t done tanta vida que pugues reduir tota la morisma a la santa fe catòlica e que yo·t veja emperador benaventuradament regnant.

Lo virtuós Tirant manà que tota la gent se atendàs davant la ciutat, e ell ab lo rey Scariano, e ab los altres reys e grans senyors, entraren dins la ciutat, hon foren rebuts ab molta alegria per la popular gent grega. E feren de grans presents e donatius al cèsar e foren dades a tots bones posades e, als de fora del camp, fornits molt bé de vitualles.

Lo matí següent, lo capità de la ciutat se n'anà al cèsar e suplicà'l que fos de sa mercé que·l fes batejar. E lo cèsar manà a hun bisbe que en sa companyia portava que tornàs a consagrar la sglésia major de la ciutat, qui solia ésser de crestians e los moros ne havien feta mesquita, e que fonts de batejar hi fossen fetes. E lo reverent bisbe féu son manament. E consagrada la sglésia, hi féu parar hun bell altar hon fon posada la ymage de la sacratíssima Mare de Déu, senyora nostra.

Com lo virtuós Tirant sabé la consagració de la sglésia ésser feta, en companyia del rey Scariano e dels altres reys e senyors, ab lo capità de la ciutat, anaren a la sglésia, seguint-los la major part del poble morisch de la ciutat. Com foren dins la sglésia, l'ofici se començà molt singular, car aquí eren los chantres de la capella de Tirant e los de la capella del rey Scariano, e lo bisbe dix la missa. E era tanta la remor de la plasent música que los moros n'estaven molt admirats e tenien notícia de la gran perfecció de la ley crestiana.

Complit lo divinal ofici, Tirant féu batejar primer lo capità de la ciutat e fon padrí seu lo rey Scariano, que axí u volgué Tirant. E e fon aprés nomenat mossén Johan Scariano. Aprés, fon batejada la muller e Tirant fon padrí de aquella, la qual fon nomenada Ángela. Aprés, batejaren V fills del capità e Tirant, aprés que foren batejats, los féu a tots V cavallers, car lo menor era de vint anys, e donà'ls a tots cavalls e armes e foren tots bons cavallers e valentíssims. Aprés se batejà l'altra morisma, que en aquell dia foren batejats dos mília moros per ço com veren batejar lo capità que ells tenien per molt savi.

Aprés, Tirant féu reconciliar tots los grechs qui renegat havien e, fets tots bons crestians, juraren lo cèsar en persona de l'emperador. E tots los moros qui no se eren volguts batejar foren lançats fora de la ciutat. En aquesta ciutat naxqué lo gran philòsof Aristòtil e tenen-lo en stima de hun gran sant.

E stant lo príncep Tirant en aquesta ciutat atendat e reposant, tramés los dos embaxadors moros per tota aquella terra entorn e totes les ciutats e castells e viles de tota aquella província vehïnes trameteren les claus ab lurs síndichs, qui feren homenatge al príncep Tirant. E ell en cascuna ciutat, vila o castell mudava son capità.

Aprés, partint de la ciutat de Estranges, feren la via de Macedònia. E foren en una ciutat qui·s nomena Olimpius. E aquella ciutat pren lo nom de una muntanya qui prop d'ella dista, qui és de les altes del món, qui·s nomena Olimpius. Aquí foren millor acullits e festejats que en deguna de totes les altres hon stats eren perquè sabien que lo cèsar era cosín germà de Diafebus, lur duch e senyor, e per aquesta causa se donaren molt liberalment e ab molta voluntat, per ço com lo capità era grech e havia renegat. E feren-li molts presents e donaren-li molt gran quantitat de tresor per ço com aquella graciosa terra era molt rica. E en breus dies tot lo ducat de Macedònia fon reduït a la imperial corona.

Partint lo príncep Tirant del ducat de Macedònia, feren la via de la ciutat de Trapasonda, la qual se donà de continent, car tant era lo poder que lo cèsar portava que posava spant a tota la morisma del món, car passats quatre-cents mília combatents eren útils, hon havia de moltes nacions de gents, que no era ciutat ni fortalea alguna que tingués atreviment d'esperar combat. E tota la província de Trapasonda, en spay de hun mes, se foren tots donats al cèsar.

Aquí foren portats tots los cavallers qui per lo soldà eren detenguts presos, dels quals era stat capità Diafebus, duch de Macedònia, qui foren portats de la ciutat de Alexandria, hon presos staven, lo nombre dels quals era CLXXXIII cavallers. Tots los altres, ab l'altra gent, eren morts en la batalla y en la presó, que n'i havia morts molts. La causa per què foren allí aportats: com, aprés que lo soldà e lo Turch foren presos, Tirant tramés una galiota ab hun cavaller del soldà en Alexandria ab aspres manaments de part del soldà als seus alcayts que prestament trametessen los cavallers presos, per terra, en aquella part hon sabrien que fos lo cèsar. E axí, arribaren en la ciutat de Trapasonda, hon lo cèsar reposava, e foren per ell molt ben rebuts.

Lo virtuós príncep Tirant demanà qual era lo duch de Macedònia e fon-li portat davant. Y stava tan desfreçat que jamés lo haguera conegut, car venia ab la barba fins a la cinta e los cabells fins a les spatles, magre, descolorit e tot mudat de la sua bella fesomia, vestit ab hun albornuç groch, ab una tovallola al cap blava. E tots los altres cavallers en semblant forma devisats.

Com lo duch de Macedònia fon davant lo cèsar, lançà's als seus peus per voler-los-hi besar. E lo cèsar alçà'l de terra e besà'l en la boca, corrent los seus ulls vives làgremes. E lançant adolorits sospirs, ab veu piadosa, pronuncià paraules de semblant stil.

Capítol CCCCLX. Paraules de consolació e de amor verdadera que dix Tirant al duch de Macedònia

—No·m comporta la sanch ni la amor que, en veure la vostra persona los meus ulls puguen retenir aquelles làgremes que lo meu piadós cor plorar no cessa. Gran alteració y moviment de dolor me ha portat la vostra presència per los manifests senyals de tristor, treballs y afanys que en vostra cara se demostren, los quals, puix per mi ab tanta virtut y paciència los haveu sostenguts, humilment vos demane me vullau perdonar. E ab tot que a nostre senyor Déu sia estat plasent, per los meus defalliments, a vós e a mi punir e donar penitència, emperò no desconfiant jamés de la sua infinida potència y misericòrdia, ara de novell goig nos alegra, havent-nos donat gloriosa victòria, recuperació de l'imperi e libertat vostra, que per a mi és molt cara y de major contentació, ab tot que la liberació des altres ensemps no menys me delita. Alegrau-vos, donchs, cosín germà, que viva és la duquessa e molt vos saluda. Preniu aquesta letra que la sua honestat vos envia.

Respòs lo duch, destil·lant los seus fondos ulls amaríssimes làgremes:

—Senyor Tirant, no és de menor alegria la vostra vista que fon la venguda del nostre Redemptor als catius presoners e antichs pares nostres detenguts en lo baix purgatori. Tant han cridat les nostres doloroses veus que han pogut arribar a les vostres orelles. ¡Bé siau vengut, cosín germà senyor, novell goig y singular delit de la nostra plorosa vista! Vós sou lo exalçament de la santa fe, vós sou la glòria y reparació dels crestians, vós sou la nostra vida y lo tresor de nostre rescat. Vós haveu ubertes les nostres fosques presons y haveu romput les nostres forts y stretes cadenes. Los treballs y afanys passats no són alguna cosa en comparació de tant descanç e consolació com de present nos haveu presentada. De ara avant, si per vós, senyor, havem a soferir alguna fatiga, no pot ésser que no·ns delite, puix al servey vostre s'esguarde, qui sou la fi y terme de nostra benaventurança.

Legí lo duch la letra de sa muller, la qual en la següent forma scrita se mostrava.

Capítol CCCCLXI. Letra tramesa per la duquessa de Macedònia al duch son marit

Goig y tristor ab tant strem me han combatuda que per miracle és viva la vostra Stefania. Mostrar-vos-ho ha la mia descolorida cara quant, per vostra vista, lo meu temerós cor haurà cobrada la perduda alegria. Scriure-us ara los enuigs, treballs y pensaments que perdent a vós me han acompanyada, no és possible, car la força gran de aquests mals dexa turmentada la mia pensa. E axí, afligit lo meu enteniment, que no sé què us diga, demane-us de mercé, agenollada als vostres peus y besant les cadenes que ensemps a vós e a mi strenyen, vullau, aprés de la rebuda libertat, molt prest venir a libertar la mia perillosa vida, la qual ab hun sols tardar poríeu de certa mort fer merexedora, car, ab tot la presència del novell cèsar sia vostra liberació e vida, no és dubte, senyor, que sols la vostra vista és aquella que tendrà propietat de libertar-me. Y al so de la vostra veu eixirà de trista presó la mia resuscitada vida.

No faç menció dels meus afanys perquè·ls prengau en compte de amor, com sia e fóra stada contenta soferir-ne de majors per defendre-us dels vostres, los quals grandíssims treballs y dolors vostres sol són dignes de plànyer y d'ésser recitats considerant que la vostra virtuosíssima persona de tot bé, de tota glòria y prosperitat és merexedora. ¿Y quals ulls porien ésser exuts mirant tant excel·lent duch y senyor catiu de infels, subjugat a nació tan baixa? ¿Qual cor tan fort y dur que fos no·s rompria per sobresdolor, atenent que vós, senyor, siau maltractat y desservit, posat en contínua tribulació y misèria? ¿E com, senyor, pensau que los ulls del meu poch enteniment no us puguen veure en aquell loch hon la vostra magnànima persona és detenguda? Yo us veig, senyor, ab los cabells larchs y desbaratats, la barba, cobrint la major part de la vostra bella cara, stesa per los pits, hon diverses vegades ha reposat la vostra duquessa. Contemple encara, senyor, que·ls vostres fondos ulls y la gran flaquea de la vostra carn, y lo descoloriment de aquella, encara que lo gest no us ha levat de gran senyor y la presència.

Emperò, manifestant-se en tal sguart la gran aflicció de vostre ánimo, defall lo meu cor, arrape la mia cara, desbarate y arranque los cabells del meu cap per sentir part dels treballs vostres, en los quals plànyer y contemplar lo dolre y plorar a manera de delits ho stime. La groga e sotil sobrevesta vostra, tacada de moltes làgremes. La tovallola blava que streny lo vostre cap, merexedor de imperial corona, han desguarnit y despullat la mia ànima de tota glòria. Per tenir conformitat ab vós, senyor, és stada vestida de continu la mia afortunada persona de hun aspre scilici la carn y, per àbit, de un fort burell a manera de sach per significar la veritat del meu gran treball y terrible pena que per vós, senyor, pregant, sospirant y jamecant comportava. Per les vostres cadenes hun nuat e fort cenyil ha streta la mia turmentada persona. Per los vostres grillons só anada descalça. Per la vostra presó he renunciat al món, ab solemne vot de jamés dexar aquesta devota casa e fort religió fins que per vós, senyor, sia demanada la vostra duquessa, de la qual, no sols senyorejau l'ànima e les potències de aquella, mas encara lo cors; essent vostre per amor y per obligació de lícit matrimoni, vos ne serà feta prompta e liberal restitució.

¡Veniu, donchs senyor, veniu, sperança mia, clau de les mies presons, ceptre de la mia senyoria, corona de la mia glòria, un sol goig de les mies tristors! ¡Veniu, duch de Macedònia, senyor Diafebus, y sereu lo clar dia que foragitarà les tenebres de la mia scura nit!

Terrible plor e forts gemechs donava lo duch de Macedònia, tant per la vista de son cosín germà Tirant com, encara, per la libertat que cobrava, mas, sobretot, per lo contengut en la letra de la duquessa, la qual singularment amava.

Capítol CCCCLXII. Com tots los altres presoners vingueren a fer reverència al príncep Tirant

Mas no tardà un poch que lo marqués de Sent Jordi se presentà davant lo virtuós Tirant e, donant del genoll en la dura terra, féu infinides gràcies a la sua senyoria com per ell era stat liberat. E lo príncep Tirant, ab cara afable e ab molta demostració de amor, lo levà de terra e besà'l en la boca. Aprés del marqués se presentà lo duch de Pera, son germà, e lo Prior de Sent Johan e tots los altres cavallers per orde. E lo cèsar los rebé molt benignament e ab grandíssima amor, faent-los aquella honor que coneixia eren merexedors.

Lo duch de Macedònia anà a fer reverència al rey Scariano e al rey de Sicília e al rey de Feç, e tots li feren grandíssima honor per lo seu molt meréxer e perquè sabien que era cosín germà del príncep Tirant.

No fon poch solícit lo cèsar de fer vestir tots los cavallers qui eren venguts en companyia del duch de Macedònia, car molt prest foren vestits e abillats e posats en orde, cascú segons son grau, e·ls donà armes e cavalls dels millors que tenia, que·n restaren tots molt contents. E festejà'ls molt aquí per la molta alegria que tenia de lur liberació, donant-los tots aquells delits que podia e fent-los benpensar per la molta flaquea que tenien perquè prestament fossen tornats en lur bona disposició.

E lo virtuós príncep Tirant tramés hun correu ab una letra de consolació a la afligida duquessa de Macedònia, qui stava molt adolorida per la presó del duch, son marit, car, de quantes festes eren stades fetes en la ciutat de Contestinoble, jamés era volguda exir per ésser en les festes. E per ço, lo virtuós cèsar la volgué aconsolar fent-li present com molt prest li trametria lo duch, son marit.

E perseverant lo cèsar en les delitoses festes, aturà en la ciutat damunt mencionada fins a tant que lo duch de Macedònia ab los de sa companyia foren en disposició de poder partir.

Capítol CCCCLXIII. Com la reyna de Ethiòpia arribà en Contestinoble e la honor que li fon feta

Partida que fon la il·lustríssima reyna de Ethiòpia de la ciutat de Estrenes, caminà tant per ses delitoses jornades fins que fon pervenguda prop de la insigne ciutat de Contestinoble.

Sabent la magestat de l'antich emperador la sua venguda e que era molt prop de la ciutat, tramés a dir a sa filla Carmesina que ixqués defora per a recebir-la. E la excelsa princessa, molt contenta de tal nova, se abillà e posà's molt en orde, acompanyada de la ínclita reyna de Feç e de la duquessa de Macedònia, e de cent dones d'estat e de cent donzelles molt riquament abillades e devisades d'estranya manera. Acompanyaven la excelsa senyora molts nobles hòmens e gran cavalleria.

Ab tal triümpho ixqué de la noble ciutat per distància de una legua, per ço com la princessa tenia strem desig de veure aquesta agraciada reyna per la molta bellea que d'ella havia hoït mencionar. E per la molta amor que era certa que Tirant portava al rey Scariano e a la reyna, dispongué's en fer-li la més honor que fer pogués.

E ans que la excelsa senyora ixqués de la ciutat, tramés una molt riqua tenda tota de brocat carmesí, brodada e lavorada de diversos animals e ocells per art de molt singular artifici, que la parassen a una legua luny de la ciutat. E plegant la excelsa princessa a la tenda, descavalcà e posà's dins ab totes les dames. E podeu contemplar la singularitat de aquesta tenda quant era gran, que aprés hi cabé la reyna de Ethiòpia ab totes les sues dones e donzelles.

Restada la princessa, passà avant la cavalleria fins que foren junts ab la reyna. E per tots fon feta deguda reverència a la reyna e ella saludà a tots ab afabilitat honesta. E cavalcant tots ensemps, pervengueren al loch hon la parada tenda stava. Digueren a la agraciada reyna com dins aquella tenda era la princessa.

Prestament, la reyna descavalcà ab totes les dones e donzelles sues e entrà dins la tenda. La princessa se levà e ab suaus passos anà fins a mija tenda e, plegant la reyna davant la princessa, donà dels genolls en la dura terra. E la excelsa senyora la pres per lo braç, levà-la de terra e besà-la tres voltes en senyal de molta amor. Pres-la per la mà e féu-la seure al seu costat.

E per quant la princessa, perquè era senyora de noble enteniment e discreció, en lo passat temps havia aprés de molts lenguatges per la pràtica dels strangers qui per la causa de la guerra eren venguts en la cort de la magestat de l'emperador, pare seu, e molt més que sabia parlar la lengua latina per haver aprés de gramàtica e poesia, e la reyna de Ethiòpia, quant promés a Tirant que deliberà de anar a Contestinoble per ésser a la solemnitat de les sues bodes ab la princessa, aprés de gramàtica e parlava ab molta gràcia la lengua latina, la princessa e la reyna se parlaren de moltes cortesies segons que entre galants dames se acostuma. E la princessa stava admirada de la molta bellea que la reyna possehïa e considerava en si jamés semblant de aquesta no haver vista, ni tenia crehença que la sua bellea los res en sguart de aquesta. E d'altra part, la reyna de Ethiòpia stava spantada de la strema bellea de la princessa e deya que ab veritat se podia dir que en tot l'univers món tanta gràcia ni bellea no poguera ésser trobada en hun cors mortal, car més paria angèlica que humana.

Aprés que per hun poch spay hagueren stil de gentils paraules rahonat, pujaren a cavall les dues deesses, mirant-se contínuament la una a l'altra ab delit singular. E totes les dames cavalcaren aprés d'elles. E la excelsa princessa féu son poder que la reyna de Ethiòpia anàs a la part dreta e la reyna no u volgué comportar. La princessa la pres per la mà e axí anaren fins a la ciutat. E plegant al portal, trobaren l'emperador e la emperadriu, qui·ls speraven a cavall. La reyna se acostà a l'emperador per voler-li besar la mà e la benignitat del valerós senyor no u volgué consentir, sinó que l'abraçà ab amor afable. Aprés anà la reyna a la emperadriu e volgué-li besar la mà e la emperadriu no u consentí, mas besà-la tres voltes en la boca per mostrar-li major amor. E per tots fon singularment reverida.

L'emperador e la emperadriu se posaren primers. Aprés, la princessa e la reyna d'Ethiòpia, e la reyna de Feç e la duquessa de Macedònia. E totes les dames seguien aprés. Ab tal orde cavalcaren tots fins a l'imperial palau, ab infinit poble qui·ls seguien. E descavalcats, pujaren en lo abillat palau, hon fon donada a la ínclita reyna una rica cambra molt singular, emparamentada de draps d'or e de seda perquè pogués reposar e reparar, segons consuetut de les galants dames. E aquí aquell dia ab gran magnificència fon servida de totes coses necessàries a la humanal vida, ab gran magnitut e abundància. E foren dades singulars posades a tots aquells qui venguts eren ab la tan agraciada reyna, axí als hòmens com a les dames.

Lo següent dia, la magestat de l'emperador, per millor poder festejar la reyna, volgué que ixqués a menjar en la gran sala, la qual ixqué molt ben abillada ab totes les sues dames. E al dinar, l'emperador la féu seure al costat de la emperadriu, e aprés d'ella sigué la reyna de Feç e, aprés, la duquessa de Macedònia. E davant la reyna de Ethiòpia seya la princessa. E davant la taula de l'emperador, a l'altre cap de la sala, menjaven los nobles e cavallers qui venguts eren ab la reyna e, en l'altra part, les dones e donzelles, axí les de la emperadriu e de la princessa com les de la reyna de Ethiòpia. E los ministrés, per trones que exien en la sala, sonaven. E la música era tan gran en la sala, de tantes natures d'esturments, que era cosa de gran admiració als hoints. E ab aquell triümpho se dinaren, servits molt noblement de molts cavallers e gentilshòmens, molt ben abillats ab robes d'estat de chaperia e de brocat, ab grosses cadenes d'or al coll. E servia de majordom aquell dia lo virtuós Ypòlit, més galant que tots en stranya manera.

Levades les taules, començaren a dançar. E la reyna de Ethiòpia se fon molt ben abillada e devisada ab gonella de hun vert brocat, ab la ampla cortapisa de robins, diamants e maragdes lavorada ab subtil artifici, que eren de molt gran stima. E ab la roba de domàs negre, les obres del domàs cubertes de orfebreria ab smalts, lavorat per art de subtil artifici, ab una grossa cadena d'or al coll, tota smaltada ab grossos robins e diamants engastats en ella. E al cap, sobre los cabells, qui parien pròpiament madexes d'or, portava sol una coroneta feta de perles molt grosses e de diverses pedres fines que lançaven molt gran resplandor. E en lo front, hun fermall de molt gran stima. E totes les sues dones e donzelles molt ben abillades, axí les blanques com les negres, per ço com ella·n portava de unes e d'altres. Les blanques eren del regne de Túniç e les negres eren del regne de Ethiòpia, les quals eren totes filles de grans senyors.

A tots los de la cort paria de inestimable bellea aquesta reyna e tenien diversos parlaments los huns ab los altres dient que molta virtut possehïa Tirant que hagués rebujat requesta de tan bellíssima senyora com aquesta, com tots eren certs que la reyna lo havia request que fos son marit e senyor del regne de Túniç e de tota la Barberia e que, per amor de la princessa, ho havia tot dexat. E venint a notícia de la princessa aquests parlaments, féu tot son sforç de manifestar-ne la veritat, car, com les veyen separades, deyen que tanta bellea possehïa com la princessa, e com s'estaven a prop, la grandíssima bellea de la princessa apagava la de la reyna en tanta quantitat que tots ne coneixien la gran diferència.

E axí, totes molt ben abillades, dançaren aquell dia ab los galants. E stant en lo millor de les dançes, entrà per la sala hun correu molt cuytat qui demanà la duquessa de Macedònia. E fon-li mostrada. Lo correu se agenollà davant ella e donà-li la letra que portava, e dix-li:

—Senyora, albixeres demane a vostra senyoria, car yo us porte nova com lo senyor duch de Macedònia és posat en libertat e és ab lo cèsar en la ciutat de Trapasonda ab tots los altres presoners.

La duquessa, en aquell cars, de sobreabundant alegria no li pogué respondre, ans smortida caygué. E fon aquí molt gran desbarat en les dances, que tots se dexaren de dançar e cuytaren a portar ayguaròs. Lançaren-li'n per la cara e recobrà l'esperit. Emperò per spay de una hora stigué que no pogué parlar, tenint contínuament la letra streta en la mà. E cobrada la natural coneixença, obrí la letra que lo cèsar li trametia. Legí aquella, qui contenia paraules de semblant stil.

Capítol CCCCLXIIII. Letra tramesa per lo príncep Tirant a la duquessa de Macedònia

Recordant la tristícia vostra, he donat grandíssima diligència en recobrar-vos lo major goig de vostra vista. Senyora duquessa, més cara que germana, despullau e bandejau del vostre cor tota manera de enujosos pensaments y rebeu lo present de novella alegria: lo vostre duch y senyor, cosín germà y més acostat a la mia amor de tots los altres, és libert, és alegre, és en tota sanitat y honor, prosperitat e convalescència. E axí, per satisfer al desig de aquell y vostre, serà molt presta la nostra tornada. Alegrau-vos, donchs, puix ell se alegra, que set goigs per aquell deuen ésser causa de vostra molta alegria: goig de la perduda captivitat, goig de la libertat e recobrada alegria, goig de la sanitat, goig de la honor, goig de la presta tornada, goig de la riquea y triümpho, goig de la benaventurada e gloriosa vida que us resta. Ell mateix vos serà letra. Sol yo us he deliberat scriure per guanyar les strenes de vostra benvolença. A la magestat imperial ni a altra persona no és necessari scriure per letra, com de paraula poch temps passarà avisarem la sua altesa e alegrarem als qui nostre bé y honor afectadament desigen.

Vist per la egrègia duquessa lo contengut en la letra, féu portar mil ducats y donà'ls al correu, lo qual féu infinides gràcies a la duquessa e se n'anà molt alegre e content. La conortada duquessa se levà e, agenollant-se davant la magestat de l'emperador donà-li la letra. E l'emperador la legí e fon molt aconsolat de la bona e benaventurada nova, e prestament tramés per totes le·sglésies de la ciutat que tocassen totes les campanes.

E fon feta molt gran alegria per tota la ciutat axí per la venguda de la reyna de Ethiòpia com per la liberació dels presoners crestians, car la popular gent s'esforçaven en festejar perquè veyen que serien posats en tranquil·le repòs e vida benaventurada. Emperò, per llurs peccats no permès la divina Providència que molt los duràs.

E havent molt festejats lo cèsar al duch de Macedònia e als altres companyons seus, donà'ls licència e, partint de la ciutat de Trapasonda, feren la via devers la insigne ciutat de Contestinoble. E caminant per lurs jornades pervengueren a la noble ciutat, hon foren rebuts ab honor excelsa per la magestat de l'emperador e per la emperadriu e per totes les dames. E en special sobre tots aquell egregi baró duch de Macedònia, qui per la duquessa, muller sua, fon molt festejat, axí com aquella qui l'amava més que a la sua vida. E per la venguda dels presoners, les festes foren refrescades en la cort de l'emperador.

E lexant-me de recitar les amigables e curials testes que la imperial magestat feya a la reyna de Ethiòpia e a l'egregi duch de Macedònia, e a tots los altres barons e cavallers, per no tenir prolixitat, tornaré a recitar los singulars actes del benaventurat príncep Tirant e del rey Scariano, qui van a recobrar les terres qui solien ésser subjectes a l'Imperi Grech.

Capítol CCCCLXV. Com lo cèsar, aprés que fon partit de Trapasonda, cobrà moltes províncies qui eren de l'imperi

Aprés la partida de l'egregi duch de Macedònia ab los altres seus companyons de la ciutat de Trapasonda, lo virtuós príncep Tirant féu prest levar los dos camps e ordenà e féu ordenar al rey Scariano tota la gent, que cascun capità ab sa squadra partís. E axí, molt ben ordenats, la una squadra aprés l'altra, partiren e feren lur via devers la terra de Bendín, qui distava de allí VI jornades, en la qual, plegant lo cèsar ab tot son exèrcit, se donaren per manament del soldà e del Turch.

E rebuts los homenatges per lo cèsar e lochtinents seus e posats capitans en les ciutats e forces, passaren avant e recobraren tota la província de Blagay e tota la terra de Brina, e tota la terra de Foxa e tota la terra de Bocina, car cascuna terra de aquestes és una gran província ab moltes ciutats, castells e viles que en cascuna de aquestes províncies són. E totes de bona voluntat se donaren al cèsar perquè solien ésser subjectes a l'Imperi Grech e tenien molta voluntat de tornar-hi per la mala senyoria que tenien dels moros. E partint lo cèsar de aquelles províncies, recobrà moltes altres ciutats, ço és la ciutat de Arcàdia e la ciutat de Megea e la ciutat de Turina. E de aquí féu la via del regne de Pèrsia e pres-lo tot per força d'armes, per ço com no era en domini del soldà ni del Turch, ans tenien rey per si. E pres e subjugà la gran ciutat de Tauris, qui és ciutat molt delitosa e de moltes mercaderies. E la ciutat de Boterna, e la ciutat de Senoreyant, per hon passa lo gran flum de Phison. Moltes altres ciutats pres e subjugà en lo regne de Pèrsia que lo libre no menciona, mas aquestes són les principals e majors.

E moltes altres províncies e terres conquistà lo virtuós príncep Tirant e uní al domini e senyoria de l'imperi, ab molt gran triümpho e victòria, que seria gran fatiga de recitar, car, per sa indústria e alta cavalleria, ell recobrà tota la Grècia e l'Àsia menor, e tota la Pèrsia e tot lo Selònich —qui és Galípol—, la Morea, l'Arca, lo cap de l'Arca, Valona. E per semblant, per mar tramés lo seu stol que tenia en Contestinoble per pendre les illes. E per capità lo seu almirall, lo marqués de Liçana, lo qual per sa virtut e saber pres totes les illes que ésser solien de l'imperi, los noms de les quals són aquestes: Calistres, Colcos, Oritige, Tesbrie, Nimocha, Flaxen, Meclotapace e moltes altres illes que lo libre no recita per no tenir prolixitat.

Capítol CCCCLXVI. Com l'almirall, ab triümpho de gran victòria, tornà en Contestinoble e l'emperador, per premiar-lo, li sposà la filla del duch de Pera, nomenada Elisea

Complides les honoroses conquestes per lo virtuós almirall de les illes qui solien ésser de la corona de l'imperi e subjugades aquelles, qui per força, qui per grat, ab gran triümpho se'n tornà ab tot l'estol en la ciutat de Contestinoble. E entrant per lo port, lançaren moltes bombardes e, ab multiplicades veus, saludaren la insigne ciutat. Los pobles corrien a la muralla per veure l'estol entrar, fahent molt grans alegries. L'almirall ixqué en terra acompanyat de molts cavallers e gentilshòmens molt ben abillats e anaren a fer reverència a la magestat de l'emperador, lo qual los rebé ab cara molt afable e ab gran humanitat, e tots li besaren lo peu y la mà.

E l'emperador féu gràcia a l'almirall, marqués de Liçana, que fos governador de totes les illes qui eren subjectes e en domini de l'imperi e almirall major seu, a ell y a tots los succeïdors seus, e li consignava sobre totes les illes cent mília ducats de renda cascun any. E donà-li per muller una singular donzella, criada de la emperadriu, nomenada La Bella Elisea, filla del duch de Pera, que no·n tenia més de aquesta. Lo pare era viudo, que havia treballat gran temps que la princessa fos sa muller e per la venguda de Tirant ell la perdé.

Lo virtuós almirall féu infinides gràcies a la magestat de l'emperador de les gràcies que li havia atorgades e besà-li lo peu e la mà altra volta. E fon més content de posseir la bella dama que los cent mília ducats de renda. La magestat imperial los féu de continent sposar e foren renovellades les grans dances e festes, car no havia molts dies que vengut era lo egregi duch de Macedònia e lo duch de Pera, pare de la donzella, e lo marqués de Sent Jordi, qui li era oncle, e lo prior de Sent Johan de Jerusalem e molts altres nobles y cavallers qui eren exits de catiu.

E la excelsa princessa s'esforçà, per amor de les dues reynes, ésser contínuament en les dances e festes per aquelles magnificar. E la magestat de l'emperador, per voler premiar a molts nobles e cavallers de aquells qui eren exits de presó, los col·locà en honrats matrimonis ab donzelles de gran stima, totes criades de la emperadriu e de la princessa, e donà'ls a cascú grans heretats ab què podien honradament viure.

E fetes les sposalles de tots, porrogaren les bodes per haver major honor lo dia que lo príncep Tirant pendria benedicció ab la princessa. E fortuna no u permès que a hun cos mortal donàs tant delit e glòria en aquest món, com natura humana no fon creada per Déu per haver beatitut ni glòria en aquest món, mas per fruir la glòria de paradís. E en açò negú no pensa, car los hòmens virtuosos fan cascun dia actes insignes e dignes de inmortal recordació, axí com féu aquest magnànim e virtuós príncep e strenu cavaller Tirant lo Blanch, qui per sa grandíssima cavalleria e alt enginy conquistà tants regnes e reduhí infinits pobles en la Barberia e en la Grècia a la santa fe cathòlica. E no pogué veure la fi del que tant havia desitjat e treballat.

Capítol CCCCLXVII. Com pres a Tirant lo mal del qual passà de aquesta vida

No consent, entre tants altres treballs, de aquest sia delliure que puga la cansada mà retraure de pintar en blanch paper la humana desconexença de fortuna, ab tot que·l recort dels gloriosos actes de Tirant nova dolor me presenten, com premi no han pogut atényer. Mas, perquè sia exemple manifest als sdevenidors, que no confien en la fortuna per haver grans delits e prosperitats e per aconseguir aquells perdre lo cors e l'ànima, los quals per folla e desordenada ambició caminen ab allenegats e perillosos passos, d'on se porà seguir que los vans pomposos hòmens, qui de continu lur stimada fama molt cerquen, despendran en va lo inútil temps de lur miserable vida.

Com, donchs, lo cèsar, havent conquistat e recobrat tot l'imperi, e subjugades moltes altres províncies circumveïnes, e se'n tornàs ab molt gran triümpho e victòria a la ciutat de Contestinoble ab lo magnànim rey Scariano en sa companyia, e ab lo rey de Sicília e lo rey de Feç, e molts altres reys, duchs, comtes e marquesos, e innumerable cavalleria —qui venien ab ell per ésser en les grandíssimes festes que·s devien fer per la sua venguda e per amor del rey Scariano e, més, per la celebració de les bodes de Tirant—, negú no·l volgué lexar. L'emperador, avisat de la sua venguda, li feya aparellar molt grandíssima festa, e féu rompre vint passes del mur de la ciutat perquè pogués lo virtuós príncep entrar ab lo carro triümphal.

E com Tirant fos a una jornada prop de Contestinoble, en una ciutat qui·s nomenava Andrinòpol, aturàs aquí per ço com l'emperador li havia tramés a dir que no entràs fins a tant que ell lo y trametés a dir.

E stant lo virtuós cèsar en aquella ciutat ab molt gran delit, e cercant deports e plaers e passejant-se ab lo rey Scariano e ab lo rey de Sicília per la vora de hun riu qui passava per lo hun costat dels murs de la ciutat, pres-lo, passejant, tan gran mal de costat e tan poderós que, en braços, lo hagueren a pendre e portar dins la ciutat.

Com Tirant fon en lo lit, vengueren los sis metges que ell portava, dels singulars del món, e quatre del rey Scariano. E feren-li moltes medecines e no li podien dar remey negú en la dolor.

Lavors, Tirant se tingué per mort e demanà confessió. Feren-li venir prestament lo confessor que ell portava ab si, qui era un bon religiós de l'orde de sent

Francesch, mestre en la sacra theologia, home de grandíssima sciència. Com lo confessor fon vengut, Tirant confessà bé e diligentment tots sos peccats ab molta contrició car la strema dolor que passava era en tanta quantitat que ell se tenia per mort, vehent que, per molt que los metges li fessen, la dolor contínuament aumentava. E stant lo cèsar en la confessió, lo rey de Feç tramés hun correu molt cuytat a l'emperador, significant a sa magestat com lo cèsar stava molt mal, que los seus metges no li podien dar remey algú, per què·l suplicava fos de sa mercé que y trametés molt cuytadament los seus, que en dubte stava que y fossen a temps.

Aprés lo cèsar haver confessat, féu-se portar lo preciós cos de Jhesucrist, lo qual mirant ab gran devoció e làgremes, dix moltes oracions, entre les quals, ab grandíssima devoció, dix les següents paraules.

Capítol CCCCLXVIII. La oració que dix Tirant davant lo Corpus Domini.

—O redemptor de l'humanal linatge, Déu infinit sobre natura, pa de vida, tresor sens preu, joyel incomparable, penyora segura dels peccadors, certa e infal·lible defensa! O vera carn y sanch del meu Senyor, anyell mansuet y sens màcula, ofert a la mort per donar-nos eterna vida! O clar spill hon la divina e infinida misericòrdia se representa! O Rey dels reys, a qui totes les creatures obehexen! Senyor inmens, humil dolç y benigne! Y com poré yo regraciar a la vostra senyoria la tanta amor que a mi, fràgil creatura, haveu mostrada? No solament, Senyor, per los meus grans peccats sou vengut del cel en la terra, prenint aquexa preciosa carn en lo ventre de la sacratíssima Verge Maria, mare vostra y, enaprés, nat Déu y hom, subjugant-vos a les mundanes misèries per pagar los meus defalliments volgués comportar aspres turments, cruel passió e dura mort, posant en creu la vostra carn sacratíssima, mas encara aquella mateixa carn me haveu dexada per medecina speritual y salut de la mia infecta e maculada ànima.

Infinides gràcies, Senyor, vos sien fetes de tals y tants beneficis. Encara, Senyor, vos regracie les grans prosperitats que en aquest món me haveu donades e us suplique tan humilment com puch que, puix de tants perills me haveu deliurat e ara me donau mort regoneguda, la qual yo accepte ab molta obediència, puix axí plau a la vostra santíssima senyoria, en remissió e penitència dels meus defalliments, me vullau donar, Senyor, dolor, contrició y penediment dels meus peccats per atényer de vós absolució e misericòrdia. Axí mateix, Senyor, me ajudeu e e·m conserveu en la fe, en la qual com a cathòlich crestià vull viure e morir, y·m doneu la gran virtut d'esperança, per què, confiant de la infinida misericòrdia vostra, encés de caritat, plorant y planyent los meus peccats, confessant, loant, beneint e exalçant lo vostre sant nom, sperant y demanant vènia e absolució, alt en paradís pervinga a la eterna beatitut e glòria.

E dites aquestes paraules, ell rebé ab moltes làgremes lo cors preciós de Jhesucrist, que, tots los qui en la cambra eren, deyen que aquest no demostrava ésser cavaller, mas un sant home religiós, per les moltes oracions que dix davant lo Corpus. Com hagué donada refecció a l'ànima, féu-se venir lo seu secretari e féu e ordenà son testament en presència de tots los qui ab ell eren, lo qual era del tenor següent.

Capítol CCCCLXIX. Lo testament que féu Tirant

Com sia certa cosa lo morir e, a la creatura racional, incerta la hora de la mort, e com dels savis s'espera proveir al sdevenidor per ço que acabat lo peregrinar de aquest miserable món, tornant al nostre Creador, davant la sua sacratíssima magestat, pugam donar compte y rahó dels béns que·ns són acomanats. E per amor de açò, yo, Tirant lo Blanch, del linatge de Roca Salada e de la Casa de Bretanya, cavaller de la Garrotera y príncep y cèsar de l'Imperi Grech, detengut de malaltia de la qual tem morir, emperò en mon seny, ferma e íntegra e manifesta paraula, presents mos senyors e germans meus d'armes, lo rey Scariano e lo rey de Sicília, e lo meu cosín germà, lo rey de Feç, e molts altres reys, duchs, comtes e marquesos, en nom del meu senyor Jhesucrist, fas e ordén lo present meu testament e darrera voluntat.

En lo qual pos marmessors meus, e del meu present testament executadors elegesch, ço és, la virtuosa e excel·lent Carmesina, princessa de l'Imperi Grech e sposa mia, e lo egregi e car cosín germà meu, Diafebus, duch de Macedònia, als quals suplich carament tinguen la mia ànima per recomanada.

E prench-me per la mia ànima, de mos béns, cent mília ducats, que sien distribuïts a coneguda e voluntat dels dits meus marmessors. E més, suplich als damunt dits marmessors e·ls done càrrech que facen portar lo meu cors en Bretanya, en la sglésia de Nostra Senyora, hon jahen tots los del meu parentat de Roca Salada, com aquesta sia ma voluntat.

E mes, vull e man que de mos béns sien donats a cascú de mon linatge qui·s trobaran presents en lo meu òbit, cent mília ducats. E més, leix a cascú de mos criats e servidors de casa mia, cinquanta mília ducats. E de tots los altres béns e drets meus, los quals, mijançant lo divinal adjutori yo m'é sabuts guanyar, e per la magestat del senyor emperador me és stada feta gràcia, fas e instituesch hereu meu universal a mon criat e nebot Ypòlit de Roca Salada, que aquell en loch meu sia posat e succehesca, axí com a la mia persona, a fer de aquells a totes ses voluntats.

Aprés que Tirant hagué fet son testament, dix al secretari que scrivís hun breu a la princessa en stil de semblants paraules.

Capítol CCCCLXX. Breu de comiat tramés per Tirant a la sua princessa

Puix la mort a mi és tan vehïna que més aturar no puch, no·m resta més per complir mon viatge sinó sols pendre de vós, senyora de preclara virtut, mon darrer, trist e dolorós comiat. Puix la fortuna no vol ni ha permés que yo, com a indigne e no merexedor, haja pogut atényer a vós, qui éreu lo premi de mos treballs, e no·m dolguera tant la mort si en los vostres braços hagués finida ma vida trista e dolorosa. Mas suplich a vostra excelsa senyoria que no us dexeu de viure, per què, en premi de la molta amor que us he tenguda, siau en recort e tingau per recomanada la mia peccadora ànima, la qual ab molta dolor torna al seu Creador, qui la m'havia comanada.

E puix ma fortuna no·m consent poder-vos parlar ni veure, que crech fóreu stada remey e stalvi a ma vida, he deliberat scriure-us breu, perquè la mort no·m vol més porrogar. Almenys, que siau certa de ma strema passió e ésser atés al darrer terme de ma vida. No us puch més dir, que la molta dolor que tinch no u consent. Sol vos suplich e de gràcia vos deman que per recomanats tingau mos parents e servidors.

Lo vostre Tirant, qui besant peus e mans la sua ànima vos comana.

Capítol CCCCLXXI. Com l'emperador tramés lo duch de Macedònia e Ypòlit ab los metges. E com Tirant, fent-se portar a Contestinoble, en lo camí, passà de aquesta vida

Aprés que lo príncep Tirant hagué fet son testament, pregà molt al rey Scariano e al rey de Sicília, e al rey de Feç, que·l fessen portar a la ciutat de Contestinoble ans que passàs de aquesta vida, car la major dolor que tenia era com moria sens veure la princessa, e tenia crehença e devoció que la sua vista bastava en donar-li salut e vida.

E per tots fon deliberat de portar-lo-y, atesa la molta voluntat que li veyen. E los metges ho loaren, per ço com lo tenien per mort e creyen que per la molta consolació que hauria de la vista de la princessa, a qui ell en strem amava, natura podia obrar més que totes les medecines del món. E prestament lo posaren en unes andes e, a coll d'òmens, lo portaren molt reposadament. E fon acompanyat de tots los reys e grans senyors, solament ab cinch-cents hòmens d'armes. Tota l'altra gent restà en aquella ciutat.

Com l'emperador hagué rebuda per lo correu la letra del rey de Feç, fon posat en gran agonia e pensament e, lo més secret que pogué, tramés per los seus metges e per lo duch de Macedònia e per Ypòlit, e mostrà'ls la letra del rey de Feç e pregà'ls que prestament cavalcassen per anar-hi. Lo duch de Macedònia e Ypòlit, sens dir res a negú, ixqueren de l'imperial palau e feren lur camí ab los metges, car l'emperador tenia dubte que si la princessa ne tenia sentiment, que s'esmortiria e seria molt perillosa.

Com lo duch de Macedònia e Ypòlit, ab los metges, foren a mija jornada de Contestinoble, encontraren a Tirant en lo camí e descavalcaren, e les andes foren posades en terra. Lo duch de Macedònia se acostà a Tirant e dix-li:

—Cosín germà senyor, com stà vostra senyoria?

Respòs Tirant:

—Cosín germà, singular plaer tinch com vos he vist ans de la mia fi, car yo stic al derrer strem de la mia vida, e prech-vos que·m beseu vós e Ypòlit, car aquest serà lo darrer comiat que de vosaltres pendré.

E lo duch e Ypòlit lo besaren ab moltes làgremes. Aprés los dix Tirant com los comanava la sua ànima e la princessa, muller sua, que aquella tinguessen més cara que la sua pròpia persona. Lo duch li respòs:

—Senyor cosín germà, ¿hun cavaller tan animós com vostra senyoria s'esmaya tan fort? Confiau de la misericòrdia de nostre Senyor, que ell per la sua clemència e pietat vos ajudarà e us darà sanitat presta.

E stant en aquestes paraules, Tirant lançà hun gran crit, dient:

—Jesús, fill de David, hages mercé de mi: credo, proteste, confesse, penit-me, confie, misericòrdia reclame! Verge Maria, Àngel Custodi, àngel Miquel, emparau-me, defeneu-me! Jesús, en les tues mans, Senyor, coman lo meu sperit.

E dites aquestes paraules, reté la noble ànima, restant lo seu bell cors en los braços del duch de Macedònia.

Los plors e los crits foren aquí molt grans per tots los que allí eren, que era una gran compassió de hoir, per ço com per tots era amat lo príncep Tirant.

Com hagueren molt plorat e cridat, lo rey Scariano cridà al rey de Sicília e al rey de Feç, e al duch de Macedònia e a Ypòlit, e alguns altres, e, apartats a una part, tingueren consell què era de fer. E foren tots de acort que lo rey Scariano, ab los altres de la companyia, acompanyassen lo cors de Tirant fins a la ciutat, e que no entrassen dins per ço com lo rey Scariano no se era vist ab l'emperador e no era temps ni loch, ab la tribulació de veure's. E més, deliberaren de embalsemar lo cors de Tirant per ço com lo tenien de portar en Bretanya.

E partiren ab lo cors del loch hon Tirant era finat e feren la via de la ciutat de Contestinoble. Com hi foren arribats, fon ja hora de nit. Plegats al portal de la ciutat, lo rey Scariano pres comiat del rey de Sicília e del rey de Feç, e del duch de Macedònia e de Ypòlit. E ab la sua gent se'n tornà a la ciutat d'on era partit, fent molt grans lamentacions, car lo rey Scariano amava en strem a Tirant. E los altres posaren lo cors de Tirant dins la ciutat, en una casa hon per los metges fon embalsemat.

Aprés que l'hagueren embalsemat, vestiren-li hun gipó de brocat e una roba d'estat de brocat, forrada de marts gebelins e axí·l portaren a la sglésia major de la ciutat, ço és, de Senta Sofia. Aquí li fon fet hun cadafal molt alt e gran, tot cubert de brocat, e sobre lo cadafal hun gran lit de parament molt noblement emparamentat de draps d'or ab son bell cortinatge del drap mateix, e aquí posaren lo cors de Tirant, sobre lo lit, gitat, ab spasa senyida.

E com l'emperador sabé que Tirant era mort, dolent-se de tan gran desaventura, squinçà's la imperial sobrevesta e, devallant de la imperial cadira, lamentant-se per la mort de Tirant, dix les següents paraules.

Capítol CCCCLXXII. Lamentació que féu l'emperador per la mort de Tirant

—Huy és lo jorn que·s pert lo nostre ceptre y del meu cap la triümphant corona postrada veig en terra: del nostre cors lo braç dret nos defall y lo pilar en lo qual lo nostre stat segurament recolzava és derrocat per tu, fortuna adversa. O injusta mort que, robant una vida, innumerables guiatges de viure als trists infels atorgues! O enemiga mort que, dexant a mi viure, mortal pena y eterna me atorgues! Has mort a Tirant per matar l'emperador de Contestinoble. Yo só lo mort e viva per a sempre del strenu Tirant la glòria y la fama! ¡O celestials jerarchies: feu novell goig rebent entre vosaltres y col·locant lo benaventurat cavaller en lo nombre dels elets, merexedor de premi! Y vosaltres, prínceps de tenebres, alegrau-vos, si alegria vos és atorgada, puix és mort aquell per qui la santa religió crestiana tan gran augment de cascun jorn prenia. Alegren-se, encara, finalment, totes les enemigues nacions, puix aquell vencedor e invencible Tirant, a qui la ferocitat e unió de tots los infels sobrar no fon possible, ara, sobrat y vençut per la mort, d'estrem goig lo seu morir vos dóna causa.

Sol yo, desert emperador, dech celebrar les exèquies de tanta tristícia. Donchs, perda's lo sol de nostra vista, cobrint aquella spessa boyra y núvols, perquè la clara luna, de aquell, claror no puga pendre, perquè lo món, restant tot en tenebres, sia cubert de negra sobrevesta. Moguen los vents aquesta ferma terra y les muntanyes altes cayguen al baix y·ls rius corrents se aturen, y les clares fonts, mesclant-se ab l'arena, tals les beurà la terra de gent grega, com a trista tortra desemparada del spòs Tirant, per senyalar la dolor del qual les sobredites coses se seguexquen. Y la gran mar, als pexos desempare. Y en aquest temps, ¡cantau, belles serenes, los mals tan grans que sentiu en la terra! Cantau planyent la mort de aquest qu·entre·ls vivents un fènix s'estimava! Adulen los animals, cessen los cants melodiosos dels ocells e prenguen per habitació les desertes silves! ¡Muyra yo e iré als regnes de Plutó: de tanta dolor portant embaxada, faré que Ovidi del meu Tirant digníssims versos smalte! ¡Despullau a mi daurades robes y dels palaus leven les riques porpres, cobriu-me prest de hun aspre scilici, visten-se tots de fort y negra màrrega, sonen ensemps les campanes sens orde, dolga's tothom de tanta pèrdua, per a rahonar la qual ma lengua és feta scaça!

En tal plant passà l'emperador la major part de la nit e, venint lo dia, anà a la sglésia per fer-li honor e fer-li molt gran sepultura ab les obsèquies acostumades als grans senyors.

La princessa que véu que tota la gent plorava, stava molt admirada. Demanà e volgué saber de què ploraven los del palau e les sues donzelles. Tingué pensament que no fos mort son pare l'emperador. E levà's en camisa, molt cuytada. Féu-se a la finestra e véu lo duch de Macedònia, qui anava plorant e arrancant-se los cabells del seu cap, e Ypòlit e molts altres, qui ab les mans se arrapaven la cara e dant del cap per les parets.

—Per hun sol Déu vos prech —dix la princessa— vosaltres me vullau dir la veritat. ¿Quina és la causa de tanta novitat e tristícia?

Parlà la viuda de Montsant, e dix:

—Senyora, no s'escusa que no u hajau de saber qualque hora: Tirant és passat de aquesta present vida en l'altra e ha pagat son deute de natura. E hora de mijanit lo han portat a la sglésia per donar-li ecclesiàstica sepultura segons ell és merexedor. Allí és l'emperador, lo qual plora e fa molt gran dol de la sua mort, que degú no·l pot aconsolar.

La princessa stech sens recort negú, ni plorà ni pogué parlar, sinó que, sanglotant e suspirant, aprés hun poch spay, dix:

—Dau-me les mies robes que lo meu pare me havia fetes fer per a la solemnitat de les mies bodes, que encara no les me havia vestides, qui eren de molt gran stima.

E foren-li portades prestament. Com les hagué vestides, dix-li la viuda de Montsant:

—E com, senyora! ¿En la mort de hun tan admirable cavaller, mort en servey de la magstat del senyor emperador e vostra, vos vestiu e abillau axí com si anàsseu a bodes? Tots los altres van vestits de màrregues de dol e de tristor, que no es negú qui de plorar abstenir-se puga, e vostra altesa, qui se'n deuria més sentir e senyalar, vos sou abillada, cosa que jamés viu fer ni he hoït dir ni sia stat fet.

—No cureu, na viuda —dix la princessa—, yo me'n senyalaré com serà la hora.

Com se fon ligada, ab totes les sues dones e donzelles devallà de l'imperial palau la entristida senyora e, ab cuytats passos de dolorosa angústia, anà-se'n a la sglésia hon era lo cors del seu Tirant. E pujada alt en lo gran cadafal, com véu lo cors de Tirant, lo cor li pensà sclatar, e la ira li forçà l'ànimo, que pujà sobre lo lit. Ab tals contrasts, los ulls corrent vives làgremes, lançà's sobre lo cors de Tirant. E ab tals paraules, de contínues làgremes acompanyades, féu principi a la següent lamentació.

Capítol CCCCLXXIII. La lamentació que féu la princessa sobre lo cors de Tirant

—O fortuna monstruosa! Ab variables diverses cares, sens repòs sempre movent la tua inquieta roda, contra los miserables grechs has poderosament mostrat lo pus alt grau de la tua iniqua força. Envejosa dels animosos e enemiga als flachs, no desdenyes vençre, e dels forts destruïts triumfar te delita! ¿No havia prou durat dol y tristor del meu germà y de la dolor qui per tot l'imperi era? E ara ho has volgut tot aterrar! Aquest era sustentació de ma vida, aquest era consolació de tot lo poble e repòs de la vellea de mon pare. Aquest darrer dia amarch de la tua vida és stat darrer de tot lo nostre imperi y de la nostra benaventurada casa. O durs fats cruels e miserables! ¿E com no permetés que yo, ab les mies desaventurades mans, pogués servir aquest gloriós cavaller? Deixau-lo'm besar moltes vegades per contentar la mia adolorida ànima! E besava lo fred cors la afligida senyora ab tanta força que·s rompé lo nas, llançant abundosa sanch, que los ulls e la cara tenia plena de sanch. No era negú que la ves lamentar que no lançàs abundoses làgremes de dolor. Aprés tornà a dir:

—Puix la fortuna ha ordenat e vol que així sia, los meus ulls no deuen jamés alegrar-se, sinó que vull anar a cercar l'ànima de aquell qui solia ésser meu, Tirant, en los lochs benaventurats on reposa la sua ànima, si trobar-la poré. E certament ab tu vull fer companyia en la mort, puix en la vida, que t'é tant amat, no t'é pogut servir. O vosaltres, dones e donzelles mies! No ploreu, stotjau aquexes lágremes a més desitjada fortuna, car molt prest plorareu lo mal present ensems ab lo sdevenidor: basta que yo plore e lamente, perquè aquests són mals meus. Ay trista de mi! Que yo plore e cride hon és lo meu Tirant, e tinch-lo davant los meus ulls, mort e tot ple de la mia sanch. Oh Tirant! Reb los besars e los plors e sospirs ensemps, e pren aquestes làgremes, car tot quant te do me és restat de tu, car lavors la mort és desitjada com la persona mor sens temor. Lexa'm la camisa que·t doní, per consolació mia, que aprés serà mesa en la tomba tua e mia, levada ab les mies pròpies lágremes e netejada del rovell de les tues armes.

E dites aquestes paraules, caygué sobre lo cors, smortida. Fon levada prestament de sobre lo cors e per los metges, ab aygües cordials e altres coses, fon retornada. E cobrat lo recort, no tardà sobre lo cors mort la ja quasi morta senyora lançar-se e la boqua freda besar de Tirant. Rompé los seus cabells, les vestidures ensemps ab lo cuyro dels pits e de la cara; la trista sobre totes les altres adolorida, y, stesa sobre lo cors, besant la boca freda, mesclava les sues lágremes calentes ab les fredes de Tirant. E volent pronunciar, no podia ni sabia tristes paraules a tanta dolor conformes y, ab les mans tremolant, los ulls de Tirant obria, los quals, primer ab la boca, aprés ab los seus ulls besant, axí d'abundants lágremes omplia, que semblava Tirant, encara mort, plorant la dolor de la sua Carmesina viva, planyent deplorava. E sobre totes, plorant sanch, que de aygua les làgremes ja tenia despeses, lamentava sobre lo cors aquella que sola perdia, aquell qui per el la havia perdut la vida, e ab paraules que les pedrenyeres, los diamants e lo acer bastarien a rompre, en semblant stil planyent deplorava.

Capítol CCCCLXXIIII. Altra lamentació que fa la princesa sobre lo cors de Tirant

—Fretura de paraules causa que les dolors no són rahonades segons l'estrem en què turmenten, e aquest és lo mal que entre tots a mi més agudament turmenta, que si totes les parts de ma persona, dexant lur pròpia forma, en lengües se convertien, no bastarien lo grau de ma dolor, segons que en ma adolorida pensa descansa, rahonar. Car moltes vegades la mísera pensa pronosticant adevina los dans que l'adversa fortuna procura ab tristor que·l meu cor miserable turmenta, no ignorant de tal dolor la causa, com tinch per cert lo gran infortuni que ma vida assalta, car del retret de la mi ànima dolorosos sospirs spiren, e los meus ulls fonts de amargues lágremes brollen, e ab dolor que lo meu cor squinçant travessa. E no·t penses, ànim mia, de Tirant llarch spay yo·t detinga: comporta al teu cors e meu yo don sepultura, perquè una glòria o una pena aprés la mort sofiren les dues ànimes, les quals hun amor havien ligat en vida e, axí los cossos morts, abraçats staran en un sepulcre e nosaltres en glòria, vivint junts en una matexa glòria.

E aprés dix:

—E qui serà aquell qui gràcia·m farà qui portàs la mia ànima allà hon és la de Tirant? Ay trista de mi, en fort planeta naixquí! Dia era egipcíach, lo sol era eclipsi, les aygües eren tèrboles e los dies foren caniculars. La mia mare gran dolor sentí en lo dia del meu naximent, e de mort sobtada pensà morir. ¡E ja fos yo morta en aquell dia trist perqué no hagués sentida la grandíssima dolor que ara sent la mia ànima adolorida! E tu, regidor del sobiran cel, poderós Rey de la cort celestial, suplich a la tua magestat sacratíssima que tots aquells sien defraudats qui m'empediran que yo ara no muyra.

L'Emperador, afligit de les lamentacions de sa filla, dix: —Jamés hauria fi lo dol e plor de ma filla, car lo seu veure li és eternal vida. Per ço, los meus cavallers, preniu-la e portau-la al meu palau en les sues cambres per força o per grat.

E així fon fet. E lo pare atribulat anava aprés d'ella dient:

—Tothom, trist e miserable, pren gran consolació en veure plorar e lançar moltes lágremes e hoir grans crits e lamentacions, e porem ben dir: «Mort és lo pilar qui sos tenia la cavalleria!» E vós, ma filla, qui sou senyora de tot quant yo he, no façau tal capteniment de vós matexa, car la vostra dolor és mort per a mi, e no vullau manifestar a tothom la vostra dolor, car moltes vegades cau la pena sobre aquell qui la tracta. E si us penediu del mal que feu, ignocenta deveu ésser de la culpa. Lexau-vos de plorar e mostrau a la gent la vostra cara alegra.

Respòs la Princesa:

—Ay emperador, senyor engendrador d'aquesta miserable de filla! E bé pensa vostra magestat aconortar la mia dolor? Aquest pensava yo fos consolació mia. Ay trista, que no puch retenir les mies làgremes, que aygua bullent par que sien!

Lo mesquí de pare, com véu que sa filla e les altres dones totes staven fent gran dol e plant, no pogué aturar en la cambra de sobres de dolor.

Se n'anà e la princesa se assigué sobre lo lit e dix:

—Veniu, les mies feels donzelles, ajudau-me a despullar, que prou temps tendreu per a plorar. Levau-me primer lo que porte al cap, aprés les robes e tot quant vist.

E compongué lo seu cos en la més honesta manera que pogué e dix:

—Yo só Infanta sperant senyorejar tot l'Imperi Grech. Só forçada de moure a tots los que ací són a digna dolor e pietat per la mort del virtuós e benaventurat cavaller Tirant lo Blanch, qui·ns ha lexats atribulats, la qual tribulació tornarà tota sobre mi. O, lo meu Tirant! Per dolor de la tua mort les nostres mans dretes firen los nostres pits e rompam les nostres cares per fer major la nostra misèria, car tu eres scut de nosaltres e de tot l'imperi. O espasa de virtut! Gran era lo nostre mal qui·ns stava aparellat. E no penses, Tirant, que sies caygut de la mia memòria, car tant com la vida me acompanyarà, lamentaré la tua mort. Donchs, les mies cares donzelles, ajudau-me a plorar aquest poch temps que deu durar ma vida, que no puch molt ab vosaltres aturar.

Los crits e plors foren tan grans que feyen tota la ciutat ressonar. Com veien la princesa quasi més morta que viva, malehïen la fortuna, que en tan gran agonia les havia conduïdes, e veyen los metges, qui deyen que de dona mortal eren tots los seus senyals, que tanta dolor tingué de la mort de Tirant, que per la boca lançava viva sanch.

Entrà per la cambra la dolorosa emperadriu, sabent que sa filla tan mal stava. Com la véu en tal punt star, pres tanta alteració que no podia parlar, e aprés hun poch spay, cobrats los sentiments, dix semblants paraules:

—Mitigant los treballosos asalts que lo femení coratge desesperades eleccions e molt greus enuigs procurant infonen gràcia en lo turmentat sperit meu, que les mies justes afliccions que per si piadoses causar deuen en lo teu noble coratge animoses compassions introduesquen, e acompanyant les mies doloroses làgremes e aspres suspirs, vençuda de la justa petició mia, hages mercè de tu e de mi. O filla mia! És aquest lo goig e la alegria que yo sperava haver de tu? Són aquestes les núpcies que ab tanta consolació ton pare e yo, e tot lo poble, speràvem de tu? Són aquests los dies assignats de celebrar núpcies imperials? Són aquests los tàlems que acostumen posar a les donzelles lo dia benaventurat de les sues bodes? Són aquests los cants que s'acostumen de cantar en tals festes? Digau, ma filla, ¿són aquestes aquelles alegres consolacions e benediccions que pare e mare donen a sa filla en aquell dia del seu repòs?

Ay trista mísera! Que en mi no y ha altre bé sinó dol, afany e amargor, e trist comport, e a cascuna part que·m gire no veig sinó mals e dolors. Veig lo pobre de emperador, qui en terra stà gitat. Veig les dones i donzelles, totes scabellonades, ab les cares totes plenes de sanch, ab los pits descuberts e nafrats van cridant per lo palau manifestant a tot lo món la lur dolor. E veig los cavallers e grans senyors: tots fan hun dol, tots se lamenten, torcen ses mans, arranquen-se los cabells del cap. Quin dia és tan amarch e ple de tanta tristor! Veig tots los órdens dels frares venir ab veus doloroses e no és negú puxa cantar. Digau-me, quina festa és aquesta que tots la colen? Scassament negú no pot parlar sinó ab cara de dolor. Ay, bé és trista la mare qui tal filla pareix! Prech-vos, ma filla, que us alegreu. E dau remey e comport en aquesta dolor, e dareu consolació al vell e adolorit de vostre pare e a la trista e desaventurada de vostra mare, qui ab tanta delicadura vos ha criada.

E no pogué més parlar: tant la dolor la constrenyia.

Capítol CCCCLXXV. Resposta que fa la princesa a la emperadriu, mare sua

—Si la sperança de morir no·m detingués —dix la princesa—, yo·m mataria. ¿Com me pot dir vostra excel·lència, senyora, que yo m'aconort e m'alegre, que haja perdut hun tal cavaller, qui m'era marit e senyor, qui en lo món par no tenia? Aquest és qui en sa tendra joventut subjugà ab la virtut sua terres de pobles molt separats, la fama del qual serà divulgada en gran duració de setgle o de mil·lenars de anys, la virtut del qual començà eixir en grans victòries. Aquest és qui no ha temut scampar la sua pròpia sanch en camps de batalla. Aquest és lo qui ha venjades les injúries que han rebudes los grechs en los fets de les armes. Aquest és lo qui encalçà ardentment los que eren vencedors, e foragità de tota Grècia, qui ha per nosaltres obteses e vençudes tantes batalles. Aquest és qui tragué de catiu de poder de infels tants nobles barons, cavallers e gentils hòmens, e·ls restituí en lur primer stat. Aquest és qui tornà a no res nostres treballs, que no era negú qui tingués gosar de defendre's. Aquest és qui ha esvaïdes les osts de nostres contraris, e ha subjugats e presos los majors senyors de tot lo poble morisch.

Per què·m cal tant parlar? Que yo no deig haver temor de morir, ni scusar-me'n dech, per fer companyia a hun tan valerós cavaller e entre tots los altres singular, car aquest ha multiplicat e ajustat temps à la mia misèria, e no dech tembre res que de mal sia. Miserable cosa és haver temor de ço que hom no spera haver res. O dolor, manifesta los meus mals, car no és dona ni donzella en lo món qui puga ésser dita miserable sinó yo! Doncs, donem obra ab acabament al camí que havem començat, car la vida se concorda ab la mort. Feu-me venir ací lo meu protector pare e senyor, perquè veja la mia mort e la fi que faré, per ço que li reste alguna cosa de sa filla.

Com lo trist de pare fou vengut, suplicà'l benignament se volgués gitar a la hun costat, e la emperadriu a l'altre, e ella stava enmig. E pres-se a dir paraules de semblant estil.

Capítol CCCCLXXVI. Com la princesa ordenà la sua ànima e volgué confessar sos pecats públicament

—No dubtes, coratge temerós, de fer lo que tens en la voluntat. Umple la boca de paraules favorables a la tua atribulada pensa en laor e glòria tua e de aquell famós cavaller Tirant lo Blanc, qui de ànimo e benignitat passava tots los altres cavallers, abte e destre més que tot altre. No li mancava altra cosa, per ésser complit de totes les perfeccions e gràcies, sinó una poca de sanch real que hagués tengut. Ara dexem les vanitats de aquest món e façam lo que tenim de fer, car yo conech que la mia ànima del meu cors partir-se vol per anar allà hon és la de Tirant. Per què us prech a tots que·m façau prestament venir lo meu pare confessor. —(Qui era lo guardià del monestir del gloriós Sent Francesch, gran doctor en la sacra theologia, home de sanctíssima vida.)

Com fon vengut, la princesa li dix:

—Pare, yo vull fer confessió general en presència de tots los que ací són, car puix no he hagut vergonya de cometre los peccats, no vull haver vergonya de confessar-los públicament.

E dix en la següent forma:

—Yo, indigna peccadora, me confés a nostre senyor Déu e a la sacratíssima verge Maria, mare sua, e a tots los sants e santes de paradís, e a vós, pare spiritual, de tots los meus peccats que contra la magestat del meu senyor Jhesucrist he comesos. E primerament confés que crech bé e fermament en tots los sancts articles de la sancta fe cathòlica e en tots los sancts sagraments de sancta mare Sglésia, e en aquesta santa fe vull viure e morir, oferint e presentant-los a mon Déu e a mon creador, protestant ara e en la hora de la mia mort que yo no y consent, ans ara per lavors, he per revocat e anul·lat tot ço que sia contra aquella.

E més, pare meu, confés yo, indigna peccadora, haver peccat, car he pres del tresor de mon pare, sens licència e voluntat sua, per dar a Tirant perquè·s mostràs, entre los altres senyors de l'imperi, més rich e liberal. E per ço, senyor emperador, suplich a vostra magestat de voler-me perdonar, e vaja en remuneració del tot que vostra altesa me havia de dar. E deman-ne perdó a nostre senyor Déu e, a vós, pare de confessió, penitència, car yo de bon cor me'n penit.

E més, pare meu, he peccat greument, car consentí que Tirant, marit e spòs meu, prengués la despulla de la mia virginitat ans del temps permès per la santa mare Sglésia, de què me'n penit e·n deman vènia e perdó al meu senyor Jesucrist e a vós, pare, ne deman condigna penitència.

E més, pare, me confés com no he amat a mon Déu e creador, ne servit en aquella manera que devia ne só obligada, ans he despès la major part del meu temps en vanitats i en coses inútils a la mia ànima, per què·n deman vènia e perdó a nostre Senyor e, a vós, pare, condigna penitència.

E més, pare, me confés com no he feta ne servada aquella honor, amor e obediència que só tenguda al senyor mon pare e a la senyora ma mare, així com bona filla e obedient deu fer, ans algunes vegades he passats sos manaments, en gran dan de la mia ànima, de què·n deman vènia e perdó a mon Déu e creador e, a ells e a vós, pare, condigna penitència.

De tots los altres peccats que he fets, cogitats e obrats, los quals a present no tinch en record, mas tinch en prepòsit de confessar-los, si tinch temps ni·m vénen a la memòria, mas suplich a la misericòrdia del meu senyor Jesucrist que, per la sua clemència e pietat e per los mèrits de la sua sacratíssima passió, los me vulla perdonar. E deman-ne ara a vós, pare, penitència, car yo me'n penit de bon cor e de bona voluntat, e volguera no haver-los fets.

Lavors lo confessor li féu fer la confessió general. E aprés l'absolgué a pena e a culpa, car bulla tenien del papa que, tots los emperadors de Contestinoble e lurs descendents, en l'article de la mort se podien fer absolre a pena e a culpa. E aquesta gràcia havien obtesa per l'Imperi Romà que havien donat a la Sglésia.

Com la absolució fon feta, la princesa demanà li fos portat lo preciós cos de Jesucrist e, ab molta devoció e contricció rebé aquell, que tots los que en la cambra eren staven admirats de la gran constància e fermetat de ànimo que la princesa tenia e les moltes oracions que dix davant lo Corpus, que no fóra cor de ferro en lo món qui hoís semblants paraules que no abundàs en moltes làgremes.

Com la princesa hagué dada refecció a l'ànima, ella se féu venir lo secretari de l'emperador, e girà's a son pare e dix-li semblants paraules:

—Pare e senyor, si a la magestat vostra serà plasent, jo volria dispondre de mos béns e de la mia ànima. —(Car la princesa tenia hun gran comdat qui havia nom de Benaxí, e moltes robes e joyes qui eren de gran estima.)

L'emperador li respòs:

—Ma filla, yo us done licència de fer tot lo que a vós serà plasent car, perdent a vós, yo perd la vida e tot lo bé de aquest món.

E la princesa lo y regracià e li'n féu infinides gràcies. E girà's al secretari e dix-li que continuàs lo seu testament en stil de semblants paraules.

Capítol CCCCLXXVII. Lo testament de la princesa

Com totes les coses mundanals sien transitòries e allenegables e degú qui sia en carn posat a la mort escapar no puixa, ans li és certa cosa lo morir, e les persones sàvies deuen dispensar e proveir en l'esdevenidor, perquè complit lo temps del peregrinar de aquest miserable món, tornant al seu Creador, ab molta alegria puixa dar bon compte de la sua ànima. E per amor de açò, jo, Carmesina, filla del sereníssim emperador de Contestinoble e princesa de l'Imperi Grech, detenguda en malaltia de la qual desitge e só certa de morir, emperò en mon bon seny, ferma, èntrega e manifesta paraula, en presència de la magestat del senyor emperador, pare meu, e de la sereníssima emperadriu, mare e senyora mia, e ab lur líbera voluntat, en nom de! meu senyor Déu Jhesucrist, fas e orden lo present meu testament e derrera voluntat mia.

En lo qual pos marmessors meus e del meu present testament executadors lo egregi Diafebus, duch de Macedònia, e la egrègia Stefania, muller sua, als quals suplich carament tinguen la mia ànima per recomanada.

E suplich als damunt dits marmessors e·ls man, a càrrech de lur ànima, que facen posar lo meu cors ab lo de Tirant, ensems en aquell loch on Tirant ha manat que sia posat lo seu, car, puix en vida no havem pogut star ensemps, almenys, que los cossos en la mort sien units fins a la fi del món.

E més, vull e man que lo comdat meu sia venut e totes les mies robes e joyes, e los preus que n'exiran sien repartits en casaments a totes les mies donzelles, segons l'estat e condició de cascuna, a coneguda de mos marmessors. E que per l'ànima mia distribuesquen de mos béns lo que ells conexeran que sia vist fahedor. Tots los altres béns e drets meus, los quals tinch en l'Imperi Grech, fas e instituesch hereva mia universal la preclaríssima emperadriu, mare e senyora mia, que aquella en loch meu sia posada e succeesca en tot l'imperi, com la mia persona, a fer de aquell e de tots los drets meus a ses pròpies voluntats.

Com la princesa hagué ordenat de sos béns e de la sua ànima, pres comiat de l'emperador, pare seu, besant-li les mans e la boca moltes vegades, e per semblant a la emperadriu, sa mare, demanant-los ab molta humilitat perdó e la lur benedicció.

—Oh trista, mísera de mi! —dix la princessa—. Yo veig l'emperador més mort que viu per ocasió mia. De una part me tira la mort de Tirant e d'altra lo meu pare: cascuna part me venç.

E lo miserable de pare, trist e ple de amargues làgremes, com véu star sa filla en passament —que ab gran pena podia parlar— e li hagué hoït dir tantes adolorides paraules, e véu lo gran plor que era en la cambra e per tot lo palau, ab gran turbació e fora de seny, quasi mig mort, se volgué levar del lit per anar-se'n. E caygué en terra, car fallí-li l'esperit e, axí smortit, lo prengueren en braços, passaren-lo en una altra cambra e posaren-lo sobre un lit, e aquí finà sos darrers dies, ans que sa filla la princesa.

Los crits foren molt grans per la mort de l'emperador, que fon forçat que vingués a notícia de la emperadriu e de la princesa. La emperadriu cuytà tant com pogué e ja fon passat l'emperador d'esta vida.

Pensau la miserable senyora quina devia star, veure morts marit, filla e gendre! Negú no·m demane de semblant dolor com en aquell palau era. E tanta tribulació venir en hun dia!

Dix la princesa:

—Ajudau-me a seure en lo lit e hoïreu les mies paraules. Bé sabeu tots generalment com, per mort de l'emperador, pare meu, yo só succehïdora en l'Imperi Grech. E per ço, los meus cavallers, yo us man, sots pena de la feeltat que éreu tenguts a la magestat del senyor emperador, e ara a mi, que·m porteu lo cos de mon pare e lo de Tirant ací.

E axí ho hagueren a fer forçadament. E féu-se posar l'emperador a la part dreta e Tirant a la sinestra, e ella stava enmig e sovint besava a son pare e molt més a Tirant. E pres-se a dir:

—Ay trista desaventurada, que la amor strema que he portat a Tirant s'és convertida en cruel dolor! O ànima de Tirant! Suplich-te que sies present en la nostra festa imperial, e yo deixar m'é morir per la tua amor. E seré lunyada de la gran angústia e dolor en què só posada! E crit ab veu dèbil e miserable: ¡Oh tu, mort cruel e malvada, pren les tues armes contra mi, puix prop de mi tinch lo qui solia ésser meu, Tirant, e axí cauré morta com desitge! E per los mals tan grans que·m tenen afligida só fora de mon seny e ja haguera dada fi a ma dolor sinó que d'una part me tira amor e d'altra temor. Mirau, cavallers, los qui de amor sentiu: preneu spill de mi, si só benaventurada! Tinch a la una part hun emperador e a l'altra lo millor cavaller del món. ¡Mirau si me'n dech anar aconsolada en l'altre món que tan bona companyia tinga! Però bé poran dir aprés la mia dolorosa mort que he vixcut en lo món com a ignocenta per no voler sentir los delits de aquell. Ara vinga la mort tota hora que li plàcia, car jo só presta de rebre-la ab bona paciència.

Emperò tu, Senyor, qui est Déu de natura e pots obrar sobre natura, volria que, mitjançant la tua misericòrdia, fesses en Tirant lo miracle gran que fist a Làzer. Mostra ací lo teu gran e infinit poder e yo seré guarida de continent si aquest ateny salut e vida. E si no vols perdonar a aquest, no perdones a mi la mort, car viure sens ell no desige, e per a sempre serà en recordació com só morta per amor de Tirant, e negú de açò no·m pot en res inculpar. O senyor meu, Jhesucrist! Yo ret les armes, que la mia ànima no·m vol fer més companyia, car en les cames i en los peus no tinch sentiment negú. E per ço, acostau-vos a mi, les mies leals germanes e companyones, e besau-me totes d'una en una, e sentireu part de la mia misèria.

E així fon fet. E la primera començà la reyna de Ethiòpia, e aprés la reyna de Feç, aprés la duquessa de Macedònia. E aprés, totes les altres dones e donzelles sues e de sa mare li besaren la mà e la boca e prengueren dolorós comiat de la princesa ab gran multitud de làgrimes que y foren scampades.

E fet açò, ab gran humilitat los demanà perdó, en general, e dix, plorant e ab dolorosos suspirs:

—Vull anar a cerquar mon goig e mon repòs, aquell qui havia d'ésser mon senyor e ma vida. E si ell hagués vixcut, cent donzelles de vosaltres havien d'ésser nóvies ab mi ensemps aquell dia que Tirant e yo teníem a celebrar les festes nupcials, e dar a cascuna tants de mos béns fins que fósseu ben contentes. Però, puix la fortuna ha ordenat e vol que axí sia, de qui·m clamaré? De amor o de fortuna, o de la mia poca sperança que tinch? E per ço jo no crech que lo meu cors jamés és stat batejat en aygua de benedicció sinó de dolor, per ço com yo só stada aquella desaventurada de la casa imperial qui no haguí compassió de mi mateixa de la dolor que sostenir havia. Per què, fortuna desigual, no·m tingues tant a noves. Fes-me sentir los béns e la glòria de l'altre món, car yo veig l'anima de Tirant molt resplandent qui·m spera.

E féu-se donar la creu e, mirant e contemplant en aquella, dix les següents paraules, ab molta devoció.

Capítol CCCCLXXVIII. Paraules de bé morir, les quals dix la princesa en la sua fi

—¡O senyor meu, Jesucrist, qui volguist pendre mort e passió en l›arbre de la vera Creu, per rembre natura humana e a mi, peccadora! Te suplich que en vulles obrir los teus tresors donant-me una gota de les tues dolors, la qual me faça plànyer en general totes les injúries que yo, pecadora, contra tu he comeses en aquest present món. E suplich-te, Senyor, que·m vulles donar dolor e compassió en lo meu cor, la qual me faça plànyer les afliccions e penes, les quals per mi, pecadora, volguist passar e sostenir. E fas-te infinides gràcies com me fas morir en àbit e ley crestiana. E·m penit de bon cor e de bona voluntat de tots los peccats e defalliments que he fets contra lo meu creador e Senyor e contra mon proïsme. E atorch e confés que jamés no he vixcut ni despés lo meu temps axí com deguera, e tinch voluntat d›esmenar e de mudar en bé la mia vida, si Déu me donàs spay que vixqués.

«E crech que negú no pot ésser salvat sinó per los mèrits de la sacratíssima mort e passió de Jesucrist. E crec que, per mi a salvar e per rembre tot l'umanal linatge del poder del diable, és mort lo Fill de Déu, penjant en la creu, e fas-li laors e gràcies dels grans beneficis que d'ell he rebuts en tota la mia vida.

«Senyor meu! La mort preciosa del meu senyor Jesucrist pos entre mi e los meus peccats, e entre tu e lo teu juhí. E·n altra manera no vull entrar en juhí ab tu. Senyor meu! La mort preciosa del meu senyor Jesucrist pos entre mi e la tua ira. Pare meu e senyor! En les tues mans precioses coman lo meu sperit, car tu has remuda a mi, qui est Senyor de pietat e ple de molta misericòrdia. Senyor meu gloriós! Tu has trencats e solts los meus ligams, emper[ò per] amor de açò, a tu sacrificaré òstia de laor, e lo teu sant nom invocaré: aquell de tot mon cor reclam, e la sua ajuda deman.

«E vaig-me'n en nom del Pare, qui m'à creada a ymatge e semblança sua, e en nom de Jesucrist, Fill de Déu viu, qui per mi a rembre del poder del diable ha sofert cruel mort e passió e, en nom del sanct Sperit, qui en mi és scampat, e en nom dels sancts àngels e arcàngels, trons e dominacions, principats e potestats, e en nom dels sants patriarques e prophetes, apòstols, màrtirs e confessors, monges, vèrgens e viudes e continents, e de tots los sants e santes de paradís. Hui sia lo meu loch en repòs e en pau, e la mia habitació sia huy alt en la ciutat gloriosa de paradís.

«¡O Déu misericordiós, clement e piadós, que, segons la multitud de les tues misericòrdies, deleys los peccats dels penidents e leves per vènia e perdó les culpes dels crims passats! Atén e guarda benignament sobre mi, peccadora serventa tua, e açò per mèrits e pregàries de tots los sants benaventurats.

«Senyor, hoges a mi, peccadora, qui ab confessió èntrega e ab tot mon cor, demane a tu remissió de tots mos peccats. Renovella en mi, Pare molt poderós, tot ço que en mi per frevoltat de la carn és stat corromput e desijat, e tot ço que per engan del diable és stat vençut e sobrat. Ajuny-me, Senyor, a unitat de la tua santa Sglésia cathòlica e sia remuda de la tua santa redempció. Hages mercè, Senyor, dels gemechs de mi, serventa tua, qui no he haguda confiança en altra cosa sinó en la tua pietat e misericòrdia.

«Delliura, Senyor, la mia ànima. Axí com delliurist Noe del diluvi de les aygües, axí deliura, Senyor, la mia ànima. Axí com delliurist Elies e Enoch de la mort comuna del món, axí vulles deliurar la mía ànima de tots los perills de infern e de tots los laços, penes e turments de aquell e de lurs malvats habitadors. Deliura, Senyor, la mia ànima axí com deliurist Ysach del sacrifici e del coltell que Abram, son pare, tenia en les mans; e Lot, de la destrucció de Sodoma e de Gomorra; e Moysès de la mà de Pharaó, rey de Egipte. Deliura, Senyor, la mia ànima axí com deliurist Daniel del lach dels lleons, e los tres infants Sidrach, Misach, Abdenagó, del foch de la fornal; e a Judich de la mà de Olofernes; e Abram, del foch dels caldeus; e Job, de les sues passions; e Susanna, del fals crim; e David, rey, de la mà de Saül e de Golies, gigant; e sent Pere e sent Pau, apòstols, del carçre e dels ligams en què eren posats; e senta Tecla dels cruels turments. Axí·t plàcia, Senyor, deliurar la mia ànima de tot perill infernal e ab tu la faces alegrar, alt en los goigs perpetuals de paradís, en los quals se deliten les ànimes santes ara e per tostemps.

«E coman-te, gloriós Senyor, la mia ànima e prech-te que no vulles menysprear-la, car per la salvació sua davallist del cel en la terra. E regoneix, Senyor, la tua creatura no per déus stranys creada, mas per tu sols, Déu viu e verdader, car no y ha altre Déu sinó tu, ni no y ha Déu qui puxa fer les tues obres. Alegra, gloriós Senyor, la mia ànima de la tua preciosa presència e plàcia't que no·t recorden les mies iniquitats antigues ni les follies, les quals ha comogudes la furor e fervor del seu mal desig. Car jatsia, Senyor, que haja fallit e peccat, emperò lo Pare e lo Fill e·l sant Sperit he fermament confessat e he tenguda ferma crehença que tu est. E he adorat, loat e glorificat a tu, qui est Déu totpoderós e qui has fetes totes coses ab la tua sola paraula.

«Molt humilment te prech, Senyor meu, que no·t recorden los peccats de la mia joventut ne les mies ignoràncies, mas sies recordant de mi, peccadora, segons la tua gran misericòrdia, e en la glòria de la tua santa claredat sien-me uberts los cels. A tu, Senyor meu gloriós, qui est Déu gran e poderós, coman la mia ànima per tal que, morta al món, vixca ab tu, e dels peccats que he fets per frevoltat de la conversació humanal, tu, Senyor meu, me deneja ab la tua pietat e misericòrdia. E coman, Senyor, en les tues sagrades mans, lo meu sperit, per ço que lo príncep de tenebres no·m puxa noure, mas tu, Senyor meu misericordiós, lo·n defen e en ta guarda lo pren.

«E reb, Senyor, la mia ànima, qui torna a tu, e vist-la de vestidura celestial e abeura-la de la font de la vida eternal, per tal que entre los alegrants se alegre e entre los sabents sàpia, e entre los sants màrtirs corona reba e entre los patriarques e prophetes se alegre, e entre los sants apòstols Jesucrist seguir puxa, e entre los sants àngels la claredat tua veja, e entre los edificis de paradís goig perpetual possehesca, e entre los cherobins e seraphins la magestat tua contemple. E reb, Senyor, l'ànima de la tua serventa, la qual del carçre de aquest món te plau apellar, e deliura'm dels laços e de les penes infernals.

«Senta, Senyor, la benaventurança del repòs del cel e de la lum eternal, e merite de haver, ab los teus sants elets, vida e glòria perdurable. ¡O Déu, complit de tota amor e bonea, al qual solament se pertany de perdonar! Medecina de vida aprés la mort atorga'm, Senyor, que la mia ànima, lunyada e despullada dels vicis terrenals, sia col·locada entre la companyia per tu remuda. E coman-me a Déu, qui m'á creada.

E dient aquestes e semblant paraules, la princesa reté l'esperit al seu Creador. E fon vista gran claredat d'àngels en la sua fi, qui se'n portaren la sua ànima ab la de Tirant, qui aquí era present en la sua fi, qui la sperava.

Capítol CCCCLXXVIIII. Lo dol e lo plant que fon fet aprés la mort de la princesa

Fon complit lo derrer, terme de la final destrucció de tot lo linatge de la casa imperial de Grècia, que, aprés del sosteniment de tantes misèries haver passades ab fatiga, dels passats treballs havien obtès benaventurat repòs si la fortuna ho hagués permès. Per què negú fiar no deu en les mundanes prosperitats perquè al millor punt defallen.

E passada la princesa d'esta vida, fon apagada tota la lum imperial. Los plors e los crits foren en lo palau tan grans que tota la ciutat feyen resonar. E la primera dolor de Tirant e de l'emperador fon renovellada e redoblada.

La trista de la emperadriu se esmortí per tal manera que los metges no la podien fer retornar, e Ypòlit se batia lo cap e la cara, pensant-se que fos morta. A la fi, tantes coses li feren que, aprés spay de una hora passada, ab gran dificultat ella retornà. E Ypòlit li stava contínuament de prop, molt adolorit, fregant-li los polsos e lançant-li ayguarròs per la cara. Com fon tornada en son record, prengueren-la en braços e portaren-la en la sua cambra e gitaren-la sobre hun lit de repòs.

E Ypòlit sempre al seu costat, aconortant-la e dient-li moltes paraules de consolació e besant-la moltes vegades per dar-li conort e per reduir-li a memòria les lurs amors, car sempre havien perseverat en aquelles. E la emperadriu, qui l'amava més que a sa filla ni a si mateixa, per la gran bondat e gentilea que havia trobada en Ypòlit, e li era stat sempre molt obedient en tot lo que per ella li era manat.

E no us penseu que en aquell cars Ypòlit tingués gran dolor, car de continent que Tirant fon mort, levà son compte que ell seria emperador, e molt més aprés la mort de l'emperador e de sa filla, car tenia confiança de la molta amor que la emperadriu li portava, que, tota vergonya a part posada, lo pendria per marit e per fill, car acostumada cosa és de les velles que volen lurs fills per marits, per smenar les faltes de lur jovent, e volen-ne fer aquella penitència.

Après que la emperadriu hagué passades algunes rahons ab Ypòlit —e ab lo besar li foren remeyades un poch les dolors—, dix semblants paraules a Ypòlit:

—Mon fill e senyor, prech-vos que, com a senyor, vullau manar e dar orde que les obsèquies sien fetes de l'emperador, de ma filla e de Tirant perquè aprés se puxa complir lo desig vostre e meu.

Hoïdes per Ypòlit paraules de tanta amor, li besà la mà i la boca e dix que faria tot lo que sa magestat li manava.

Ypòlit anà a la cambra de la princesa, on jahïen los tres cossos morts, e manà, de part de la emperadriu, que portassen de continent Tirant en lo seu cadafal en la sglésia. E fon fet prestament. Aprés manà als cirurgians que embalsamassen lo cors de l'emperador e de la princesa. E Ypòlit féu fer en la sglésia de Senta Sofia hun altre cadafal molt més bell e pus alt que lo de Tirant, ab son bell lit encortinat e tot emparamentat de draps d'or molt singulars, segons tal senyor era merexedor. E féu portar lo cos de l'emperador al seu cadafal. E la princesa féu posar en lo lit de Tirant, al seu costat, a la part dreta.

E féu fer crida per tota la ciutat que tots aquells qui volguessen portar dol de l'emperador o de la princesa o de Tirant, que anassen en certa casa que ell tenia consignada en la ciutat, que aquí los darien drap per a màrregues, axí a hòmens com a dones. E dins spay de hun dia tots los del palau e de la ciutat, e tots los strangers, foren vestits de màrregues. E més, lo virtuós Ypòlit provehí que, de dos jornades entorn de Contestinoble, vinguessen tots los ecclesiàstichs, axí frares com capellans e monges, per fer les obsèquies dels defuncts. E trobaren-s'i mil e dos-cents per compte.

E assignaren la sepultura fos feta al quinzén dia aprés la mort de l'emperador. E tramès per tots los barons de Grècia, axí aquells qui eren ab la gent d'armes com als altres qui eren en lurs heretats, que fossen presents a les obsèquies de lur senyor l'emperador.

E més avant tramès embaxada al rey Scariano, de part de la emperadriu e sua, que li fos plasent venir a fer honor a la sepultura de l'emperador e de sa filla, e de son car amich e germà, Tirant, car, puix no·ls havia pogut fer honor a les bodes, que la volgués fer a la sepultura. E lo rey Scariano li tramès a dir que era content, puix a nostre Senyor plasent era, mas que ab altra alegria speraba ell de entrar en la ciutat de Contestinoble. E de continent ordenà la sua gent d'armes e manà als capitans que no·s partissen de allí, que ell seria prest tornat. E ab cent cavallers partí e féu la via de Contestinoble.

Capítol CCCCLXXX. Com los parents de Tirant se ajustaren e tingueren consell qual d'ells farien emperador

En aquest spay de temps que la gent se ajustava, Ypòlit féu ajustar en una cambra lo rey de Sicília, e lo rey de Feç, e lo duch de Macedònia e lo marquès de Liçana, e lo vezcomte de Branches e alguns altres del seu parentat, a consell. E dix-los les paraules següents:

—Senyors e germans meus, no ignoren les senyories vostres lo gran dan que·ns és vengut per la mort de nostre pare e senyor Tirant, car aquest s'esperava ésser emperador e haguera exalçats e ben heretats a tots los del nostre parentat. Per què ara som fora de aquesta sperança? E per ço, és de necessitat que, ab temps, prengam consell què és de fer, car poden pensar les senyories vostres que tot l'imperi resta en poder e senyoria de la emperadriu. Si bé la sua edat és avançada, algun gran senyor se casarà ab ella de bona voluntat, e u tendrà a gràcia per ésser emperador. E aprés mort d'ella, restarà senyor, e per ventura tractarà mal los strangers, qui som nosaltres ací heretats. Per què yo só de parer que seria bo que féssem hu de nosaltres emperador e que tots li ajudàssem, e aquest tal heretaria molt bé a tots los altres. Per què us suplich que cascú hi diga son parer.

E donà fi a son parlar.

Aprés parlà lo rei de Sicília e dix que ell tenia per bona cosa que la hu d'ells fos elet per emperador, que elegissen ells qual hi seria més dispost.

Parlà lo rei de Feç, perquè era lo major del parentat, e dix semblants paraules:

—Senyors e germans meus, yo tinch per bon consell que hu del nostre parentat sia elet emperador. Emperò, segons mon parer, havem a seguir l'orde del testament de Tirant, aprés lo de la princesa, e sobre aquests testaments veurem qual de tots hi s erà més suficient.

E tots tingueren per bo lo que lo rey de Feç havia dit. E trameteren per lo secretari de Tirant e per lo de l'emperador e feren-se legir los testaments. Com foren lests, feren eixir los secretaris defora la cambra. E parlà lo duch de Macedònia en la següent forma:

—Senyors e germans meus, segons veig la nostra elecció és molt clara, que no sofir disputa, car yo veig que lo nostre bon parent e senyor lexà hereu seu, en tots los drets que ha guanyats en l'Imperi Grech e tots los que per l'emperador li són stats atorgats de la successió de l'imperi, a Ypòlit, que ací és present. E més avant veig que la princesa lexa hereva sa mare de tot l'imperi. Per què, yo no veig que més s'i puga fer, que atesa la amistat antiga que tots sabem que Ypòlit té ab la emperadriu, que la prenga per muller e alçar-lo hem emperador. E farem justícia, e aquest, per sa bondat e virtut, nos conservarà cascú en son heretatge, car és de la nostra sanch.

Aprés parlà lo marquès de Liçana, almirall, e dix:

—Senyors, yo tinch per bo lo consell del duch de Macedònia e loe aquell, perquè tots tenim mullers e, d'altra part, per la lexa de Tirant.

E tots los altres ho loaren e foren d'un acord que Ypòlit fos elet emperador e marit de la emperadriu.

Com Ypòlit véu la molta gentilesa de sos parents, féu-los infinides gràcies de la molta amor que en ells tenia coneguda, e que votava a Déu e a nostra senyora, mare sua, que, si Déu li feya gràcia que ell fos emperador, que ell los remuneraria en tal guisa que ells ne serien tots contents. E deliberaren que, aprés fetes les obsèquies als defunts, que·l levassen emperador e farien matrimoni d'ell ab la emperadriu.

Capítol CCCCLXXXI. Com lo rey Scariano entrà en Contestinoble e anà a fer reverència a la emperadriu

En semblant conclusió fermant lo lur pensament los virtuosos parents de Tirant restaren. E la nit vinent entrà en Contestinoble, lo magnànim rey Scariano, vestit de màrregues, ab tots los seus, e per Ypòlit fon ab molt gran amor rebut, e per la reyna, sa muller, qui pres subirana alegria en la sua venguda. E Ypòlit aposentà lo rey Scariano en lo palau de l'emperador, en hun bell apartament que stava molt bé en orde. E aquí prestament lo vingueren a veure lo rey de Sicília, lo rey de Feç e lo duch de Macedònia, ab molts altres cavallers, e feren-se molt gran festa.

E aprés hun poch spay que·s foren festejats, lo rey Scariano pres comiat d'ells, e sol ab la reyna, sa muller, que pres per la mà, e ab Ypòlit, volgué anar a fer reverència a la emperadriu.

Com foren en la cambra, lo rey Scariano féu molt gran honor a la emperadriu, e ella lo abraçà ab agraciat gest e ab cara molt afable, mostrant molta contentació de la sua venguda. Pres-lo per la mà e féu-lo seure al seu costat, e lo rey Scariano féu principi a tals paraules:

—La molta glòria que de vostra gloriosa fama se sona per lo món, senyora de l'Imperi Grech, me ha fet sempre desijar de venir-vos a fer reverència, com me tinga per obligat de servir-vos per lo molt merèxer de la majestat vostra. E per amor de aquell virtuós cavaller, germà meu e senyor, Tirant lo Blanch, qui em tenia tan cativat ab la sua amor que yo haguera dat per restauració de la sua vida tot quant per Déu e per ell tinch en lo món acomanat y, encara, les dues parts dels dies de ma vida, car per la sua amor era partit de la mia terra per ajudar-li a cobrar tot l'imperi. E la reyna, muller mia, no era venguda per pus sinó per ésser a les bodes del meu germà Tirant e de la virtuosa princesa, la mort dels quals és stada a mi molt greu e enujosa, per la molta virtut que los dos posseÿen. E tendré a moltra gràcia que, en smena d'ells, en tota ma vida servir yo us puxa.

Acabant lo rey Scariano, aprés hun poch spay la emperadriu, ab veu baxa, féu principi a paraules de semblant estil:

—Molta glòria és per a mi que hun rey tan magnànim e virtuós me diga paraules de tanta afabilitat, car sols del dir vos ne reste obligada. E regracie-us molt la vostra vista, e molt més los treballs que haveu passats per venir-nos ajudar en dar fi e compliment a la conquesta, la qual, per gràcia de nostre Senyor e per los treballs vostres e del meu benaventurat fill Tirant, és venguda a bona fi. Emperò és stada ben comprada ab la pèrdua de tres persones, les majors e millors que en tot lo món fossen. E de açò yo no me'n puch gens alegrar, per haver perdut lo major bé que tenia ni podia tenir en aquest món, e serà a mi aument de dolor e tristor per a tots los dies de la mia trista vida.

E ab aquestes paraules la emperadriu no pogué més parlar, sinó que abundà en vives làgremes. E lo rey Scariano se pres a plorar per fer-li companyia. Com hun poch agueren plorat, lo rey Scariano aconsolà molt a la emperadriu. Ab paraules molt gracioses parlaren de moltes coses de consolació, que la emperadriu restà molt aconsolada. E prengueren comiat de la emperadriu, perquè gran part de la nit era passada, e anaren a reposar.

E Ypòlit aquella nit anà a dormir ab la emperadriu e recità-li tot lo parlament que havia tengut ab sos parents, e com tots havien determenat ab bona concòrdia:

—...que us prengués per muller. Yo, senyora, bé conech que no só digne de tant de bé, ni merexedor de ésser-vos marit ni, encara, servidor. Mas confie de la molta amor e virtut de vostra altesa que m'acceptarà per catiu de vostra magestat. E confiau de mi, senyora e lo meu bé, que us seré tant obedient que·m poreu millor manar y ab major senyoria que fins ací fet no haveu, car no desitgí jamés res tant com és que lo meu servir vos fos accepte.

Respòs la emperadriu en semblant forma:

—Mon fill Ypòlit, no ignores la molta amor que yo·t porte, e tindré a molta gràcia que tu·m vulles pendre per muller. Emperò, pots pensar, mon fill e senyor, que, encara que yo sia vella, no trobaràs jamés qui tant te ame. E per mi te serà feta molta honor, e seràs molt prosperat, car, per la molta virtut e gentilea que sempre he coneguda en tu, me aconort, per posseir a tu, de totes les altres coses.

Lavors Ypòlit li volgué besar los peus e les mans. E la emperadriu no u comportà, sinó que l'abraçà e besà stretament, e passaren aquella delitosa nit molt poch recordants de aquells que jahïen en los cadafals sperant que·ls fos feta la honrada sepultura.

De matí, ans que Febo hagués tramesos los seus luminosos raigs sobre la terra, se levà lo solícit cavaller. Ple de novell goig, Ypòlit, que aquella nit havia molt bé festejada la dama, ordenà totes les coses qui eren necessàries per a la imperial sepultura. E lo dia que era stat assignat, tots los barons e cavallers qui eren stats convidats, foren en la ciutat de Contestinoble.

Lo primer dia feren la sepultura de l'emperador, ab la més bella luminària que jamés fos feta a príncep del món, hon foren, per magnificar la festa, molts reys, duchs, comtes e marquesos e molt noble cavalleria, e tot lo poble de la ciutat, fahent molt grans lamentacions de lur bon senyor. E lo clero e preveres, qui feyen l'ofici divinal, cantaven ab veus tan adolorides que no fóra persona en lo món qui en làgrimes no abundàs. E ab aquella tan gran solemnitat fon feta aquell dia la sepultura de l'emperador. Lo segon dia fon feta per la princesa, per aquell orde mateix. E lo terç dia, per Tirant. E en aquells tres dies ploraren tant e lamentaren que, en tot aquell any, no·n tingueren desig.

E fetes totes les obsèquies, posaren lo cors de l'emperador en una molt rica e bella tomba de jaspis tota niellada d'or e d'atzur e lavorada de les armes imperials ab molt subtil artifici obrades, la qual l'emperador havia feta fer gran temps havia. E Tirant e la princesa foren posats dins una caxa de fusta, per ço com los tenien de portar en Bretanya.

E dat compliment a tot lo dessús dit, lo rey de Sicília e lo rey de Feç e lo duch de Macedònia, anaren al rey Scariano e recitaren-li tot lo consell que havien tengut tots los parents de Tirant, e com havien deliberat de levar emperador a Ypòlit. Dix lo rey Scariano:

—Gran plaer tinch de la bona deliberació que haveu feta, car yo conech que Ypòlit és bon cavaller e virtuós e és mereixedor de ésser emperador.

Aprés lo pregaren volgués anar ab ells a fer la embaxada a la emperadriu, e ell fon molt content. Partiren tres reys, e lo duch de Macedònia ab ells, e fon la més noble embaxada que jamés fos feta a home ne a dona. E anaren a la cambra de la emperadriu, on foren rebuts per la emperadriu ab grandíssima honor e, pressos al rey Scariano e al rey de Sicília per les mans, assigueren-se en l'emperial strado, la emperadriu enmig dels dos reys. E perquè tenien concertat que lo rey Scariano splicàs la embaxada, ab sforç de animoses paraules féu tal principi.

Capítol CCCCLXXXII. Com los parents de Tirant tramet[e]ren embaxada a la emperadriu que prengués a Ypòlit per marit

—La speriència manifesta que tenim de vostra amistat e condició afable, senyora excel·lentíssima, nos dóna atreviment de demanar-vos en singular gràcia vullau acceptar la nostra útil e delitosa embaxada. E per aleujar part de vostres treballs e donar repòs e delit a la vostra afligida persona, havem pensats, aquests senyors e germans meus e yo, que la magestat vostra no stà bę axí, sens companyia, perquè se ha a donar rahó a tals coses e tan grans que vostra altesa no y poria dar rahó. E per quant nosaltres amam molt la honor vostra e la vostra virtuosa persona, vos suplicam sia de vostra mercè que vullau pendre marit. E nosaltres vos darem cavaller tal e de tan singular virtut e bondat que la vostra ànima ne serà consolada e la vostra excel·lent persona ben servida e venerada.

«E suplicam a vostra excel·lència que no us vullau enujar del que diré. Que no ignora la magestat vostra lo bon stament que l'Imperi Grech és stat posat, per la virtut e singular cavalleria del bon cavaller Tirant, e los drets e gràcies que per la majestat del senyor emperador li foren atorgades, e com de aquells drets ell ha fet hereu a Ypòlit, nebot seu. E pot pensar vostra excel·lència que no poríeu regir ne senyorejar tants barons e grans senyors com són en l'imperi ne defendre aquells dels enemichs infels qui són circumveïns de l'imperi. Per què, senyora, suplicam e consellam a la magestat vostra que·l vullau pendre per marit e senyor, car aquest és tan virtuós cavaller que la magestat vostra ne serà molt amada e reverida, e és cavaller suficient e molt savi per a regir e defendre l'imperi, qui ab grandíssim treball s'és recobrat. E açò, senyora, vos haurem a gràcia e mercè que de continent hajam vostra graciosa resposta tal com de vostra altesa confiam.

Plagueren a la emperadriu les virtuoses paraules del rey Scariano, e hun poch spay tardà en donar-li tal resposta.

Capítol CCCCLXXXIII. La resposta que féu la emperadriu als embaxadors.

—De la celsitud de la senyoria de vosaltres, magnànims e virtuosos senyors, stà la mia pensa axí ab la lengua alterada, que egualment stime difícil refusar o acceptar la vostra demanda. ¿Què farà, donchs, ma atribulada pensa en fortuna vàlida, ab contrasts de tan diversos vents combatuda, que consell sobre cas necessari no·s comporta? Donchs a mi consellar no·m fretura sí acceptaré la vostra justa demanda, si la necessitat és manifesta als vostres prechs desobeir no puga. Emperò, miren les senyories vostres e coneixereu que yo tinch justa causa de refusar, com la mia disposició no és per a pend[r]e marit, com sia en tal edat constituïda que no só per haver infants e daria molt mal exemple de mi, per què suplich a les senyories vostres que·m tingau per scusada.

No pogué més comportar lo rey de Feç que parlàs la emperadriu sinó que ab sforçada veu, dix:

—Senyora excel·lentíssima, perdone'm la magestat vostra e les senyories de aquests senyors, que lo meu ànimo no ha pogut comportar de hoir paraules de vostra excel·lència qui són contràries a la vostra ànima e no menys a la honor y fama que de vostra altesa s'espera, car, puix a la divina Providència és stat plasent que vostra magestat resta senyora e regidora de tot l'Imperi Grech, no és possible poder-lo vós regir ne conservar, ans de necessitat se iria a perdre o teniu a pendre marit, per què, senyora, altra volta vos suplicam e us demanam de gràcia que façau lo que us consellam. E serà útil, honor e delit vostre, car nosaltres vos darem tal marit que serà fet a tot lo plaer e consolació vostra, e tal cavaller que sabrà defendre la terra e serà parent del gloriós Tirant, que tots los de l'imperi ne seran molt contents e aconsolats com oiran nomenar que sia parent e criat de Tirant e nodrit en los vostres imperials strados. Per ço, hajam tal resposta de vostra magestat que·ns ne anem aconsolats.

E donà fi en son parlar. E no tardà un poch spay que, ab vergonya d'estrema gràcia acompanyada, féu la emperadriu resposta de semblants paraules:

—Senyors magnànims e virtuosos, yo us tinch en compte de germans e tinch fe e crehença en les senyories vostres que no·m consellaríeu cosa que fos contrària a mon bé ni a la honor mia, per què yo·m pose soltament e líbera en les mans de les senyories vostres, que façau de mi e tot l'imperi com de cosa vostra.

E tots feren gran reverència a la emperadriu e feren-li infinides gràcies. E anaren-se'n molt contents de la bona resposta que la emperadriu los havia feta.

E los tres reys, ab lo duch de Macedònia, se n'anaren a la cambra de Ypòlit, lo qual los rebé ab molta amor. E recitaren-li tot lo parlament que havien tengut ab la emperadriu e com era contenta de fer tot lo que ells volrien.

Ypòlit se agenollà e féu-los infinides gràcies e fon lo més alegre e content home del món. E prestament lo prengueren e portaren-lo a la cambra de la emperadriu, feren venir lo bisbe de la ciutat e feren-los sposar en presència de la reyna de Ethiòpia e de la reyna de Feç, de la duquessa de Macedònia e de totes les dames de la cort, les quals hi prengueren molt gran plaer e consolació per la molta dolor que havien passada, e dubtaven que no duràs gran temps.

La fama anà per la ciutat com la emperadriu se era sposada ab Ypòlit. Tot lo poble ne fon mol[t] aconsolat e feren gràcies a nostre senyor Déu com tan bon senyor los havia dat, que tots los de la ciutat amaven molt a Ypòlit perquè en lo temps de la necessitat, que ell era capità, los havia ben contractats. Lo següent dia feren molt ben abillar a Ypòlit e a la emperadriu. E totes les dames se abillaren molt bé per fer-li companyia e perquè eren enujades de mal. E feren emparamentar tot lo palau de draps d'or e de seda, axí bé e singularment com jamés fos stat.

E Ypòlit manà que aquell dia, per millor magnificar la festa, que lo rey de Feç prengués benedicció, e lo marquès de Liçana e lo vezcomte de Branches, que era sposat ab una filla de la viuda de Montsant, e molts altres barons e cavallers, qui eren tots sposats, en nombre de XXV, los noms dels quals me obmet per no tenir prolixitat.

Com totes les núvies foren abillades, Ypòlit ab bella companyia, se posà primer ab tots los altres sposats, e aprés venia la emperadriu enmig del rey Scariano e del rey de Sicília, e les altres núvies venien aprés acompanyades de molts duchs, comtes e marquesos. E ab gran triümpho anaren a la sglésia e aquí levaren emperador a Ypòlit, e féu lo jurament que de tot son poder defendria la santa mare Sglésia, ab les sirimònies acostumades. E tots los barons e cavallers que aquí present eren, qui vasalls fossen de l'imperi, lo juraren per senyor. E fet lo jurament, donaren la benedicció a l'emperador ab la emperadriu e aprés a totes les altres núvies.

E fet l'ofici, tornaren-se'n al palau ab aquell orde mateix, ab multitud de trompetes, clarons e anafils, tamborinos e charamites, e altres diversitats d'esturments que per scriptura expremir no·s poria. Del triümphant dinar, demesiada cosa seria devisar la abundància que y era, atesa la condició dels convidats, e de les dances que·s seguiren aprés dinar. E foren fetes singulars festes qui duraren XV dies, e en cascun dia hi foren fetes danses, juntes e torneigs e moltes al tres coses de alegria qui feren oblidar les dolors del temps passat. E passades totes les festes, lo rey Scariano pres comiat de l'emperador e de la emperadriu, del rey de Sicília e del rey de Feç e de la reyna, e del duch de Macedònia e de la duquessa, e de tots los barons e cavallers e de totes les dames. E la reyna féu per semblant. E ixqueren de la ciutat ab gran companyia, car l'emperador, ab tota la sua cavalleria, e los reis qui aquí eren, lo acompanyaren una legua e aquí·s partiren.

L'emperador se'n tornà a la ciutat ab la sua cavalleria, e lo rey Scariano, presa la sua gent d'armes, ab salvament, se'n tornà en la sua terra, hon fon ben rebut per sos vasalls.

Capítol CCCCLXXXIIII. Com lo novell emperador se féu venir tota la gent d'armes e pagà'ls liberalment e donà'ls comiat

Tornat lo novell emperador en la ciutat de Contestinoble, tramès a dir a la gent d'armes que Tirant havia dexada que vinguessen aquí, que ell volia a tots contentar. E fon fet son manament, que a pochs dies foren en la ciutat tots los capitans ab la gent, e pagà a tots bé e complidament. E féu de molts donatius e gràcies a molts cavallers e pagà a tots los servidors de Tirant los legats per ells fets. E donà comiat a tota la gent d'armes.

E fet tot lo damunt dit, lo rey de Sicília dix a l'emperador: —Sereníssim senyor, yo al present no fas res açí e, si a la magestat vostra serà plasent, me'n torne en Sicília ab licència vostra.

Respòs l'emperador:

—Germà senyor, infinides són les gràcies que fas a la senyoria vostra de la vostra bona voluntat e del gran servey e honor que haveu fet a l'Imperi Grech, de què us reste molt obligat. E promet-vos, a fe de emperador, de jamés fallir-vos en tot lo que a mi sia possible.

E donà-li de grans donatius e moltes joyes per a la reyna, e donà molt als seus cavallers, que tots deyen que aquest emperador era lo més magnànim senyor e lo més liberal del món.

Aprés, l'emperador se féu venir lo seu almirall, lo marquès de Liçana, e dix-li que fes posar en orde XXX naus per passar lo rey de Sicília en la sua terra. E l'almirall féu son manament, que en dos dies foren armades e avituallades.

Lo rey de Sicília féu recullir tota la sua gent e lexà gran part dels cavalls, que no se'n volgué portar. E pres comiat de l'emperador e de la emperadriu, e del rey de Feç e de la reyna, e del duch de Macedònia e de la duquessa, e de tots los barons e cavallers, e de totes les dames. E, recullits, feren vela e anaren-se'n ab bon salvament.

Capítol CCCCLXXXV. Com l'emperador tramés lo cors de Tirant e de la princesa en Bretanya

Partit que fon lo rey de Sicília, l'emperador pregà molt al rey de Feç e al vezcomte de Branches que volguessen portar lo cors de Tirant e de la princesa en Bretanya. E ells li digueren que per amor de sa magestat e de Tirant que u farien de bona vountat. L'emperador manà a l'almirall que fes posar en orde XL galeres perquè anassen a lur honor. E prestament foren armades e posades en orde.

L'emperador havia feta fer una caxa de fusta, molt bella, tota cuberta de planches d'or totes smaltades e obrades de molt subtil delicadura, que bé paria sepultura de gran senyor. E féu-hi posar lo cors de Tirant e de la princesa —tots vestits de brocat fet de fil tirat d'or perquè jamés se pogués podrir–, ab la cara descuberta, que paria que dormissen.

E féu recullir la caxa en una galera e féu-hi posar totes les armes de Tirant e totes les banderes e sobrevestes que portava sobre les armes per ço que fossen meses sobre la sepultura ohn jauria Tirant, perquè·n fos memòria per a sempre. E donà l'emperador al rey de Feç doscents mília ducats perquè fes fer en Bretanya la sepultura de Tirant e de la princesa segons lo lur molt meréxer.

Com totes les coses foren en orde, lo rey de Feç e la reyna, sa muller, prengueren comiat de l'emperador e de la emperadriu, del duch de Macedònia e de la duquessa, e de tota la cort, e reculliren-se. E lo vezcomte de Branches ab ells. E feren vela e anaren tant e ab tan bon temps que, en breus dies, foren en Bretanya ab bon salvament.

E lo rey de Feç e la reyna e lo vezcomte de Branches, ab molts nobles e cavallers, ixqueren en terra en una ciutat qui·s nomena Nantes. E aquí, per lo duch de Bretanya e per la duquessa e per tots los del parentat foren molt bé rebuts e festejats.

E prengueren la caxa de Tirant e de la princesa e, ab gran professó de molts capellans, frares e monges, lo portaren a la sglésia major de la ciutat, e fon posada dins una tomba que quatre grans leons sostenien, la qual tomba era obrada de hun molt clar alabaust. E a l'entorn, per los strems de aquella, de lletres gregues buydades de fin or, se legien tals paraules:

Lo cavaller que·n armes fon lo fénix
y la que fon de totes la pus bella,
morts són ací, en esta chica tomba,
dels quals lo món resona viva fama:
Tirant lo Blanch i l'alta Carmesina.

Eren los leons obrats e, no menys entretallada la tomba de diverses colors: or, adzur e altres esmalts, ab bona art e delicadura. A la part dreta de la tomba se mostraven dos àngels, e altres dos a la part sinestra, los quals tenien dos grans e scuts: lo hu de les armes de Tirant e l'altre de les armes de la princesa. Aquests leons e tomba staven dins una capella de volta, los archs de la qual eren de porfis e recolzaven sobre quatre pilars de jaspis, e la clau del cruer era d'or macís buydada, guarnida de moltes fines pedres e en aquella se veya un altre àngel qui tenia en les mans la spasa de Tirant, tacada de sanch de tantes batalles.

Lo païment de aquesta volta era de marbres, e les parets, cobertes de carmesins brocats. Sols la tomba stava descuberta. E·n l'arch de part defora, staven penjats los scuts de diversos cavallers vençuts en camp clos de batalla e, sobre l'arch triümphal, en grans i belles taules, eran pintats alguna part dels meravellosos actes e nobles victòries de Tirant. Mostraven-se allí steses les armes e guarnicions de la sua excel·lent persona, e la garrotera de belles perles, balaxos e safirs circuïda. Moltes banderes e penons en lo més alt de la sglésia penjaven de diverses ciutats e províncies victoriosament guanyades. Mas, entre totes, los penons e estendards de les invencions triümphantment se desplegaven: Eren les devises de Tirant, flames o lengües d'or sobre carmesí, e flames de foch sobre camper d'or. E·n les flames d'or se cremaven tals letres: C.C.C., y en les flames de foch se cremaven aquestes: T.T.T., significant per açò que l'or del seu amor cremant se apurava en les flames de Carmesina, e noresmenys, stimava que la princesa ardentment se mesclava en les apurades flames de son voler. E sobre la tomba, ab letres d'or, staven sculpits aquests tres versos:

Amor cruel, qui·ls ha units en vida
y ab greu dolor lo viure·ls ha jet perdre,
aprés la mort los tanque·n lo sepulcre.

Capítol CCCCLXXXVI. De la molta honor que fon feta al cors de Tirant en Bretanya

No·s poria per lengua expremir les grandíssimes solemnitats que foren fetes en Bretanya en la sepultura de Tirant, car per lo duch de Bretanya e per la duquessa, e per tots los parents e parentes de Tirant, fon fet molt gran dol de la sua mort com saberen los actes de immortal recordació que per ell eren stats fets e la gran prosperitat en què pujat era. E en aquell cars ja era mort lo pare e la mare de Tirant.

E lo rey de Feç molt grans almoynes e beneficis per l'ànima de Tirant féu e de la princesa, que despès molt bé e copiosament los doscents mília ducats que l'emperador li havia dats. E festejat molt per lo duch e per tots sos parents, delliberà de tornar-se'n en la sua terra, car sis mesos havia stat en Bretanya per dar bon compliment a tot lo que l'emperador li havia dat càrrech.

Lo rey de Feç e la reyna prengueren comiat del duch e de la duquessa e de tots los parents qui tenien gran dolor de la lur partida. E lo vezcomte de Branches pres, per semblant, comiat de tots. E reculliren-se en les galeres e feren lur via devers les terres del rey de Feç. E nostre Senyor los donà tan bon temps que en breus dies foren en lo port de Tànger. E aquí ixqué lo rey de Feç e la reyna, ab tota la sua gent. E lo vezcomte de Branches, ab les XL galeres, se'n tornà en Contestinoble ab bon salvament e fon molt ben rebut per l'emperador, qui desijava molt saber lo que havien fet en Bretanya.

Lo vezcomte de Branches féu molt discreta relació a l'emperador de tot lo que havien fet, axí com per sa magestat era stat manat. L'emperador hi pres molt gran plaer e comprà de continent lo comdat de Benaxí, qui era de la princessa, per trescents mília ducats e donà'l al vezcomte de Branches en premi de sos treballs. Aprés donà a tots aquells qui se eren casats ab les criades de la emperadriu e de la princesa bones heretats, que·n podien molt bé viure a lur honor e cascú segons son grau, que tots n'estaven molt contents. E aprés, per temps, casà totes les altres, axí com de bon senyor se pertanyia.

Capítol CCCCLXXXVII. Com l'emperador tragué de presó lo soldà e lo Turch, e féu pau e liga ab ells

Lo fortuna pròspera favorí tant aquest emperador Ypòlit, e fon tan virtuós cavaller, que augmentà, per sa alta cavalleria, molt l'Imperi Grech e amplià aquell de moltes províncies que ell conquistà, e ajustà molt gran tresor per la sua molta diligència. Fon molt amat e temut de sos súbdits e, encara, dels vehïns senyors qui li staven entorn de l'imperi.

E aprés pochs dies que ell fon fet emperador, féu traure de presó lo soldà e lo Gran Turch, e tots los altres reys y grans senyors qui ab ells presos eren, e feren pau e treva a cent e hun any, e festeja'ls molt, que ells ne foren tan conte nts que li feren moltes submissions e de grans ofertes, tota hora que·ls hagués mester de valer-li contra tot lo món. Aprés l'emperador, ab dues galeres, los féu passar en la Turquia.

Aquest emperador Ypòlit vixqué lonch temps, emperò la emperadriu no vixqué aprés de la mort de sa filla sinó tres anys. E l'emperador, aprés poch temps, pres un altra muller, la qual fon filla del rey de Englaterra. Aquesta emperadriu fon de grandíssima bellea, honesta, humil e molt virtuosa e devotíssima crestiana, la qual gentil dama parí de l'emperador Ypòlit III fills e dues filles, los quals fills foren molt singulars cavallers e valentíssims. E lo fill major fon nomenat Ypòlit, axí com lo pare, e vixqué tota la sua vida com a magnànim senyor e féu de molts singulars actes de cavalleria, dels quals lo present libre no recita, ans ho remet a les istòries qui foren fetes d'ell. Mas l'emperador, son pare, ans que morís, heretà molt bé a tots sos parents e criats e servidors.

E com l'emperador e la emperadriu passaren d'esta vida, que foren molt vells, moriren los dos en hun dia e foren posats en una molt riqua tomba que l'emperador se havia feta fer. E podeu creure que per lo bon regiment e per la bona e virtuosa vida són col·locats en la glòria de paradís.

DEO GRACIAS

Ací feneix lo libre del valerós e strenu cavaller Tirant lo Blanch, príncep e césar de l'Imperi Grech de Contestinoble, lo qual fon traduït de anglès en lengua portoguesa e, aprés, en vulgar lengua valenciana per lo magnífich e virtuós cavaller mossèn Johanot Martorell, lo qual, per mort sua, no·n pogué acabar de traduir sinó les tres parts. La quarta part, que és la fi del libre, és stada traduïda, a pregàries de la noble senyora dona Ysabel de Loriç, per lo magnífich cavaller mossèn Martí Johan de Galba. E si defalt hi serà trobat, vol sia atribuït a la sua ignorància, al qual, nostre senyor Jesucrist, per la sua immensa bondat, vulla donar en premi de sos treballs la glòria de paradís. E protesta que, si en lo dit libre haurà posades algunes coses que no sien cathòliques, que no les vol haver dites, ans les remet a correcció de la sancta cathòlica Sglésia.

FON ACABADA DE EMPREMTAR LA PRESENT OBRA

EN LA CIUTAT DE VALÈNCIA,
A XX DEL MES DE NOHEMBRE
DE L'ANY DE LA NATIVITAT DE NOSTRE
SENYOR DÉU JESUCRIST M CCCC LXXXX

Libros a la carta

A la carta es un servicio especializado para

empresas,
librerías,
bibliotecas,
editoriales
y centros de enseñanza;

y permite confeccionar libros que, por su formato y concepción, sirven a los propósitos más específicos de estas instituciones.

Las empresas nos encargan ediciones personalizadas para marketing editorial o para regalos institucionales. Y los interesados solicitan, a título personal, ediciones antiguas, o no disponibles en el mercado; y las acompañan con notas y comentarios críticos.

Las ediciones tienen como apoyo un libro de estilo con todo tipo de referencias sobre los criterios de tratamiento tipográfico aplicados a nuestros libros que puede ser consultado en Linkgua-ediciones.com.

Linkgua edita por encargo diferentes versiones de una misma obra con distintos tratamientos ortotipográficos (actualizaciones de carácter divulgativo de un clásico, o versiones estrictamente fieles a la edición original de referencia).

Este servicio de ediciones a la carta le permitirá, si usted se dedica a la enseñanza, tener una forma de hacer pública su interpretación de un texto y, sobre una versión digitalizada «base», usted podrá introducir interpretaciones del texto fuente. Es un tópico que los profesores denuncien en clase los desmanes de una edición, o vayan comentando errores de interpretación de un texto y esta es una solución útil a esa necesidad del mundo académico.

Asimismo publicamos de manera sistemática, en un mismo catálogo, tesis doctorales y actas de congresos académicos, que son distribuidas a través de nuestra Web.

El servicio de «libros a la carta» funciona de dos formas.

1. Tenemos un fondo de libros digitalizados que usted puede personalizar en tiradas de al menos cinco ejemplares. Estas personalizaciones pueden ser de todo tipo: añadir notas de clase para uso de un grupo de estudiantes, introducir logos corporativos para uso con fines de marketing empresarial, etc. etc.

2. Buscamos libros descatalogados de otras editoriales y los reeditamos en tiradas cortas a petición de un cliente.

www.ingramcontent.com/pod-product-compliance
Lightning Source LLC
La Vergne TN
LVHW041052080826
845145LV00007B/1544

* 9 7 8 8 4 9 9 5 3 4 6 4 0 *